EN MARCHE VERS LA MORT

Du même auteur
chez Sonatine Éditions

Dans son ombre, traduit de l'anglais par Benjamin Legrand, 2015.

Gerald Seymour

EN MARCHE VERS LA MORT

Traduit de l'anglais
par Paul Benita

SONATINE ÉDITIONS

Directeur de collection : Arnaud Hofmarcher
Coordination éditoriale : Marie Misandeau et Hubert Robin

Titre original : *The Walking Dead*
Éditeur original : Bantam Press

Sonatine Éditions
32, rue Washington
75008 Paris
www.sonatine-editions.fr

Pour James.

Prologue

À qui de droit : En cas de décès ou d'incapacité, que celui qui trouvera ce journal veuille bien le faire parvenir à ma sœur, mademoiselle Enid Darke, 40 Victoria Street, Bermondsey, Londres, Angleterre. Je vous en remercie. Signé : Cecil Darke.

14 septembre 1936

Eh bien, c'est le début. Le haut de la première page blanche. Ceci ne sera pas un travail littéraire, car je n'en ai ni l'intelligence ni l'éducation, mais, je l'espère, un compte rendu de mon voyage. Je pars combattre en terre étrangère et je ne puis dire pendant combien de jours, de semaines ou de mois je vais remplir ce carnet, ni où ce voyage me conduira.

Si mon écriture est si peu lisible – ceci est une considération personnelle car, si je ne devais pas survivre, elle ne serait déchiffrée par personne d'autre sur cette terre, hormis, bien sûr, Enid –, c'est à cause des secousses sur les rails et parce que j'ai très peu de place. Nous sommes entassés dans ce wagon comme des sardines dans une boîte.

J'ai vingt et un ans et mon passeport tout neuf précise que mon métier est « employé de banque ». Je repense au choc et à la surprise de mon supérieur, M. Rammage, quand je lui ai présenté ma démission vendredi dernier avec effet immédiat. Une réaction tellement prévisible. D'une voix sévère : « Pourquoi nous quittez-vous, Darke ? » Pour aller à l'étranger, M. Rammage. « Oh, vous partez en vacances, c'est cela ?

N'espérez pas que votre situation vous attendra. N'allez pas vous imaginer que je vais vous la garder. Les garçons comme vous ne manquent pas. Nous vivons une période difficile sur le front de l'emploi et renoncer à un travail offrant perspective et sécurité est, je vais être franc, d'une extraordinaire stupidité.» Je comprends, M. Rammage. Puis, sarcastique : «Et seriez-vous prêt, Darke, à m'éclairer? Où à l'étranger comptez-vous vous rendre?» En Espagne, M. Rammage. «Voilà qui n'est pas seulement extraordinairement stupide, mais parfaitement idiot. Prendre part à cette guerre où communistes et fascistes se massacrent à qui mieux mieux – une guerre qui ne vous concerne en rien et à laquelle vous n'avez aucune raison d'être mêlé – est de la pure folie. Je ne pense pas que vous ayez la moindre expérience militaire...» Il y aura là-bas des gens qui m'enseigneront ce que je dois savoir. «Darke, j'ai fait la Somme et Passchendaele. Ce n'est pas comme ils disent, ceux qui restent assis à l'arrière. C'est mille fois pire. La guerre moderne dépasse tout ce que vous pouvez imaginer. Que Dieu, s'il Lui plaît, veille sur vous. Maintenant, débarrassez votre bureau et partez.» J'ai donc débarrassé mon bureau et je suis parti. Je jure qu'il y avait une larme dans l'œil de M. Rammage.

Ni papa ni maman ne sont venus me dire au revoir à Victoria, mais Enid était là. Elle m'a donné ce carnet sur lequel elle avait fait graver mon nom en or sur la couverture – c'était si gentil et délicat de sa part – ainsi qu'un demi-pain et un bon morceau de fromage. Nous nous sommes embrassés et quand le train a démarré je me suis penché par la fenêtre pour continuer à lui faire signe. Ensuite, ça a été le bateau pour Calais puis un autre train jusqu'à Paris.

En deux jours, nous étions à la gare d'Austerlitz où on nous a orientés vers le train n° 77 qu'ils appellent le train des volontaires. L'après-midi, la soirée et la nuit à filer vers le sud. Nous avons quitté la France après Perpignan. Maintenant nous sommes en route pour Barcelone. Les

Pyrénées sont derrière nous. J'ai dépensé une livre, trois shillings et quatre pence à Paris et il me reste deux livres et dix shillings dans mon porte-monnaie. Pourtant, grâce à l'endroit où je me rends et aux raisons pour lesquelles j'y vais, je me sens riche.

Je suis parti avec mon costume du dimanche, ma plus belle chemise, ma casquette et mon imperméable, mes bottes que j'avais cirées à la perfection. Je me sens un peu trop bien habillé maintenant, aussi ai-je enlevé ma casquette et ma cravate. J'ai dégrafé mon col. J'ai déjà un peu de barbe, ce qui aurait horrifié M. Rammage.

Je suis, je crois, le plus jeune des volontaires de ce wagon et le seul Britannique. Il y a un Allemand, Karl, qui parle un peu anglais, mais il est le seul. Je lui suis reconnaissant : sans lui, je serais incapable de communiquer avec mes compagnons de voyage. Ils viennent d'Allemagne et d'Italie. Tous, par l'intermédiaire de Karl, sont curieux de moi, car je ne suis pas comme eux. Ce sont des réfugiés qui fuient leur propre pays parce qu'ils sont membres du PC – désolé, du Parti communiste – et qu'au mieux ils seraient jetés en prison par les régimes fascistes de Berlin et de Rome. Au pire, ils seraient exécutés. Ils sont étonnés que je ne sois pas membre du PC anglais et ils disent que moi au moins j'ai un pays dans lequel retourner alors que ce n'est pas le cas pour eux. Ils sont sidérés que je vienne me battre en Espagne à leurs côtés.

Ils m'ont surnommé «l'idéaliste», ce que je trouve flatteur. Ils disent que le moment est venu de combattre le fascisme et que le champ de bataille est l'Espagne, que c'est là où la démocratie doit survivre sous peine d'être annihilée dans toute l'Europe. Est-ce que je le savais ? Sans doute, sinon je serais encore à mon bureau à subir les remarques de M. Rammage sur mon manque de méthode. Je suppose que je devais savoir qu'il était important de prendre part à cette guerre, d'y jouer mon rôle, mais m'entendre appeler

« l'idéaliste » me procure un petit sentiment de fierté. Je leur ai dit que, vendredi dernier, M. Rammage avait affirmé que ce conflit ne me concernait pas. Tous, l'un après l'autre, m'ont alors serré la main, car j'avais compris qu'il était du devoir de tout homme de principe de venir en Espagne combattre pour la liberté. Je me sens humble parmi ces gens, et aussi d'en savoir si peu sur la politique. Mais je ne leur ai pas avoué qu'à côté de mon « idéal » de servir la lutte contre le fascisme et le militarisme, j'avais une autre raison de les rejoindre. La soif d'aventure, d'un peu d'excitation, dans l'espoir de devenir un homme meilleur.

Il n'y a pas de nourriture dans le train, parfois quelqu'un passe avec un seau pour nous donner à boire et les queues pour atteindre les toilettes sont interminables, mais, parmi ces hommes, ces difficultés n'ont aucune importance.

Selon Karl, nous sommes maintenant à une heure de Barcelone. Je n'étais encore jamais allé à l'étranger. Mon père n'a même jamais quitté Londres, si ce n'est pour les excursions annuelles sur la côte à Ramsgate. À Londres, il faisait froid et humide, l'automne commençait. Ici, le soleil cogne sur les vitres et nous cuisons à petit feu tant nous sommes entassés les uns sur les autres... Je me suis arrêté d'écrire pendant quelques minutes pour profiter du paysage, des champs, jaunes et secs, avec des chevaux et des chariots, et des femmes qui rentrent les dernières récoltes. Il n'y a que des femmes qui travaillent. Sur notre passage, elles s'arrêtent et lèvent un poing serré pour nous saluer, et tous les hommes, dans tous les wagons, se dressent alors et crient à tue-tête en espagnol : « No pasarán », *« Ils ne passeront pas ». Déjà, du simple fait d'être dans ce train, je sais que c'est le slogan de ceux avec qui je vais combattre. Il me donne un frisson, pas de peur, mais de fierté.*

« Ils ne passeront pas ».

1
Jeudi, jour 1

C'était comme si on l'avait amené au marché aux chameaux. Un de ces marchés qu'il connaissait depuis toujours, depuis que sa mémoire fabriquait des images, et qui maintenant se trouvaient à treize cents kilomètres derrière lui, au-delà des déserts du royaume et des crêtes édentées des monts de l'Asir. Là-bas, entre les montagnes et la mer scintillante, se trouvaient son village natal et sa maison.

Les bêtes de trait – chameaux aux pattes entravées, mules alignées, indolentes, ligotées à une corde courant entre deux piquets – étaient toujours respectées par les nomades bédouins et les marchands itinérants. Dans les températures extrêmes du désert, chaleur brutale le jour et nuits glacées, ou bien sur les cols qui conduisaient à la frontière du Yémen, un imprudent pouvait mourir de déshydratation ou d'hypothermie s'il s'était livré à un achat inconsidéré. C'était le talent de ces hommes, façonné par l'expérience, de ne payer que pour des animaux en lesquels ils pouvaient placer une confiance absolue. La nouvelle richesse du royaume, dans les villes situées au-delà des montagnes où on trouvait les vastes autoroutes et les puits de pétrole avec leurs étranges réseaux de canalisations, n'avait pas pénétré les monts de l'Asir. Il venait de cette partie du royaume qui n'avait pas partagé l'abondance, où les vieilles coutumes demeuraient. Là où il vivait, on avait encore l'usage d'animaux qu'on dressait dans le but d'accomplir une tâche précise, et c'était sur les marchés qu'on les choisissait.

Toute bonne bête était appréciée, et les marchandages sur sa valeur pouvaient durer du lever du soleil jusqu'à la fermeture du marché au crépuscule. Les meilleures faisaient l'objet d'offres très disputées.

À treize cents kilomètres de là, il fallait une heure à dos de chameau ou de mule pour aller de la demeure d'Ibrahim Hussein au centre de la ville de Jizan, ou cinq minutes dans la Mercedes de son père. De la maison, on ne voyait ni la corniche ni le vieux souk. Mais de la fenêtre du dernier étage, celle de la chambre à coucher que partageaient ses sœurs, on apercevait les plus hautes tourelles du fort ottoman. Celui-ci se trouvait dans l'enceinte des installations de la police, mais il ne pensait pas qu'il y eût un dossier à son nom dans ses ordinateurs. Derrière le fort, blotti au pied des murailles, était installé le marché aux chameaux et aux mules. La vingt et unième année de sa vie était proche de son terme, et si son ambition se réalisait, il ne verrait pas son prochain anniversaire.

Ils étaient une douzaine comme lui. Assis là où ils pouvaient trouver de l'ombre, derrière un bâtiment de plain-pied en blocs de béton avec un toit de tôles rouillées. Ibrahim était adossé au mur et les autres formaient un petit cercle très serré face à lui. Jeune et inexpérimenté, il n'avait encore jamais quitté le royaume. Il n'aurait su dire où les autres avaient commencé leur voyage, mais certains étaient plus sombres que lui, d'autres avaient les traits plus ciselés ou la peau plus pâle, cireuse. On leur avait dit qu'ils ne devaient pas parler entre eux, qu'ils ne devaient en aucun cas demander des noms, mais Ibrahim présumait que la plupart venaient du Yémen, d'Égypte, de Syrie et du Pakistan. Il n'était pas stupide et il savait réfléchir. Ces deux-là qui étaient mal à l'aise en tailleur et ne cessaient de s'agiter, ils devaient venir d'Europe. Ils avaient l'habitude de s'asseoir sur des chaises rembourrées. L'ordre de ne rien dire avait été donné sèchement. Depuis, ils restaient tous assis, tête baissée. Dans tous les regards brillait la flamme de la foi.

Ils attendaient.

Toujours devant Ibrahim, mais à quelques mètres du groupe, quatre hommes étaient réunis : les acheteurs potentiels. Au début, dans la fraîcheur relative du petit matin, ils avaient minutieusement examiné chaque membre du groupe, échangeant quelques remarques, comme si le marché était déjà ouvert. Mais ça, c'était il y a longtemps. Maintenant, ils bavardaient à voix basse, tout en guettant le paysage de sable au-delà du bâtiment. Plus loin, derrière eux, deux pick-up étaient couverts d'une peinture camouflage zébrée. Le toit de chaque cabine avait été découpé et une mitrailleuse montée au-dessus du pare-brise.

Ibrahim s'était attendu à ce que chacun d'entre eux soit accueilli avec joie, à ce que tous prient ensemble. On leur avait ordonné de s'asseoir et de se taire.

Il vit les quatre s'animer et, pour la première fois, sourire. Ils étaient vêtus d'uniformes vert olive, le visage souvent masqué par les plis de leurs *keffiehs*. Des pistolets pendaient dans des holsters fixés à leurs ceintures en toile. Un véhicule approchait, son moteur luttant dans le sable où il n'y avait pas de piste.

Il se dit que c'était celui qu'ils attendaient depuis le début et que la vente allait enfin pouvoir commencer.

La voiture s'arrêta derrière le bâtiment en béton. Les quatre partirent à sa rencontre. Il entendit des rires et des salutations bruyantes.

Comme tous ceux qui étaient assis dans l'ombre dérisoire du mur, Ibrahim était un mort vivant. Plus tout à fait un jeune homme à qui ses deux premières années de médecine offraient un avenir et pas encore un martyr qui serait honoré et accueilli à la table de Dieu. Il connaissait les récompenses offertes aux *chahids*, car elles lui avaient été énumérées à la mosquée de Habala par l'imam qui avait été son protecteur et son recruteur, qui avait rendu possible le début de son voyage vers le paradis.

L'homme qu'ils avaient attendu était grand et droit, le corps dépourvu du moindre gramme superflu. Il se déplaçait avec souplesse. Ses chaussures de combat étaient couvertes de sable, tout comme son uniforme de camouflage et les bretelles qui descendaient jusqu'à sa ceinture. Des grenades y étaient fixées et un fusil d'assaut pendait de son épaule droite, venant parfois se cogner aux chargeurs coincés dans des passements sur son torse. Le sable saupoudrait aussi sa cagoule noire dans laquelle deux fentes avaient été grossièrement taillées. Les yeux, féroces et intenses, se fixèrent sur le groupe pour ne plus le quitter. Ibrahim sentit leur force sur lui et essaya de se donner du courage. Il serra les mains très fort dans l'espoir de cacher leurs tremblements. Il se sentait aussi nu que si le scalpel d'un chirurgien l'avait ouvert.

Une voix aiguë et étrangement stridente – un dialecte arabe qu'Ibrahim ne reconnut pas – ordonna au groupe de se lever. Ils obéirent. Il se redressa, malgré la raideur de ses genoux, essaya de se faire le plus grand possible. L'homme s'écarta du groupe, fit signe aux quatre autres de s'éloigner avant de se poster à cinquante pas du bâtiment.

Un deuxième ordre retentit. L'un après l'autre, les morts vivants devaient marcher jusqu'à lui, s'arrêter, faire demi-tour, repartir et s'asseoir. Son doigt se tendit vers un de ceux dont Ibrahim pensait qu'ils venaient d'Europe.

Ils furent tous désignés. L'un après l'autre, ils s'avancèrent, s'arrêtèrent, firent demi-tour, repartirent et s'assirent. Certains se dépêchaient, d'autres se traînaient, certains étaient hésitants, d'autres tentaient de garder les épaules bien droites comme pour un défilé, quelques-uns montraient leur mauvaise humeur. Vint le tour d'Ibrahim, il était l'avant-dernier. Il ne comprenait pas ce qu'on attendait de lui.

Peut-être était-il trop épuisé. Peut-être que la douleur dans ses jambes et dans ses hanches l'empêchait de réfléchir. Il se leva, se mit en marche, sans sentir les cailloux et les débris sous les semelles de ses baskets. Il marcha comme s'il cherchait simplement à se rapprocher de Dieu, et il ne put réprimer le sourire qui lui vint si facilement aux lèvres. Il ignorait comment il aurait dû marcher, ce que l'homme à la cagoule saupoudrée de sable, aux yeux comme deux émeraudes jumelles, désirait de lui. Il s'approcha assez pour sentir la sueur sur sa tunique et son sourire ne faiblit pas. Quand il repartit, le soleil brûlant lui cogna la nuque. Il retourna dans l'ombre.

Il allait se laisser tomber contre le mur quand le cri lui perça le dos.

« Toi ! Pas avec les autres. Assieds-toi à part. »

Le jeune s'écarta lentement du mur. La confusion troubla ses traits immatures avant de se transformer en désespoir, car il se croyait rejeté. Il se tourna vers les quatre hommes plus âgés. La déférence était inscrite sur leurs visages. D'un geste de sa main calleuse et crasseuse, il désigna le groupe accroupi. Il pensait avoir trouvé celui qu'il lui fallait.

Il resta à l'écart, observant. Le groupe fut séparé. Trois de ses membres iraient à Mossoul au nord, deux à Ramadi, un à Bakouba et cinq à Bagdad. Chacun, où qu'il aille, passerait un à trois jours en transit, puis une dernière journée à être briefé sur sa cible. Le lendemain, ils seraient dans une voiture chargée d'explosifs, ou un camion, ou bien marcheraient avec une ceinture ou un gilet sous leur ample robe flottante. D'ici une semaine, tous seraient morts et les restes de leurs cadavres seraient éparpillés sur des murs de maisons ou d'immeubles de bureaux, sur des piliers de ponts routiers ou dans ces cours où on rassemblait les policiers pour leur régler leurs soldes ou pour les recruter. Les noms de certains seraient connus grâce à des vidéos transmises sur des sites web, ceux des autres seraient perdus pour l'éternité. L'ennemi les appelait des « bombes humaines » et redoutait leur dévotion. Pour lui et ses camarades combattants, ils étaient des armes tactiques utiles, appréciées pour la précision avec laquelle la cible choisie était détruite.

On l'écoutait, comme il se devait. Ceux qui transmettaient des rapports clandestins à la résistance tout en gardant des postes importants parmi les collaborateurs du régime disaient qu'il n'existait aucune photographie de lui mais que sa tête était déjà mise à prix – mort ou vif – pour un million de dollars américains, qu'il était identifié dans les dossiers par le nom qu'il s'était lui-même choisi. Le Scorpion.

Son attention errait entre le futur et le présent. Le futur, c'était l'énormité de la mission dans laquelle il s'était engagé et qui allait l'emmener sur un continent dont il n'avait pas la moindre expérience. L'ordre venu des zones tribales du Pakistan avait été émis par des hommes âgés qui étaient tous des fugitifs. Le présent se limitait à ces vastes étendues de sable où la seule trace d'habitation était ce bâtiment en blocs de béton sans étage à trente kilomètres de la route qui courait dans le désert saoudien, depuis Hafar-al-Batin au sud-est à Arar au nord-ouest, le long de la frontière irakienne. Là où il s'asseyait, mangeait et parlait, il ne s'en trouvait pas à plus d'un kilomètre.

Il vit la souffrance sur le visage du jeune homme. Le vit cligner des yeux pour chasser les larmes. Il le rejoignit, s'accroupit face à lui.

« Comment t'appelles-tu ? »

Une réponse étranglée :

« Ibrahim, Ibrahim Hussein.

– D'où es-tu ?

– De la province d'Asir, la ville de Jizan.

– Tu as un travail à Jizan ?

– À Jeddah, à l'université. Je suis étudiant en médecine. »

Le soleil avait commencé à glisser de son zénith. Bientôt, peut-être, des rats et des lièvres allaient émerger pour fouiller le sable à la recherche des miettes du pain qu'ils avaient mangé. Plus tard, peut-être, quand la grisaille du crépuscule approcherait, des renards les pourchasseraient.

« Nous ne partirons pas avant l'obscurité. Il y a du danger ici, mais il sera plus grand encore si nous voyageons en plein jour. Es-tu fort ?

– Je l'espère. S'il vous plaît, suis-je rejeté ?

– Pas rejeté. Choisi. »

Il vit à nouveau le si large sourire, le soulagement qui illumina le visage du jeune homme.

Il regagna son propre véhicule et s'allongea de tout son long sur le sable, la tête posée contre une roue tout-terrain. Sous la cagoule, il ferma les yeux et s'endormit, sachant que la fraîcheur du soir le réveillerait. Négligeant le présent, son esprit imaginait le futur. La part qu'y prendrait un jeune homme parce qu'il marchait bien.

« Le droit pénal autorise que le nombre des jurés soit réduit de douze à dix. À dix, le procès peut continuer. Malheureusement, nous avons perdu deux d'entre vous : le premier, en raison d'un deuil cruel, et la seconde, par la faute de ce malheureux accident aujourd'hui qui a vu votre porte-parole faire une chute alors qu'elle pénétrait dans le bâtiment et s'est, je viens d'en être informé, fracturé la jambe. Je suis sûr que vous vous joindrez à moi pour exprimer notre plus sincère sympathie à votre collègue. Mais à présent, nous devons continuer. »

Quand il avait appris cette chute malencontreuse, M. Justice Herbert avait poussé un juron entre ses dents, tout en veillant à ce que son huissier, lui aussi présent dans son bureau, ne l'entende pas.

« Cela fait désormais neuf semaines moins un jour que nous sommes ensemble, et je prévois qu'il en faudra trois autres, au maximum, pour atteindre une conclusion vous permettant de juger les accusés coupables ou non coupables des charges retenues contre eux. »

C'était un homme prudent. Juge à la dix-huitième cour de Snaresbrook dans les quartiers est de Londres, Wilbur Justice Herbert était réputé pour la mesure de ses paroles... Il était bien décidé à ne pas laisser son procès, la reine contre Oswald (Ozzie) Curtis et Oliver (Ollie) Curtis, lui échapper, et encore moins à offrir aux avocats de la défense l'opportunité de se servir des paroles qu'il prononçait aujourd'hui pour justifier un éventuel appel en cas de verdict de culpabilité.

« Nous allons ajourner la séance, brièvement je l'espère, afin de vous permettre de retourner en salle de délibérations pour choisir un nouveau ou une nouvelle porte-parole. Ensuite, nous reprendrons. »

Il s'exprimait d'une voix basse. Persuadé qu'ainsi il captait mieux l'attention des membres du jury qui devaient se pencher vers lui pour l'entendre. C'était un assortiment banal, ni extraordinaire ni médiocre, et le procès contre les frères Curtis ne devrait pas leur donner de maux de tête. Fallait-il leur suggérer de s'acheter de l'aspirine au cas où ? Non, certainement pas. Un rire, aussi bref et appréciable fût-il de la part d'un juré détendu, offenserait la majesté de la cour, et il était convaincu que la justice devait se rendre en majesté.

« Quelques minutes seulement, je l'espère, afin de désigner votre nouveau porte-parole, et nous reprendrons. Quelqu'un s'occupe des fleurs. »

Il rassembla sa robe sur son estomac, se leva et quitta le tribunal. Qu'il soit damné si ce procès lui échappait, ce qui serait le cas si jamais la dix-huitième cour perdait encore un seul de ses jurés.

Une vilaine petite discussion avait divisé le groupe. Le problème ? Corenza et Rob voulaient tous les deux le boulot et tous les deux avaient claironné leur intention. C'était important, non, d'être porte-parole du jury ? Ils en paraissaient persuadés. Ils avaient en commun – Corenza, la bourge, et Rob, le crétin prétentieux – d'être aussi peu appréciés l'un que l'autre par leurs huit collègues. Deirdre, Fanny et Ettie s'étaient ralliées à Corenza en tant que remplaçante de Glenys, tandis que

Dwayne, Baz, Peter et Vicky avaient pris le parti de Rob. Et lui ? Eh bien, il s'en foutait royalement et avait offert sa voix à Rob, le petit con pédant. Il lui avait donné le titre auquel ce crétin semblait tant tenir.

L'audience avait repris à présent, mais toute la matinée avait été consacrée à la résolution de ce différend. Pendant qu'ils délibéraient, le juge s'était bouffé les lèvres pour contrôler son irritation et le temps perdu. Jools n'en avait rien eu à foutre et s'était même offert une autre tasse de café à la machine installée dans leur salle.

Pour ses collègues de neuf semaines, il était « Jools ». Comme pour tous ceux qui le connaissaient, les rares qui l'aimaient, les quelques-uns qui le méprisaient et les nombreux qui se contentaient de le fréquenter. Officiellement, il s'appelait Julian Wright, époux de Barbara, père de Kathy. Pour ses parents, il restait Julian, et pour ses élèves, M. Wright... parfois. Il aimait bien son surnom, Jools, qui lui conférait, il le pensait, un air canaille bienvenu. Maintenant, parce qu'ils avaient tous dû changer de place, il se trouvait entre Ettie et Vicky. Cette redistribution était due au fait que Rob avait pris la place de Glenys, tout au bout du banc du bas à gauche, au plus près du juge. Ettie avait un parfum puissant, avec lequel elle s'imprégnait les poignets et le cou, mais la sueur de Vicky était bien plus attirante.

Bien évidemment, ils étaient coupables.

C'était la première fois que Jools siégeait dans un jury. Pas mal d'avoir atteint l'âge de trente-sept ans sans avoir jamais reçu l'enveloppe brune contenant l'injonction de se présenter devant la cour royale de Snaresbrook afin d'y remplir son devoir de juré un lundi matin de février. Sa réaction initiale, il s'en rendait compte maintenant, avait été typique. Il n'avait pas le temps, il avait un boulot, des responsabilités. Il avait appelé le numéro fourni pour expliquer, avec une certaine véhémence, qu'il était directeur adjoint du département de géographie dans un établissement d'enseignement secondaire et qu'il avait un programme à mener à bien d'ici la fin du trimestre et jusqu'aux vacances d'été. Cela n'avait guère ému la femme au bout du fil. Elle lui avait répondu que, à moins qu'il n'ait d'autres obligations nettement plus urgentes, il ferait bien de s'intéresser un peu plus à ses responsabilités civiques et de se présenter à Snaresbrook le jour dit.

Dans l'espoir de trouver un appui, Jools s'était adressé à son chef d'établissement, imaginant qu'une lettre à en-tête de l'école expliquerait qu'on ne pouvait se passer de ses services éducatifs. Il avait été remballé par un laconique : « Nous prendrons un vacataire. Personnellement, je sacrifierais bien une de mes couilles pour pouvoir quitter cette école un mois ou deux. Estimez-vous heureux, Jools. L'Éducation nationale vous paiera votre salaire, vous n'en serez pas de votre poche. Vous serez envié par nous tous. Une évasion réussie de ce *stalag*, voilà comment je vois la chose. Détendez-vous et appréciez la balade. Mais, s'il vous plaît, essayez de ne pas vous faire embringuer dans un de ces trucs interminables. » Sa vengeance avait été, quand une foule de futurs jurés avait été rassemblée dans une pièce froide et mal aérée, de se porter volontaire pour n'importe quel procès quel que soit le temps qu'il durerait, déclarant à l'huissier, avec sa voix la plus sincère, qu'il considérait comme de la plus haute importance ses obligations envers la société. Sa récompense serait d'être libéré d'une classe de petits loubards pour qui la géographie ne servait qu'à trouver le chemin du fast-food le plus proche ou celui du parc où les pipes valaient que dalle... Le dernier vendredi de classe, il était entré dans la salle des professeurs pour annoncer qu'ils risquaient de ne plus le voir pendant un petit moment. La remarque avait été accueillie avec indifférence. Personne n'en avait rien à battre.

Membre d'un jury pour la première fois, il découvrait la routine quotidienne d'un tribunal de la couronne. Travailler pour la justice n'exigeait pas d'efforts considérables. Seigneur, non. Les horaires n'avaient rien de féroce. Avec pompe et cérémonie, le juge pénétrait dans la dix-huitième cour à dix heures et demie du matin, interrompait l'audience à une heure moins le quart pour déjeuner, la reprenait à deux heures et quart et mettait un terme à cette très longue journée sur le coup de quatre heures et quart, jamais après la demie. Dès que leur perruque les chatouillait trop, les avocats de la défense bondissaient sur leurs pieds pour mégoter un point de droit qui nécessitait l'évacuation du jury, parfois pendant des heures. Quand la cour était en séance, avec tout le personnel adéquat présent, les interrogatoires des témoins se déroulaient avec une lenteur phénoménale.

Si on avait supprimé tout ce délayage, le verdict aurait pu être rendu en une semaine à peine. Herbert, installé sur son perchoir avec pour seule compagnie celle des anges, ne semblait guère enclin à inciter témoins et avocats à accélérer l'allure. Jools avait eu beaucoup de temps pour réfléchir au rythme de la justice : neuf semaines. À l'instar de M. Justice Herbert, la plupart des autres prenaient des notes détaillées à la main sur des blocs de feuilles quadrillées A4. Corenza en était à son second, Rob à son troisième alors que Fanny préférait des bouts de papier épars. Jools ne prenait pas de notes. Il n'en voyait pas l'utilité.

Ils étaient coupables.

Il les regardait rarement. Les frères étaient assis à sa droite. Face au juge, derrière leurs défenseurs et l'équipe du procureur, et flanqués de gardiens de prison. Ils avaient dépassé la quarantaine. Leurs torses puissants martyrisaient les boutons de leurs costumes, leurs manches étaient pleines de muscles. Chaque jour, ils se pointaient avec une chemise neuve et ce genre de cravate discrète qu'un haut fonctionnaire, ou un cadre de l'Éducation nationale, aurait choisis. Il présumait que les cravates, les costumes sérieux et les chemises immaculées avaient été imposés par leurs représentants légaux afin de « faire bonne impression » sur le jury. Aucune chance qu'un costume qui coûtait ce qu'il gagnait en un mois fasse bonne impression sur Jools. À leurs poignets, ils arboraient de lourdes gourmettes en or et leurs chemises devaient cacher des colliers encore plus massifs. Quand il se décidait à les regarder, par brefs coups d'œil en coin, il voyait leurs carrures intimidantes et la froide arrogance du pouvoir sur leurs visages. D'accord, d'accord, il était prêt à l'admettre, ils lui foutaient la trouille. Il y avait des pères qui venaient se plaindre à l'école quand leurs enfants étaient collés ou renvoyés à la maison, des pères qui serraient les poings et qui crachaient leur colère. Des pères qui l'effrayaient... mais pas comme les frères. Le problème, c'était qu'à chaque fois qu'il risquait un regard vers eux – ayant été incité à le faire, un moustique attiré par une flamme, une compulsion –, ils semblaient le sentir. Leurs têtes se tournaient et leurs yeux se plaquaient aux siens, plus collants que des sangsues. Aussitôt, il se mettait à contempler ses mains, ses lacets, le juge ou un journaliste dans la salle. Mais, à chaque fois qu'il les matait, même en douce, il y avait toujours le moment où ils le piégeaient et où il sentait la trouille. Il savait ce qu'ils avaient fait, avait entendu les récits détaillés et interminables de leur entrée dans la bijouterie, avait écouté les dépositions bredouillantes de témoins terrorisés par les armes et par la violence qui s'abattrait sur eux s'ils résistaient. Il frissonna. De peur.

Il jura en silence. Maintenant, il lui fallait trouver un autre endroit dans la dix-huitième cour où poser les yeux, où concentrer son regard : le frère aîné, à la démarche de boxeur, était escorté par deux gardes jumeaux du banc des accusés à la barre des témoins où il ferait face au jury. Jools fixa le nez de M. Justice Herbert, la verrue sur sa narine gauche, le seul truc qu'il pouvait contempler sans risque.

Il n'avait jamais dit à sa femme que le simple contact visuel avec les frères l'effrayait. Babs l'aurait confirmé, il n'avait rien d'un héros. Il n'avait encore jamais goûté l'aigreur du danger, et quand ce procès serait terminé, il ne la connaîtrait sans doute plus jamais.

Ici, il n'y avait pas de montagne aux sommets enneigés, pas de grotte sous la limite des glaciers où des hommes traqués se cachaient, pas de piste sur laquelle des courriers au pied sûr apportaient des rapports et repartaient avec des messages emplis de haine exigeant d'être exécutés, pas de falaise où s'adossaient des anciens, appuyés sur des bâtons, portant des fusils qui signifiaient leur pouvoir et maudissant une société toujours plus envahissante qu'ils détestaient.

Il n'y avait pas de route crevée d'ornières sur laquelle se traînaient des véhicules blindés, des hommes casqués, en nage dans leurs gilets pare-balles, guettant au-dessus de la mire de leurs mitrailleuses un ennemi invisible.

Rien dans cette ville n'évoquait la possibilité qu'elle devienne un avant-poste de la ligne de front de cette nouvelle guerre. Luton était un royaume de normalité. Ce jour-là, l'agglomération du Bedfordshire, située à une cinquantaine de kilomètres au nord de Londres, comptait un peu moins de cent soixante-dix mille habitants. Elle abritait une importante usine d'automobiles et un aéroport fréquenté par des touristes qui embarquaient sur des vols charters à prix cassés. La ville avait été élue – un titre qu'elle rejetait avec colère – « la plus merdique de Grande-Bretagne », avec la « pire architecture du pays » et des « boîtes de nuit moribondes qui donnent envie de s'ouvrir les veines ». Mais un avant-poste ? Non, pas Luton.

Sur St George's Square, prise en sandwich entre l'hôtel de ville et le centre commercial, ivrognes et gamins en capuche avaient pris possession des bancs. Ni eux, ni les vendeurs des magasins qui les chassaient avec méfiance, ni les employés de bureau qui sortaient fumer malgré la pluie, ni les éboueurs qui vidaient les poubelles débordantes et ni les jeunes qui s'entassaient dans la bibliothèque municipale au coin de la place pour se servir des ordinateurs ne se souciaient de la guerre. Pourquoi le feraient-ils ? Pour quelle raison pouvaient-ils se sentir menacés, désignés comme cibles légitimes ? Tous se croyaient à l'abri de la terreur. Des mois auparavant, des policiers avaient brisé des portes et emmené des individus menottés. Un an et demi avant cela, un véhicule avait été abandonné sur le parking de la gare par quatre hommes qui avaient pris le train pour Londres afin de se sacrifier et de tuer cinquante personnes avec eux. C'était il y a trop longtemps, mieux valait l'oublier.

Pour la plupart ici, la guerre restait confinée aux écrans de télévision, distante au point d'en être incompréhensible. Pourtant, au sein même de la cité, confiné dans ses ghettos, le ressentiment mijotait. Quelques musulmans radicaux attendaient l'appel du djihad. La ville qui s'étendait sur les deux rives de la Lea ne le savait pas, ne pouvait pas le savoir.

* * *

Quand la fille était arrivée, ponctuelle à la minute près, elle l'avait trouvée jolie. Mais quand elle s'était approchée, la femme du fermier avait vu la cicatrice livide courant latéralement sur son front, et la deuxième, plus petite, verticale sur sa joue gauche.

Elle essaya de ne pas les fixer. Se dit que c'était le résultat d'un accident de voiture, la tête passant à travers le pare-brise.

« J'espère que je ne suis pas en retard. Que je ne vous ai pas fait attendre.

– Pas du tout, non. Vous êtes pile à l'heure. »

Elle devait avoir un peu plus de vingt ans. La femme jeta un coup d'œil à ses mains et n'y vit aucune alliance. Quelle tristesse. Défigurée comme elle l'était, elle aurait du mal à trouver un mari avec qui fonder une famille. C'était une Orientale, mais elle avait l'accent du coin. La femme du fermier hésitait à louer Oakdene Cottage à un groupe issu d'une minorité. Elle chassa cette pensée. Ce n'était que pour un mois, réglé d'avance. Pas pour apporter leur soutien à la tolérance ethnique, mais parce que – leurs livres de comptes en faisaient foi – Bill et elle avaient besoin de cet argent.

« Entrez, ma chère, que je vous fasse visiter.

– Merci, mais je suis sûre que ça nous conviendra parfaitement.

– Combien serez-vous ?

– Huit, en tout. Uniquement des membres de la famille. Certains viennent de l'étranger.

– Eh bien, vous risquez d'être un peu à l'étroit. Il n'y a que quatre chambres à coucher. Je l'avais bien spécifié, n'est-ce pas ?

– Ce n'est pas un problème. Ça ira très bien. »

La femme du fermier ajouta rapidement :

« Et cela fera, pour un mois, onze cents livres, payables d'avance. »

Un jeune homme était resté dans la voiture qui l'avait amenée. Sans ces horribles balafres, elle aurait été mignonne, avec une jolie silhouette sous son jean et son léger coupe-vent, ses cheveux très noirs qui lui tombaient sur les épaules. Elles entrèrent dans la maison et la femme du fermier détailla à profusion les installations de la cuisine, la salle de bains avec eau chaude, les chambres et le linge de lit à disposition, la salle à manger, la vaisselle et les couverts en nombre, mais elle eut l'impression que tout cela intéressait peu la fille, ce qui la surprit.

« C'est idéal », dit celle-ci.

Elle se trouvait sur le seuil, contemplant les champs et la morne campagne du Bedfordshire. Elle devait entendre les corbeaux et le moteur du tracteur de Bill au loin.

« Si calme. Ma famille sera ravie.

– Et si vous voulez un peu moins de calme, Luton n'est qu'à huit kilomètres. Mon mari ou moi, nous passerons tondre la pelouse et voir si vous êtes bien installés.

– Inutile. Nous nous en chargerons. Vous n'avez pas à vous soucier de nous. Nous serons heureux de veiller sur votre joli cottage. Nous nous reverrons à notre départ.

– Vous êtes sûre ? »

Ils avaient assez à faire, Bill dans les champs et elle à la ferme, sans se taper les huit cents mètres de piste juste pour venir couper l'herbe.

« Absolument, merci. »

Le marché était conclu. La fille repartit dans la voiture sur le chemin bosselé qui menait à la route principale.

Ce ne fut qu'après son départ, alors qu'elle démarrait le Land Rover, que la femme du fermier se rendit compte qu'elle n'avait ni son nom ni la moindre adresse pour la joindre. Mais elle venait bien de conclure une location d'un mois pour Oakdene Cottage, alors qu'elle n'avait eu aucune autre proposition, et les onze cents livres en billets de cinquante dans la poche de son jean en témoignaient. Elle se demanda pourquoi une famille orientale avait envie de se réunir dans un coin aussi perdu à la campagne, mais elle n'y pensa pas très longtemps. Elle préférait réfléchir à ce qu'elle allait faire de ces onze cents livres en liquide, dont aucune ne serait déclarée.

Il leva les yeux de son écran. Son contenu l'incitait rarement à manquer sa pause déjeuner. Après ses deux sandwichs et une pomme, emportés dans une boîte en plastique dans le parc situé derrière le bâtiment, il était généralement enveloppé de fatigue. Maintenant, l'esprit vagabondant, il envisageait de filer à l'étage inférieur, dans ce qu'il appelait « les gogues », pour s'asseoir sur le siège et s'offrir la dizaine de minutes de sieste qui l'aideraient à affronter le reste de sa journée de travail. Dickie Naylor se renfrogna.

Cette maudite bonne femme lorgnait déjà son territoire. À travers la porte ouverte, il voyait bien que Mary Reakes louchait sur son espace, et il aurait juré que c'était bien de la convoitise dans son regard. Non pas que son box ait beaucoup à offrir : un bureau avec un écran cachant un entrelacs de câbles, une chaise pivotante à dos droit, un fauteuil pour un visiteur, un coffre-fort posé à même le sol à côté de deux armoires à dossiers, chacune verrouillée par une barre verticale coinçant les tiroirs, une petite table avec une machine à café et quelques bouteilles d'eau en plastique. Il n'y avait pas grand-chose d'autre, hormis le planning des vacances des membres du département qui lui avaient répondu, le tableau de service de nuit, une photographie d'une équipe de cricket brandissant une coupe en argent ridiculement minuscule, et une autre de son épouse dans le jardin. Quelques clichés d'individus barbus et peu amènes étaient épinglés sur un tableau.

Elle allait devoir attendre. Après ce soir, à la fin de cette journée d'avril humide et morne, ce box resterait le lieu de travail de Dickie Naylor pendant encore onze jours ouvrables. Ensuite, tant mieux pour elle, elle pourrait l'avoir. Ce vendredi-là, dans deux semaines, il emporterait ses rares effets personnels, ferait glisser une dernière fois sa carte dans la fente à la porte principale avant de la tendre au garde en uniforme afin qu'il la détruise. Il s'éloignerait sur l'*Embankment* – reniflant une dernière fois l'odeur saumâtre de la Tamise – du bâtiment officiellement connu comme Thames House, ou parfois Box 500, et qui pour lui était les Riverside Villas. Le nouveau régime installé dans les suites moquettées des étages supérieurs, des bureaux bien plus grandioses que le sien, aurait considéré ces « Villas au Bord de l'Eau » comme un signe d'irrespect de la part d'un vieil homme à l'encontre du monde moderne qui allait bientôt se passer de ses services. Pour ces gens-là, c'était un très bel immeuble en totale adéquation avec l'importance toute nouvelle du service en tant que bras armé de la « Guerre contre la Terreur ». Pour Dickie Naylor, ce n'était qu'un édifice prétentieux.

Une fois parti, la porte de son box refermée derrière lui, il était certain que Mary Reakes, qui devait lui succéder à la tête de la section, prendrait possession de son bureau avant même qu'il ait atteint la station de métro. Mais d'ici là, qu'elle attende. Jusqu'à la dernière minute.

Elle avait la moitié de son âge. Une coupe au carré asexuée, un visage à moitié masqué par de puissants verres, et d'éternels costumes noirs. Contrairement à lui, elle avait décroché un diplôme universitaire et ne détournait jamais les yeux. Elle soutenait son regard, le défiait. Son attitude était claire : il était un « vétéran », périmé, plus tôt il partirait, mieux ce serait. Ce mot « vétéran » ne contenait pour elle ni affection ni respect. Il signifiait désuet, un obstacle au progrès. Il lui adressa un doux sourire à travers la porte ouverte.

Il n'avait jamais été, et il le reconnaissait, l'étoile la plus brillante du firmament. Au mieux, il avait été consciencieux, un tâcheron obstiné, ayant probablement atteint un grade bien supérieur à ce que garantissaient ses capacités. On le considérait comme « un bon artisan ». Dans deux semaines, il fêterait son soixante-cinquième anniversaire. Puis ce serait la retraite en banlieue, à Worcester Park. Là-bas, pour ses voisins, il était Richard, mais aux Riverside Villas, il était Dickie pour tout le monde, depuis le directeur général jusqu'aux gardiens du parking en sous-sol tout en bas de l'immeuble et de l'échelle hiérarchique. Il avait longtemps vu dans cette familiarité une preuve de la confiance que lui accordait sa tribu.

Au crépuscule d'une carrière qui avait commencé par son recrutement le jour de l'an 1968, il ne pouvait pas trouver dans ces trente-neuf années d'analyse du matériel qui était passé sur son bureau le moindre moment où son intervention avait altéré le cours des événements, et cela suffisait amplement à nourrir le ressentiment que lui inspirait Mary Reakes dont les yeux se baladaient toujours de ce côté-ci de la porte ouverte, balayant son territoire, alors que l'horloge tournait et que son rôle professionnel s'effaçait.

On lui avait donné, dans les jours chaotiques qui avaient suivi le 11-Septembre, un petit département à diriger avec la mission de détecter toute éventuelle attaque sur le Royaume-Uni déclenchée par des kamikazes basés sur un sol étranger et originaires de ces pays lointains. Plus loin dans le couloir, une section énorme, en constante expansion, s'occupait des menaces intérieures, alors qu'il dirigeait un petit coin tranquille. Dans onze jours ouvrables, il ne dirigerait plus rien.

Ils avaient été peu nombreux à venir à la chapelle du crématorium. Et moins encore après, à la réception dans le patio du pub. La plupart des patients de la maison de santé qui avaient assisté au service étaient repartis en minibus pour ne pas rater le déjeuner.

Il était là parce que sa mère avait tout organisé. Il lui avait dit qu'il avait une heure de libre, mais pas plus, parce qu'il était de service de nuit. Il s'était tenu à ses côtés avant de la suivre quand elle avait quitté la chapelle avec la vingtaine de personnes présentes, après la fermeture des rideaux à la fin du bref hymne à trois couplets.

Sa mère était une petite femme soignée auprès de qui David Banks paraissait immense.

Si elle n'avait pas pris ces dispositions, rien de tout ceci n'aurait eu lieu. Par loyauté filiale, il lui devait d'être là. Sauf que la famille avait depuis longtemps éclaté. Il ne connaissait personne. Il avait été, de loin, le plus jeune dans la chapelle tout comme il l'était à présent dans le patio. Il se tenait là, un pas derrière sa mère, comme si elle était son patron et qu'il lui fallait la protéger. C'était son truc, pas volontairement mais par instinct et formation, de veiller sur elle. Il était peu probable, alors que son regard se promenait sur tous ces vieux qui murmuraient doucement, que l'un d'entre eux, vêtu de son meilleur costume désormais trop grand, se transforme soudain en menace pour elle. Elle ne s'était jamais remariée après la mort de son père, et il essayait de la voir aussi souvent que son travail le lui permettait, mais ce n'était jamais assez. Elle habitait à cent soixante kilomètres de Londres, à la limite du Somerset et du Wiltshire, alors que sa vie à lui était verrouillée à la capitale. Depuis trois ans et demi, les hommes possédant ses qualifications professionnelles enchaînaient les heures supplémentaires.

Il était inspecteur, autorisé à porter une arme à feu, effectuant un service si exigeant que tous les soirs, ou presque, il rentrait en chancelant d'épuisement dans sa chambre meublée des quartiers ouest de Londres. Pour l'heure, il essayait, dans le sillage de sa mère, de sourire avec chaleur quand on lui présentait un parent lointain dont il avait vaguement entendu parler mais qu'il n'avait jamais rencontré. Il serrait des mains, veillant à ne pas broyer des doigts rabougris. On discutait autour de lui et il n'écoutait guère. Son esprit était loin des funérailles d'Enid Darke, concentré sur l'endroit où il serait ce soir et par la réunion de la veille détaillant les risques encourus par le patron en raison de sa visite de trois jours dans la capitale.

Un vieil homme vint trouver sa mère, et le policier se raidit par pur réflexe en voyant un étranger l'approcher. Banks se planta les ongles dans la paume comme si cela pouvait y changer quelque chose.

Il ne les entendait pas, mais il sentait la gravité de cet inconnu qui s'adressait à elle alors qu'elle se penchait pour mieux saisir ses paroles. Il ne put voir non plus ce qui passait de la poche d'une veste aux mains de sa mère. L'homme s'exprimait d'une voix faible et sifflante sans prendre le temps de respirer. Puis il s'en alla, trottina vers le bar et le serveur, et ses doigts tremblants s'emparèrent d'un grand verre de sherry. Sa mère tenait le paquet qui lui avait été donné comme une relique. Elle se tourna vers son fils en grimaçant.

« C'était quoi, ça ? »

Il parlait du coin de la bouche pendant que ses yeux erraient à nouveau.

Elle répondit à voix basse. Un ton confidentiel, conspirateur.

« Une rencontre intéressante. Il s'appelle Wilfred Perry. C'était le voisin de grand-tante Enid dans une de ces tours horribles de l'est de Londres. Il y habite encore. Il y a huit mois, ou Dieu sait quand elle a été amenée dans cette maison de santé, elle a frappé à sa porte un beau matin de bonne heure. Elle ne pouvait plus s'occuper d'elle-même. Elle devait être prise en charge. Elle lui a dit qu'elle n'avait qu'un seul objet précieux dont elle voulait qu'on prenne soin avant de le transmettre à sa famille. Elle l'a confié à monsieur Perry. Pourquoi pas directement à un membre de la famille ? Il n'en sait rien et moi non plus. S'il avait cassé sa pipe avant elle, Dieu sait ce que cet objet précieux serait devenu. Bon, je l'ai, maintenant. Mais il est pour toi. Pourquoi toi ? Quelqu'un a dû lui dire que tu étais dans la police. »

Elle tendit à son fils un petit carnet à couverture en cuir.

Il le prit.

« Qu'est-ce que je suis censé en faire ?

– Le lire, je suppose, et le garder. Il fait partie de la famille, de son histoire, c'est ce qu'il a dit. Grand-tante Enid lui a fait promettre de le transmettre aux nouvelles générations, et c'est ce qu'il vient de faire. Il a rempli ses obligations. »

Noir autrefois, le cuir écorné avait depuis longtemps perdu son lustre. Sur la tranche, une tache sombre s'était étalée, salissant les pages. Un élastique, replié deux fois, maintenait le carnet fermé. Il examina la couverture et vit les traces de ce qui avait dû être une gravure dorée.

« Bon, qui était Cecil Darke ?

– Selon monsieur Perry, Cecil était le frère aîné de grand-tante Enid. Désolée, David, mais je n'ai jamais entendu parler de lui. Elle l'a donné à monsieur Perry, fermé par cet élastique, et il ne l'a jamais enlevé, il n'a jamais cherché à savoir ce qu'il contenait. »

Banks vit, à l'autre bout du patio, Wilfred Perry – l'homme qui avait tenu une promesse – poser son verre vide sur la table et s'emparer d'un autre, plein. Il consulta sa montre.

« Faut que j'y aille, m'man. D'ici quelques minutes. Tu prendras un taxi ? Je ne peux pas me permettre d'être en retard.

– Tu ferais bien de regarder, David. Je veux dire, le jour de ses funérailles, tu devrais au moins essayer de savoir ce qui était si important pour elle.

– Oui, m'man... mais je ne peux pas traîner. »

Il retira l'élastique et la reliure craqua quand il ouvrit le carnet. Il vit une écriture à peine lisible sur l'intérieur de la couverture. Seigneur, alors qu'il ferait mieux de se bouger... et il lut à haute voix, mais de façon à ce que seule sa mère l'entende : « À qui de droit : En cas de décès ou d'incapacité, que celui qui trouvera ce journal veuille bien le faire parvenir à ma sœur, mademoiselle Enid Darke, 40 Victoria Street, Bermondsey, Londres, Angleterre. Je vous en remercie. Signé : Cecil Darke. » Il y avait une date sur la première page, suivie d'une écriture serrée. Qui exigerait pas mal de concentration pour la déchiffrer. Il referma le carnet, replaça l'élastique et glissa le tout dans sa poche.

« Faut que je file. J'ai été content de te voir, m'man. Fais bien attention à toi.

– Merci d'être venu. Tu le liras, n'est-ce pas ? Cela fait partie de nous, je suppose.

– Oui, quand j'aurai un moment. »

Un bisou sur la joue et il fila. Il courut sur le parking sous la pluie fine, le carnet sautant dans sa poche. Plus tard, pendant son service et si quoi que ce soit l'obligeait à courir, un pistolet Glock 9 mm chargé de onze balles rebondirait contre cette hanche.

2

Jeudi, jour 1

Quand il les vit grimper dans les deux pick-up, Ibrahim éprouva un sentiment de perte. Il n'était avec eux que depuis la veille au soir, ne connaissait pas leurs noms, ne savait pas d'où ils venaient ni ce qu'ils avaient laissé derrière eux, mais durant ces quelques heures chaotiques et traumatisantes – pour eux tous –, ils avaient été ses frères.

De nouveaux maîtres les avaient sélectionnés et décidaient maintenant dans quel véhicule ils devaient monter. Les hommes en treillis, ceux qui avaient choisi et avaient paru jauger leur valeur, aboyaient des instructions, leur faisaient signe d'avancer. Aucun ne fut aidé à se hisser par-dessus les hayons, on les laissa se débrouiller. Quand ils furent tous à bord, accroupis et à moitié cachés par les parois des véhicules, Ibrahim se dressa malgré la raideur de ses articulations. Les moteurs furent lancés. Il entendit les claquements des mitrailleuses qu'on armait, un son étrange. Il se demanda s'il devait les saluer.

Dominant les rugissements des moteurs, leurs rires lui parvinrent. Comme ceux de vieux amis, mais déjà si loin de lui, car il ne voyagerait pas avec eux.

Nul ne le remarquait, nul ne le regardait, alors il ne les salua pas.

L'adieu qui était marqué au fer rouge dans son esprit avait lieu devant lui. Les combattants en treillis laissèrent les moteurs tourner, les mitrailleuses armées, et se dirigèrent d'un pas vif vers l'homme dont Ibrahim pensait qu'il était le chef, *son* chef. Ils l'étreignirent tous l'un après l'autre et leurs lèvres frôlèrent les joues masquées par la cagoule. Ces hommes n'avaient ni joie ni bonheur, leurs baisers étaient indifférents, sans enthousiasme. Il sentait la différence entre eux et son tout nouveau commandant. Et ses frères entassés dans les pick-up. Ils se séparèrent, mais, cette fois, ils serrèrent la main du chef un peu plus longtemps que nécessaire, comme si cet adieu-là était plus significatif, comme si un peu du danger et de la menace, du risque et de l'incertitude, passait entre eux. Les pick-up s'éloignèrent sur le sable, comme les boutres quittant le port au bout de la corniche. Puis, tout comme les boutres dès qu'ils franchissaient l'enceinte du port, leurs moteurs s'emballèrent et ils accélérèrent.

Il les regarda partir.

Pendant quelques instants, les véhicules disparurent derrière le bâtiment. Quand il les revit, ils filaient rapidement. Il les vit rebondir sur le petit monticule de sable là où la ligne de barbelés était enterrée. À gauche et à droite, elle surgissait à nouveau accrochée à des piquets de fer rouillé. Ces barbelés marquaient la frontière. Il ne savait pas pourquoi, alors que les autres étaient emmenés en Irak, on l'avait laissé ici. Il suivit les deux nuages de poussière soulevés par les roues des pick-up aussi longtemps qu'il le put, bien après que ses yeux cessèrent de les voir, bien après que les bruits de moteur furent avalés par le silence du désert.

Il sentit alors la fraîcheur du soir. Il ne l'avait pas remarquée hier quand les corps de ses frères étaient pressés contre le sien.

Le chef était une silhouette au loin, faisant les cent pas sur le sable, se tournant fréquemment vers les dernières lueurs du couchant. Souvent aussi, il consultait sa montre dans la pénombre, puis relevait les yeux pour scanner l'horizon sur lequel hésitait un quart de soleil rouge sang. Ibrahim n'osait pas l'interrompre. Au lieu de cela, il pensait à sa maison et à sa famille.

Le père d'Ibrahim Hussein vendait de l'appareillage électrique dans un magasin situé dans une rue derrière la corniche de la ville de Jizan. Il était, et Ibrahim le reconnaissait, dominé par la mélancolie. Sa femme, la mère d'Ibrahim, était morte quatre ans auparavant d'une péritonite. Cela n'aurait pas dû se produire, mais l'incompétence du personnel soignant à la clinique, sa panique dans un moment de crise, l'avait tuée. Son père était un homme prospère au sein de sa communauté. Il conduisait le dernier modèle de berline Mercedes, mais une irrépressible dépression gouvernait sa vie. Ibrahim, l'étudiant en médecine, avait identifié les symptômes aussi sûrement que l'inaptitude des employés de la clinique où sa mère était morte inutilement. Tel un homme perdu, avec pour seule compagnie celle de ses filles qu'il ignorait, son père errait dans les couloirs de la maison, dénigrant ses concurrents, ne parlant que des profits et pertes de son magasin. Avant le décès de la mère d'Ibrahim, il avait pleuré la perte de deux fils.

Âgé de trois ans à l'époque, Ibrahim ne se souvenait pas du moment où un imam était venu annoncer la mort de son frère aîné dans la région de Jalalabad, en Afghanistan. Maintenant, il savait qu'il avait été surpris à découvert sur une piste à flanc de falaise. Souvent, l'image lui venait à l'esprit. Son frère, menant les mules d'un convoi de ravitaillement sur un sentier taillé dans une façade à pic, avait été repéré par le pilote d'un hélicoptère de combat soviétique. Des balles de mitrailleuse et des roquettes les avaient tués, lui, ses compagnons djihadistes et leurs bêtes.

Il se souvenait assez bien de l'annonce de la mort de son deuxième frère. La nouvelle avait été apportée à son père par le même imam. C'était par une journée suffocante, tous les climatiseurs de la maison tournaient à plein régime. Deux mois après l'invasion de l'Afghanistan par les Américains, il avait été tué près de Kandahar avec d'autres de la brigade 055 sous un tapis de bombes larguées par un B52 géant. Son deuxième frère avait suivi leur aîné dans les rangs des combattants étrangers partis pour résister aux invasions de l'Afghanistan, d'abord par les Russes puis par les Américains. Il s'était mis à couvert dans un bunker en béton que les explosions avaient pulvérisé. Il était peut-être mort sur le coup ou bien était resté prisonnier sous les décombres, suffoquant lentement dans la poussière et l'obscurité. On l'ignorait.

Un complexe mélange d'émotions avait conduit Ibrahim à ce point de passage clandestin à la frontière, à cette piste utilisée par les combattants et les contrebandiers qui menait en territoire irakien. Au plus profond de lui, la peine pour son père l'emportait, ainsi que la volonté de lui apporter une fierté qui le soulagerait de sa terrible dépression. Il y avait aussi la vengeance, le souhait de frapper les forces du mal et de montrer au monde la détermination de la foi chez un jeune homme. Sa mère était morte parce que les maîtres du royaume privaient de ressources la province d'Asir. Ces gouvernants corrompus cohabitaient avec les *kafirs*, les mécréants. Son frère aîné était mort pour défendre un pays musulman envahi et violé par des impies. Son deuxième frère était mort des mains des pires des infidèles. Il croyait que sa propre mort, son martyre, libérerait son père de la mélancolie.

Il distinguait à peine la silhouette de son chef dans la pénombre grandissante. Puis, loin là-bas, tout près de l'endroit où le soleil avait disparu, il vit deux petits points lumineux. Maintenant, le chef revenait vers lui. L'ombre d'un spectre. Sa main se posa sur l'épaule d'Ibrahim et celui-ci se sentit réconforté par la force qui lui serrait la clavicule et les ligaments.

La voix était douce, les mots presque prononcés avec gentillesse.

« Je te l'ai dit, tu n'as pas été rejeté, mais choisi. »

Incapable de parler, il hocha la tête.

« Choisi pour une mission d'une importance exceptionnelle, pour laquelle tu es d'ores et déjà honoré et respecté.

– J'espère être digne de la confiance placée en moi. »

Jamais il n'avait éprouvé une telle fierté.

« C'est une mission qui exige de toi un dévouement absolu.

– Vous avez ma promesse de… »

Le Scorpion planta ses doigts plus fort dans les os du garçon. C'était difficile pour lui, dans son état d'épuisement, de jouer la bonté ou l'inquiétude pour un étudiant en médecine qui s'était déclaré amoureux de la mort. Mais il était important de soutenir sa croyance.

« C'est une mission qui exige de toi une obéissance totale aux instructions qui te seront données. En es-tu capable ?

– Je le crois.

– S'il te plaît, écoute attentivement tout ce que je vais te dire.

– Oui, mon chef. »

Sous la cagoule, la bouche se plissa en un bref sourire. Il entendait l'admiration et l'adoration, mais ne les recherchait pas. Le garçon souhaitait des louanges. Il pouvait les lui donner si nécessaire, aussi fausses fussent-elles.

« Sans dévouement ni obéissance, la mission pour laquelle tu as été choisi échouera. Si elle échoue, ce sera une grande victoire pour nos ennemis.

– J'ai du dévouement et j'ai de l'obéissance. Je ne cherche que l'occasion de le prouver. »

Un autre garçon aux yeux brillants, illuminés par la foi. Ce qui le différenciait de ceux à bord des deux pick-up qui fonçaient dans la nuit du désert irakien était sa capacité à bien marcher. Il avait rendu son jugement après les avoir vus venir vers lui : certains étaient gauches ou avaient une démarche pesante, d'autres avaient détourné les yeux, craintifs, quand ils étaient arrivés devant lui, quelques-uns avaient été hésitants au point de trébucher. Celui-ci avait marché d'un bon pas, ne s'était pas pressé, n'avait pas regardé autour de lui. Il s'était avancé comme s'il foulait le trottoir de sa ville. Voilà ce qui avait dicté le choix de Muhammad Ajaq, ce nom qui n'existait qu'aux confins de son esprit. L'autre nom, celui que l'on trouvait dans les dossiers de son ennemi et sur les lèvres de ceux qu'il avait combattus, était le Scorpion. En cet instant – il grimaça –, il était le chef.

« Ibrahim, as-tu eu un entraînement militaire ?

– Aucun. Mes frères, oui. Mon frère aîné est mort en martyr en combattant les Russes en Afghanistan. Mon deuxième frère est mort en martyr lors de la guerre contre l'envahisseur américain en Afghanistan. Je veux faire preuve du même dévouement, être digne... »

Ils racontaient tous la même merde. Tous les garçons recrutés à la porte des mosquées – de Riyad, de Jeddah, de Damas, d'Alep, de Sana'a, d'Aden, de Hambourg ou de Paris – tenaient à parler des racines de leur engagement. Il n'était pas un martyr, n'avait aucune envie de se suicider et estimait que ceux qui l'avaient étaient des crétins qui se berçaient d'illusions. Mais il avait besoin d'eux. Ils étaient le carburant de sa guerre. Grâce à eux, il pouvait attaquer des zones déterminées qui autrement seraient inatteignables. Aucun obus, aucune roquette, aucune balle tirée à quelque distance que ce soit n'avait la précision d'un kamikaze, ni ne créait une telle dévastation et une telle terreur. Voilà pourquoi il supportait cette merde. Il massa l'épaule du garçon et lui parla avec douceur. Comme s'il était son égal.

« Ce que tu as besoin de savoir, nous te l'apprendrons.

– Pour que je puisse accomplir ma mission avec succès. Merci.

– As-tu été préparé à résister à un interrogatoire ? »

Sous sa paume, il sentit le tressaillement.

« Non. »

Bien sûr, les recruteurs ne parlaient pas de capture, de torture, d'une panne des circuits alimentés par des piles. L'éventualité de l'échec aurait affaibli l'engagement. Parfois, on ajoutait un circuit de secours dans la voiture, ou dans la ceinture d'explosifs, de telle sorte que la mise à feu puisse être déclenchée à distance si le dévouement manquait ou si une panne se produisait. Parfois, un tireur d'élite avec un Makarov à long canon surveillait l'approche du kamikaze à travers une lunette télescopique et tirait pour tuer si la volonté ou le circuit montraient une défaillance. Un garçon, celui-ci ou n'importe lequel de ceux qui roulaient à présent vers des villes d'Irak, en savait trop sur le recrutement et les voies d'acheminement, sur les planques et sur ceux qui les commandaient. Il parlerait s'il était capturé vivant et torturé au point de se transformer en rivière de douleur. Mais Ibrahim Hussein ne pourrait être suivi par une lunette de visée quand il approcherait de sa cible.

Il dit :

« Nous avons une grande confiance en toi et tu dois avoir la même confiance dans nos capacités. Nous avons tout préparé. Tout. Mais le désastre peut surgir sans prévenir par une matinée ensoleillée sous un ciel pur. Il y a des succès et il y a des revers. Je ne te cacherai rien, Ibrahim. »

Les feux, encore lointains, devenaient plus nets. Les bruits de moteur enflaient. C'était sa tactique de ne mentionner l'échec, le désastre, qu'à la fin, juste avant le départ.

« Nous te demandons un immense courage et nous croyons que tu trouveras ce courage. Ils se serviront d'électrodes sur tes parties intimes, ils t'injecteront des drogues, ils te frapperont avec des matraques et des barres de fer. Ils t'empêcheront de dormir. Des bruits stridents t'empliront les oreilles et ils t'interrogeront. Et à la fin, si tu te trouves près d'ici, tu seras exécuté, et si tu es loin d'ici, ils t'emprisonneront à vie. Nous prions tous pour ta résolution, pour ta bravoure. Notre capacité à continuer la lutte dépend de ton courage, celui dont nous pensons que tu le possèdes. Dieu veillera sur toi. Fixe ton regard sur une fente dans le plafond, sur un joint dans le carrelage du sol, sur le barreau d'une fenêtre ou sur ce qui aura été gravé sur un mur et garde le silence. Garde le silence une semaine. Donne-nous le temps de démanteler le réseau. Une semaine. Tu me le promets ? »

Il entendit la petite réponse bégayée :

« Oui, une semaine, je le jure.

– Quelle que soit la douleur ?

– Parce que je penserai à Dieu. »

Il lui donna une tape sur l'épaule. Il faisait ce discours à tous les garçons que les recruteurs lui envoyaient, et tous juraient de garder le silence une semaine quand une journée suffisait. Il lâcha l'épaule.

Deux véhicules arrivèrent et freinèrent, projetant des gerbes de sable. Il dit au garçon, Ibrahim, d'écouter les ordres, d'obéir en toutes circonstances, d'offrir sa confiance et de ne pas faiblir dans sa foi. À travers la fente dans la cagoule, il lui embrassa le front avant de le conduire jusqu'à la camionnette Chevrolet. Brièvement, dans la lueur de la cabine, il vit le jeune visage, le combat contre la peur, puis il claqua la portière et le véhicule démarra.

Dans le second, un Dodge, il récupéra un sac dont il savait qu'il le trouverait sur l'immense banquette arrière. Debout dans le sable entre le Dodge et le pick-up muni d'une mitrailleuse qui l'avait conduit ici, il posa son fusil d'assaut, dégrafa les scratchs qui maintenaient les chargeurs, retira son masque, délaça ses boots et les enleva. Il baissa son pantalon de camouflage sur ses chevilles, s'en débarrassa ainsi que de sa tunique. Il récupéra la robe blanche et propre dans le sac, passa les bras dans les manches et l'enfila. En une minute, il s'était transformé. Le soldat, le commandant de guerre, était devenu un important homme d'affaires. L'uniforme, les boots, les harnais et le fusil d'assaut allèrent au chauffeur qui l'avait escorté depuis les zones de conflit en Irak et qui, une minute plus tard, roulerait vers la petite bosse qui recouvrait le fil barbelé. Encore une minute et il partirait dans le Dodge. Il restait un combattant, mais avait troqué un champ de bataille pour un autre.

Dans deux heures, le Scorpion aurait gagné une piste d'atterrissage perdue dans le désert, utilisée par des prospecteurs à la recherche de minerais. Un bimoteur Cessna l'attendrait. Il ne doutait pas que toutes les dispositions avaient été prises, comme promis. Sa confiance était totale dans les capacités organisationnelles de la base qui désormais le contrôlait, et il était certain de trouver dans l'avion les documents justifiant la nouvelle identité qu'il utiliserait pour ce voyage.

Pourtant, chose très rare chez lui, y compris dans les pires situations de combat, un léger murmure parcourait ses nerfs. Contrairement au garçon, il n'avait pas la foi pour le soutenir. Cette gêne était due au fait qu'il partait en terre étrangère, un terrain où il ne s'était encore jamais battu, et qu'il n'avait aucune idée de la qualité de ceux qui combattraient à ses côtés.

***

Elle savait le nom du chauffeur et déjà beaucoup plus à son sujet qu'elle n'aurait dû.

Sur les instructions de Faria, ils avaient fait deux fois le tour du village. Le chauffeur, Khalid, l'avait ensuite ramenée sur le chemin du cottage qu'elle avait loué à la femme du fermier. À l'autre bout de l'agglomération se dressait un lotissement récent, un refuge pour la classe moyenne qui avait abandonné la ville voisine : de petites maisons de brique posées derrière des jardins de poche. Faria comprenait les raisons de cet exode loin des rues où sa communauté et elle vivaient. L'école, qu'elle avait quittée voilà maintenant six ans, comprenait quatre-vingt-quatre pour cent d'élèves orientaux. À présent, cette proportion grimpait à quatre-vingt-onze pour cent, elle l'avait lu dans le journal local. Les nouveaux résidents du village, se méfiant de l'afflux d'immigrants du sous-continent, les avaient fuis. Ils avaient dû murmurer entre eux, ceux qui avaient abandonné Luton, à propos des ghettos de leur ancienne ville, de cet État étranger à l'intérieur de l'État, de la domination musulmane, autant de justifications pour déraciner leurs familles.

Elle savait que le chauffeur, Khalid, avait vingt-trois ans et venait de Hounslow, dans l'ouest du Grand Londres. Elle lui avait dit de faire le tour du village pour qu'elle puisse voir s'il y avait un magasin de fruits et légumes, où se trouvaient, en cas de besoin, le cabinet médical et le dentiste. Elle savait que Khalid priait dans la mosquée voisine de chez lui, cette maison où il vivait avec ses parents, et qu'il avait été recruté un an et demi plus tôt après des réunions le soir dans une pièce au premier étage. Elle savait qu'on lui avait donné l'ordre de quitter la mosquée, de ne plus fréquenter aucun de ses amis là-bas, et d'attendre l'appel. Elle savait que son père travaillait comme agent de sécurité dans des entrepôts à Heathrow, que sa mère faisait le ménage dans les bureaux de la compagnie aérienne Qantas. Ils étaient restés assis dans la voiture, une Honda Accord achetée en liquide à une vente aux enchères, devant un pub pour surveiller la circulation à travers le village, et ensuite sur une aire d'arrêt près du chemin qui menait au cottage où ils avaient vu la femme du fermier partir en Land Rover. Après moins de deux heures en sa compagnie, elle savait que Khalid travaillait comme chauffeur de taxi à Hounslow, dans la compagnie de son oncle, et que ses parents le croyaient parti en vacances chez des cousins à Manchester pour deux semaines. Elle connaissait tous les mensonges de sa vie et était horrifiée par ce bavardage qui lui martelait les oreilles. Elle savait que c'était à cause de la peur.

Elle ne lui avait rien dit d'elle-même.

Maintenant, les yeux du chauffeur étaient attentifs à la route, passant du pare-brise aux rétroviseurs, mais les mots coulaient de sa bouche comme l'eau d'un robinet qui fuyait.

« Ils te l'ont demandé ? Tu comprends ce que je veux dire…

– Ce qu'ils m'ont demandé n'est pas important. Tu ne devrais pas en parler.

– Si des hommes viennent de l'étranger, des hommes importants, c'est qu'une frappe est prévue, non ?

– Je ne sais pas ce qui est prévu.

– Moi, je crois que, si une frappe est prévue et que des hommes importants viennent, ce sera une attaque martyre. Alors, est-ce qu'ils t'ont demandé ?

– Ce qu'on m'a dit ou pas, il ne faut pas en parler. »

Quand elle-même avait été recrutée, on avait beaucoup insisté sur la nécessité du secret absolu. Rien ne devait être partagé, pas même avec sa famille. Elle ne savait pas comment arrêter ce torrent de mots.

« Je crois que ce sera une attaque suicide. Est-ce qu'on t'a demandé si tu le ferais ?

– Tu devrais conduire, pas parler.

– Tu sais ce qui arrive à un martyr ? Je l'ai vu sur Internet. S'il a un gilet ou une ceinture, sa tête se sépare du corps. Elle est arrachée. C'est comme ça qu'ils ont su qui étaient les martyrs du métro de Londres. Ils n'avaient plus de tête. À Tel-Aviv, ils ont retrouvé la tête à cinq mètres du corps, sur une table, et il souriait encore. C'était sur le site.

– Tu veux que je te dise d'arrêter la voiture ? Faut-il que je sorte et que je continue à pied ?

– Ce n'est pas pour moi. Je veux bien aider, conduire, mais…

– Mais tu parles… et en parlant, tu nous mets tous en danger, lança Faria, rageuse.

– Tu crois qu'ils forceraient l'un d'entre nous à le faire, nous y obligeraient ? Ils peuvent faire ça ? Je soutiens la lutte, mais…

– Stop. »

La circulation était dense autour d'eux. S'il avait ralenti, voitures, vans et camions auraient dû faire des écarts pour les doubler. Il ne pouvait pas s'arrêter et elle le savait.

« Ce n'est pas juste à moi qu'ils pourraient demander, mais à toi aussi. Tu le ferais ?

– Voilà ce que je vais te dire et je ne le dirai qu'une seule fois. Les gens importants, quand ils arriveront, je leur demanderai de te renvoyer.

– Il faut que tu réfléchisses à ce que tu feras s'ils te le demandent. Il y a des vidéos de la lutte en Palestine. Des femmes ont servi. Là-bas, ce sont des *shahidas*. Arafat les appelait son « armée de roses ». Des femmes martyres qui portaient des bombes. Arafat leur a dit : "Vous êtes mon armée de roses qui va détruire les tanks israéliens." Tu n'as jamais pensé qu'on pourrait te le demander ? »

Ses oreilles étaient fermées. Faria ne pouvait pas répondre. Pas plus qu'elle ne pouvait le menacer encore une fois de le dénoncer pour lâcheté, pour manque de foi, pour bavardage. Pour tous les mettre dans la ligne de mire d'un tireur d'élite ou les envoyer finir leurs jours dans une cellule de prison. Elle regardait par la fenêtre de la voiture qui roulait vers le centre-ville. Quand il était venu la chercher, elle s'était dit qu'étranger à la ville, il aurait du mal à localiser la rue où elle habitait, elle lui avait donc demandé, quand il avait appelé le portable, de la retrouver sur le parking de la gare. Ce portable gisait maintenant dans la vase de la Lea qui séparait la ville en deux. Faria avait pensé, avant qu'il lui raconte l'histoire de sa vie, qu'il pourrait la déposer plus près de chez elle. Mais cette façon de parler l'effrayait. Au feu suivant, elle ouvrit la portière et quitta la voiture. Elle ne se retourna pas une seule fois vers lui.

Tu n'as jamais pensé qu'on pourrait te le demander ? Elle l'avait fait. Dans sa chambre, la nuit, cette idée la mettait en nage, l'empêchait de dormir. Elle avait lu qu'en Palestine, les funérailles des femmes martyres réduites en petits morceaux étaient « un mariage avec l'éternité ». Elle voyait dans son esprit la photographie du calme visage de la *shahida* Darine Abou Aïcha qui était allée à l'arrêt de bus de Netanya pour tuer trois Israéliens et en blesser soixante. Un ami avait dit d'elle : « Elle savait que sa destinée était de devenir l'épouse d'Allah au paradis. »

Elle ne savait pas ce qu'elle dirait si on le lui demandait.

« Un officier de police, dans une déposition sous serment, vous a décrit, monsieur Curtis, comme un "homme important", voulant dire par là, monsieur Curtis, que vous êtes une figure du crime organisé. Avait-il raison ou tort ? »

Le *barrister*[1] utilisait un lutrin devant la table réservée aux avocats, entre le perchoir du juge et le banc des accusés pour le moment uniquement occupé par Ollie Curtis et ses gardiens.

« En toute honnêteté, monsieur, je peux dire que c'est absolument faux. C'est un mensonge, une fabrication. »

1. En Angleterre, le *solicitor* est l'avocat chargé de représenter le client ; généralement, il ne plaide pas, laissant ce travail au *barrister*, qui plaide à sa demande. (*Toutes les notes sont du traducteur.*)

Il était possible pour Jools Wright d'observer l'avocat mais pas de permettre à ses yeux de s'aventurer vers la gauche, dans le champ de vision qui incluait Ozzie Curtis à la barre des témoins.

« Je veux être sûr de bien vous comprendre. Vous êtes en train de dire à monsieur le juge et aux membres du jury que vous n'êtes pas un acteur majeur de la pègre ?

– Ce que je dis, monsieur, c'est la vérité vraie. Je ne suis pas un acteur majeur, je ne suis pas une figure de quoi que ce soit, ni un homme important. »

Jools regardait l'avocat poser les questions et écouter les réponses, et il se disait que ce connard d'Ozzie Curtis se tortillait comme un ver.

« En fait, monsieur Curtis, vous êtes un homme d'affaires, un simple commerçant aux activités parfaitement légitimes ?

– C'est ça, monsieur, exactement ça.

– Je vous demande ceci car je crois que le jury voudra entendre votre réponse aux allégations de la police, selon lesquelles vous êtes le complice de criminels, que vous êtes en fait au cœur d'un réseau se livrant à des vols avec violence.

– Ça m'est peut-être arrivé de croiser des criminels, mais sans le savoir. Pour mes affaires, je rencontre beaucoup de gens. Mais, honnêtement et sincèrement, je ne me balade pas en leur demandant s'ils ont fait de la taule. Ils me vendent des trucs et je leur vends des trucs. C'est tout.

– Maintenant – et c'est le point crucial, monsieur Curtis –, une femme a déclaré devant cette cour et donc sous serment pouvoir vous identifier formellement. Elle vous aurait vu, dans la pépinière d'un lotissement derrière un abri de jardin, vous changer, troquant un bleu de travail pour des vêtements normaux. Ensuite, vous auriez jeté ce bleu de travail, ainsi que des gants de caoutchouc et un masque, dans un brasier déjà allumé. Ce témoin disait-il la vérité ou bien se trompait-il ?

– Elle se trompait complètement. Complètement. Je n'étais pas là-bas. C'est un mensonge.

– Peut-être un mensonge, monsieur Curtis, mais plus probablement une confusion sincère.

– En tout cas, j'étais pas là-bas. »

Jools se souvenait mieux de ce témoin que de tous les inspecteurs et experts scientifiques venus témoigner, parmi lesquels celui qui avait affirmé que les hommes masqués et vêtus d'un bleu de travail filmés par les caméras de sécurité possédaient un physique identique aux deux accusés. C'était une femme assez frêle, ni belle ni moche, avec la trace ancienne d'une vilaine plaie sur la bouche, pas plus de vingt-deux ans, sans doute même plus jeune. Elle avait été si sûre d'elle. Jools l'avait crue. Il aurait parié sa vie sur elle.

L'avocat de la défense était un homme de haute taille, voûté, avec un nez de faucon et une aisance certaine. Il confiait son poids à ses coudes posés sur le pupitre couvert de ses notes. Il portait un pantalon à rayures froissé et un gilet ainsi qu'une vieille robe défraîchie dans laquelle il devait dormir, pas seulement depuis hier mais depuis un bon mois. Pour Jools, cette indifférence voulue et affichée faisait partie de son attirail d'avocat. Confronté au témoin, il avait commencé par l'entreprendre avec une fausse sincérité, sans parvenir à la déstabiliser. Il était alors passé par une phase ironique, sans plus de succès. Enfin, il s'était mis à aboyer. La courtoisie et les regards complices avaient disparu, remplacés par de sèches exigences qu'elle contredise ce qu'elle avait déjà répété à plusieurs reprises. Il n'avait pas réussi à la briser. Elle était restée aussi forte après quatre heures de contre-interrogatoire qu'à son arrivée à la barre. Jools avait trouvé qu'elle avait du cran. Lui-même n'aurait pas été capable d'une telle performance, et quand il était rentré chez lui ce soir-là après sa déposition, il avait parlé à Babs de son courage. Tous les membres du jury l'avaient crue.

« Et où vous trouviez-vous, monsieur Curtis, au moment où cette bijouterie a été dévalisée par des hommes armés qui ont menacé la vie du personnel et qui portaient des bleus de travail, des gants de caoutchouc et des masques ? Pourriez-vous dire au jury où vous étiez ?

– Chez ma mère, monsieur. Elle ne va pas bien.

– Elle souffre de diabète, je crois, monsieur Curtis. Depuis longtemps...

– C'est ce qu'ils disent. Je veille sur elle, et Ollie aussi. J'étais avec maman et lui aussi. »

Il entendit un petit ricanement de la part de Corenza. Ettie chuchota à Baz que Curtis regardait trop de polars ringards à la télé. Oui, elle était assez usée, celle-là : une mère malade, des garçons affectueux, de bons fils qui s'occupent d'elle.

« Donc, nous pouvons être clairs sur ce point. Au moment où se déroulait cette entreprise criminelle vous vous trouviez à plus de trente kilomètres de là avec votre mère, et tout témoin qui prétendrait le contraire se tromperait ?

– Oui, oui. C'est ça. »

Le juge intervint.

« Je pense que le moment est bien choisi pour une interruption. »

Après son départ, puis celui des frères Curtis avec leurs gardes, Jools et les autres furent conduits hors de la salle d'audience par un huissier. Il se demanda, pris en sandwich dans la file entre Fanny et Dwayne, si les accusés se rendaient compte qu'ils étaient foutus, qu'ils fonçaient tout droit vers un verdict de culpabilité.

« Qu'est-ce que vous en pensez ?

– Vous voulez la vérité, Ozzie ?

– La vérité ? Bien sûr que je la veux.

– Alors, je dois vous dire que vous êtes baisé, et ça vaut aussi pour Ollie. Tous les deux. Baisés jusqu'à l'os. »

En tant que *solicitor* consciencieux qui représentait les strates supérieures de la pègre – des clients qui avaient les moyens de s'offrir ses très onéreux services –, Nathaniel Wilson avait une puissante réputation. Une de ses facettes, avec sa propension à travailler d'arrache-pied pour ses clients à toute heure du jour et de la nuit, était sa franchise.

« Vous voyez pas un moyen de nous sortir de là ? »

Un nuage s'était installé au-dessus du visage de l'aîné des Curtis. Les frères étaient des dinosaures, rescapés d'un monde depuis longtemps éteint. Vol à main armée, braquage d'une bijouterie en agitant des pistolets sous le nez des employés... Un truc de fossiles.

L'avocat haussa les épaules.

« Nous essaierons, votre autre défenseur et moi. Si une fin heureuse doit se produire, je serai le premier à vous le dire. Comme je serai le premier à vous le dire dans le cas contraire. »

Ozzie Curtis se tourna vers son jeune frère.

« Sois un bon gars et fais-nous une Dolly. »

Une chanson jaillit de la bouche du cadet. Nat Wilson se dit que le jeune frère devait être le héros de tous les karaokés qu'il parrainait. Dolly Parton était dans la pièce avec eux. *I Will Always Love You* rebondissait depuis l'ampoule grillagée au plafond jusqu'au carrelage rayé sur lequel ils balançaient la cendre de leurs cigarettes. Aucune chance qu'un flic planque délibérément un micro pour espionner les échanges confidentiels entre un avocat et ses clients, mais il était *possible* que traîne un vieux fil branché à un engin installé dans les barreaux de la cellule, dans la douille de l'ampoule ou dans le bouton d'urgence. Et que ce vieux fil soit relié à un magnétophone qui, par accident, pourrait être en train de tourner. Donc, Ollie Curtis chantait *I Will Always Love You* et s'était posté de façon à ce que son dos masque le judas dans la porte tandis qu'Ozzie Curtis, assis sur son matelas, se penchait vers Nat installé sur une chaise.

« C'est aussi moche que ça ? On est foutus ?

– Nous sommes mal partis, et c'est là l'opinion de toute l'équipe de la défense, pas seulement la mienne. À cause de cette petite salope, la starlette du procès. Nous ne sommes pas parvenus à l'ébranler, et il est évident que les jurés l'ont crue. Ils buvaient ses paroles. Je les ai encore observés cet après-midi. Je dois vous dire, Ozzie, que nous ne marquons aucun point auprès d'eux. Ils commencent à s'ennuyer, ils n'ont qu'une envie : que ça s'arrête pour reprendre leur vie normale. Et même quand ils ne s'ennuient pas, nos arguments ne les touchent pas. Désolé, mais vous allez tomber. »

Tous les clients de Nathaniel Wilson connaissaient sa loyauté à leur égard. Ils le payaient cher pour son engagement dans des causes désespérées et parce qu'il ne leur refilait jamais les conneries qu'ils avaient envie d'entendre. Il travaillait derrière une porte cabossée dans Hackney, à l'est de Londres, et vivait avec sa femme dans l'appartement situé au-dessus du cabinet. Nathaniel et Diane, qui s'occupait des comptes et de la paperasserie, se faisaient plus d'un quart de million par an. Ils étaient riches mais n'avaient aucun goût extravagant. Ils passaient leurs quinze jours de vacances annuelles dans un gîte sur l'île de Wight, et leurs testaments stipulaient que tout ce qu'ils possédaient devait revenir au dispensaire public pour les animaux malades.

« Ce truc à propos de maman...

– N'a servi à rien. Je les observais. Une réaction complètement contraire, comme si c'était trop évident, trop fabriqué. Il y en a même un qui a rigolé. Nous n'arrivons pas à les atteindre. »

Il entendit Ollie recommencer, reprendre le premier couplet de *I Will Always Love You*, et peut-être que sa voix ou son enthousiasme faiblissaient, car Ozzie se tourna vers lui en levant les bras, lui indiquant qu'il en fallait plus et plus fort.

La bouche d'Ozzie Curtis se trouvait à un centimètre de l'oreille droite de Nathaniel Wilson.

« Si vous avez raison, et j'dis pas que vous avez tort, il faut mettre Benny sur le coup. »

Une sorte de sifflement s'échappa des lèvres serrées de l'avocat.

« C'est une déclaration de guerre, Ozzie.

– Bordel de merde, si je dois tomber pour dix-huit ou vingt ans, je tomberai pas sans me battre.

– Et il ne nous reste plus beaucoup de temps.

– Vous avez parlé de trois semaines.

– J'ai dit, Ozzie, que ce procès sera achevé d'ici trois semaines, pas plus et sans doute moins.

– Donc il nous faut Benny, et vite. »

Rarement démonstratif, Nathaniel Wilson haussa un sourcil et laissa une vague ourler son front. Pendant un instant, il ne sentit plus l'odeur de la cellule ni celle de la lotion d'Ozzie.

« Avec le temps qui nous est imparti, il devra laisser tomber tout le reste. Ça ne sera pas donné. »

Le menton d'Ozzie jaillit en avant.

« Avec moi, rien n'est jamais donné, putain de merde.

– Ça va être de l'ordre de cent pour un acquittement et soixante-quinze pour un nouveau procès.

– Pas de problème. Engagez Benny. Faites-le, monsieur Wilson.

– Si c'est ce que vous voulez.

– Je vois pas d'autre moyen. Alors, oui, je le veux. Hé, Ollie, ferme ton claque-merde. »

La chanson s'arrêta. Nathaniel Wilson se leva, prit sa mallette et appuya sur la sonnette à côté de la porte. Il sourit au garde qui vint la déverrouiller, lui annonça que sa consultation était terminée. En sortant dans le couloir, il aperçut deux inspecteurs traînant à l'autre bout, les enfoirés, et il fut heureux qu'Ollie soit un champion sans couronne de karaoké.

Il quitta le tribunal dans le crépuscule qui tombait. D'ici une demi-heure, entourés par un cordon de sécurité armé, les frères seraient transférés à Belmarsh pour une nouvelle nuit de détention. Dans une heure, il aurait établi un premier contact avec Benny Edwards, avec la promesse d'un sacré pactole pour susciter son intérêt. Et sa propre commission augmenterait d'autant. Il courrait aussi le risque de passer sa vieillesse dans une cellule voisine de celles des frères ou, pour le moins, d'être rayé du barreau si jamais la police apprenait que Nathaniel Wilson était, au nom de ses clients, entré en rapport avec celui qu'on appelait l'Intimidateur.

29 octobre 1936

Nous sommes toujours à Albacete. Je n'ai guère écrit à propos de nos premiers jours ici, car on nous fait travailler dur. Nos journées sont si remplies que je n'ai pas le temps de noter mes expériences et mes pensées sur le papier. Mais, cet après-midi, le commandant est parti et on nous a accordé quartier libre.

À Albacete, une ville assez importante située à l'intérieur des terres à quelques distances de la côte et de Valence, nous sommes installés dans de vieux baraquements de la garde civile. Je ne vois pas l'intérêt d'écrire un journal intime qui serait dicté par l'autocensure. Quand nous sommes arrivés, le bâtiment était dans un état dégoûtant ; pas simplement de la crasse, mais pire. Les forces gouvernementales l'avaient repris à la garde civile, mais elles ne se sont pas contentées de mettre les vaincus en prison : elles les ont tués. Ceux qui s'étaient rendus ont été massacrés. Mon camarade allemand qui était à bord du train avec moi, Karl, m'a dit que les premiers volontaires des Brigades internationales à arriver ici après le massacre étaient ses compatriotes. Les Allemands ont été tellement horrifiés par ce qu'ils ont trouvé qu'ils ont nettoyé les baraquements. Ils ont frotté sols et murs pour les débarrasser du sang, des os et des chairs. Ils ont même trouvé de la cervelle séchée – des malheureux à qui on avait éclaté le crâne à coups de gourdin. Ensuite, ils ont recouvert les taches les plus tenaces avec de la chaux.

Le même slogan est maintenant inscrit partout sur ces murs. Où je dors, il y a « ¡Proletarios de todos Paises! ¡Unios! » *(espagnol) ;* « Proletarier Lander, vereinigt euch! » *(allemand) ;* « Proletari di tutti i Paesi, Unitevi! » *(italien) ; et* « Workers of the World, Unite! ». *Donc, grâce à ces murs autour de moi, je suis déjà presque un linguiste ! Cela montre aussi l'internationalisme véritable de la lutte pour repousser la déferlante fasciste.*

Le commandant à Albacete s'appelle André Marty. C'est un Espagnol ou un Français, je ne sais pas, mais il vient des Pyrénées. Il a une moustache blanche et il est petit avec un gros ventre. Je ne lui ai jamais parlé. Ce n'est pas un homme facile d'abord. Il a une sale réputation. Ici, la discipline est appliquée d'une « main de fer », comme on dit. Les châtiments sont brutaux : certains brigadistes sont morts de leurs blessures. Je n'avais jamais vu de bastonnade d'une telle férocité. Elles sont appliquées par ceux que nous appelons les « commissaires » : ils portent un uniforme avec des vestes de cuir noir et des bérets bleus et ils ont de gros pistolets qui pendent de leur ceinture en cuir verni. Nous les évitons.

Je croyais qu'à Albacete, on me ferait suivre un entraînement aux techniques de guerre moderne. Ce n'est pas le cas. Nous passons notre temps à défiler sur la place. Si nous ne respectons pas la cadence, nous nous faisons crier dessus par les commissaires ou alors ils nous frappent, à coups de poing et de pied. Le jour, nous marchons au pas pendant des heures. Le soir, nous allons aux cours d'éducation politique qui sont obligatoires. Si un brigadiste est en retard, ou bien s'il s'endort pendant la leçon, il est emmené dehors pour être battu. On nous enseigne le communisme et les sacrifices qu'a consentis l'État soviétique en se portant au secours des travailleurs espagnols. Je préférerais apprendre ce que certains des hommes plus âgés appellent « le sens du terrain », les tactiques de combat, comment se servir d'un fusil, mais il n'y a pas de fusils ici et ce que l'on m'apprend, c'est la politique de la lutte.

Nous sommes soumis à un régime de haricots cuits dans de l'huile végétale. Pas de viande, ni de légumes frais. À cause de la dysenterie et parce qu'ils sont trop faibles, certains s'évanouissent pendant la parade.

Mais je ne dois pas être négatif. (Je crois que si ce que j'écris ce soir venait à être connu, mon négativisme me vaudrait une drôle de correction de la part des commissaires !)

Je suis venu ici de ma propre volonté. Je pourrais encore être à mon bureau avec mon livre de comptes face à moi et M. Rammage derrière mon dos. Je pourrais être à la table de la cuisine avec maman qui sort le plat du four. Je suis ici et c'est moi qui ai pris la décision de venir faire cette guerre. Et, quelles que soient les conditions dans les baraquements d'Albacete, je suis déterminé à jouer mon rôle en tant que soldat étranger sur un sol étranger pour défendre la cause à laquelle je crois.

La meilleure nouvelle de la semaine qui vient de s'écouler, c'est que je me suis fait deux nouveaux amis. Daniel est de Manchester et a trois ans de plus que moi. Il construisait des routes quand il pouvait trouver du travail. Ralph est plus jeune d'un an et il aurait dû commencer son premier trimestre à l'université de Cambridge en études d'histoire, mais il a préféré venir ici. Sur la place, nous défilons ensemble, aux cours nous sommes assis ensemble, et leurs paillasses flanquent la mienne des deux côtés. Nous veillons les uns sur les autres et nous partageons tout. Je n'ai jamais été à Manchester ou à Cambridge et ils ne savent rien d'une pièce remplie d'employés de banque. Avec eux à mes côtés, je sais – oui, je sais – que je serai capable de me battre avec courage.

On ne nous a pas dit quand nous partirons pour le front pour affronter l'armée d'Afrique – ce sont des hommes des tribus du Rif et leur cri de guerre est « Viva la Muerte » *–, mais la rumeur dit qu'ils avancent sur Madrid et qu'ils ne font pas de prisonniers.*

Avec mes amis à mes côtés, quand le moment viendra, je n'aurai pas peur.

« Attention, groupe Delta. Patron en route. »

Banks se redressa sur le siège passager de la voiture. Première réaction, glisser une main sous sa veste, jusqu'au holster à la ceinture pour sentir la forme froide et dure du Glock. Deuxième, mettre le carnet en vieux cuir dans la poche qui contenait déjà la cravate noire pliée qu'il avait enlevée après les funérailles. Troisième, tirer la poignée de la portière.

« Groupe Delta. Patron avec vous dans trente secondes. »

Leur véhicule était garé sur un emplacement interdit. Pour les officiers de protection du groupe Delta, les restrictions de circulation n'avaient aucune importance, ni le fait que les roues étaient à cheval sur le trottoir. Devant eux attendait une limousine noire, trapue sous le poids de son blindage, dans laquelle on embarquerait le patron, et devant encore, la voiture qui la précéderait. Déjà, les motards les dépassaient pour prendre position afin de faciliter le passage du convoi.

Le groupe Delta obéissait à une hiérarchie très précise : au sommet de la pyramide, les officiers de l'équipe de la protection royale et diplomatique – Delta 1 et Delta 2 – qui avaient une table à l'intérieur du restaurant de l'hôtel, mais ne mangeaient pas avec le personnel du patron. À mi-hauteur : Delta 3, Delta 4, Delta 5 et Delta 6 étaient postés dans le hall, devant la porte du restaurant et dans les cuisines. Tout en bas, les chauffeurs et les gars assis à la place du mort. David Banks était Delta 12. Maintenant, il restait sur le trottoir, dos à la porte tournante de l'hôtel, et faisait barrière de son corps pour empêcher les piétons sortant d'un film, d'une pièce de théâtre ou d'un dîner, d'obstruer le passage du patron.

« Groupe Delta. RAS ?

– À Delta 1. Amenez-le. »

Les voix sèches et contrôlées résonnaient dans son oreille. Il ouvrit les bras, les écarta pour bloquer les passants. Un touriste en Burberry leva un appareil photo, mais Banks secoua la tête et l'objectif se rabaissa aussitôt vers le sol. Il avait ce pouvoir. Un pouvoir provenant de la proximité avec un patron. Il tourna la tête et vit le ministre, l'homme qu'ils devaient protéger, traverser vivement le trottoir et s'engouffrer dans la limousine. Banks revint très vite sur ses pas pour plonger à l'intérieur de la voiture. Ils démarrèrent dans le trafic de cette fin de soirée.

Il regrettait presque l'interruption provoquée par le départ du patron. À l'aide d'une petite torche, il était en train de déchiffrer l'écriture délavée du carnet de notes. Il avait lu le récit de la traversée de la France jusqu'en Espagne et, en quelques minutes, avait été captivé par cette histoire écrite près de sept décennies plus tôt par un parent dont il n'avait jamais entendu parler. Quand le transfert avait été annoncé, il avait éprouvé un moment d'irritation d'être arraché aux défilés, aux paillasses et aux murs couverts de bouts de cervelle. Mais, surtout, il commençait à avoir l'impression d'être en train de marcher sous le soleil d'Espagne avec l'humilité et la bravoure de Cecil Darke.

Les motos leur dégageaient la voie. Il distinguait les cheveux gris et courts du patron à travers la lunette arrière de la limousine. C'était le ministre de la Reconstruction à Bagdad, et Londres lui déroulait le tapis alors qu'il était là pour implorer et emprunter des fonds. La rumeur disait qu'il retournerait chez lui avec guère plus que quelques réunions imbéciles à se mettre sous la dent et une demi-douzaine de bons repas dans le ventre. Le patron était une cible de choix à Bagdad. Là-bas, il était en danger à chaque fois qu'il risquait un orteil hors de chez lui, mais comment pouvait-il être une cible ici ? À moins de claironner au quartier général d'Al-Qaïda en Irak que le ministre de la Reconstruction arriverait à vingt heures trente-cinq au restaurant de cet hôtel précis dans cette rue précise (voir plan ci-joint), qu'il aurait la joie de rencontrer le sous-secrétaire au Développement outre-mer, avant d'en repartir à vingt-deux heures quarante-sept... Al-Qaïda, Bagdad, ne disposait pas d'une armée de cadavres ambulants se baladant dans le West End avec des bombes sous leurs vestes, des pistolets chargés – ou, pourquoi pas, des lance-roquettes –, qui attendaient la maigre opportunité d'être au bon endroit au bon moment.

Non, la menace n'y était pour rien.

Oui, ce n'était qu'une histoire de spectacle.

Pour David Banks, la taille de l'escorte d'officiers de protection était un signe donné au patron du respect que lui accordaient ses hôtes. On n'allait pas lui filer un penny pour reconstruire sa ville, mais on lui offrait ce compliment : deux voitures encadrant sa limousine et un petit régiment d'hommes en costumes impeccables pour ouvrir et refermer les portes sur son passage. C'était flatteur et cela nourrissait l'estime de soi. Banks savait que la crainte de tout homme politique élevé au bon grain anglais et qui détenait un poste sensible au sein du gouvernement était, après s'être fait virer par Downing Street ou par les électeurs, de se voir aussitôt retirer sa protection.

La flatterie pour le patron s'accompagnait de doses similaires de bien-être pour les officiers de protection. Ils formaient une élite. Ils fréquentaient de près les pontes du gouvernement et les autres, les meilleurs, venus du monde entier. Ils avaient l'accès privilégié qui leur permettait de surprendre les rumeurs les plus discrètes, tous les caprices des grands et des puissants...

« Hé, Banksy. »

C'était Delta 6, le sergent qui se penchait depuis la banquette arrière.

« Oui. »

Il ne se retourna pas, ne quitta pas des yeux le trottoir qui défilait : il n'était peut-être pas du sérail, mais pas question qu'on lui reproche un quelconque manquement dans son travail.

« Juste un petit problème. On aime bien avoir la gueule de l'emploi dans cette équipe. Alors la boue sur tes godasses, c'est pas génial, Banksy. Évite que ça se reproduise. »

Il aurait pu répondre qu'il arrivait d'un enterrement et que cette boue provenait du jardin du crématorium où sa mère et lui avaient déposé des fleurs, mais il garda le silence.

3

Mardi, jour 6

« Ils ne sont pas devant ce tribunal, monsieur Curtis, mais selon l'accusation, vous auriez reçu l'aide de certains amis pour ce vol à main armée.

– Je n'ai pas ce genre d'amis, monsieur. »

Peut-être parce que la ventilation était détraquée ou débranchée, la chaleur avait envahi la dix-huitième cour. Jools Wright avait remarqué la goutte de transpiration qui s'était formée sur le front de l'avocat. Il l'avait suivie, la regardant glisser entre les sourcils broussailleux, passer sous l'arcade des lunettes, le long du nez. Elle avait enflé lentement, en poids et en taille, au bord de la narine, avant de tomber – waow ! – en plein sur ses notes. Relevant les yeux vers le front, il avait attendu la suivante.

« Niez-vous que parmi vos amis, monsieur Curtis, figure ce qu'on appelle un "armurier" ?

– Jamais entendu parler de quelqu'un qui s'appelle comme ça. »

Soporifique. Voilà le mot qu'il aurait utilisé pour décrire l'atmosphère dans la salle d'audience à ses *élèves*. Définition du dictionnaire : « Qui a la propriété de faire dormir. » Il avait perdu de vue la dernière goutte qui cheminait sur le nez de l'avocat, car ses paupières s'étaient fermées. Sa tête s'affaissa. Son menton vint cogner sa poitrine, avant de se poser sur le col ouvert de sa chemise pourpre. Si dur de rester éveillé… et pourquoi se donner cette peine ? Ce salopard à la barre mentait comme un arracheur de dents.

« Les armes que vous et votre frère auriez prétendument brandies quand – selon l'accusation – vous vous seriez livrés à cette brutale agression ont été identifiées d'après des rapports de témoins comme un pistolet militaire Browning 9 mm automatique et un revolver Smith & Wesson magnum. Avez-vous, monsieur Curtis, parmi vos amis, un armurier ou quelqu'un qui aurait pu vous fournir des engins aussi redoutables ?

– Non, monsieur.

– Avez-vous jamais touché, manipulé ou brandi un pistolet Browning 9 mm ou un revolver Smith & Wesson ? Avez-vous jamais menacé quiconque avec de telles armes ?

– Absolument pas, monsieur. Jamais. Et c'est la vérité vraie. »

Tête toujours baissée, sans se soucier de la redresser. On leur avait montré, quatre ou cinq semaines plus tôt, des photographies du pistolet et du revolver. Un inspecteur doté d'une épuisante expérience en matière d'armes à feu avait décrit leur puissance destructrice. Non, ne pas penser aux armes car, dans l'esprit de Jools, cette zone du dossier était close. Penser à Hannah, plutôt.

« Et vous pouvez catégoriquement affirmer que vous n'avez pas d'amis fournissant de telles armes, monsieur Curtis ?

– J'ai beaucoup d'amis. Les gens ont tendance à m'adopter, un peu comme un oncle, vous voyez... mais je ne connais personne qui fournit des flingues. Personnellement, monsieur, je ne toucherais jamais à ces machins.

– Et, monsieur Curtis, au moment des faits – comme nous l'avons établi la semaine dernière lors de votre précédente déposition sous serment – vous étiez auprès de votre mère atteinte d'une forme aggravée de diabète. »

Superbe Hannah. Douce et délicieuse Hannah, trempée de sueur. Brillante, splendide...

Une petite toux sèche, déplaisante, derrière lui. Jools se retourna en sursautant. Il cligna des paupières. Corenza toussa à nouveau en le fusillant du regard. Devait-il se concentrer ? Dans un effort pour repousser le sommeil, il croisa les doigts, fit craquer les jointures, se mit à tortiller ses orteils et baissa les yeux pour voir les mouvements de ses chaussettes sous les lanières de ses sandales. La première semaine du procès, il avait mis un costume et des chaussures noires. La deuxième, une chemise sans cravate, une veste de sport et des richelieus. Maintenant, pour marquer sa singularité, il en était revenu à sa tenue de travail qui, à l'école, se résumait à un jean et des sandales. Il aimait bien sa singularité. Non, rien à gagner à se concentrer. C'était Hannah qui l'intéressait.

« C'est exact.

– Je pense que nous pouvons donc établir ce point. Vous ne connaissez aucun individu dont on paie les services afin de se procurer des armes mortelles, pas plus que vous n'avez jamais eu de telles armes entre vos mains, en particulier un pistolet automatique Browning ou un revolver Smith & Wesson. Vous le confirmez ?

– Jamais, monsieur. C'est ça. »

Il l'avait entendu dire dans la salle des profs avec les inévitables ricanements : les mecs prennent en général pour maîtresse l'image crachée de bobonne à la maison. Barbara, l'épouse, avait les cheveux courts, comme Hannah, la maîtresse. Toutes deux avaient de bonnes hanches et toutes deux étaient pourvues de seins qui pouvaient se blottir dans la paume de sa main, très semblables. Mais – et c'était un grand mais – l'une dormait en lui tournant le dos tandis que l'autre, Dieu est bon, ne comptait pas dormir de la nuit. Il n'avait pas pu aller voir Hannah la semaine dernière : le concert de Kathy à l'école, flûte à bec, dernier rang, l'avait privé de la bonne vieille excuse qui lui offrait ses huit heures dans le plumard de Hannah.

« Merci. Maintenant, passons à autre chose. Monsieur Curtis, savez-vous ce qu'est un "facteur" ?

– Je crois avoir entendu cette expression.

– Que fait un "facteur" ? Quelle est sa spécialité ? Je doute que les membres du jury le sachent.

– Eh bien, son truc, c'est l'argent. Il distribue des enveloppes et des sacoches remplies d'argent. »

Les draps rejetés, la lumière allumée, comme elle aimait. Accroupie près de lui avec son chemisier, sa jupe, son soutien-gorge, ses bas et sa culotte éparpillés sur la moquette. Le caressant si doucement. Bon Dieu, elle était fantastique. Babs ne baisait pas, sauf pour son anniversaire (à lui) ou quand il parvenait à lui faire descendre une demi-bouteille, ce qui était rare. Il serra les paupières très fort.

« La plupart des membres du jury, je le présume, se servent d'une banque pour gérer leur argent. Où ce facteur entre-t-il dans l'équation ?

– C'est l'argent du crime. Un facteur s'occupe de l'argent volé, de l'argent de la drogue, ce genre d'argent.

– Monsieur Curtis, dans votre cercle d'amis, y a-t-il un facteur ? Un homme qui blanchit l'argent obtenu par des activités illégales ?

– Pas que je sache, monsieur. En tant qu'homme d'affaires respectable, je ne tiens pas à fréquenter de telles personnes, monsieur. »

Il se sentait vidé, épuisé, comme quand Hannah se laissait enfin glisser de son corps.

« C'est beaucoup demander, Nat. On pourrait même dire que c'est énormément demander.

– Oui, Benny, mais c'est aussi une demande qui sera très, très bien payée. »

Nathaniel Wilson vit un petit sourire narquois retrousser les lèvres de Benny Edwards. Ils se trouvaient dans l'arrière-salle d'un café. La salle principale étant presque vide, ils avaient celle-ci rien que pour eux. De plus, un collègue de l'Intimidateur en bloquait l'entrée. Vendredi était passé, puis le week-end et ensuite lundi, mais l'Intimidateur profitait de sa villa dans un village non loin de Fuengirola, comme en témoignait son bronzage.

« Et le procès est presque terminé ?

– Le jury se retirera pour délibérer d'ici deux semaines. À mon avis, ce sera vite plié.

– Dans le bon ou le mauvais sens ?

– Le mauvais. Ils vont tomber. Il n'y a pas une minute à perdre.

– Ça va pas être facile.

– Ils vont plonger pour un bon moment et ils n'en ont pas très envie. Un acquittement me paraît difficilement possible, mais avec un jury réduit à dix, ça signifie qu'à neuf contre un, il y aura une révision. Notre seule petite chance, c'est que deux jurés ont lâché l'affaire en cours de route. Le nouveau procès aura lieu d'ici un an, un an et demi, et pendant tout ce temps-là, je réclamerai une liberté sous caution que j'obtiendrai peut-être. Le plus important, c'est que le témoin clé de l'accusation, une espèce de gamine, est à fond avec eux en ce moment, mais elle pourrait ne plus l'être d'ici un an et demi. On lui a assigné un officier de liaison et on l'a installée dans une planque. Elle a droit à une équipe de protection des témoins. Dix-huit mois supplémentaires à ce tarif-là, je suis prêt à parier qu'ils vont la laisser tomber en raison de ce que ça leur coûte. Sans protection, sans officier de liaison, elle pourrait perdre de son assurance, son enthousiasme pourrait décliner et, ça ne me regarde pas, bien sûr, on pourrait la repérer quelque part, ou bien se servir de sa famille pour faire pression sur elle. Mais tout ça, c'est dans le futur. Pour le moment, il faut s'assurer que le jury soit coincé, qu'il ne prononce pas un verdict de culpabilité. Qu'en pensez-vous, Benny ? Vous en êtes ou pas ? »

Ils se trouvaient à un kilomètre et demi de Snaresbrook. Nathaniel Wilson était venu à pied. Après sa longue fréquentation de barons de la pègre et une vie passée dans des tribunaux à écouter les dépositions de policiers, il possédait une assez bonne perception de l'art de la surveillance rapprochée. Assis sur le banc de la défense, il était soudain parti – comme pour répondre à un appel urgent –, quittant le tribunal d'un bon pas. Difficile, dans ce laps de temps, d'organiser une filature. Il avait respecté la routine, y compris deux allers-retours dans des ruelles transversales, des « arrêts pipi », et avait été assez satisfait de constater que sa sécurité n'était pas compromise. Pour que l'Intimidateur ait une chance de succès, il fallait préserver un secret absolu.

« Je ne suis pas donné, Nat.

– C'est ce que j'ai dit à Ozzie. Mais vous avez la réputation d'être le meilleur, Benny, et personne ne s'attend à ce que vous pratiquiez des tarifs d'œuvres de charité.

– Ces braqueurs, ils sont débiles ? Se faire une bijouterie, c'est un truc qui remonte à la Bible, non ? Pourquoi ils font pas dans la coke ou la poudre, comme tout le monde ?

– Ils estiment que ce n'est pas digne d'eux. Mon avis : ils sont accros à l'adrénaline. Non, ne me demandez pas. Ils gagnent bien leur vie, des revenus assez coquets. Je ne suis pas autorisé à marchander, mais j'ai le droit de faire une offre, à prendre ou à laisser : cinquante K réglés d'avance pour une révision du procès, vingt-cinq K supplémentaires au cas où un des jurés se mue en grand sorcier et obtient l'acquittement. Et puis il y aurait, réglés d'avance là aussi, vingt-cinq K à titre d'encouragements afin d'utiliser la carotte plutôt que le bâton. Qu'est-ce que vous en dites ?

– Le tout en liquide ?

– En liquide et offert en toute confiance.

– Offert quand ?

– Demain. Tout est prêt.

– Quand je suis satisfait, je ne discute pas. »

Une main rampa sur la table, saisit celle de l'avocat pour la serrer doucement, et la pression de cet accord s'insinua dans Nathaniel Wilson, les conséquences envahirent son corps. Pourquoi ? Pourquoi s'impliquer ? Quelque chose à propos d'affronts reçus de la part d'avocats confirmés dans un passé lointain, de ricanements et de lèvres retroussées quand il était jeune, quand ses pantalons étaient usés au fondement et qu'il venait tout juste de décrocher son diplôme de droit grâce à des cours du soir et par correspondance. En vérité, il éprouvait de l'admiration pour le milieu criminel, son *esprit*[1], son code de l'honneur limité, et même pour sa satanée détermination, arrogante et obstinée, à saper le système. Ce n'était pas quelque chose à quoi il pensait souvent. Il se pencha un peu plus au-dessus des deux tasses de café.

« J'ai pris quelques notes sur les jurés. Cinq femmes et cinq hommes. Le sexe a-t-il une importance ? »

Il affichait une ignorance injustifiée. Nathaniel Wilson n'avait jamais utilisé les services de Benny Edwards, mais il avait travaillé au sein d'équipes de la défense qui l'avaient fait. Il savait qu'ils étaient en train de se risquer en territoire très dangereux, et, oui, il connaissait la réponse à cette question.

« La carotte et le bâton, c'est ça ? Je n'aime pas utiliser des femmes. Avec la carotte, le fric ne les intéresse pas tant que ça, elles se foutent des arriérés d'hypothèques ou d'accumuler les dettes. Et si on se met à utiliser le bâton, il y a des chances pour qu'elles nous sortent le grand tremblement, les larmes, les hurlements, les cris et les jérémiades, ça part dans tous les sens. Non, je préfère les hommes... Cinq, vous dites ? »

Ce matin, pendant l'audience, Nathaniel Wilson avait pris des notes, mais pas à propos de la déposition d'Ozzie Curtis : il avait jeté sur le papier une description de chaque juré et de sa façon de s'habiller. Il poussa la feuille de papier sur la table. L'Intimidateur l'étudia. Son index s'arrêta un moment sur le nouveau porte-parole, puis descendit, glissa sur le vague portrait de l'Afro-Caribéen, sur le jeune type intelligent, sur le râleur qui semblait avoir mal aux dents ou aux oreilles en permanence et enfin sur celui qui avait toutes les peines du monde à rester éveillé et portait une chemise pourpre et des... sandales. Après l'avoir lue et absorbée, l'Intimidateur sortit un briquet de sa poche et la brûla, laissant les flocons de cendre tomber dans le cendrier sur la table. Puis il donna un nom et une adresse à

1. En français dans le texte.

laquelle, le lendemain, une mallette de billets de banque devait être livrée.

Nathaniel Wilson se hâta de retourner à la dix-huitième chambre.

Encore huit journées de travail.

Installé dans son petit territoire clos, comme un paysan subsistant sur un minuscule lopin, Naylor s'agaçait de la petite prise de bec irritante qui avait eu lieu chez lui ce matin. L'échange avec Anne avait été à tir tendu.

« Dickie, tu n'es qu'un ours mal léché qui refuse l'inévitable. Au nom du ciel, tout le monde doit prendre sa retraite un jour et faire ses valises. Papa l'a accepté et a commencé une nouvelle vie. Tu peux y arriver toi aussi », avait-elle dit, exaspérée.

La nouvelle vie de son père, à laquelle celui-ci réagissait fort mal, consistait à passer trois matinées par semaine sur un dix-huit trous quelque part sur la côte sud grâce à sa carte de membre du comité d'intendance. À partir de là, ça n'avait fait qu'empirer. Il avait eu le malheur de dire qu'il attendait plus de ses ultimes années que de s'inquiéter du prix des filets de morue servis au bar d'un club de golf ou se demander si la sauce tartare devait être servie dans un bol ou dans de petits sachets hermétiques. Elle avait rétorqué qu'à la fin de sa carrière, son père assumait des responsabilités bien plus importantes que Dickie en avait jamais connu. Il s'était contenté d'aller en vitesse récupérer son imperméable et son parapluie dans le placard sous l'escalier. Il était en train de se baisser pour prendre sa mallette à sa place habituelle sous la table de l'entrée, quand elle l'avait, verbalement, frappé sous la ceinture.

« Ah, j'ai oublié... Mary, du bureau, a appelé hier soir. Ça m'était sorti de la tête.

– J'étais assis à quatre mètres d'elle toute la journée. Qu'est-ce qu'elle voulait qu'elle n'a pas pu me dire avant ?

– Seigneur, tu es vraiment d'une humeur exécrable. Mary – une fille très sympathique, je trouve – a appelé derrière ton dos pour parler du pot de départ qu'ils vont organiser en ton honneur et du cadeau qui te ferait plaisir. Le DG ne pourra pas être là et son adjoint est en congé, mais un des assistants du DG espère bien venir... Bon, ton cadeau. Eh bien, je lui ai dit qu'on avait assez de montres comme ça dans la maison et qu'on n'en voulait plus. Je lui ai aussi dit qu'on avait tout ce qu'il fallait en matière de services à verres. J'ai suggéré une serre, pas trop grande, où tu pourras faire pousser des tomates en été et abriter des géraniums et des fuchsias en hiver. Ton petit coin bricolage. Et ils sont d'accord. Mary a trouvé l'idée excellente. Ils vont te prendre des bons d'achat. »

Il aurait dû l'embrasser sur la joue et partir, comme d'habitude, d'un pas vif vers la gare. Mais il s'était redressé et lui avait lancé, l'air mauvais :

« Et qu'a eu papa ? Des clubs de golf ?

– Tu le sais très bien.

– Et est-ce que le directeur général est venu faire un discours à son pot d'adieu avant de les lui offrir ?

– Tu le sais très bien. »

Alors, trop tard, il avait tenté le baiser, mais elle avait détourné la tête et ses lèvres n'avaient trouvé que le vide. Un grognement et il avait filé. C'était une croix qu'il portait depuis son premier jour dans le service, trente-neuf ans plus tôt : son beau-père avait été une icône du contre-espionnage, une véritable légende qui avait le droit de partager un sherry ou un gin en début de soirée avec tous les DG successifs. Il avait aussi glissé un mot qui avait permis à son gendre d'obtenir un emploi en tant que jeune officier subalterne des services de renseignements. Dickie n'avait jamais approché le statut du père d'Anne dans le service, mais c'était seulement quand il la provoquait que ses échecs lui étaient rappelés. Papa, avant de se consacrer à dix-huit petits trous dans l'herbe, avait traqué des traîtres, des créatures pathétiques et dangereuses qui avaient vendu leur loyauté envers leur pays et transmis des secrets militaires à diverses agences soviétiques.

Ces créatures s'étaient retrouvées sur les bancs de l'Old Bailey pour des procès retentissants qui avaient débouché sur des peines de prison excessivement longues. Dickie Naylor, après trente-neuf années passées à hacher menu tout ce qui passait sur son bureau, n'avait jamais pu égaler de telles performances et donc atteindre un prestige comparable. La preuve en était que les gros pontes ne viendraient pas à son pot de départ et qu'on allait lui offrir une serre en kit – qu'il n'était pas sûr de savoir assembler – pour y élever des tomates et des plantes menacées par le gel. Tout cela grâce aux bons soins de Mary Reakes.

Il restait si peu de temps, et le pire, le plus dur à accepter, c'était qu'il n'y avait rien, pas la moindre infime réussite sur laquelle il pouvait se retourner et qui lui aurait apporté un soupçon de fierté. Il était un artisan quelconque qui n'avait échoué à rien mais avait réussi moins que rien. Lundi dans une semaine, il se retrouverait face aux montants d'une serre et personne n'aurait remarqué son départ. Il grogna d'agacement. Il n'y avait rien sur l'écran de son ordinateur qui n'était déjà là hier.

La section qu'il dirigeait, supervisant Mary Reakes qui avait le rang d'officier et quatre femmes qui ne l'avaient pas, assumait des responsabilités jumelles aux Riverside Villas. Elle avait pour tâche d'identifier l'éventuelle arrivée au Royaume-Uni d'un kamikaze d'origine étrangère et – ce qui était considéré comme plus essentiel et donc comme une menace plus importante – l'arrivée de ce que la firme sœur abritée dans les tours Ceaucescu de l'autre côté du fleuve, la CIA, appelait un « coordinateur », et les résidents des Villas un « facilitateur ». Depuis le 11-Septembre et la création du département, aucun des deux n'était apparu à l'horizon. Le ciel n'avait pas accordé d'enfants à Dickie et à Anne et ils se trouvaient donc privés de petits-enfants. Il n'y aurait pas de petit garçon assis sur ses genoux qui lui demanderait : « Qu'est-ce que tu faisais pendant la guerre, papy ? » Et qui se verrait répondre : « Rien, mon chéri, parce que sous ma garde, l'ennemi ne s'est jamais montré. » Il aurait eu tant à raconter à ce gosse qui n'existait pas s'il avait suivi la trace de l'argent de cet ennemi à la perpétuelle recherche de soutiens financiers, s'il avait infiltré des informateurs dans des mosquées et dans ces *madrasas* où étaient enseignés les principes du Coran et où on apprenait des textes par cœur. Il aurait pu aussi parler des fichiers numériques sur ces jeunes du nord de Londres ou de l'ouest des Midlands qui changeaient de passeport comme ils changeaient de vol à destination de Karachi ou de Rawalpindi. Rien à raconter et rien à dire. Et son époque, l'époque de Dickie Naylor, était sur le point de s'achever.

Il répéta ce qu'il allait dire avant de se détourner de l'écran pour appeler chez lui. Il présenta des excuses, brèves et maladroites, en bafouillant.

Il entendit :

« Ne sois pas idiot, tu n'as pas à t'excuser. Tout le monde doit s'y résoudre. Prendre sa retraite et commencer une nouvelle vie, comme je te l'ai dit. Au moment où tu m'as appelée, j'allais justement partir pour le supermarché. Ce sera agréable d'y aller ensemble. »

Il grimaça et raccrocha.

Dans une pièce située tout en haut du bâtiment principal à l'intérieur du complexe protégé de l'ambassade américaine à Riyad, capitale de l'Arabie saoudite, Cindy lisait à haute voix le rapport de situation qui venait d'arriver sur le téléscripteur. Elle avait une belle voix, et Joe Hegner l'écoutait. Dans son esprit, il se fabriquait des images très précises du carnage décrit sur de fines feuilles imprimées.

Rapport, Task Force Olympia, Commandement Nord, Mossoul : Attaque à la triple voiture piégée dans notre Zone de Responsabilité. Attaque Un : Ciblant un convoi de contractants. Attaque Deux : Ciblant la réaction subséquente des forces de la Coalition, 300 mètres de la première frappe. Attaque Trois : Ciblant approche de la base de la Coalition lors du retour des forces de réaction. Pertes : 2 civils, gardes de sécurité du convoi, KIA[1] ; 3 membres forces de la Coalition, KIA ; 8 civils irakiens sur base de la Coalition, KIA. WIA[2] dans les 3 attaques pas encore disponibles mais attendus comme « substantiels » : Fin du Message.

Sans l'interrompre, Joe Hegner l'écoutait alors qu'elle lisait à son intention depuis le seuil de la pièce. Il connaissait ces civils qui assuraient la sécurité des ingénieurs venus s'occuper du réseau électrique, dépanner le système d'évacuation des eaux ou faire en sorte que le pétrole continue de couler à travers les pipelines du désert. Avec eux – un mauvais placement pour les assurances-vie – venaient ceux qui les protégeaient. Beaucoup de ces gardes étaient issus des vieux jours de l'apartheid en Afrique du Sud, d'autres étaient des retraités prématurés des parachutistes ou des forces spéciales britanniques, d'autres encore provenaient du Middle West américain et avaient laissé derrière eux des couples brisés et des dettes toujours croissantes. Pour porter des fusils d'assaut sur des SUV blindés en compagnie des contractants, ils gagnaient jusqu'à cinq mille dollars par semaine. Ils avaient – c'était un stéréotype – le crâne rasé, des muscles gonflés par les haltères et les stéroïdes, la peau à jamais couverte de tatouages minables. Et maintenant, deux d'entre eux étaient morts. Plus tard dans la journée, dans la sécurité d'un bureau de Johannesburg, de Londres ou de Los Angeles, un mail ou un télégramme partiraient vers une famille délaissée, dans quelques jours un sac serait fermé avec le contenu censuré d'un vestiaire, revues porno non incluses. Dans la soirée, des Budweiser et quelques verres de Jack Daniel's seraient avalés par les survivants, des toasts seraient portés. Joe Hegner les aimait bien, il les voyait comme des esprits libres. Il était d'autant plus touché que Mossoul l'avait marqué dans sa chair.

1. KIA : *Killed in Action*. Tué en service.
2. WIA : *Wounded in Action*. Blessé en service.

Rapport, Commandement Central, Ramadi : Double attaque au véhicule piégé. Camion-citerne de gaz liquide lancé sur défenses improvisées des baraquements de la police, suivi par voiture, prétendument ambulance et engin de secours, qui a atteint le même site. Pertes non encore établies, mais probablement «lourdes» parmi le personnel de police et les civils. Fin du Message.

Chaussures enlevées, Joe Hegner avait posé les pieds sur son bureau. Il y avait un trou au talon de sa chaussette droite, mais le temps manquait, ces jours-ci, pour appeler un chauffeur assigné au bureau et au personnel de sécurité pour l'envoyer en ville acheter une paire neuve. Sa canne était appuyée contre le bureau. Il s'était souvent retrouvé dans les baraquements de la police, et il avait quelques bons amis parmi les officiers nouvellement recrutés. Il entretenait avec eux un rapport qui s'approchait de l'amour. La plupart des Irakiens vivant dans ce putain de triangle préféraient se contenter de peu, voir leur famille crever de faim plutôt que de se risquer à accepter les dollars américains. Mais quelques-uns étaient prêts à briser le moule de terreur. Ils avaient un équipement minable – des véhicules de merde, des armes de merde, des barricades de merde autour de leurs installations de merde – mais à chaque fois qu'il était là-bas, une semaine sur quatre, il était bluffé par leur enthousiasme. Pendant sept jours chaque mois, il quittait l'ambassade à Riyad pour aller se terrer dans la Zone verte au bord du Tigre, qui traverse Bagdad. Avant de prendre le vol de retour vers la capitale saoudienne, il faisait toujours en sorte – même s'il devait y aller entre les parois blindées d'un char de combat – de rendre visite aux policiers dans leurs baraquements. Ils étaient les garçons de l'agence dans la Zone verte, et ceux du bureau, mais personne à la CIA ou au FBI ne se levait le cul pour aller à la rencontre de ceux qui étaient en première ligne. Il croyait entendre les gémissements funèbres des veuves, des frères et des mères, quand les corps des policiers seraient identifiés. Du moins, ce qu'il en restait après l'explosion d'un camion-citerne rempli de gaz. Il connaissait Ramadi, c'était un endroit d'une haine rare, d'une cruauté particulière.

> Rapport, Commandement Central, Bakouba : Attaque suicide solitaire. Ciblant un centre de recrutement de l'armée irakienne – kamikaze se joignant à la file d'attente pour faire exploser sa charge quand débusqué. Nombre de victimes inconnu, mais sera «grand» : Fin du Message.

Des pensées se formaient dans l'esprit de Joe Hegner, et elles accompagnaient les images qu'il gardait de l'époque où il vivait dans l'atmosphère raréfiée de la Zone verte, avant son hospitalisation, avant la confirmation que désormais il travaillerait à l'ambassade en Arabie saoudite... Une file s'allongeant devant un bâtiment crasseux qui se dressait derrière des barrières antiexplosion de blocs de béton et des parapets de sacs de sable. Une file formée d'hommes jeunes et moins jeunes qui regardaient, mal à l'aise, derrière eux, tandis qu'ils avançaient avec une lenteur pénible. Une table derrière laquelle étaient assis trois fonctionnaires, et posée dessus une pile de formulaires d'engagement qui frissonnaient dans la brise matinale. Un homme qui venait se joindre au bout de cette file, et qui souriait peut-être comme s'il était en paix, dont les vêtements étaient peut-être trop gonflés pour la largeur de ses épaules ou la forme de sa tête, avec peut-être de la sueur qui coulait sur son front alors que le soleil n'était pas encore haut, ceux dans le rang qui peut-être avaient senti l'odeur du danger et s'étaient mis à fuir, le garde de sécurité – payé une misère – qui peut-être avait eu le courage de foncer sur l'homme un peu trop gros, un peu trop souriant, un peu trop transpirant. Mais une main s'était glissée sous la robe. Un corps s'était désintégré et beaucoup d'autres avaient été mutilés. Joe Hegner connaissait ces jeunes hommes. Il en avait fait sa deuxième spécialité.

Rapport, Commandement Central, Bagdad : Attaque sur garnison (forces de la Coalition) du complexe de détention d'Abou Ghraib. Au moins 5, nous répétons 5, kamikazes à pied ou dans des véhicules, accompagnés de forces terrestres insurgées se servant de mortiers 88 mm, de lance-roquettes RPG et de mitrailleuses calibre 50 mm. Ni les pertes de l'ennemi, ni celles des forces de la Coalition ne sont encore connues ni confirmées, mais des rapports parlent d'au moins 2 KIA dans le 101e d'Infanterie. Fin du Message.

Il grimaça devant ce catalogue de désastres. Il n'avait pas soif, mais il but quand même un peu d'eau dans un gobelet pour humecter ses lèvres sèches et craquelées. Joe Hegner n'interrompait jamais Cindy quand elle lisait à haute voix pour lui. Les deux soldats tués en service non confirmés pouvaient être de solides petits Blancs du Montana, où Hegner avait été élevé, ou bien de coriaces jeunes Noirs d'Alabama, où il avait passé les premières années de sa carrière au bureau. Chacun d'eux, d'où qu'il vienne, était une blessure dans son corps. Une partie de cette blessure était provoquée par l'émotion, mais la plus grande part était due à son échec professionnel. Il réfléchissait à l'ampleur de l'attaque sur le périmètre de la prison, estimant le nombre de combattants déployés, soupesant l'énormité de l'utilisation simultanée de cinq kamikazes, s'interrogeant sur la chaîne d'approvisionnement de candidats au suicide, d'une efficacité digne de Wall Mart.

« C'est tout ?

– Oui. Rien d'autre, Dieu merci. C'est tout ce qu'on a.

– Difficile de faire pire.

– À quoi pensez-vous, Joe ? »

C'était leur manière de fonctionner. Après lui avoir fait la lecture et une fois qu'il avait assimilé tout ce qu'elle lui avait dit, elle lui posait des questions anodines qui avaient pour but d'exciter ses capacités analytiques. Ils avaient été ensemble à Riyad trois mois avant le lancement de l'invasion, puis dans la Zone verte dès la semaine suivant l'occupation de Bagdad et jusqu'à ce jour de décembre 2004 dans la salle du mess du camp de Mossoul. Puis, à nouveau dès le début de sa convalescence à l'hôpital militaire de Francfort. Elle était restée à ses côtés pour son retour à Riyad. Ce n'était pas une relation maître-servante – lui, l'agent, elle, détachée du service des assistants personnels – ni teintée d'attirance sexuelle. L'affection était partagée et portait plutôt la marque frère aîné, sœur cadette. Sans elle, il aurait pu se croire fini, lessivé. Elle aurait dit que sa rencontre avec Josiah Hegner avait été le seul événement significatif de sa vie. Ne plus avoir l'autorisation, par diktat du bureau, de s'envoler avec lui une semaine sur quatre quand il partait en Irak, était son plus grand regret, une blessure. On la privait de l'occasion de veiller sur lui. Il avait cinquante-deux ans, était défiguré. Elle en avait trente-quatre, était séduisante mais indisponible pour tous les attachés d'ambassade qui lui prodiguaient leurs attentions. Elle attendait sa réponse.

« C'est l'ampleur qui nous dit quelque chose.

– Cinq frappes sur des lieux différents et toutes à moins d'une heure d'intervalle.

– Onze suicidés en l'espace de soixante minutes. Cinq juste pour une seule attaque.

– Comme s'ils en avaient une réserve disponible et inépuisable.

– Tous coordonnés. Tous rassemblés par un individu unique qui les contrôle et cherche à nous envoyer un message. Il est plus important, infiniment plus, que la chair à explosif qu'il met en première ligne. L'essentiel, c'est la coordination. Le travail de cet homme seul. »

Dans l'ancien temps à Riyad, dans son bureau de l'ambassade où un marine armé montait la garde devant sa porte, il avait couvert les murs de photographies de tous ceux qui avaient été identifiés comme les premiers leaders de l'insurrection. Elles avaient toutes disparu. Et l'image « de cet homme seul » n'aurait de toute façon pas pu se retrouver sur le mur, car cet homme n'avait pas de nom, n'avait jamais été pris en photo.

« Mais vous savez qui c'est, Joe.

– Oui, oui.

– C'est le Twentyman, c'est ça ? À quoi pensez-vous ?

– J'ai l'impression, la sensation plutôt, qu'il est en train de signer son départ. Qu'est-ce que ça paraît stupide de lui donner ce nom. Bon Dieu, rien ne prête à rire chez cet enfoiré, mais c'est ce qu'il est : le Twentyman. Le seul qui peut nous envoyer, en l'espace d'une heure, onze types se faire exploser sur autant de lieux différents. Sauf que ça me fait l'effet d'un bouquet final, comme s'il voulait s'accorder une pause ou se lancer sur un nouveau territoire, je ne sais pas encore. Mais ça ne peut être que lui. C'est sa patte. C'est le Twentyman. Je le sens. »

L'embarquement fut annoncé, vol KLM pour Amsterdam.

Il se leva du banc où il attendait.

Selon celui qu'il appelait désormais le chef, Ibrahim Hussein avait été choisi parce qu'il marchait bien. Devant lui, le terminal quatre de l'aéroport international du roi Khaled était une longue étendue de sol luisant sur laquelle il s'engagea sans se retourner pour vérifier la présence de celui qui l'escortait. Du désert, on l'avait conduit dans une maison d'un quartier minable de la ville de Qatif où il avait dormi d'un sommeil sans rêves. Après, on l'avait amené à l'aéroport. Pendant tout ce temps, il n'y avait eu aucune conversation avec chacun de ceux qui l'avaient pris en main. Il avait compris qu'il ne devait pas savoir qui l'avait traité et déplacé. Ce matin, on lui avait donné un nouveau jean, un tee-shirt jaune, une veste en cuir et des baskets. Il portait un petit sac à dos à l'épaule et, sur la tête, une casquette « I Love NY » avec une grande et large visière pour dissimuler en partie ses traits aux caméras de sécurité. Dans le parking de l'aéroport, on lui avait remis une enveloppe contenant un passeport et une feuille volante sur laquelle une histoire familiale griffonnée sommairement justifiait le visa d'entrée pour les Pays-Bas tamponné sur la deuxième page du passeport. On lui avait laissé le temps de la lire, puis elle lui avait été enlevée et jetée dans une corbeille. Déjà, il s'extasiait sur le souci du détail qui était déployé. Quand l'annonce du vol avait retenti, celui qui l'escortait se trouvait à ses côtés. L'instant d'après, il avait disparu. Sa cible était la porte d'embarquement, et comme on l'attendait de sa part, il marcha vers elle sans hésitation. Il entendit la voix, loin derrière lui. Un nom crié. Pas celui du passeport qu'il serrait dans sa main. Le cri retentit à nouveau. Il ne changea rien à son pas et, au moment où la porte coulissait automatiquement pour l'engloutir, l'appel fut répété une troisième fois :

« Ibrahim ? Ibrahim Hussein ? C'est bien toi, Ibrahim… »

La porte se referma et bloqua ces sons.

Sur un autre continent où l'heure n'était pas la même, un autre vol était annoncé. À Barcelone, le charter de Sun Tours chargeait sa fournée de touristes à destination de l'aéroport de Stansted, Angleterre.

Il n'avait rien à reprocher aux dispositions prises pour lui, ni à la couverture fournie par ses documents de voyage. Il n'était ni Muhammad Ajaq ni le Scorpion. Il accomplirait la dernière étape de son voyage avec un passeport espagnol où le teint légèrement olivâtre de sa peau – ni européen ni nord-africain – était rendu plausible par un père originaire de Valence et une mère née à Tétouan au Maroc. Il obéissait aux ordres qui lui avaient été donnés trois mois plus tôt et qui l'avaient introduit dans un labyrinthe de préparatifs envers lesquels il n'avait aucune critique. À chaque étape, il avait été contacté et traité avec la courtoisie et le respect auxquels il estimait avoir droit. De l'argent avait été fourni. Les rendez-vous pris s'étaient déroulés comme prévu. La veille, il avait été conduit par un homme, qui n'avait posé aucune question et ne s'était pas lancé dans une conversation futile, dans les montagnes au nord-ouest de Barcelone pour y rencontrer une cellule de combattants basques d'Euskadi ta Askatasuna, deux hommes et une femme. Sur les hauteurs, non loin de la ville d'Irurzun, dans une grange remplie de foin hivernal pour les animaux, on lui avait montré quinze kilos d'explosif PETN conditionnés en bâtons d'un kilo. Il les avait achetés. Il avait payé vingt mille dollars américains et quatre détonateurs de carrière que l'on trouvait dans le commerce avaient été ajoutés au paquet.

Il avait trouvé les hommes braves et forts, la femme jolie – à un moment, elle avait posé la main sur sa cuisse pour souligner un détail avec emphase et l'excitation l'avait inondé –, et la confiance avait été là. S'il était capturé et parlait, ils seraient détruits. S'ils étaient pris et subissaient un interrogatoire, il serait brisé. La femme boitait et avait dit, comme si cela n'avait aucune importance, qu'elle avait été torturée longtemps auparavant, ce qui avait scellé sa confiance en eux. Il les avait quittés, les hommes le serrant dans une étreinte d'ours, la femme l'embrassant à pleine bouche, emportant les quinze kilos d'explosif et les détonateurs dans du papier étanche serré par du ruban adhésif opaque.

Le paquet dans le coffre de la voiture, le chauffeur avait emprunté des routes étroites et sinueuses pour l'amener au port de Castro Urdiales. Là, il s'était assis dans un bar et avait bu du café avec un Anglais au visage rougeaud qui avait l'échec inscrit sur la bouche et la défaite dans les yeux. Le prix, sans marchandage, avait été fixé à vingt-cinq mille dollars américains. Le paquet avait glissé sous la table jusqu'aux mains de l'Anglais. L'argent avait suivi. Par la vitrine du café presque désert, il voyait le ciel gris sur le port et l'écume qui jaillissait au-dessus de la jetée. L'Anglais lui montra le bateau de plaisance, niché contre un ponton, ballotté par la houle.

Il avait été ramené, de nuit, vers Barcelone. À l'aube, près d'une gare d'où partaient des trains pour la ville et alors que la pluie menaçait, il avait suggéré au chauffeur de se soulager la vessie après une si longue route. Il était venu derrière lui et l'avait étranglé. Il avait abandonné le corps dans des broussailles au bout d'une voie désaffectée avant d'incendier la voiture. Il avait pris le train avec les premiers banlieusards et, après deux changements, était arrivé à l'aéroport, ayant oublié l'homme qui l'avait conduit.

Quand il présenta son billet – mieux valait voyager au sein d'un groupe car, à l'arrivée, l'inspection des passeports était moins stricte –, une hôtesse de sol lui sourit et il lui rendit son sourire, les yeux sur les formes généreuses sous son chemisier.

Elle s'esclaffa bêtement et il rigola, comme si ses vacances commençaient bien, avant de se laisser entraîner par le flot de touristes.

Le paquet devait contenir de la drogue – de l'héroïne d'Afghanistan ou de la cocaïne de Colombie –, et Dennis Foulkes n'en avait rien à foutre. Il était fauché, probablement sur le point d'être officiellement déclaré en faillite. Le fric planqué dans un placard de la cambuse suffirait à faire attendre les créanciers et à protéger le bien dont il était le plus fier.

Il s'appelait *Le Rigolo de la Bande*, et Dennis Foulkes l'aimait avec passion. L'argent qu'on lui avait versé retarderait leur séparation inévitable. C'était un yacht de croisière avec deux Volvo de quatre cent quatre-vingts chevaux qui lui offraient une vitesse maximale, quand les conditions étaient bonnes, de trente-trois nœuds. Treize mètres de la poupe à la proue, sur un peu plus de quatre de large. À l'intérieur, ses installations comprenaient un cockpit, un salon, une cambuse avec coin repas, trois cabines de luxe – dont deux suites –, le tout amplement et superbement décoré. Il avait été riche. À l'époque où il dirigeait une prospère concession Rover, l'argent coulait à flots, et il n'avait pas entendu les sirènes d'alerte – il avait quitté le ballon des yeux – parce qu'il venait tout juste de casquer deux cent soixante-cinq mille livres, comptant, pour s'offrir un emplacement dans la marina de Kingswear sur la côte sud du Devon, et qu'il se disait que le magasin roulait tout seul.

Difficile d'être plus con. Rover, le constructeur, avait mis la clé sous la porte, les modèles qui trônaient dans son show-room ne pouvaient lui être retournés et il n'avait rien vu venir. La maison perdue, saisie quand il n'avait plus pu rembourser son emprunt. La femme partie. *Le Rigolo de la Bande* était tout ce qu'il lui restait pour se souvenir de ce qu'il avait été. Il abritait les meilleurs systèmes de navigation électroniques, des meubles à cocktail en bois massif, de la moquette et un lit dans la suite principale qui pouvait accueillir trois petites mignonnes sans qu'on s'y sente à l'étroit. Il s'était mis à offrir ses services à n'importe quel gogo prêt à payer pour traverser la Manche, et il n'était pas assez fier pour refuser des excursions d'une journée à Plymouth à l'ouest ou Lynne Regis à l'est. Il était à louer. Chaque livre ou euro qu'il grappillait l'aidait à garder son amour sous ses pieds. La saison des pigeons n'étant pas encore ouverte, ce n'était pas un paquet emballé dans du plastique étanche planqué dans la cambuse qui allait empêcher Dennis Foulkes de dormir. Sauf qu'un cauchemar squattait son sommeil : un de ses créanciers entendait parler du *Rigolo de la Bande*, le faisait saisir et refourguer une misère pour compenser le ou les millions qu'il devait à la banque et à l'entreprise qui avait construit sa maison. Un peu de cash montrerait sa bonne volonté et ils allaient peut-être enfin le lâcher un moment. La nécessité et l'amour l'empêchaient de prononcer le moindre jugement à l'égard de l'homme qui s'était assis face à lui dans ce café sur le port de Castro Urdiales.

Dans le golfe de Gascogne, *Le Rigolo de la Bande* était ballotté par des vents de force six à sept. Il faisait route vers l'île d'Ouessant pour ensuite, si Dieu voulait bien lui accorder des eaux plus calmes, effectuer la traversée de la Manche jusqu'à l'estuaire du Dart.

Il se disait, cramponné à la barre alors que la coque cognait sur les vagues et que l'eau cascadait sur le pont, que la fille qui était venue le trouver sur le quai à Kingswear n'avait pas du tout eu l'air de tremper dans un trafic de drogue. Le type, par contre.

Cette espèce d'enfoiré au regard glacé, malgré son sourire, lui avait laissé un goût de peur qui traînait encore dans sa gorge. La fille, elle, était sympa. C'était trop con, ces balafres sur sa gueule.

Il ne lâchait pas son dos et ses épaules des yeux. Il concentrait toute son attention sur la fille qu'accompagnait Jamal.

À cent cinquante mètres derrière eux, la filature était délicate mais Syed savait s'y prendre. Sa maison, celle où il vivait avec ses parents, se trouvait au nord-ouest de Londres, à Hanger Lane. C'était là aussi qu'il travaillait comme cuistot dans un kebab, mais les talents dont il était en train de se servir lui avaient été enseignés dans les rues grouillantes de Peshawar. Il était allé au Pakistan deux ans plus tôt, à l'âge de dix-neuf ans, pour rendre visite à sa famille. C'était là-bas qu'il avait été recruté. Il avait été très malléable entre les mains de ceux qui l'avaient remarqué : quatre mois avant de prendre l'avion pour la terre natale de ses parents, son frère aîné avait été agressé dans un bus de nuit, roué de coups de poing et de pied jusqu'à en perdre conscience, par une bande de Blancs, et pour quelle raison ? Parce que son frère était musulman, oriental, « une saleté de Paki ». La famille avait passé plusieurs semaines à faire des allers-retours jusqu'à l'hôpital du West Middlesex pour rendre visite à un jeune homme qui, pendant trois jours, avait frôlé la mort. Des tuyaux et des perfusions l'avaient maintenu en vie. Son frère était guéri maintenant, dans son corps, mais il quittait rarement la maison de Hanger Lane. Alors, en raison de ce qu'on lui avait fait, Syed avait accepté sans regret les avances de ses recruteurs.

À Peshawar, on lui avait appris à suivre un homme ou une femme sans être repéré. Devant lui, elle guidait Jamal dans les rues du centre de la ville et à travers la vaste place où les premiers bourgeons étaient en fleurs sur les arbres pour l'amener vers le centre commercial. Se servant de ce qu'il avait appris à Peshawar, Syed était rassuré : elle n'était l'objet d'aucune autre filature. S'il y avait eu une surveillance, à cent cinquante mètres de distance, il l'aurait repérée. Il aurait vu des hommes dépasser des femmes sans saluer des collègues, des hommes et des femmes lever la main pour parler à leur poignet, et tous ces hommes et ces femmes avec un journal qui ne lisaient rien de ce qui était imprimé. À Peshawar, on le trouvait excellent élève et on le lui avait dit. C'était la première fois que Syed rencontrait d'autres membres du groupe et la première aussi, depuis le Pakistan, qu'on faisait appel à lui. Il pensait, c'était son impression, que la fille surestimait son importance auprès d'eux, que ses cicatrices étaient un défaut grâce auquel on se souviendrait facilement d'elle, mais les décisions appartenaient à d'autres.

Ils gravirent les marches du centre commercial. Même à cette distance, à cent cinquante mètres, il détestait cet endroit qui n'était qu'ostentation, cupidité et corruption. Il vit la fille et Jamal contourner une bande de jeunes Blancs. Quand l'homme arriverait de l'étranger, quand ils frapperaient la cible qui leur serait donnée, son frère serait vengé et sa foi protégée.

Lee Donkin passait ses journées et ses soirées à chercher la bonne occase dans les rues de Luton. Ensuite, s'il l'avait trouvée et s'il avait de quoi, il consacrait ses nuits et ses bras à l'héroïne.

Les meilleurs coups, et il avait l'expérience adéquate pour l'affirmer, c'était en milieu de matinée : des femmes avec des poussettes sur Dunstable Road, Dallow Road ou Leagrave Road en route vers le centre commercial. Elles y allaient pour dépenser, non ? Avec du fric plein le porte-monnaie, non ? Et elles allaient pas se défendre, pas vrai ? Lee Donkin, dix-neuf ans, nourrissait son addiction en agressant et en volant, et si sa victime se retrouvait par terre sur le trottoir c'était la faute de cette pétasse qui avait eu la connerie de résister. Les cheveux teints en blond, coiffés en pointe, il prenait soin, quand il travaillait, de les cacher sous sa capuche noire. Sa plus grande fierté était de savoir qu'il représentait à lui seul un pourcentage considérable dans les statistiques criminelles locales, un souci constant pour la brigade chargée des vols à l'arraché, et qu'il n'avait plus été condamné depuis l'âge de seize ans et ses trente mois passés dans un centre pour jeunes délinquants. Désormais, il fallait l'admettre, il était trop malin pour eux. Il était petit, mais c'était trompeur : son corps noueux était couvert de muscles durs.

... Et l'occase arrivait. Une femme, pas vieille, mais s'aidant d'une de ces cannes fournies par les hôpitaux. Elle avait du mal à marcher, venait de rater le bus et allait devoir continuer à pied. Un sac à main dans le creux du coude. Il s'approcha d'elle. Le long du trottoir se trouvait le terrain de sport de l'école par où il filerait quand il en aurait fini avec elle.

La main de Lee Donkin se glissa dans sa poche. Il accéléra le pas. Du pouce, il fit glisser le petit fourreau de cuir qui recouvrait la lame de son couteau.

8 novembre 1936

C'est le commencement. Ce pour quoi je suis venu.

Albacete est derrière nous. Ce cauchemar dont je me suis réveillé, c'étaient les baraquements d'Albacete.

Ça a été une journée incroyable et j'ai éprouvé une telle fierté d'être ici. J'ai peu de temps pour écrire, car ce soir, enfin libéré du cauchemar, j'ai besoin de tout le sommeil que je pourrai prendre. Demain, je combattrai, avec Daniel et Ralph à mes côtés. Ce sera le test.

Hier, nous avons été conduits en car à Madrid et chaque kilomètre qui nous éloignait d'Albacete nous rendait plus joyeux. Il y a eu beaucoup de chants dans de nombreuses langues. Quand notre tour est venu, Daniel a entraîné tout le monde dans « It's A Long Way To Tiperary ». La troisième fois, ils étaient tous avec nous, les Polonais, les Allemands et les Italiens qui sifflaient et essayaient même de chanter les paroles. Nous avons eu droit à quelques heures de sommeil sur un parking, sous un ciel magnifique.

Cet après-midi, nous avons été répartis en escouades – pelotons et compagnies – et la plupart d'entre nous se sont vu donner des fusils. Ils sont vieux et français – ils datent de la Grande Guerre – et chaque homme a reçu dix cartouches de munitions. Je ne comprends pas pourquoi nous n'avons pas eu davantage d'entraînement militaire à Albacete. Au lieu de ça, les commissaires nous ont farci la cervelle avec leur politique. J'ai un fusil et Ralph aussi, mais pas Daniel. Nous avons défilé dans une des rues principales de Madrid qui s'appelle la Gran Via – un peu comme Regent Street à Londres. C'était incroyable.

Au début, les trottoirs de la Gran Via étaient vides, à part les longues queues devant les boulangeries, mais alors que nous marchions au milieu de la route, les gens sont sortis pour nous saluer, nous applaudir et nous encourager. Je défilais du mieux que je pouvais, mon fusil sur l'épaule. Je ressentais une telle fierté. J'étais encadré par mes chers amis et nous étions près de deux mille. Nous offrions une vision magnifique et les habitants de Madrid reconnaissaient le geste que nous avions fait en venant ici les aider. Une femme a crié – je le sais parce que Ralph a traduit : « Il vaut mieux mourir debout que vivre à genoux. » Beaucoup scandaient ce que nous avions entendu à notre arrivée en Espagne : « Ils ne passeront pas. »

Plus tard, quand nous sommes parvenus au bout de la Gran Via, nous avons clairement entendu les tirs de barrage d'artillerie qui tombaient sur les positions avancées, et nous ne chantions plus, aucun de nous trois. Ils étaient si proches, si assourdissants. Là, au début, le bord de la route était désert, mais les gens ont dû entendre le bruit de nos bottes. Ils sont sortis de portes barricadées et nous ont acclamés avec un enthousiasme incroyable, comme si nous étions leurs sauveurs et que nous allions renvoyer Los Moros, les Maures, les troupes de l'armée d'Afrique à la mer.

Bien sûr, nous, de la XIe *Brigade internationale, nous allons les chasser du Caso di Campo.*

Quand nous sommes arrivés aux tranchées, en deuxième ligne, là où nous allons passer la nuit, j'ai demandé à Daniel comment il allait se battre sans fusil. Il a dit, très calmement : « Ne t'inquiète pas pour ça, Cecil. Quand un des brigadistes laissera tomber le sien, je le ramasserai. » D'abord, je n'ai pas compris ce qu'il voulait dire. Maintenant, oui. Le pilonnage est incessant, mais je suis sûr que nous nous y habituerons et que nous dormirons.

J'ai vu des blessés qu'on ramenait du front et j'ai essayé de détourner les yeux. C'était horrible – il vaut mieux ne pas regarder ces hommes. C'est bizarre, mais je suis plus anxieux pour Ralph et pour Daniel que pour moi-même. Mais assez, ne plus penser à ça !

Demain, nous nous battrons – j'espère que Dieu veillera sur mes frères d'armes et sur moi –, et après-demain nous ferons la fête ! Daniel et Ralph me l'ont promis parce que c'est mon anniversaire.

Il tenait le carnet devant ses yeux, s'attardant sur chaque phrase, chaque mot griffonné. Des voix cherchaient ses oreilles, mais Banks les ignorait. Une partie de cartes se déroulait sans lui. Ce matin, dans la lueur de l'aube, l'équipe Delta avait foncé en convoi sur l'autoroute avec sirènes et motards pour déposer le ministre de la Reconstruction à Heathrow. Elle avait attendu avec lui jusqu'au départ de son vol pour Amman, la première étape de son voyage retour.

L'équipe – sans ceux de la protection royale et diplomatique – se trouvait à présent dans la cantine du poste de police sur Vincent Square, un repaire habituel quand ils n'étaient pas en mission et tuaient le temps dans l'attente de la suivante. La conversation en bout de table, qui passait au-dessus des oreilles de Banks, portait sur l'habillement, une visite de Downing Street organisée par un sergent de la Special Branch et une nouvelle modification du viseur télescopique Heckler & Koch. La seule image de la matinée qui restait à Banks était l'insistance du ministre – rentrant chez lui à Bagdad – à vouloir leur serrer individuellement la main, à les remercier un par un. Bon Dieu, ils n'auraient même pas pris une balle pour lui. Aucun membre de l'équipe Delta n'aurait placé son corps dans la ligne de tir pour sauver ce mec. L'avion commençait à peine à rouler sur la piste d'envol qu'ils étaient déjà en route pour la cantine, les cartes et leurs blagues.

« Hé, Banksy, qu'est-ce tu fous ? »

Il était avec Cecil Darke, loin d'ici.

« Banksy, t'es encore dans ce monde ? »

Il n'arrivait pas à se représenter Cecil Darke, à s'en faire une image, et c'était ce qui lui manquait le plus. Il ne pouvait mettre un visage ou des traits sur son grand-oncle. Il ne savait pas s'il était grand comme lui, David Banks, s'il était bien bâti avec des épaules larges comme lui, David Banks. Brun, blond, ou crâne rasé à Albacete, il ne savait pas. À la lecture, il imaginait un petit type, jeune – quatorze ans de moins que lui maintenant –, au teint pâle, le torse creux, concave, et des vêtements, un uniforme, trop grands pour lui, comme les épouvantails que le père de Banks érigeait dans les champs fraîchement ensemencés. Des épaules étroites, tirées en arrière avec fierté, mais tassées par le poids du vieux fusil français quand il avait remonté la Gran Via. Mais ce n'était que son imagination, un pauvre substitut à la certitude du savoir.

« Hé, Banks, y a quelqu'un ? »

Il essayait de penser à ce en quoi il croyait. Qu'est-ce qui aurait fait que David Banks, un inspecteur qui n'avait jamais tenté l'examen pour devenir sergent, aille rejoindre une guerre qui n'était pas la sienne ? Il ne trouvait rien. Qu'est-ce qui aurait fait que David Banks, divorcé de Mandy et vivant dans une chambre meublée d'Ealing, se retrouve en deuxième ligne et pense à trouver le sommeil malgré les obus plutôt qu'à la charge qu'il allait devoir mener à l'aube en terrain découvert ? Il ne comprenait pas.

« Banksy, tu m'en veux pas si je te demande c'qu'y t'arrive ? »

Peut-être qu'ils en avaient marre de discuter des mérites de telle ou telle marque de chaussettes polaires, de la fierté qu'on pouvait tirer d'une visite à Downing Street ou de la dernière amélioration apportée à une lunette de visée. Il referma le carnet et vit le nom en or gaufré, à moitié effacé. Il en savait si peu sur l'homme qui le portait et qui, au matin, face à l'ennemi, combattrait.

« C'est un journal intime, dit Banks avec calme.

– Qu'est-ce qu'il a de si spécial pour que tu nous snobes comme ça ?

– Il a été écrit par mon grand-oncle il y a soixante-dix ans.

– Ouais ? Et alors ? À voir comment tu le tiens, on dirait les Tables de la Loi. »

Essayant de contrôler son irritation, Banks reprit :

« À l'âge de vingt et un ans, mon grand-oncle a plaqué son boulot à Londres pour aller en Espagne pendant la guerre civile. Il s'est engagé dans les Brigades internationales et...

– C'était un des grands perdants, un communiste de merde ? »

Il leva la tête face à Delta 6, 8, 9 et 11.

« Il n'était pas communiste, dit Banks d'une voix neutre, dents serrées. C'était un idéaliste. Il y a une différence. »

Ils lui tombèrent dessus comme une avalanche. L'ennui avait disparu. Ils rigolaient.

Delta 6 : « Lâche-nous, c'étaient tous des rouges, équipés et financés par les Soviets, contrôlés par le Komintern et recrutés par le Parti communiste anglais. »

Delta 8 : « Une bande de branleurs qui se sont mêlés de ce qui les regardait pas. »

Delta 9 : « En fait, on pourrait dire que ton grand-oncle était le terroriste d'hier. Comme n'importe lequel de ces enfoirés qui viennent de l'étranger en Irak, exactement pareil, pour dégommer ce patron qu'on a mis dans son avion. Tu crois pas, Banksy ? »

Le carnet se trouvait devant lui, avec sa couverture en cuir usé, ses lettres d'or effacées. À cet instant, Banks aurait pu sourire, hausser les épaules et même rigoler, lui aussi. Il aurait pu repousser sa chaise, demander qui voulait un autre café, du thé, combien de sucres, il aurait pu faire diversion. Mais il y avait de la chaleur dans son sang. Il était fatigué, épuisé presque. Il se mit en colère.

« Vous avez de la merde dans la bouche.

– Ah ouais ? »

Fin de la rigolade. Début du conflit.

« C'est pas très sympa, Banksy. »

Il était un officier habilité au port d'une arme à feu. On lui avait donné la plus haute responsabilité qu'un policier britannique pouvait se voir confier : le droit de porter un engin mortel. La colère était un luxe qu'il ne pouvait se permettre. Mais tout cela était passé par la fenêtre de la cantine. Pas d'excuse, pas de reculade. Il leva les yeux vers le plafond, ce qui fut une erreur.

Delta 11 saisit l'occasion. Sous la ligne de vision de Banks, vif comme un serpent et malgré les deux chaises vides qui l'en séparaient, il chipa le carnet. Banks tenta de le retenir par la manche, mais il ne put la garder. Delta 11 se renfonça dans sa chaise.

« D'accord, voyons un peu ça. Voyons ce que ce coco a à dire pour sa défense. »

Cela avait commencé comme une blague. Maintenant, c'était sérieux.

Debout, sa chaise tombée derrière lui, Banks longea la table, sa main droite saisit Delta 11 par la nuque tandis que la gauche plongeait vers le carnet. Son poignet gauche, avec sa montre, frôla l'oreille de Delta 11, et la petite boucle de métal qui retenait le bracelet creva la peau. Banks tenait le carnet quand la première goutte de sang heurta la table. Juste une éraflure, à peine une égratignure, mais il y avait du sang sur la table. Il tourna les talons pour regagner sa place. Là, il aurait pu s'excuser, peut-être tendre son mouchoir à Delta 11.

Banks dit :

« Mon grand-oncle était un idéaliste et il était prêt à faire des sacrifices pour cet idéal. Il avait des principes. C'était un homme brave. »

Delta 9 se moqua :

« Et en quoi il serait différent des mecs qui se font sauter en Irak et de leur "sacrifice" ? Vas-y, je t'écoute, Banksy. »

Sans réfléchir, sans peser ses mots, celui-ci rétorqua :

« Il est tout à fait possible que ces hommes aient des principes et qu'ils soient braves, même si je n'approuve pas... »

Pendant un instant, le silence écrasa la pièce. L'énormité de sa déclaration, en totale contradiction avec la culture des officiers de protection, remplaça l'air qu'ils respiraient. Puis il vit la meute se reformer. Il entendit des voix qui dérivaient vers lui et le débat reprendre sur l'utilité de chaussettes qui étaient vendues moins de vingt livres. Il en était exclu. Le regret n'était pas dans la nature de David Banks, ni l'humilité. Son grand-oncle, Cecil, n'avait fait aucun compromis.

Il laissa glisser le carnet dans la poche de sa veste et alla s'asseoir à une autre table, loin de celle-ci, là où il n'y avait pas de sang tombé d'une oreille éraflée. Loin de leur conversation.

4
Jeudi, jour 8

Il adopta la posture isocèle et tira.

L'essentiel de ce que David Banks savait en matière de géométrie se résumait à ce triangle aux deux côtés égaux. Il sentit le saut du mécanisme de recul et, du coin de l'œil, vit la douille éjectée. Pieds séparés, orteils alignés, genoux légèrement fléchis, bras tendus, le dos droit. Une pointe du triangle était formée par ses poings tenant le pistolet, les deux autres par sa tête et sa taille. Il sut aussitôt que son tir allait être mauvais, comme beaucoup de ceux qui l'avaient précédé. Il recompta ses pressions sur la détente, son chargeur était vide.

Il cria :

« Vide ! »

Il posa un genou à terre – l'entraînement exigeait qu'un tireur réduise la taille de la cible qu'il offrait quand il ne faisait plus partie de l'équation – pour extirper son chargeur vide et le remplacer par un plein. Autour de lui, il entendait un chœur de cris similaires : « Vide ! » Puis les déclics, le métal frottant le métal. Il poussa le cran de sûreté vers l'avant et se releva. Il avait du mal à respirer. Ce qui était une faute.

Il était à l'écart des autres, comme banni à l'extérieur d'une barrière tribale. On ne l'invitait pas à entrer, il ne faisait pas l'effort de revenir. Peut-être que les instructeurs qui les supervisaient, que les surveillants qui vérifiaient les feuilles de cibles et notaient les tirs – « réussi », « raté » – avaient été informés qu'il avait dépassé les bornes aux yeux des autres membres de l'équipe Delta. Peut-être n'avaient-ils rien remarqué.

Un instructeur vint le voir, lui et pas les autres qui avaient « réussi ». Si un de ces gars venait tout droit trouver un tireur, ça voulait dire « raté », et ça devait bien faire trois ans que ça ne lui était pas arrivé, qu'un type à l'air aussi perplexe et déçu lui annonce qu'il n'avait atteint que quarante-deux points sur un total de cinquante.

« T'as fait la java, hier soir, Banksy ? Tu me poses un problème. »

Discret, il parlait à voix basse, mais les autres avaient compris.

« Je peux pas trafiquer ton score. Pour un point, oui, mais pas pour huit. Je me rappelle pas t'avoir jamais vu en difficulté jusqu'ici, en tout cas, pas depuis trois ans. T'es bon pour t'y recoller. Va falloir que tu recommences après l'Alley. Désolé. »

Il entendit, et c'était voulu, le « chuchotement » au cœur de la tribu. C'était Delta 7.

« La java ? Non. Il a pas dormi de la nuit, inquiet qu'il était pour son brave tonton qui avait des principes. C'est pour ça qu'il a merdé. »

Ils désarmèrent leurs pistolets, rendirent les chargeurs pleins, enfilèrent des pantalons étanches et des vestes cirées, baissèrent les casquettes sur leurs fronts et se rendirent à pied sous la pluie vers ce qu'on appelait ici Hogan's Alley. C'était l'heure des fausses munitions, des balles en plastique dont les pointes contenaient d'infimes portions de peinture noire et rouge. L'impact serait marqué par une tache, mais il n'était pas assez puissant pour pénétrer la peau. De nouveaux chargeurs et des lunettes de protection furent tendus. L'équipe se disposa de telle sorte que Banks se retrouvât en bout de ligne. Il serait le dernier à prendre l'Alley. Devant lui, il voyait – coincée entre le col d'une veste et une casquette – la petite éraflure sur le lobe d'une oreille. Trop têtu pour s'excuser, et, d'ailleurs, il n'y avait pas de quoi s'excuser. Ce qu'il se passait dans l'Alley n'était pas pris en compte dans les résultats « réussi » et « raté », mais s'il s'en sortait mal, ce serait noté et inscrit dans son dossier.

Hogan's Alley était conçue pour combattre le « syndrome de complaisance ». C'était un corridor à ciel ouvert flanqué par des façades de fausses maisons en contreplaqué badigeonnées de peinture, avec des portes et des fenêtres ouvertes. Elle était censée répliquer autant que possible la « réalité ». Entre les façades gisaient des épaves de voitures, la plupart sans pneus. C'était ici qu'un officier habilité à porter une arme à feu testait ses réactions. Nul ne lui ordonnait quand tirer : c'était sa décision et sa responsabilité s'il merdait, et une erreur, dans le « vrai et vilain monde là-dehors », lui collait une accusation de meurtre sur le dos. Un instructeur gradé se tenait à l'écart, sous une bâche en plastique transparent qui protégeait de la pluie une console que des câbles reliaient à travers l'herbe et la boue aux deux côtés de l'Alley. La seule façon d'éviter une erreur était de ne pas tirer, de ne jamais tirer, sauf si votre propre vie – et pas celle du patron – était menacée. Mais cette attitude révélait le manque de détermination.

Il attendit son tour. Quand il se lèverait au bout de la ligne, il ne saurait rien des formes, des silhouettes découpées dans du carton qui allaient apparaître aux fenêtres, sur le seuil des portes ou derrière les voitures. On faisait emprunter l'Alley à des juges, à des magistrats et à ces enfoirés de l'Independent Police Complaints Commission[1] qui enquêtaient sur chaque tir fatal effectué par un agent des forces de l'ordre. Certains saisissaient la difficulté de prendre en une nanoseconde la décision de tirer ou pas, mais la plupart ne comprenaient pas. Et c'était pour cela que David Banks se trouvait ici. Pour son estime de soi. C'était ce qu'il savait faire, son utilité dans cette vie... jusqu'à aujourd'hui où il avait tiré comme un idiot. Toute cette merde avec Mandy, leur dégoût l'un de l'autre après l'officialisation du divorce, le fait d'apprendre qu'elle se tapait un sergent en uniforme du West End Central, l'acrimonie à propos du partage des cadeaux de mariage et du contenu de leur ancienne maison, sa certitude que l'agent

1. Independent Police Complaints Commission ou IPCC : littéralement, Commission indépendante des plaintes contre la police.

immobilier s'était allié avec elle pour faire baisser sa part sur la vente de la baraque de Wandsworth, et elle qui avait nié en hurlant... toute cette merde avec Mandy, en huit évaluations de tirs successives, n'avait jamais provoqué son échec.

Contrairement au journal intime. La nuit dernière, allongé sur son lit défait, les barquettes micro-ondes de son repas pour une personne – un curry de légumes, le seul restant dans le congélateur, avec du riz pilaf – sur la moquette, il s'était retrouvé aux abords du Caso di Campo. Il avait entendu les mitrailleuses, les tirs d'artillerie, les tanks, les mortiers, et il avait appris qu'un tiers, selon l'estimation de Cecil Darke, des membres de la XIe Brigade internationale avaient été tués ou blessés quand le crépuscule avait eu la pitié de recouvrir le champ de bataille. Son grand-oncle avait survécu à cette journée, tout comme ses amis, ses frères. Sur son lit, Banks avait vécu l'atrocité des blessures, l'agonie des mourants, la peur immonde et le soulagement accablé de ceux qui avaient échappé à la mort et aux souffrances sur ce sol étranger. Et merde ! Face à ça, une oreille éraflée. Il avait fréquenté des soldats, ceux de Hereford : des types des forces spéciales, silencieux comme des tombes, concentrés, agiles et entraînés. Mais il ne connaissait pas l'homme dépourvu de toute expérience militaire qui, à travers les pages de son carnet, l'avait pris par la main pour l'emmener sur l'enfer du Caso di Campo.

Son tour. L'instructeur lui faisait signe d'avancer.

L'Alley s'ouvrit devant lui.

Pas de frère à ses côtés et pas de brigade non plus. Il commença à marcher, la main proche du holster sous sa veste ouverte, avec la pluie qui gouttait de la visière de sa casquette. OK, OK, maintenant, une cible : il dégaina le Glock. La pluie ou la sueur lui mouillait la paume, sa saisie n'était pas sûre. Son cœur cognait. Tous ceux qui disaient : « C'est qu'un exercice, mon pote. Ça compte pas », racontaient des conneries. Il était au tiers de l'Alley et le silence déferlait. Ils devaient tous le regarder, les yeux braqués sur son dos... Et...

Une silhouette surgit sur le seuil d'une porte. Il pivota, adopta la posture isocèle, repoussa la sûreté. Son doigt se posa sur la détente, il distingua la forme d'une femme et, contre sa poitrine, au bout de la mire du Glock, l'image en taille réelle d'un bébé. Il n'avait pas tiré la balle de peinture qui aurait « tué » le nourrisson et peut-être sa mère aussi.

Il y avait de la raideur dans ses jambes. Le pistolet était un poids mort. Il était seul, isolé, la tribu muette derrière lui : le moindre petit rire aurait brisé leur sacro-saint code « professionnel », leur totem. La femme était apparue sur sa gauche, à mi-hauteur dans l'Alley. À sa droite, une silhouette se dressa derrière une fenêtre. Un homme : poitrine dans la mire, doigt sur la détente qui commence à exercer la pression, avant d'entrevoir, très floues, les mains vides, les paumes exposées. Il n'avait pas tiré et l'homme avait vécu. Continuer, d'autres portes, d'autres fenêtres, d'autres épaves de bagnoles.

Il était proche du bout de l'Alley. Le moment fatal, à peine quelques pas encore avant de se détendre. Il fit appel à ses derniers lambeaux de concentration. La voiture sur sa gauche. Deux silhouettes qui se dressent de chaque côté, les corps à moitié cachés par les portières. Dans un éclair, voir que la forme – un homme – la plus proche tient un sac en plastique de supermarché, voir, dans le même éclair, que l'autre a levé et braqué un pistolet. Un tir doublé. Deux balles. Une tache rouge en bas de la poitrine, une autre à l'épaule, au-dessus des poumons mais sous la clavicule. Deux traînées de peinture ruisselant sur le carton. Il avait traversé l'Alley.

Quand il se retourna, seuls les instructeurs étaient là.

On lui dit qu'il avait fait un bon passage, que trois gars de l'équipe Delta avaient tué des innocents et que deux autres avaient bien tiré sur les « méchants » mais les avaient ratés.

Banks retourna au stand de tir auprès de l'instructeur en chef. Il apprit que le reste de l'équipe s'était barré à la cantine. Il ne demanda pas, et donc ne sut pas, s'ils l'avaient regardé tirer, mais il éprouvait une légère satisfaction à l'idée que trois d'entre eux auraient dû répondre à une éventuelle accusation de meurtre et que deux se seraient fait buter. Et il comprit, en raison de ce sentiment si profond en lui, qu'il ne ferait pas, qu'il ne ferait jamais plus, l'effort nécessaire pour revenir au sein du clan.

Sur le stand, sous la supervision de l'instructeur en chef, il fit en sorte de préserver son habilitation à porter une arme à feu. Il atteignit un score de quarante-huit sur cinquante et l'instructeur lui flanqua une claque enthousiaste dans le dos, lui disant de ne plus jouer au con à l'avenir, d'arrêter de leur faire perdre leur temps.

Quand il eut terminé, ils ne se trouvaient plus à la cantine. Ils étaient dans le minibus qui les ramenait à Londres. Le moteur démarra alors qu'il n'était même pas installé et il n'y eut aucune question sur son résultat, s'il avait réussi ou raté, mais le message était là : c'était un emmerdeur qui les retardait tous.

Il entendit, depuis le siège de devant, un accent maniéré censé l'imiter :

« "... Il est tout à fait possible que ces hommes" – des kamikazes, des putains de bombes humaines – "aient des principes et qu'ils soient braves, même si je n'approuve pas..." Non mais quelle connerie ! »

Paupières closes, Banks se ferma à eux.

Il sortit de l'Eurostar et il était « propre ». Non pas qu'Ibrahim Hussein, le plus jeune et le seul fils survivant d'un marchand d'électroménager à l'extrême sud-ouest du royaume d'Arabie saoudite, fût familier de cette expression. Sa connaissance du monde du renseignement était aussi infime que la pluie sur le grand désert, le Rub-al-Khali, ces étendues hostiles qu'il avait traversées au début de son voyage et qu'il ne reverrait plus. L'importance de préserver son identité, de la garder « propre » afin d'éviter de chatouiller le flair de l'ennemi, était au-delà de son expérience.

Mais il avait déjà appris l'immense portée des tentacules de l'organisation qu'il croyait servir et pour laquelle il était prêt à donner sa vie.

Il portait le même jean et les mêmes baskets qu'à l'aéroport de Riyad, mais son tee-shirt était différent : une reproduction du *Cygne menacé* de Jan Asselyn ornait maintenant sa poitrine. On lui avait dit de laisser sa veste en cuir ouverte quand il passerait les contrôles de l'immigration du terminal de Londres. On lui avait expliqué que le tee-shirt et son motif créaient l'image d'un intellectuel occidental. Il quitta la rame et se dirigea vers les escalators. Sa foi dans l'organisation l'inondait. Il n'avait pas le moindre doute.

À son arrivée à Schiphol, à Amsterdam, il avait été accueilli et conduit en train dans une ville à trente-cinq minutes de là. Son accompagnant lui avait demandé de ne pas regarder le nom de celle-ci sur le quai et il ne l'avait pas fait. Il n'avait pas non plus mémorisé le nom de la rue où on l'avait logé. Toute la journée d'hier, il l'avait passée seul dans une chambre à l'étage dont il n'était sorti qu'à deux reprises pour aller aux toilettes. Sa nourriture lui avait été laissée par terre sur un tapis devant la porte. Tard dans la soirée, une voix lui avait demandé d'abandonner son passeport sur le lit quand il partirait. Tôt dans la matinée, on l'avait accompagné à pied sur la place de la ville où un taxi l'attendait. Il s'était assis derrière et le chauffeur ne lui avait pas adressé la parole. Le seul contact avait été pour lui montrer une enveloppe brune posée sur le siège. Il y avait trouvé un passeport canadien, un billet de train avec un retour prévu dans neuf jours, et une feuille de papier sur laquelle étaient inscrits les détails essentiels de la vie du jeune homme nommé dans le document. Pendant qu'ils roulaient vers le sud sur l'autoroute, il avait mémorisé sa nouvelle biographie. Le taxi l'avait déposé devant la gare de Lille. Le chauffeur ne lui avait pas dit au revoir, se contentant de claquer impatiemment des doigts jusqu'à ce qu'il comprenne qu'il devait lui rendre la feuille. À bord du train, au départ, son passeport avait été contrôlé par une policière qui le lui avait rendu sans le moindre commentaire.

Il s'engagea sur les marches qui descendaient.

Il était impressionné par le nombre de ceux qui, déjà, avaient aidé son voyage, et par tous les préparatifs que cela avait dû exiger. Il ne savait pas que, au sein de l'organisation, l'acquisition de documents de voyage fiables exigeait davantage de soins que l'achat d'armes, la construction de réseaux et la recherche de fonds en liquide. Il glissait lentement entre les fines parois de l'escalator et il n'y avait pas d'échappatoire. Ibrahim Hussein n'avait aucun désir de fuir, mais s'il l'avait eu, cela aurait été impossible. L'escalier mécanique l'entraînait vers un parvis souterrain. Il vit des policiers, immenses, rendus plus imposants encore par leurs armures en kevlar et leurs armes automatiques, mais s'ils le virent, ils ne le remarquèrent pas.

Comme on le lui avait indiqué, il se dirigea vers la pancarte et les guérites destinées aux voyageurs du Commonwealth. Un kaléidoscope de pensées défilait dans l'esprit du jeune étudiant en médecine. Il en était hébété. Il allait pénétrer la forteresse de l'ennemi. Allait créer une brèche dans ses murs pour y entrer aussi facilement que dans le vieux souk de Jizan ou dans le magasin de son père derrière la corniche. Il était entouré par l'ennemi et ses soldats, mais il leur était invisible. C'était ici qu'il allait frapper ceux qui avaient offensé sa foi et venger le martyre de ses frères. Une main se tendit vers lui, un regard agacé.

« S'il vous plaît, on n'a pas toute la journée. Votre passeport, monsieur. »

Il le présenta. La page avec les données fut scannée dans une machine. Les autres furent feuilletées.

« Le but de votre visite, monsieur ? »

Une question lasse.

Comme on le lui avait ordonné, il parla de tourisme.

« Eh bien, si le temps veut bien se lever, vous passerez un bon séjour, monsieur. Il n'y a pas grand monde en ce moment, vous n'aurez pas d'attente pour l'Eye ou pour la tour. Ne vous inquiétez pas à cause de tous ces fusils que vous voyez. En fait, on est plutôt en sécurité, ici. »

Son passeport lui fut rendu. Il fut doucement emporté par la foule descendue du train. Un homme, dont le sac lui heurta la cheville, s'excusa avec profusion. Les dernières portes s'ouvrirent, et il accomplit les derniers pas qui lui permirent d'entrer dans la forteresse de l'ennemi.

* * *

« C'est lui.

– Je l'ai vu. Le *Cygne* a volé vers nous. »

Une voix sèche, éraillée.

« Pas juste volé, il vient d'atterrir.

– Ce que je dis, c'est que c'est un moment dangereux.

– Il y a eu beaucoup d'autres moments dangereux, mais tu as raison de me le rappeler. »

Sous Muhammad Ajaq et l'homme qui se tenait à ses côtés, le seul au monde auquel il aurait confié sa vie, se trouvait le puits du terminal de Waterloo où les passagers embarquaient et débarquaient de l'Eurostar qui traversait le tunnel pour le continent. Ils se trouvaient en haut des vastes marches, là où la vue était imprenable. Avec Ajaq se trouvait celui qu'il appelait, avec un respect sincère, l'Ingénieur. En raison du froid qui régnait dans les rues avoisinant la gare et de la pluie qui polissait les trottoirs, tous deux avaient relevé leur col, enfilé une écharpe, coiffé leur crâne d'une casquette. Quand ils ressortiraient, ils ouvriraient leurs parapluies déglingués. Ils savaient pour les caméras. Tous deux faisaient en sorte que leur visage demeure caché aux objectifs.

« C'est bien, *Le Cygne menacé,* facile à voir.

– Et aussi, parce que l'oiseau semble aussi innocent qu'une vierge et qu'il se révolte, ce qui veut dire qu'il a de la détermination. »

L'Ingénieur ricana, Ajaq lui prit le bras et leurs rires se mêlèrent.

« Je t'avais dit qu'il marchait bien.

– C'est vrai.

– Les autres étaient nuls.

– Nuls et disparus, dit l'Ingénieur. Utilisés et disparus. Mais il ne suffit pas que seule l'image sur le tee-shirt se révolte. Est-*il* assez déterminé ? Est-il fort ?

– Je lui casserai le bras, s'il le faut, pour le rendre fort et capable de marcher. Tu en as assez vu ?

– Il a les épaules et le torse pour porter le gilet. J'en ai assez vu. »

En bas, le jeune homme avait posé son sac sur le sol à ses pieds. Il regardait autour de lui, attendant qu'on l'approche. Ajaq et l'Ingénieur accomplissaient la routine qui leur était familière. Ils guettaient une surveillance, des agents de l'ennemi. Leur inquiétude essentielle était que le « mort vivant » ait été repéré ou identifié, qu'on l'ait autorisé à rejoindre le réseau. Mais depuis leur poste d'observation, ils ne virent aucune filature, aucun mouvement suspect. C'était cette obsession du détail qui leur avait permis de survivre dans le triangle à l'ouest de Bagdad.

« Tu as vu celui qui vient le prendre ?

– Non. Mais il est là, j'en suis sûr. Je ne peux pas tout faire.

– Mon ami, tu portes déjà de trop nombreux fardeaux pour un seul homme, dit l'Ingénieur, l'air sombre. »

Ils s'en allèrent, et la carte postale du Rijksmuseum d'Amsterdam, reproduisant un tableau créé trois siècles et demi plus tôt d'un cygne aux pattes écartées, les ailes déployées pour le combat et le cou tordu de colère, fut méticuleusement déchirée, les bouts abandonnés sur la table d'une cafétéria.

La matinée n'était pas encore terminée, mais la journée avait déjà été longue. Les retrouvailles sur la côte, l'extraction du paquet dans la cuisine du bateau, la récupération de l'argent, le problème posé par le marin, plus de cinq cents kilomètres de route avec l'Ingénieur au volant pour le retour dans la capitale. Ajaq était épuisé. Il avait besoin de dormir avant de rencontrer le jeune homme. Une fois reposé, il aurait le charme et le regard qui fascineraient celui qui souhaitait devenir un martyr. Et l'Ingénieur aussi avait besoin de dormir, car ses doigts devaient être souples et agiles pour les circuits et les branchements.

Muhammad Ajaq aurait pu nourrir le sentiment de revenir au pays. La moitié de son héritage, de son sang, se trouvait ici. Il le haïssait, ce sang qui l'avait nourri, avait fait de lui ce qu'il était.

Ils quittèrent la gare sous la pluie.

Tout au bout de la marina, le corps était coincé sous les lattes du ponton. Celui-ci reposait sur de gros tambours en plastique qui lui permettaient de flotter et empêchaient que sa carcasse ne soit emportée par la marée ou le courant. Le cadavre se trouvait tout près d'un yacht luxueux qui, dès que la saison des marins du dimanche allait commencer, attirerait tous les regards comme lors de la première arrivée du *Rigolo de la Bande* à Kingswear. Si un membre du personnel ou un autre locataire de la marina ne venaient pas sur ce lointain ponton regarder entre les lattes, il ne serait pas retrouvé avant plusieurs jours. L'absence de Dennis Foulkes pendant une ou deux semaines n'aurait rien de remarquable. Nul ne s'inquiéterait de ne pas le voir à bord de son bateau. Le yacht amarré était fermé et aucun des hublots ni aucune des fenêtres du pont ne permettait de voir la cambuse. Une bouteille de whisky ouverte gisait sur le sol carrelé. À la découverte du corps, quand les écoutilles seraient forcées, on pourrait avoir l'impression qu'il s'agissait là du refuge d'un homme solitaire qui avait trop bu, était monté sur le pont, avait perdu l'équilibre, était passé par-dessus bord et s'était noyé. Une autopsie révélerait des traces de whisky dans son estomac, de l'eau de la marina dans ses poumons et aucun signe de violence sur sa peau. Un examen de la cabine ne trouverait aucune trace de la présence d'un autre individu aux côtés de

Dennis Foulkes le soir de sa mort. Les caméras de surveillance de la marina ne les montreraient pas passant devant le bureau de la réception : ils étaient venus en dinghy de façon à éviter tous les objectifs. Un chien, doté d'un flair excellent, entraîné par la police ou par les douanes, reniflerait sans doute d'infimes traces d'explosif dans un des placards de la cambuse, mais les chances qu'on utilise un tel animal quand les circonstances de la mort étaient aussi évidentes étaient minimes. Le meurtre avait été accompli avec soin.

Bras et jambes écartés, des rayures de lumière zébrant son dos, le corps flottait – ni trouvé ni pleuré – sous les lattes du ponton. Un détail réglé.

Il ne pouvait pas le rater. La veste en cuir était ouverte sur le cygne blanc si visible sur sa poitrine. Ramzi connaissait cet oiseau : ses semblables glissaient sur la Derwent, la rivière qui traversait la ville où il habitait, faisaient leurs nids sur une île proche du pont qui reliait le centre commercial à la principale bretelle de contournement de Derby et au terrain de cricket du comté. Il avait lu dans le journal du soir, le mois dernier, que des gamins, des Blancs, jetaient des pierres depuis le parapet du pont avec l'intention de briser les œufs. Un comportement que sa mère trouvait honteux. Ramzi traversa le parvis, se rappelant ce qu'on lui avait dit de dire, et approcha le jeune homme par-derrière.

« C'est un tableau du peintre Asselyn ? »

Une petite exclamation, une fraction d'hésitation, les rouages d'un cerveau qui se mettaient en branle, puis le sourire.

« C'est un tableau de *Jan* Asselyn, oui. Jan Asselyn. »

Il vit le soulagement sur le visage juvénile. On lui avait dit qu'il ne fallait prononcer aucun nom, que la conversation devait se limiter au strict minimum. Mais l'approche, l'échange de codes réussis et cette réaction dissipèrent ses bonnes intentions.

« Je m'appelle Ramzi, et pardonne-moi d'arriver si tard. S'il te plaît, quand on verra les autres, ne leur dis pas que j'étais en retard.

– Je m'appelle Ibrahim. Je n'en parlerai pas. »

Ramzi l'étreignit. Il était lourd, obèse presque, mais il faisait de la musculation et considérait que sa corpulence lui donnait de l'autorité. Il avait été recruté vingt et un mois plus tôt dans un centre culturel du quartier de Normanton après avoir annoncé sa détermination à participer à la lutte armée contre l'oppression des musulmans en Grande-Bretagne, en Tchétchénie, au Cachemire, en Irak, partout. On lui avait dit que pour être vraiment utile au combat, il devait rentrer chez lui, ne plus jamais revenir au centre culturel et « dormir » jusqu'à ce qu'on le réveille. Il n'avait pas pensé que les termes de son recrutement sous-entendaient une quelconque insuffisance de sa part. Il avait, au contraire, été persuadé que ses talents seraient utilisés pour une frappe d'importance majeure. Tiré de son sommeil une semaine plus tôt, il assumait le rôle de gros bras dans la cellule qui était en train de se constituer. Un jour, bien, bien avant l'appel, Ramzi s'était vanté : sa destinée était celle d'un martyr. Dans son étreinte formidable, il sentait la fragilité du jeune Ibrahim, les os saillants de ses épaules et la maigreur de ses bras. Pendant un instant, il songea à leur destruction.

Il le dominait de la tête et des épaules.

« Il faut y aller. On va marcher. C'est assez long, mais il y a des caméras dans les bus et le métro. Nous allons faire semblant de nous séparer, toujours à cause des caméras. Je passe devant et tu me suis...

– Pourquoi faut-il faire attention aux caméras ? »

La question avait été posée avec simplicité, dans un bon anglais teinté par un accent, et semblait exiger la franchise.

La fille – qui savait tout, qui avait de l'arrogance – avait dit à Ramzi que la cellule dormante avait été réveillée, mais qu'ensuite elle serait démantelée et replacée dans un autre long sommeil. Les caméras étaient importantes, car après la frappe, ses membres ne pourraient répondre à un nouvel appel que si leurs identités étaient préservées.

« Parce qu'on me l'a dit », répondit-il mollement.

Il l'étreignit à nouveau, plus fort, entendit la respiration qui sortit en sifflant de sa bouche. Il s'écarta et remonta les marches qui menaient au hall principal de la gare. En haut, et il n'aurait pas dû le faire, il se retourna. Il vit la confusion, la supplique presque, sur le visage du jeune homme, comme s'il espérait une fraternité qui lui était refusée. Il vit le cygne sur sa poitrine, entre les pans de la veste – était-elle assez grande pour cacher un gilet ou une ceinture ? C'était une bonne veste – et il pensa aux oiseaux dont les nids recevaient des pierres au bord de la Derwent. Il repartit.

Il y avait de la légèreté dans sa démarche. N'ayant pas été choisi, il lui était plus facile de se vanter de sa détermination à être un martyr de Dieu. Il quitta la gare sous la pluie, suivi par le jeune homme.

« C'est ce que j'ai vu.

– C'est impossible.

– Je l'ai vu, je te le jure.

– Personne ne peut se trouver dans deux endroits à la fois, dit Omar Hussein avant de rire. Tu t'es trompé. Il est à Sana'a.

– J'ai vu ton fils, mon neveu, à l'aéroport du roi Khaled à Riyad. Omar, je le connais depuis qu'il est né.

– Tu as vu son visage ?

– Je l'ai vu de dos, mais je l'ai vu marcher de dos, de côté et de face toute ma vie.

– Notre pays a plus de huit millions d'habitants. Ne crois-tu pas, mon frère, qu'un autre garçon puisse avoir la même démarche qu'Ibrahim, surtout quand on ne le voit que de dos ? Il est à Sana'a en visite chez des cousins du côté de sa mère, et il revient dans une semaine pour reprendre ses cours à la faculté de médecine. Cela ne te suffit pas ?

– Je l'ai vu. Il y a eu l'appel pour le vol et il s'est rendu à la porte. C'était le seul embarquement à ce moment-là. Un avion d'une ligne hollandaise en partance pour Amsterdam. Je ne mens pas, mon frère, et je connais la démarche de mon neveu.

– C'est impossible.

– C'est ce que j'ai vu. »

Le doute s'insinua dans l'esprit d'Omar Hussein. Onze jours auparavant, son fils, Ibrahim, lui avait parlé d'un voyage à Sana'a, au Yémen, pour rendre visite à des cousins de sa pauvre épouse. Maintenant, son frère, dont l'esprit contrairement au sien n'était pas encore ralenti par l'âge, affirmait que le garçon avait menti à son père et à ses sœurs et s'était rendu à Riyad d'où il avait pris un avion pour l'Europe.

« Je vais téléphoner », dit Omar Hussein pour convaincre son frère de son erreur.

Les fruits de son labeur étaient visibles dans le salon de cette maison prospère : une télévision grand écran avec des haut-parleurs de cinéma, un lecteur DVD, des ventilateurs électriques qui ronronnaient doucement pour dissiper la chaleur du jour et un téléphone sans fil ultramoderne. Il le décrocha, fouilla dans sa prodigieuse mémoire, attendit, écouta et demanda. Une réponse, à Sana'a, lui fut donnée. Ses lèvres se serrèrent.

« Ils ne l'ont pas vu. Ils ne savaient même pas qu'il devait venir.

– Il fallait que je te dise ce que j'ai vu, mon frère. »

À nouveau, Omar Hussein fouilla dans la mémoire du téléphone et appela le portable de son fils. On lui répondit que son correspondant n'était pas joignable pour le moment et on lui demanda de laisser un message. Les journées de la semaine précédente avaient passé très vite avec l'inventaire du magasin et les représentants l'appelant pour lui proposer de nouveaux modèles. Un père se rendait compte à présent qu'il n'avait pas parlé à son fils depuis très longtemps, qu'il n'y avait eu aucun appel téléphonique. Il précéda son frère sur le vaste escalier de la maison.

Il trouva la porte de la chambre verrouillée. Il lui donna un coup d'épaule mais ne put l'ouvrir. Il sentit monter des larmes de frustration. Mais son frère était plus jeune, plus fort, et il la défonça, manquant de s'écrouler dans la chambre. Omar le rejoignit, l'aida à retrouver l'équilibre et contempla la pièce.

Elle était si bien rangée. C'était la chambre d'un garçon de vingt et un ans. Chaussures, vêtements et livres auraient dû joncher le sol, mais tout était impeccable. Le verre scintillant d'un cadre attira son regard et il vit ses deux autres fils, morts tous les deux. Leur perte était un malheur dont il parlait rarement mais dont il souffrait en permanence. Il y avait un vase avec des fleurs sur une table sous les photos, mais l'eau s'était évaporée et elles étaient fanées. Le téléphone portable de son fils se trouvait sur la table de chevet, éteint. Maintenant, Omar Hussein croyait son frère, qui avait un œil de faucon lanier, et il avait compris. Un poids immense l'écrasa.

« Que dois-je faire ?

– Pour le protéger, et pour la sauvegarde de tes filles et la tienne, tu n'as pas le choix.

– Dis-moi.

– Il est possible qu'on puisse encore l'intercepter et l'arrêter. Je pense surtout à tes filles et à toi. Les temps ont changé, Omar. Ce ne sont plus des martyrs, ce sont des terroristes. Quand son nom sera révélé, quand les télévisions montreront ce qu'il a fait, tu seras traqué par la police. Par tous les services de sécurité. Tu seras considéré – parce que tu n'auras rien dit et parce que tu es de la province d'Asir qui est, selon eux, un « foyer » du terrorisme – comme le complice d'une atrocité. Les familles de ceux qui ont volé dans les tours – et la plupart d'entre elles étaient d'Asir – sont maintenant ruinées, déshonorées. Tu pourrais le supporter, tu en as probablement la force, mais souhaites-tu cela pour tes filles ? Je pense que tu sais ce que tu as à faire. »

Omar Hussein baissa la tête.

« Si je ne faisais rien, ma pauvre femme, si elle le pouvait encore, me maudirait. »

Une heure après le départ de son frère de la villa, et en réponse à un appel d'Omar Hussein à la police du ministère de l'Intérieur dont le siège encerclait l'enceinte du fort ottoman de Jizan, une Chevrolet banalisée s'arrêta devant sa porte.

Deux hommes de la *mabaneth* sirotèrent du café avec un père apeuré, notant ce qu'il disait à propos d'un fils qu'il avait perdu.

« C'est une belle petite occase, mademoiselle. »

Pour la quatrième ou cinquième fois, elle fit le tour de la Ford Fiesta. Elle avait quitté le garage à son volant pour une courte balade sur les routes secondaires près de l'accès à l'autoroute. Avril Harris ne lui avait trouvé aucun défaut, mais ses finances la faisaient encore hésiter. À vingt-cinq ans, infirmière aux urgences de l'hôpital de Luton, elle gagnait une misère pour les responsabilités dont on l'accablait. Sa voiture, deux cent soixante mille kilomètres au compteur, venait de la lâcher. Aucune jeune femme saine d'esprit qui finissait son service de nuit ne compterait sur un taxi ou sur un bus. Passé une certaine heure, la ville était une zone de guerre, et elle n'avait pas besoin d'un journal pour le savoir : chaque nuit, aux urgences, elle accueillait les victimes. Elle avait déjà vu quatre autres modèles ailleurs, mais cette Fiesta, cent dix mille kilomètres, paraissait, à neuf cents livres, le meilleur choix. Elle brillait, les sièges étaient propres, et son père n'était pas là pour vérifier les pneus et poser les bonnes questions. Elle demanda un rabais et vit la douleur sur le visage du vendeur quand il la lui proposa à huit cent cinquante : « À ce prix-là, c'est un cadeau. » Elle puisa dans son sac à main la somme en liquide. On lui offrit un demi-plein. Elle signa les papiers, s'installa dans la voiture et tourna la clé.

Sur Dunstable Road, à la bifurcation menant à l'hôpital, elle dut s'arrêter et sa joie toute neuve fut célébrée par une pétarade du pot d'échappement. Pendant un instant, l'intensité du bruit la sidéra. Puis un coup de klaxon impatient derrière elle parce que le feu était repassé au vert l'obligea à redémarrer et tourner à droite vers le parking réservé au personnel des urgences.

L'équipe – une meute guettant sa proie à un point d'eau – était en place et attendait que la dix-huitième cour achève ses affaires du jour.

Avec la collusion de Nathaniel Wilson, avocat pénaliste, qui, comme requis avant le début de l'audience, avait fourni lors de la pause déjeuner une description de la tenue portée par un des jurés, la cible avait été identifiée.

Trois hommes à pied et deux voitures de série, sans aucun détail notable, composaient l'équipe. L'individu avait été décrit comme barbu, d'une taille légèrement supérieure à la moyenne, cheveux châtains un peu trop longs grisonnants aux tempes, vêtu d'un anorak vert, d'un jean de marque qui était sans doute une contrefaçon achetée sur un marché, et de grosses sandales en cuir. Il aurait un sac à dos bleu marine sur une épaule. Du gâteau, impossible de le rater.

L'Intimidateur lui-même, Benny Edwards, ne se trouvait pas là. Il n'entrait en scène que quand le dossier sur une cible était bouclé, pas avant. Il pouvait compter sur ses hommes pour se charger du travail préparatoire, il n'en existait pas de meilleurs. Les services qu'ils fournissaient, par l'entremise de Benny Edwards, étaient très recherchés. C'était une habitude chez lui de n'employer que la crème, et, dans ce domaine aussi, sa réputation surpassait de très loin celle de ses rivaux. Les cinq hommes, qu'ils soient à pied ou derrière un volant, possédaient des talents qui faisaient d'eux les égaux de n'importe quelle équipe de surveillance déployée sur le terrain par le Serious Crime Directorate de la Metropolitan Police[1]. Leur compétence globale avait encore été accrue par le recrutement l'année précédente – une source de fierté considérable pour l'Intimidateur – d'un sergent inspecteur du SCD qui avait connu quelques difficultés en raison d'heures supplémentaires enregistrées, payées, mais pas vraiment

1. Metropolitan Police : service de police responsable du Grand Londres, à l'exclusion de la ville de Londres. Le Serious Crime Directorate est l'équivalent de la police judiciaire.

effectuées. La principale différence entre les hommes de Benny Edward et ceux du Directorate résidait dans leur système de communication. Les premiers utilisaient des mobiles prépayés jetés après deux jours d'usage, trois au maximum, alors que les policiers se servaient de réseaux complexes de radios numériques qui ne pouvaient être espionnées et dont l'efficacité était à peine supérieure. Là où ils étaient égaux – ceux de l'Intimidateur et les flics –, c'était dans leur connaissance de la rue. Ses hommes savaient suivre et traquer, mettre une cible en « boîte », un « pisteur » l'ayant préalablement identifiée sans se faire « cramer ». Jamais, pas une seule fois, les hommes de Benny Edwards n'avaient été repérés lors d'une filature.

Quand la dix-huitième cour achèverait sa journée, quand l'huissier crierait : « Levez-vous », et que les jurés seraient conduits dans la salle qui leur était réservée pour y récupérer leurs manteaux, l'avocat filerait dans le couloir du tribunal de Snaresbrook, composerait un numéro, laisserait sonner quatre fois sans recevoir de réponse avant de couper la connexion.

Activée, l'équipe ne lâcherait plus jamais sa cible.

« Donc, monsieur Curtis, vous aimeriez faire croire au jury que vous êtes la malheureuse victime de ce qui serait une conspiration. Une conspiration qui rassemblerait les dépositions faites sous serment de témoins qui, selon vous, se seraient tous parjurés. Citons, notamment, une jeune femme qui est certaine de vous avoir vus, votre frère et vous, le propriétaire de la bijouterie et son personnel, ainsi que plusieurs officiers de police qui ont été fréquemment cités par le passé pour leurs états de service… Toutes ces personnes auraient donc menti. Je vais être franc, monsieur Curtis. Il semble que cela soit la seule défense que vous présentiez contre de très graves accusations. Je vous vois hausser les épaules et j'en déduis que c'est là votre réponse : tous ces gens mentent. Vous seul êtes en train de donner au jury la version véridique des événements. Je n'ai pas de questions. »

Jools vit le roulement de sourcils théâtral du procureur, comme si tout ceci n'était qu'un jeu. Ce qui n'avait pas été le cas pour tous ceux qui s'étaient retrouvés dans ce magasin face aux canons d'un revolver et d'un pistolet. Pour Jools non plus, ça n'avait rien d'un jeu. Ses yeux suivirent le dos d'Ozzie Curtis quand on le ramena de la barre au box des accusés. Ils purent le faire parce que ce salopard ne le regardait pas.

Il entendit le juge :

« L'audience a été longue et riche. Je ne pense pas que nous devrions commencer à écouter la déposition de monsieur Ollie Curtis avant demain matin. Dix heures et demie. »

L'huissier inspira un bon coup pour que sa voix porte mieux :

« Levez-vous. »

Une nouvelle journée terminée.

Une bonne journée, en fait… une des meilleures.

Une journée très divertissante. Pas au tribunal, mais à la pause déjeuner.

Une saine dispute, s'il n'y était pas mêlé, faisait toujours le bonheur de Jools Wright. Celle-ci, surgie de nulle part, avait été digne d'un de ces crêpages de chignon dans la salle des profs qui le mettaient en joie. Elle avait opposé Rob, leur porte-parole, et Peter, le geignard. La plainte que Peter avait adressée à Rob concernait la qualité du pudding qui leur était servi : n'était-ce pas le rôle de Rob, en tant que porte-parole, d'aborder ce problème avec le traiteur ? Rob avait répondu : « Vous voulez quoi ? Que je vous serve de nounou ? Vous n'avez qu'à vous débrouiller. Mon boulot, en tant que chef du jury, ne concerne que le procès pour lequel nous sommes réunis, pas à m'occuper de vos soucis diététiques. » Soigneurs dehors. Combattants au centre. Pas de coup sous la ceinture, s'il vous plaît. Donnez-nous un beau combat, messieurs. L'huissier avait sonné la cloche, fin de la reprise, pour les rappeler en audience. Mais cela avait été un joli round, et le plaisir que Jools en avait retiré avait duré tout l'après-midi, pendant qu'Ozzie Curtis se débinait, mentait et plaidait l'amnésie jusqu'à l'impeccable coup de grâce asséné très poliment par le procureur.

Il aimait les prises de bec, toutes griffes dehors, quand il en était spectateur.

Il n'aimait pas celles qui avaient lieu chez lui.

Il ne les supportait pas quand c'était lui qui encaissait et Babs qui attaquait.

Elle n'utilisait ni dents, ni griffes, ni mots. Elle le cognait à coups de silences interminables, de larmes occasionnelles et par sa capacité à se déplacer dans une pièce comme s'il n'existait pas et n'avait pas sa place dans cette maison. Peut-être savait-elle, et peut-être pas, pour Hannah et les week-ends, mais cela n'était jamais évoqué. Pas plus que leur situation financière, qui empirait, n'avait été abordée ces derniers temps. Les pleurs étaient réservés à une autre pièce. Des sanglots qui suivaient généralement sa déclaration qu'il irait voir « papa et maman » ce week-end parce qu'ils « ne rajeunissent pas et que c'est le moment de passer un peu de temps avec eux avant qu'ils partent ». Il n'avait aucune intention de quitter la maison, n'en avait pas les moyens, bordel. Il était, il ne le niait pas, un raté, un tricheur, un mec qui ne méritait pas la moindre confiance. Il ne vivait que pour les jours où il sortait de bonne heure de chez lui pour se rendre à la dix-huitième cour et pour les week-ends où il allait se faire baiser par Hannah. Ça aurait pu être pire.

Dans le placard qui lui avait été alloué, il prit son anorak vert, le zippa sur sa chemise et glissa son sac à dos bleu marine sur son épaule. Cette journée lui ayant apporté un plaisir certain, Jools lança joyeusement à la cantonade :

« Salut, tout le monde. Passez une bonne soirée. À demain. »

C'était un de ces après-midi bizarres où le soleil brillait entre des nuages noirs. Il faisait luire le vert de son anorak, soulignait les couleurs chatoyantes de ses chaussettes, alors que l'averse l'obligeait à relever sa capuche. Si la pluie continuait, ses chaussettes allaient être trempées. Il accéléra le pas sur l'allée devant le tribunal en espérant qu'il ne serait pas obligé de s'arrêter au feu pour piétons avant de traverser. Ensuite, il faudrait foncer jusqu'à la gare en haut de la colline.

Il ne connaissait rien aux procédures de contre-surveillance et n'avait aucune raison de souhaiter les apprendre. Il ne regarda pas derrière lui quand il grimpa sur le quai, ni autour de lui en attendant son train.

Jools Wright était dans l'ignorance du monde dans lequel il vivait. Un innocent, qui aurait été perplexe d'apprendre que l'innocence a parfois un prix très élevé.

5
Jeudi, jour 8

Il quitta sa chambre, vérifia que le loquet de la porte s'était bien enclenché et s'avança à pas feutrés dans le couloir. Dans sa vie récente, celle du Scorpion, Muhammad Ajaq dormait chez de riches marchands ou des hommes d'affaires, dans les résidences de chefs de tribus mineures, dans des cabanes de bergers sous les palmiers au bord de l'Euphrate, au fond de canaux d'irrigation asséchés ou bien dans le désert avec le sable comme couverture et le ciel pour compagnie, mais jamais il n'avait dormi dans un hôtel.

Ajaq ne connaissait rien aux hôtels.

Le sommeil lui avait fait du bien. Il avait la capacité de se reposer n'importe où sans que des rêves le dérangent. Il n'avait pas utilisé le lit dans la chambre. Dans les ailes réservées aux invités des résidences, dans les cabanes, dans les fossés ou à la belle étoile, il s'allongeait sur un tapis, sur du fourrage ou dans la poussière. Il était persuadé qu'à même le sol ses réactions étaient plus rapides, qu'il se réveillerait plus vite en cas de menace. La chambre au premier étage donnait sur une cour murée. Il avait gardé la fenêtre ouverte et serait sorti par là s'il avait senti le moindre danger. Grâce au repos, il se sentait fort, alerte.

Son pas était léger, mais cela n'empêchait pas les lattes du parquet de couiner.

Il s'arrêta devant la porte, se raidit, comme si ce qu'il s'apprêtait à faire ne lui plaisait pas, puis il frappa sur le battant à la peinture écaillée.

« C'est ton ami. Laisse-moi entrer, s'il te plaît. »

Des pas approchèrent de l'autre côté, s'arrêtèrent. Il imagina la peur du garçon, seul sans contact dans cette chambre depuis de nombreuses heures. Guettant le rebord de la porte, il entendit le déclic du verrou et la vit s'entrouvrir. Une chaîne la retenait encore. La pièce était plongée dans l'obscurité, sans lumière allumée. Puis le visage qui le scrutait. Le soulagement. La chaîne fut retirée.

Le lit froissé là où il s'était étendu. Une copie du Coran sur l'oreiller. La veste en cuir jetée sur la maigre moquette usée par les chaussures. L'odeur de fast-food, des taches autour de la bouche du garçon. Ajaq entra et referma derrière lui, alla tirer les rideaux. La lueur d'un lampadaire au-delà du mur de la cour s'insinuait à l'intérieur.

Il s'assit sur la moquette qui ne rendait pas le sol moins dur, fit signe au garçon de prendre place à ses côtés, repoussa quelques vêtements et le petit plateau sur lequel se trouvaient encore les sachets de sauce, le sac en papier. Le jeune homme s'installa, nerveux. Leurs corps étaient proches.

« Tu as fait bon voyage ?

– Oui, mon chef. Partout des gens m'ont aidé.

– Tu te souviens de notre première rencontre ?

– Je me souviens.

– Que t'ai-je dit ?

– Vous m'avez demandé qui j'étais, d'où j'étais et ce que je faisais. Si j'étais fort.

– Et que m'as-tu répondu ?

– Que j'espérais l'être. Vous avez dit que j'avais été choisi. Vous avez dit que vous cherchiez un homme qui savait marcher et que je marchais bien.

– Et avant que tu me quittes pour commencer ton voyage, qu'ai-je dit ?

– Vous avez dit que j'avais été choisi pour une mission d'une importance exceptionnelle, pour laquelle je serais honoré et respecté. Qu'il me fallait faire preuve de dévouement et d'obéissance pour réussir et que l'échec serait une grande victoire pour nos ennemis. Je vous ai parlé du martyre de mes frères et j'ai dit que j'essaierais de faire preuve du même dévouement, que je voulais être digne d'eux...

– Tu as une bonne mémoire. »

Ajaq savait qu'il était nécessaire de mêler ceux qui étaient amoureux de la mort, les volontaires, à d'autres qui partageaient la même certitude, de façon à ce que leur résolution ne faiblisse pas. Au sein d'un groupe, il était plus difficile à un homme d'ignorer ses vantardises ou ses promesses. Mais le garçon, Ibrahim, en avait vu onze comme lui partir à l'arrière de deux pick-up et se trouvait seul depuis sept jours et sept nuits. La force de continuer était-elle toujours en lui ? Il fallait qu'il sache. La vie d'Ajaq peut-être, sa liberté, certainement, dépendaient de la réponse. En Irak, où il avait combattu et où une prime d'un million de dollars américains était mise sur sa tête, d'autres auraient jugé si cette force était encore présente. Pour sa part, chaque martyr n'était ni plus ni moins qu'une balle dans un fusil, une tête de mortier dans un tube ou un ruban de munitions dans une mitrailleuse, mais ici il n'y avait personne d'autre que lui pour prendre cette décision. Il n'était plus en Irak, mais dans une chambre au premier étage d'un hôtel minable proche du terminus de Paddington, à Londres. Il s'obligea, et ce fut un effort, à faire semblant d'être sincère.

« Es-tu fort, Ibrahim ?

– Je le jure. »

Il prit les mains du garçon, ses longs doigts sensibles, et les tint serrés dans ses propres poings calleux et durs, ceux d'un combattant.

« Tu connais le dédain des Anglais ?

– Oui.

– Et tu connais l'agression commise par les croisés, des Anglais eux aussi ?

– Oui. L'imam de notre mosquée à Jizan nous a tout raconté.

– Parce que tu as été choisi parmi beaucoup d'autres, tu es privilégié, Ibrahim. Tu marches à l'avant-garde de notre combat, du combat de Dieu. Les Anglais sont un peuple de mécréants corrompus, et tu leur donneras une leçon dont on parlera longtemps parmi les vrais disciples de Dieu. Pour ce que tu vas faire, tu prendras place à Sa table. Des hommes qui étaient tes frères sur terre, ceux avec qui tu étais avant que je te choisisse, se trouvent déjà à cette table. Ils t'y gardent une place et ils t'attendent pour te souhaiter la bienvenue. Tu auras leur respect pour ce que tu auras accompli et où tu auras été. Je crois aussi que des jeunes femmes d'une grande beauté espèrent ta venue dans les jardins du paradis. Là-bas, tu seras honoré comme tu seras honoré ici sur terre partout où la foi existe. On chantera ton nom, on montrera ta photographie. Ton nom et ta photographie fortifieront le courage de beaucoup d'autres. Ibrahim, s'asseoir à la table de Dieu et jouir des jardins du paradis n'est réservé qu'aux plus forts. Es-tu l'un d'entre eux ?

– Je l'espère. »

L'émotion, la sincérité étaient totales sur son visage.

Le besoin de vengeance de Muhammad Ajaq n'était pas nourri par une table couverte de fruits ou par la fable de femmes qui baisaient en permanence dans des buissons paradisiaques. Il avait répondu à l'appel, était parti au cœur du pays d'un ennemi en raison du sang dans ses veines et de la clarté de son teint. Ils étaient le produit de la semence de son père, ce sang et cette pâleur. Son père – il le savait maintenant mais l'avait ignoré pendant les nombreuses années de son enfance – s'appelait William Jennings. Originaire du Yorkshire dans le nord de l'Angleterre. Un ingénieur qui avait travaillé à la construction de nouveaux systèmes d'irrigation en Jordanie trente ans auparavant. Son père, Jennings le bâtard, avait séduit sa mère, une secrétaire du ministère qui supervisait la modernisation des infrastructures. Jennings avait été rapatrié avant qu'elle ne puisse plus cacher son état. Elle était rentrée chez elle, au nord de la Jordanie, près de la ville d'Irbid, avec sa disgrâce et sa honte, avait donné naissance au garçon, l'avait allaité puis abandonné dans sa chambre. Par un matin d'hiver, sa mère était partie, elle s'était éloignée sur les sables du désert, s'était dépouillée de tous ses vêtements et s'était allongée pour que l'hypothermie agisse plus vite. Elle était morte là, et son squelette, nettoyé de ses chairs par les charognards, n'avait été retrouvé qu'au printemps suivant. Ses grands-parents maternels avaient fait traverser l'enfance à leur petit-fils. Le jour de son dix-neuvième anniversaire, une heure avant de quitter Irbid en car pour une base d'entraînement de parachutistes dans le sud du pays, on lui avait parlé de la fuite de son père et de la mort de sa mère. Son être s'était formé à cet instant-là. La haine le gouvernait. Pas Dieu, ni la foi.

« Il faut que tu restes fort, Ibrahim, pour justifier la confiance placée en toi.

– Je le resterai. »

Il le crut. Il ne pensait pas qu'il serait nécessaire d'utiliser, avec des mots mielleux, le mensonge d'un « bouton à déclenchement différé ». Certains volontaires faiblissaient alors qu'approchait le jour où ils marcheraient ou rouleraient vers leur cible. À ceux qui montraient cette faiblesse, l'Ingénieur racontait qu'il leur suffisait d'atteindre leur cible, d'y déposer un paquet ou d'y garer une voiture, d'appuyer sur le bouton et qu'ensuite ils auraient une minute, ou cinq, pour fuir avant l'explosion. Bien sûr, il n'y avait pas de « déclenchement différé », mais cette procédure n'avait rien de satisfaisant. Celui-ci était sincèrement en quête du martyre. Il n'était pas utile de le berner pour qu'il réussisse.

Il passa les doigts dans la chevelure du garçon avant de le quitter et de rentrer discrètement dans sa chambre.

Une fois seul, Ibrahim écouta les sons de l'immeuble au-delà de la porte, ceux de la rue au-delà de la fenêtre et des murs de la cour.

Il était toujours assis par terre.

Un bruit nouveau, pénible, enfla, emplissant ses oreilles et l'obscurité qui l'enveloppait.

Ibrahim le combattit, essaya de s'en débarrasser. Il posa ses paumes sur ses oreilles. Il pensa à la table et à ses frères, à la place vide qui l'attendait, mais il ne put chasser le bruit.

Qui le dégoûtait.

Qui était juste au-dessus de lui.

Des ressorts couinaient avec une intensité croissante, à un rythme de plus en plus rapide. Ce qu'il savait du sexe, de la réalité physique de la copulation, il l'avait appris dans des livres à la bibliothèque de la faculté de médecine. Il n'en avait jamais parlé avec son père, ni – bien sûr que non – avec ses sœurs. La chambre de ses parents, du vivant de sa mère, se trouvait à l'autre bout de la villa, et les murs solides auraient bloqué tous les sons de l'amour. Au-dessus de lui, il y avait une mince couche de plâtre, un plancher, une moquette usée similaire à celle-ci et un lit dont les ressorts se tassaient, se détendaient et grinçaient. Il avait l'image, et elle était profondément gravée en lui depuis que l'imam lui en avait parlé, des jeunes femmes qui attendaient un martyr dans les jardins du paradis, de leur nudité, mais dans son esprit, dès qu'il s'avançait vers elles, dès qu'il se penchait pour les frôler, il se passait toujours quelque chose qui les dérobait à lui. Il n'avait jamais touché une femme. Des garçons qui avaient été avec lui à l'université, et même à l'école de Jizan, en parlaient sans cesse, racontaient des histoires de prostituées qu'ils avaient payées à la ville, mais Ibrahim ne les avait pas crus.

Cela le fascinait.

Avant d'entrer dans le jardin des vierges, il ne connaîtrait jamais le corps d'une femme, cette sensation. Ses mains se plaquèrent plus fort contre ses oreilles. Il invoqua l'image de son père qu'il aimait, il l'appela d'une voix stridente dans la nuit. Là-bas, très très loin, son père parut lui sourire. Il se mit à parler de son cadet avec fierté, celle-là même qu'il avait exprimée pour ses deux premiers fils à l'annonce de leur mort dans le djihad contre les infidèles russes et américains. Il voyait son père assis dans le profond fauteuil devant le grand écran de la télévision avec ses haut-parleurs de cinéma, et il se disait que son père le bénissait pour son courage.

Il y eut un cri en haut, un grognement et un silence. Il baissa les mains et se réjouit : il avait la fierté de son père.

« C'est ce que son père nous a dit aujourd'hui.

– Et pourquoi vous a-t-il appelés ? demanda Hegner d'une voix douce.

– Par amour et par peur.

– N'aurait-il pas été fier de l'acte de son fils ?

– Avant, peut-être, quand il a perdu ses deux premiers fils, mais il n'aurait aucune fierté à perdre le dernier, tout ce qu'il reste de lui. Et puis, il redoutait les conséquences de son silence. »

De tous les Américains, du bureau et de l'agence, travaillant à l'ambassade de Riyad, seul Joe Hegner pouvait recevoir cet appel tardif de la part de la direction du contre-espionnage du royaume. Lui seul pouvait se prévaloir du statut, de la réputation et des liens d'amitié qui lui valaient d'être invité au beau milieu de la nuit au centre d'interrogatoires de la Mabatha à quelques kilomètres au sud de la ville. Seul ce zélote obstiné du FBI pouvait se faire conduire dans une limousine avec chauffeur et vitres teintées jusqu'au complexe du ministère de l'Intérieur et franchir les hautes grilles de ce que ses collègues appelaient « l'Usine à Aveux ». Un cocktail de jus de fruits sous le coude, il était à présent assis dans un fauteuil confortable aux côtés de ce haut responsable de la *mabaneth*.

« Je vous suis particulièrement reconnaissant de cette information.

– C'est naturel, Joe.

– Je sens déjà une piste.

– Le flair, Joe, et je dis cela avec respect, est essentiel. »

Il avait accès à des lieux qui n'existaient pas pour d'autres du bureau ou de l'agence. Il ne se souciait jamais de savoir pour quelles raisons ces privilèges lui étaient accordés, car cela aurait été du temps perdu et il estimait que le temps était précieux. La confiance avait existé avant même qu'il parte en poste permanent à Bagdad, mais avait été cimentée quand on avait su qu'à la fin de sa convalescence, après ses blessures, il avait immédiatement exigé d'être réaffecté dans le royaume. La confiance avait porté ses fruits. Lors de sa dernière visite depuis Washington, le directeur du bureau avait passé quarante-huit heures dans l'ambassade à s'user les talons avant d'être reçu par des fonctionnaires subalternes. Un mois auparavant, le directeur de l'agence – en dépit d'exigences formulées par des subordonnés toutes les soixante minutes – n'avait eu droit à son audience qu'au bout de trois jours. Devant Joe, les portes s'ouvraient, le tapis était déroulé.

« Je me disais, Joe, que vous souhaiteriez avoir connaissance de cette affaire.

– Oui, monsieur, et j'apprécie. »

Un souhait et une appréciation, bien sûr. Joe Hegner avait pour spécialité la collecte de renseignements sur les stratégies de recrutement et les tactiques de déploiement des kamikazes. Il apprenait, et, grâce à cela, il pouvait transmettre les renseignements sensibles fournis par la *mabaneth* aux analystes du bureau installés au sein du Edgar Hoover Building. Tout était si différent depuis le 11-Septembre, mais les gros bras à bord de ces avions étaient originaires du royaume : c'étaient des Saoudiens qui avaient brandi les cutters, qui avaient terrorisé le personnel de cabine et les équipages. Ces transmissions étaient importantes pour les agents de l'antiterrorisme, mais aussi pour réduire la pression suffocante des critiques qui déferlaient en provenance de Washington. On lui avait dit, ce dont Joe Hegner se foutait, que ses rapports se retrouvaient dans le Bureau ovale dans les quarante-huit heures après leur rédaction. Il avait peu de considération pour les louanges et un infime intérêt pour la stature qui était maintenant la sienne. Sa main reposait nonchalamment sur le pommeau de sa canne posée contre sa cuisse.

« Je suis désolé de le dire, et je sais que vous ne le prendrez pas mal, mais vous avez échoué à stopper le flot de kamikazes recrutés ici, et vous avez échoué à verrouiller vos frontières.

– Nous le savons, Joe.

– Vous êtes la principale source de ces gosses.

– Joe, nous le savons.

– Vous avez attendu la dernière minute avant de vous décider enfin à essayer de les arrêter.

– Mais nous essayons, Joe, c'est la vérité.

– Je vais être honnête avec vous : je ne suis pas sûr "qu'essayer" suffise. »

Pour une telle affirmation, n'importe qui d'autre du bureau ou de l'agence aurait été reconduit à la porte, se serait fait sortir de l'enceinte du ministère à coups de pied au cul et aurait dû soumettre ses semelles à l'épreuve du désert pour rentrer vers les lumières de Riyad et ses tours scintillantes, là-bas au loin. Joe Hegner n'était pas « n'importe qui d'autre ». Il était adepte du franc-parler. Là d'où il venait, les gens s'exprimaient simplement et franchement. Un homme causait de façon simple et franche ou alors il causait seul dans ce coin du Montana au nord de l'intersection des Routes 12 et 94, à Forsyth, tout près de Porcupine Creek. La ville la plus proche était Ingemar, où son grand-père avait été le forgeron de la communauté et où son père tenait un magasin d'outillage. Hegner avait perdu beaucoup de son franc-parler quand, premier de la famille à le faire, il était d'abord parti à l'université à Helena. Un peu plus encore durant un mariage lui aussi désormais disparu et pendant ses différentes affectations pour le bureau, mais il l'avait récupéré quand il s'était retrouvé allongé dans le noir le plus total après sa blessure. Ses contacts saoudiens au sein de la *mabaneth* étaient des maîtres de l'allusion, du sous-entendu et autres subtilités de langage, aussi complexes à déchiffrer que l'image renvoyée par deux miroirs face à face, mais ils l'écoutaient.

« Votre gouvernement, sa politique, ce sont eux les recruteurs, Joe.

– Ce n'est pas faux, et je ne le discute pas.

– Un étudiant en médecine de vingt et un ans a annoncé à sa famille qu'il allait voir des cousins à Sana'a alors qu'en réalité il s'est envolé pour l'Europe avec un faux passeport et sous un faux nom. Qu'est-ce que je suis en train de vous dire ?

– Vous êtes en train de me dire d'écouter un sacré truc, un très, très gros truc. Et nous l'entendrons, à moins qu'ils passent très vite à l'acte. Et qu'ils aient de la chance, beaucoup de chance. Vous êtes d'accord ?

– Continuez, Joe.

– Il va leur falloir une sacrée chance, un bol qui rendrait un chameau heureux pendant un mois dans le Rub-al-Khali. Je vais transmettre cette info, d'accord ?

– Envoyez-la où elle doit l'être.

– Compris. J'espère qu'on aura le temps. »

Pour conclure, Joe Hegner ne fut que courtoisie. D'un ton bourru et sincère, il ajouta :

« Je vous remercie, monsieur, de votre confiance. »

Le patron du contre-espionnage de la *mabaneth* du royaume embrassa Hegner sur la joue. Le bras pris, il fut guidé vers la porte avec une sympathie qui ne l'embarrassait pas. Il s'arrêta sur le seuil pendant que ceux qui allaient le reconduire à la limousine sortaient d'un bureau adjacent.

« Et le père de ce gosse qui est venu vous dire ce qu'il savait ? Est-ce un patriote ou… ?

– Un homme qui a peur, Joe, ou alors un père qui veut que son fils vive. Pour l'instant, nous ne le savons pas encore. Nous l'avons fait venir ici cet après-midi pour lui parler. Pour le vider, Joe. Je ne m'intéresse pas au père, Joe. Je ne m'intéresse qu'à tout ce qu'il peut m'apprendre à propos de son fils, à propos d'Ibrahim Hussein.

– Tant mieux. Tant mieux, vraiment. »

Lourdement, en appui sur sa canne, Joe Hegner sortit dans la nuit, et les murs du centre d'interrogatoires de la Mabatha furent derrière lui. Dans l'obscurité, les ombres parmi lesquelles il vivait, il entendit les portes de la limousine s'ouvrir. Il avait cette sale impression. Celle dont parlaient les officiers du Shin Bet quand il allait les voir à Tel-Aviv. Un kamikaze était en route vers sa cible. Un garçon qui rêvait du paradis approchait du lieu de son martyre. Où était-ce ? Où allait ce gosse ?

Il s'effondra, mais la chaîne qui le retenait ne lui permit pas de tomber sur ses genoux.

L'un après l'autre, deux hommes cognaient le dos d'Omar Hussein avec une barre de fer et une longue matraque en caoutchouc souple. La cellule dans laquelle il était suspendu faisait moins de trois mètres sur deux. Il avait déféqué et uriné dans ses sous-vêtements, il ne pouvait protéger son dos des coups, et quand il hurlait, la barre et la matraque le frappaient avec plus de force, il sentait sa propre odeur immonde. Il avait cru bien faire. Il hurla de douleur, avec l'espoir de perdre conscience, et il maudit son fils.

Les questions vinrent. Depuis quand savait-il ? Qui avait recruté son fils ? Quelle était sa cible ? La province d'Asir n'était-elle pas un nid de serpents, un foyer de dissidence et de violence contre le royaume ? Soutenait-il les croyances meurtrières de son fils ? La réponse était un seul et unique croassement sous la capuche qui recouvrait sa vieille tête : il ne savait rien, *rien*.

Ses tortionnaires le quittèrent enfin.

Sous la capuche, il maudit à nouveau son fils.

Il travaillait tard, peu pressé de rentrer après la dispute de ce matin avec Anne. Pour s'offrir une pause, il avait quitté les Villas pour aller marcher dans le parc. Il partageait maintenant un banc avec une créature pathétique, un indigent abruti d'alcool accroché à sa bouteille de mauvais cidre, mais qui ignorait Dickie Naylor, le laissant à ses pensées et à sa pipe allumée.

Dans six jours ouvrables, Naylor ne viendrait plus jamais profiter de la quiétude du soir dans St John's Gardens. Il avait appris la valeur de ces instants sous les feuilles des grands platanes quand le monde, son monde, s'était effondré autour de lui. Et ici, il était libre d'allumer sa pipe, il échappait à la police du tabac.

Cela avait été un lieu de sépultures. Le clochard et lui étaient assis en compagnie de très anciens fantômes. Cette idée ne le gênait pas, au contraire, elle lui apportait un certain réconfort. Il pouvait s'accommoder du passé, de l'inéluctable. Trois siècles et demi avant ce crépuscule de printemps, et celui de sa vie professionnelle, le cimetière avait été plein, et une couche de terre de près d'un mètre y avait été rajoutée de façon à pouvoir creuser de nouvelles tombes au-dessus des anciennes. Une solution hardie à un problème de capacité. C'était ici qu'il était venu s'asseoir, la pipe coincée entre les dents, le soir du 11-Septembre.

Ce soir-là, certains s'étaient rués hors des bureaux ou dans les couloirs, tels des derviches tourneurs dansant autour de feuilles de papier qu'ils tenaient à la main, de téléphones portables collés à leurs oreilles, de dossiers récupérés aux archives. Devant une telle frénésie, Dickie Naylor avait préféré la solitude de St John's Gardens et avait fumé, profitant du silence pour réfléchir. Il était rentré et avait déclaré :

« Cette journée se révélera aussi décisive que celle du premier septembre il y a soixante-deux ans, quand le *Schleswig-Holstein* a tiré ses premiers obus sur la garnison polonaise de la Westerplatte à Dantzig. »

Il ne se flattait pas d'avoir été entendu. Un mois plus tard, la nouvelle section avait été créée afin de surveiller l'arrivée de bombes humaines dans le Royaume-Uni, et il en avait été nommé sous-directeur. Au bout d'un an, Freddie était parti pour s'adonner au golf ou aux plants de tomates, et Naylor avait hérité de sa place dans le box. Le compte à rebours pour sa propre retraite avait commencé.

Mais la terre neuve ajoutée au jardin avait créé ses propres problèmes. Les solutions engendraient toujours des conséquences, Naylor en était convaincu. Les tombes récentes creusées peu profondément pour ne pas troubler les anciens inhumés avaient attiré les profanateurs de sépulture. « Bouchez un trou et un autre apparaît », aurait-il dit au clodo si celui-ci le lui avait demandé. En 1814, ce qui était désormais St John's Gardens était patrouillé par des gardes armés non pas de gourdins, mais de pistolets à un coup, et on refusait aux hôpitaux les cadavres dont ils avaient besoin pour les cours de dissection.

Il était venu ici, sur ce même banc, le jour que le jargon désignait maintenant comme le Seven-Seven. Ce jour-là, les Riverside Villas avaient été silencieuses, sidérées. « Bon Dieu, ça nous a atteints… *nous* », avait-il entendu de la bouche d'un directeur de département livide. Le travail dans le bâtiment était compartimenté. Un agent était censé connaître sa propre zone d'étude, pas les enquêtes en cours dans le bureau voisin. « Tout savoir », tel était le mantra des Villas. En milieu de matinée de ce sept juillet, cette règle sacrée avait été réduite en pièces. Les gardes des grandes portes du parking en sous-sol, les cuisinières de la cantine et le directeur général dans sa suite de bureaux cossue en avaient tous pris conscience. Quatre types, à la peau claire, avaient échappé à tout le travail de surveillance acharné mis en place par le service. Naylor était venu au parc à l'heure du déjeuner, avait mangé un sandwich et s'était dit que toute l'illusion de compétence et d'omniscience des Villas s'était évaporée. Il était rentré, avait glissé sa carte dans la fente, pris l'ascenseur, remonté son couloir où un officier lui avait demandé :

« Bordel, mais qu'est-ce qu'on peut faire, Dickie ? »

Naylor lui avait répondu ce qui, pour lui, était une évidence :

« En faire tous un peu plus. »

Par ordre de lord Palmerston, au cours des années 1850, le cimetière avait été fermé. Des jardins l'avaient remplacé. Une fontaine y avait été érigée, des platanes plantés. Dickie Naylor ne connaissait pas de meilleur endroit. Bon Dieu, il allait lui manquer.

La charité n'était pas dans ses habitudes, mais, sur une impulsion, il sortit la poche de tabac à moitié vide de sa veste et la posa sur les cuisses du clochard avec un sourire. Il lui souhaita une bonne soirée et s'en fut.

Il remonta au bureau. Les nouvelles moquettes, installées l'an dernier, étouffaient ses pas. Elle était devant sa porte.

Mary Reakes ne l'avait pas senti venir. Elle avait, bon sang, un nuancier à la main. Il l'apercevait par-dessus son épaule, un de ces trucs qu'on utilise pour choisir une décoration, avec des carrés de teintes pastel. Quelle conne. Elle allait finir par faire repeindre le box couleur magnolia.

« On est pressée, on dirait ? »

Il s'essayait au ton acide sachant qu'il n'avait jamais été doué pour ça.

Elle n'eut pas la décence de rougir en se retournant. C'était comme s'il avait la peste et que les gens des pompes funèbres rassemblés autour de son lit prenaient déjà ses mesures.

« C'est dans six jours seulement, vous pourriez pas attendre un peu ? »

Elle ne connaissait pas la gêne.

« Je croyais que vous étiez rentré, Dickie.

– Eh bien, je peux vous dire que je resterai ici jusqu'à la dernière minute de la dernière heure de mon dernier jour de travail. Ensuite, et pas une minute avant, on vous transmettra les rênes et vous pourrez faire venir vos peintres. »

Une obsession pour l'histoire dominait la vie de Steve Vickers, et rien ne lui faisait plus plaisir que de la partager. Pas l'histoire des reines et des rois, pas celle des grands séismes culturels, politiques et sociaux du Royaume-Uni. Pour lui, l'histoire n'était que celle du développement de Luton, sa ville.

« Je vais vous demander, mesdames, de lever les yeux et d'observer l'horloge sur la tour. Êtes-vous toutes avec moi ? »

À sa grande déception, elles n'étaient qu'une douzaine environ, mais y aurait-il eu trois âmes, il aurait quand même maintenu la visite.

« La tour au-dessus de notre hôtel de ville – oui, elle domine la place principale, St George's Square – a été construite en 1935 et 1936 et a été inaugurée par le duc de Kent. J'en viendrai à l'horloge dans un moment, mais l'immeuble lui-même possède sa propre histoire fascinante... »

Il afficha un sourire rayonnant. Il était nécessaire, Steve Vickers en était convaincu, de partager son enthousiasme s'il voulait captiver son public. Le temps était frais, l'obscurité se rassemblait au-dessus des toits du bâtiment, mais la pluie avait la décence d'attendre. Le groupe initial n'avait perdu que deux de ses membres. Pas mal. Une pension d'invalidité pas trop mesquine de la part de l'unité recherche et développement des voitures Vauxhall, après qu'il avait été déclaré invalide en raison d'incessantes crises de migraine, lui permettait de vouer son existence à la tour et à son passé chargé. En cet instant, il le partageait avec les pensionnaires d'une résidence pour femmes distante d'une vingtaine de kilomètres. Elles frissonnaient mais tenaient bon.

« Ils ont dû reconstruire un nouvel hôtel de ville pour remplacer celui qui avait été incendié par une foule en furie. Oui, vous avez bien entendu, il y a bien eu dans cette ville des gens assez enragés pour piétiner un cordon de police, à l'endroit même où nous nous tenons actuellement, défoncer la grande porte et mettre le feu au bâtiment. L'ordre n'a été rétabli que quand on a fait appel à l'armée, des troupes régulières cantonnées à Bedford. Cette Émeute de la paix, comme on l'a baptisée, s'est déroulée en 1919. Elle a été le fait d'anciens soldats démobilisés qui n'arrivaient pas à trouver de travail. La célébration de l'armistice a déclenché leur fureur. Ce jour a sans doute été le dernier où Luton a été la proie d'une telle violence. Que ce calme dure encore longtemps. »

Il avait entendu, lors de sa référence à l'Émeute de la paix, un léger gloussement amusé, suffisant pour l'encourager. Le mercredi suivant, il était prévu qu'il accompagne un groupe de la Guilde des citadines à Hightown sur l'autre rive de la Lea, où l'industrie de confection de chapeaux avait été la plus importante du pays un siècle auparavant. Le samedi après cela, il serait de retour, tôt dans la matinée, avec des élèves de première et de terminale et quiconque voudrait les accompagner sur St George's Square. Transmettre l'histoire dans ce qu'elle avait de plus banal était une joie pour lui.

À travers la vitre de la voiture côté passager, elle vit un homme incliner la tête tandis que de l'argent était échangé.

Faria le reconnut. Avec son vieux manteau, le bonnet de laine enfoncé sur son front et sa liasse de papiers au poing, elle l'avait assez souvent vu avec ses petits groupes de visiteurs. Pendant un instant, elle trouva triste que si peu de monde l'accompagne, mais ce ne fut qu'une pensée fugitive, car elle avait encore une course à faire, la dernière de la longue liste qui se trouvait sur ses genoux. Une voiture de patrouille déboîta et les doubla. La policière, celle qui ne conduisait pas, la dévisagea. Elle dit calmement à Jamal :

« Ne t'inquiète pas, ils ne sont pas là pour nous. Ils en ont après les drogués et les ivrognes. La ville souffre de toutes sortes d'abus. Trop de corruption. Il n'y a pas d'armes à feu ici, ils ne se protègent pas. »

Un petit frisson la traversa, mais elle se dit que Jamal ne l'avait pas vu. Elle avait minutieusement coché chaque article sur la liste qu'on lui avait donnée et, maintenant, il ne lui restait plus qu'à passer au magasin de bricolage, qui ne fermait jamais avant dix heures, acheter un fer à souder. Ils suivirent la voiture de police, s'éloignant du guide et de son groupe, passant devant les marches du centre commercial. C'était la cible, elle le savait, mais elle ignorait quand la frappe aurait lieu.

Sans réfléchir – elle était dévouée mais pas aguerrie –, elle brisa une règle. Elle se tourna vers le garçon à ses côtés qui était si jeune et avait une peau lisse, sans cicatrice, et lui demanda :

« Quand ce sera fait, où iras-tu ?

– Dès qu'on me le permettra, j'irai chez moi, dans la boutique de mon père à Dudley. À la fin des vacances, je retournerai à l'université à Londres. J'ai dix-neuf ans, je fais un cursus d'économie sur cinq ans. J'ai été identifié à la mosquée de Dudley quand j'ai pris la défense des trois jeunes de Tipton, une ville proche de la mienne, qui ont été emprisonnés de façon si barbare par les Américains dans le camp de concentration de Guantanamo pour y être torturés. Le gouvernement n'a rien fait pour eux. Le gouvernement est le laquais des Américains. Je te le dis, Faria, je suis déçu de ne pas avoir été choisi. Je n'aurais pas failli, j'aurais porté le gilet ou la ceinture. Ils m'ont dit que j'avais plus de valeur vivant, mais je ne comprends pas. Comment faire des repérages peut-il être plus important que mourir en martyr ? Mais j'obéis. Je retournerai à Londres en espérant avoir prouvé ma valeur et qu'on me rappellera. C'est là ?

– Pardonne-moi de t'avoir posé cette question. S'il te plaît, pardonne-moi. Oui, c'est là. »

Il freina et se gara au bord du trottoir.

Elle se dirigea vers la porte du magasin avec sa liste, laissant derrière elle dans la voiture le jeune homme au joli visage, au petit corps chétif, aux grosses lunettes et au premier duvet de moustache. Elle se demanda si les filles à l'université, les Blanches et les Orientales, ne faisaient pas attention à lui, s'il était inspiré par l'histoire des vierges dans les jardins du paradis. Elle ne pouvait pas la réprimer, cette petite excitation très rapide qui passait en elle à la pensée de ces vierges. Dans le magasin, Faria demanda où trouver un fer à souder. Elle savait à quoi il allait servir.

La table n'était pas encore complètement débarrassée. Kathy avait filé en haut dans sa chambre, pour ses devoirs et sa musique. Les sets n'avaient pas été rangés, ni les verres d'eau, mais le silence du repas était terminé. Les enveloppes avaient été larguées devant Jools, sur les miettes du pudding.

Il les fixait. Babs les avait lâchées avant d'aller faire couler de l'eau dans la cuvette de l'évier.

Certaines dataient de plus de trois mois, d'autres étaient arrivées cette semaine. La dernière sans doute aujourd'hui. Après lui avoir débarrassé son assiette, Babs était allée au tiroir où grouillaient les enveloppes et les avait balancées de façon à ce que les plus vieilles soient dessus.

Factures, ultimes relances et menaces.

Les finances de Jools Wright étaient un désastre. Découverts, organismes de cartes de crédit exigeant des remboursements aux intérêts toujours plus insensés, eau, gaz, électricité, tous impayés. Il y avait aussi un mot plein de rancœur écrit à la main par le chauffagiste qui avait réparé le revêtement de la cheminée.

Inutile d'aller prendre son chéquier dans ce même tiroir – le sien ou celui de Babs, d'ailleurs – parce que tout chèque signé par lui serait refusé. Même cette foutue tirelire réservée aux pièces de deux livres et aux vacances était vide depuis une semaine et les dernières courses au supermarché : il avait compté les pièces une à une sous le regard glacial de la caissière avec une nervosité que n'apaisait pas la file d'attente qui grandissait derrière lui.

Le problème, c'était la maison. Les parents de Babs avaient payé l'acompte initial et les mensualités avaient été calculées en se basant sur le fait qu'elle reprendrait son travail une fois que Kathy commencerait l'école. Mais Babs ne travaillait plus, en raison, disait-elle, du stress. Tout ce qu'il gagnait passait dans les remboursements. On l'accusait d'être la source de ce stress. Impossible de répondre à ça : il n'était pas devenu directeur de son département, n'était pas en course pour décrocher un bonus au mérite, et les augmentations de salaire supérieures à l'inflation étaient une chose du passé. Il contempla les factures, les mélangea, les remit en tas avant de les étaler à nouveau sur la table.

« Eh bien, je vois pas trop ce que je peux faire, à part braquer une banque.

– N'essaie même pas, ça aussi tu le raterais. »

La réponse avait claqué derrière lui.

« Je passe mes journées, en ce moment, à écouter de grands professionnels qui ont foiré le braquage d'une bijouterie. Ils avaient des flingues et moi pas. Donc, je te l'accorde, dévaliser une banque n'est pas vraiment d'actualité. Et puisque nous ne parvenons pas à avoir une conversation civilisée...

– Ce serait une première. Je suis coincée ici. Ce tiroir me terrorise à chaque fois que je passe devant. Je n'ose l'ouvrir. Je suppose que tu voudrais que j'aille expliquer à papa et à maman à quel point tu es bon à rien et que je les supplie à genoux de nous donner de quoi payer nos dettes. Eh bien, c'est non. Je ne le ferai pas.

– Ma chérie, je suis un peu à court... »

Jools appréciait l'ironie, à hautes doses.

« ... d'idées.

– C'est facile pour toi, assis là-bas dans ton tribunal. Tu n'as pas à penser à grand-chose. C'est moi qui les reçois.

– Je sais exactement ce que je vais faire. »

Il prit l'enveloppe du dessus, couverte de lignes imprimées en rouge, celle de la compagnie du gaz.

Il la leva dans un geste qu'il voulut théâtral.

Et la déchira en quatre morceaux qu'il laissa tomber sur la table.

Puis ce fut l'électricité, l'eau. Il entendit le couinement choqué depuis l'évier. Ensuite, vint la facture du chauffagiste et son enthousiasme se décupla, comme s'il était en train de se taper Hannah et que les cris aigus étaient les siens. Les factures des organismes de crédit, les lettres de la banque faisant référence à des découverts obscènes et l'issue désagréable qu'une telle situation allait engendrer : tout cela finit, déchiré, sur la table.

Fin du premier acte. Baisser de rideau. Début du deuxième. Méthodiquement, Jools ramassa tous les morceaux de lettres, de mises en demeure et d'enveloppes, les réunit entre ses mains. Il alla jusqu'à la porte d'entrée qu'il ouvrit maladroitement pour éviter de semer une piste de bouts de papier derrière lui et descendit les quelques mètres de l'allée.

À la poubelle, dont il souleva le couvercle avec le coude, il jeta tout ce courrier inutile dans la gueule ouverte. Il se souvint de ce qu'il avait lu un jour, un graffiti, sur un mur à Londres : *Il n'existe pas de problème assez grand ni assez compliqué dont on ne puisse se débiner.*

Il laissa Babs dans la cuisine et Kathy avec sa musique et alla se coucher. Sa fille était à l'arrière de la maison, sourde, sa femme se trouvait dans la cuisine, en larmes, et bientôt il dormirait, débarrassé de ses soucis. Fin du problème. C'était si simple.

« Vas-y, murmura la voix. Chope-nous ça avant qu'ils sortent les ordures. J'ai pas envie que ce soit couvert de restes de bouffe. »

La portière d'une voiture s'ouvrit discrètement. Des chaussures souples foulèrent le macadam. Une ombre évita la flaque de lumière au pied d'un lampadaire. Le couvercle d'une poubelle se dressa, une main plongea. Des froissements étouffés de papier qu'on saisissait. Le couvercle retomba doucement. La portière se rouvrit, des bouts de pages imprimées furent rangés dans un sac en plastique. Un véhicule quitta la rue. Une lampe torche éclairait le contenu du sac.

« C'est Benny qui va être content. On vient de lui dégoter les joyaux de la couronne. »

Jour de Noël 1936

Eh bien, à coup sûr très différent de l'an dernier. Papa n'a pas coupé la dinde, maman n'a pas lavé les patates, mais nous faisons ce que nous pouvons.

C'est-à-dire pas grand-chose.

Attention. Je ne me plains pas. C'était ma décision de venir ici, et il en va de même pour Ralph et Daniel, mais c'est différent. Les célébrations sont interdites. L'officier politique

– un Russe – dit que Noël est une fête fasciste, qu'elle n'a pas sa place dans nos vies. C'est un homme dur (assez dur pour abattre un déserteur italien qui s'est fait attraper la semaine dernière : il l'a obligé à s'agenouiller et il lui a tiré une balle de revolver dans la nuque avant d'aller déjeuner; dur à ce point) et aucun de nous n'a envie de provoquer sa colère. Mais Ralph a affirmé que nous devrions quand même faire quelque chose. Il a arraché du lierre d'un arbre et il a tissé quelques feuilles et ça nous a fait notre sapin de Noël. Daniel – c'est un fabuleux débrouillard – a trouvé trois pommes et nous avons fini par nous les offrir respectivement, mais celle de Ralph était pourrie.

Nous ne pouvions pas chanter les chants de Noël – l'officier politique nous aurait entendus –, alors nous nous sommes raconté notre dernier Noël à la maison. Chez Ralph, il y avait des domestiques et il a promis que l'an prochain, si nous gagnons et si nous sommes de retour chez nous, Daniel et moi serions invités. (Je n'accepterai pas, bien sûr, car je veux être avec papa, maman et toi, Enid.) Mais parler faisait passer le temps et nous nous sentions mieux.

Aujourd'hui, ce qui était vraiment bien, c'est que nous n'étions pas sous le feu. Seigneur, demain (pour le Boxing Day[1]), ça recommencera. Les fascistes sont catholiques, et depuis minuit, ils observent un cessez-le-feu. Pas notre artillerie. Nous leur avons envoyé des obus, mais ils n'ont pas répliqué. Ils le feront, avec intérêts, et ce sera atroce. Nous les avons entendus chanter des hymnes dans leurs tranchées et quand j'ai fait mon tour de sentinelle au matin, j'ai vu, à travers un périscope fabriqué par un des Allemands, les prêtres avec leurs soutanes marcher à découvert vers leurs positions sur le front. Ils chantaient vraiment bien, ce qui

1. Boxing Day : lendemain de Noël, férié en Angleterre, notamment. Traditionnellement, on y offre des cadeaux aux plus démunis.

signifie que ce ne sont pas les païens de l'armée d'Afrique qui nous font face en ce moment.

Daniel – je vous ai dit qu'il sait se débrouiller – a caché dans notre tranchée-abri une demi-bouteille de vin. Il l'a prise la semaine dernière dans le bunker de l'officier politique. Nous la boirons ce soir et ensuite nous enterrerons la bouteille. Ce sera notre vrai cadeau de Noël mais nous en aurons un autre : en buvant, nous ferons des vœux. Nous en avons parlé, de ce que nous allons souhaiter.

Je ne sais pas si les autres le permettront, mais j'ai deux vœux pour ce Noël. D'abord, je veux que plus jamais un gros rat ne me passe sur la poitrine alors que j'essaie de dormir : ils sont très audacieux. Donnez-leur la moitié d'une chance et ils viennent se blottir dans la chaleur au creux de votre aisselle. S'ils vous marchent sur le visage, vous sentez les griffes au bout de leurs pattes et ils sont bien gras parce qu'ils vivent ici dans le no man's land et ils ont de quoi manger... (vous devinez ce qu'ils dévorent). Ensuite, je voudrais que nous ayons des uniformes corrects. Nous avons des casquettes en laine, des gilets, des culottes, de longues chaussettes et des bottes qui nous massacrent les pieds, mais ça ne suffit pas pour nous protéger du froid. (La nuit dernière, et la moitié de la semaine précédente, nous avons dormi tous les trois sur la même paillasse avec toutes nos couvertures et malgré cela nous avions froid.) Voilà mes vœux. Daniel dit qu'il va souhaiter que tout un bataillon de volontaires allemandes se joignent à nous et restent à nos côtés. Le vœu de Ralph, c'est que nous nous en sortions tous sains et saufs. Daniel et moi ne sommes pas sûrs qu'il ait droit à ce vœu-là.

J'en ai beaucoup d'autres. Trop. Je voudrais savoir si maman, papa et Enid vont bien. Et puis, j'aimerais avoir des nouvelles du groupe de poésie : est-ce que leur soirée s'est passée aussi bien que l'an dernier, est-ce qu'ils ont pensé à moi et est-ce que quelqu'un, à cause de moi, a lu du Sassoon, du Owen ou du Rosenberg ? Le poème de Rosenberg « En recevant des nouvelles de la guerre », c'est celui que j'ai récité ce matin à Ralph et à Daniel – on l'avait lu devant le groupe en avril : « Des crocs rouges ont lacéré Son visage / Le sang de Dieu a coulé. / Seul, là-bas, Il pleure / Ses enfants morts. » Daniel m'a dit que si l'officier politique entendait ça, il me cataloguerait de fasciste et je me retrouverais à genoux avec un revolver sur la nuque. Je crois que Ralph était au bord des larmes. Sans eux, sans leur fraternité, je ne sais pas comment je survivrais. Mais partir n'est pas possible.

Partir, c'est déserter. Déserter, c'est mourir.

Il faut que j'arrête maintenant parce que Daniel creuse sous la paillasse pour récupérer la bouteille. Hourra !

La confusion règne dans mon esprit. Je suis venu aider le peuple espagnol à trouver la liberté et la démocratie. À mes côtés, dans cette lutte, il y a des Polonais, des Italiens, des Allemands et des Russes. D'autres Britanniques sont en train d'arriver et des Américains nous rejoindront bientôt. Il n'y a pas d'Espagnols avec nous. (Ils se trouvent peut-être dans d'autres secteurs, mais ils ne combattent pas avec les Brigades internationales.) Les seuls Espagnols que je vois sont ceux qui se trouvent dans les tranchées derrière le no man's land et derrière les barbelés avec leurs prêtres, et ils veulent me tuer. Tout cela est bien trop compliqué.

Bientôt ce sera la fin de Noël et les bombardements vont reprendre. Je suis trop fatigué pour avoir peur et le vin de Daniel va nous faire dormir. Je voudrais que Noël dure toute une année.

« Banksy, vous avez un moment ? Dans mon bureau, s'il vous plaît. »

Banks se retourna, contempla le visage souriant de l'inspecteur-chef.

« Bien sûr. J'arrive tout de suite. »

Il attendit que les pas s'éloignent avant de lever les yeux au ciel et de demander à l'armurier :

« Qu'est-ce qu'il vient foutre ici ?

– Il rôde, il cherche à s'occuper. Regarde, il a même contrôlé l'étiquetage des munitions, il a tout vérifié. Ça doit être la crise de la cinquantaine. Bon, signe ici. »

Il le fit et déposa son gilet pare-balles, ses chargeurs et le Glock sur le comptoir. L'armurier les vérifia avant de les ranger sur les rayonnages. D'autres gars de l'équipe Delta attendaient derrière lui, mais il aurait aussi bien pu ne pas être là. S'il avait cherché sur leurs visages des indices pour expliquer la présence de l'inspecteur-chef si tard dans la soirée, il ne les aurait pas trouvés. Une nouvelle séance d'ostracisme bien réglé, comme s'il n'était plus avec eux. Il avait fait son boulot, de façon à ce que personne ne puisse critiquer son travail, mais on ne lui adressait plus la parole. Il était resté assis à l'arrière de la seconde voiture d'escorte à lire le carnet en cuir pendant que le patron et sa femme passaient leur soirée à Covent Garden. Jamais il n'avait entendu parler d'un Noël aussi pourri, aussi malheureux, pire que du Dickens. Ses propres Noëls, depuis le départ de Mandy, il les passait chez sa mère, mais il ne lui avait jamais dit qu'il s'était inscrit tout en haut de la liste des volontaires pour travailler le soir de Noël et pendant le Boxing Day. Il roulait jusque chez elle pour le déjeuner et filait, avec sa chemise et ses mouchoirs neufs, dès qu'il était sûr qu'elle ne se vexerait pas trop. Il voyait que son ami, l'armurier, avait remarqué son isolement et qu'il était anxieux, mais, après ce qui avait été dit, il ne voulait plus d'aucune aide. C'était à lui de livrer ses guerres.

Il passa devant la file d'hommes de la Delta et aucun regard ne croisa le sien.

Banks se mit en quête de l'inspecteur-chef dans son bureau. Pourquoi – pour utiliser le jargon des US Marines au Viêtnam – l'Enfoiré de Planqué était-il resté si tard pour le convoquer ? Qu'est-ce que l'EP lui voulait ? Il frappa légèrement à la porte.

« Ah, Banksy, bien. C'est un peu délicat.

– En quoi puis-je vous aider ?

– Est-ce que tout va bien ? Je veux dire, j'ai des yeux derrière la tête. Y a-t-il un problème chez les Delta ?

– Pas que je sache.

– Vous êtes sûr, Banksy, de ne rien avoir à me dire ?

– Je ne vois pas.

– À propos de l'atmosphère chez les Delta, entre vos collègues et vous ?

– Tout va bien. Si vous ne me croyez pas, demandez aux autres, ils vous répondront. Ce sera tout ?

– Je demanderai. Une chose : je ne veux pas d'embrouille dans mon équipe. Merci, Banksy, le bonjour chez vous. »

Il sortit dans la nuit. C'était un homme intelligent mais trop perclus d'épuisement pour admettre que refuser de répondre à l'EP, son supérieur, n'était pas très malin. Il marcha d'un pas vif en direction de la station et du dernier métro, vers son meublé où sa seule compagnie serait un carnet de notes rempli de lignes griffonnées au crayon et où chaque nouvelle entrée était plus difficile à déchiffrer que la précédente. Ce n'était pas malin, car il venait de s'engager sur une voie dont il ne savait pas où elle le menait.

6

Vendredi, jour 9

Le juge l'avait à l'œil et ça le mettait sur les nerfs, il était en nage. Jools Wright était aux prises avec un sérieux problème.

Le juge s'arracha à sa laborieuse prise de notes. Concentration brisée, front plissé. Son regard balaya toute l'étendue de la dix-huitième cour pour venir une nouvelle fois se poser sur Jools – pas sur Corenza, Deirdre ou Baz.

Le ronronnement de la déposition se poursuivait. C'était le tour d'Ollie Curtis à la barre des témoins et il y avait passé la journée, mentant, louvoyant, affabulant. Jools n'avait guère écouté ses tortueux bobards. Il avait un problème bien plus important, au point que c'était lui qui se tortillait sur son siège en plastique. Peter avait même fini par se retourner pour lui dire, avec les lèvres, sans émettre le moindre son : « Vous pourriez pas rester tranquille cinq minutes ? » Non, il pouvait pas. À cause de son problème : les Courses du Soir. Le vendredi, après l'école, il allait toujours avec Babs faire les Courses du Soir.

Il essaya de sourire à M. Justice Herbert, comme si cela pouvait le libérer de son regard vitreux.

Dans le box, Ollie Curtis n'avait pas la stature de son frère, ne créait pas la même aura d'intimidation, mais il n'en restait pas moins une créature redoutable. C'était un tissu de mensonges diaboliques que de suggérer que deux armes de poing avaient été apportées par une femme, non identifiée à ce jour, à la porte de la boutique dans un landau afin que son frère et lui les récupèrent sous un bébé endormi, pour les remettre au même endroit quand

Ozzie et lui se seraient enfuis. Au moment du vol, il se trouvait – son visage était celui de l'innocence blessée – auprès de sa pauvre mère. Bien sûr, elle ne pouvait venir témoigner devant ce tribunal : elle était vieille, malade, et il y avait le certificat d'un docteur pour le prouver. Questions et réponses volaient très haut au-dessus de la tête de Jools parce que c'était vendredi et que le vendredi c'était le jour des Courses du Soir. Et puis il y avait l'autre problème, pas si négligeable, de la fin incroyablement imminente du procès.

« Monsieur Curtis, vous affirmez de façon catégorique que vous n'étiez pas là ?

– Sur la vie de ma mère… Je n'y étais pas. »

Ni la question ni la réponse ne furent notées sur le bloc de M. Justice Herbert. Ses yeux étaient fixés sur sa cible et le sourire de Jools n'était pas parvenu à les éloigner.

Le juge déclara d'une voix qu'il savait faire porter :

« Je pense que nous allons en finir pour aujourd'hui, monsieur Curtis. Je n'ai jamais cru que la justice se trouvait améliorée quand ceux qui se présentent devant une cour sont fatigués. La pause du week-end, monsieur Curtis, vous fera le plus grand bien avant de reprendre votre déposition lundi matin… Cette semaine a été éprouvante, pas seulement pour monsieur Curtis, mais pour nous tous. Il y a une chose que j'aimerais ajouter avant que nous partions chacun de notre côté – en fait, je tiens à la souligner –, et elle concerne les membres du jury… »

Il s'arrêta. Jools lui rendit son regard, sourire plaqué sur le visage. Qu'est-ce qu'il voulait, ce vieux pédant ? Le souvenir du témoignage s'était envolé. La perspective des Courses du Soir aussi.

« Nous sommes ensemble depuis un long moment maintenant, et je suis réconforté par le sérieux dont vous tous, membres du jury, faites preuve. Il serait facile pour vous, mesdames et messieurs, alors que nous approchons des dernières étapes du procès, de vous sentir moins concernés par les restrictions que je vous ai imposées ces derniers mois. Mais le conseil que je vous ai donné au tout début de cette procédure demeure aussi important maintenant. Vous pourriez croire qu'une conversation avec des amis ou de la famille à propos d'un détail de cette affaire ne pourrait causer le moindre mal à aucun des participants et vous auriez tort, mesdames et messieurs les membres du jury. Je vous incite fortement à ne pas – je répète, *à ne pas* – discuter du moindre aspect de ce procès avec quiconque qui ne serait pas un de vos collègues du jury, et cela uniquement dans l'intimité de la salle des délibérations. Ceci, monsieur le porte-parole, est-il bien compris par vos collègues et par vous ? »

Leur porte-parole, Rob, contempla tous ses voisins de banc avant de se retourner vers ceux du deuxième rang. Des têtes acquiescèrent, mais le juge n'avait pas adressé ses remarques à Rob, Dwayne, Fanny ou Ettie, il ne les avait balancées qu'à Jools. Celui-ci avança le menton. Il aurait pu hurler : « Viens pas me chercher, mon pote, je sais ce qu'on attend de moi. Je vote coupable. » Mais il ne le fit pas. Avec qui aurait-il pu discuter du procès ? Aucune chance qu'il fasse la conversation à Babs tout en poussant le caddie vers la caisse. Aucune. Et il allait pas gâcher sa séance au plumard – samedi soir, Dieu merci – avec Hannah. Rob, le con de service, inclina la tête une fois, deux fois : ils avaient tous compris. Le juge avait tenu à soulever ce point parce que la fin approchait. Le retour dans la zone avec ces petits caïds de quatrième – les statistiques sur la culture des céréales dans le Middle West ou les conséquences de la fonte des glaces polaires – n'allait pas être facile.

« Parfait. Passez un bon week-end et rappelez-vous : ne pas aborder ces questions avec une tierce personne, ni avec quiconque. Mon père était sur les convois de l'Atlantique pendant la Seconde Guerre mondiale et il m'a parlé de cette affiche sur les quais de Liverpool : "Un mot et c'est un navire qui coule." Je ne l'ai jamais oublié. Donc, pas "un mot", s'il vous plaît. Ce procès ne concerne que vous. »

Jools quitta le tribunal. Il salua ses collègues et se mit à courir vers la station de métro. Pas une fois il ne regarda derrière lui.

Maintenant Benny Edwards était sur le coup et prenait la direction des opérations.

Deux autres poubelles avaient été inspectées, un autre membre masculin du jury avait été suivi jusqu'à la maison de ses parents. Mais le père en était sorti et avait été vu portant cette chemise blanche avec les discrètes rayures signifiant qu'il était un policier en uniforme au repos. Un surcroît de travail inutile, car ils avaient déjà leur cible.

Ce matin, Benny avait enfilé des gants en latex pour les enfoncer dans un trésor de factures, d'injonctions et de mises en demeure. Une aubaine dans sa carrière d'intimidateur, il le reconnaissait.

Pendant qu'il découvrait le vaste merdier financier qu'était la vie de Julian Wright, son photographe s'était mis au boulot sur un petit travail numérique. Mais ça, c'était pour plus tard.

Il était tout proche de celui qu'il appelait le Tango. Le soin, la méthode apportés à son travail, étaient à la base de sa réputation et justifiaient les honoraires qu'il exigeait de ses clients. Le Tango et la femme en avaient fini avec les fruits et légumes et traînaient au milieu des céréales. Il restait à quatre longueurs de caddie derrière eux. D'autres membres de son équipe se trouvaient à la cafétéria derrière les caisses, ainsi qu'à la sortie principale. Une boîte avait donc été formée autour du Tango. Tout était parfait, exactement comme il le fallait. Benny Edwards aurait pu se passer de venir si près, mais c'était sa tactique d'observer avant l'approche. Il était ici pour une confirmation. Jamais ce qu'un autre lui avait décrit n'avait eu autant de valeur que le fait d'être là, à voir et à apprendre par lui-même.

Ils avaient le bon Tango, pas de doute. L'occasion était belle. Trop d'échecs, trop de condamnations, et sa réputation vacillerait. Trop de connards derrière les barreaux de Belmarsh, de

Whitemoor ou de Long Lartin et ses honoraires s'effondreraient. Il avait fait le meilleur choix, c'était évident. Les finances du Tango étaient pires que désastreuses. Elle avait pris quelque chose dans un rayon – un paquet de corn-flakes de marque – qu'elle avait jeté dans le chariot qu'il poussait derrière elle. Quand elle était repartie, le Tango avait remis le paquet dans le rayon pour le remplacer par le produit du supermarché, histoire d'économiser vingt pence. Voilà qui était encourageant et laissait penser que la carotte suffirait. Le bâton créait toujours plus de bordel. Parce qu'il était ici, à l'étudier dans sa boîte, il sentait – était prêt à parier gros – que le Tango ferait l'affaire.

Ils avaient changé d'allée. Un passage aux produits ménagers, puis ils avaient pris du pain premier prix et n'avaient choisi que des paquets de saucisses, de viande hachée et de burgers que Benny Edwards n'aurait pas donnés à son chien. À présent, ils étaient au début des boissons et alcools. Elle s'attarda devant des vins – bulgares, les moins chers –, et il vit, sans pouvoir l'entendre, le bref échange venimeux entre le Tango et sa femme. Elle n'avait pas mis de bouteille dans le chariot. Elle était partie rejoindre une file devant une caisse, le laissant pousser le caddie.

Tout ça pour Ozzie et Ollie Curtis. Deux jolis paquets étaient planqués dans les chevrons de la maison de Benny Edwards : l'un contenait cinquante mille en billets de cinquante, l'autre la moitié de cette somme. Tout ça pour la liberté d'Ozzie et d'Ollie. Des légendes, des scories du passé. Des mecs qui n'avaient pas changé depuis l'époque des gangs de l'est de Londres, toutes ces attaques à la con de fourgons blindés, d'entrepôts d'or, de banques *et* de bijoutiers, au cas où il y aurait assez de trucs brillants dans leurs coffres. La conscience, la morale n'intéressaient pas Benny Edwards. Il préférait les importateurs de drogue qui avaient les moyens de payer, comptant et en liquide. Les deux frères, les braqueurs, appartenaient à l'histoire. Tous ses partenaires professionnels étaient passés à la came, un commerce source de déception et de trahison : les dealers n'avaient aucun *honneur*.

Contrairement, et c'était plutôt marrant, aux deux frères. Il doutait de pouvoir leur obtenir plus qu'une suspension de jury et ça allait leur coûter un bras. Afin de bénéficier d'une certaine bienveillance, des trafiquants de drogue auraient été prêts à lâcher un associé, à offrir des renseignements sur des rivaux. Aucune chance que les frères Curtis fassent tomber un collègue. Ils ne refileraient jamais le moindre tuyau à un flic. L'honneur était un truc de l'Ancien Monde dans lequel, quand il en aurait fini avec les deux braqueurs, Benny Edwards n'envisageait plus de s'aventurer. Un putain de voyage dans le temps.

Maintenant, le Tango et sa femme passaient à la caisse. Les sacs en plastique furent remplis. Le Tango fouilla sa poche intérieure, sortit un portefeuille et parut se demander laquelle de ses cartes de crédit il allait utiliser. Il en choisit une, qu'il glissa dans la fente, la caissière secoua la tête. Il en sortit une deuxième, la présenta, rejetée. Retour à la poche intérieure. Le carnet de chèques surgit. Benny Edwards, ayant vu les relevés bancaires, n'accordait pas la moindre chance au Tango. Ce fut alors que la femme intervint. Elle sortit un porte-monnaie de son sac, une liasse de billets apparut dans ses doigts. Il vit la surprise éclabousser le visage du Tango, comme si ce pauvre con n'avait pas su qu'elle avait ce fric. Il entendit la femme déclarer, assez fort pour en faire profiter tout le magasin :

« Je suis allée chez ma mère ce matin, je lui ai dit que j'ai épousé un branleur incapable de gagner sa vie, parce qu'il est trop feignant ou trop stupide. »

Il vit le Tango tressaillir tandis que tous les autres clients évitaient son regard. Merde, quelle merde. Le Tango prit tous les sacs et avait déjà franchi la porte avant qu'elle ait récupéré sa monnaie.

Ils se traînèrent vers un arrêt de bus. Il décida de casser la boîte. L'approche aurait lieu demain matin, quand la femme aurait encore un peu plus tanné le Tango, l'aurait rendu plus malléable. Ses lèvres répétèrent sa déclaration habituelle, celle qu'il utilisait toujours pour la carotte : « Il n'y aura aucune conséquence, aucun contrecoup. Vous me rendez un service, je vous rends un service et on oublie tout. Je vous le promets, ce sera comme si rien n'était arrivé, sauf que tous vos soucis financiers auront disparu. Croyez-moi, rien ne sera différent. » Voilà ce que Benny Edwards allait dire au Tango, et c'était la vérité : rien ne serait différent.

Dans la première averse de cette soirée londonienne, Ajaq marchait sur les trottoirs. Il traversa de grandes places, passa devant les sièges du gouvernement et du pouvoir. Il longea les barrières de béton peintes en noir qui protégeaient les bâtiments de l'approche d'un véhicule, un engin roulant aux suspensions tassées par une demi-tonne d'explosif à base d'engrais. Il était si loin de chez lui et si proche de son sang. De grands édifices le toisaient. Il frôlait des policiers, immenses avec leurs gilets pare-balles glissés sous leurs vestes, notait comme ils étaient prêts à tirer : chargeurs pleins, pistolet-mitrailleur sur la poitrine, doigt sur le pontet. Mais ils ne le connaissaient pas. Ils étaient devant la bouche d'une station de métro, surveillant la masse de gens qui dévalaient les marches. Devant des entrées d'immeubles. Derrière les grilles qui fermaient un cul-de-sac où, Ajaq le savait, travaillait un grand ennemi, le petit chien des Américains.

C'était la confirmation de la décision tactique qu'il avait déjà prise.

Le centre de la ville, là où siégeait l'autorité de l'ennemi, était tapi sur lui-même dans l'attente d'inévitables attaques. Ses défenses étaient des barricades et des armes, comme dans la Zone verte, à Bagdad, où vivaient les Américains avec leurs alliés et leurs collaborateurs et où la sécurité était la plus renforcée. Cela l'amusait de marcher parmi eux, de sentir leurs corps l'effleurer. Il y avait, et Ajaq le reconnaissait, un frisson très particulier à se déplacer au cœur du domaine de l'ennemi. Il n'était qu'un visage dans une foule, anonyme.

La décision avait été la sienne et il l'avait prise quatre semaines avant d'entamer son voyage. Elle n'avait pas été remise en question par ceux qui avaient tissé la toile formidable sur laquelle il rampait à présent. La décision était que la cité protégée, ses bâtiments ministériels, ses labyrinthes de tunnels où roulaient ses trains, tout cet amas de gardes et d'armes, seraient ignorés. Il avait choisi de frapper là où l'ennemi était le plus faible. Il pensait à un bas-ventre, si mou, où un couteau s'enfonçait profondément, où la panique créée était la plus grande. Ce choix avait été consigné dans une note manuscrite, des caractères codés tracés par une fine plume sur les deux faces d'une feuille de papier à cigarette qu'un messager avait portée à travers plusieurs frontières jusqu'aux grottes des zones tribales, là où vivaient les chefs. Il ne les avait jamais rencontrés. Contrairement à l'Ingénieur. Aucun contrordre n'avait été envoyé et tout ce qu'ils avaient mis en place pour l'aider dans sa tâche avait été efficace, au point de susciter son admiration. Il présumait que ces hommes, les chefs, s'asseyaient le soir autour d'une radio alimentée par batterie ou devant une télévision branchée sur un satellite en zappant sur les chaînes du monde pour guetter les nouvelles de leurs succès.

Il dépassa le bâtiment du Parlement où une énorme horloge sonna l'heure. Arriva à un jardin où il pénétra par un portail. Il foula une allée de graviers en direction d'une sculpture illuminée représentant plusieurs silhouettes, noires comme le charbon, figées dans une posture de soumission mais avec dignité, comme si ces gens avaient été battus mais pas défaits. Il lut qu'il s'agissait des *Bourgeois de Calais* et que le sculpteur était Rodin, mais il ignorait où était Calais. La fierté de ces hommes pétrifiés demeura en lui jusqu'à ce qu'il quitte le jardin pour passer devant un grand immeuble gris où les lumières brillaient à chaque fenêtre. Deux hommes en sortirent par la porte tournante juste devant lui, l'obligeant à ralentir le pas, mais il n'y eut pas d'excuses, pas le moindre signe qu'ils s'étaient rendu compte de l'avoir gêné, ni même qu'ils avaient perçu sa présence. Encore une fois, comme s'il n'existait pas.

« Je te le dis, Dickie, tu ne connais pas ta chance. Ça va pas s'arranger, loin de là. C'est le moment idéal pour tirer ta révérence. Tu as bien dit une serre ? »

Il les entendit et ne leur prêta aucune attention. Seul ce qu'il dirait à l'Ingénieur demain quand il le verrait emplissait son esprit : ce qu'il avait vu, les choses qu'il avait apprises.

Elles n'avaient fait que confirmer sa décision. Muhammad Ajaq reprit la route de son hôtel.

Une table avait été apportée dans la pièce et des pages de vieux journaux y avaient été étalées. Sur celles-ci, il avait placé ce qui avait été acheté pour lui la veille grâce à la liste. Des odeurs de cuisine l'atteignaient, pas les senteurs de la nourriture arabe auxquelles il était habitué, mais celles d'un curry d'Asie qu'il mangerait sans l'apprécier. La porte était fermée et les rideaux de la chambre qui lui avait été donnée soigneusement tirés.

Au centre de la table, en travers de la pliure d'un journal, il avait placé les outils nécessaires à son travail : les bâtons d'explosif récupérés dans la cambuse du bateau. Les détonateurs, minces et luisants, se trouvaient eux tout au bout de la table. Entre les bâtons et les détonateurs, sur les journaux, tout ce dont il avait besoin pour la construction de l'engin : un gilet en coton, des bandes de tissu découpées dans une serviette, un paquet de grosses aiguilles avec un rouleau de fil solide, de puissantes piles pour torche électrique, des rouleaux de fils électriques multicolores, un fer à souder, un grand sac en papier rempli de clous de douze centimètres, un autre de clous de tapissier, d'autres sacs en plastique, plus petits, contenant des vis, des rondelles, des boulons et des billes de roulement et enfin un interrupteur provenant du flexible d'une table lumineuse. Il aurait pu créer un mécanisme infiniment plus sophistiqué mais cela aurait été inutile.

Dans son pays, loin d'ici et derrière lui, il avait conçu des dispositifs de plus en plus complexes. Il pouvait piéger un cadavre de telle sorte qu'il explose à l'arrivée des équipes médicales de l'hôpital chiite, se servir d'interrupteurs au mercure placés dans une voiture garée près d'un baraquement afin de déclencher l'explosion quand les soldats ouvraient les portes, enterrer des bombes sous une route et les faire éclater au passage d'un Humvee ou d'un transport de troupes blindé, grâce à un rayon infrarouge. Qu'il consacre de nombreuses heures à son travail, par exemple si sa cible était un officier ennemi du déminage, ou un temps minimal, il en résultait toujours ravages, chaos et peur. Mais, pour chacune de ses créations, simple ou complexe, il observait une règle de survie élémentaire : ne jamais utiliser les mêmes techniques de câblage, de placement des détonateurs et de préparation des véhicules ou des gilets. Il ne laissait aucune signature reconnaissable. Son travail n'avait qu'une seule constante : la dévastation qu'il provoquait.

Le nom que lui avait donné son père était Tariq, mais pour tous ceux avec qui il combattait il était l'Ingénieur. Il doutait qu'une photo de sa tête et de ses épaules existe au quartier général du renseignement à l'aéroport, mais on avait dû y substituer son image fantôme. Il haïssait son ennemi, et partout où il le rencontrait, il le tuait. Ce qui, dans ses suites climatisées, devait inspirer du respect.

Il venait de Falloujah, dans le triangle.

Sa femme, ses trois enfants et sa mère avaient péri dans les décombres de l'assaut sur la ville. Il n'avait jamais été voir – et encore moins prier sur – leurs tombes creusées en hâte. Son père, que les bombardements, les obus, les tirs et le chagrin avaient rendu fou, vivait à présent chez son frère dans un monde de silence dévasté. Il n'était jamais allé lui rendre visite. Il n'avait sur lui aucune photo des siens, il n'avait que ses souvenirs et sa haine pour ceux qui les avaient massacrés et avaient brisé son père.

En Irak, à côté des tombes de sa famille, il y en avait des centaines d'autres. Sa haine et son travail en étaient responsables.

Le Scorpion lui avait demandé de voyager loin de chez lui. « Pour quelle raison ? Ne suis-je pas plus précieux ici ? » Le Scorpion avait alors parlé du bas-ventre et de sa mollesse. « J'accepte. J'irai avec toi. Le bas-ventre m'attire. » Pourquoi l'attirait-il ? « La ville de Falloujah était un bas-ventre. La maison de ma femme, de mes enfants, de ma mère et de mon père était un bas-ventre. Ils doivent apprendre ce que cela fait. Ils doivent être frappés là où ils sont mous. »

Les mains qui allaient rassembler les matériaux pour en faire un engin mortel étaient épaisses, elles étiraient les minces gants chirurgicaux. Il était dans sa quarante-quatrième année, bâti comme un taureau, avec des muscles lourds et agiles. Il fumait des cigarettes et buvait de l'alcool. Il n'avait pas prononcé la moindre prière depuis le massacre de sa famille et, avant cela, ne s'y pliait que lors des fêtes les plus sacrées pour faire plaisir à sa mère. Il avait combattu dans la guerre contre l'Iran sur le front de la péninsule d'Al-Faw, avait été de l'humiliation de la retraite depuis le Koweït et avait atteint le rang de major dans un bataillon de la garde républicaine, spécialisé dans le matériel, quand les Américains avaient mis en œuvre, quatre ans plus tard, leur doctrine *Shock and Awe*. Choc et Effroi. Son unité avait été dispersée dans la confusion. Il avait alors rejoint la jeune insurrection et rencontré le Scorpion. Un jour important pour lui. Sous le regard perçant d'un avion qui tournait au-dessus d'eux, dans la rigole d'un égout, avec les bombes, les missiles et la mort si proche, c'était là qu'ils s'étaient trouvés. Les doigts étaient dignes de sa carrure, mais ils étaient habiles et il contrôlait leurs mouvements avec la plus grande subtilité. Les engins qu'il construisait, s'ils étaient correctement manipulés, fonctionnaient toujours, *toujours*. Plusieurs centaines de tombes en Irak, et plus encore dans les cimetières d'Amérique, étaient là pour prouver la délicatesse de ses doigts.

Il ne verrait pas le bas-ventre, la cible, il n'en avait pas besoin. Quand le jeune avec le cygne sur la poitrine marcherait vers elle, Tariq – l'ingénieur spécialisé en destruction – serait parti depuis longtemps.

Penché sur le gilet, se souriant à lui-même, pensant aux endroits où les bandes de tissu devaient être cousues, quel métrage de fil serait nécessaire pour soutenir le poids des bâtons, quelle longueur de câble il faudrait pour aller des piles à l'interrupteur, comment faciliter l'activation par le jeune homme, il entendit un tout petit coup à la porte.

Concentré, l'esprit empli de problèmes et de solutions, il murmura :

« Attends… un moment. »

Mais il ne se rendit pas compte qu'il avait parlé en arabe.

La porte s'ouvrit. Il sentit un courant d'air sur sa joue. Il vit la fille. La colère le saisit.

« Fous le camp. Ferme la porte. »

Mais elle n'obéit pas, enracinée sur place, la bouche béante, comme en état de choc. Il ne pouvait cacher ce qui était étalé sur la table : les explosifs, les détonateurs et tout ce qu'elle lui avait apporté.

« Tu n'entres jamais ici. Jamais. »

Elle bafouilla, une voix minuscule, que le repas était prêt.

« Et dis-le aux autres. Toi, eux, n'importe qui d'entre vous, vous n'entrez *jamais* dans ma chambre. »

Elle s'enfuit. Elle avait filé dès que les larmes lui étaient montées aux yeux. Sans fermer la porte. Il s'en chargea d'un violent coup de pied. De la peinture délogée du battant vola sur la moquette. La porte claqua. Dans une ville du triangle ou à Mossoul ou à Salman Pak au sud, si un soldat était entré dans la pièce et y avait vu son travail en cours, l'Ingénieur l'aurait abattu. Il l'aurait sur-le-champ traîné dans la cour, lui aurait balayé les jambes, saisi les cheveux, un pistolet sur la nuque ou dans la bouche – mort. Elle, eux, ils voyaient son visage à chaque fois qu'il sortait de sa chambre. Il ne les connaissait pas, ils étaient trop nombreux et aucun d'eux n'avait gagné sa confiance.

Il enleva ses gants. Pour la première fois depuis qu'il avait quitté tout ce qui lui était familier, il éprouva une sensation de malaise.

Il sortit, verrouillant la porte derrière lui, pour aller manger. Quand la fille, les yeux rouges, posa un bol de curry devant lui, il songeait au poids que le gilet allait transporter, à la maigreur des épaules et de la poitrine du garçon.

Ibrahim faisait les cent pas. Il n'était pas sorti de la chambre de la journée et la soirée était bien avancée. Aucune explication ne lui avait été offerte, ni par le chef, qu'il n'avait plus revu depuis que ses mains énormes lui avaient serré les doigts avec une telle gentillesse, ni par le gros, Ramzi, qui lui apportait de la nourriture qui était à chaque fois plus mauvaise.

Il avait cru que maintenant – neuf jours après avoir été choisi dans le désert – il marcherait plus près de Dieu, en compagnie de ceux qui étaient ses frères. La pièce n'avait pas été nettoyée depuis son arrivée et la pancarte pour dire au personnel de ne pas le déranger était toujours suspendue dehors à la poignée de la porte. Il ne pouvait que faire les cent pas et prier. Son seul réconfort, en dehors de ses prières face à la fenêtre, était de se remémorer les photographies de ses deux frères aînés dans sa chambre là-bas de la maison de Jizan. L'attendaient-ils, près de Dieu, au paradis ? Les retrouverait-il ? Cette solitude éprouvait sa foi. Dans les autres chambres, au-dessus ou à côté, il entendait des rires et des cris, la musique d'une télévision, des chasses d'eau étaient tirées, de l'eau giclait depuis des pommeaux de douche. Les yeux fermés, il effectuait le nombre de pas que les murs lui autorisaient. Le reconnaîtraient-ils ?

Quand l'immeuble et la rue au-delà de la cour furent silencieux, quand la télévision fut éteinte et alors qu'il s'était écroulé, épuisé mais tout habillé, sur le lit étroit, Ramzi vint.

« Tu vas bien, mon ami ? Bien sûr que tu vas bien, pourquoi n'irais-tu pas bien ? Nous partons demain pour... eh bien, tu sais. C'est un bel endroit, joli, tout proche de... Tu vas bien, n'est-ce pas ? »

« Vous avez vu la télé à midi, les nouvelles ? Encore des troubles, encore de la tristesse, encore des bombes en Irak. Vous avez vu ? S'ils avaient pas merdé à Tora Bora, rien de tout ça n'arriverait. Je le leur ai dit à l'époque, mais ils m'ont pas écouté. Ce moment-là en Afghanistan, c'était une fenêtre d'opportunité, sauf qu'ils l'ont ratée et, par le Christ, ils en paient le prix maintenant. Je leur ai bien dit… »

Le tabouret au bout du comptoir à gauche était celui de George Marriot. Parmi les clients du bar, seul un homme très brave ou un crétin absolu s'y seraient installés un lundi, un mercredi ou un vendredi soir, quand George le Grand délaissait sa demeure pour venir au pub de ce village à une vingtaine de kilomètres au nord de Luton. Ces nuits-là, les nuits de GG, même si l'équipe de fléchettes était au complet et jouait à domicile, même si l'équipe de golf en descendait quelques-uns après une compétition et que le bar était bondé, le tabouret n'était jamais pris. C'était le sien, là où il s'enfilait ses whiskys entre deux pintes.

« Ils avaient deux choix, les Yanks, pas vrai ? À Tora Bora, ils auraient pu nous laisser le boulot ou alors ils auraient pu régler ça eux-mêmes. Il y était, vous savez. Oussama. Il était là, tout prêt à être cueilli. J'étais embauché par l'Alliance du Nord. Mes gars et moi, on s'y serait collés avec plaisir. Peut-être aussi que les Amerloques auraient pu s'en charger sans nous. Oussama était coincé. Mais qu'est-ce qu'ils ont fait, les Yanks ? La pire des conneries. On a dû attendre qu'ils installent un putain de cordon de blocage. Une éternité. C'était trop long et Oussama s'en est sorti, il a évité le piège. Typique des Yanks. Ça nous démangeait tous d'y aller, mais ils voulaient pas, ils étaient pas encore prêts, soi-disant. Leur problème, c'est qu'ils refusaient les pertes. Quand ils se sont enfin décidés, Oussama s'était barré depuis longtemps. Si on l'avait eu à ce moment-là, bon Dieu, est-ce que tout ne serait pas différent maintenant ? »

Certains dans le pub, surtout ceux qui restaient à portée du tabouret, trouvaient que George le Grand était un triste type.

Pour d'autres, c'était juste un « cinglé ». Pour la plupart, il était l'emmerdeur attitré du Rose and Crown. Beaucoup auraient juré savoir par cœur l'histoire de l'opération ratée de Tora Bora et du filet entre les mailles duquel Oussama ben Laden était passé pour se réfugier au Pakistan, qu'il bossait en free-lance en tant que chasseur de primes, que la CIA l'adorait, que les espions anglais le prenaient pour un génie de la guérilla, qu'il était monté dans les montagnes avec ses gars des tribus si près d'Oussama qu'il aurait pu lui cracher dessus, mais que les Yanks ne l'avaient pas laissé finir son affaire, pas avant de déployer leurs propres hommes, les forces spéciales et les troupes de la 101e division aéroportée, afin d'établir un cordon de blocage.

« Un pays rude, vous voyez. Des précipices, des montagnes aiguisées comme des rasoirs. Complètement à couvert, si bien qu'on voyait les combattants d'Al-Qaïda au moment où on était quasiment en train de leur marcher dessus. Pire que tout ce qu'on avait connu à Oman. Mes gars et moi – j'étais pas un perdreau de l'année, j'avais quarante-sept ans à l'époque – on aurait pu faire le boulot, mais il a fallu attendre les Yanks. Vous connaissez la 101e aéroportée ? Ils valaient rien sur le terrain, ces mecs. Ils se déplaçaient pas comme nous on savait le faire. Quand ils se sont enfin décidés à bouger, ils se sont fait transporter en hélicos, des CH-47. Vous parlez d'une surprise avec des engins pareils. C'était criminel de laisser filer Oussama. J'ai dit à un colonel de la 101e qu'on pouvait s'en charger, mes gars des tribus et moi, il a pas voulu. Fallait que ce soient les Yanks qui ramènent la tête du grand homme. Alors, qu'est-ce qu'il s'est passé ? Rien. Personne l'a eu. Les Yanks nous ont dit que si on bougeait sans leur permission, ils nous bombarderaient. À ce moment-là, je le jure, on était à moins d'un jour de marche de la grotte où se terrait Oussama. Quel gâchis, merde, regardez les conséquences. »

Personne dans la salle du Rose and Crown n'en croyait un mot. Les récits ruisselaient sur les têtes des habitués, que des bobards, bien sûr, mais inoffensifs. L'opinion générale était qu'il n'avait sans doute jamais traversé la Manche. Mais ça lui faisait plaisir et son seul tort était de vous user les tympans. Il faisait autant partie des meubles que la vieille machine à pression derrière le bar.

« Tout ce qui se passe aujourd'hui, ces gosses qui se font sauter – les bombes humaines –, ça vient de là, de ce qu'on nous a interdit à mes gars des tribus et à moi de continuer à Tora Bora. Oussama ne devait pas se trouver à plus de six kilomètres de nous, à peine une journée de marche dans ce pays, si on est en forme. On l'aurait eu. Ça aurait été du combat rapproché, caillou par caillou, l'ennemi à moins de quinze mètres, mais on l'aurait eu et on lui aurait découpé la tête à la scie. C'est comme ça qu'on tue un serpent, en lui tranchant la tête. Bon, va falloir que j'y aille sinon la frangine va se faire du souci. »

Il glissa de son tabouret et répartit son poids sur ses béquilles. La foule se sépara pour le laisser sortir clopin-clopant. Quand GG, ou George le Grand, ou George Marriot, était arrivé la première fois au village, quand il avait emménagé avec sa sœur dans le dernier cottage sur Hexton Road, quand il était venu au pub prendre possession de son tabouret, ils avaient tous vu à quel point marcher lui était difficile. Même avec ses béquilles, sa progression était pénible à regarder. Ceux qui lui avaient proposé de le raccompagner en voiture s'étaient vu opposer un refus féroce. Au clair de lune ou sous la pluie, il lui fallait près d'une heure pour atteindre le petit cottage aux murs roses muni de deux chambres à coucher qui était leur demeure, à sa sœur et à lui.

Toujours, quand il arrivait à la porte, le patron criait à travers la foule du pub :

« Bon retour chez toi, GG. À la prochaine. »

« Vous voulez bien prendre un siège, Banksy ? »

Mais David Banks était sur ses gardes. Être convoqué deux soirs de suite par l'EP ne cadrait pas avec sa routine. Il secoua la tête, se foutant que ce ne soit pas la réponse polie. Et il n'appellerait pas l'inspecteur-chef par son prénom, Phil, comme c'était l'usage. Il resta près de la porte, essayant d'élucider pourquoi, un vendredi soir si tard alors que les Delta revenaient tout juste d'un transfert d'hôtel pour un patron, l'Enfoiré de Planqué n'était pas rentré chez lui. Ce mec devait bien avoir une maison.

« Comme vous voulez, Banksy. Vous vous rappelez de notre petite conversation, hier ? »

Il mentit, mais avec décontraction.

« Vaguement, monsieur.

– Alors, laissez-moi vous rafraîchir la mémoire. Je vous ai demandé si l'ambiance était bonne au sein des Delta. Vous avez répondu oui. Vous avez continué en disant que si cette réponse ne me satisfaisait pas, je n'avais qu'à interroger les autres. Vous vous rappelez ?

– Maintenant, oui, monsieur.

– Eh bien, c'est exactement ce que j'ai fait. »

Il y avait là toute la gravité dont était capable un vétéran des réunions administratives.

« Banksy, reprit-il, je tiens à *l'esprit*[1] d'équipe.

– Comme nous tous, non, monsieur ?

– Une équipe unie travaille bien, Banksy. Contrairement à une équipe divisée.

– Monsieur, vous ne me verrez pas vous contredire là-dessus. »

Il était, au fond, un gars de la campagne, issu de ces terres grasses à la frontière des comtés du Somerset et du Wiltshire. Son enfance avait été arrosée de bonheur. Chaque soir d'été et chaque jour de vacances, il grimpait aux côtés de son père sur le tracteur ou dans la cabine de la moissonneuse-batteuse.

« Eh bien, je vais le dire tout net. Il semble que cette Delta ne fonctionne *pas* bien, qu'elle soit, assurément, divisée. »

Il répondit doucement, mais avec une dureté de silex.

« Je dirais, monsieur, que vous avez entendu des ragots, des ragots mal informés.

1. En français dans le texte.

– Je fais preuve de patience, Banksy, j'essaie d'être raisonnable, et jouer au con ne vous aide pas. Très bien, je vais être très clair. On m'a dit que vous avez été mis à l'index par votre équipe après avoir frappé un collègue, un coup qui a fait couler le sang. Je ne vois pas grand-chose qui serait plus grave que cela.

– Quant à moi, vous ne me *verrez* jamais moucharder, monsieur. Vous ne devriez pas croire tout ce qu'on raconte. »

Une main claqua le bureau.

« Vous êtes insultant, Banksy. Cette attitude est grossière et indigne de vous. Vous avez frappé un collègue et ce geste a fait couler le sang. Voilà ce qu'on m'a raconté.

– Je n'ai aucun commentaire à faire, monsieur, *sauf* que ce qu'on vous a raconté est une parodie de la vérité. »

Il était avec son père, un jour de novembre, à labourer un champ où du blé serait planté. Il n'avait pas remarqué la douleur qui avait creusé le visage de Henry Banks, n'avait été alerté que par sa petite exclamation quand le tracteur avait quitté sa trajectoire. À neuf ans, il ne savait pas comment l'arrêter, ni que son père était parti. Il avait couru près d'un kilomètre dans des champs trempés, la boue suçant ses bottes, jusqu'à la ferme la plus proche, et avait appelé une ambulance avant de retourner au tracteur pour tenir la main de son père jusqu'à l'arrivée des secours. Quand son cadavre avait été emporté, il avait fait les trois kilomètres à pied jusqu'à la maison et l'avait annoncé à sa mère à son retour du travail. C'était la journée dont il ne parlait jamais, mais qui était en lui et toujours avec lui. Elle l'avait fait tel qu'il était.

« Vous êtes dans la dénégation. Vous me décevez, Banksy. Je l'admets, votre réaction me surprend. Bon, j'ai consacré beaucoup trop de temps à cette affaire. J'ai bien mieux à faire, en cet instant précis – à une heure pareille, bon Dieu – que d'être ici à jouer sur les mots avec vous.

– Dans ce cas, monsieur, pourquoi ne rentrez-vous pas chez vous ?

– Banksy, vous cherchez à me provoquer... »

À nouveau, l'EP utilisa le sourire, mais sans parvenir à masquer sa frustration.

« Il y a eu du chahut à la cantine, reprit-il, des idioties. Vous avez perdu votre sang-froid, ce qui n'est pas un comportement digne d'un OHPA. Un officier habilité au port d'armes est censé réprimer et contrôler parfaitement ses émotions, ses éventuelles crises de colère. Je vois là un échec de votre part, un manquement qui vous a conduit à frapper un collègue à l'oreille, et avec assez de force pour le faire saigner. Vrai ou faux ? »

Son père était locataire de la ferme. Le propriétaire l'avait récupérée. Sa mère avait déménagé dans un pavillon près de la ville de Frome et les avait fait vivre tous les deux avec une petite annuité et son salaire de bibliothécaire. Il avait posé sa candidature pour entrer dans la Metropolitan Police le lendemain du jour où il avait fini l'école, un but modeste mais poursuivi avec obstination. Londres était aussi loin que possible des champs de terres molles où une crise cardiaque lui avait pris son père.

« Avec tout mon respect, monsieur, vous n'étiez pas là. Vous ignorez ce qu'il s'est passé et pourquoi. »

L'EP parlait à un enfant qui s'était aventuré là où il n'aurait pas dû. Et il insista :

« Je suggère d'oublier cette affaire et que vous rentriez chez vous. En cet instant précis, vous n'êtes plus considéré comme un membre de l'équipe. Elle est unie contre vous à onze contre un. Et oui, le un c'est vous. Ne m'interrompez pas et n'allez pas inventer une nouvelle échappatoire. Si vous voulez la vérité crue, vous allez l'avoir. Vous êtes au bord du précipice. J'ai négocié...

– Vous avez *quoi*, monsieur ? »

Le choc était sincère, absolument pas joué.

« Écoutez-moi bien. J'ai négocié ce qui me paraît la meilleure solution à un problème qui s'avère désormais inacceptable. J'estime avoir reçu une réaction généreuse du reste, de la totalité, de l'équipe. Tous m'ont donné des assurances catégoriques sur la façon dont on pourrait définitivement baisser le rideau sur cette idiotie. Car il s'agit bien d'une idiotie, Banksy, et je ne tolérerai pas qu'une imbécillité pareille affecte le travail de l'équipe, ni maintenant ni jamais. J'ai leur accord. »

Cette expérience, la mort frôlant un enfant, lui avait inculqué de garder ses distances. Il avait nourri, d'abord comme agent en uniforme dans l'ouest de Londres puis comme inspecteur dans le sud-ouest de la capitale, sa capacité à ne pas partager ses pensées intimes. Les enquêtes sur les cambriolages et les violences conjugales ne le passionnant pas, il avait demandé et obtenu sa mutation au SO19, l'unité des armes à feu. Un legs de son père, un lien avec lui, peut-être : dès l'âge de six ans, il se promenait dans les bois avec son épagneul et un fusil de chasse calibre 410. Il pensait trouver dans cette unité quelque chose de l'ordre d'un défi excitant, spectaculaire et digne d'être vécu. Un graal qu'il cherchait encore.

« Je suis ravi d'entendre ça, monsieur. »

Les yeux plissés, le respect pour son supérieur perdu dans la nuit. Une note d'insolence dans la voix.

« Il suffira de pas grand-chose. En privé, vous réglerez cette histoire en présentant des excuses sincères à tous les membres de l'équipe. Ensuite, au collègue que vous avez frappé dans un moment d'énervement, vous présenterez des excuses personnelles et c'en sera terminé. Vous ferez cela demain matin et la page sera tournée. Pas mal, hein ? Fin de l'histoire. »

Il secoua lentement la tête.

« S'il n'y a rien dont je doive m'excuser, je ne peux, en toute sincérité, présenter des excuses.

– Ce n'est pas ce que j'ai envie d'entendre, Banksy. »

Les paumes étaient réunies, pour mieux souligner le propos.

« C'est à moi qu'on doit des excuses. »

Préservant l'intimité de ses pensées, il était dans ses habitudes de rester aux lisières des groupes, quels qu'ils fussent. Ceux pour qui il travaillait ne pouvaient ignorer qu'il ne partageait pas leur enthousiasme pour le sentiment d'appartenance à un clan. S'il lui arrivait de fréquenter des amis, il buvait rarement. En cas de loisirs extraprofessionnels – une pêche en mer, un tour dans l'Eye, une place offerte par la troupe d'un théâtre –, il déclinait l'invitation. Si, dans une conversation, il n'avait aucune contribution à apporter, il se taisait. Mais David Banks était aussi bon dans son travail que n'importe quel autre membre de l'équipe. Ce fait ne pouvait être contredit.

« Bon... on ne pourra pas dire que je n'aurai pas essayé. Cette affaire me bouffe les couilles. Je vous ai dit que vous étiez au bord du précipice et je vous ai dit que le pas en retrait consistait à présenter des excuses. Deux fois, la première de façon générale et l'autre à quelqu'un en particulier. »

Les papiers sur le bureau furent soudain rassemblés et jetés dans un tiroir. Entrevue terminée, soirée gâchée. Amer :

« Donc, par acquit de conscience : êtes-vous en train de franchir le rebord de la falaise ? Refusez-vous de vous excuser ?

– Quand ce n'est pas à moi de le faire, si c'est juste pour calmer le jeu, je ne présente pas d'excuses. »

La chaise fut repoussée. La hargne entra dans la voix.

« Votre tête, Banksy, pas la mienne. C'est vous qui allez vous offrir une séance de chute libre, pas moi. J'ai tout fait pour me montrer raisonnable et adulte. Ce n'était qu'un foutu carnet de notes, non ? Deux ou trois blagues lancées à la cantonade, quel mal y a-t-il à ça ? Mais vous montez sur vos grands chevaux parce que quelqu'un vous a piqué votre carnet pour rigoler, juste pour rigoler. Qu'est-ce qu'il a de si spécial ? »

Il était dans sa poche, la poche droite de la veste de son costume. Le carnet la faisait peser et avec lui il y avait des pièces de monnaie et quatre cailloux de quartz qu'il avait ramassés sur la plage de Brighton lors d'une conférence politique l'an dernier. Le poids des pièces et des cailloux, auquel s'ajoutait celui du carnet, facilitait le rejet de la veste en arrière au cas où il devrait dégainer le Glock. Le carnet, le testament de Cecil Darke, faisait plus partie de lui maintenant que le pistolet dans son holster.

« Vous n'étiez pas là, monsieur. »

L'EP se leva, contempla avec colère la surface dégagée de son bureau.

« Je vais vous dire ce que vous avez, et il n'y a rien de pire pour une carrière de flic. Banksy, vous avez un problème d'attitude.

– Si vous le dites, monsieur. »

Un placard fut ouvert, un pardessus récupéré et une mallette brandie.

« Exactement, juste pour avoir le dernier mot. C'est un sale, *sale* problème d'attitude, et ne venez pas pleurer quand les conséquences se feront sentir.

– Bonne nuit, monsieur, et merci de m'avoir consacré votre temps. »

Il se tourna vers la porte.

Une dernière volée, une grêle de balles, comme issues d'un automatique, lui arrosa le dos.

« Il semble que vous vous soyez lancé dans une défense ardente du culte du kamikaze étranger. Les kamikazes, au cas où vous ne le sauriez pas, sont nos pires ennemis. Selon vous, ce seraient des types "braves, dotés de principes", c'est ça ? C'est de la vermine, et si ces ordures viennent là où on pourra les frapper, on va pas se gêner. Vous ne savez pas de quoi vous parlez, vous êtes complètement déphasé, Banksy. On a à peine une demi-seconde pour décider s'il faut tirer, pas pour entamer un séminaire à la con sur les « braves qui ont des principes ». Je ne voulais pas vous le dire mais c'est ce que pense le reste de l'équipe. Vous n'êtes peut-être pas fait pour ce boulot, pour éliminer la vermine. Sortez. »

Banks referma silencieusement la porte derrière lui. Dans le mouvement, le pan de sa veste claqua contre son holster à sa hanche et il sentit le poids du carnet dans sa poche. Il se disait qu'il était resté dans le coin de son grand-oncle, qu'il n'avait pas eu d'autre choix.

***

« Je n'ai qu'une question, Joe, et j'écouterai votre réponse que cela prenne deux minutes ou deux heures. Est-ce une véritable info ou juste vos tripes qui parlent ? Persuadez-moi que c'est vrai et vous aurez la garantie que je la ferai passer sur le bureau des gens sérieux avec toute l'influence dont je dispose. Allez-y. »

L'officier du renseignement, basé à l'ambassade britannique à Riyad, ne se trouvait dans le pays que depuis quatre mois. Joe Hegner ne l'avait encore jamais rencontré, mais il évitait le circuit des cocktails au jus de fruits des réceptions diplomatiques. Le ton de l'homme, Simon Dunkley, suggérait une indulgence polie envers un « cousin » américain, comme s'il ignorait la réputation de l'agent du bureau. Cela arrivait assez souvent. En Irak, une semaine sur quatre, ou à Riyad, les trois autres, Hegner avait pris l'habitude de cette sensation d'être un inconnu qui n'avait pas fait ses preuves. L'Anglais conduisait, fait rare pour un expatrié et probablement imprudent, mais c'était Joe qui avait suggéré qu'on vienne le chercher devant le portail externe de l'ambassade. Estimant qu'ils devaient être en train de rouler dans l'obscurité vers les sables du désert, il avait demandé à ce qu'on arrête la clim et avait recherché l'interrupteur de la fenêtre. Maintenant, le vent lui fouillait le visage et il aimait ça.

« Je m'occupe du monde de ces jeunes hommes et femmes qui cherchent à attaquer notre civilisation en faisant le sacrifice de leur vie. La bombe humaine est, croyez-moi, l'arme la plus efficace dont on puisse rêver. Plus précieuse qu'un truc largué d'un avion dont la trajectoire est altérée si l'obscurité ou des nuages bas recouvrent la cible. Plus précise qu'un obus d'artillerie qui dépend de la vitesse du vent et de la densité de l'humidité. Elle va droit au cœur de la cible. Rien ne surpasse la précision du lieu de l'explosion provoquée par un kamikaze.

Si je vous parle de la dévastation provoquée par de tels martyrs contre l'État d'Israël au cours de ces dernières années, c'est pour vous rappeler le taux de décès équivalent – *per capita* de la population – que votre pays ou le mien auraient connu. Imaginez, cela ferait dix mille de vos compatriotes, quarante mille Américains, morts. En Irak, c'est bien pire. Ces attentats à la bombe ne sont pas une arme stratégique, mais tactiquement ils ont un impact massif. Peut-être vous trouviez-vous à Londres il y a vingt mois, peut-être avez-vous une idée de l'ampleur du chaos. Ils ne sont pas un danger pour la stabilité ou la survie de l'État, le vôtre ou le mien, mais leurs effets sur la psyché et l'économie nationales sont incalculables. Et notre seule protection contre cette menace reste la vigilance des forces de l'ordre et des services de renseignements.

L'expérience que vous avez connue en Grande-Bretagne provenait de l'intérieur. Ce qui, assez bizarrement, peut être plus facile à traiter. Des liens seront sans doute trouvés avec ceux qui ont fourni planques et explosifs, ce qui permettra de démanteler la cellule. Je peux accepter cet argument. L'enquête fournira des éléments et les recruteurs des mosquées locales seront identifiés grâce à l'examen du passé des sacrifiés. Un processus lent et ardu, mais des faisceaux de preuves seront découverts qui mèneront inévitablement, je vous le promets, à la destruction de ces cellules. Voilà ce que vous avez et je considère que vous avez de la chance, car vous avez la possibilité d'intervenir dans l'esprit de votre agresseur, de le fouiller avec un scalpel.

Qu'est-ce qui est pire ? Bien pire ? C'est quand il n'y a pas d'esprit à ouvrir. Si le kamikaze est étranger, on ne peut plus explorer aussi facilement le noyau de la cellule qui facilite son acte. Il se matérialise du fameux "nulle part" et, avec la déflagration, y retourne, et personne ne sait rien. Comprenez-moi. Il n'a jamais fait aucun séjour dans vos geôles où ses recruteurs pourraient être identifiés. Il n'a jamais été dans vos mosquées ni dans vos centres culturels où là encore des traces auraient pu être laissées. Il n'a jamais, plus jeune, participé à des manifestations où il aurait pu être photographié et où des chefs de groupe ont été repérés. Il vient de nulle part, donc. D'accord, ce nulle part est *quelque part*, mais hors de votre portée. Si vous le connaissiez, vous pourriez ériger des murs autour de lui. Mais vous ne le connaissez pas, donc vous ne pouvez pas.

Déjà, dans votre pays, le traumatisme du Seven-Seven est passé et je parie que vos services de sécurité ont baissé la garde. Vous êtes à nouveau vulnérables, car la mémoire est toujours courte. Bien sûr, vous payez des agents, des informateurs dans les mosquées, et toutes les réunions de fauteurs de troubles sont surveillées, mais rien de tout ça ne vous donnera l'étranger. Il utilise des liens qui sont hors de votre champ de vision. Si, en Irak, les kamikazes étaient tous des natifs du pays, la plaie aurait été cautérisée, maintenant. Ils ne le sont pas. Ils viennent d'au-delà des frontières.

La route la plus utilisée pour entrer en Irak passe par la Syrie et leur point de liaison est Damas, mais beaucoup arrivent par la frontière saoudienne. Ma propre blessure a été provoquée par un garçon d'à peine vingt et un ans, issu d'une bonne et respectable famille saoudienne. En ce moment, la chaîne saoudienne, et c'est mon travail de la surveiller, est contrôlée par un seul homme. Je ne connais ni son nom ni son visage, mais il est comme un vendeur sur un marché, et les melons, les abricots, les pêches et les dattes ne cessent d'arriver sur son étal. Tout ce que je connais de lui, pour le moment, c'est son odeur. Je l'appelle, parce que ça lui va bien, le Twentyman.

Donc, voilà où nous en sommes. J'ai flairé l'odeur du Twentyman. J'ai un garçon que le père croyait parti rendre visite à des cousins au Yémen, mais qui en réalité a embarqué à bord d'un avion en partance pour l'Europe depuis l'aéroport international du roi Khaled. Ibrahim Hussein a vingt et un ans. C'est un étudiant en médecine prometteur. Il n'est pas allé voir sa famille, il se dirige vers l'Europe où il n'a ni ami, ni contact, ni parent. Ce qu'il a c'est du remords fraternel : deux frères tués en Afghanistan, l'un par les Soviétiques, l'autre par nos boys. J'ai sa photo pour vous.

Si j'étais du genre à parier, je parierais un ranch qu'Ibrahim Hussein, seul fils survivant d'un revendeur d'électroménager dans la province d'Asir, est parti en Europe avec la seule intention de se tuer dans un lieu public. L'Europe du Sud – Espagne, Portugal, Italie ou Grèce – n'est pas une cible pour un vol à destination d'Amsterdam. Dans le Nord, mais sur le continent, il y a pour le moment une "convention de protection" : la France, la Belgique, la Hollande et l'Allemagne se sont, à des niveaux différents, opposées à l'intervention de la coalition internationale en Irak, ce qui ne nous laisse plus que le Royaume-Uni, si proche d'Amsterdam et où n'existe ni "convention" ni "protection". J'espère que vous me suivez.

J'ai une sensation qui me ronge les tripes. Le Twentyman opère à partir de l'Arabie saoudite et ne se consacre qu'à des attaques de la plus extrême férocité. Un garçon a quitté le royaume et se trouve maintenant séparé de votre pays par un minuscule bras de mer. Il y a là un mélange de *véritable info* et d'*intuition*. Je ne peux les séparer, ni les évaluer l'une sans l'autre. Pour moi, ça va ensemble. Mais la "véritable info", c'est que le gamin est parti. L'"intuition", c'est qu'il va mourir dans votre pays et en emmener autant qu'il le pourra avec lui. Il ira au paradis et expédiera les autres là où finissent les mécréants. Selon Joe Hegner, votre société est menacée. Maintenant, vous avez parfaitement le droit de retourner en ville, de me déposer à l'ambassade et de ne rien faire. »

La voiture rebondit sur le bas-côté, fit demi-tour et fonça vers la ville.

***

Tard dans la nuit de ce vendredi-là, alors qu'approchait la fin du jour saint, l'officier du Secret Intelligence Service, assis dans son bureau protégé derrière des portes en acier et des fenêtres à l'épreuve des explosions, façonnait le message qu'il allait envoyer à Londres. Il pensait au petit homme courtaud, vieux avant l'âge, avec son accent traînant de plouc américain, qui colportait sa théorie de la catastrophe. Savourant les piqûres d'un air chargé de sable sur son visage, les yeux cachés par des verres teintés, la canne toujours à la main et coincée contre son genou, l'homme n'avait offert à Simon Dunkley qu'une intuition… mais si crédible.

Il était en train de prendre un gros risque. Il imaginait la réaction à son signal : le chaos. Puis les questions : il était tout nouveau à ce poste, non ? Avait-il la moindre expérience pour évaluer ce soi-disant renseignement ? Mais non, pas d'autre option que d'envoyer ce qui était l'*intuition* d'un autre agent, d'une autre nationalité. Le signal fut codé, transmis. Pendant un long moment, Simon Dunkley contempla la nuit. Il ne voyait pas les étoiles, mais sa source. Puis les appels commencèrent.

À chacun d'eux, Simon Dunkley fit la même réponse. « Je ne sais rien de plus que ce qu'on m'a dit, mais, personnellement, je confierais ma vie à Joe Hegner. C'est ce genre d'homme. »

7

Samedi, jour 10

Le téléphone sonna. Sur la table de la cuisine, parmi les mugs à café, les miettes de toasts et les assiettes sur lesquelles elle lui avait servi des œufs brouillés avec des tomates grillées, étaient étalées les brochures. Anne les avait ajoutées à son breakfast afin qu'il fasse son choix pour les vacances : une croisière en Méditerranée d'avant-saison, réservation de dernière minute à prix avantageux ; un voyage en train dans les Alpes suisses ; ou une remontée de la Saône en péniche avec excursions dans les vignes. Mais le téléphone hurlait sa volonté d'être décroché et Dickie voyait l'irritation couvrir le front de sa femme. Contraint et forcé, il envisageait les montagnes. Elle le devança, bien sûr : elle était déjà à la porte, en route pour la table du couloir. Elle avait dit que dès qu'il aurait érigé la serre et planté les tomates – elle avait déjà demandé à Mme Sandham, leur voisine, de venir les arroser – ils partiraient pour la Méditerranée, la Suisse ou la Bourgogne.

La sonnerie s'était arrêtée.

Se souciait-il de qui c'était ? Pas vraiment. Il n'était pas doué pour les vacances. Que ce soit à Bournemouth, Bruges ou Bordeaux, il voulait bien marcher, faire les galeries et les musées, mais ensuite il achetait un journal et, de retour dans la chambre d'hôtel ou de location, zappait entre les chaînes d'infos à la télé. Les livres qu'il avait apportés restaient non lus. À chaque fois qu'ils partaient, elle lui disait qu'il ne retrouvait le sourire que quand ils reprenaient la route de la maison et du travail le lundi matin.

Elle était à la porte.

« C'est Penny. Elle était de service de nuit. Elle veut te parler. Je lui ai dit que nous étions sur le point de sortir, elle a insisté. »

Elle s'écarta, poings sur les hanches, son habituelle posture d'agacement.

Il sourit comme s'il n'y était pour rien.

« Un samedi matin... c'est bizarre. »

Naylor alla au téléphone, contempla un moment le récepteur posé sur les Pages jaunes. Il hésita encore avant de le prendre.

« Dickie... Bonjour, Penny. »

Depuis les Riverside Villas, la ligne n'était pas sécurisée vers le 47 Kennedy Avenue, Worcester Park. À mots couverts, il fut informé du signal envoyé par les « cousins » sur l'autre rive du fleuve qui avait « semé un drôle de barouf ».

« Qui est là ?

– Tous les petits chefs. Le patron est en stand-by et devrait arriver en milieu de matinée. D'après ce que je vois, Dickie, c'est un gros, gros barouf.

– Et c'est pour nous ?

– Oui.

– Mary est là ?

– Depuis une heure. Elle a dit qu'il n'était pas utile de gâcher votre week-end, vu que c'était le dernier. Elle est en réunion maintenant, et j'ai pensé qu'il valait mieux vous appeler. Je ne vous aurais pas dérangé, mais ici plus personne ne marche, tout le monde court.

– J'arrive tout de suite. »

De retour à la cuisine, il offrit une brève excuse à Anne. Qu'était-elle censée faire ? Aller à l'agence de voyages toute seule ? Elle devrait. Et quel livre ? Celui qu'elle voudrait. Il était dans l'escalier quand il l'entendit persifler :

« Papa n'y allait jamais le week-end. Qu'est-ce qu'ils te veulent alors que tu n'y es pratiquement plus ? Papa les aurait envoyés se faire voir. »

En atteignant le palier, il se dit que ne plus jamais entendre parler de son beau-père serait une bénédiction. Dans leur chambre à coucher, il sortit un costume de la penderie, une chemise de travail et une cravate d'un tiroir. Ses chaussures noires pour Londres se trouvaient sous une chaise. Il se débarrassa de sa tenue du samedi et se rhabilla.

De retour dans le couloir, il décrocha son manteau de la patère et lança, vers la cuisine :

« Je ne sais pas quand je rentrerai.

– Combien je dépense ? »

Il sourit joyeusement.

« Autant que tu voudras. Régale-toi. »

Naylor s'en fut, dévalant Kennedy Avenue du pas de course fébrile et hésitant que lui permettaient ses soixante-cinq ans jusqu'aux marches de la gare.

Dans le train, il se retrouva au milieu d'une équipe d'adolescents avec leurs sacs de foot qui lui coinçaient les chevilles. Bien sûr, il ne serait jamais libéré de son beau-père. Au début des années 1960, Naylor était en poste dans les États de la Trêve[1], jeune inspecteur de la coloniale qui avait été transférée à Aden quand la sécurité interne s'était effondrée et avait été mise sous tutelle de la branche d'enquête de la police de la RAF, l'armée de l'air. Elle était secrétaire à Government House, le palais du gouverneur. Ils s'étaient rencontrés à une soirée picole. Assez déplaisante, mais il avait été correct et ne s'était pas défilé : deux mois et demi plus tard, après un bain de minuit sur la plage de Gold Mohur, elle lui avait annoncé qu'elle était enceinte. Ils s'étaient mariés dans le salon principal de la résidence. Un mois après, elle lui avait dit qu'elle s'était trompée dans ses dates et qu'il n'y avait pas de gosse en route. Il n'y en avait jamais eu depuis.

---

1. Groupe d'émirats du Golfe persique qui furent jusqu'en 1971 sous protectorat britannique.

Aden et Government House avaient été abandonnées aux apparatchiks du Front de libération national. La Royal Air Force s'était envolée chez elle. La poussière n'était pas retombée sous les pieds de Dickie. Papa, un ancien de la police de Palestine et désormais officier supérieur du MI5, un empire gouverné depuis Leconfield House, avait fait passer le mot : son gendre était « un bon gars fiable ». Cela avait largement suffi pour que le Security Service le recrute. Il ignorait s'il avait été, ou pas, une déception pour papa, mais le mot d'introduction avait suffi à lui assurer trente-neuf années de carrière, ce dont il lui était à contrecœur reconnaissant. Cet emploi lui procurait, et c'était le cas depuis le jour où il avait été embauché, le frisson de travailler pour une organisation chargée de la défense du royaume. Voir les innocents et les ignorants autour de lui et savoir que lui, anonyme et incognito, avait la responsabilité de les protéger. Seigneur, ça allait lui manquer.

Il avait fallu une heure et trois minutes à Dickie Naylor pour effectuer la fluide transition entre son foyer et son environnement professionnel.

S'il avait été sous serment et soumis à un contre-interrogatoire, il aurait juré que le visage de Mary Reakes s'était décomposé à son arrivée dans le service. Elle avait dû comprendre la trahison, le coup de fil passé dans son dos. Penny, la coupable, ne lâchait pas son écran derrière lequel elle semblait se cacher : elle avait au moins gagné une boîte de chocolats. Il fallait mettre les choses au point et il se moquait bien de frôler la grossièreté.

« Pour que tout le monde comprenne bien : à partir de samedi prochain, on ne fera plus appel à moi, même si le ciel nous tombe sur la tête. Mais, jusqu'à vendredi soir, tant que j'ai la charge de cette section, j'ai des responsabilités et je les exercerai. Donc, s'il vous plaît, Mary, mettez-moi au parfum. »

Ce fut fait à regret. Il reçut le résumé du signal qui avait traversé la Tamise en provenance des cousins installés à Vauxhall Bridge Court et il se dit qu'*enfin* quelque chose de significatif lui tombait sous les yeux. Il lut le nom d'Ibrahim Hussein, étudiant en médecine et citoyen saoudien, et un compte rendu de ses déplacements. Soudain, un sens était donné à ses ultimes jours et il n'eut pas honte de son excitation. Ses mains qui tenaient le rapport tremblaient. Il observa la photographie d'un visage plaisant, ouvert. Puis une vanne de peur s'ouvrit : et si l'affaire durait au-delà de cette semaine après laquelle sa carte d'accès lui serait retirée ? Il y avait une référence à un certain Twentyman, puis deux dernières lignes : « L'information donnée est une *intuition*, rien de plus qu'un pressentiment, mais la source (Joe Hegner, agent du FBI/Riyad) possède une expérience absolument unique dans son domaine. »

Il dit :

« D'accord, mettons-nous au travail. »

Dans son bureau, il poussa les boutons et son écran s'alluma, la machine ressuscita dans sa boîte. Il leva les yeux. Elle regardait dans le box, perdue dans ses pensées...

« Où êtes-vous partie, Mary, avec qui ? » lui demanda-t-il.

... L'agencement de son nouveau bureau, où mettre les nouveaux placards sécurisés, valait-il mieux du magnolia, du pêche ou de l'ocre sur les murs...

« Juste, Dickie, que c'est un étrange nom de code pour un ennemi et que je n'ai pas la moindre idée de ce qu'il signifie. Le Twentyman, c'est ainsi que l'appelle Hegner. »

Il marchait d'un pas vif. Il ne pleuvait pas et un rayon de soleil agréable et frais jouait sur son visage. C'était à cause d'un gamin anglais de la ville de Leicester, dans le Nord, qu'Ajaq était parti tôt ce matin pour la gare routière proche de Victoria, y avait acheté un ticket et était monté à bord d'un car à destination de Bedford. Ce garçon avait été avec lui pendant une nuit et une demi-journée, quatre semaines plus tôt, après avoir été récupéré sur le marché à la frontière du royaume. Quelques heures plus tôt, le messager était revenu des zones tribales et avait délivré le détail des instructions pour son voyage depuis l'Irak jusqu'à l'endroit où il devrait mener cette importante attaque. Il avait arraché à l'esprit et à la mémoire du garçon tout ce qui pouvait lui être utile, l'emplacement des caméras et l'importance de la surveillance, entre autres, et en avait déduit que le plus grand soin était accordé aux trains et au réseau métropolitain de la capitale. Pour ces raisons, grâce à ce qu'il avait appris du petit, il avait préféré utiliser les bus, d'abord pour une liaison longue distance, puis une correspondance atrocement lente pour le village. Après cette nuit et cette demi-journée, lui ayant sucé tout ce qu'il jugeait important, il avait envoyé le gamin exécuter sa mission, dans un quartier chiite de Bagdad, avec quatre kilos d'explosif militaire sous sa robe.

Il en avait parlé avec son ami et l'Ingénieur n'avait pas apprécié ce qu'on lui demandait : un contrôle à distance de l'engin. Le garçon pouvait se pétrifier au moment de faire exploser la charge collée à sa poitrine, paniquer à la vue des hommes de la sécurité autour de la file des recrues devant le poste de police, se souvenir d'une petite amie ou d'une mère, transpirer un peu trop. Il n'était pas possible, après les incessantes questions qu'il lui avait posées, que le petit échoue, soit capturé et interrogé. L'Ingénieur l'avait tué, depuis son poste d'observation à deux cents mètres de là, en envoyant un signal électronique au téléphone portable connecté à la bombe. Gain : vingt-deux morts dans la file et, surtout, la possibilité d'un voyage en territoire ennemi.

Depuis l'arrêt du bus au village, son sac à dos sur l'épaule, il avait suivi les indications et était passé devant des boutiques et plusieurs ateliers, une maison utilisée par un dentiste, une autre par un comptable, quelques demeures luxueuses. Puis il était arrivé sur la route. Un petit cottage peint en rose, avec des églantiers grimpant aux murs mais pas encore en fleurs, était la dernière habitation du village : l'homme muni de béquilles d'hôpital qui s'activait péniblement sur la pelouse ne le vit pas. Il y avait des champs plats sur sa gauche et une colline couverte d'arbres aux branches nues sur sa droite. Des voitures le dépassaient sans ralentir, car il n'avait rien de remarquable. On ne le remarquait pas non plus quand il quittait un village en tant que Muhammad Ajaq, quand le Scorpion rôdait parmi les foules des villes du triangle. Combien de barrages américains avait-il franchis, le visage déguisé, ses papiers trafiqués ? Il ne les comptait plus. Son attitude, ces fois-là, était humble et emplie de respect pour les soldats.

Il vit du bétail qui broutait. Un tracteur au loin dans un champ qui devait planter des semences ou répandre de l'engrais. Il vit que la paix était totale, sans le moindre frisson de danger. Au milieu de cette paix, le petit bâtiment bas et blanc au bout d'un chemin qu'il emprunta. Et la pancarte : Oakdene Cottage.

De la boue maculait son pantalon, ses chaussures étaient trempées. Il approcha de la maison et discerna un mouvement derrière une fenêtre. Quand il arriva à un portail en bois, il redressa les épaules et allongea le pas afin, dès le début, d'afficher une image d'autorité. Là-bas, sur la terre de ses combats, Ajaq aurait eu une arme. Son autorité aurait été soulignée par un pistolet ou un fusil chargés, par un couteau aiguisé sur une pierre ou simplement par la réputation du Scorpion. Ici, dans un cottage de la campagne anglaise, cette autorité reposait sur sa posture et son regard, sur le respect qu'exigeait sa voix.

La porte s'ouvrit face à lui. L'Ingénieur l'accueillit.

Ils s'étreignirent comme si cela faisait des semaines, et non quelques heures, qu'ils étaient séparés.

Il ne fut pas conduit à l'intérieur, où des ombres rôdaient, mais entraîné vers le jardin, le bras de l'Ingénieur noué au sien. Ils franchirent un coin où la haie était haute et où ils étaient invisibles depuis la ferme à l'autre bout des champs.

Sa tête se tourna à peine vers les fenêtres. Il savait que là, on les observait.

« Comment les trouves-tu ?

– Merdiques et corrects à la fois.

– Corrects comment ?

– Ce qu'on leur a demandé a été fourni. Je peux faire mon travail. J'ai déjà commencé.

– Merdiques comment ?

– Mous, sans dureté, et bavards. Ils parlent tout le temps. Je te le dis, je n'ai confiance en aucun d'eux. La fille cuisine bien, mais elle et tous les autres sont curieux. Ils se croient importants. Tu devrais les fouetter.

– Quoi d'autre ?

– Cet endroit me fait l'effet d'un piège. Comme un de ceux qu'on placerait au bord de l'Euphrate pour attraper un renard avec des poules ou des canards. Quand on prend le renard, on le tue à coups de bâton. Je ne suis pas à l'aise, ni ici ni avec eux.

– Tu préférerais être chez nous où les pièges ne manquent pas ?

– Je ne pense qu'à chez nous et à mon retour, si Dieu le veut. »

Il flanqua un coup de poing dans le gras du bras de l'Ingénieur puis alla à la maison. Il se pencha sous les poutres basses et vérifia les chambres : la sienne, celle de l'Ingénieur, celle de la fille et celle qui était encore vide. Il vit les matelas gonflables étalés par terre dans la grande pièce. Enfin il les convoqua tous, de sa voix de commandant, sèche et saccadée. L'un d'eux, le plus jeune apparemment, avec de grosses lunettes sur le nez et un visage à la peau claire, dit que c'était le moment de sa deuxième prière de la journée, ne pouvaient-ils attendre qu'il se soit agenouillé en direction de la Ville sainte ?

« La guerre n'attend pas, dit Ajaq, et je n'attends pas. Tu veux prier, alors barre-toi et retourne chez ta mère. Va sucer son lait. Tu prieras quand je te le dirai. D'abord, tu dois apprendre l'obéissance. Rien de ce que je dis n'est à débattre. Je parle et vous obéissez. Là d'où je viens, si un homme ou une femme me déçoivent, je les tue. Parfois je les tue de mes mains, je leur brise le cou. Parfois je me sers de mon couteau pour que leur sang coule sur le sable. Parfois je leur mets une balle qui leur désintègre le crâne. En cas de désobéissance, de non-respect de mes ordres, je tue. Vous vous croyez peut-être importants, utiles. Vous vous trompez. Une seule balle est plus importante que vous. Le sable du désert que je prends dans ma main pour me torcher le cul, chaque grain de ce sable est plus important que vous. Si vous montrez de la vanité, je vous battrai, et si je vous bats, vous souffrirez pendant de nombreux jours. Vous êtes là pour m'obéir, ne l'oubliez jamais. Des questions ? »

Il n'y en eut aucune. Le silence griffait la pièce autour de lui. Il les dévisagea l'un après l'autre et aucun n'osa croiser son regard. La fille en tee-shirt et jean avait un joli corps, mais il était gâché par cette balafre.

Il s'assit dans un fauteuil confortable pour se reposer et attendre l'arrivée des derniers d'entre eux : l'accompagnateur et *Le Cygne menacé*. Muhammad Ajaq s'endormit. Il rêva de sang et de barbelés, du couinement d'un ricochet et du fracas d'une mitrailleuse, de la lumière pure et éclatante d'une ceinture qui explose et du nuage noir qui s'ensuit. Il dormait profondément.

Cela dépassait les limites de son expérience et elle ne savait comment réagir.

Quand le bruit de la voiture remontant l'allée avait retenti, ils se trouvaient dans la cuisine, Faria à l'évier lavant les assiettes et les bols. Aucun d'entre eux – Khalid, le chauffeur, Syed, le guetteur, ou Jamal, celui chargé des reconnaissances – ne l'aidait, ne proposait de sécher ce qu'elle rinçait. La machine à laver mâchait leur linge quand le premier murmure de la voiture avait été perçu. Elle avait mêlé ses propres sous-vêtements et ses tee-shirts moulants à leurs jeans, à leurs chaussettes, à leurs sweat-shirts et à leurs caleçons. Tout à l'heure, elle irait étendre la lessive dans le jardin. Le soleil et la brise la sécheraient et elle se moquait que les hommes se sentent offensés par la vue de ses frêles culottes blanches si proches des leurs.

Il semblait si petit et si vulnérable.

Ils se trouvaient dans la cuisine, silencieux depuis la sévère remontrance qu'ils avaient reçue et, à travers la porte fermée, se glissait le ronflement régulier d'un homme en paix. Celui qui s'occupait de la bombe était retourné dans sa chambre, il y avait eu le bruit d'une serrure qu'on fermait de l'intérieur. Ce qui avait rendu la remontrance plus terrible encore, c'était qu'à aucun moment il n'avait élevé la voix. L'intimidation, les menaces avaient été prononcées calmement, et chacun d'entre eux, alors qu'ils se faisaient châtier, s'était penché en avant pour mieux les entendre. Faria comprenait : ils étaient sous son contrôle, des poupées dans la paume rude de sa main qui se feraient broyer s'il refermait le poing.

Il avait regardé autour de lui, avait contemplé leurs visages comme pour mesurer leurs réactions, puis il avait souri avec sincérité et chaleur.

En entendant la voiture, ils avaient quitté la cuisine. Le bruit de l'ouverture et de la fermeture des portières, les claquements avaient réveillé l'homme endormi et son premier mouvement avait été violent. Sa main avait jailli devant son ventre, comme si une arme aurait dû s'y trouver, y compris dans son sommeil. Faria avait alors vu un infime agacement passer sur ses traits, comme s'il venait de se trahir. Cela disparut et le calme de l'autorité le baigna. Et c'était là qu'il leur avait souri.

Ramzi, la brute, se tenait derrière le garçon. Tous ceux de la cuisine avaient formé un croissant devant lui, mais le garçon avait regardé au-delà d'eux, vers le fauteuil, et le visage là-bas s'était adouci, était devenu méconnaissable par rapport à celui de la bête une heure plus tôt. Il s'était illuminé et le sourire s'était élargi.

Elle entendit une clé tourner dans une serrure et un courant d'air lui frappa la nuque. Elle sentit l'haleine et entendit sa respiration sifflante, puis la porte fut refermée, mais elle n'oubliait pas ce qu'elle avait vu : les câbles, les bâtons, les petits détonateurs, les piles, le fer à souder qu'elle avait acheté dans la boutique de bricolage ouverte en nocturne, l'aiguille, le fil et le gilet. Tout ça pour ce jeune homme qui semblait si fragile. Elle était nerveuse, comme tous ceux qui formaient le croissant. Khalid, Syed et Jamal se dandinaient sur place, sans savoir s'ils devaient s'avancer pour l'accueillir ou ne pas bouger. Le sourire devint plus éclatant encore. Quand le garçon se tourna en direction du fauteuil, sa veste s'ouvrit et elle vit l'oiseau sur sa poitrine et elle se dit que l'animal se donnait beaucoup de mal pour avoir l'air redoutable, mais elle savait que si une de ses ailes était brisée, il serait impuissant et mourrait. Dans son esprit, elle crut voir défiler les images des vidéos, les explosions et les mutilations, en Tchétchénie, en Afghanistan, en Irak. Faria frissonna. Il n'avait pas peur. Elle n'en voyait aucune trace sur lui. Il alla jusqu'au fauteuil, se pencha, embrassa les joues qui lui étaient offertes.

Elle entendit :

« Je me réjouis, mon chef, de vous retrouver.

– Je te souhaite la bienvenue, Ibrahim. Tu as mon respect. Sois honoré. »

Qu'était-elle ? Qu'étaient Khalid, Syed, Jamal et Ramzi ? Ils, elle, étaient moins importants que des grains de sable dont on se servait pour essuyer un derrière, mais lui – Ibrahim, si frêle et si menacé, marchant avec la mort – était respecté. L'amour, se dit-elle, brillait en lui. Il alla du fauteuil du cheikh au bout de la ligne du croissant. Comme s'il s'agissait d'un rituel, Ibrahim prit la main de Khalid, la serra et embrassa les joues du chauffeur qui était figé sur place, incapable de réagir. Puis Syed, dont les yeux clignaient d'incertitude. Puis Jamal.

Il était condamné. Il était venu jusqu'à eux, rempli d'amour pour eux. Il leur souriait dans les yeux et leur travail était de l'aider à réussir à se désintégrer. Quand il fut à un pas d'elle, elle ferma les paupières et du vomi lui monta dans la gorge. Il inclina la tête vers elle et continua son chemin. Elle ne le vit pas mais le sentit. Une main fut prise, des doigts se nouèrent. La main, les doigts avaient œuvré sur la table où la bombe était fabriquée, ils avaient manipulé les bâtons et les détonateurs, ils gardaient peut-être encore sur eux les taches de soudures, maintenant séchées, qui reliaient les câbles aux contacts. Elle entendit, aussi, la douceur du baiser sur le visage de celui qui avait longuement étudié la complexité de l'engin. Le vomi grimpa de sa gorge à sa bouche.

Faria s'enfuit.

Elle sortit dans le couloir, se rua dans la salle de bains et s'agenouilla devant la cuvette. Cela lui montait du ventre et lui déchirait le corps. Lequel d'entre eux, si on le lui avait demandé, l'aurait fait ? Khalid, Syed, Ramzi, Jamal – ou elle – auraient-ils porté le gilet qui était en train d'être assemblé dans la chambre verrouillée derrière elle ? Elle resta jusqu'à ce que ses entrailles soient vidées.

Et tandis qu'elle vomissait, Faria se jura de ne pas rendre l'amour qui était offert. Jamais.

Il était déconsigné, comme le reste de l'équipe Delta.

Du temps à tuer. David Banks se trouvait dans un coin de la cantine, le plus loin possible des autres. Le poste de police, le week-end, était aussi divertissant qu'une morgue, un endroit vide, sans âme, silencieux. Le personnel de bureau était absent et des rangées de tables polies et propres le séparaient de son équipe. Tous devaient savoir qu'on lui avait offert la possibilité de se faire à nouveau accepter – une litanie d'excuses – et qu'il l'avait rejetée à la figure de l'inspecteur-chef. Il était assis tout là-bas, derrière les machines à fruits, les distributeurs de chocolats et de boissons, dans l'ombre.

Il était en heures supplémentaires, payées double. Ils auraient dû être en train d'escorter un patron – un ancien ministre de l'Intérieur, responsable d'une législation controversée au tout début de la guerre contre la terreur –, mais, au dernier moment, l'homme avait évoqué une grippe et annulé son discours. L'équipe était réservée pour la journée, les feuilles d'heures supplémentaires avaient été remplies, et le fric serait versé qu'ils soient à l'intérieur d'un hall rempli de courants d'air à Bethnal Green ou à traîner à la cantine. Dans le reste de l'équipe Delta, il y avait des types aussi bien que Banks, aussi tolérants que Banks, aussi foutrement obstinés que Banks. Il ne faisait pas un geste vers eux et ils ne faisaient pas un geste vers lui. Si l'équipe avait été sur la route ou dans un hall en train d'écouter le discours du patron, il y aurait eu un lien professionnel entre eux et lui. Le boulot aurait été fait. Mais ils se trouvaient à la cantine et la relation n'existait plus. Bien sûr, Banks y avait pensé. Repousser sa chaise, se lever, traverser la mer de tables de la cantine et bafouiller le nécessaire. Une place avec eux lui aurait été offerte, un magazine lui aurait été tendu et on lui aurait dit : « Bois un coup, Banksy. Y a rien eu. T'en penses quoi, de ces caleçons longs ? Il paraît qu'on se gèle jamais les couilles là-dedans, mais à quarante-huit boules la paire... » Mais il ne le faisait pas, ne le pouvait pas, n'avait jamais été sur le point de repousser sa chaise et d'entamer sa longue marche. Bon Dieu, l'un d'entre eux aurait aussi pu traverser la cantine et aucun ne l'avait fait.

La nuit dernière, après être rentré dans son meublé, il avait lu très tard, et très lentement, car l'écriture ne cessait de se détériorer. Ce qui venait, il le sentait, allait être une agonie.

S'il n'avait pas été en heures sup, service de week-end, au lieu de lire le journal de Cecil Darke, il se serait traîné jusqu'à Wandsworth et un petit cul-de-sac où un promoteur avait coincé un pâté de maisons mitoyennes. Du côté de chez Mandy. Pitoyable, mais il restait encore sous son influence. Le divorce remontait à des années et elle l'obsédait. Elle et l'argent. S'il était arrivé jusque là-bas, s'il était entré dans le cul-de-sac, il serait sans doute resté planté au coin de la rue où elle vivait. Il aurait pu frapper la porte du poing, se lancer encore une fois dans sa futile enquête. La source de l'aigreur était toujours le fric : la valeur des cadeaux de mariage, le montant de la pension alimentaire qu'il lui versait, la vente de leur ancienne maison, la part de Mandy et la sienne. La seule façon d'y échapper étaient les heures supplémentaires, et maintenant, peut-être, le carnet avec sa reliure en cuir dans la poche de sa veste.

Les autres, le reste de l'équipe Delta, parlaient mariage, histoires de cul ou d'amour, petites amies, et l'auraient inclus s'il l'avait voulu. Il ne leur avait jamais parlé de Mandy. C'était pas leurs oignons.

Ils l'avaient débarqué. Il avait entendu dire qu'une femme de l'équipe Golf était en congé maternité et qu'un gars de l'équipe Kilo avait été transféré à l'antiterrorisme. Il allait être expédié ailleurs et ça ne serait pas la fin du monde, juste une autre collection de magazines, d'autres conversations. Chez les Golf ou les Kilo, la vie continuerait – un nouveau départ –, et il garderait le même statut. Il se disait, assis parmi les ombres de la cantine aussi loin que possible de la grande vitre, qu'il était resté fidèle à Cecil Darke, son grand-oncle. Il n'y avait pas grand-chose dans sa vie qui était aussi important que de rester fidèle à cet homme. Sa main chercha sa poche.

Il n'avait aucun but dans sa vie. Rien.

Et ça faisait mal.

Bien sûr que cet homme était un héros. Il avait des principes, du cran, pas des chaussettes polaires à la con, pas de caleçon long ni d'entraînement dans l'Alley pour l'affûter, pas d'armes dernier modèle en parfait état, graissées et bichonnées à l'armurerie. Il avait l'espoir. Malgré lui, Banks sortit le carnet. Il l'extirpa de sa poche, tourna les vieilles pages qui racontaient un grand voyage. Dans le vide de sa propre vie, avec pour seule perspective un transfert chez les Golf ou les Kilo, il trouva l'endroit où il marcherait à nouveau aux côtés d'un héros.

Il lut.

13 février 1937

Je viens de vivre les pires quarante-huit heures de ma vie. Je ne me crois pas capable de les décrire, je peux seulement essayer. Je ne savais pas que le monde pouvait être aussi sauvage, j'ai maintenant l'impression de connaître les profondeurs du désespoir.

Je vais commencer par notre avancée. On nous a fait monter au front après que les Maures ont traversé la Jarama la nuit du neuf. On dit qu'ils sont arrivés sur les positions des volontaires français sans faire le moindre bruit pour ne pas alerter nos camarades, qu'ils se sont glissés dans leurs tranchées et qu'ils leur ont coupé la gorge. Je n'ai pas dormi depuis. Je ne pense pas qu'il soit possible de dormir en première ligne, ni même en deuxième ou en troisième, si on se dit que les Maures vont venir nous égorger dans notre sommeil.

Le bataillon anglais est maintenant sous le commandement de la XVe Brigade internationale. On nous appelle le 1er bataillon et aussi le bataillon Saklatvala – Saklatvala était un communiste indien qui voulait l'indépendance de la colonie, mais je n'ai jamais entendu parler de lui. J'écris ceci parce que ce qui viendra après, et qui doit être écrit, est trop horrible. Je retarde le moment de l'écrire.

Le chef de notre brigade est le colonel « Gal », il est russe. Le bataillon britannique a un nouvel officier commandant, Tom Wintringham, qui est un type bien, mais qui ne doit pas posséder la moindre expérience militaire. Il nous dirige depuis que Wilfred Macartney a reçu une balle dans la jambe tirée par le pistolet de l'officier politique, Peter Kerrigan, qui était en train de le nettoyer. Sous le commandement du capitaine Wintringham, nous avons avancé pour bloquer les Maures. On nous a envoyés sur une colline avec ordre de la tenir jusqu'au dernier. Nous l'appelons Suicide Hill. C'est là où je me trouve en ce moment.

Nous étions censés creuser. Ce n'est pas possible. Le sol est gelé et nous n'avons ni bêche ni pioche. Nous creusons des trous avec des baïonnettes, pour ceux qui en ont, ou avec nos mains. Les officiers supérieurs nous ont ordonné de ne pas lâcher le moindre mètre, mais ils ne sont pas ici avec nous.

Aujourd'hui, toute la journée, nous avons été sous le feu des mitrailleuses de la légion Condor, une unité allemande, de son artillerie lourde et des bombes de leurs pilotes. C'est l'enfer et nous ne pouvons même pas nous terrer, comme des lapins ou des rats, pour y échapper. Les mitrailleuses sont au-dessus de nous, sur une colline qui nous fait face, dans le village de Pingarron : ce nom doit être connu car c'est de là que l'enfer nous tombe dessus. Dans l'après-midi, en raison de nos pertes en si grand nombre, on a demandé des volontaires prêts à quitter Suicide Hill pour tenter d'atteindre les mitrailleuses. Je me suis porté volontaire, mais je n'ai pas été choisi. Ralph non plus. Daniel a été pris.

Nous pouvions le voir. Il a dévalé notre colline avec les autres pour commencer à grimper sur l'autre versant en direction des engins de mort. Là-bas, ils ne s'occupaient plus de nous, concentrant leur attention sur les nôtres qui montaient à l'assaut, et nous pouvions lever la tête de l'endroit, quel qu'il soit, où nous la cachions, et regarder. Il a été touché.

Je l'ai vu. Je l'ai vu tournoyer sur lui-même et tomber, mais il s'est relevé, et il a suivi ceux qui étaient encore indemnes. Il a été touché une deuxième fois. J'ai vu Daniel se relever encore, complètement à découvert, et je voyais aussi les grosses mottes de terre soulevées par les balles de mitrailleuses. Il a hurlé, juste une fois. Ça a été comme si, à cet instant précis, le combat s'était arrêté : pas de bombe, pas d'obus, pas de balle, juste le cri de Daniel, et puis plus rien. Ce moment de silence s'est achevé.

J'ai demandé au capitaine Wintringham si je pouvais me servir de ses jumelles. Daniel ne bougeait pas. C'était fini.

Une bonne et brave vie était partie. Parce que la nuit est arrivée, les Maures vont maintenant sortir dans le no man's land entre notre colline et leurs mitrailleuses et nous savons ce qu'ils font. Ils mutilent les cadavres, tranchent les parties intimes de leurs ennemis et dépouillent les morts de leurs moindres objets de valeur. C'est ce qu'ils feront, ou ont déjà fait, à Daniel.

Ralph et lui sont les meilleurs amis que j'ai jamais eus.

Nous ne pouvons aller le chercher là-bas pour le ramener et l'enterrer. Ralph et moi avons dit une prière pour lui. Ralph à haute voix, tandis que je marmonnais. Je n'arrivais pas à contrôler mes larmes. J'ai remercié Dieu pour cette obscurité qui cachait mes pleurs. La prière, m'a expliqué Ralph, était issue du psaume 137. Il a une belle voix. Elle résonnait haut et clair contre les canons.

Près des fleuves de Babylone, nous nous sommes assis pour pleurer

En souvenir de Sion…

Comment chanterions-nous les cantiques du Seigneur

En terre étrangère ?

J'espère ne jamais oublier la prière de Ralph, comme je n'oublierai jamais mon ami et mon frère, Daniel.

L'officier politique est venu il y a une heure. Il a dit que nous avions tenu la ligne. Il nous a annoncé que le front était stabilisé. Nous serons remplacés avant l'aube.

Donc, nous devrions quitter Suicide Hill aux premières lueurs et je ne reverrai sans doute jamais là où sont étendus Daniel et tant d'autres, les nôtres, et les Maures qui ont pris d'assaut notre position. Il y en a tellement qui ne sont pas encore morts, qui gémissent et qui crient.

Si j'avais su que cela serait ainsi, je ne puis affirmer que je serais venu.

Je ne sais pas pourquoi je suis ici. Je ne sais pas pourquoi je me bats.

Je sens le désespoir et je redoute la prochaine journée qui va venir sur cette « terre étrangère ».

Il fait si froid, et pour Daniel, c'est pire. Ralph et moi, quand la bougie sera terminée et que je ne pourrai plus écrire, nous serons ensemble, corps contre corps, pour nous tenir chaud, mais nous ne pourrons pas réchauffer notre frère, notre ami.

Ils étaient partis. Probablement, se disait Banks, dans la salle de détente pour prendre possession de la table de billard. Il avait à peine remarqué leur départ et doutait que quiconque lui ait jeté un coup d'œil. Il glissa son marque-page, un ticket de métro, dans le carnet qu'il rangea dans sa poche. Il était hanté, vidé, par ce qu'il venait de lire. Il aurait honte de présenter les excuses demandées. Il aurait honte de ne pas se tenir aux côtés de Cecil Darke.

Ses yeux étaient humides.

Son moment approchait. Cela faisait trois heures que l'Intimidateur était assis dans la voiture, et il avait une assez bonne vue sur la porte peinte en blanc et la poubelle, sur la petite barrière de guingois du jardin. La maison puait la négligence, les difficultés financières et le manque de fierté, autant de signes qui comblaient les désirs de Benny Edwards. Il avait lu un journal de la première à la dernière page et mangé un sandwich, le fond de café dans le thermos était froid. Il bougea sur son siège pour regarder à travers le soleil qui éclatait sur le pare-brise et sut que l'attente était terminée.

Il bandait. Excitation, adrénaline, anticipation. C'était toujours pareil quand cet instant arrivait. Cela faisait longtemps qu'il ne travaillait plus pour l'argent ou ce que lui apportait l'argent. Aujourd'hui ou hier, il aurait pu aller dans une agence de voyages – il pourrait y aller demain matin – acheter des billets d'avion pour Malaga ou pour Faro, il aurait pu effectuer les transferts d'argent électronique et se barrer sous le soleil du Sud, il aurait pu se trouver un coin – avec un grand patio, une jolie piscine et une belle vue – où il aurait passé le restant de ses jours, mais sans bander. C'était même plus qu'un besoin : sans ça, il n'existait pas.

Ils vinrent à la porte. Le Tango d'abord, puis une fille avec un sac fourre-tout à la main. La femme suivit la gamine sur la marche, l'embrassa et l'étreignit, mais n'eut pas un geste pour son mari. L'Intimidateur avait décidé de consacrer toute cette journée, ainsi que le dimanche, à la recherche du meilleur moment pour l'approche. Ce n'était jamais une science exacte, il fallait de la souplesse d'esprit, ce dont il se targuait. Le seul endroit où l'approche, la première, ne marchait jamais, c'était chez lui quand la partenaire du juré était présente, et le pas de la porte était la plus mauvaise option. Il voulait que le Tango soit seul et paumé. Dans sa voiture, sur le siège arrière, un petit sac contenait la carotte et sa poche la photographie qui servirait de bâton. Avec certains Tango, la carotte ou le bâton agissaient rapidement, avec d'autres c'était plus lent, mais l'Intimidateur avait les deux jours du week-end pour réussir d'une façon ou d'une autre.

Ils étaient sur le trottoir. Impossible de deviner où le Tango allait le conduire.

Ce qu'il voyait du trouduc, son Tango, lui plaisait. La fille devançait son père, comme pressée de s'en débarrasser. Il portait ces sandales de débile et des chaussettes que le soleil rendait plus voyantes encore, un vieux pantalon et un coupe-vent de sport. On lisait sur lui la même médiocrité que sur la maison, sur la petite porte du jardin. Il ne pensait pas que le bâton serait nécessaire avec lui, mais il le lui montrerait quand même. C'était sa routine et elle était rodée, il avait même répété son speech d'ouverture, expliquant à son propre gamin qui reprendrait le flambeau – mais pas tout de suite, merde – que les premiers mots étaient décisifs : c'était grâce à eux que le marché se faisait ou pas. Il lança la voiture derrière eux.

Ils descendirent la rue jusqu'à la route principale qu'ils traversèrent, marchant du côté opposé à celui de l'Intimidateur.

À la gare, ils s'arrêtèrent devant les arrêts de bus. Il comprit. Gentil papa accomplissait son devoir. Il accompagnait sa fille, quatorze ans environ, à son car et attendrait jusqu'à ce qu'elle soit à bord. Il lui dirait sûrement : « Amuse-toi bien chez tes amis, ne bois pas et *interdiction* de baiser. » L'Intimidateur se gara sur un emplacement interdit, sortit la carte d'invalide de sa boîte à gants, la plaça sous le pare-brise et attendit.

Le car arriva.

Avant de monter, comme une corvée, la fille embrassa le Tango sur la joue.

Départ du bus. L'Intimidateur remarqua que le Tango le suivait des yeux, levait le bras, et qu'il agitait encore la main alors que le véhicule avait disparu au coin de la rue, comme s'il ne voulait pas le laisser partir.

La portière de la voiture se referma silencieusement derrière l'Intimidateur. Il se redressa, ses paumes glissèrent sur sa tenue, élégante et décontractée, pour lisser d'éventuels plis. Un sourire balaya son visage : l'allure était importante. Il fallait avoir l'air respectable.

Il arriva derrière lui.

Et dit d'une voix plaisante :

« Excusez-moi, vous êtes bien monsieur Julian Wright ? N'est-ce pas ? »

Il se retourna maladroitement.

« Oui, c'est bien moi. Jools Wright.

– J'espérais vous rencontrer. En fait, je suis ici pour cela. »

Il avait été perdu dans un nuage de pensées. Sa fille et Hannah. Mauvaises pensées et bonnes pensées. La petite vache, de plus en plus effrontée, prenait le parti de sa mère. Hannah, avec qui il serait cette nuit. Il plissa les paupières pour sortir de son nuage.

« Je vous connais ?

– Je ne le crois pas, mais…

– Êtes-vous le père d'un de mes élèves ? Permettez-moi de vous dire, et j'en suis désolé, que je ne puis discuter de problèmes scolaires ici. »

Un nouveau nuage s'était formé : de suspicion.

« Du calme, monsieur Wright. Cela n'a aucun rapport avec l'école.

– Avec quoi, alors ?

– Avec quelque chose qui pourrait vous être avantageux, monsieur Wright.

– Je suis assez pressé. Je dois rentrer chez moi, il faut que…

– Considérablement avantageux, monsieur Wright.

– Eh bien, une autre fois peut-être. Si vous voulez bien, s'il vous plaît, m'excuser. »

Il voulait filer, mais il se sentait captif, comme attaché. Une main était sur son bras. L'étreinte se resserra. Il comprit alors : s'il voulait se libérer, il allait devoir se battre. Sauf que Jools ne s'était jamais battu de sa vie. Il n'avait jamais lutté, donné un coup de pied, tenté une fourchette. La panique le gagna.

« Il n'y a pas de quoi vous inquiéter, monsieur Wright. Comme je viens de vous le dire : quelque chose de formidablement avantageux qui vaut largement que vous lui accordiez quelques minutes de votre précieux temps. D'accord ?

– Je ne sais pas. Vraiment, je ne sais pas.

– Allons nous asseoir dans ma voiture pendant ces quelques minutes. Quel mal y a-t-il à cela ? »

Son bras était dans un étau.

« Il ne faut pas que je sois en retard chez moi, dit-il mollement. Je dois ressortir.

– Je vous déposerai. Maintenant, venez dans ma voiture. Ce n'est pas un problème, n'est-ce pas ? »

Il fut conduit à la bagnole, sa liberté envolée. L'étreinte sur son bras ne se desserra que quand la portière côté passager fut ouverte. Il s'effondra sur le siège, la porte se referma sur lui et l'homme contourna la voiture par l'avant puis s'assit derrière le volant. Jools se rendit compte que c'était la première fois qu'il prenait conscience de son apparence : âge moyen, taille moyenne, corpulence moyenne, une veste d'un gris neutre sur une chemise à petits carreaux, un pantalon d'un gris plus foncé. Mais l'autorité glaçait ses yeux et l'étreinte sur sa manche avait été terrible. Sous ce vernis de civilité, de charme presque, il y avait une menace de violence. Jools était tassé sur lui-même. Il se mordait la lèvre. La radio était branchée et un infime babil de voix sortait des haut-parleurs.

« Maintenant, monsieur Wright, j'espère que vous allez m'écouter très attentivement. D'accord ?

– Oui.

– Et vous m'écouterez jusqu'à ce que j'aie terminé ?

– J'écouterai ce que vous avez à me dire. »

L'homme se renfonça dans son siège, s'installant plus confortablement.

« Actuellement, monsieur Wright, vous faites partie d'un jury à la dix-huitième cour de Snaresbrook, n'est-ce pas ? »

Sa voix était douce.

Oh, Seigneur, c'était ça. Jools soupira. Quelle chance de sortir de la voiture et de filer ? Aucune. Il baissa la tête et murmura sa réponse.

« Oui.

– Je représente des amis d'amis, monsieur Wright. Les amis de mes amis sont les frères Curtis et vous participez à leur procès. Mes amis me disent que vous semblez être quelqu'un de juste et raisonnable, un homme à l'esprit ouvert, sans préjugés. Voyez-vous, monsieur Wright, les Curtis ont été piégés par le Crime Directorate. Ils ont été calomniés par toutes sortes de mensonges et de contrevérités. Ce sont de bons pères de famille, d'honnêtes hommes d'affaires, mais comment pourriez-vous le savoir avec toutes les insanités que la police a déversées au cours de ce procès ? Ce sont aussi, monsieur Wright, des hommes d'une générosité exceptionnelle dont la majeure partie est consacrée à des œuvres de charité. Un enfant atteint de leucémie habitant près de chez eux a été envoyé suivre un traitement aux États-Unis, des locaux pour un club de jeunes ont été financés. Une part substantielle de cette générosité sera allouée à quiconque les soutiendra face au traitement inique que leur inflige la police. Voilà pourquoi j'ai dit, monsieur Wright, que me rencontrer pourrait s'avérer avantageux pour vous. Non, pas encore, continuez à m'écouter, s'il vous plaît. Pour que cette générosité vous récompense, vous devrez garantir que votre vote ira vers un verdict de non-culpabilité et que vous ferez votre possible pour convaincre les autres jurés de suivre votre exemple. Votre profit, le fruit de leur générosité, atteindra vingt-cinq mille livres, monsieur Wright, en liquide, remis en main propre. Je pense que vous serez d'accord avec moi, il s'agit là d'une proposition attirante. Je suis conscient que votre situation financière actuelle n'est pas au mieux. Ce serait un nouveau départ, une page blanche. L'offre est sur la table. »

Il respirait par à-coups. Sous son coupe-vent, sa chemise était trempée de sueur. La main de l'homme descendit vers la poche de sa veste.

Une photographie en sortit. Jools vit le visage de sa fille Kathy, son sourire et son clin d'œil à une amie. Le cliché fut tenu devant lui – ses yeux s'y attardèrent – avant de retourner dans la poche.

« Une très jolie fille, monsieur Wright, et puisse-t-elle le rester longtemps. Un teint parfait, une peau sans défaut, sans la moindre marque. Je ne voudrais pas, et mes amis non plus, qu'on abuse de la générosité des frères Curtis. Si une confiance aussi considérable était brisée, les conséquences seraient très tristes. »

Jools était figé. Kathy voulait devenir coiffeuse. Aucun salon ne voudrait d'une fille au visage lardé de coups de couteau.

« Vous pourriez penser qu'il est possible de garder un pied de chaque côté et de jouer dans les deux camps, c'est-à-dire accepter l'offre *et* aller trouver la police. N'y pensez pas. Nous savons où vous habitez, nous connaissons l'école de votre fille. Il y a un vieux dicton à propos de ceux qui courent sans pouvoir se cacher, je crois qu'il vient des rings de boxe américains. Il n'y aurait nulle part où vous cacher. Mes amis ont le bras long et la mémoire plus longue encore. Maintenant, afin de bien nous comprendre, vous avez deux choix, monsieur Wright. Vous pouvez redresser vos finances, régler toutes vos dettes et tout oublier, *ou bien* vous pouvez passer chaque minute de chaque journée de votre vie à regarder derrière vous, à vous demander si un cocktail Molotov ne va pas fracasser la fenêtre de votre salon, à vous inquiéter pour le visage de votre fille, ou si après le traitement infligé à vos jambes vous pourrez remarcher un jour. Mais je sens que vous n'êtes pas un homme borné et insensible. Je pense que vous saurez apprécier la chance, la générosité qui vous sont offertes. »

Aurait-il pu leur résister ? Il n'arrivait même pas à croiser le regard, sur le banc des accusés ou à la barre des témoins, d'Ozzie Curtis. Le simple fait de voir cet homme, malgré la protection offerte par une armée de gardes et de policiers, lui foutait les jetons. Jools se mit à penser aux nouveaux relevés de cartes bancaires, aux mises en demeure, à la facture du chauffagiste qui allait arriver dans sa boîte aux lettres. La voix continuait. Il était foutu. Pourquoi pas ce geignard de Peter ou cette conne de Corenza ? Mais non, ce n'était pas eux qui se retrouvaient dans cette bagnole : c'était Jools Wright. Le sang lui monta au visage. Merde, ouais, ils avaient bien choisi.

« C'est la moitié maintenant et douze mille cinq cents de plus dans votre poubelle la nuit où le verdict tombera, quand vous aurez voté contre la condamnation et que le jury sera suspendu. Ah, j'ai failli oublier. Si vous vous révéliez doté d'un fabuleux pouvoir de persuasion et que vous parveniez à convaincre les autres de prononcer un acquittement, ce sera vingt-cinq mille de plus. Une belle somme, à condition de pouvoir la gagner. »

Il hésita.

« Comment savoir si…

– Le secret sera gardé ? Bien sûr qu'il le sera. Mes amis ont élevé la discrétion au rang d'un art. Vous n'entendrez plus jamais parler de nous, croyez-moi. »

Jools grimaça.

« J'ai bien quelques soucis financiers.

– Qui seront bientôt oubliés. Mon conseil, monsieur Jools : utilisez l'argent avec parcimonie, rien de voyant, rien de spectaculaire. Remboursez vos dettes petit à petit. N'attirez pas l'attention.

– Je ne connais pas votre nom. »

Il y eut un doux sourire. L'homme sortit des gants chirurgicaux de sa poche, les enfila, se retourna pour sortir un paquet de son sac en toile. Il était enveloppé dans du papier brun, scellé par du ruban adhésif, et il tomba sur les genoux de Jools.

La voiture le ramena au bout de sa rue, le paquet logé sous son coupe-vent. Il savait déjà où il allait le cacher. Il n'avait pas atteint la porte branlante de son jardin minuscule que la bagnole avait disparu. Il n'avait pas de nom, n'avait pas pensé à relever le numéro des plaques.

Puis le choc le saisit. Ses mains frémirent, ses jambes tremblèrent.

8
Dimanche, jour 11

Ibrahim la voyait dans le jardin. Elle accrochait de la lessive sur un fil. Pas encore habillé, il se cachait derrière les rideaux à peine écartés, juste assez pour pouvoir regarder. Ignorant les voix et les bruits de la journée qui commençait, il l'observait, attendait la répétition de ses gestes. Elle se pencha sur le panier et le jean moula ses fesses et ses hanches. Elle prit une chemise, une paire de caleçons et une de ces choses délicates qu'elle devait porter. Elle s'étira vers la corde en plastique tirée entre deux arbres. Quand elle leva les bras, son tee-shirt remonta, découvrant une bande de peau claire en bas du dos, le plat de son ventre, la petite bosse de son nombril. Au moment où elle fixa les vêtements sur le fil, elle dut se cambrer et la rondeur de ses seins devint plus visible. Elle recommença.

Il respirait difficilement. Il ne comprenait pas qu'elle puisse appartenir à sa foi. Elle contredisait tout ce qu'il avait appris à estimer chez une femme, la pudeur par-dessus tout. Quand elle se retourna pour soulever le panier vide, tournant le dos à tous ces habits qui se balançaient dans le vent, le soleil se glissant à travers les tissus subtils qui connaissaient son corps, elle regarda – et il se dit qu'il y avait comme de la tristesse sur son visage – vers sa fenêtre, mais il avait déjà reculé. Ceux qui avaient été ses amis à Jizan auraient ricané de la cicatrice sur son visage qui, pour eux, lui ôtait toute valeur, mais Ibrahim ne trouvait pas qu'elle ternissait sa beauté. Quand il revint, le nez et la bouche proches de la vitre, elle avait disparu, mais il resta là à contempler sur le fil les mouvements de ce qui était à elle, ces choses qu'elle portait sous son jean et sous le tee-shirt. Sa respiration s'altéra à nouveau et… Un autre mouvement, à l'extrémité de la pelouse derrière le cottage.

Ibrahim ne connaissait pas son nom. C'était l'homme lourdement bâti, le seul membre du groupe auquel le chef accordait de l'attention. Ibrahim comprenait ce qu'il faisait et la preuve en était les nombreuses heures qu'il passait enfermé dans sa chambre. L'odeur du fer à souder allumé était passée sous sa porte. L'homme ne lui avait pas adressé la parole, pas un mot, mais quand ils se trouvaient ensemble dans la pièce principale, il semblait l'examiner comme un client dans la boutique de son père derrière la corniche devant la plus chère, la plus recherchée, des télévisions grand écran.

L'homme traversa la pelouse, passa par le trou dans la haie qui séparait le jardin du champ. Il avait avec lui un sac en plastique et une pelle à manche court. Enjambant le fil barbelé, il entama une fouille méthodique du sol. De temps à autre, il s'arrêtait pour, à l'aide de sa pelle, ramasser de vieilles bouses de vache qu'il mettait dans le sac. Quand celui-ci fut plus qu'à moitié rempli, il revint par où il était venu. Ibrahim savait pourquoi l'homme qui fabriquait la bombe allait récupérer des déjections. À la télévision et sur les radios du royaume, sur la chaîne satellite Al-Jazeera, on expliquait que de la merde d'animaux était mélangée aux vis, aux clous et aux billes de roulement et qu'il marcherait avec ces excréments contre son corps lavé.

Il avait commencé à s'habiller quand il entendit un petit coup frappé à la porte.

Il portait son pantalon et ses chaussettes, pas encore son maillot de corps et son tee-shirt. Le froid lui serrait la poitrine.

Il dit d'entrer.

Elle emplit le seuil et il eut un geste de recul. Chez lui, ses sœurs ne seraient jamais venues dans sa chambre avant qu'il soit habillé, la bonne n'aurait pas osé y entrer en sa présence. Il vit la cicatrice sur son visage et la colère de cette trace, comme si les rebords de la plaie refusaient de se rapprocher, de disparaître. S'il avait continué ses études de médecine, s'il avait obtenu son diplôme, il aurait été de sa responsabilité de suturer une telle blessure, mais cela était derrière lui maintenant et à jamais abandonné. Il la fixait, cette ligne colorée, et elle leva la main vers elle – il avait vu la veille qu'elle la touchait souvent –, et il se dit que passer le doigt sur la longue fente était un tic pour elle, comme si elle ne pouvait la laisser tranquille. Et parce qu'il n'en détachait pas son regard, de la glace se forma dans les yeux de la fille.

« J'aurais dû te poser la question. Est-ce que tu as du linge à laver ? »

Il ne s'était pas demandé s'il allait remettre le tee-shirt avec le cygne qui était poisseux de sueur. Il y avait trois caleçons au fond de son sac – il venait d'enfiler le dernier qui était propre – et quatre paires de chaussettes.

« Je ne sais pas. Je suis désolé.

– Tu n'as pas à t'excuser. Si tu as des vêtements sales, donne-les-moi, je les mettrai dans la machine, dit-elle brusquement.

– Eh bien, j'ai...

– Donne. »

Il porterait des vêtements lavés quand il marcherait. Il devait être propre dans son âme, dans son esprit, dans son corps et dans sa tenue quand il entamerait son voyage vers la table de Dieu. Mais il ignorait, car on ne le lui avait pas dit, quand cela serait. Aussi Ibrahim ne savait pas combien de tee-shirts, combien de caleçons ou de chaussettes, il devrait porter avant de marcher. Le linge dans son sac sur la moquette de la chambre avait touché sa peau, ses parties intimes. Pouvait-elle le manipuler devant lui ? Sa respiration changea comme quand il l'avait observée à la fenêtre.

Il hésita.

« Je crois que j'ai quelques affaires.

– Bien sûr que tu en as. Donne-les-moi, c'est tout, répéta-t-elle sèchement.

– Mais je ne sais pas ce dont j'aurai besoin. »

Elle gardait ses distances, comme si rien ne devait les rapprocher.

« On te le dira. Je n'en sais rien. Donne-moi simplement tout ce qui a besoin d'être lavé.

– On ne me dit jamais rien. »

Cela avait été plus fort que lui.

« À moi non plus, ni à aucun d'entre nous. Ton linge, s'il te plaît. »

Elle haussa les épaules. Elle voulait en finir.

« Mais ma foi me soutient. Je sais que je pars retrouver Dieu. C'est la voie que j'ai choisie, dit-il en récupérant les caleçons et les chaussettes dans son sac, le tee-shirt par terre, avant de les lui tendre. J'espère être digne de la confiance placée en moi, mais je crois être assez dévoué pour accomplir mon devoir. Seras-tu près de moi quand je marcherai ?

– Je ne sais pas.

– J'ai été choisi à cause de mon dévouement. »

Elle lâcha très vite, comme un crachat :

« Nous sommes tous dévoués, pas seulement toi. »

La porte se referma sur elle. Ibrahim s'assit sur son lit défait et se prit la tête entre les mains. Il aurait aimé savoir qu'elle serait proche de lui, ressentir le réconfort non pas d'un frère, mais d'une sœur.

Ce dimanche matin, au pied des marches du Arndale Shopping Centre, les affiches furent collées sur les vitrines du restaurant Burger King désormais fermé. D'autres furent ajoutées à l'entrée en haut de l'escalier. Des ouvriers avec de la colle et des pinceaux en recouvraient les vitres.

Partout où il y avait un espace libre, une affiche venait le combler.

Le samedi matin suivant, annonçait-on, de « Super Soldes » commenceraient à Luton avec des rabais extraordinaires allant jusqu'à cinquante pour cent du prix initial. Ce seraient des « Prix Cadeaux », les magasins de marques « sacrifiant » le contenu de leurs boutiques à l'intérieur de la caverne du centre commercial. Et, ce matin-là, une célébrité de la radio locale animerait les « Super Soldes ».

Le gérant d'une pharmacie parlait à un conseiller municipal siégeant à la commission du commerce et des affaires. Depuis les arbres sur St George's Square, ils observaient le déploiement de la campagne d'affichage.

« J'espère que ça va marcher. Les loyers montent et les ventes baissent. Si ça n'attire pas les gogos, on sera dans une sacrée merde.

– Ils vont se battre pour entrer. Attendez et vous verrez. Dès l'ouverture des portes. »

Le conseiller flanqua une tape dans le dos du gérant.

« Samedi prochain sera un grand jour pour Arndale, ajouta-t-il. Ils feront la queue jusqu'au coin de la rue. C'est le genre d'initiatives dont la ville a besoin et auxquelles les consommateurs sont sensibles. Ce sera comme une veille de Noël. »

***

C'était la routine de Jools le dimanche matin. Quitter le lit, celui de Hannah, et son appart, descendre Inkerman Road, remonter Manchester Street, passer devant l'hôtel de ville où cette putain d'horloge sonnait à chaque fois, rester sur le même trottoir le long de St George's Square, avec le bar à vin, le Travelcare, la boutique Oxfam et le Tasty Fried Chicken, ensuite venaient les portes fermées de trois immeubles de bureaux, les vitrines éteintes d'Age Concern sur sa droite, et enfin, après la ruelle, la maison de la presse. Chaque dimanche matin était identique : pendant que Hannah lui préparait son petit déjeuner, il se tapait ses quatre cents mètres à pied pour aller chercher des clopes et un journal.

Et, comme à chaque fois, son portable sonna.

Son père.

« Juste pour te dire que Babs vient de téléphoner. Je lui ai dit que tu étais sorti. Tu veux bien la rappeler ? »

Son père et sa mère, qui vivaient à vingt kilomètres au nord de la ville, étaient des acteurs importants de la comédie que Jools jouait tous les week-ends. La tirade habituelle qu'il débitait à Babs était qu'ils vieillissaient, n'y arrivaient plus, et qu'il devait leur rendre visite le plus souvent possible, à la fois pour leur montrer son soutien et pour effectuer certaines tâches, car ils n'avaient plus les moyens, en tant que retraités, de s'offrir une aide à domicile. Père et mère détestaient mentir pour couvrir la relation adultère de leur fils, mais, comme il leur disait quand ils l'attaquaient sur ce terrain, l'alternative était une rupture avec Babs et leur petite-fille perdant son papa. Donc, quand Babs appelait le dimanche matin, le paternel ravalait son culte de la vérité et déclarait que Jools venait de sortir, avant de prévenir son fils qui téléphonait ensuite chez lui et débitait diverses foutaises à propos de ses vieux et comment il les avait soulagés. Cela le gênait-il ? Pas trop. Il acheta les cigarettes et le journal et, sur le chemin du retour, parla à sa femme qu'il oublia dès que son portable se retrouva à nouveau dans sa poche.

Ce dimanche-là, Jools avait matière à réflexion.

Et il ne voyait pas dans tout ce fatras ce qui était le plus important.

Était-ce sa performance au lit, abjecte et ridicule, avec Hannah ? Ou était-ce le paquet caché dans sa penderie sous ses chaussures et ses sandales de rechange ?

Que faire ? Si l'Inkerman Arms avait été ouvert, il aurait pu y aller et se taper un double Johnnie Walker, sans glace. Mais il ne l'était pas.

Il avait vu les affiches se multiplier devant le centre commercial. Quand Babs et lui sortaient faire du shopping, ça se terminait en général par une querelle chuchotée à propos de ce qu'ils pouvaient s'offrir ou pas, quelle carte de crédit ou quel carnet de chèques avaient encore des chances de passer. Une autre époque. Il y avait douze mille cinq cents livres, sans doute en billets de cinquante, dans sa penderie, et la semaine prochaine il pourrait vider à sa convenance n'importe quel rayon de ce putain de centre commercial.

En passant devant l'Inkerman Arms, il entendit un aspirateur à l'intérieur. Il arrivait en vue de la porte de Hannah. Le problème avec elle, c'était qu'elle avait de l'appétit et qu'il fallait la nourrir de façon régulière et satisfaisante. Sinon, si elle n'était pas rassasiée de son côté, elle irait chercher ailleurs. Elle était ainsi : si Jools ne faisait plus l'affaire, elle trouverait un autre client et il recevrait le coup de fil lui annonçant qu'il n'avait plus besoin de revenir. Il ne s'en remettrait pas.

Il ne se reprochait rien. Ne l'avait jamais fait et n'avait pas la moindre intention de commencer. *Tout* homme a un prix. Même M. Justice Herbert, le dieu tout-puissant de la dix-huitième cour, avait un prix, à condition qu'on aligne assez de zéros. Il sourit à l'idée du paquet de papier brun glissé dans la main du juge. Il ne lui venait pas à l'esprit qu'il aurait dû se battre, coûte que coûte, contre la corruption. Seigneur, il avait besoin de ce fric. Il avait eu un sacré bol que l'offre lui ait été faite à lui, Jools Wright, responsable adjoint de la géographie dans une école surtout fréquentée par des petites frappes et qui faisait face à la fameuse montagne de dettes, plutôt qu'à Rob, Baz ou Vicky. Il allait avoir du mal à garder son sérieux quand M. Justice Herbert les enverrait délibérer et qu'il devrait leur annoncer : « J'entends ce que vous dites, mais sur la base des preuves qui nous ont été présentées, et en évitant de tenir compte des éléments à charge à l'encontre des accusés à l'évidence fabriqués par la police, je ne suis vraiment pas en mesure – en toute honnêteté et en toute sincérité – de déclarer les frères Curtis coupables. Je vous écoute, mais je ne suis pas près de changer d'avis alors que la liberté de deux citoyens est en jeu. Traitez-moi de ce que vous voulez, je vote en faveur de l'acquittement. » Ils allaient se déchaîner contre lui, mais dans sa penderie, son paquet de fric l'attendait.

Quand il ouvrit la porte de l'appartement de Hannah, il sentit l'odeur du petit déjeuner.

Elle ne portait que le long maillot de rugby qu'il lui avait offert et un tablier. S'ils avaient suivi leur routine, ils auraient mangé au lit, puis les plateaux se seraient retrouvés par terre et ils seraient repartis vers les extases que le ciel aurait bien voulu leur accorder.

Il lui dit qu'il avait dû choper la crève, qu'il ne se sentait pas très bien, mais que ce serait terminé la semaine prochaine. Ils déjeunèrent dans la cuisine. D'ici une heure, il appellerait son père pour lui annoncer – il était nécessaire que sa comédie soit cohérente – qu'il rentrait chez Babs. Il ne parla pas en mangeant, comme si son silence était un symptôme de son rhume, et il voyait bien l'agacement de Hannah qui semblait lui dire qu'elle avait été trompée sur la qualité. Mais il était loin, avec les deux frères, se demandant si lundi matin, demain, il aurait le cran de les regarder dans les yeux parce qu'il avait accepté leur argent.

Ils marchaient dans la cour.

« Rien d'autre à foutre qu'attendre, dit Ollie Curtis. Je déteste attendre. »

C'était une remarque banale, mais vraie. La troisième fois que son frère cadet la répétait et ils n'en étaient qu'au quatrième tour de la petite zone dévolue aux préventifs catégorie A sur les douze qu'ils devraient effectuer avant que les gardiens les rappellent pour les enfermer.

Ollie continuait à bavasser :

« J'suis pressé d'être à demain matin. Le baveux devrait nous donner des nouvelles de Benny. J'suis avec toi, Ozzie, c'est notre seule chance, putain. J'reconnais que t'as raison. Cette pute ne tiendra pas un an de plus. L'ajournement, c'est tout ce qu'il nous faut, ensuite on s'occupe de la fille. Mais, putain, que c'est chiant d'attendre. »

À ses côtés, les mains profondément enfoncées dans les poches, la tête basse, Ozzie marchait lentement.

« Qu'est-ce que t'en penses, Ozzie, tu le sens bien ? »

L'esprit ailleurs, le frère aîné haussa les épaules. Le jeune Ollie était une vraie fontaine, les mots lui coulaient de la bouche, il causait tout le temps même s'il n'avait rien à dire. L'Intimidateur était bien leur « seule chance, putain ». Pourquoi ? Parce qu'ils étaient bouclés à Belmarsh où la sécurité était plus renforcée que dans n'importe quelle autre prison du royaume. Une blague courait parmi les détenus « ordinaires » : « Où se trouve la plus belle et la plus florissante cellule d'Al-Qaïda de tout le pays ? » Et un farceur répondait : « À Belmarsh. » Ces mecs qui carburaient à la haine, les bombes humaines, avaient quasiment un demi-étage pour eux tout seuls. Ils avaient leur propre cuisinier, leur propre prêtre, et les gardiens n'étaient pas constamment sur leur dos. Mais, du fait de leur présence ici, cela voulait dire plus de barbelés en haut des murs, plus de surveillance, et des flingues dans les malles verrouillées des véhicules d'intervention rapide. Même dans cette cour de merde où les frères Curtis tournaient en rond en ce moment, il y avait un treillis de barbelés renforcés au-dessus d'eux. Et ça ne serait pas mieux quand ils iraient au tribunal, car il y aurait encore d'autres flingues dans les véhicules d'escorte, des flingues devant les cellules de détention à Snaresbrook et autour de la salle d'audience. L'Intimidateur était leur « seule chance, putain » parce qu'une évasion n'était pas envisageable. Durant ses treize mois de préventive, Ozzie Curtis n'avait cessé de chercher une lueur à travers ce rideau de sécurité. Il cherchait encore.

« Maintenant, Benny a dû faire son approche, disait Ollie. Tu crois que ce con serait capable de nous doubler, de prendre le fric et d'pas faire le boulot ? Ça fait un gros tas de billets et il n'y a aucune garantie. Il oserait pas, quand même ? »

Grimace d'Ozzie. Il aurait préféré marcher seul, mais c'était impossible. Si le petit Ollie racontait à leur mère, quand elle viendrait avec leur cousin le prochain premier samedi du mois, qu'Ozzie refusait de se promener avec son bébé chéri, quarante-quatre ans cette année, il y aurait des larmes et des hurlements, et donc il se promenait avec son frangin. Qu'il essaie, ce connard. Il aurait droit au traitement complet. Une pelle au fond d'un bois et vas-y, creuse, voilà, comme ça, c'est assez profond, maintenant descends et lève les yeux, un au moins, juste pour voir le canon de ce flingue. Quand la moitié de sa tête aurait explosé, on reboucherait le trou sur lui. Ozzie Curtis consacrait sa vie à « une industrie de services » : premier service, fournir le transport ; ensuite, la protection ; en troisième lieu, dégoter l'abattoir où les diamants et le cash seraient en lieu sûr ; et finalement, les armes à feu. Cette industrie possédait également une autre branche, chère mais digne de confiance, consacrée à ceux qui trahissaient un marché. Mais il ne serait pas nécessaire d'en arriver là, car l'Intimidateur avait dû expliquer les conséquences d'une trahison et il faudrait être malade pour les ignorer.

« Ce qui me ronge, Ozzie – pendant qu'on attend et que j'entends en permanence le tic-tac d'une horloge –, c'est ça : si on se fait mettre à l'ombre pour un bon moment, combien de temps durera le respect qu'on nous porte ? Tu crois qu'il tiendra si on prend quinze ans ou plus ? »

Bon Dieu, il pouvait pas fermer sa gueule ? Le respect était important pour Ozzie Curtis. Il était braqueur, pas importateur de produits stupéfiants. Il ne fraternisait pas avec la Crime Squad, n'entretenait pas de sympathiques petites relations qui auraient pu le conduire à baver sur ses rivaux. Les grossistes en came étaient des sous-merdes et il ne se mêlait pas à eux dans la prison, mais il était conscient que si l'un d'entre eux, n'importe lequel, apprenait un truc confidentiel à son sujet qu'il pourrait utiliser à son avantage, il ne se gênerait pas. À l'intérieur de Belmarsh, Ozzie Curtis possédait un certain statut qu'il perdrait si la sentence était lourde. Dans ce cas, il ne serait plus qu'une pauvre loque condamnée à vieillir, une cible pour n'importe quel gosse un peu arrogant. Sans compter qu'en plus il devait se farcir les geignements de son frère. Il dépendait de l'Intimidateur.

« Si on plonge, Ozzie, tous ces mecs du recouvrement des avoirs[1] vont nous tomber dessus. Ils vont nous mettre à poil. Tu y as pensé, Ozzie ? »

Ces suceurs de fric, il n'avait pas besoin qu'on le lui rappelle, allaient gober sa maison dans le Kent qui valait, minimum, un million deux cent cinquante, son 4×4 Lexus, l'Audi haut de gamme de sa chère et tendre et la villa sur les hauteurs de Fuengirola – un truc de cette taille dans ce coin, ça allait chercher dans les trois quarts de million –, et puis il y avait les comptes aux Caïmans, l'argent à Gibraltar, les investissements dans les appartements sur la mer Noire et... Son statut à Belmarsh s'effriterait dès que les sangsues du recouvrement des avoirs commenceraient à vider sa carcasse. Il serait un putain de pauvre, et, en taule, il n'y avait aucun respect pour ces *gens-là*.

« Rien d'autre à foutre qu'attendre, dit Ollie. Je déteste attendre. »

« Il doit avoir du courage, chuchota Faria, avant d'enchaîner avec plus d'audace : lequel d'entre nous le ferait ? »

Elle avait cuisiné des blancs de poulet qu'elle avait servis avec du riz et une sauce au curry. C'était ce qu'elle aurait donné, chez elle, à ses parents et à ses deux frères s'ils n'avaient pas été en train de faire leur instruction religieuse au Pakistan. Elle avait levé les yeux avant de poser cette question. Les portes de la salle à manger étaient toujours fermées. En apportant les plats de la cuisine, elle avait crié dans le couloir que leur repas était prêt.

« Le feriez-vous ? Feriez-vous ce qu'il va faire ?

1. L'ARA : Assets Recovery Agency, l'agence de recouvrement des avoirs, a existé de 2003 à 2008 au Royaume-Uni. Il s'agissait d'une agence non ministérielle (devant répondre seulement devant le Parlement) de confiscation des fonds criminels. Elle n'a pas atteint ses objectifs et a été dissoute.

– On ne me l'a pas demandé, dit Khalid, mais en évitant son regard. Je ne peux pas répondre à ta question. Ce n'est pas ce qu'on attend de moi. Tu veux que nous soyons honnêtes entre nous ? Alors, non. »

Elle braqua son doigt sur Syed.

« Et toi ? Tu as cette bravoure ?

– Si c'était nécessaire, peut-être. Mais un autre a été choisi. Je n'ai pas à répondre parce que la question ne me concerne pas. J'apporte plus à notre combat en restant vivant, en continuant à servir l'organisation. Je n'ai jamais été volontaire et je suis reconnaissant qu'on ne me l'ait pas demandé. »

Elle se pencha au-dessus de la table. Ses yeux et son doigt bougèrent vers Ramzi.

« As-tu la foi pour faire ce qu'il va faire ?

– Je l'aurais eue si j'avais été choisi, répondit-il, et sa poitrine se gonfla. J'ai déjà dit que j'étais prêt pour le martyre. C'est une déception pour moi de ne pas avoir été choisi... Oui. »

Son regard balaya les trois places vides pour s'arrêter sur Jamal.

« Serais-tu prêt à marcher avec le gilet contre ton corps ?

– Je ne sais pas. Je ne peux pas le dire. De nombreux héros l'ont fait, en Tchétchénie, en Palestine, en Irak, tant et tant que nous ne connaissons plus leurs noms. »

Il gloussa, comme un enfant :

« Est-ce que je crois ce qu'on a dit à beaucoup de ces héros ? Que des vierges les attendront au paradis ? Il y a des imams qui disent que les vierges seront là. Peut-être que je le ferais si je croyais aux vierges. »

Un chœur s'éleva, posant la même question :

« Et toi, Faria ? Le ferais-tu ? »

Mais des portes s'ouvrirent. Elle croyait voir ce qu'elle avait lu : des têtes tournoyer dans l'air, tranchées au cou, volant à travers la pièce et la fenêtre ouverte pour rouler dans l'herbe comme les ballons de foot des gamins qui jouaient dans les rues du côté de Dallow Road. Elle voyait les têtes de Khalid, de Syed, de Ramzi, de Jamal... et la sienne. Elle n'eut pas à répondre. Les places vides à table furent prises. Elle baissa la tête et mangea. Elle ne releva les yeux que quand son assiette fut propre. Nerveuse, elle regarda autour d'elle. Elle avait fini la première. Elle croisa son regard.

Ibrahim sourit, dit avec gentillesse :

« C'est délicieux et je te complimente. Je te suis reconnaissant. »

Sa gorge se serra. Aucun des autres ne l'avait remerciée. Était-il possédé par la pensée des vierges ? Elle n'avait jamais dormi avec un homme, bien sûr, et ne le ferait jamais. Rêvait-il des vierges dans les jardins du paradis, partait-il à la recherche de ce plaisir ? Parce qu'elle était balafrée, elle ne dormirait pas avec un homme et elle ne trouverait jamais de mari, elle le savait.

« Ce n'est pas ce que nous mangeons chez moi, mais c'était bon, meilleur. C'était excellent, dit-il doucement. »

Elle rougit. Avant, avant qu'il arrive, elle avait cru que les derniers jours du compte à rebours précédant la marche se passeraient dans une fervente prière collective entrecoupée de sermons politiques et d'impérieuses déclarations d'engagement. Son recruteur lui avait dit, dans l'arrière-salle d'une mosquée coincée derrière la rue principale de Dunstable, qu'au moment où une veuve noire pressait le bouton dans un bus rempli de parachutistes russes se rendant à Grozny, elle atteignait la béatitude suprême et se sentait flotter vers une autre vie, elle savait avec certitude qu'elle n'était pas morte, mais vivante et proche de Dieu. Elle se leva. Lui seul semblait prêt à empiler les assiettes pour lui faciliter la tâche, mais elle secoua aussitôt la tête. Elle débarrassa la table, emporta tout dans la cuisine et revint avec un saladier de fruits : oranges, pommes et poires. Elle se sentait honorée de l'aider à accomplir son voyage vers le paradis.

Une question grinçante :

« Y a-t-il de la javel, ici ?

– Je ne sais pas, bredouilla-t-elle. Je n'ai pas regardé. »

Elle vit les yeux froids et luisants de celui que tous désormais appelaient le chef tandis qu'il prenait une pomme. À nouveau, la voix la fouetta :

« Moi, oui. J'ai regardé sous l'évier de la cuisine. Il y a du désinfectant mais pas de javel. Il m'en faut. Tu en achèteras demain. »

Elle se sentait blessée et en colère.

« La maison est-elle sale ? Je nettoie tous les jours.

– Un bidon d'eau de Javel. Demain. »

Les dents se plantèrent dans la pomme.

Faria retourna dans la cuisine, tourna le robinet d'eau chaude pour commencer la vaisselle. L'eau lui brûla les mains et la vision éclata dans son esprit. Le garçon si gentil, si authentique, si empressé de tuer, pressait le bouton, mais sa tête ne s'envolait pas dans les airs, ne tournoyait pas. Il pressait le bouton et n'entendait que le silence. Une assiette lui échappa, se brisa sur le rebord de l'évier. Elle ne fut pas critiquée : aucune remontrance ne vint de la salle à manger. Échouer serait la pire des humiliations.

Il était seul. Les fusils braqués sur lui. Les cris lui cognant les oreilles.

« Regardez ce bout de câble ! Le fils de pute, son truc est en panne ! On le coince, merde ! Il est à moi, sergent ! Ce fils de pute est à moi ! »

Ils avaient surgi du barrage de sacs de sable. Quittant l'abri où ils s'étaient tapis, ils se déployaient vers lui. La circulation avait été détournée de la route vers l'aéroport, au nord-ouest de Bagdad. Il fut submergé, écrasé contre le macadam. Un gros poing noir vola le bouton de commande dans sa main. Des bottes le frappèrent. Il fut soulevé. Jeté sur une surface métallique. Il entendit le rugissement d'un moteur. Une botte était sur sa gorge. On l'emmena.

Il ne savait pas à ce moment-là que trois heures après avoir échoué à devenir un martyr, des lumières éclatantes seraient braquées sur son visage. Que s'il fermait les yeux, on le giflerait pendant qu'une pluie de questions lui tomberait dessus.

« Avez-vous mangé, monsieur Hegner ?

– J'ai bien peur que non, j'étais dans l'avion. Je vous le dis, je suis ravi que vous m'ayez appelé et que, par chance, un vol pour ici était prévu.

– Je peux vous trouver ce que vous voulez, dit l'officier du renseignement. Un burger, un sandwich, des frites ?

– Juste un café. Je tiens à vous dire que ces gars ont vraiment fait du bon boulot. C'est rare de choper un de ces jobards en vie. J'ai oublié de manger. Je voulais juste venir au plus tôt. Bon, il se la joue à l'irlandaise ?

– Je ne vous suis pas, monsieur Hegner.

– Les Irlandais ont un dicton à propos des interrogatoires : "La meilleure chose à dire c'est de ne rien dire." Le rangeriez-vous dans cette catégorie ?

– Non, monsieur Hegner, il chante. Ça va vous faire un choc. On a appliqué ce que vous avez suggéré lors de votre dernière visite quand vous avez abordé ce scénario. On lui a collé une femme avec une voix maternelle. Il vient de Dammam, une ville saoudienne, étudiant en économie à l'université. D'après ce qu'il dit, on lui a fait franchir la frontière quelque part entre Hafar-al-Batin et Arar. C'était il y a trente-six heures. Vous voulez le voir en tête à tête ?

– Je ne voudrais pas briser l'élan de la dame. Mais il y a quelques questions auxquelles j'aimerais connaître les réponses.

– Pas de problème, monsieur Hegner. »

Il fut conduit aux cages de détention. Cindy avait bien bossé. Moins de quinze minutes après que l'info toute fraîche – un attentat suicide raté – avait atteint le territoire de Hegner, elle avait déniché un jet de luxe de l'Air Force qui devait trimbaler deux sénateurs de Riyad à Bagdad. La limousine avait foncé depuis l'ambassade sans se soucier de la vitesse ou des feux de circulation. Une main légère sur son bras le guida de la jeep au portail extérieur, des clés tintèrent et il sentit la puanteur de la cage, la même ici que partout ailleurs : odeur corporelle, urine et puissant désinfectant. Mais elle portait du parfum.

La femme officier se présenta devant lui.

« C'est un plaisir de vous rencontrer, monsieur Hegner. Un vrai privilège.

– Ce que je veux savoir, capitaine, c'est s'il a rencontré deux individus. J'entends chuchoter à leur sujet, des murmures dans le vent. Vous voyez, la route saoudienne qu'il a empruntée est celle qu'utilisent ces deux-là. D'abord, le facilitateur, le Scorpion, comme disent les murmures. Et puis l'Ingénieur – d'autres murmures, d'autres chuchotements –, qui construit les engins et dont le taux d'échec est très faible. Ce que j'ai besoin de savoir : est-il passé entre leurs mains ? Si oui, où et quand ?

– Je ferai de mon mieux. »

Un autre café lui fut apporté, puis une chaise dans laquelle il se laissa lourdement tomber. Il entendait les bruits de la cage autour de lui. Des gémissements, les claquements autoritaires des bottes des gardiens, le raclement des clés. Son esprit s'éloigna. Un jeune homme, au passé et au dévouement sans doute semblables à celui qui était en ce moment interrogé, s'était introduit dans le mess de la garnison à Mossoul. Joe Hegner, sortant à peine d'un exposé à l'intention des officiers de la division quant à la réponse à apporter à cette nouvelle arme florissante, les attaques suicides, faisait la queue en compagnie d'analystes du renseignement et venait de commander une purée au thon, des haricots et du jus de raisin, quand l'éclair avait surgi, la douleur et l'obscurité. Après cela, tout était devenu une affaire personnelle.

Il entendit le pas léger d'une femme.

« C'était une bonne question, monsieur Hegner. Il n'a rencontré ni le facilitateur ni le fabricant de bombes. Il dit qu'il a entendu des hommes bavarder hier soir. Ils avaient peur. Des craintes à la fois sur la reconnaissance de la cible et sur la conception de l'engin. Ce qu'il a entendu et qu'il n'aurait pas dû entendre : "Heureusement, le Scorpion et l'Ingénieur seront bientôt de retour, la semaine prochaine ou celle d'après..." Je suppose que cela signifie qu'ils ont quitté le pays. Cela vous aide-t-il, monsieur Hegner ? Cela suffit-il à justifier votre voyage ?

– Merci, capitaine, vous avez fait du bon travail. »

Sur le chemin de la piste où le petit jet attendait, il appela Cindy à Riyad et lui dit ce qu'il désirait. Il présenta ses excuses pour les avoir retardés aux sénateurs et à leurs équipes déjà ceinturés dans leurs sièges, puis il s'installa et s'endormit.

Ils mâchaient, des chiens avec un os sec, sans viande.

Dans les Riverside Villas, Dickie Naylor traînait de réunion en réunion. Les lumières du bâtiment illuminaient l'*Embankment*, allumaient des reflets sur le fleuve. Toute la journée, il avait fermement tenu sa position, histoire de faire passer le message que c'était lui qui dirigeait le département, pas Mary Reakes, et qu'il le dirigerait pendant une semaine encore.

Maintenant, il se magnait le long d'un couloir obscur du dernier étage. Elle était sur ses talons.

Il frappa à la porte du directeur adjoint, Tristram, pour lui faire son rapport. La dernière réunion de la journée et son âge se faisaient sentir. Il était debout depuis six heures du matin, était sorti de chez lui à sept, arrivé au bureau à huit. La fatigue le grignotait. Il avait rencontré les gens de la surveillance, les équipes de l'immigration qui guettaient les ferrys et les aéroports, le chargé de liaison de la Special Branch, l'unité antiterroriste et, finalement, l'officiel de la sécurité de l'ambassade des Pays-Bas. Le directeur adjoint avait abandonné un baptême dans le nord-ouest du pays.

Naylor fut invité à entrer. Il livra un résumé de ce qu'il savait. Pas grand-chose.

Peut-être avait-il trop buté sur certains mots.

Mary aurait fait mieux, plus concis, mais il avait la détermination. Il termina et poussa sur la table trois photographies d'un garçon venu d'un pays lointain : l'une montrait une silhouette dans l'ombre, noire et blanche, prise par les caméras de l'aéroport du roi Khaled à Riyad ; une autre, avec autant de grain, révélait le même garçon aux arrivées à Schiphol, Amsterdam, même tee-shirt facilement reconnaissable ; la troisième était un portrait en couleurs d'Ibrahim Hussein, la tête et les épaules recouvertes par un large *keffieh*. Aucun des clichés ne donnait la moindre impression de menace ou de danger. Il avait un visage agréable, avec un brin de timidité dans les yeux et de modestie sur la bouche. Naylor se disait qu'il était impossible, à voir les traits et l'expression du garçon, le calme de sa démarche à Riyad et à Amsterdam, de croire que la menace et le danger étaient réels. Un crayon tapota la table devant lui et sa tête se redressa. À ses côtés, il sentit Mary Reakes lever les yeux au ciel.

« Vous allez bien, Dickie ? demanda Tristram.

– Oui, oui.

– Ne m'en veuillez pas, mais vous avez l'air crevé.

– Je vais bien, merci.

– Eh bien, tant mieux. Bon, qu'allons-nous faire ? Je vous écoute. »

Il cacha sa bouche, mais ce fut le bâillement qui engloutit sa main.

« Désolé. Nous considérons l'info comme fiable. Il faut monter le niveau d'alerte, déclarer l'état d'urgence à Londres. Je ne vois pas d'alternative. »

Il y eut un sifflement dans la respiration de Mary et elle mêla son grain de sel :

« On peut difficilement parler "d'information", nous sommes plutôt face à un faisceau de suppositions. Pour le moment, nous avons un mensonge à une famille et un voyage en Hollande plutôt qu'au Yémen. Le reste n'est que de la dramatisation. Je suggère d'attendre que les Hollandais nous en donnent un peu plus, le ramassent ou nous fournissent la preuve qu'il a quitté leur territoire. Pour faire court, nous n'en avons pas assez. »

Sentant l'ouverture, Naylor cogna :

« Je refuse d'être celui qu'on accusera d'avoir ignoré une information, ou même une supposition, indiquant le risque d'une atrocité imminente. »

Le directeur adjoint garda le silence, mais la cadence de son crayon s'accéléra.

« C'est un coup bas, Dickie, fit-elle. Je dis que nous n'en avons pas assez pour relever le niveau d'alerte. Nous n'avons pas les renseignements suffisants. Nous ne pouvons déclarer l'état d'urgence, avec tout ce que ça coûte, le nombre d'hommes mobilisés, avant d'en savoir davantage. Nous devrions observer, écouter, apprendre, et ensuite décider. Selon mon expérience, la communauté américaine est paranoïaque et hystérique. Elle passe son temps à crier au loup. »

Son expérience, Naylor le savait, était substantielle et croissante. Elle avait été vite repérée après un diplôme d'études islamiques obtenu avec les honneurs, parlait couramment l'arabe, avait travaillé en Irlande du Nord avec distinction, puis dirigé un bureau de la D Branch du MI5 avant de faire partie intégrante de l'équipe qui avait expédié sept jeunes musulmans de grande banlieue derrière les barreaux à Belmarsh. Si Mary Reakes ne le poussait pas si ostensiblement vers la sortie, si elle n'avait pas déjà préparé son nuancier, il l'aurait admirée. Mais il sentait son souffle sur sa nuque et il la méprisait.

« Je doute que nous ayons le temps de tergiverser. »

Combien de fois depuis le 11-Septembre, et plus encore depuis le Seven-Seven, avait-il participé à des réunions où des bribes de renseignements avaient été jetées sur la table ? Des heures et des heures passées à digérer d'infimes bouts d'informations. Des matinées, des après-midi et des soirées, épuisé, à fixer des photos, floues ou pas, de l'ennemi supposé, tous ces petits bâtards qui souriaient à la caméra.

« Langage émotif, Dickie, dit-elle. Le seul problème c'est que vous n'en avez pas assez pour déclarer l'état d'urgence. »

Un coup à la porte.

« Entrez, je vous prie », fit Tristram.

C'était Penny. Elle traversa la moquette sur la pointe des pieds, déposa une enveloppe sur la table et repartit.

Naylor l'ouvrit. Un cliché en jaillit accompagné d'un mot de trois lignes. Il lut et passa les trois lignes à Mary. Il n'afficha pas la moindre satisfaction. Il fixait l'image grise. Il la vit sursauter avant de repousser le mot sur la table.

D'une voix neutre, Tristram déclara :

« Il semble que les caméras de l'immigration à Waterloo viennent de mettre un terme à cette discussion. C'est une chance que notre ami porte ce tee-shirt ridiculement reconnaissable. C'est quoi… un cygne ? Étrange autant que bizarre, mais c'est bien lui et il est ici.

– En fait, dit Mary, il s'agit du *Cygne menacé* de Jan Asselyn, début du XVIIe siècle, qui se trouve au Rijksmuseum d'Amsterdam. Je l'ai vu l'an dernier au cours d'un voyage avec mon association artistique. Il est impressionnant et…

– Il me semble, Mary, que le moment est mal choisi pour évaluer l'œuvre d'Asselyn. Je brieferai le directeur demain matin, mais tenez-vous-le pour dit. Ce sera l'état d'urgence et au diable le budget. Merci, Mary. Dickie, voulez-vous rester un moment, s'il vous plaît ? »

Elle ramassa la photographie et le mot et détala.

Un signe lui indiqua de reprendre son siège et il se vit offrir un verre. Il n'acceptait généralement pas d'alcool au travail, mais dit qu'il prendrait un scotch avec de la glace et de l'eau. Ils lui furent donnés et le directeur adjoint se percha sur son bureau, les pieds ballants.

« C'est une fille brillante, un cerveau d'ordinateur, un diamant qui a simplement besoin qu'on lui polisse les angles. S'il vous plaît, Dickie, ne râlez pas, ça ne vous va pas. Vous avez raison, bien sûr. Vous aviez compris avant même que cette maudite photo n'arrive parce que vous êtes un guerrier de la vieille école. Le soupçon, c'est comme la malaria, il s'insinue dans vos veines et il y reste. Et vous en avez une sacrée dose. À la vôtre. »

Les verres furent levés, choqués.

« Vous allez me manquer, Dickie. Très sincèrement. Pour deux raisons. D'abord, je suis un peu un *protégé*[1] de votre beau-père, et

1. En français dans le texte.

ensuite, pour votre bon sens et votre logique. Je vous garderais si je le pouvais. Les ressources humaines n'en sauraient rien. Mais je ne peux pas. Vendredi soir, Dickie, vous partirez. Maintenant, venons-en au fait. Vous ne me désapprouverez pas si je suggérais que nous avons fait dans notre froc après les bombes du métro et des bus. Je repense à la déclaration du Duc de Fer[1] après Waterloo : "Nous n'aurions pas pu passer plus près de la défaite." Nous en étions là. Les couteaux étaient tirés mais nous n'avons été qu'égratignés. Il n'est pas question que cela se reproduise. Une autre catastrophe majeure dans Londres et ce sera la curée en règle pour les vétérans. Ces petits cons de l'antiterrorisme déferleront et nous dévoreront tout crus. Des vies d'efforts, Dickie, la vôtre, la mienne et beaucoup d'autres, seront réduites en poussière et en cendre. Vous me suivez ? »

Naylor acquiesça. La carafe fut approchée, son verre empli une deuxième fois.

« Je vous ai traité de guerrier de la vieille école. Vous êtes d'une autre époque. Tout le monde était content que nous nous concentrions sur la prévention, par sur le rassemblement de preuves à présenter devant un tribunal. Tant que nous gardions les Soviets à l'écart, le royaume intact, ce qui se passait à l'Old Bailey n'avait guère d'importance. Avec ce gamin, nous n'aurons pas le temps des preuves, seulement – et à condition d'avoir beaucoup de chance – celui de l'action. Celle, Dickie, d'un guerrier de la vieille école. Nous pourrions – et vous devez croire que la fortune posera sur nous un regard bienveillant – trouver ou nous voir offrir une petite fenêtre d'opportunité dans les heures qui précéderont l'inévitable détonation de la bombe qui sera, je n'en ai pas le moindre doute, transportée par cet effrayant jeune homme sur un lieu d'impact maximal. Rien qu'une petite fenêtre. Vous me suivez, Dickie ? »

Il agita son verre en guise de réponse. Il suivait.

« Je n'ai aucune fierté à le dire, mais les sangs neufs – les Mary Reakes de notre service – possèdent un *sens moral*. Ils font grand

1. Arthur Wellesley, duc de Wellington.

cas de la belle empreinte de la légalité. Pas vous, Dickie, et je vous suis probablement sur cette voie. L'attaque aura lieu cette semaine, c'est une certitude, et elle aura lieu sous votre garde, Dickie. Si cette fenêtre devait s'ouvrir, j'aimerais penser que vous sauriez vous y faufiler avec vigueur, et sans les contraintes d'une moralité plus conventionnelle. C'est en vous, n'est-ce pas ? Cette guerre est différente et nous devrons peut-être nous salir les mains. Je suis sûr que vous comprenez ce qui est nécessaire. Merci d'être resté, et mes hommages à Anne. »

Naylor descendit l'escalier.

Mary leva les yeux de son écran.

« Eh bien, fit-elle sèchement, vous aviez raison et moi tort. Nous passons en état d'urgence. Au fait, la source de tout ceci sera là demain matin. Monsieur Josiah Hegner.

– Sur invitation de qui ?

– Pas la mienne. Il s'est invité tout seul. »

Il sentait un filet se refermer autour de lui, comme le nœud sur le cou d'un prisonnier quand, il y a longtemps, on les emmenait à l'interrogatoire. Il avait l'impression de voir la boue et la crasse incrustées sur ses mains.

« Salut. Surprise, surprise. La réunion est déjà terminée, Banksy ?

– Non, toujours en cours. »

L'armurerie utilisée par les équipes Delta, Golf et Kilo se trouvait dans les sous-sols du poste de police. C'était le territoire de Daff, un Gallois prévisible en combinaison bleue, qui s'accrochait à son accent de Caerphilly avec une obstination admirable. Derrière le comptoir, rangées sur des rayonnages, il y avait assez d'armes pour entamer une petite guerre. À chaque fois que des démons s'installaient dans sa tête, c'était ici que Banksy venait chercher du réconfort, et il ne manquait jamais de le trouver. Et en cette fin de soirée de dimanche, il en avait plus que besoin.

« Excuse, mais j'comprends pas, Banksy. C'est le grand branle-bas, ça bipe de partout, tout le monde est sur le pont… et pas toi ?

– Ils veulent pas de moi. Ils m'ont fermé la porte au nez.

– C'est ridicule, un homme comme toi, avec ton expérience, c'est débile. Bon, faut que je te dise, Banksy, on parle de frictions chez les Delta.

– Je pensais pas que ça arriverait jusqu'à toi. Paraît qu'il y a des doutes sur moi, sur mon engagement. J'ai été exclu du briefing. »

Il était encore sous le choc. Avant même le début de la réunion, l'inspecteur lui avait dit :

« Désolé, Banksy, mais votre bip n'aurait pas dû sonner. Les nouvelles consignes de sécurité ne vous concernent pas. On n'aurait pas dû vous convoquer. Mes regrets d'avoir foutu votre soirée en l'air. Passez demain, je vous expliquerai, si j'ai le temps. »

Il s'était levé, avait remonté l'allée au centre de la salle, sachant que tous les yeux étaient sur lui, mais regardant droit devant. Dehors, il avait entendu la porte se refermer derrière lui, une clé tourner. Il s'était laissé aller contre le mur du couloir, tremblant, avant de se rendre au seul endroit où il savait qu'on ne le mettrait pas dehors : la cave de Daff.

« Je suppose que c'est à cause de la petite, dit l'armurier sur le ton de la confidence. Trois ans, c'est ça ? La vie continue, faut que tu l'oublies. Je t'ai jamais raconté cette histoire sur le recrutement des femmes au FBI ? »

Il aurait pu dire que ça n'avait rien à voir avec aucune de ses relations merdiques avec qui que ce soit, ni avec les vieilles tensions créées par son divorce. Mandy n'y était pour rien, mais s'il détrompait Daff, il n'entendrait pas son histoire et l'armurier était un roi dans ce domaine.

« Non, mais tu vas pas tarder. »

Le récit cadencé commença :

« Alors voilà… Le FBI avait besoin d'engager un assassin, un tueur dévoué. Après toutes les vérifications de sécurité et tous les interrogatoires, il restait plus que trois candidats : deux hommes et une femme. Pour le test ultime, les ressources humaines du FBI emmènent le premier gars devant une grosse porte en fer. Ils lui filent un Smith & Wesson en lui disant : « Nous devons être certains que vous obéirez aux ordres à la lettre, quels qu'ils soient. Là-dedans, votre épouse est assise sur une chaise. Tuez-la. » Le mec dit qu'il ne pourra jamais abattre sa femme et on lui répond : « Vous ne correspondez pas au profil. Allez chercher votre femme et rentrez chez vous. » Le second homme reçoit le même ordre. Il prend le pistolet et entre dans la pièce. Il y a cinq minutes de silence. Puis il ressort le visage en larmes et dit qu'il a bien essayé mais qu'il a finalement réalisé qu'il pouvait pas tuer sa femme. Ils lui disent : "Vous n'avez pas ce qu'il faut, rentrez chez vous avec elle." Vient le tour de la femme. Son mari est dans la pièce, assis sur une chaise, et elle doit l'abattre. Elle prend le flingue et entre. Il y a des coups de feu, l'un après l'autre, tout le chargeur. Ensuite, dehors, ils entendent des hurlements, un vacarme incroyable, des machins qui se fracassent, puis le silence revient. Au bout d'au moins trois minutes, la porte s'ouvre et la femme est là. Elle essuie la sueur sur son front et leur dit : "Ce flingue était chargé à blanc. J'ai dû me servir de la chaise pour le tuer." Voilà le genre de meuf qu'il te faudrait, Banksy. »

Il éclata de rire. Il rit jusqu'à en avoir mal et il se rendit compte que c'était la première fois qu'il riait ainsi, de tout son ventre, depuis onze jours, depuis les funérailles, depuis qu'il avait reçu le journal de Cecil Darke.

« Elle me plaît, ton histoire.

– C'est une femme ? C'est une femme qui te fait du mal ?

– Non, Daff. C'est pire qu'une femme. »

Le visage de l'armurier se tordit d'horreur feinte.

« Seigneur, c'est si moche que ça ? Alors, tu as ma sympathie, Banksy. Vas-y, raconte. »

Il était venu au sous-sol, vers son ami – le seul peut-être qu'il avait –, pour trouver une épaule sur laquelle se décharger de son fardeau. Il parla, avec hésitation au début, des mots écrits soixante-dix ans plus tôt « en terre étrangère », il cita le verset du psaume 137, que Daff connaissait du catéchisme, il raconta ce qu'il s'était passé à la cantine, le jeu puéril s'achevant dans le sang, et qu'il soit damné s'il allait présenter des excuses quand il n'était coupable de rien.

Clignant des paupières, il dit :

« Voilà que maintenant il y a des doutes sur mon dévouement. Est-ce que, à cause de ce que j'ai dit de mon grand-oncle, je serai toujours capable de descendre un kamikaze si c'est un jeune homme "brave qui a des principes" ? Est-ce que j'hésiterai ? Est-ce que j'y réfléchirai à deux fois, au lieu de me dire que ce n'est qu'une ordure, un animal enragé qu'il faut abattre, comme ceux du métro ? Dans leur esprit, le doute existe.

– Aucun d'entre nous, Banksy, ne sait comment il réagirait. »

L'amertume de Banks jaillit.

« Ça les empêche pas de se la jouer machos. D'affirmer qu'ils sont sûrs. Ils ne me font plus confiance. »

Le visage de l'autre côté du comptoir s'éclaira.

« Tu as lu cet article à propos du kamikaze à Bagdad l'autre jour ? Non ? C'est du vécu, ça s'est vraiment passé, je te raconte. Un mec fonce avec sa bagnole remplie d'explosifs sous un tank américain, un char de combat M1A1, et il réussit à la coincer entre les chenilles de ce machin qui pèse dans les soixante tonnes. Croyant à un accident de la route, l'équipage sort du tank et trouve le gus dans la voiture ratatinée. Il leur dit qu'il est un martyr mais à cause de la façon dont la bagnole est aplatie, il ne peut pas atteindre le bouton de commande pour se faire exploser. Il meurt quand même, parce qu'ils déclenchent une explosion contrôlée qui le réduit en miettes, alors que le tank n'a rien. Qu'est-ce que tu crois que Dieu lui a dit à son arrivée ? "Mon pauvre, t'as l'air bien malheureux. Ça s'est mal passé au boulot, aujourd'hui ?" Tu ris plus, maintenant, Banksy.

– Non, je ne ris plus. C'est une nouvelle guerre et un nouvel ennemi, et peut-être *qu'ils sont* braves et qu'ils ont des principes.

Je n'ai pas les réponses. D'autres, oui, mais pas moi. Daff, je me fais l'effet d'être cassé.

– Qu'est-ce que tu veux que je te dise ?

– J'en sais rien.

– Bon, pour ce que ça vaut. Si t'es dans la merde, t'essaies d'en sortir, en rampant s'il faut. Tiens bon, Banksy, laisse pas ces salopards te détruire. Suffit d'y croire, ce sera pas tout le temps comme ça.

– Si seulement c'était si facile. À un de ces quatre, Daff. »

En haut de l'escalier, il croisa les Delta, les Golf et les Kilo et fut ignoré. La réunion terminée, ils allaient chercher leurs flingues.

Elle était assise sur le lit, secouée de sanglots silencieux. Dans la pièce voisine, elle entendait le rythme de la musique de Kathy. À côté d'elle, sur la couette, se trouvait le paquet brun dont un coin déchiré révélait les billets de banque.

Elle l'avait trouvé une heure plus tôt pendant le repassage. Deux de ses paires de chaussettes étaient tombées alors qu'elle lui rangeait ses affaires. Elles étaient tombées parmi les chaussures. Le paquet avait été bien caché. Mais elle l'avait trouvé et avait déchiré le papier. Il y avait là plus d'argent qu'elle n'en avait jamais vu. Elle ne voyait aucune raison, autre que criminelle, pour qu'une telle somme se trouve dans sa maison.

La porte s'ouvrit en bas. Sa voix :

« Salut, chérie, tu es en haut ? Tout va bien ? Papa et maman t'embrassent. »

Elle entendit ses pas dans l'escalier. Elle repoussa le paquet un peu plus loin de façon à ce qu'il le voie dès son entrée dans la chambre.

Elle s'essuya les yeux et, inondée de mépris, se tourna pour lui faire face. Elle vit son visage blêmir.

9
Lundi, jour 12

Il tendit l'enveloppe à l'huissier. L'homme l'étudia, des nœuds sur le front. Il la prit avec suspicion, mais lut ce qui était écrit : *En main propre – à l'attention personnelle de M. Justice Herbert, Cour 18.* Il y eut une hésitation.

« S'agit-il de quelque chose dont je peux m'occuper ?

– Non, répliqua Jools, acerbe. Sinon, je ne l'aurais pas adressée à monsieur Justice Herbert.

– À vrai dire, dans l'heure qui précède l'audience, il est assez occupé.

– J'aimerais qu'on la lui remette tout de suite.

– Et quand il est occupé, il s'énerve vite. Êtes-vous en train de me dire que c'est urgent ? »

Jools regarda vivement autour et derrière lui, mais le reste du jury ne semblait pas avoir remarqué sa conversation avec l'huissier.

« Écoutez, il ne s'agit pas d'une plainte à propos de la nourriture ou des chaises. C'est urgent et ça devrait être sur son bureau au plus tôt. C'est-à-dire, tout de suite.

– Bon. C'est vous que ça regarde. »

Tout en traversant la salle jusqu'à la porte, l'huissier continuait à examiner l'enveloppe comme s'il doutait encore de son importance. Puis il disparut. Impossible de le rappeler. Les dés étaient jetés, se dit Jools. Plus rien dans sa vie ne serait comme avant, il en était certain.

Il avait la nausée. Une envie de vomir coincée au fond de la gorge. Il chancela. Ses yeux, larmoyants et injectés de sang, le piquaient, et c'était assez normal. Babs lui avait ouvert le crâne pendant une bonne moitié de la nuit. Sa voix l'avait incisé comme un scalpel. Dans la chambre, avec des mots précis et calmes, elle lui avait extirpé la vérité, lui arrachant d'abord des dérobades murmurées et finalement des aveux. Il avait passé le restant de la nuit sur le canapé du salon. Quand il avait été sur le point de partir, elle lui avait jeté le paquet recollé sur le ventre. Il l'avait serré contre sa poitrine, sous son anorak, tout le long du chemin jusqu'à la cour royale de Snaresbrook. Il se trouvait maintenant dans son vestiaire, caché sous sa veste.

Il chancela encore, les genoux faibles. Toute la nuit, à mesure qu'elle lui enlevait la vérité comme une tumeur, elle l'avait flagellé : « Tu me dégoûtes, tu me fais honte... Ne me donne pas l'excuse de lâche comme quoi ils nous menaçaient, Kathy, toi ou moi. La police est là pour nous protéger de ce genre d'individus... Il n'est pas trop tard. Pour te racheter, tu vas remettre cet argent aux autorités judiciaires... Si ce soir, en rentrant à la maison, tu ne l'as pas fait, j'irai tout droit au commissariat le plus proche et, une fois en cellule, tu auras tout le temps de réfléchir aux accusations dont tu devras répondre. Complicité d'entrave à la justice, si c'est comme ça qu'on dit... Pourquoi ne lui as-tu pas jeté son argent au visage, à cet odieux petit homme ? N'as-tu donc aucune décence, aucune fierté, aucune estime de toi ?... Quand je pense que tu veilles sur l'éducation d'enfants, ici, chez toi, et à l'école... Seigneur, quel Pharisien tu es devenu, indigne de tous ces jeunes placés sous ta responsabilité... Il existe, au cas où tu ne le saurais pas, une distinction très claire entre ce qui est *bien* et ce qui est *mal*, mais puisque tu sembles incapable de le comprendre, il me revient de te remettre sur le droit chemin, à coups de pied aux fesses s'il le faut... Crois-tu que je pourrais jamais me regarder dans un miroir si je savais que nos dettes ont été payées avec cet argent ? Tu crois ça ? Eh bien, tu te trompes. Je préférerais crever de faim, vivre dans la rue comme une clocharde avec Kathy, que d'en dépenser un penny... Sors de ma vue, parce que je ne veux pas de toi dans ma chambre et encore moins dans mon lit... Il y aura des conséquences, la police veillera sur nous et j'ai plus confiance en elle que dans la parole de criminels... »

Elle avait toujours su s'y prendre avec les mots, sa Babs.

« Hé, Jools, vous avez picolé, hier soir ? »

Baz s'était approché et il ricanait.

« Ça a dû être une sacrée fête, gloussa Fanny. Vous avez bu quoi ? Cinq, six bouteilles ? »

Il s'écarta et s'effondra sur une chaise.

Fanny vint s'accroupir devant lui.

« Ne les écoutez pas, Jools, dit-elle avec douceur, ils sont juste idiots et méchants. Êtes-vous malade ou bien êtes-vous empli d'*Angst*[1] ? Vous pouvez me le dire, je ne partage mes secrets qu'avec mon chat. »

Quelle femme délicieuse et chaotique, dotée d'une poitrine assez admirable à laquelle il consacrait généralement son attention pendant l'audience après le déjeuner, mais si elle s'imaginait qu'il allait lui faire des confidences...

« Ce n'est pas une histoire d'alcool. Il se trouve simplement que j'ai mal dormi », dit-il.

Sur le mur, les aiguilles de l'horloge tournaient. Le moment passa où, en temps normal, l'huissier aurait conseillé à ceux qui en avaient besoin de faire un dernier tour aux toilettes. Les autres avaient maintenant battu en retraite vers les chaises dures disposées le long des parois et s'occupaient avec des mots croisés ou fléchés, à l'exception de Fanny qui tricotait. Leur huissier était revenu dans la salle, y avait traîné de longues minutes avec un air de crise sur le visage, avait été rappelé dehors, était revenu, ressorti. Maintenant, ils auraient dû être en train de préparer leurs blocs-notes pour entrer au tribunal. La fatigue et la nausée de Jools commençaient à se dissiper, à se diluer dans un sentiment d'exaltation. Aucun d'entre eux ne connaissait la raison de

1. En allemand dans le texte. *Angst* : peur, anxiété...

ce retard. Lui seul savait. C'était comme si, sans que personne ne le voie, il avait dégoupillé une de ces grenades en forme d'ananas, l'avait délicatement fait rouler sur le sol et qu'elle s'était arrêtée en oscillant au milieu de la pièce. L'huissier était de retour : il se mit à tousser bruyamment, pas pour s'éclaircir la voix, mais pour obtenir leur attention. Jools comptait les secondes avant l'explosion.

« Je suis au regret de vous dire, mesdames et messieurs, qu'un retard s'est produit ce matin et j'ignore combien de temps il durera. Notre juge vous demande de faire preuve de patience. Une affaire s'est signalée à son attention dont il doit s'occuper. Dès qu'il aura une réponse à la difficulté qui vient de surgir, il vous fera appeler. Je crains de ne pas être autorisé à discuter de cette affaire, de cette difficulté, avec vous. »

Jools lui fit signe de le rejoindre, avant de sortir une clé de la poche de son pantalon.

« Dans mon vestiaire, vous trouverez un paquet qui corroborera ce que j'ai écrit au vieil Herbert, murmura-t-il. Allez le chercher, s'il vous plaît, sans fanfare ni tambour, et donnez-le-lui. »

Cela fut fait avec discrétion. Il étala ses sandales loin devant lui, se renfonça dans son siège, bâilla, et bâilla encore. Ils allaient tous le prendre pour un héros. Ils ne sauraient jamais qu'il n'était qu'un trouillard, un merdeux qui s'était écroulé face à l'honnêteté de sa femme.

***

« Vous vous en chargerez, inspecteur-chef. Je compte sur vous.

– Le coût, monsieur, d'une telle procédure, est prohibitif.

– Il n'y a là aucune matière à discussion. Je ne tolérerai pas la perte d'un procès à un stade aussi avancé. Selon mes estimations, la couronne a déjà investi plus de deux millions de livres. Un ajournement – et donc de nouvelles audiences – ajouterait, au bas mot, un million supplémentaire à la facture. Il faut aussi considérer, et l'argument est puissant, que l'abandon du procès dans ses dernières heures constituerait une victoire pour les forces de corruption. Non, si le jury a besoin de protection, je vous charge de la lui fournir. »

Si M. Justice Wilbur Herbert était troublé par ce qu'il avait appris ce matin, il n'en donnait aucun signe. Il anticipait qu'une estimation préliminaire des coûts et frais défilait à toute allure dans l'esprit de l'inspecteur-chef. Mais son souci était la justice, pas la dépense de l'argent public. Il avait joué la carte du prix d'un nouveau procès et repoussé avec hauteur une telle perspective. Pourtant, ses motivations étaient économiques. Regina *v* Curtis et Curtis était une affaire très médiatisée qui ne pouvait qu'attirer l'attention du lord Chancelier[1]. Une heureuse conclusion accroîtrait ses chances de devenir pair et, au bout du compte, d'obtenir un siège à la cour d'appel. Il n'avait aucun doute que son jury diminué prononcerait un verdict de culpabilité quoi qu'il arrive. Il avait déjà établi les grandes lignes de la déclaration qu'il livrerait aux accusés quand il les enverrait passer l'essentiel, sinon la totalité, du reste de leur vie en tant que détenus de catégorie A. Bien caché sous un vernis de calme et de politesse, il éprouvait un féroce désir de purger, à chaque fois que cela était en son pouvoir, le monde du crime organisé. S'il avait vécu un demi-siècle plus tôt, M. Justice Herbert aurait souvent demandé à un huissier de couvrir sa perruque d'un tissu noir et non froissé avant de prononcer la peine capitale contre des assassins. Pas approprié dans ce cas, mais casser des pierres dans une carrière aurait été une juste rétribution de la société envers des hommes comme Ozzie et Ollie Curtis. De préférence du granit.

L'inspecteur-chef, l'officier enquêteur supérieur affecté à l'affaire, s'agitait sur sa chaise.

« Le coût, monsieur, n'est qu'un des problèmes.

---

1. Lord Chancelor ou lord (grand) Chancelier : plus ou moins équivalent au garde des Sceaux.

– Je ne suis pas d'humeur à ce qu'on m'inflige des problèmes.

– Celui auquel je pense, monsieur, concerne la main-d'œuvre.

– Je doute qu'il soit insoluble. Un officier de votre expérience et de votre capacité pourra et saura, j'en suis sûr, contourner cette difficulté. »

Les objections furent aussi impitoyablement repoussées que tout autre obstacle pouvant entraver l'ascension professionnelle de M. Justice Herbert. Mais cette dureté était formulée avec une courtoisie vieille époque que tous ceux qui fréquentaient ses audiences connaissaient bien. Dans ses conseils aux jurés et sa façon de traiter les avocats de la défense, il faisait preuve d'une minutie qui éradiquait toute possibilité d'appel. Tout en lui ne semblait que pondération et patience. Ses passions connues – la lecture de mélodrames victoriens, la poésie, la voile à bord d'un dix-huit pieds ancré à Southwold, ainsi que la fréquentation assidue de la prière du samedi matin dans la cathédrale de sa ville, St Albans – donnaient toutes une image de raison attentive qui n'était qu'une façade. Il pensait que l'inspecteur-chef allait bientôt faiblir, mais il tolérait ce chipotage et voulait bien lui accorder son moment.

« Le coût de la protection, monsieur, est hallucinant. Nous avons un jury de dix personnes, et même si l'une d'entre elles a bien voulu révéler une tentative...

– Pas seulement "révéler". Elle nous a aussi remis une somme d'argent des plus conséquentes, nous donnant ainsi deux témoignages marquants de probité et de courage.

– Bien sûr, monsieur, mais cet individu n'a sans doute pas été le seul à avoir été approché. Vous me demandez...

– Je vous *commande*, inspecteur-chef.

– Oui, monsieur. Et vos instructions signifient que je vais devoir dénicher les effectifs capables de veiller sur les membres du jury – et ils sont dix – *ainsi que* sur leurs familles. Il faudra installer ce même jury dans des installations sécurisées pour le restant du procès, tout en nous assurant dans le même temps que leurs familles seront protégées chez elles. Nous sommes en train de parler d'une centaine d'officiers dont un gros pourcentage devra être armé. C'est un effort considérable, monsieur.

– Et votre travail consiste à fournir cet effort.

– Hormis tout cela, il nous faut aussi penser à notre devoir de protection des jurés et de leurs familles à l'avenir. Tout ne s'arrêtera pas, monsieur, à la fin du procès. Cela pourrait encore durer des mois. Franchement, j'entends une caisse enregistreuse s'emballer, là, sans compter qu'il faudra peut-être reloger certains d'entre eux.

– Oui, inspecteur-chef, c'est le prix de la justice. Qu'allez-vous faire ? Mettre les jurés dans un hôtel jusqu'à la fin du procès ?

– Je ne pense pas. Rien n'est moins sûr qu'un hôtel : des gens qui entrent et sortent, un personnel douteux, des escaliers de secours et des entrées de service. Je chercherai ailleurs. Il y a aussi le souci d'apaiser les membres du jury. "Qui va veiller sur ma femme, sur ma mère ?" Et ainsi de suite. Certains pourraient paniquer et vouloir arrêter.

– Ceci relève de ma responsabilité et je m'en occuperai. Je vous suis très reconnaissant de votre réponse positive, inspecteur-chef, et je vous garantis que votre coopération sera signalée dans la lettre personnelle que j'enverrai à votre commissaire. C'est avec confiance que je laisse cette affaire entre vos mains capables. Et n'oublions pas l'acte civique accompli par cet homme des plus courageux, Julian Wright. »

Ayant ainsi signifié la fin de l'entrevue, M. Justice Herbert revint aux monticules de paperasse sur son bureau, mais du coin de l'œil il nota que l'inspecteur avait enfilé des gants en latex avant de s'emparer du paquet qui avait été déchiré afin d'entrevoir les liasses de billets. Il se retrouva seul dans la pièce. Se souciait-il des coûts ? Non. Se souciait-il de la perturbation de la vie privée des jurés ? Non. Se souciait-il d'un ajournement et de la perspective éventuelle de perdre l'occasion de délivrer un habile discours sur la menace que le crime organisé faisait peser sur toute la société ? Absolument. Sa maison était infestée d'alarmes anti-intrusion : lui-même vivait sous la menace permanente des complices de ceux contre qui il prononçait de longues peines d'emprisonnement. En raison de ses obligations envers la justice, il portait un cilice, comme les ascètes et les pénitents du temps jadis. D'autres pouvaient en faire autant.

Il appela son clerc, lui annonça qu'il avait besoin de la présence dans sa pièce des représentants de l'accusation et de la défense. Il les reçut, écouta leurs commentaires. Quand ils eurent terminé, il les remercia avec effusion et déclara que l'audience reprendrait dans dix minutes.

Il rédigea ce qu'il allait dire, mesurant chaque phrase et vérifiant une référence à une affaire qui était allée en appel l'année précédente. Il réécrivit une ligne puis enfila sa robe, rajusta sa perruque devant le miroir, resserra son écharpe, rangea l'enveloppe et la lettre dans le coffre, brouilla la combinaison, verrouilla la porte de la pièce derrière lui, emprunta le couloir et savoura le cri qui le précéda :

« Mesdames et messieurs, levez-vous. »

M. Justice Herbert, avec toute la majesté de son rôle, pénétra dans la dix-huitième cour, prit son siège et lut ce qu'il avait écrit.

Tous les yeux étaient rivés sur lui. Nul ne toussait, ne s'agitait.

Il conclut :

« Mesdames et messieurs du jury, vous m'avez écouté avec beaucoup d'attention, mais je vais prendre la liberté de vous rappeler les points essentiels de ma déclaration. Il s'agit là d'une affaire de la plus haute importance et aucun malentendu ne doit subsister. Il a été porté à ma connaissance que des malfaiteurs ont tenté de soudoyer un ou plusieurs d'entre vous dans le but de faire prononcer un verdict de non-culpabilité à l'égard des accusés et qu'une récompense en argent a été offerte. Cette information a été confirmée par la police. En raison de cette information, certaines restrictions de vos mouvements et de vos libertés deviennent nécessaires, ce que je regrette profondément. Nous sommes ensemble depuis longtemps maintenant, et j'insiste avec la plus grande emphase pour qu'aucun d'entre vous n'envisage de fournir de fallacieuses excuses dans le but d'abandonner le procès au moment même où il entre dans sa phase ultime. Vous avez jusqu'ici montré un tel dévouement que je suis confiant sur ce point : je peux compter sur vous et, en anticipation de votre collaboration, je vous exprime ma plus sincère reconnaissance. Maintenant, je vais le répéter, car ceci est au cœur de l'affaire, vous ne devez en aucun cas tirer la moindre conclusion de ce que je viens de vous révéler au regard du dossier qui nous occupe. Il n'y a aucune preuve que ni monsieur Oswald Curtis ni monsieur Oliver Curtis aient été le moins du monde mêlés à cette tentative de corruption. En ce qui me concerne, ils sont totalement innocents de toute implication. Je ne puis souligner ceci plus fortement. Il nous reste à entendre les plaidoiries finales de l'accusation et de la défense. Puis je vous offrirai quelques conseils et vous vous retirerez – soit à la fin de cette semaine, soit au début de la prochaine – afin de délibérer du verdict, mais vous ne déduirez *pas*, en raison des précautions mises en place autour de vous, que cette tentative présumée de corruption et d'intimidation est le fait des accusés. Elle ne fait pas partie de ce procès, et vous ne prendrez votre décision que sur la foi des témoignages faits sous serment devant vous. Vous devez chasser ces allégations – qui ne sont que cela – de vos esprits. Bien. Maintenant, mesdames et messieurs du jury, nous allons ajourner, mais je dois vous demander de faire preuve de patience. Vous attendrez dans la salle des délibérations la mise en place de certaines dispositions et nous reprendrons notre audience ce matin. Mais n'oubliez pas : vous ne jugerez cette affaire que sur la base des témoignages entendus dans cette cour et sur rien, *absolument rien*, d'autre. »

« Le bâtard, le sale petit enculé, je vais...

– S'il vous plaît, monsieur Curtis, surveillez votre langage et vos cris.

– Il a pris mon fric. J'vais lui faire la peau.

– Vous courez le risque, monsieur Curtis, que tout l'immeuble vous entende.

– Il a mon fric et l'autre enculé d'Intimidateur aussi. On s'est fait niquer. »

Le *barrister*, le « baveux » d'Ozzie Curtis, encaissait la charge, au grand soulagement de Nathaniel Wilson, heureux de cet infime répit. Il était debout, collé au mur de la cellule. Comme en transe, incrédule, Ollie Curtis était assis sur le matelas couvert de vinyle, fixant les barreaux de la fenêtre sans contribuer au débat, contrairement à son frère aîné. La gueulante avait commencé à la seconde où les deux avocats avaient été introduits par un gardien impassible qui avait dû se pisser dessus dès la porte refermée et le verrou tiré. Wilson se demandait si c'était l'argent perdu qui blessait son client ou bien le fait de savoir que le jury – s'il n'y avait aucune défection et s'il restait ferme dans sa résolution – allait maintenant, inévitablement, les condamner.

Le *barrister* reprit la parole, non sans nostalgie :

« Monsieur Curtis, le problème est que notre juge s'est montré habile en se donnant beaucoup de mal pour vous exonérer de toute faute. Il ne pouvait guère en dire davantage. Bien sûr, lors de notre entretien préliminaire, j'avais fait tout un foin à propos de l'influence inévitable et néfaste de cette révélation sur le jury et j'ai demandé l'ajournement, mais il a refusé et a pris soin de couvrir cet aspect. Les possibilités d'appel, si ce procès tournait en votre défaveur, sont désormais considérablement réduites. Notre juge connaît son affaire.

– Il tourne en notre putain de défaveur.

– Je le crains, monsieur Curtis.

– Et ce bâtard a pris notre fric. Qu'est-ce que vous comptez foutre, Nat ?

– Eh bien, ce que je ne vais pas faire, Ozzie, c'est me ruer là-haut, me servir de mon portable et me faire tracer. C'est une situation difficile, Ozzie, qui nécessite de la réflexion.

– Je veux que ce connard souffre longtemps, et vous allez arranger ça. »

Nathaniel Wilson ne répondit pas. Le *barrister* frappa à la porte pour qu'on lui ouvre. Ceci ne le concernait pas. Wilson était dans la merde jusqu'au cou. Il pensa à l'homme assis sur le deuxième banc des jurés, avec ses joues mal rasées et ses sandales, se demandant comment il avait été assez stupide pour trahir son client, accepter l'argent d'Ozzie Curtis pour ensuite jouer au héros… et son esprit se tourna, avec une rare envie, vers une vie en dehors du petit appartement qu'il partageait avec sa femme au-dessus du bureau. Ozzie – lessivé, Dieu soit loué – avait battu en retraite et se tenait à présent le front collé à un mur de la cellule. Plus tard, quand ses communications seraient masquées par des pare-feu, il contacterait Benny Edwards. Oui, cet homme qui avait rendu l'argent à la justice était un monumental idiot. Il risquait fort de « souffrir longtemps ».

Le verrou fut tiré. Le même gardien impassible les laissa sortir, le *barrister* et lui.

La porte s'était ouverte et il y avait eu des bruits de pas dans le couloir. Maintenant, Ibrahim Hussein entendait la chasse d'eau.

Ces sons brisaient le silence du cottage. Des heures plus tôt, il avait vu son chef partir dans la voiture qui avait lentement remonté le chemin de terre. Khalid conduisait et la fille était avec eux, ainsi que Jamal. Plus tard, Syed était, lui, parti à pied pour s'installer dans le bosquet à mi-chemin de la route d'où il avait vue sur la maison et ses abords, ainsi que sur les champs alentour. Le costaud, Ramzi, était vautré dans une chaise longue avec un magazine rempli de photos en couleurs de bodybuilders aux muscles grotesques. L'horloge dans le couloir, près de la porte d'entrée, tictaquait bruyamment. Du temps avait passé dans la vie d'Ibrahim Hussein, depuis la ville de Jizan dans la province d'Asir, et il ignorait combien passerait encore avant qu'il ne marche. Il s'empara de son livre pour consacrer ces jours à mieux apprendre les pages imprimées. Sa porte s'ouvrit et il sursauta. Le livre tomba sur la moquette.

« S'il te plaît, tu veux bien venir avec moi ? »

L'homme lourdement charpenté emplissait le seuil.

« Tu veux bien, s'il te plaît, prendre cette veste, celle en cuir, avec toi ? »

Il la récupéra sur le dossier de la chaise avant de le suivre. Il fut conduit dans une chambre tout au bout du couloir et dut baisser la tête pour passer sous une poutre. La table était devant lui.

Un gilet était posé sur les journaux qui la recouvraient. Des espèces de grandes poches y avaient été cousues dans lesquelles se trouvaient les bâtons. Des mouches grouillaient sur les sacs en plastique fixés aux poches avec du fil fin, et leur bourdonnement dominait le tic-tac de l'horloge. Dans les sacs, il vit, parmi la fiente, des clous, des vis et des billes de roulement. Des fils électriques reliaient les bâtons à deux piles et d'autres partaient de celles-ci pour rejoindre un interrupteur. Il fixait tout cela avec respect, crainte et admiration.

On lui dit sèchement :

« S'il te plaît, tends les bras. »

Le gilet fut délicatement enfilé sur eux. Le poids s'installa sur ses épaules, un fardeau, et Ibrahim dut bander les muscles de la poitrine et du dos. Des doigts tirèrent le tissu, le replaçant, le redressant, lui donnant du mou. Il était dans la boutique d'un tailleur sur la corniche. Son père assis l'observait en souriant avec fierté, car son seul fils survivant était devenu adulte. Le tailleur, un lointain cousin, s'activait sur la chute de la robe maintenue par des épingles et pas encore cousue à la perfection, sa nouvelle tenue pour le début du premier trimestre à la faculté de médecine. Enserrées dans des gants en plastique, des mains tâtaient et ajustaient, du ruban adhésif fut ajouté sur les raccords protubérants avec les détonateurs luisants.

« Tu es à l'aise ? »

La question était posée avec moins de respect que par le tailleur, le lointain cousin de son père, mais c'était la même. À l'époque, dans l'élan de la jeunesse et l'excitation de partir au loin entamer ses études, il avait tournoyé sur lui-même, la robe s'était envolée autour de ses hanches et de ses genoux et son père avait applaudi. Il ne savait que répondre. Les mouches quittaient les sacs pour voler dans ses yeux, son nez et ses oreilles. On lui dit :

« Il faut que tu sois à l'aise. Sinon, tu seras gêné pour marcher et cela attirera l'attention. Un homme qui marche bien n'est pas remarqué, mais il doit être à l'aise. Sinon, il se trahit.

– Je suis à l'aise, dit Ibrahim d'une voix rauque. Mais les mouches… »

Il fut interrompu, comme si sa remarque était inutile.

« Peu importe, il y a un spray dans la cuisine pour les tuer. Je veux savoir si c'est trop serré. Si tu es gêné. Je peux élargir un peu à l'arrière si tu as besoin de plus de place.

– Je ne suis pas gêné. »

La veste fut prise sur le dossier de la chaise.

« C'est ce que tu porteras ? La longueur est bonne. Elle cachera ta poitrine. Essaie-la, mais doucement parce que les connexions ne sont pas encore définitivement fixées. Vas-y. »

Il sentit l'odeur du cuir, sa solidité, passa les bras dans les manches et laissa la peau noire retomber sur lui.

« Boutonne-la. Délicatement. »

Il fit comme on lui disait. Les doigts revinrent sur son torse pour tirer la veste. Il vit un sourire bref et rude de satisfaction.

« Assez de place, pas trop serrée, bien. Tu peux tout enlever, mais doucement. »

Il laissa tomber la veste sur le sol avant de faire glisser le gilet sur ses épaules. Une fois soulagé de son poids, il eut une sensation de liberté. On le lui prit pour le poser à nouveau sur la table, mais les mouches restèrent sur son visage.

« Qu'est-ce que je fais, maintenant ?

– Si tu as une remarque à propos du gilet, tu me le dis. Si tu n'en as pas, tu retournes dans ta chambre. Ne te méprends pas sur moi, jeune homme. Je ne suis pas quelqu'un avec qui on parle dans un café. Je ne suis pas un recruteur qui persuade des jeunes de se précipiter au ciel. D'autres parlent et d'autres persuadent. Moi, je m'occupe du matériel. Je suis un combattant, un expert, et j'utilise toutes les armes à ma disposition. C'était ton choix de te porter volontaire, tes motivations ne me concernent pas. As-tu une remarque ?

– Non.

– Alors, retourne dans ta chambre. »

Ibrahim ramassa la veste, qui était son bien le plus précieux. Il se dit à lui-même – avec des mots durs et silencieux – qu'il n'avait pas peur, qu'il n'avait pas besoin d'être réconforté. Il quitta la chambre sans regarder la table ni le gilet.

***

« Si c'est un problème, baisse ton froc et pisse dessus. »

Tariq, désormais l'Ingénieur, avait appris la valeur de l'attaque suicide, des martyrs de Dieu, quand il était un jeune lieutenant de dix-huit ans servant sur le front dans la péninsule d'Al-Faw.

Le problème était le canon surchauffé d'une mitrailleuse légère PKMB 7.62 mm de fabrication russe.

Ce que le sergent lui avait dit, Tariq l'avait fait. Il s'était exposé, la tête et les épaules au-dessus du parapet de sacs de sable, avant de s'accroupir au-dessus du canon. Il avait dénoué sa ceinture, baissé son pantalon et uriné sur l'arme. Un nuage de vapeur sifflant était monté du métal. Puis il avait chargé une autre bande de munitions et avait rouvert le feu. Et ils avaient continué à venir.

La position la plus proche, à trente pas sur sa droite, avait été abandonnée. Dans celle à sa gauche, à cinquante pas, le tireur, un caporal, était écroulé sur sa mitrailleuse, en proie à des sanglots convulsifs. C'était dur de tuer des gosses. Un homme avait fui devant l'avancée des enfants, un autre s'était effondré, mais Tariq avait continué à tirer par rafales de six à neuf coups à chaque fois que son doigt pressait la détente.

Il savait ce qu'avait dit leur ayatollah : « Plus nous sommes nombreux à mourir pour notre cause, plus nous devenons forts. »

L'assaut sur terrain découvert, au-delà des roseaux du marais, vers les nids de mitrailleuses, avait reçu le nom de code Karbala 3 par l'ennemi. Tout en courant, les gosses hurlaient des gémissements stridents : « *Ya Karballah, ya Hussein, ya Khomeini.* » Ils venaient par gros essaims. Tariq savait, parce que les cadres baasistes l'avaient rebattu aux oreilles de chaque soldat du front, que les enfants étaient utilisés en avant-garde d'une attaque pour que leurs pieds agiles déclenchent les mines antipersonnelles posées devant les barbelés qui protégeaient les nids de sacs de sable. Grâce aux enfants, les troupes régulières de l'ennemi et les Gardiens de la révolution n'auraient pas à se frayer un chemin dans les champs de mines. Son sergent lui avait dit qu'au début de la guerre, pendant les premières années, les commandants ennemis avaient tenté d'utiliser des ânes pour nettoyer les mines, mais dès que l'un perdait ses pattes dans une explosion, les autres étaient trop têtus pour continuer à avancer, même quand on leur tirait dessus. Et en Iran, il y avait plus d'enfants que d'ânes. Il voyait à peine au-delà du mur de petits cadavres derrière les barbelés. Il tirait, rechargeait, tirait à nouveau. Le mitrailleur à sa droite avait fui parce que son canon de remplacement était devenu lisse et inutile, comme le premier. Celui à sa gauche s'était effondré, traumatisé par le massacre de tant d'enfants.

Au-dessus du mur de cadavres, il voyait la myriade de petites têtes sur lesquelles brillaient des foulards rouges, les visages lisses et juvéniles, déformés par la haine. Il les balaya avec sa mire. À une distance de cinquante pas, la mitrailleuse PKMB – entre les mains d'un bon tireur doté de sang-froid – avait, selon le manuel, quatre-vingt-dix-sept pour cent de chance de toucher une cible de taille humaine. Un taux de réussite plus dur à atteindre maintenant, car ils étaient si petits, mais ils compensaient en se présentant par grappes serrées, à la manière des gosses qui courent dans une cour d'école. Certains étaient pris dans les barbelés et le sang trempait leurs tee-shirts, sur lesquels était inscrit le message : « L'Imam Khomeini m'a donné la Permission d'entrer au Paradis. » Mais là, pris dans les barbelés, ils hurlaient après leurs mères, pas après leur ayatollah, et il voyait derrière la mire en V et l'aiguille les petits colifichets en plastique qui pendaient à leurs cous.

Il savait ce qu'étaient ces petits colliers, les cadres baasistes le leur avaient expliqué. Les enfants y portaient de petites clés en plastique. Ces clés serviraient à déverrouiller les portes du paradis. Le cadre avait dit à son unité que, plus tôt dans la guerre, pendant la campagne Karbala 1, elles étaient en fer, mais l'Iran était maintenant à court de métal et le plastique était plus facile à se procurer et à manufacturer.

Ce jour-là où Tariq était un très jeune lieutenant, il avait tiré plus de cinq mille cinq cents cartouches de 7.62 mm sur des enfants. Quand le crépuscule était venu, sans qu'une brèche ne soit ouverte dans le barbelé en face de lui, il avait cessé d'appuyer sur la détente et les hurlements s'étaient tus. Dans le silence, il n'y avait plus eu que le murmure gémissant des blessés. Il avait appris la valeur d'un martyr volontaire quand il avait dû pisser sur le canon d'une mitrailleuse, et il ne l'avait pas oubliée. Pendant des jours après cela, les corbeaux avaient festoyé et la puanteur avait grandi. Puis les blindés avaient été envoyés, avaient chassé l'ennemi iranien, et des bulldozers avaient été déployés pour creuser des fosses et y pousser les cadavres d'enfants.

Une médaille avait été épinglée sur sa poitrine par le président, il avait reçu un baiser sur les joues, mais la leçon du pouvoir effroyable des martyrs était restée en lui.

Travaillant sur les coutures du gilet, il ne pouvait se rappeler combien il en avait aidé à gagner le paradis. Fixant plus solidement le fil électrique aux piles, l'Ingénieur n'avait pas le moindre doute : il créait la terreur dans l'esprit de son nouvel ennemi, les Américains et leurs alliés.

Les martyrs n'étaient qu'une arme de guerre. Ils n'avaient pas plus d'importance qu'un obus, une bombe, une roquette ou une balle. Les martyrs accomplissaient la tâche qu'il leur fixait et, en retour, se voyaient peut-être offrir quinze minutes de célébrité. Puis les chaînes de télévision par satellite qui avaient transmis la vidéo les concernant passaient à un autre sujet.

Peu importait que le garçon lui plaise ou pas. Ce qui comptait c'était qu'il marche sans se révéler, que la veste en cuir cache les bosses que formaient les bâtons d'explosif, les sacs de clous, de vis et de billes souillés.

Il ne se pressait pas. Les gants auraient gêné les mouvements de ses doigts s'il l'avait fait. Ses engins étaient réalisés pour une fiabilité maximale. Mais il avait hâte de quitter cet endroit. Il le détestait et le craignait. Il serait loin d'ici bien avant que le garçon ne marche avec le gilet caché sous sa veste.

Le fermier demanda à sa femme :

« Qu'est-ce qu'ils fabriquent, là-bas, toute la journée ?

– J'en sais rien et ça ne m'intéresse pas particulièrement. »

Elle se débattait avec les comptes sur la table de la cuisine.

Il avala du café.

« Je ne me plains pas. Leur argent nous fait du bien. C'est juste que… Qu'est-ce qu'ils fabriquent ?

– Quelle importance ?

– Aucune, je suppose. J'ai vu la voiture partir ce matin. La moitié des rideaux des chambres était encore tirée, mais il y avait du linge qui séchait dehors. Un peu plus tard, j'étais sur le tracteur dans le grand champ et l'un d'entre eux était assis, les fesses par terre en plein milieu du vieux taillis. Il m'a fixé comme un zombie. Tu crois qu'ils prennent de la drogue ?

– Ça m'étonnerait. C'était pas le genre de la fille, si tant est qu'il y ait un genre pour ça. Bon, on peut se réjouir. Grâce à eux, à leur contribution, on va s'en sortir ce mois-ci. »

Elle rassembla tous les papiers, les enfouit dans une chemise qu'elle jeta dans le tiroir de la table.

Il rigola.

« Si ça se trouve, c'étaient des champignons magiques. Mais je me dis que l'un d'entre nous...

– Moi, par exemple ?

– ... pourrait peut-être aller voir là-haut, à un moment cette semaine, juste pour s'assurer qu'ils n'ont pas...

– Tout bousillé ? Tu n'as pas vu cette fille, mais moi oui. Elle est très gentille. C'est une réunion de famille. Ça ne nous regarde pas ce qu'ils font de leurs journées. Mais d'accord, j'irai. Pas aujourd'hui parce que j'ai encore le repassage et que je dois finir cette broderie si je veux qu'elle soit prête pour la foire, mais j'irai. Et ne va pas croire qu'ils vont me mordre. Je passerai demain. Ou après-demain. Tu es content ? »

Il sourit, se leva, puis se pencha pour déposer un baiser sur sa joue.

« Juste pour être tranquille, demain ou après-demain. »

Il sortit, enfila ses bottes en caoutchouc et rejoignit, la démarche chaloupée, son tracteur. Il devait finir de herser les vingt-cinq acres qui se trouvaient derrière le grand champ. Il se demanda si le zombie se tannait toujours les fesses dans le vieux taillis et il ne voyait vraiment pas ce qu'une famille orientale venait faire à Oakdene Cottage, ni pourquoi, au milieu de la matinée, la moitié des rideaux était encore tirée... mais elle le découvrirait. Elle avait un flair de renarde dès qu'il s'agissait de fouiner.

C'était une question de confiance, et le Scorpion en avait peu. Il marchait derrière la fille à travers la place avec, près de lui, le plus jeune d'entre eux, Jamal. Ses hanches se balançaient devant lui, mais il en détacha son regard pour observer les alentours. Ses yeux balayèrent les affiches annonçant les soldes qui commenceraient à neuf heures du matin samedi prochain au centre commercial. Il n'avait pas assez confiance pour montrer son intérêt. Elle gravit les marches et se retourna.

Elle dit doucement :

« Samedi matin, juste avant neuf heures, il y aura une queue, ici. Beaucoup, beaucoup de monde. »

Auprès de son grand-père, il avait appris à se méfier du père qui avait abandonné sa mère enceinte. En marchant dans les orangeraies avec sa grand-mère, il avait appris à se méfier de sa mère qui l'avait rejeté pour s'évader dans la mort. Assis dans une salle de classe, il avait appris à se méfier des autres élèves qui ricanaient et le traitaient de bâtard sans parents. En tant que jeune recrue chez les parachutistes, il avait appris à se méfier des techniciens chargés de plier les toiles après avoir vu devant lui un homme tomber du ciel sans que la sienne ne s'ouvre. En tant que parachutiste chevronné dans l'armée jordanienne, entraîné à la guerre contre l'ennemi sioniste, il avait appris à se méfier quand la frontière avait été ouverte aux diplomates juifs et qu'un accord de lâches avait été conclu. Après avoir disparu de la caserne à Amman pour s'engager comme volontaire dans la milice balbutiante à Bagdad, il avait appris à se méfier quand, deux mois plus tard, les unités de la garde républicaine s'étaient désintégrées quand elles avaient été attaquées. Dans les rangs des moudjahidin, opérant depuis le refuge censé être sûr du triangle, il avait appris à se méfier quand des « frères » capturés parlaient.

Il ne se fiait à aucun des éléments de la cellule assemblée pour lui. La fille avait du potentiel, mais cela ne suffisait pas.

Il fit demi-tour et retraversa la place. Il avait vu la confusion plisser la balafre et il entendit la rafale de ses talons alors qu'elle lui courait après. Il marchait d'un pas vif vers le parking.

À la voiture, elle s'exclama :

« L'endroit ne convient pas ? »

Sa survie était basée sur la méfiance.

Il dit à Khalid d'une voix ferme, résolue :

« Je veux aller dans l'autre ville. Birmingham, c'est ça ? Cet endroit est une merde, trop petit et indigne de son sacrifice. Je vais à Birmingham pour faire la reconnaissance d'une vraie cible. »

Les visages de la fille et du jeune se décomposèrent, comme il l'avait voulu. Il leur dit de prendre un bus pour retourner au village, que lui seul irait, avec Khalid pour le conduire. Il vit que le jeune était au bord des larmes et que la bouche de la fille – sous la cicatrice – se tordait de colère sous l'affront. Il annonça qu'il resterait à Birmingham pour le reste de la journée et de la nuit, qu'il reviendrait au cottage le lendemain.

Tromperies, mensonges, dérobades formaient un filet protecteur derrière lequel le Scorpion, Muhammad Ajaq, vivait.

Après le portail, au-delà des denses rhododendrons, le terrain s'ouvrait sur une pelouse plate, assez grande pour accueillir une demi-douzaine de terrains de foot, menant au vieil édifice. L'inspecteur David Banks nota à peine l'immense façade de brique et de pierre, les tours façon folie qui se dressaient haut au-dessus de l'entrée principale. Il n'avait pas vu le lac, les canards et les oies sur l'eau. Il n'était pas d'humeur à se taper une visite touristique de la cour de la couronne de Snaresbrook. Il se gara sur un emplacement réservé aux handicapés.

« Ne venez pas vous plaindre, Banksy. C'est vous qui avez donné le bâton pour vous faire battre. Oui, j'ai essayé à la fois avec les Golf et avec les Kilo, mais une mauvaise parole est comme une mauvaise odeur. Elle se répand, vous comprenez ? Ni les uns ni les autres ne voulaient de vous. Je suis désolé, mais j'ai fait ce que j'ai pu. Au cours des prochains jours, vous devriez peut-être réfléchir au merdier dans lequel vous vous êtes fourré et à la façon de vous en sortir. Avec la situation que nous avons à Londres en ce moment, je n'ai pas de temps à consacrer à votre cas personnel, Banksy. Mon dernier mot sur tout ça est que les gars avec qui vous devriez travailler ont perdu confiance en vous. En tant qu'officiers de protection et dans un moment de menace maximale, ils sont en droit d'attendre une absolue loyauté de la part de chacun des autres membres de l'équipe. Malheureusement, ils sont désormais convaincus qu'en cas de tension vous hésiterez, que vous n'appuierez pas sur la détente. Ne vous inquiétez pas, vous n'allez pas rester planqué à vous tourner les pouces, les pieds sur le bureau, pendant que les gars font leur boulot. En réponse à une demande urgente d'effectifs, vous partez pour la riante Snaresbrook afin d'assumer un travail utile dans le domaine de la protection juridique. Vous avez fait votre lit, Banksy, vous pouvez vous y coucher, maintenant. »

Il avait laissé la porte de l'inspecteur ouverte derrière lui, avant d'entendre l'EP lui gueuler de la fermer. Il l'avait ignoré et continué à marcher.

En bas, à l'armurerie, il avait retiré son Glock, des munitions, un gilet pare-balles, un sac de grenades – au gaz et incapacitantes – et une trousse de premiers secours. Pour une fois, Daff ne l'avait pas aidé. L'armurier lui avait gaiement annoncé que chaque homme ou femme habilités à porter une arme se baladait à présent dans les rues de Londres, que ses étagères étaient « quasi à poil », mais avait ajouté, avec un large sourire : « Protéger un jury c'est un boulot drôlement important, tu sais ? » Il avait glissé le pistolet dans son holster, fourré le reste dans son sac et la dernière blague de Daff avait fusé : « Et va pas descendre le juge, bordel, Banksy... » Il était allé à sa voiture, avait démarré à fond pour filer à l'est de la capitale où l'état d'urgence avait été décrété.

Il pénétra dans le bâtiment, utilisant la porte principale sur la façade inutile et décrépite, montra sa carte, demanda la dix-huitième cour. Cela faisait des années qu'il n'était pas entré dans une cour de la couronne. C'était l'un des très rares avantages à être au service des patrons : fini les jours à traîner dans les couloirs des tribunaux en attendant de témoigner. Bon Dieu, l'odeur lui revenait à toute allure. Banks vit la pancarte et se dirigea vers elle d'un pas lourd.

Trois types en uniforme se tenaient près des doubles portes. Il ne les salua pas, les dépassa et pesa sur les poignées. Elles étaient verrouillées. Il ne put les bouger. Il entendit un rire idiot, du genre, comme c'est bon de voir un connard prétentieux qui n'a même pas le temps de saluer ses collègues se faire mettre.

Banks aboya d'abord l'affirmation, puis la question.

« Je suis avec l'équipe de protection. Où est-elle ? »

On appela un huissier. On lui dit qu'il allait être conduit à la pièce où le reste de son équipe était réuni.

L'huissier, handicapé et traînant la patte, était bavard :

« Grandiose, pas vrai ? Je suppose que c'est la première fois que vous venez ici, que vous êtes perdu. La plus grande cour de la couronne du pays. Plus de deux mille cinq cents affaires par an, vingt salles d'audience, une vraie chaîne de production de masse. Un bâtiment merveilleux. Au début, c'était un orphelinat, construction achevée en 1843. Pour le gros œuvre, ils ont fait venir les pierres du Yorkshire, mais celles de la façade ont été ramenées de Bath et de France. Il est tombé en délabrement et a été transformé en cour de justice au milieu des années 1970, mais ils ont eu de sacrés problèmes avec les fondations. Ils ont dû ajouter trois mille tonnes de béton sous le bâtiment principal pour éviter qu'il s'effondre. Ça se voit par là. Qu'est-ce qui se passe avec la dix-huitième cour ?

– Pas la moindre idée, dit Banksy. Comme vous l'avez deviné, c'est ma première fois ici. »

Il hésita, écouta un moment la rumeur des voix à l'intérieur. Les autres Delta, accompagnés des Golf et des Kilo, se la pétaient en décrivant des cercles concentriques autour des meilleurs d'entre eux, l'élite perchée au sommet de l'échelle sociale. Tous, jusqu'au dernier, étaient en train d'imaginer les ovations – le raz-de-marée – s'ils logeaient deux balles dans la tête d'un kamikaze, d'un kamikaze *étranger*, d'un *combattant* étranger. Sa carrière était par terre. Banks était assigné à un putain de jury au trou du cul de nulle part. Il ouvrit la porte et entra. La conversation s'arrêta. Les yeux étaient sur lui. Il vit un mug de café, en route vers une bouche, se figer dans l'air. Le silence se referma autour de lui.

Puis une voix retentit, joviale.

« David Banks, c'est ça ? Génial. Vous êtes la dernière pièce du puzzle. Bienvenue. »

Une main jaillit vers lui. Il la saisit et ses doigts furent écrasés avec enthousiasme.

« Merci, dit-il mollement.

– Hé, sourions un peu. Je me présente : DCI Brian Walton, je préfère Wally. À mon bord, on évite les cérémonies. Je suis l'officier chargé de l'affaire, mais aussi celui qui doit évaluer la menace. On va tous retomber sur nos pattes, je vous le dis. C'est le gros lot, ce boulot. Vous avez besoin de quoi ? D'un frigo ? D'un congélo ? Et pourquoi pas un jardin d'hiver ? Vous voyez ce que je veux dire ? »

Il voyait, et un sourire se glissa sur son visage. C'était une usine à heures sup : horaires de nuit payés une fois et demie le tarif et les samedis, dimanches et jours fériés comptés double. De quoi s'offrir des frigos, des congélos, des cuisinières, une nouvelle moquette, des haut-parleurs qualité concert pour le home-cinéma et pourquoi pas un jardin d'hiver derrière la maison. Il ne s'attendait pas à être si bien accueilli, comme un nouvel ami.

Presque timidement :

« Ravi de tous vous rencontrer. Appelez-moi Banksy. »

La voix enfla, jusqu'au rugissement :

« Vous allez traiter ce mec avec respect, vous m'entendez, les gars ? Lui, c'est du sérieux, pas un péquenaud comme vous autres à peine sortis de la Thames Valley, de l'Essex et du Norfolk. Il s'occupe du Premier ministre, de la famille royale et de tous les lords de la Chambre, mais on nous l'a donné et il va nous montrer comment on bosse. Quand Banksy parle, on écoute tous. Moi compris. »

Banks dut sourire, grimacer, et probablement rougir, mais il sentait la chaleur de ceux qui l'entouraient. Peut-être que sa veste alourdie par le carnet, les pièces de monnaie et les cailloux s'était un peu ouverte, tous les yeux étaient maintenant sur sa taille, sa ceinture. Il baissa la tête et vit la tache de graisse sur sa chemise, le bout du holster en cuir sombre. Il comprit. L'équipe, une vingtaine de membres peut-être, avait été réunie dans un spasme de panique. Pas des spécialistes, pas des cadors, mais des hommes et des femmes dont l'absence ne serait pas remarquée dans leurs services respectifs. Ils étaient ce qu'il y avait de disponible. Il se glissa vivement parmi eux, prit chaque main qu'il serra, avant de se maudire de ne pas leur avoir tout de suite rendu cette chaleur qu'ils lui donnaient.

Wally tapa dans ses mains.

« Bon. Votre attention, s'il vous plaît. C'est mon affaire et je n'ai aucune envie de la foirer. J'ai râlé auprès du juge, monsieur Justice Herbert, à propos du coût de tout ce cirque et je me suis fait souffler dans les bronches, mais au bout du compte c'est pas moi qui vais le contredire. Faire correctement ce boulot aurait exigé trois fois plus d'effectifs, mais vous êtes tout ce que j'ai et on va se débrouiller comme ça. On va se concentrer sur l'essentiel et faire en sorte que ça marche. L'affaire jugée est la reine contre Ozzie et Ollie Curtis, deux vieux braqueurs des temps jadis. Des antiquités. Leur truc, c'est le vol à main armée. Enfin, c'était, jusqu'à ce qu'ils se fassent une bijouterie dans le Sud-Est. On a trouvé un témoin, une dame désormais placée sous protection, et le jour où elle est montée à la barre, on aurait dit une étoile au firmament. Les Curtis vont tomber. Quinze ans minimum. Pour eux, c'est la cata, alors ils ont fait appel à un intimidateur. Un juré a été approché et a reçu une grosse somme. Le jury qui doit délibérer d'ici une semaine ou deux est déjà réduit à dix, donc si un seul d'entre eux se retire ou vote non coupable, c'est l'ajournement. Avec un ajournement, c'est un autre procès dans un an au mieux avec de la chance, et je ne pense pas pouvoir tenir mon étoile là-haut au firmament si longtemps. J'ai besoin d'un verdict de culpabilité la semaine prochaine. Un des jurés a eu le cran de dénoncer l'approche et le paiement en liquide devant la cour. Un homme très brave, plus que courageux, face aux frères Curtis. Il mérite notre protection, notre soutien maximum, et je compte bien les lui donner. Des avances ont-elles été faites à d'autres de ses collègues ? Je l'ignore. Mais je vais construire une bulle autour d'eux : pas de portable, pas de contact avec l'extérieur. L'audience est ajournée pour aujourd'hui. Vous allez donc les raccompagner chez eux et vous ne les quittez plus. Vous les guettez avec vos yeux de faucon. Ils emballent quelques affaires, ils règlent ce qu'ils ont à régler et demain matin vous les escortez ici. Demain soir, un car les emmènera en lieu sûr. Voilà où nous en sommes, je prendrai vos questions à la fin. Par ailleurs, ça va nous faire de jolis salaires et ça devrait pas s'arrêter avec le verdict. La loi sur la santé et la sécurité exige un devoir de protection, ça risque donc de durer encore quelques bonnes semaines. Enfin, je tiens à le souligner, ces jurés ne vont pas devenir vos bons vieux potes. Vous les traiterez avec politesse et fermeté, vous assurerez leur sécurité et vous supprimerez toute chance qu'un intimidateur les approche, mais ma priorité reste la condamnation des deux frères. C'est tout. »

Banks trouva qu'il s'en était bien sorti, qu'il n'avait fait aucune faute. Wally avait une liste, des noms et des adresses, qu'il leur fit distribuer et assigner.

Vaguement, Banks se dit qu'il était peut-être béni, qu'on lui confiait – enfin – un travail de police digne et intéressant.

Il alla se servir un café à la machine et regarda le DCI dériver à travers la pièce, comprenant qu'il était gardé pour la fin.

Il se demanda si le temps lui serait accordé de retrouver Cecil Darke.

« Vous avez l'esprit ailleurs, Banksy ? Je compte sur vous pour le gros poisson.

– Pas de problème.

– Vous vous occuperez de la cible principale, d'accord ? Le juré qui s'est mis à table et qui a fait ce qu'il fallait, il est pour vous.

– Quand nous faisons une évaluation de menace, nous avons un barème. E5, c'est tout en bas, A1 le sommet. Où le placez-vous sur cette échelle ?

– Il s'appelle Julian Wright. D'après ce que j'ai vu de lui, c'est un type assez rêveur, un barbu qui se balade en sandales. Il est prof. Ces neuf dernières semaines, je l'ai observé au tribunal et il ne m'a jamais paru être autre chose qu'un mec qui suit le troupeau. Je me trompais. Il vient de remuer un très gros bâton dans un sacré nid de guêpes. Ce nid, c'est celui des Curtis et ça va les mettre puissamment en colère. Pas seulement parce qu'il a pris leur fric, mais aussi parce qu'il les a balancés. S'ils en ont l'occasion, ils le tueront et tous ses proches avec lui. C'est pour cela que j'apprécie d'avoir un homme avec un pedigree comme le vôtre pour lui tenir compagnie. Sur l'échelle d'évaluation des menaces, Julian Wright est A1. Ça vous suffit ? »

Banks dit simplement :

« Je ferai de mon mieux. »

Wally annonça qu'il allait parler aux jurés, les mettre au parfum, et qu'il serait de retour dans une demi-heure. Banks trouva une chaise dans un coin et, même dans une salle bondée, resta seul avec son carnet.

5 mars 1937

Je la sens ce soir, si fort que c'est difficile à décrire. Je n'en ai pas parlé à Ralph, mais je ne doute pas qu'il éprouve les mêmes émotions que moi. Je vais essayer de l'exprimer.

Il y a autour de nous une atmosphère maléfique. De suspicion et de peur. Les commissaires nous disent que la trahison est partout. Nous sommes infiltrés par des agents fascistes et trotskistes. Ralph a entendu dire que certains brigadistes nomment cette obsession de trahison la « syphilis russe ».

J'hésite à écrire là où on pourrait me voir. Seul Ralph sait que je tiens ce journal. Il y a beaucoup d'Anglais dans notre unité, mais je préfère qu'ils ignorent l'existence de mon carnet contenant toutes mes pensées.

Il a beaucoup plu sur la vallée de la Jarama. Nos tranchées sont inondées. Il y a dix centimètres d'eau dans notre bunker. Nous essayons d'écoper, de la jeter dehors le soir avant de dormir mais c'est inutile, car elle revient plus vite que nous l'enlevons. C'est un endroit de malheur.

La compagnie anglaise est maintenant rattachée au bataillon français. Avec nous il y avait aussi les Américains de la brigade Lincoln. Ils ont dû commencer la campagne de la Jarama avec cinq cents hommes. Ralph dit qu'ils ont perdu cent vingt morts et cent soixante-quinze blessés. Ils ont un chant que les commissaires russes permettent parce qu'ils n'en comprennent pas les paroles : « Il y a une vallée en Espagne et elle s'appelle la Jarama. C'est un coin qu'on connaît tous trop bien. Parce que c'est là qu'on a perdu notre virilité. Et l'espoir de vivre vieux. » Cela fait deux jours maintenant que les Américains – des étudiants surtout, plus jeunes que nous et très naïfs, mais honnêtes – ont été retirés du front. Ils se sont mutinés.

Ils ont refusé d'avancer.

Leurs officiers ont dit qu'ils n'avanceraient plus parce qu'ils avaient trop peu d'équipement et qu'on ne leur donnait que des objectifs impossibles.

Ils ont refusé l'ordre du commandement. Nous n'avons rien vu, mais le mot s'est répandu dans la soirée. Ils se sont mis en formation, dos à l'ennemi, et ils sont partis vers l'arrière, marchant au pas. Un kilomètre après, ils ont été bloqués par des mitrailleuses et un engin blindé postés en travers de leur route. On leur a dit que s'ils faisaient encore un pas, ils seraient tous tués. Ils ont battu en retraite : ils n'avaient pas le choix.

Quelle sorte de guerre est-ce là ? Des mitrailleuses face à nous et des mitrailleuses dans notre dos.

Les commissaires à l'arrière nous ordonnent d'avancer, de passer à l'offensive. Ils nous disent de ne pas reculer, « même pas d'un mètre », quand nous sommes attaqués par des avions, des tanks et les Maures. Mais eux restent toujours en sécurité, loin des combats. Ils ne risquent pas leur peau.

Quelle sorte de guerre est-ce là ?

La semaine dernière, l'officier commandant du bataillon français – ils l'appellent « La Marseillaise » – a été arrêté, accusé d'incompétence et de lâcheté, et aussi d'être un espion fasciste. Il est passé devant une cour martiale qui l'a déclaré coupable. Le jour même de son arrestation et de son procès, il a été exécuté. Il s'est agenouillé, sans montrer la moindre peur, et il a été abattu d'une balle dans la nuque.

C'est ce genre de guerre.

Je ne sais pas si c'est mieux de mourir face à l'ennemi, ou bien face à ceux qui sont censés être des camarades, des frères d'armes.

Demain, il paraît que la star de cinéma, Errol Flynn, viendra nous voir. Peut-être qu'il ira assez près du front pour avoir de la boue sur ses chaussures. Ensuite il retournera dans son hôtel à Madrid et il racontera qu'il aura partagé nos épreuves.

Il n'y a pas de retraite possible. Un volontaire du bataillon allemand s'est tiré une balle dans le pied en pensant que cela suffirait pour qu'on le renvoie à l'arrière. Une blessure que l'on s'inflige est un crime et il est passé devant le peloton d'exécution. Il n'y a aucune issue à cet enfer.

Chaque jour, je remercie Dieu d'avoir Ralph à mes côtés.

Il pleut encore, plus fort, et je dois écoper.

On répondit. Dickie Naylor tenait le téléphone proche de son oreille et de sa bouche. Mary Reakes était assise à son bureau dehors et il se dit qu'elle essayait d'apprendre qui il appelait, pourquoi, et avec quel message. Il chuchota :

« Est-ce Xavier Boniface ou Donald Clydesdale ? Cela fait si longtemps, je ne me rappelle plus de vos voix… Quoi, cinq ans ?… Ah, Xavier, c'est monsieur Naylor… Oui, je vais bien, très bien. Xavier, il pourrait y avoir du travail, pour vous deux… Pas certain, mais si vous le voulez bien, j'aimerais que vous soyez prêts tous les deux. Je ne peux en dire plus, pas sur ce téléphone… Si ça arrive, ce sera cette semaine… Si reconnaissant. Bien le bonjour à vous deux. »

Le cri des mouettes était dans ses oreilles, le grondement de la mer et la plainte du vent.

Il reposa l'appareil sur son socle.

Probablement en réponse à un message sur son écran, Mary se leva, se servit du miroir dans son sac à main pour vérifier sa coiffure et son rouge à lèvres, et partit.

La photographie du jeune homme, le fils d'un marchand d'électroménager, le regardait en souriant. Il l'avait fixée avec du scotch à la paroi de verre à côté de la porte de son bureau. Le sourire semblait se moquer de lui, car il avait le pouvoir de le corrompre. Il était un défenseur du royaume britannique et la preuve en était l'en-tête de chaque feuille du papier qu'il utilisait, avec son alphabet latin. En tant que tel, il pouvait, à condition de laisser la morale sous le mouchoir de Mary Reakes, justifier la corruption. Le service, pour un guerrier de la vieille école à une semaine de la retraite et de l'oubli, était *au-delà* de la morale et des procédures légales, et il avait des ordres. *Cette guerre est différente et nous devrons peut-être nous salir les mains.* Un homme comme Dickie Naylor avait besoin d'ordres et de chefs, il était toujours content quand on le poussait un tout petit peu plus en avant. *Je suis sûr que vous comprenez ce qui est nécessaire.* Il était un fonctionnaire. Des hommes comme Naylor – en uniforme ou en costume civil, dans des démocraties ou des dictatures – avaient toujours été assis derrière des bureaux et avaient reçu des ordres, convaincus que la menace contre l'État l'emportait sur la morale et les subtilités juridiques. Il n'était pas un membre de la Gestapo, Seigneur, non. Et pas non plus un officiel du NKVD… et il entendait des petits coups réguliers, en cadence, au bout du couloir, qui approchaient. Peut-être était-il un homme capable de justifier à ses propres yeux le fait de déroger à la loi.

Il n'en avait pas perdu le sommeil dans le protectorat d'Aden, ni dans les cellules de détention de Castlereagh ou dans les casernes de Portadown. Des hommes hurlaient, du sang coulait, des peaux se marbraient – les Mary Reakes en auraient mouillé leur culotte –, mais des renseignements avaient été obtenus. Des renseignements qui avaient sauvé des vies innocentes. Il n'avait pas eu besoin d'une flasque de whisky ou d'une pilule pour l'aider à dormir. Voilà, il avait passé un coup de téléphone sur une île lointaine et demandé à deux hommes de son passé, qui s'étaient avérés fiables, de se tenir prêts à descendre dans le Sud. Les petits coups firent intrusion dans ses pensées, plus forts, le bruit d'une canne sur les murs du couloir.

Mary Reakes revenait.

Un homme lui tenait le bras en balançant une canne blanche devant eux. Il utilisait la femme et sa canne pour se guider et balayait avec force le sol devant leurs jambes. Il cognait le bas des portes, le dossier des chaises. Il était voûté, tanné par le soleil, ses cheveux gris se raréfiaient et il portait des lunettes teintées.

À la porte de Naylor, Mary annonça :

« J'ai fait monter monsieur Hegner. Je vous avais parlé de lui. Monsieur Josiah Hegner du Bureau fédéral d'investigation, leur station de Riyad.

– Appelez-moi Joe, gronda la voix. Comment allez-vous ? »

Naylor était debout. Il vit les vêtements froissés et se dit qu'il avait dû venir tout droit de l'aéroport, sans se soucier de changer la tenue dans laquelle il avait dormi. Il voulut avancer pour placer une chaise à un endroit plus accessible, mais dut battre en retraite devant la fureur de la canne. Un pied de chaise fut cinglé. La main qui s'était trouvée sur le bras de Mary se libéra, trouva le dossier. L'homme s'effondra enfin sur le siège. C'était l'expert, et il était aveugle.

« Merci, mademoiselle Reakes… très gentil à vous.

– Encore une fois, je vous présente mes excuses pour l'entrée principale.

– Déjà oublié, mademoiselle Reakes. Ne vous inquiétez pas.

– C'était la honte totale, gazouilla-t-elle à l'intention de Naylor. Ils ont obligé monsieur Hegner à passer sous l'arche du détecteur de métal. Il a donné ses pièces, ses lunettes, sa montre et même sa canne qui a un bout en métal, et ils ne le laissaient toujours pas entrer. Une honte, je vous dis. »

Sous les lunettes, un sourire espiègle se dessina.

« J'ai encore trente grammes, à peu près, de shrapnels de la bombe d'un kamikaze à l'intérieur. J'ai dit au garde : "Vous voulez voir les cicatrices ?" Pas de réponse, alors j'ai baissé mon froc et relevé ma chemise. Cela a paru lui suffire. Je n'en veux jamais à un homme qui essaie de faire son boulot, mais je doute que je ressemble à un futur martyr de l'islam.

– C'était tout à fait déplacé, dit-elle. Je vais préparer du café, du vrai. »

Ils étaient seuls.

Naylor commença, hésitant :

« Je me disais que vous auriez commencé par l'ambassade et un hôtel… Dormir un peu après votre vol de nuit.

– Ça aurait été sympa, mais j'estime que nous n'avons plus le temps pour ce genre de délicatesse. Monsieur Naylor, vous êtes dans l'œil du cyclone.

– Dickie, je vous en prie.

– Vous êtes dans l'œil du cyclone parce que je pense que le Twentyman est ici chez vous et…

– Je ne comprends pas : qui est ou qu'est-ce qu'est le Twentyman ?

– Un commandant insurgé basé en Irak. Sa spécialité : les bombes humaines. Il a beaucoup de noms, mais celui-ci c'est moi qui le lui ai donné. Ses attaques ne font jamais moins de vingt morts, généralement beaucoup plus, mais vingt c'est un minimum. Je suis ici car je crois que le Twentyman y est aussi, et, si j'ai raison, c'est vraiment moche pour vous. »

10
Mardi, jour 13

« Ah, debout au chant du coq, je vois... »

Dickie Naylor se débarrassa de son manteau. Il n'était pas encore huit heures, mais son visiteur était déjà installé, confortablement assis dans un fauteuil, serrant un mug de café fumant entre ses doigts.

« ... et plus de problème, j'imagine, à l'entrée principale ?

– Aucun. Cette dynamique Mary Reakes a arrondi les angles. Je n'ai pas eu à me déshabiller, cette fois. Bon, pour éviter de perdre du temps avec des trucs insignifiants, je vais aller droit au but. Je veux partager tout ce que je sais avec vous, Dickie.

– J'ai une journée assez chargée. Je ne sais si je pourrai vous consacrer... »

La voix de l'Américain claqua, et Dickie pensa à un fouet.

« Je crois, Dickie, que vous allez devoir me caser quelque part dans votre "journée chargée". Si vous passez des coups de fil, je me tairai, mais si vous tapez sur votre ordinateur, je parlerai. Vous devez vous faire à l'idée que je suis là avec vous et que je vais rester. D'après ce que je sais, quand vous avez été frappés la première fois, vous avez concentré vos enquêtes sur les kamikazes et leurs identités, mais vous n'êtes pas arrivés au cœur du truc.

– Nous pensons nous en être sortis de façon tolérable et nous ne souhaitons pas nous balancer le mot "échec" au visage. »

Il se moquait de laisser voir son irritation. Cette conne de Mary Reakes ne lui avait pas apporté de café. Un intrus se vautrait dans son espace de travail. Il se sentait, déjà, traité comme un imbécile.

« Et j'ai une réunion dans dix minutes. »

Il aurait aussi bien pu ne rien dire : il n'avait pas été entendu. La voix reprit, traînante, grinçante.

« Alors, je vais le dire, Dickie. Il y a eu un *échec*, dans la mesure où vous n'avez aucune information sur le facilitateur ou sur le fabricant de la bombe. Vos efforts ont visé les petits soldats. Les gars, vous devriez vous mettre dans le crâne que les petits soldats ne manquent pas, les stocks sont pleins. Fauchez les petits soldats et une autre récolte sera plantée et poussera. Localisez et éliminez le facilitateur et le fabricant de bombes, et vous frappez l'organisation là où ça fait mal. Le facilitateur a pour nom, entre autres, le Scorpion, mais je préfère le Twentyman. Le fabricant de bombes, lui, c'est l'Ingénieur. Dans l'improbable éventualité où vous pourriez vous éloigner de plus de deux cents mètres à pied des barbelés et des murs antidéflagrants qui entourent n'importe quel camp militaire en Irak, ou quitter la Zone verte à Bagdad sans vous faire couper la gorge, pour vous attabler dans un café, et que vous interrompiez les gens lisant leurs journaux ou regardant Al-Jazeera à la télé pour leur demander : "Qui est celui qui remporte les plus grands succès dans la guerre contre la coalition ?" La réponse que vous recevrez – à condition que vous n'ayez pas une compagnie de marines autour de vous, ce qui est exactement ce qu'il vous faudrait si vous tenez à ce que votre tête reste reliée à vos épaules – c'est que le meilleur, c'est le Scorpion, avec à ses côtés l'Ingénieur. Tuez-les tous les deux et vous remportez une vraie victoire. Ces hommes-là ne poussent pas sur des arbres. Écoutez, Dickie, en Afghanistan et en Palestine, en Tchétchénie et en Bosnie, il y a toujours eu un fils de pute qui se faisait appeler le Scorpion. C'est pas moi qui le dis, c'est eux. Une petite merde enfouie et frétillante avec un dard. Il a commis une erreur qui pourrait s'avérer spectaculaire. Il a quitté son terrain familier. Si j'ai raison, il ne se trouve plus à Ramadi, à Falloujah ou à Bakouba ou dans n'importe quelle autre de ces meurtrières petites enclaves du triangle. Que ce soit par vanité, obéissance ou en raison de sa notion du devoir, il est venu sur votre sol. Je crois que ce voyage a été son erreur. Maintenant le fils de pute est vulnérable. »

Naylor baissa les yeux vers sa montre.

« Désolé, mais je dois aller à cette réunion.

– Pas de problème. Je ne vais nulle part. Je serai là à votre retour et nous parlerons encore un peu. »

« Est-il revenu ? »

C'était la troisième fois ce matin qu'Ibrahim quittait la solitude de sa chambre et descendait dans le salon pour poser la même question. Il interrompait une dispute naissante, observée depuis une chaise basse par Ramzi. Le tas de linge sale se trouvait au centre de la moquette.

« S'il était revenu, aboya Syed, tu le verrais. Si tu ne le vois pas, c'est qu'il n'est pas là.

– Tu l'entendras quand il reviendra, ajouta Faria. Je te l'ai dit hier et je te le redis aujourd'hui : il est allé à Birmingham. Quand il aura fini, il reviendra.

– Où est Birmingham ? Qu'est-ce que c'est Birmingham ? Pourquoi est-il allé à Birmingham ? »

Détournant les yeux pour ne pas le regarder en face, Syed marmonna :

« Tu n'as pas besoin de le savoir. »

Fixant le plafond, Faria s'exclama :

« Il vaut mieux que tu restes dans ta chambre. Tu devrais être dans ta chambre. »

Il se retira en fermant la porte derrière lui. Rien ne se passait comme il l'avait cru. Encore une fois, et c'était pareil chaque jour et chaque soir, ils le rejetaient. Dès l'instant où il avait été choisi dans le désert et s'était assis près du chef, il avait cru qu'on lui demanderait d'exprimer son désir quant à la cible vers laquelle il marcherait, qu'on voudrait aussi savoir ce qu'il souhaitait accomplir par le sacrifice de sa vie, mais il était tenu à l'écart. Ses désirs, ses souhaits, étaient insignifiants.

Il entendait les mouvements dans la chambre voisine de la sienne, là où le gilet était assemblé, et il se souvint de son poids sur ses épaules. Puis, derrière la porte, la dispute reprit.

Syed :

« Tu vas faire ma lessive. »

Faria :

« Tu n'as qu'à la faire toi-même, je dois m'occuper du repas.

– Tu as fait *sa* lessive. Tu feras la mienne.

– Non.

– Ma mère et ma sœur font ma lessive.

– Alors, amène ton linge à tes esclaves.

– Tu as pris le *sien*, pourquoi le mien est si différent ? »

La voix de Faria, plus aiguë :

« Parce que... parce qu'*il* est différent. Tu es idiot ? Tu ne t'en rends pas compte ? Différent. »

Le hurlement de colère de Syed :

« Les femmes font la lessive. Tu devrais... »

Une porte s'ouvrit. La voix forte de l'homme qui avait, comme un tailleur, vérifié la chute du gilet sur sa poitrine et son ventre :

« Vous ne pouvez pas faire moins de bruit ? Qu'est-ce que j'en ai à foutre de qui fait la lessive et qui ne la fait pas ? Je m'occupe de mon linge tout seul. J'ai du travail, du travail compliqué, et vous me dérangez. Où que je sois, je lave mes affaires, dans la rivière s'il faut, dans un puits, sous un tuyau d'alimentation ou dans un fossé. Je fais ma lessive parce que ma femme est morte, tuée par l'ennemi, et là où je me bats je n'ai pas de domestique. Enlevez ce linge crasseux de là. Je vous le dis, là d'où je viens, aucun d'entre vous ne survivrait un seul jour. Votre seule utilité serait de vous mettre une ceinture autour de la taille. J'en ai rien à foutre de la crasse sur vos vêtements ou si vous puez comme un cul de renard. Une minute après l'explosion de la ceinture, j'aurai oublié vos gueules et vos noms. »

Il entendit la porte claquer.

Une minute plus tard, à travers la fente entre les rideaux, il vit l'homme qui rassemblait le gilet arpenter la pelouse avec colère.

Elle avait fait *sa* lessive parce qu'*il* était différent ?

Serait-il oublié ? Allait-elle l'oublier ?

Il se laissa tomber sur le lit, la tête entre les mains.

« Vous voilà de retour. Laissez-moi reprendre là où je m'étais arrêté. Je parlais de vulnérabilité. »

Dickie Naylor grimaça.

« Désolé, je n'ai que quelques minutes, Joe, avant une autre réunion.

– Donc, le petit Saoudien qui m'a farci le corps de shrapnels était un étudiant en économie, probablement doté d'un quotient intellectuel supérieur au mien. Il a tué vingt-deux hommes, ce jour-là. Certains d'entre eux faisaient la queue pour déjeuner et d'autres venaient tout juste de s'asseoir pour manger. Il en a blessé beaucoup plus. Je faisais partie de ceux-là. Dans sa bombe, il y avait des billes de roulement, des clous de six centimètres et des vis de trois. C'est l'une d'entre elles qui m'a privé de la vue. C'était à la garnison de Marez, à Mossoul, l'avant-poste opérationnel à l'aéroport. Le garçon n'est pas important, ça aurait pu être un colis envoyé par la poste. L'homme qui l'a fait venir d'Arabie saoudite, qui a rassemblé les renseignements nécessaires pour qu'il puisse entrer dans la base, dans notre mess, qui a supervisé la fabrication des documents, qui s'est occupé du transport, de la planque pour la nuit précédente, est un maître dans son domaine. C'est le Scorpion...

Bien sûr, on risque l'échec face à un tel homme. À chacun de vos pas, vous, Dickie, vous bénéficiez de vos gadgets et de vos équipes. Vous avez des ordinateurs, des téléphones avec des connexions terrestres et des systèmes analogiques et numériques, vous avez des assistants et un supérieur pour vous guider, vous avez un bâtiment sécurisé et protégé. Lui, qu'est-ce qu'il a ? Il vit comme un fugitif, il dort à la dure, il ne peut pas se servir d'un téléphone. Il est constamment conscient, autour de lui, de la sophistication de l'arsenal de l'ennemi. Mais il a le charisme d'un chef, d'autant plus qu'il est impitoyable.

Il a eu un prisonnier, un jeune Américain de l'Utah de la 1ère division d'infanterie. Un simulacre de négociations a eu lieu, mais le garçon était condamné à se faire trancher la gorge. Le petit, intelligent et brave, s'est évadé de son enfer, sauf qu'il a été repris et assassiné. Le Scorpion a dû penser qu'un des gardiens l'avait aidé à connaître ce bref instant de liberté. Sa réaction : il a tué de ses mains quinze, *quinze*, des hommes chargés de surveiller le gamin, de façon à être certain d'avoir le bon, le traître. Voilà à quel point il est impitoyable. Mais je vis dans l'espoir qu'en venant ici il a peut-être commis une erreur. Dans sa partie, les erreurs ont des conséquences fatales. Où en sommes-nous ?

– Il faut que j'y aille », coupa Dickie.

C'était la chance que Ramzi attendait.

Dans la cuisine, Syed, pathétique et indigne d'appartenir à la cellule, était en train d'étudier avec aigreur le manuel de la machine à laver. Il avait déjà mesuré la quantité de lessive et en avait répandu sur le sol. À ses côtés, mais l'ignorant, Faria, arrogante, imbue d'elle-même et susceptible, coupait des légumes sur une planche. Jamal était en haut du chemin sous les arbres, la voiture n'était pas revenue, *il* était dans sa chambre, et dehors, l'homme, voûté de colère, arpentait la pelouse comme ces animaux en cage qu'il avait vus lors des visites scolaires au zoo.

Il se glissa hors de sa chaise. Il ne pensait pas que Syed et la fille l'avaient vu bouger. Il sortit sans bruit sur la moquette, dans le couloir, compta les portes devant lesquelles il passait avant de saisir une poignée, il l'abaissa, et la porte, non verrouillée, s'ouvrit. Quand l'homme s'était rué hors de sa chambre pour exiger qu'ils arrêtent de se disputer, il avait été fou de rage. Ramzi ne l'avait pas entendu utiliser sa clé. Sa chance avait été créée à cet instant-là.

Comment était-ce ? Il vivait dans une maison de femmes, sa mère et ses sœurs regardant en boucle les chaînes du Moyen-Orient en lançant des youyous excités et plaintifs à chaque diffusion du message vidéo d'un martyr. Quel effet cela faisait-il ? Ses sœurs idolâtraient les jeunes hommes dont le visage tremblait sur le satellite. À la fin de chaque vœu de sacrifice pour la foi, elles se tournaient vers lui à l'autre bout de la pièce. Ce n'était jamais dit, mais c'était implicite : lui aussi gagnerait leur amour et leur estime. Il voulait connaître le poids. Il se disait que ses sœurs rougiraient, de fierté et non à cause des larmes, si c'était son visage à lui, leur frère, qui apparaissait à la télévision, ses mots qui sortaient des haut-parleurs. Mais l'opportunité ne lui avait pas été donnée. Il voulait connaître la taille. Sa sœur aînée avait téléchargé un document – *Les Vertus du martyre* – sur Internet, et sa cadette lui en avait fait la lecture : « Il n'y a aucun doute que le sacrifice d'une âme pour le salut d'Allah afin de vaincre Ses ennemis et soutenir l'islam est le sacrifice le plus élevé. »

Il voulait connaître la forme.

Il était sur la table. À quelques centimètres de ses mains.

Pas encore. Il alla à la fenêtre, écarta doucement le rideau, vit l'homme qui marchait de façon incessante comme s'il essayait de semer les démons qui le traquaient, le visage noué de peur ou d'anxiété, mais il ne semait rien du tout et continuait à marcher.

Retour à la table. Il y avait une enveloppe sur laquelle se trouvaient deux longs carnets imprimés. En les ouvrant, il vit le sigle d'une compagnie de ferry, nota le port de départ, les dates et les heures, différentes, des noms qu'il ne reconnut pas. Il replia les billets car ils ne lui paraissaient pas importants. Ses yeux se déplacèrent.

Il semblait si simple, si banal, un assemblage que des élèves auraient réalisé en cours de technologie. Il avait lu dans un journal que dans une école en Palestine, à Gaza, on apprenait aux adolescents les vertueuses leçons d'une bombe sur leur corps, le voyage au paradis et l'accueil bienveillant des vierges. Une école pour martyrs. Le silence l'enserrait. Il tendit la main. Il avait le droit de toucher, d'apprendre. Il était traité avec mépris. Lui non plus n'admirait aucun des autres, mais le même mépris leur était accordé à eux tous. Un volontaire, un martyr, devrait être révéré, pas oublié au bout d'*une* minute, comme l'avait prétendu celui qui fabriquait le gilet. Ses sœurs n'oubliaient pas et pouvaient réciter des noms de Grozny, de Jénine et de Bagdad. En secret, il leur raconterait ce qu'il avait vu, leur murmurerait à l'oreille l'effet, le poids, la taille et la forme.

Il effleura le tissu et les coutures grossières du bout des doigts, ceux-ci coururent sur les fils et les rubans adhésifs tandis que les mouches bourdonnaient autour de lui. Il vit dans les sacs en plastique les clous, les vis et les petites billes. Il caressa les piles, puis l'interrupteur qu'il prit dans sa main, s'autorisant à frôler, si doucement, le bouton. En Palestine, il y avait des posters dans les écoles et sur les murs des bâtiments publics de jeunes hommes souriants qui étaient des martyrs. Il dégagea un bâton de son logement, veillant à ne pas tordre le fil, à ne pas briser la connexion : il était lisse, modelé, avec une surface un peu visqueuse. Il le garda sur sa paume. Le poids du bâton sur sa paume. Il se pencha, approcha son nez et raffermit sa saisie, redoutant soudain qu'il ne tombe et se libère du réseau de fils. Il n'avait pas d'odeur. Il le remit en place.

Il souleva le gilet.

L'amena près de son col et le leva encore de façon à lui faire entièrement quitter la table. Il se vit, de côté, dans le miroir. Il était contre son corps, cachant son sweat-shirt. Le miroir se trouvait sur une commode, vieille, tachée et abîmée. L'image des bâtons était agrandie, le câblage cascadait dans un enchevêtrement, le bouton de déclenchement pendait sous la glace. Peut-être qu'on donnerait son nom à une mosquée ou à un centre culturel. Il irait vers Dieu avec l'amour de ses sœurs. Mais le gilet était trop petit pour ses épaules musclées, il était fait pour un autre. Il haleta, presque un soupir de soulagement. Il n'aurait pas pu le porter. Une ombre passa derrière lui.

Une main saisit sa gorge et il se pétrifia. Il sentit les doigts serrer, bloquer l'air.

Il suffoquait sans pouvoir se retourner. Derrière la fente dans les rideaux, il voyait l'herbe, la haie et un champ désert. Sa force acquise avec des haltères dans un gymnase ne l'aidait pas. Il ne pouvait briser l'étreinte de la main.

Il fut libéré. Ramzi chancela. Le gilet fut délicatement reposé sur la table. Sa main qui monta à sa gorge, là où s'était exercée la pression, était encore visqueuse.

Il s'enfuit de la chambre et, dans le couloir, entendit une voiture arriver.

« J'ai moins de cinq minutes, Joe, ensuite je dois y aller. C'est l'armée de l'air, les gens de la surveillance. Non pas que j'aie la moindre cible à leur offrir, mais il faut les garder dans le coup.

– Nous parlions des erreurs, Dickie. Le Scorpion est l'équivalent du PDG d'une corporation, sauf qu'il n'a pas de bureau douillet et confortable au trente-neuvième étage, qu'il n'a pas la recherche et développement au niveau inférieur, ni un département financier et une cinquantaine de types des relations publiques et des ressources humaines. Il doit tout faire avec des messagers, utiliser des fusibles, voltiger entre maisons, étables et trous dans le sol à la belle étoile pour trouver un coin où dormir. Pourtant, même sans tout le soutien dont bénéficie un PDG, ce type nous épuise. Mais, et ceci est important, quand le boss commet une erreur, il a des sous-fifres pour nettoyer sa merde. Pas mon type. Il est seul, et plus seul encore sur votre territoire que s'il était resté en Irak. Que pense-t-il des gens avec qui il doit travailler ? Un Oriental britannique est d'une culture différente : il n'a pas été endurci au combat, il a l'habitude d'avoir des draps dans son lit. Il aura peu d'estime pour eux. Son erreur sera toujours d'avoir voyagé. Je vous le dis, en Irak il est en sécurité, mais pas ici. Pour lui faire payer, très cher, cette erreur, il nous faut une seule chose. De la chance, cette denrée inestimable.

Maintenant partez, Dickie, si vous ne voulez pas faire attendre ces bonnes gens. »

« Il aurait pu l'endommager. »

La colère, froide et contrôlée, brillait dans les yeux de l'Ingénieur.

« Mais était-ce de l'imbécillité ou du sabotage ? »

Il était entré dans le cottage, suivi par Khalid. Le chauffeur portait le carton et le gros bidon en plastique, et, avant qu'il les pose sur une chaise, l'Ingénieur avait surgi dans le salon et porté son accusation. Pendant un instant, brièvement, Ajaq avait été perdu. Maintenant, il avait entendu l'histoire. Son regard, méprisant, tomba sur Syed et Faria, et ils baissèrent les yeux comme s'ils partageaient la culpabilité de Ramzi.

« De la stupidité probablement, sans réfléchir, mais le manipuler sans supervision aurait pu l'endommager et je ne m'en serais pas rendu compte. Que vais-je faire ? Faut-il que je vérifie chaque attache, chaque connexion, que je décolle tous les adhésifs ? Il aurait pu tout casser.

– Mais ce n'est pas un sabotage ?

– Je ne pense pas.

– S'il y a en toi la moindre hésitation, le moindre doute, alors... »

La phrase ne fut pas achevée. Il n'avait pas besoin de le formuler. Si son ami, l'Ingénieur, avait nourri ce soupçon, les conséquences étaient claires. Un couteau dans le tiroir de la cuisine, son ami et lui emmenant l'individu dans les champs ce soir, une fois l'obscurité venue, l'un d'entre eux muni d'une pelle, une marche dans les champs labourés jusqu'aux arbres.

« Il est stupide et vaniteux, mais c'est un enfant. »

La voix de l'Ingénieur était devenue un murmure qui n'atteignait pas Khalil, Syed ou la fille.

« C'est un endroit de merde et ce sont des gens de merde. On n'aurait pas dû nous les donner. On devrait partir, pour de bon.

– Quand nous serons prêts, mon ami. Pas ici, plus tard, nous parlerons. Où est-il ?

– Dans sa chambre. Sans doute en train de pleurer sa mère. »

Il dit à Khalid d'ouvrir le carton, d'en sortir le contenu et d'apprendre à se servir de la caméra. Ils déguerpirent en vitesse dans la cuisine avec l'appareil. Il claqua le bras de l'Ingénieur en témoignage d'affection. Ils étaient camarades, frères, mais si loin de chez eux. Il sortit de la pièce, baissa la tête sous les poutres et alla à la porte.

Le garçon allongé sursauta, se blottit contre la tête de lit. Il vit la terreur briller dans ses yeux et les tremblements qui faisaient frémir les gros muscles aux épaules. La mission de Muhammad Ajaq, le Scorpion, était de créer la peur, mais aussi de susciter la loyauté. Il sourit. Il laissa la chaleur de ce sourire passer sur ses lèvres et il vit la confusion s'étaler sur le visage de l'idiot. Mais il ne pouvait masquer le mépris dans son regard. C'était le regard qui détenait la vérité et les lèvres le mensonge.

« Ta vie, Ramzi, était dans la paume de la main de mon ami. S'il y avait eu dans son esprit le moindre soupçon de trahison, tu serais mort. Pas en martyr, mais en traître. Mon ami me dit que tu as agi par stupidité. C'est pour cela que tu vis encore.

– Merci… je ne voulais pas… »

La voix était rauque, comme si un poing lui serrait encore la gorge.

« Tu ne voulais faire aucun mal, je comprends. Tu étais curieux. Tu nous as été donné, Ramzi, tu as été incorporé à la cellule, car on pensait pouvoir compter sur toi. Là d'où je viens, là où je combats, une cellule doit être sûre sinon elle échoue, et l'échec vient quand le respect au sein de la cellule est perdu. De la confiance a été placée en toi. Dois-je douter de cette confiance ?

– Non, non, bafouilla Ramzi.

– Cela n'arrivera plus. »

Il se tenait devant lui, au-dessus de lui. Il le vit encore se trémousser contre les oreillers et ne se rendit pas compte de l'erreur qu'il était en train de commettre, de son ampleur, ni de ses conséquences. Sa main se posa légèrement sur l'épaule du garçon – comme elle l'avait fait sur celle d'Ibrahim Hussein qui mourrait quand il marcherait – et il sentit la tension des muscles.

L'erreur avait été commise et il l'ignorait.

Il quitta la chambre.

« Reprenons où nous en étions, Dickie. *Les erreurs.*

– Voudriez-vous un autre café, Joe ? Je peux en faire faire.

– Non, plus de café. J'aurais besoin de me soulager. Combien de temps avons-nous cette fois ?

– Nous avons un officier en bas assigné à cette histoire. Il rassemble tous les éléments dont nous disposons. Je suis censé le voir dans dix minutes. Quoi qu'il en soit...

– J'en étais aux erreurs. Le Twentyman, le Scorpion, subit une pression. Si nous prenons un peu de recul, ces derniers mois plus de soixante attentats suicides à la bombe ont été commis, à pied ou en voiture, en Irak. Une vraie chaîne de fabrication, du travail en série, et pas le moindre signe que la matière première vienne à manquer. Chaque bombe a un impact inférieur. Le même phénomène s'est produit en Israël à une moindre échelle. La vie doit continuer, car pour les vivants il n'y a pas d'alternative. Les enfants vont à l'école, car ils doivent recevoir une éducation. Les familles font des courses, parce qu'elles doivent manger pour survivre. Des hommes font la queue devant les bureaux de recrutement de la police, car c'est le seul emploi qu'on leur offre. Beaucoup meurent, les atrocités sont fréquentes, mais le tissu social continue à exister, même si c'est au niveau de l'âge de pierre. J'ai dit "impact inférieur". Ceci est crucial. La guerre contre la coalition exige de l'*impact*. Il n'y en a plus dans ce lieu oublié de Dieu. L'impact exige une *dynamique*. La dynamique vous fait gagner les unes des journaux et les flashs sur les chaînes d'info. Bali, Madrid et vos propres expériences il y a un an et demi ont fait les gros titres, ont vampirisé vos chaînes de télévision.

Vous, les Brits, vous êtes mous, vous êtes vulnérables sous la ceinture. Vous ne pourriez supporter la vie en Irak, cette besogne quotidienne. Donc, le fils de pute est envoyé ici où les risques pour sa sécurité sont bien plus élevés. Dans le sillage de son arrivée, il y a le risque croissant – et peut-être inévitable – de nouvelles erreurs mineures qui, si vos gars ont de la chance, le tueront. Pourquoi cette probabilité "d'erreurs mineures" à ajouter à l'énorme erreur initiale ? En Irak, sur son terrain, il est parmi tout ce qui lui est familier, il s'entoure d'hommes sûrs. Ici, il ne peut pas. Ici, il doit se contenter de ceux avec qui il est forcé de travailler et...

– Cela devra attendre, Joe. Je suis sûr que vous comprenez. »

À travers le mur de la chambre, Ibrahim entendait un homme pleurer.

À mesure que le jour approchait, cela aurait dû être un moment d'allégresse. Il aurait dû pouvoir partager sa joie avec des frères et une sœur, mais il y avait eu des disputes et des désaccords, et maintenant il entendait des sanglots.

Il se récita à lui-même, tiré du Livre 3-169 : « Tu ne dois pas penser que ceux qui tués pour la cause d'Allah sont morts. Ils sont vivants et Dieu veille à ce qu'ils ne manquent de rien. » Il avait cru que ces mots le réconforteraient, mais ce n'était pas le cas. Le désespoir s'accrochait à son esprit. Il n'y avait aucune célébration de ce qu'il allait faire quand il marcherait et prendrait le bouton dans sa main, rien que des voix colériques. Et maintenant des larmes désemparées lui étaient offertes à travers les murs. Pourquoi ? Pourquoi n'y avait-il aucune joie ?

Ibrahim quitta la chambre, longea le couloir, s'éloignant des pleurs. Il entra dans le salon, les rideaux y étaient tirés. Il s'arrêta parmi les ombres sur le seuil. On ne le vit pas.

Du centre de la pièce, un rayon trancha les ténèbres et passa sur le visage de Jamal. La source de lumière était une petite caméra vidéo – comme celles que son père vendait dans sa boutique –, et elle baignait la face et les yeux de Khalid qui clignaient. Syed était derrière l'appareil. À ses côtés se trouvait Faria. Aucun d'entre eux ne l'avait vu. On ne l'avait pas remarqué. Il retint son souffle et écouta.

Khalid, une feuille de papier à la main, se plaignait :

« C'est difficile... C'est dur de lire avec la lumière dans les yeux.

– Peu importe, dit Syed. Il aura le temps de l'apprendre par cœur. »

Faria, tête penchée, les mains sur les hanches, ce qui accentuait ses courbes, dit :

« Je ne suis pas sûre que ce soit bien, recommencez. »

Syed prit un accent américain, penché sur la caméra, l'œil rivé au viseur, comme si c'était Hollywood :

« Prêt ? Alors... Action. Dans cinq secondes. »

À ses côtés, la main tendue, Faria baissa cinq doigts au fur et à mesure avant de faire signe à Khalid.

Celui-ci fixa l'objectif, les yeux mouillés.

« On y va... "Je veux vous dire que je suis venu en Grande-Bretagne pour suivre le chemin de Dieu et frapper l'ennemi des musulmans. Je suis le martyr vivant. Dieu, qu'Il soit exalté..." C'est vraiment pas facile à lire. Je continue ? D'accord... "En cet instant, nous déclarons dans un cri puissant au monde entier que la volonté des musulmans ne faiblira pas et que les feux de la vengeance brûleront jusqu'à ce que les croisés et les oppresseurs aient quitté la terre d'Islam..." Il faut vraiment que je lise tout, ou la fin ça suffit ?

– Juste la fin, dit Faria.

– La dernière phrase, sa conclusion, ajouta Syed.

– Dans cinq secondes... "À Blair et à Bush, je dis que la malédiction est sur vous. Je vous attendrai, mes frères, au paradis. Ne m'oubliez pas dans vos prières..." Ça y est. Il pourra apprendre ça et le répéter sans hésiter devant la caméra ?

– Oui, il pourra, dit Faria. Pour le moment, ça sonne comme des mots écrits, pas des mots dits. Il faut le retravailler. »

Syed imita un réalisateur de cinéma.

« Coupez.

– C'est dur de lire avec du cœur parce que ce n'est pas moi qui vais marcher », dit Khalid.

Ibrahim se retourna, repartit silencieusement dans le couloir. Les lumières s'allumèrent et il entendit qu'on tirait les rideaux.

« Il le dira bien, assura-t-elle, sa voix déjà lointaine. Et il marchera bien parce qu'il a le dévouement et la force. »

« Nous avançons vite, des petites pièces commencent à s'imbriquer. Tout ça, c'est à propos du *Cygne menacé*. Désolé si c'est une énigme pour vous.

– Mademoiselle Reakes m'a briefé sur l'œuvre de Jan Asselyn au Rijksmuseum à Amsterdam. Nous autres, dans le Montana, on n'est pas très calés en art, dit Hegner sèchement.

– Je ne sais combien d'hôtels, de chambres à louer, nous avons vérifiés, mais ça doit faire des centaines. C'est le cygne sur son tee-shirt qui nous a aidés. Ibrahim Hussein a séjourné dans un hôtel du nord de Londres jusqu'à samedi. Ils se souvenaient de lui à la réception. Il n'a pas quitté sa chambre de tout le temps qu'il y a passé. Donc, il est quelque part dans Londres et nous avons déclaré l'état d'urgence dans la ville. Il y en avait d'autres dans cet hôtel, probablement des complices, et on travaille là-dessus. Pour la première fois, Joe, je ressens un léger optimisme justifié.

– Rien de garanti, Dickie.

– Seigneur, vous êtes un sacré rabat-joie. Pourquoi pas ?

– Là d'où je viens, Dickie, toutes les bombes n'explosent pas à l'aéroport ou dans la Zone verte de Bagdad. Quelques-unes oui, mais pas la majorité. Ils frappent à travers tout le pays, pas là où la sécurité est resserrée. Ici, ce ne sera pas à Londres. Vous avez déclaré l'état d'urgence. Tous les policiers autorisés à porter une arme que vous pouvez déployer sont dans la rue, sans congés ni jours de repos, ainsi que tous ceux qui devraient s'occuper des vols, des agressions, des escroqueries, des viols et de la paperasse.

Votre capitale est bondée de flics marchant côte à côte. Donc, le Twentyman, le Scorpion, ne va pas y toucher. Il va chercher un endroit mou et sans protection, là où vos citoyens se rassemblent en masse. Voilà où sera la menace. Il cherchera le lieu où il n'y a pas d'arme, pas de barrage. Il cherchera le coin où des gens ordinaires vaquent à leurs occupations quotidiennes, là où vos compatriotes se croient en sécurité.

– Ça pourrait être n'importe où.

– Je vous dis que ce ne sera pas à Londres mais quelque part où chacun se croit en sécurité, hors du champ de la terreur. Quelque part où il y a encore de l'innocence et de l'ignorance. »

***

Silhouette indécise, Lee Donkin suivait la femme. La lumière déclinait sur Dunstable Road et la meuf était parfaite. Bientôt, elle serait dans le passage souterrain. Collée à son portable, son sac même pas fermé. Le pied. Et ce fut là que tout partit en vrille. Le groupe sortit du magasin d'alimentation, la vit et la reconnut. Après ça, il n'y eut plus que des cris, des baisers, et elle se retrouva au milieu d'eux – encerclée d'hommes et de femmes – alors qu'elle avait été parfaite. C'était raté. Il traversa la rue, s'éloigna sans un regard. Vingt minutes qu'il était derrière elle. Vingt minutes foutues. Il poussa un juron, shoota dans une cannette, l'expédiant au milieu de la route, et s'enfonça dans le tunnel. Après vingt minutes passées à se concentrer, à préparer son coup, il n'avait plus la volonté ni l'énergie de chercher une autre cible. Il descendit dans le centre-ville, tête basse, capuche levée, mais sa rage ne dura pas. Sur la place, à travers les arbres, au-delà des clodos et des SDF sur les bancs, Lee Donkin vit les affiches sur les murs d'Arndale. Oh merde, *génial*. Des soldes, des rabais et des prix sacrifiés tout le week-end. À partir de samedi neuf heures. La joie. Les connes allaient déferler sur la ville le long de Dunstable Road, des gonzesses encore dans le cirage, aux porte-monnaie bourrés à craquer. Du premier choix.

Naylor rédigeait des mémos sur des post-it qu'il collait ensuite sur son bureau, là où il y avait encore de la place. Joe Hegner, enfoncé dans sa chaise, continuait à parler. Le crâne de Dickie Naylor était plein, farci de détails, d'infos, de récits. Tout aujourd'hui, les réunions et le briefing, avait été d'importance critique, mais sa capacité d'absorption déclinait et ses pensées étaient loin d'ici, avec les mouettes, les vagues et le vent.

« Dickie, son problème, c'est la qualité de la cellule qu'on lui a octroyée. Ce ne sont pas des gens qu'il a choisis. Le Twentyman, le Scorpion, ne leur a pas fait passer un entretien d'embauche, il n'a pas eu l'occasion de réaliser une enquête de moralité ni de vérifier leurs antécédents comme un vrai PDG. Le seul sur lequel il a des certitudes, c'est le fabricant de bombes, l'Ingénieur. Les autres, il doit les accepter, leur faire confiance, et c'est un pas immense pour lui. Mais il ne peut rien sans eux. Il sera dans une planque sûre, probablement une location à court terme. Avec eux, il y aura un chauffeur, un type qui s'est chargé des reconnaissances nécessaires sur la cible, un gars pour assurer la sécurité rapprochée et un autre pour surveiller le périmètre autour de la planque, un mec posté au bout de la rue ou ailleurs. Il lui faut aussi des gens pour s'occuper de la logistique. Pourra-t-il se fier à chacun d'entre eux ? Il ne sera pas ravi de dépendre d'individus qu'il n'aura pas recrutés. Et puis, introduit dans cette petite communauté, il y a le garçon qui marchera ou qui conduira la voiture. Ils sont tous coincés ensemble et, croyez-moi, il y aura des tensions. Il faut qu'il y en ait. C'est là que des erreurs seront commises et que la chance vous sourira peut-être. Si une opportunité se présente, vous devez être en mesure de l'exploiter. Le ferez-vous ? Le pourrez-vous ? »

Là-bas dehors, debout devant son bureau, Mary faisait signe à Naylor, tapotant le cadran de sa montre avec une drôle de tête. Elle semblait apprécier de veiller sur leur hôte qui s'était auto-invité, car quand il revenait de ses réunions, il y avait toujours un nouvel emballage de sandwich près de sa chaise, un verre d'eau fraîche. La dernière fois, il y avait même eu un bol de soupe vide.

« Désolé, c'est l'heure. Ma réponse est, de façon absolument définitive, que je serai en mesure de réagir si dame Chance me sourit, ou si une erreur est commise. »

Les mouettes tournoyaient et hurlaient au-dessus de la carcasse désintégrée d'une morue jetée d'un bateau de pêche. La mer battait furieusement les promontoires rocheux dressés aux extrémités de la baie, Port Uisken, comme on disait dans l'ancienne langue. Le vent du sud-ouest, force huit et chargé de pluie, aspergeait d'écume la côte déchiquetée et faisait gémir les câbles téléphoniques. Ces câbles grâce auxquels le message leur demandant d'être prêts était arrivé.

Luttant contre les éléments enragés, deux hommes rentraient chez eux. Ils avaient gravi une colline, pas assez abrupte pour s'être vu attribuer un nom en gaélique, mais qui les avait quelque peu protégés tant qu'ils étaient restés sur son flanc. Maintenant, ils étaient exposés : le vent les fouettait, la pluie les cinglait, mais ils continuaient à avancer avec la détermination qui était leur marque de fabrique. Le plus grand des deux portait un veau femelle nouveau-né sous son gilet étanche et le plus petit l'aidait à garder l'équilibre tandis qu'ils dévalaient l'autre flanc sur des pierres lissées par le temps, où le lichen était glissant comme du savon. Une vache des Highlands se traînait derrière eux, ayant abandonné les saletés de la mise à bas qui seraient nettoyées dès demain matin par les corneilles ou les corbeaux si les deux grands aigles qui nichaient près du sommet du Cnoc nan Gabhar ne s'aventuraient pas par ici avant. Le veau, encore humide de bave, se trouvait sous le gilet de Xavier Boniface. La main qui équilibrait appartenait à Donald Clydesdale.

Il faisait encore nuit quand ils avaient été réveillés, dans des chambres séparées mais au même instant, par le mugissement lointain de la vache, à près de deux kilomètres de là. Ils s'étaient habillés, avaient avalé une tasse de thé et étaient sortis, poussés par le vent dans leur dos. Ils avaient trouvé la vache en plein travail sous l'abri de roches millénaires sur le versant du Cnoc Mor. Aucun des deux n'aurait envisagé d'ignorer ses cris d'angoisse.

Si la journée avait été plus belle, alors qu'ils aidaient péniblement au labeur sur le Cnoc Mor, ils auraient pu apercevoir les cercles languides décrits par les grands aigles à queue blanche, les portes battantes de la deuxième étable, et cela leur aurait procuré un plaisir rare. Ils n'avaient pas vu la majesté des ailes des rapaces, ni celle de leur faucon préféré, mais ils avaient entendu l'appel agaçant des corbeaux qui nichaient sur Aird a Chrainn.

Xavier Boniface et Donald Clydesdale, au sein de la minuscule communauté – vingt-six âmes quand les touristes de l'été avaient quitté Ardchiavaig – qui était leur foyer, n'avaient aucun passé, juste un présent, et leur avenir était inconnu. Les deux hommes, le grand dégingandé et le petit râblé, étaient arrivés quinze ans plus tôt dans ce coin perdu sur une île des Hébrides intérieures, avaient repris la carcasse d'une ferme en ruine, y avaient posé un toit, creusé un drain d'étanchéité et passé les murs intérieurs à la chaux. Avec des talents de charpentiers assez frustes, ils avaient construit un escalier, avaient raccordé un tuyau d'évacuation à une fosse d'aisances et creusé la tranchée qui leur ramenait l'eau d'un ancien puits. L'électricité et le téléphone arrivaient sur des câbles que le vent harcelait, tenus par des poteaux que le vent couchait. C'était un endroit qui convenait parfaitement à deux hommes dont il valait mieux que le talent et le passé demeurent cachés.

La tête du veau, né avec une robe rousse, surgissait entre les boutons défaits du gilet étanche du plus grand des deux hommes. Il le tenait serré contre lui comme avec amour. La main du plus petit lui tenait le bras tandis qu'ils quittaient les dernières pierres de la colline. Sa fermeté témoignait de leur amitié. La vache les suivait. Non dite entre eux, l'étendue de leur culpabilité de l'avoir laissée mettre bas son veau dehors par si mauvais temps, mais la naissance s'était produite dix bons jours avant la date prévue et une semaine avant qu'ils ne comptent la conduire dans l'autre étable, celle en pierres derrière la ferme. Ils possédaient, à eux deux, la seule vache des Highlands – et maintenant un petit veau femelle –, quinze brebis et un bélier, huit poules et un coq et deux oies. Tous étaient aimés.

Mais désormais, ils étaient en statut de réserve : le signal était venu de Londres, de M. Naylor, et si un second arrivait, ils devraient partir, fidèles à leur passé. Les McDonald qui tenaient la ferme voisine veilleraient sur leurs bêtes. Cinq années s'étaient écoulées depuis le dernier appel qui leur avait fait quitter les Hébrides intérieures pour les montagnes de Bosnie. Sept et dix ans auparavant, ils s'étaient rendus sur la frontière folle de la province d'Irlande du Nord. Dès que leur passé exigeait leur présence, ils répondaient. Et la famille McDonald ne demandait jamais où ils allaient ni pour quelle raison, pas plus que les McDougall, que les McPherson, que Hamish qui leur apportait leur courrier tous les jours en milieu d'après-midi, ou que la veuve Sutherland dont le mari s'était perdu en mer dans le naufrage de son caseyeur. Quand ils revenaient, il n'y avait aucune question sur leurs affaires loin de l'île.

S'ils partaient, c'était en raison de leur connaissance des seuils.

Un sourire chaleureux apparut sur le visage du grand.

« Regarde, Donald, ça s'arrête. Le vent emporte la pluie. Tu vois le soleil qui arrive ? »

Le petit lui répondit avec révérence :

« Il va y avoir un arc-en-ciel et le ciel sera beau, Xavier. C'est le signe que ce sera une belle bête. Nous avons réussi. Nous l'avons mise au monde.

– Ça fait du bien.

– Ça fait plus que du bien, Xavier.

– Puisque c'est la fille de Marigold, on devrait l'appeler Daisy[1].

1. Marigold et Daisy, deux noms de fleurs : souci et marguerite.

– Marigold et Daisy, deux jolis noms. Je ne vais pas te contredire là-dessus, Xavier. »

Ils franchirent le marécage et atteignirent le champ d'herbe coupée. Leur bélier et les chèvres se précipitèrent vers eux. À Ardchiavaig, où l'intensité des tempêtes ces derniers mois avait rendu – comme chaque année – l'hiver brutal, Xavier Boniface et Donald Clydesdale, tous deux ayant passé leur soixantième anniversaire, auraient pu être placés quelque part entre l'excentricité et la folie. Mais personne au sein de la communauté dans laquelle ils vivaient ne s'en souciait. Ils étaient acceptés pour ce qu'ils étaient, pour ce qu'on croyait qu'ils étaient. Ils ramenèrent le petit veau, Daisy, à la maison, et Boniface étala de la paille fraîche sur les dalles de l'étable pendant que Clyde allait chercher dans l'abri une précieuse balle de foin pour la vache, Marigold. C'était leur meilleure paille et leur meilleur foin. Quand ce fut terminé, et seulement alors, quand la vache se mit à lécher sa petite, quand le vent poussa les rayons du soleil contre les murs trapus de la ferme, quand la marée qui montait jeta des vagues blanches sur la plage, quand la rude beauté de l'endroit recouvrit Ardchiavaig, ils rentrèrent vérifier les enregistrements sur le répondeur. Il n'y avait pas eu de second appel.

La spécialité nécessaire de Xavier Boniface et de Donald Clydesdale était la maîtrise des seuils lors d'un interrogatoire. L'administration de douleurs suffisantes pour faire cracher des vérités à un prisonnier mais pas au point de provoquer un babil de mensonges, telle était l'expertise très prisée de ces deux hommes au bord de la vieillesse, issue de leur lointain passé depuis qu'ils avaient travaillé pour la première fois pour M. Naylor. Ils burent du thé, préparèrent des toasts en savourant ce qu'ils avaient accompli ce matin. Ils étaient généralement convoqués, avec leur connaissance des seuils, quand une cible commettait une *erreur*, pour la lui faire payer en souffrances.

Le maître-chien, avec ses dix-sept ans d'expérience, connaissait bien la valeur de la *chance*, une denrée très rare.

Il travaillait avec des épagneuls qui étaient entraînés à flairer et trouver, puis à désigner une cible en aboyant assis sur leurs pattes de derrière, jusqu'à ce qu'il vienne voir. Son ancienne chienne était une spécialiste des drogues, et la vie à l'époque était excitante et bien remplie. Ce petit trésor avait un sacré tableau de chasse, une longue liste de condamnations. Elle avait reçu des douzaines de récompenses pour avoir déniché de l'héroïne, de la cocaïne et des amphétamines. Mais Smack avait été mise à la retraite trois ans auparavant. Elle habitait chez lui, avec un panier dans la cuisine, et était la vieillissante partenaire de jeu de ses enfants.

La nouvelle s'appelait Midge, une chienne galloise avec pedigree. En tant que professionnelle en activité, elle disposait d'un chenil et d'un enclos derrière la maison. Elle s'ennuyait plus vite, mais débordait d'énergie et d'intelligence. Si l'ennui la touchait, c'était qu'elle était formée aux explosifs et que ceux-ci n'étaient pas très répandus dans les East Midlands. Avec son maître, elle effectuait des fouilles préparatoires avant la visite d'un membre de la famille royale ou d'un éminent homme politique dans le comté, on l'appelait quand un résident signalait un paquet « suspect » dans une gare ferroviaire ou routière. Jusqu'à aujourd'hui, elle n'avait encore jamais repéré la moindre trace de dynamite, pas même celle d'un sac de munitions de la Seconde Guerre mondiale planqué sous l'abri de jardin d'un lotissement. Toujours à l'affût pendant les exercices, Midge semblait admettre, selon son maître, que le « vrai truc » n'était pas pour elle.

Fin d'une nouvelle journée. On les avait prêtés à l'aéroport de Castle Donington où il lui avait fait faire un tour au retrait des bagages, l'avait laissée grimper sur les chariots avant que sacs et valises ne soient déchargés sur le tapis roulant – juste pour se montrer. Après cela, ils avaient longé ensemble les files d'attente à l'enregistrement et elle avait reniflé les bagages de vacances.

Le maître-chien et son animal faisaient autant partie de la politique de réconfort au public que les officiers qui patrouillaient dans les rues avec des pistolets-mitrailleurs sur le torse. Mais sa journée de travail était à présent terminée. Chaque fin d'après-midi, quand ils avaient fini, il laissait le van dans l'allée devant la maison, enlevait son uniforme et emmenait l'épagneule sur Rose Hill, au bord du quartier de Normanton, dans la ville épiscopale de Derby, pour la laisser courir dans le parc en toute liberté. Là, les gosses jouaient avec elle, elle était l'amie de tout le monde.

Pour le maître-chien, peu importait qu'il pleuve, qu'il vente, qu'il neige ou que le soleil cogne. À la fin de son service – et demain il y serait avant, car il commençait à neuf heures –, il montait sur Rose Hill, et Midge fonçait et galopait parmi les promeneurs, au milieu des mamans avec leurs landaus et entre les SDF sur les bancs. Deux fois, Smack avait signalé des gosses avec des sachets d'héroïne sur Rose Hill – deux vrais coups de bol –, et le maître-chien avait procédé à des arrestations. Jamais, bien sûr, Midge n'avait trouvé la moindre trace, pas même quelques grammes, d'explosif militaire ou commercial dans le parc, mais la pauvre petite n'était pas du genre à se résigner : elle reniflait tout et tous. C'était juste qu'elle n'avait jamais eu l'occasion d'aboyer très fort et d'avoir son « vrai » moment.

Il siffla. Elle vint.

Il lui donna sa récompense, un demi-biscuit, lui ébouriffa les poils du cou, attacha la laisse et reprit le chemin de la maison.

« Je parlais, Dickie, du gosse qui a été amené pour faire le boulot. J'aimerais me concentrer sur lui et...

– Je ne veux pas paraître grossier, Joe, mais le directeur adjoint m'attend là-haut. J'espère que Mary s'occupe bien de vous.

– Elle se débrouille à merveille. Encore une journée comme ça, et je serai plus gras qu'une dinde de Thanksgiving. Faites attendre votre gars deux minutes. Imaginez le gosse. Un garçon d'Arabie saoudite, dont l'expérience se limite à une éducation dans la province d'Asir. Dans ces circonstances, il est largement paumé. Il est loin de chez lui et il n'a que sa foi à quoi se raccrocher. Là où il se trouve, dans cette planque, il n'a aucun ami. Il est seul. Je pourrais presque le prendre en pitié, Dickie, sauf que c'était un gosse comme lui qui est entré dans le mess à Mossoul. Ceux avec lui, hormis le boss, sont d'une culture étrangère. Ce ne sont pas des Arabes, mais des Britanniques musulmans. Ils ne savent pas comment lui parler, ne comprennent pas ce qu'il ressent, ne peuvent lui offrir aucune aide. Son isolement est total. Certains de ces Brits seront jaloux de lui, car il va être un martyr qui aura son quart d'heure de célébrité. Sa présence, sa proximité, les rendra d'autant plus conscients de leur propre peur de la mort et de l'éternité. Tensions et stress vont créer une atmosphère à couper avec un gros couteau. Sans compter qu'ils seront tous sous la surveillance excédée du boss. Vous me suivez ? OK, faut que vous y alliez. Amusez-vous bien à votre réunion, Dickie. »

Le procès reprit.

Après la pause déjeuner, le *barrister* de l'accusation avait entamé sa plaidoirie finale. M. Justice Herbert, surjouant la normalité, rédigeait des notes plus ou moins fiévreuses. Les frères Curtis lançaient de sales regards depuis leur box où la sécurité avait été renforcée par la présence de deux agents supplémentaires. Nathaniel Wilson gardait la tête baissée comme pour éviter de se faire remarquer. Le nombre de flics présents à l'audience avait été doublé. La normalité à laquelle aspirait le juge était une vue de l'esprit.

Certains jurés semblaient écouter attentivement la répétition monotone par le procureur des preuves et témoignages présentés devant eux. D'autres faisaient à peine l'effort.

Mais, dans la matinée, quand le jury avait été rassemblé dans la salle qui lui était réservée, il y avait eu de la colère et de la confusion, ainsi qu'une sorte d'excitation alimentée par des échanges de ragots et d'anecdotes. La confidentialité avait disparu, et quelque chose évoquant une fraternité dans l'adversité s'était dessiné. Leur nouvelle situation leur était difficile à tous. Sauf un.

Rob s'était fait le porte-parole du ressentiment général :

« Personne ne semble nous avoir consacré la moindre pensée. Mon équipe de fléchettes est sur le pont ce soir et j'en suis le secrétaire permanent. On s'attend à ce que je vienne et voilà qu'on me dit que ce ne sera pas possible. Où serai-je ? Personne ne me l'a expliqué. »

Alors que plaintes et chamailleries lui chatouillaient les oreilles, Jools n'avait *rien* dit. Il aurait pu. Il aurait pu parler de cet inspecteur austère qui l'avait raccompagné chez lui, qui s'était brièvement présenté à Babs et avait hoché la tête, tout juste poli, en direction de Kathy, qui avait vérifié toutes les fenêtres et serrures, fait le tour du jardin de derrière, dessiné un plan de la maison et demandé son groupe sanguin à chaque membre de la famille avant de se coller au téléphone pendant une éternité avec une carte sur les genoux. Un cercle rouge avait été dessiné autour du plus proche hôpital disposant d'un service d'urgences. Qui l'avait appelé *monsieur* et sa femme *m'dame* et avait dit qu'ils pouvaient l'appeler *monsieur Banks* ou *inspecteur Banks*. Il aurait pu leur répéter ce que l'*inspecteur* avait sèchement rétorqué quand il avait été évoqué comme un « garde du corps » :

« Ça, c'est pour les vedettes de cinéma. Je suis officier de protection. Vous n'êtes pas une célébrité quelconque, vous êtes un patron. Et au cas où vous vous feriez des idées fausses, on vous a accordé cette protection après avoir évalué la menace et considéré que le danger pesant sur votre famille et vous-même est bien réel. Je ne suis pas votre ami, ne l'oubliez pas. Dernière chose, nous avons une expression dans notre jargon, "attentes contrariées". Cela signifie que nous essayons de prévoir ce qu'il pourrait, selon nous, se passer, mais quand le camp adverse se manifestera il faudra être prêts. Pour cela, j'exige de vous tous que vous obéissiez sur-le-champ à mes instructions. Je ne vous ferai pas la conversation. »

Il aurait pu dire qu'un gros sac avait été apporté et ouvert dans le couloir, laissant apparaître la silhouette trapue d'un pistolet-mitrailleur, qu'un extincteur – semblable à ceux de l'école – avait été posé à côté du sac. Il aurait pu dire qu'une heure de discussion, dont il avait été exclu, avait concerné l'endroit où *Mme* Wright et sa fille allaient séjourner quand elles auraient abandonné leur maison, et que ceci, aussi, avait été transmis par téléphone à son centre de contrôle. Il aurait pu dire qu'après être monté à l'étage dans la chambre d'amis, incapable de dormir, il avait entendu les inspections régulières de toutes les fenêtres du rez-de-chaussée faites par l'*inspecteur*, les conversations à voix basse avec la voiture de patrouille dehors. Vers trois heures du matin, il était descendu prendre un café : l'*officier de protection* qui lisait un vieux carnet de notes tout abîmé ne lui avait même pas accordé un regard. Il aurait pu dire que *M. Banks* n'avait fait que bâiller et se taire en conduisant Jools à Snaresbrook dans la circulation de l'heure de pointe, que ses yeux avaient passé plus de temps à sauter vers les rétroviseurs qu'à regarder la route face à lui.

Mais Jools Wright n'avait rien dit.

C'était la dernière heure de l'après-midi et Banks avait encore une montagne à conquérir, une liste apparemment infinie de tâches à effectuer. Le DCI, Wally, semblait voir en lui quelqu'un de capable, contrairement aux autres qu'il considérait comme du deuxième – voire du troisième – choix.

Vingt minutes passées à essayer de trouver un car aux vitres teintées. Raté. Il avait déniché un bus de ramassage scolaire jonché de paquets de chips. Après avoir supervisé le nettoyage, il avait lui-même scotché des pages de journaux sur les carreaux. Il avait dû revoir le parcours avec l'escorte motocycliste, les endroits où la circulation devait être bloquée pour permettre au car de quitter le tribunal sans risque d'être suivi. Attendre un contrôle d'antécédents du chauffeur. Appeler la destination pour demander les services d'un traiteur pour les membres du jury, ainsi que pour le personnel accompagnant et de sécurité. Tant à faire et le tic-tac de l'horloge contre lui. Et cette pensée qui ne cessait de lui ronger la cervelle qu'il était en train de faire de la protection de jury tandis que les équipes Delta, Golf et Kilo roulaient des mécaniques dans les rues de la capitale où, croyait-on, un kamikaze se baladait en liberté et où les niveaux d'alerte avaient été élevés au maximum. Rien désormais qui ne concernait David Banks, mais son esprit ne pouvait en faire abstraction. Il était ici, car il avait été jugé inadéquat. Une grosse pilule au goût très amer à avaler. Il se répéta qu'il n'en avait rien à foutre, et essaya de le croire. Il était temps de se remuer.

Portant leurs valises et leurs problèmes, ils sortirent en file indienne par une petite porte dans la cour fermée utilisée d'habitude pour charger les prisonniers dans les véhicules. Certains contemplèrent le car avec curiosité et d'autres avec animosité.

Banks fut le dernier à monter avec son gros sac. Il compta les assis. Tous présents. Bien. Il leva le pouce en direction de Wally, qui suivrait dans une voiture, et le chauffeur ferma la porte. Sa main, dans un geste automatique, glissa vers son holster, sentit la crosse du Glock et les rebords durs du chargeur. Le haut portail s'ouvrit. Le car le franchit. Les motards démarrèrent, se postant aux emplacements prévus. Il remonta l'allée, prit le siège libre derrière l'homme clé et s'assit.

Le professeur, se dit Banks, ne portait pas la marque d'un héros. Bizarre. Un air assez ordinaire, et il ne semblait pas non plus déborder de sens civique. Un type plutôt banal. Sur le porche ce matin, son épouse et lui avaient juste fait semblant de s'embrasser, du jour entre les joucs.

Le bus accéléra. Banks se sentait capable de gérer avec aisance tout ce qu'on lui balancerait à la gueule, y compris des « attentes contrariées ».

« Ne m'en veuillez pas, Dickie, mais on dirait que ça ne va pas. Votre réunion s'est mal passée ?

– Elle s'est très bien passée, merci.

– Ça ne va pas. Quand un homme a perdu la vision, ses instincts compensent. Pourquoi vous ne transmettez pas un peu de votre fardeau à Mary ?

– J'apprécie votre sollicitude, Joe, mais je peux faire face à mon boulot.

– Où en étais-je ? Oui, le boss, c'est lui la cible digne de ce nom. Je...

– Très intéressant, Joe, mais de mon point de vue, la cible digne de ce nom, c'est la petite ordure qui a l'intention de tuer et de mutiler autant de gens qu'il lui sera possible de réunir autour d'elle. Ai-je tort ? Comment votre point de vue peut-il être si différent ?

– Non seulement vous déformez les choses, mais vous devenez irritable, et ça, Dickie, c'est l'épuisement. Vous n'êtes pas un agent de maintien de l'ordre. Vous êtes, Dickie, un officier du contre-espionnage : une sacrée différence, un vrai gouffre entre les deux. Choper le kamikaze sauvera quelques vies, mais c'est du court terme. Si on considère le tableau dans son ensemble, c'est que dalle. L'élimination du facilitateur – mon Twentyman, le Scorpion – représente une victoire importante et...

– Je suppose que c'est à cause de lui que vous êtes aveugle.

– Ça, c'est un coup bas, Dickie. Je commençais à avoir une meilleure opinion de vous.

– Excusez-moi. Bon Dieu, je suis crevé.

– C'est oublié. *Il* est, en ce moment, aussi crevé que vous, mais beaucoup plus stressé. Il ne dispose pas de réserves illimitées de sang-froid et il cherchera à préserver sa peau, son ticket de sortie. Il ne sera pas là quand la bombe explosera, il sera parti depuis longtemps. L'explosion, c'est pour le fils de pute qui portera l'engin et les minables qui l'accompagneront à la fin. Je ne suis pas venu jusqu'ici, Dickie, pour consacrer mon expérience dans la prévention de l'explosion d'une bombe. Je suis venu pour me rapprocher de celui qui a facilité l'explosion de nombreuses bombes. Il se contrefout des minables et du gosse, seule sa propre survie lui est primordiale. Dès qu'il sera convaincu que l'opération est en place, que toutes les difficultés ont été aplanies, il les laissera tomber et il filera. Quelle que soit la rapidité avec laquelle vous réagirez après coup, il sera trop tard, et tout ce que vous pourrez espérer c'est coincer les petits soldats. Ce n'est qu'une question d'erreurs et de chance, de la capacité à les exploiter. Qui vous attend maintenant ?

– Juste l'officier de permanence. J'en ai pour une demi-heure, Joc, un peu plus peut-être. »

Le bus ralentit, s'arrêta. En se tordant le cou pour regarder au-dessus des têtes devant lui et à travers le pare-brise après le chauffeur, Jools distingua des barbelés, une barrière abaissée, des projecteurs, une guérite et des sentinelles. Les soldats, en tenue de combat, étaient armés de fusils. Jools sourit intérieurement. Il comprenait pourquoi on ne leur avait pas révélé leur destination : on allait les parquer dans un camp militaire.

L'inspecteur, un type décidément morose qui n'avait pas ouvert la bouche pendant l'heure de trajet, était devant, maintenant. Après avoir parlé par la porte ouverte à un sergent, il se tourna vers eux.

« Je vous remercie, mesdames et messieurs, de votre patience. Vous allez être conduits dans vos quartiers de repos. Ensuite, on vous donnera un repas. Vous êtes tous, je vous le garantis, en sécurité, ici, et...

– Je ne m'inquiète pas pour ma sécurité, intervint Fanny, mais pour mon chat.

– ... tous les efforts seront déployés pour assurer votre confort. »

Plus sûr qu'un coffre de la Banque d'Angleterre, se dit Jools. Mais pour combien de temps ? Le petit salopard lui avait dit : *Il n'y aura nulle part où vous cacher. Mes amis ont le bras long et la mémoire plus longue encore.* Il sentit le froid à travers la porte ouverte du bus. Il frissonna.

« Je préférerais ne pas le dire, Dickie, mais vous n'avez pas l'air dans votre assiette.

– La fatigue, c'est tout... Je suppose que je devrais vous inviter à manger un morceau.

– Pas question. Ce dont vous avez besoin, c'est d'un lit et peut-être d'un Jack Daniel's. Ne vous prenez pas la tête à jouer les hôtes pour moi. J'ai déjà un rencart, et il paraît que ce sera un Italien. Je vais donc sortir d'ici et me ridiculiser avec un plat de spaghettis. Ensuite, on me ramènera à mon hôtel.

– À demain matin, Joe. J'espère que vous n'avez pas l'impression d'avoir perdu votre journée.

– Ça a été une bonne journée, Dickie. Il nous manque juste un truc. De la chance. »

Le cottage dormait, mais dans une chambre, les rideaux battaient et une fenêtre ouverte grinçait sur ses gonds.

11
Mercredi, jour 14

Une pluie fine tombait sur Ramzi. Il était assis sur un banc. Étalée là sous lui, alors qu'il avait enfoui sa tête dans ses mains, se trouvait la ville qui était la sienne, les lumières des rues scintillant sous la bruine. Loin à l'est, au-dessus et au-delà des lumières, apparaissaient les premières taches d'un gris plus clair. Bientôt, le jour serait là.

Il s'était préparé dès que les autres s'étaient endormis. Il avait déguisé son lit, avait ouvert la fenêtre avec prudence, car les gonds couinaient à cause de la rouille, s'était habillé, avait enfilé ses tennis. Après chaque mouvement, il s'immobilisait pour laisser le silence de la nuit se poser à nouveau autour de lui. Une fois, Syed avait parlé, mais sans se réveiller. Il avait grimpé sur le lit, passé la jambe à travers la fenêtre. Il était à cheval sur celle-ci, un pied dehors, un pied dedans, le genou tout proche d'un petit bol en porcelaine décoratif, quand la toux de Jamal avait explosé, mais aucun des dormeurs n'avait réagi. Il avait passé la jambe droite par l'ouverture, s'était figé un instant sur le rebord extérieur avant de se laisser glisser dans le parterre de fleurs, il avait senti la terre recouvrir ses chaussures, il avait tenté de refermer la fenêtre, de la coincer, mais cela avait été impossible, il avait renoncé. Tout en détalant, Ramzi entendait les rideaux claquer derrière lui, la fenêtre grincer. Le vent de plus en plus fort était de face. Il courait comme si sa vie en dépendait. Il fuyait, car il se croyait condamné.

Il avait traversé la haie, ratant l'endroit où les épines étaient plus rares et le fil de clôture abaissé à hauteur de genoux. Il s'était débattu pour se libérer du barbelé, des épines, déchirant son pantalon, se lacérant les mains. Quand il avait glissé et perdu l'équilibre dans le champ, la boue avait maculé son visage, ses mains et ses vêtements. Il s'était cogné à une barrière ouverte, et là, haletant, avait repris son souffle en se retournant vers les contours sombres de la maison... mais aucune lumière ne s'y allumait, aucun cri ne retentissait. Il n'entendait que la pluie. Il avait contourné le bosquet au bord du chemin. Les muscles qu'il avait patiemment gonflés au gymnase se trouvaient dans ses épaules et dans ses bras – ils étaient visibles et lui donnaient la carrure dont il rêvait –, pas dans son ventre ni dans ses cuisses. Il avait eu du mal à trottiner jusqu'au village.

Il était passé devant le pub fermé et sombre, le magasin où seule une petite lampe de sécurité était allumée, avait traversé la rue. Pour Ramzi, la campagne – son silence, son isolement – était un lieu étranger et inconnu. Il avait l'habitude du béton, des pavés, du bruit et de la densité des maisons collées les unes aux autres. Il avait perdu la volonté de courir, continuait à avancer en chancelant, en direction du nord, le long du trottoir. En arrivant sous un lampadaire, il avait vu la boue du champ labouré sur son sweat et sur son pantalon déchiré. Quand il avait quitté le village, après les dernières maisons, une voiture l'avait dépassé et il avait fait signe, trop tard, au chauffeur. Quand le village avait été loin derrière lui, qu'il n'y avait plus eu de trottoir et qu'il titubait d'épuisement sur la route, il y avait eu le vacarme d'un klaxon et un van l'avait évité. Ses bras qui s'agitaient frénétiquement furent ignorés. Une heure plus tard, alors que Ramzi pouvait à peine marcher – il se trouvait à quatre ou cinq kilomètres du hameau –, il avait entendu l'approche grinçante d'un gros camion. Il s'était retourné et s'était tenu là, les bras écartés, sur le bas-côté, avant d'entendre les freins gémir. Le semi-remorque s'était arrêté une cinquantaine de mètres devant lui. Il avait fait appel à ses dernières forces pour se précipiter vers la porte de la cabine qui avait été ouverte.

Il aurait traité le chauffeur de croisé. C'était son ennemi. Son intention était de le tuer. Le croisé, l'ennemi – ou sa famille –, aurait pu se trouver proche de l'explosion, suffisamment pour ne pas pouvoir éviter les éclats de shrapnels, les billes, les clous et les vis : c'était ce qu'il avait espéré accomplir. Un bras s'était tendu, avait pris son poing et l'avait hissé dans la chaleur de la cabine où retentissait de la musique.

« Bon Dieu, t'es dans un drôle d'état. Qu'est-ce qui t'est arrivé ? Bah, ça m'regarde pas, hein ? J'ai juste envie d'un peu de compagnie. Où est-ce que tu vas ? »

Il avait nommé la ville qui était la sienne.

« Pas possible pour moi. Le mieux que j'peux faire c'est Tamworth, mais de là tu pourras choper un train pour Derby. J'apprécie la compagnie quand je roule de nuit. »

Il avait vu le chauffeur quand la lumière de la cabine s'était allumée : il portait une chemise sans manches et sur son bras était tatouée l'image d'une femme nue.

Ils avaient voyagé à toute vitesse dans la nuit sur des routes désertes.

« Juste pour qu'on se comprenne bien, si t'as des problèmes avec les flics – des problèmes avec qui que ce soit –, j'veux pas le savoir. C'est juste sympa d'avoir quelqu'un avec moi. Dommage que tu sois pas une belle petite. »

Ramzi n'avait encore jamais été si proche, épaule contre épaule, d'un croisé, d'un ennemi. Sa famille n'avait pas d'amis en dehors de la communauté. Dans ses écoles, tous les gosses avaient été musulmans, dominés par les leçons sur la foi. À la fac, avant qu'il lâche ses études d'informatique au bout de huit mois sur un cursus de deux ans, les familles des autres étudiants étaient originaires du Pakistan ou du Bangladesh. Le bureau où il venait toucher ses allocations employait du personnel issu du ghetto. Les boutiques que sa mère, ses sœurs et lui fréquentaient, se trouvaient à l'intérieur du ghetto. Là où il priait, où il avait été recruté, les maléfices de la société moralement corrompue des croisés lui avaient été enfoncés dans le crâne. La télévision qu'il regardait arrivait par satellite et les sites web qu'il consultait chantaient les louanges et les triomphes des martyrs dans la lutte contre l'ennemi.

La voix était douce, avec un accent de Birmingham.

« Tu veux un sandwich ? Ah, désolé, j'suis un peu con, ils sont au jambon. Mais il y a des cakes aux fruits faits par madame, et du café. »

Il avait englouti trois gâteaux et bu dans le mug qui fermait le thermos. Il avait appris des choses sur la vie du routier, sur sa famille et sur leur maison de Smethwick dans la banlieue de Birmingham, sur les vacances qu'il attendait avec impatience – « Bon Dieu, ça arrive jamais assez vite, tu vois c'que j'veux dire ? » – dans un parc à caravanes sur la côte du Yorkshire et sur son boulot qui consistait à livrer de quoi remplir les rayonnages de supermarchés. Il avait été conduit dans Tamworth et la pancarte indiquant la gare lui avait été montrée.

« Ça va aller pour toi maintenant, mais ça ira mieux quand t'auras pris un bain. Content de t'avoir connu. »

Il avait sauté de la cabine. Il avait vu le sourire au-dessus de lui, le petit geste de la main. Aurait-il dû lui dire ? Aurait-il dû dire au gentil croisé, à l'ennemi généreux, de ne pas aller avec sa famille dans le centre de Birmingham samedi prochain ? Cela avait été dans son esprit, au fond de sa gorge. Mais le camion s'était éloigné et l'avertissement n'avait pas été prononcé.

Le premier train du matin au départ de Tamworth avait ramené Ramzi chez lui. Il avait fui parce qu'il était condamné. Pas avec des mots : *Là où je combats, une cellule doit être sûre sinon elle échoue, et l'échec vient quand le respect au sein de la cellule est perdu. De la confiance a été placée en toi. Dois-je douter de cette confiance ?* La main avait été gentille sur son épaule et il y avait eu un sourire sur la bouche. Les mots avaient été du miel, pas les yeux. Les yeux lui avaient dit qu'il était condamné, peut-être pas aujourd'hui, mais demain sûrement, parce que Ramzi avait perdu le respect et que la confiance en lui était mise en doute. Les yeux l'avaient transpercé de leur mépris. S'il restait, il mourrait. Alors il avait fui. En marchant lentement, il atteindrait sa maison en un quart d'heure, il frapperait du poing à la porte et une sœur ou sa mère viendraient ouvrir, et l'histoire de son échec lui serait arrachée. Elles apprendraient sa disgrâce, sa honte, son humiliation. Ses vieilles vantardises remplacées par une confession bafouillée, elles ne seraient plus jamais fières de lui.

Il était assis sur le banc et le froid se glissait dans son corps.

Le maître-chien était toujours le premier à se lever. Il se douchait, se rasait et s'habillait. Un biscuit pour la vieille dame, retraitée, dans son panier. Puis la bouilloire sur le feu pour préparer une théière entière, un mug avec sa femme, un coup sur la porte des gosses et les geignements de protestation en réponse. Il faisait encore nuit. Tous les matins, il écoutait le journal de six heures à la radio, sauf quand il prenait son service plus tôt et était déjà au travail. Il mangea des toasts, apprit les nouvelles, son imperméable déjà enfilé. Sur son biper, il lut un texte sommaire à propos d'une alerte de sécurité accrue là-bas dans la capitale, mais en ce qui le concernait il était juste chargé de se montrer, d'emmener son épagneule à la gare et au terminus des cars. Une routine régulière depuis le Seven-Seven, depuis que les bombes humaines avaient pris une des premières rames au cœur de Londres avec leurs sacs à dos. La radio lui expliqua que le Dow Jones avait chuté pendant la nuit, que de nombreux licenciements s'annonçaient dans le Nord-Ouest, qu'il y avait eu une agression homophobe dans le Sud-Est, qu'un ministre quelconque était mêlé à un scandale, qu'il y avait eu deux attaques suicides à la bombe en Irak... une litanie morose à laquelle le maître-chien n'accordait guère d'attention. Il savourait son thé, le toast, et le silence qui entourait la radio. En étant habillé avant le journal de six heures, il pouvait apprécier la paix de la maison, et il aurait dit, si on le lui avait demandé, que c'était le moment de la journée qu'il préférait, surtout en automne, en hiver et au printemps, quand il faisait encore nuit dehors et qu'il pouvait penser et réfléchir.

Ce à quoi il pensait le plus souvent, ce à quoi il réfléchissait le plus fréquemment, c'était qu'il ne correspondait à aucun stéréotype en tant qu'officier de police de la ville de Derby. Il n'y serait même pas entré s'il n'avait pas été maître-chien. Il avait peu d'ambition et n'avait jamais montré le moindre intérêt à passer l'examen de sergent. Il y en avait plein qui le faisaient et qui se voyaient très vite attribuer le poste. En fait, rien de mémorable ou digne d'éloges ne s'était jamais produit dans sa carrière. À coup sûr, s'il n'avait pas été maître-chien, il aurait démissionné plutôt que d'affronter chaque week-end ces débiles qui picolaient en un temps record dans le centre-ville. Mais cela lui avait été épargné depuis qu'il avait pris Smack et maintenant Midge. Il n'était pas pressé ce matin, et, après les nouvelles et le bulletin météo – pourri –, il finit de lire l'édition de la veille de l'*Evening Telegraph* et regarda la compo probable des Ram pour le match de samedi. Il se servit encore un peu de thé bien infusé.

Rares étaient ceux qui dormaient bien dans les cellules de Belmarsh. La plupart se réveillaient tôt, aux claquements des portes qu'on déverrouillait, aux cliquetis des chaînes et aux martèlements des bottes. Certains ne dormaient pas du tout et contemplaient l'ampoule au plafond derrière sa protection ou, à travers les barreaux, la lueur des projecteurs sur le périmètre de la prison.

Ozzie Curtis n'avait pas fermé l'œil.

Il était en feu, brûlant de haine.

Ollie, lui, n'avait pas été privé de sommeil. Ce bâtard qui ronflait comptait sur lui, s'appuyait sur lui et laissait les soucis – et la haine – à son frère aîné.

Il consulta sa montre, comme il le faisait toutes les cinq minutes, et se dit qu'il était temps que ça arrive.

Sans le travail et les préparatifs – la haine et la brûlure – d'Ozzie, Ollie aurait sans doute tenu un stand au marché aux fleurs de Columbia Road. Ozzie avait toujours tout partagé à cinquante-cinquante, sauf les soucis qui étaient pour lui. Et, grâce à ça, Ollie avait une piaule dans le Kent qui valait autant que la sienne, les mêmes revenus que les siens de ses putains d'investissements et la villa voisine de la sienne en Espagne.

Ils allaient tomber, tous les deux. Avec le jury sous protection et le juge monté contre eux, ils allaient plonger pour un sacré paquet d'années. Ils émergeraient du portail de la prison vieux et décrépits et ils n'auraient plus la moindre autorité.

Le feu brûlait en lui parce que l'homme avec une barbe et ces sandales à la con leur avait *pris* leur fric, avant de les balancer.

Dans son esprit, des flammes brûlaient.

De grandes flammes dansantes, grondantes et dévorantes.

Il regarda encore sa montre.

À la même heure, dans une lointaine banlieue de l'est de Londres, la plupart des maisons dormaient. Seuls ceux qui le devaient avaient obéi à un réveil, au déclenchement automatique d'une radio.

C'étaient ceux qui avaient le plus long trajet à accomplir, dont le service commençait le plus tôt, qui détenaient les clés et devaient ouvrir les usines, les cabinets et les bureaux. Et parmi ces rares qui entamaient leur journée avant l'aube se trouvaient les trois hommes dans une vieille conduite intérieure, avec de faux numéros de plaque, qui maudissaient l'odeur d'essence sans oser allumer les cigarettes que d'habitude ils fumaient à la chaîne et qui leur permettaient de tenir.

La voiture était garée au-delà du bout de la rue, et le chauffeur allait y rester. Il n'avait pas besoin qu'on lui dise de laisser le moteur tourner. Le premier à sortir fut l'Intimidateur. Dans une main gantée, il portait un sac en plastique de supermarché enveloppé autour d'une moitié de brique. Le deuxième tenait la source de la puanteur d'essence : un gros carton de lait rempli de carburant, bouché par un morceau de vieille chemise. Il avait un Zippo dans sa poche.

Dans le monde de Benny Edwards, il existait deux modes de persuasion : la carotte ou l'alternative bien moins réjouissante du bâton. Ce choix avait disparu et avec lui l'argent de son client et une part de sa propre réputation. Néanmoins, l'alternative du bâton demeurait. Elle était, désormais, d'une grande importance pour lui : sa réputation durement gagnée tenait à sa capacité à obtenir des suspensions de jury ou des acquittements. Si l'occasion s'était présentée, il aurait été jusqu'à larder le visage d'une enfant avec une lame de rasoir, ou heurter les jambes d'une femme avec un pare-chocs alors qu'elle marchait sur un trottoir. Mais ni la fille ni la femme de Wright n'étaient là, et l'opportunité de leur délivrer un message pendant leur séjour aux urgences d'un hôpital n'existait plus. Hier après-midi, le chauffeur de la voiture, tassé sur son siège, avait vu l'enfant et la femme se faire évacuer de la maison avec leurs bagages par des ordures, en uniforme et en civil, qui les avaient balancées sans cérémonie à l'arrière d'une camionnette de la police. Quand les ordures avaient filé dans la circulation, la route avait été bloquée par une bagnole avec un gyrophare bleu allumé sur le toit. Impossible de les filer. Mais un rappel devait quand même être envoyé et c'était toujours possible. Ce rappel était la moindre des exigences d'Ozzie Curtis. *Qui paie les violons choisit la musique* : pour Benny, c'était une évidence. Un rappel qui atteindrait cet enfoiré de Wright. On lui avait parlé des bras longs et des mémoires plus longues encore. Il y avait une bonne chance pour que le bâton, enflammé, dicte la décision de l'enfoiré au moment de la délibération.

Il pleuvait. Le trottoir luisait sous les lampadaires. Les deux hommes, marchant d'un pas vif, transportant la moitié de brique et la bouteille de lait, avaient des capuches sur la tête, des écharpes sur la partie inférieure du visage. L'Intimidateur était convaincu qu'une petite ordure attendait à l'intérieur de la maison – une voiture banalisée, vide, était garée devant – et qu'une caméra avait été installée au-dessus de l'entrée. Mieux valait tout prévoir. Ils dépassèrent un van fermé, avec le logo d'un nettoyant de carreaux sur le côté et une échelle sur le toit. La maison, la cible, n'était plus qu'à cinquante pas devant eux. L'Intimidateur accéléra l'allure, l'homme derrière lui aussi.

Benny Edwards avait l'habitude du succès. Il n'était pas imbu de lui-même, mais la réussite – et l'amélioration subséquente de sa réputation – survenait assez souvent. Il avait confiance dans son bon sens, dans son instinct, sauf que cette fois, il s'était trompé et cela l'emplissait de confusion. L'argent avait été pris, le marché conclu. Fin de l'histoire. Qu'est-ce qui avait mal tourné ? Quand la nouvelle lui était parvenue – en seconde main, via ce merdeux d'avocat – d'un nouveau cordon de sécurité déployé autour du jury, il avait été estomaqué, mais ses propres gars avaient vu le bus quitter Snaresbrook avec les vitres couvertes de papier journal. Quatre jours plus tôt, chez lui dans son jacuzzi, massé et détendu, il n'aurait jamais cru, pas une seule putain de seconde, que Julian Wright, l'enfoiré, était du genre à jouer au héros, prendre le fric et chier sur un marché. Cette idée se situait au-delà de sa compréhension. Il n'avait rien vu chez ce mec – pas plus que dans ses putains de mises en demeure, dans ses relevés bancaires et de cartes de crédit – qui pouvait déclencher une sirène d'alarme. Le bâtard avait été aussi malléable qu'une merde molle. Plus important, à cause de lui, l'Intimidateur passait pour un idiot et un incompétent. C'était douloureux.

« Tu es prêt ? »

Benny Edwards parlait du coin de la bouche.

Il entendit un grognement d'approbation derrière lui.

Il s'arrêta. D'abord, ses yeux volèrent sur la rue sombre. Il ne vit rien qui éveillât sa suspicion. Ensuite, il tordit la tête, remonta l'écharpe et examina la maison. Son regard passa au-dessus de la barrière qui ne tenait que grâce à un gond, dépassa le minuscule parterre de fleurs jusqu'à la porte où la peinture pelait. Il n'y avait pas la moindre lueur derrière la vitre en haut, mais il crut, sans en être certain, identifier la lentille d'une caméra tête d'épingle. Pas de souci, il s'y attendait, s'y était préparé, son visage était masqué. Il vérifia la baie vitrée près de la porte d'entrée : rideaux tirés. Il inspira, garda l'air dans ses poumons et tendit l'oreille. Rien.

« On y va. »

Il y eut le petit déclic du briquet derrière lui. L'Intimidateur prit son élan et projeta le sac en plastique contenant la moitié de brique vers la baie. L'éclatement de la vitre – de quoi réveiller ces cons de morts – lui péta dans les oreilles. Puis il fut poussé de côté. Une petite flamme avait pris au bout du tissu coincé dans la bouteille. Un bruit de liquide qu'on remue. Il vit son gars expédier, un lancer court, le missile à travers le trou qu'avait préparé son bout de brique pour éclater à l'atterrissage. Il y eut un éclair, puis un rugissement de plus en plus soutenu à mesure que le feu s'emballait. Une lumière en haut, de l'autre côté de la rue, s'alluma.

« On s'tire. »

Son visage, sous la capuche et l'écharpe, sentait la chaleur de la fournaise qui se déchaînait déjà. Il se mit à courir. Bon, il n'était pas un gosse, hein ? Il ne cavalait plus comme avant, hein ? Il faisait de son mieux, non ? Au bout de cinquante mètres, sa foulée était déjà moins longue et il entendait son gars derrière lui qui haletait comme un cochon. Puis il y eut les cris, le grésillement des radios, le martèlement des bottes. Benny Edwards, l'Intimidateur à la belle réputation, se dit que son monde s'écroulait sur lui.

Qu'il s'écroulait bien plus tôt qu'il ne l'aurait cru possible.

Il était à quelques mètres de la roue arrière, à bout de souffle, hoquetant, quand la porte du van – le nettoyeur de carreaux – s'ouvrit, tourna sur ses gonds et resta là, lui bloquant la voie. Il essaya de la contourner, mais il ne contrôlait plus ses jambes et il tomba. Dans la fraction de seconde avant que son visage heurte la chaussée, il vit ces gros enculés. Il était à terre. Deux d'entre eux déjà sur lui. Des mains lui tordirent les bras dans le dos, le fouillèrent, tâtèrent ses poches. Il sentit le froid dur des menottes sur ses poignets. Il avait toujours pensé que si ça tournait mal pour lui, on sonnerait à sa porte sur le coup de cinq heures du matin, des inspecteurs dans le couloir ayant la courtoisie de le laisser s'habiller décemment et de donner à madame un bisou, et qu'un avocat – pas cet enfoiré de Nat Wilson, pas question – l'attendrait au poste de police à son arrivée. Mais il avait la tête par terre avec les gravillons de la chaussée dans les yeux et c'était comme si l'humiliation n'avait pas de fond. Non... Pas comme si.

13 juillet 1937

C'était la bataille de Brunete. Notre offensive a été brisée en moins de quatre jours.

Brunete est un village, mais il n'a aucune valeur. Il a été entièrement rasé par notre artillerie ou la leur et par les bombardements. Nous nous en sommes approchés à trois kilomètres avant d'être stoppés. Je ne comprends pas comment nos commandants ont pu ordonner qu'on le prenne en étant prêts à sacrifier autant de vies.

J'ai demandé à Ralph comment cela se justifiait, il n'a pas voulu me répondre. À chaque fois que je lui pose une question, il se détourne. J'ai si souvent compté sur lui pour me remonter le moral – il fait preuve d'un tel dévouement, d'une telle détermination –, mais là il ne veut pas.

On avait ordonné à notre bataillon de prendre une longue crête totalement à découvert. Nous l'avons atteinte. Cette crête, nous l'avons appelée Mosquito Hill. Nous l'avons appelée ainsi parce que les balles bourdonnaient autour de nous comme des essaims de moustiques, sauf que la morsure est bien pire et tant d'entre nous ont été mordus pour rien.

Des forces immenses ont été déployées de notre côté, mais nous n'avons pas effectué la percée dont les commissaires nous ont assuré qu'elle était inévitable... et ce soir, nous enterrons notre brave major George Nathan. C'était un homme merveilleux et nous l'avons suivi dans tous les enfers où les commissaires nous ont envoyés. (Ils ne sont jamais avec nous au cœur des combats.) Il portait toujours un bâton à bout doré et aucun d'entre nous ne l'a jamais vu fléchir ou montrer de la crainte. Il a été frappé par des éclats de bombe. Au moment où il a été blessé, grièvement, nous subissions les attaques des nouveaux Messerschmitt 109 allemands et aussi celles d'une formation de Heinkel 111. Je n'ai jamais eu aussi peur. Notre propre aviation, russe, nous avait abandonnés.

Le dernier ordre que le major Nathan nous a donné a été de chanter pour lui. Alors qu'il partait à la rencontre de la mort dans un trou d'obus, nous nous sommes accroupis autour de lui et il a eu nos voix pour ultimes compagnes. J'entendais celle de Ralph dominer toutes les autres. Après le départ de notre major, quand il a glissé dans la mort, nous avons fabriqué un cercueil de fortune avec des planches, nous avons gratté au fond du trou d'obus pour y faire un semblant de fosse. Il y avait des oliviers – brisés par le feu ennemi, mais toujours debout –, et nous l'avons laissé là où la vue, en d'autres temps, est belle sur la Guadarrama. Nous n'avons jamais eu de meilleur officier, et nous n'en aurons plus jamais.

Cet après-midi, on nous a ordonné de creuser des tranchées, ce qui est toujours le signe qu'une offensive est terminée. Il est impossible de creuser. Même avec des pioches nous ne parvenons pas à casser le sol. (Nous avons couvert le cercueil du major de poussière et de pierres pour que les renards et les rats ne pénètrent pas à l'intérieur.) Il n'y a pas d'eau ici. Même si nous pouvions aller jusqu'à la rivière, qui se trouve sous le feu de l'ennemi, nous n'y trouverions pas d'eau. Les Américains à notre droite ont subi tellement de pertes que leurs deux bataillons ont été réunis pour n'en former qu'un. Cela leur a été imposé. Ils n'ont pas d'eau pour leurs blessés.

Il fait plus chaud sur Mosquito Hill que n'importe où ailleurs depuis que je suis en Espagne. Les cadavres devant nous sont déjà enflés, leur peau est noire et les mouches grouillent. Nos bouches crient pour de l'eau – non, ne crient pas, c'est faux, coassent. Quand nous avons chanté pour le major Nathan, c'était un effort suprême, et maintenant ma gorge est aussi râpeuse que si je l'avais frottée avec du papier de verre de charpentier. La rumeur dit que nous n'avons repris que trente kilomètres carrés mais au prix de vingt mille victimes. Si Dieu existe, Il ne connaît pas Mosquito Hill.

Est-ce la chaleur, la soif ou les souffrances autour de moi, mais je me demande désormais si je quitterai un jour ce pays. Si on me permet de revenir vers toi, chère Enid – je te promets que le soleil implacable nous fait délirer –, je prendrai le trolley pour la City, j'irai voir M. Rammage dans son bureau et je le supplierai, à genoux, de me reprendre. Mais je crois que le soleil et la mort qui est partout ont affecté mon esprit.

Ça fait tellement mal que Ralph ne me parle pas.

Tandis que j'écris au clair de lune – et qu'enfin les armes se sont tues, comme si les moustiques avaient été chassés –, je sens qu'il m'observe et qu'il me trouve idiot de confier mes pensées à ces pages.

Nous sommes tellement loin de toutes nos expériences passées. Nous attendons que la mort nous choisisse. Et cette fin pourrait être préférable à la vie. Est-ce qu'un mort souffre encore d'une gorge râpeuse ? Est-ce qu'il râle, comme un corbeau, la nuit pour de l'eau ? Est-il en paix ? Est-il allongé auprès de son ami ? Peut-être devrais-je essayer d'écrire un poème – comme Sassoon, Rosenberg, Owen ou Graves – en espérant qu'il sera lu un jour à une réunion du groupe de poésie si l'un de ses membres se souvient encore de moi. Non, c'est une illusion.

*Je crois que je radote. Je suis, je m'en rends compte, perclus d'arrogance. Je ne suis pas Owen, mais un pauvre bougre à la gorge desséchée et à l'esprit brisé. Je suis le jeune condamné de l'*Hymne *d'Owen. Je prononce ses mots, mais sans les dire : « Quel glas pour ceux qui meurent comme du bétail ? / Seule la monstrueuse colère des armes. / Seules les rapides rafales des fusils / Peuvent bégayer leurs oraisons hâtives. » Non, même le bétail à l'abattoir connaît une meilleure mort que nous.*

Bientôt, l'aube viendra.

Nous sommes des âmes perdues, et le rêve nous a abandonnés.

Chère Enid, j'ai essayé de dormir. L'Hymne à la jeunesse condamnée *a été écrit pour moi, je marche vers le glas et je suis seul, j'ai oublié la cause qui m'a amené « mourir en terre étrangère », ici ou ailleurs.*

L'aube arrive, trop vite.

Banks était assis sur son lit et ses yeux restaient sur le carnet. Il relut la dernière phrase. *L'aube arrive, trop vite.* Il y eut des cris au loin alors que le camp de garnison se réveillait, comme il avait dû y en avoir sur Mosquito Hill quand les officiers secouaient leurs hommes. Il était réveillé depuis une heure et, en dépit de tout bon sens, avait commencé à lire l'entrée rédigée tant d'années auparavant au clair de lune. Il ne sautait jamais rien, résistait à la tentation d'aller à la dernière page, aux derniers mots écrits par son grand-oncle. Ici, il n'entendait pas les hurlements des premiers obus de la journée tirés par un 155 mm servi par des artilleurs allemands ou nationalistes, ni ceux des vols en rase-mottes d'un chasseur Messerschmitt, mais juste un jingle aigu.

Il tendit le bras vers la table de chevet dans la chambre sommairement meublée du quartier des visiteurs du camp, prit son mobile et cliqua pour répondre. Il donna sèchement son nom, puis écouta.

« Mais elles n'y sont pas. Elles ont été déplacées... Quels sont les dégâts ? »

On le lui dit, et davantage encore.

« C'est génial, Wally, d'avoir coffré ce minable. Que voulez-vous que je fasse, et quand ? »

Il se rasa en vitesse, s'habilla, enfila sa veste de costume de manière à ce que la poche pende sur le holster à sa ceinture. Il verrouilla la porte, descendit le couloir puissamment éclairé en direction de la chambre du patron. Près de l'escalier, à mi-chemin du corridor où un agent en uniforme était vautré sur une chaise en plastique, il y avait des fenêtres et il vit que l'obscurité couvrait encore le terrain d'exercice. Il frappa, donna son nom, entendit la réponse grommelée, entra et alluma le plafonnier. Wright, couché, cligna des paupières. Comme tout policier, il connaissait la besogne consistant à annoncer une mauvaise, une triste nouvelle, et avait appris qu'il fallait faire vite, sans émotion. S'il était un héros, le patron n'était pas son ami.

« Désolé, mais je dois vous dire que votre maison a été attaquée il y a une heure. Bien sûr, votre femme et votre fille ne s'y trouvaient pas et sont actuellement en parfaite sécurité. Une vitre a été brisée et un cocktail Molotov a été lancé dans votre salon. La rue était sous surveillance. Nos gars sont entrés assez vite avec des extincteurs et l'essentiel des dégâts se résume à des traces de fumée et de brûlures, rien d'important. »

Certains auraient pleuré, d'autres auraient lâché une bordée de jurons, d'obscénités. Son patron se contenta de grimacer.

« En raison de la surveillance et de la réaction rapide, vos voisins n'ont souffert que de l'agitation. Les maisons adjacentes n'ont rien. La vôtre est maintenant condamnée. Je suppose qu'en allant voir le juge pour lui raconter l'approche dont vous avez été l'objet et lui transmettre la somme qui vous a été remise, vous aviez conscience que des représailles étaient possibles. On chante vos louanges en haut lieu. »

L'officier de protection pensait entendre quelques platitudes à propos du « devoir » ou de « l'éthique ». Le patron se contenta de hausser les épaules. Bizarre.

Il enchaîna :

« En fait, ça s'est avéré assez positif et mon chef est ravi. Nous avons procédé à trois arrestations : le chauffeur, l'enfoiré qui a lancé le cocktail et celui qui a balancé la brique qui a cassé votre vitre pour que le truc éclate à l'intérieur. Ce dernier s'appelle Benny Edwards. C'est la première fois – et ce n'est pas faute d'avoir essayé – qu'il est chopé en flagrant délit. C'est un spécialiste de l'intimidation. C'est tout ce que je peux vous dire. »

Pas de réaction, rien. Banks s'attendait à quelque chose. Étrange.

« Je n'ai pas la permission d'en discuter davantage en raison de toute éventuelle conclusion que vous pourriez en tirer par rapport au procès, monsieur Wright. L'essentiel est que rien de ce que je viens de vous apprendre ne doit affecter votre opinion quant à cette affaire. Voilà pourquoi on ne vous a pas encore demandé d'effectuer une déposition à propos de l'approche dont vous avez été l'objet, pourquoi vous ne vous êtes pas assis devant un livre rempli de photographies dans le but d'identifier les personnes que vous avez rencontrées, ni d'expliquer les circonstances dans lesquelles cette somme d'argent vous a été remise. Cela viendra après le verdict que vous prononcerez avec les autres membres du jury. Cela vous paraît-il clair ? »

Le patron aurait quand même pu dire quelque chose. Il se contenta de lever les yeux au ciel.

Il semblait si calme. Comme s'il était indifférent au fait qu'on avait jeté de l'essence enflammée dans son salon. Devant une telle violation de son territoire, Banks aurait été fou de rage. Il se rendait compte qu'il ne savait pas grand-chose sur le patron. Il n'avait pas cherché à se frayer un chemin jusqu'à la confiance du professeur. Voilà pourquoi il n'avait pas obtenu de réaction normale, prévisible. Mais ce gars était considéré comme un héros et c'était sans doute compréhensible. Un *héros*, pour David Banks, n'était pas un type des forces spéciales – en haut d'une montagne en Afghanistan, bardé de tout son équipement high-tech –, mais un homme ordinaire, ordinaire comme le péché, qui se retrouvait confronté à un terrible danger surgi de nulle part, pour d'autres ou pour lui-même. Son *héros* était un homme qui faisait un pont de son corps pour que d'autres rampent sur lui quand un ferry-boat chavirait, dans les ténèbres et la panique. Son *héros*, homme ou femme, jeune ou vieux, était retourné dans la fumée et l'enfer toxique d'une rame de métro explosée au fond d'un tunnel pour aider ceux qui étaient trop gravement blessés pour s'échapper tout seuls. Son *héros* était Cecil Darke, sans eau et avec l'odeur des morts autour de lui, sur la crête de Mosquito Hill. Ils prenaient toutes formes, toutes tailles, n'obéissaient à aucun stéréotype, et ce qui les rendait si spéciaux était leur manque de préparation à ce qu'ils enduraient. Il éprouvait, rare chez lui, une réelle admiration. Quelles que soient ses émotions, Wright avait réussi à les garder dans la bouteille et à fermer le bouchon. Que disaient-ils ? « N'allez pas faire tout un drame d'une simple crise. » L'homme était maintenant identifié par deux gangs jumeaux du crime organisé, s'était attiré l'inimitié de deux clans violents, et allait vivre avec ce poids sur les épaules pendant des années. Il s'était révolté, était devenu un résistant aux forces de la corruption et de l'intimidation. Pas mal pour un prof d'école. Ou alors, le costume était trop grand pour lui. Peut-être était-il simplement en état de choc.

Banks dit gentiment :

« Je peux vous trouver une tasse de thé, si ça vous tente. »

Son patron roula sur le lit, lui tournant le dos.

« Je préférerais que vous alliez vous faire voir et que vous me laissiez dormir. Éteignez en sortant. »

Ce qu'il fit, avant de fermer silencieusement la porte derrière lui.

Une nouvelle journée commençait, et Banks n'en attendait pas grand-chose.

Un camion de nettoyage passait devant un hôtel dans Belgravia. Dans une des chambres, un couple faisait l'amour. Tous deux avaient à peine dormi.

Il trouvait la jeune femme maladroite, inexpérimentée, mais il appréciait sa passion.

Elle sentait l'homme âgé à bout de forces, ne continuant que grâce à des cartes mémoire depuis longtemps inutilisées, mais il possédait un enthousiasme juvénile.

Une bouteille de champagne ouverte, son contenu ayant perdu ses bulles, reposait de guingois dans un seau en argent. Elle avait dit qu'elle ne buvait jamais d'alcool, qu'elle n'avait pas besoin de cette stimulation. Il l'avait imitée, mais c'était lui qui paierait la note.

Elle le chevauchait, il était sur le dos. Les draps, chassés du lit, gisaient par terre avec leurs vêtements éparpillés. Il était en elle et ses mains grimpaient vers ses seins. Il parlait, elle écoutait. Quand il était flaccide, mou – entre deux fois –, c'était elle qui parlait et il écoutait, mais la plupart du temps c'était lui pendant qu'elle l'aidait à être de nouveau prêt. Une épouse, Gertrude, un amour d'enfance, et un divorce vingt ans auparavant dont il avait reçu la confirmation bien plus tard sur un fax dans une ville étrangère. Un petit ami à l'université qui ne baisait avec elle que les samedis soir quand le couloir de la résidence haletait à l'unisson. Une secrétaire là où il travaillait pour qui il comptait, mais comme un frère aîné, et qui ne partageait pas son lit avec lui. Un jeune homme, membre du Home Office, avec qui elle avait rompu après une soirée de Noël.

Il ne l'avait pas fait depuis trop longtemps, elle ne l'avait pas fait assez souvent.

Il se fit rebondir sur le matelas pour s'enfoncer en elle.

Elle pensa à un cheval qui se souvenait de quoi il était question.

Il ne savait pas si c'était spontané.

Elle ne savait pas s'il l'avait planifié.

Il se sentait privilégié, elle se sentait drôlement, *drôlement* bien.

Il n'y avait pas de futur. Ils étaient des bateaux qui se croisaient.

Le sentant rétrécir, elle se libéra en se tortillant. Elle s'allongea à ses côtés, écouta son souffle, rauque mais régulier, il n'avait rien à dire. Silence… le camion de nettoyage était parti. Calme… Aucun de ses collègues de travail n'aurait cru qu'elle avait copulé trois fois dans la nuit avec un homme presque assez vieux pour être son père et qu'elle en était heureuse. Aucun de ceux qui le connaissaient ne le croyait capable de donner et de recevoir un plaisir intense. Elle quitta le lit, marcha nue jusqu'à la table dans un coin, ses pieds repoussant des draps et des vêtements. Elle brancha la bouilloire électrique, déchira des sachets de café. C'était la première fois, après, qu'il ne parlait pas de sa femme, de sa secrétaire, de sa vie ou de son travail.

« Ça va ?

– Oui, je réfléchis, c'est tout.

– À quoi réfléchis-tu ?

– Ah… aux erreurs et à la chance.

– Je ne considère pas ça, ce qui vient de se passer, comme une erreur et… »

Il la coupa, distrait :

« Non, non. Je me disais que ça pourrait être le jour où l'erreur sera commise, celui où nous aurons de la chance. »

« À ce prix-là, mademoiselle, vous espériez quoi ? Une Alfa turbo ? »

L'infirmière des urgences se tournait et se retournait dans son lit tandis que les premières lueurs de l'aube s'insinuaient à travers les rideaux. Elle n'avait pas fermé l'œil et elle allait être une loque au travail ce matin. L'irritation ne l'avait toujours pas lâchée, la frustration après l'accueil que lui avait réservé le vendeur de voitures à la fin de son service hier après-midi. Épuisée après une autre journée difficile, Avril Harris avait expliqué le problème : des ratés d'allumage à la décélération, particulièrement à l'approche des feux de circulation, accompagnés d'une et, parfois, deux pétarades. N'était-elle pas couverte par la garantie ? Il lui avait répondu, avec un air narquois, qu'elle n'avait jamais évoqué la moindre garantie, mais que si elle l'avait fait, on lui aurait expliqué qu'il n'y en avait jamais pour un véhicule vendu moins de mille livres. Le problème pouvait être résolu, mais le travail devrait être payé. Le vendeur avait nié toute obligation.

« Désolé, mais elle était proposée en l'état. »

Ce qu'il était prêt à faire, sans que cela ne lui coûte rien, c'était lui expliquer le souci qu'elle avait décrit avec une colère croissante. C'était une question de timing, la soupape devant s'ouvrir au moment de l'explosion du piston. Elle savait se servir d'un défibrillateur, de tout l'équipement complexe qui encerclait un patient malade ou blessé juste après son admission, mais ne comprenait rien au fonctionnement interne d'un moteur à combustion sous le capot d'une vieille Fiesta. On lui parla de vilebrequin, de courroie de distribution, d'arbre à cames et de soupapes, sauf qu'elle était fatiguée, éreintée. Elle n'arrivait pas à suivre. Il avait haussé les épaules – et elle avait espéré l'impensable, qu'un jour ce salopard arrive en fauteuil roulant dans son service pour qu'elle le laisse au fond d'un couloir mijoter dans son jus – et sourit en montrant ses dents pourries.

« Vous l'avez vous-même essayée, mademoiselle, et vous n'avez pas formulé la moindre plainte. »

C'était comme s'il n'avait jamais vu cette bagnole, se dit Avril Harris. Tant qu'ils n'auraient pas regardé sous le capot, il ignorait si c'était un boulot à cinquante ou à cent livres – pièces et main-d'œuvre, sauf que réglé en liquide, pas besoin de compter la TVA. Si elle pouvait la laisser à un moment ou à un autre, ils y jetteraient un œil et lui diraient combien ça lui coûterait. Elle avait décidé – et peu importe qu'elle fasse autant de boucan qu'un feu d'artifice à chaque carrefour – qu'il n'était pas question de revenir chez cet escroc. Jamais. Elle était partie. Il lui avait lancé :

« Si vous voulez aller voir ailleurs pour un autre devis, mademoiselle, c'est votre droit. »

Elle la ferait réparer « ailleurs » à Luton, mais pas cette semaine. Elle n'aurait pas l'argent avant la fin du mois. Peut-être que quelqu'un des équipes A ou E pouvait lui recommander un garagiste. Elle avait pétaradé deux fois aux feux en bas de Dunstable Road. C'était injuste et ça l'avait empêchée de dormir, mais tant que l'argent n'était pas sur son compte, elle devait vivre avec.

La fenêtre claqua et Khalid se réveilla. Il entendit l'eau qui gouttait du rebord. Le vent soufflait par l'ouverture, gonflant les rideaux.

Quel idiot l'avait laissée ouverte ? Pas lui. Ni Syed ou Jamal parce que tous les deux s'étaient couchés avant lui. Ramzi ? Ramzi lisait le livre, avec une lampe de chevet, quand Khalid s'était retourné vers le mur pour chercher et trouver un sommeil sans rêves. Et la fenêtre était fermée, le loquet baissé, quand ils étaient rentrés dans la chambre et s'étaient déshabillés.

À nouveau, le vent saisit la fenêtre, la poussa en grand. Le rideau se souleva, le bruit d'éclaboussures se fit plus fort. Khalid ne comprenait pas comment Ramzi, Syed et Jamal pouvaient dormir ainsi. L'un d'entre eux s'était-il réveillé pendant la nuit et l'avait-il ouverte parce qu'il avait trop chaud ? Impossible, le froid était saisissant. Syed et Jamal étaient installés près de la porte, mais le matelas de Ramzi se trouvait juste sous la vitre. La pluie devait lui tomber dessus. C'était aujourd'hui qu'ils tournaient la vidéo.

Khalid s'extirpa de son matelas. Il espérait – priait – qu'après l'enregistrement, on l'autoriserait à rentrer chez lui et à son travail de taxi. Il n'avait pas été traité avec respect. Il avait conduit jusqu'à Birmingham, avait dû supporter une nuit dans un hôtel infesté de puces et effectuer le trajet de retour, tout cela sans un mot de remerciement. De gratitude. Silence dans la voiture. Aucune parole du chef, pas d'exhortation ni de déclaration inspirée. Comme s'il n'avait aucune valeur. Il voulait partir, rentrer chez lui. Dans l'obscurité de la pièce, il s'étira, ses genoux craquèrent, mais aucun des autres ne se réveilla.

Couché sur le ventre, Syed ronflait. Khalid le dépassa sur la pointe des pieds, contourna le matelas suivant où se trouvait Jamal qui serrait son oreiller d'une façon qu'il jugea pitoyable. Il arriva à celui de Ramzi, celui qui n'avait que de la bouche et qui avait été sévèrement réprimandé devant eux tous. L'homme-muscles s'était enfoui la tête sous les couvertures. Il dormait sans bouger. On ne le voyait même pas respirer. La fenêtre couina à nouveau. Khalid discernait, dans les ténèbres sur lesquelles dansaient les ombres des rideaux, les gouttes de pluie qui brillaient sur les couvertures. Il tendit la main, au-dessus de Ramzi et du matelas, vers la fenêtre.

Les rideaux gonflèrent, lui couvrant le visage et les yeux, l'aveuglant. La fenêtre lui cogna les doigts. La douleur irradia de ses phalanges, ses pieds se prirent dans le fil de la lampe de chevet ; il perdit l'équilibre, tomba sur le matelas, sur le dormeur. Il crut qu'il allait être accueilli par des sursauts et être jeté hors du lit par des ruades désordonnées, mais il s'enfonça dans du mou.

Sous les couvertures, et placés de façon à imiter la forme d'un corps, sa main ensanglantée trouva deux oreillers, un ballot de vêtements et une couverture entortillée sur elle-même.

Le rideau fut encore une fois repoussé par le vent. La pluie tomba sur son visage, lui mouilla les cheveux. Et il réalisa l'énormité de sa découverte.

Il se releva, regarda par la fenêtre. Il ne sentait plus ni l'eau ni le vent sur sa peau.

Khalid cria, une âme qui gémit à l'approche de la mort. Il hurla. Autour de lui, ils se réveillèrent.

Les hommes plus âgés, en tee-shirt et pantalon, étaient à la porte ouverte, ainsi que Faria en pyjama. La lumière au plafond s'alluma.

Khalid montra d'abord la fenêtre ouverte, le rideau trempé, puis le matelas, les oreillers, le ballot et la couverture roulée. Il essaya de cacher un frisson qui n'était pas dû au froid. La peur l'étreignait.

La voix claqua derrière lui.

« Cet imbécile avec sa grande gueule. Quand l'avez-vous vu pour la dernière fois ? »

Qui allait répondre ? Qui oserait affronter la fureur ? Khalid se prépara, hésita, puis regarda sa montre et bredouilla :

« Avant lui, j'ai été le dernier à me coucher. Il y a à peu près sept heures. Qu'allons-nous faire ?

– Vous comporter, si vous en êtes capables, en guerriers, pas comme des gosses qui pleurent après leur mère. »

La porte claqua. Tous – Khalid, Syed et Jamal – se rhabillèrent en silence et en tremblant. Aucun d'entre eux ne s'approcha de la fenêtre ouverte. Tout allait-il être annulé ? Allaient-ils être renvoyés chez eux ? Et donc, disgraciés ? Les questions brûlaient la cervelle de Khalid, mais il n'osait les poser.

12
Mercredi, jour 14

Il était allongé dans son lit quand le tumulte se déchaîna. Ibrahim entendait mais ne voyait pas. Sa porte restait fermée. Quelle que fût la crise dans le cottage, il n'en faisait pas partie. Personne ne vint. Le petit déjeuner ne lui fut pas apporté et on ne l'appela pas non plus dans la cuisine. Quand les cris et les claquements de porte avaient commencé, il s'était agenouillé face au mur pour prier avec ferveur. Ensuite, il s'était recouché sur les draps froissés. Ces bruits ne lui apprenaient pas grand-chose.

Il se souvenait de moments de confiance, parfois absolue, mais désormais ils étaient derrière lui et se contentaient de défiler dans son esprit. Il revenait à pied de la mosquée où l'imam avait énuméré les récompenses offertes aux vertueux, aux braves, aux dévoués. Il faisait lui-même le ménage dans sa chambre, sans le laisser aux domestiques, rangeait ses affaires en secret, nettoyait les vitres des cadres contenant les photographies de ses frères, les martyrs. Les petits mensonges à son père et à ses sœurs qui étaient justifiés par la fierté et la gloire qui retomberaient sur la famille quand son nom et son visage apparaîtraient sur l'écran de télévision. Et cet instant où le chef, l'homme de guerre, l'avait choisi parmi les onze autres, lui avait demandé de marcher et l'avait félicité. L'assurance avait alors déferlé en lui et elle y était restée quand il s'était approché de la porte d'embarquement à l'aéroport du roi Khaled à Riyad – nullement entamée qu'on l'appelle par son nom –, ou bien quand il avait franchi les contrôles, devant les policiers armés, au terminus du train, quand il était arrivé en voiture au cottage, sachant qu'il en repartirait en portant la bombe. Mais maintenant la confiance avait disparu, se dissipant un peu plus à chaque heure passée dans cette chambre.

Devait-il ouvrir la porte et exiger qu'on lui explique la raison de cette crise ?

Il aurait voulu que la fille vienne. C'était elle et elle seule, parmi tous les autres, qu'il voulait voir.

Il l'appréciait à cause de son défaut, la cicatrice qui la défigurait.

Jusqu'à présent, derrière la porte, il n'y avait eu qu'un fatras de cris. On l'avait oublié. Les voix étaient indistinctes. Soudain, il reconnut celles de Jamal et de la fille dans le couloir. Se rendaient-ils compte qu'il était dans son lit, abandonné, mais qu'il les écoutait ?

La voix enrouée de Jamal, un murmure :

« Je ne crois pas qu'on puisse continuer. »

Elle répondit, moins fort encore :

« Alors, le travail de tant d'entre nous n'aura servi à rien, sera gâché.

– Je suis intelligent, d'accord ? J'ai été accepté à l'université de Londres, d'accord ? Je ne suis pas idiot. Je le vois et toi non ? Nous sommes tous en danger, maintenant.

– Je pensais que ce serait plus facile…

– Un homme important a été envoyé, un combattant, un commandant, sauf qu'il ne nous commande pas. Il n'a apporté que le chaos. Nous n'avions pas besoin de lui… et nous n'avons pas besoin du petit Saoudien, murmura Jamal, que le garçon entendait. Si on me l'avait demandé, je l'aurais fait.

– Tu es un vantard comme Ramzi. Tu ne *lui* donnes pas le respect qu'il mérite. »

La réplique sauvage de Jamal :

« Le respect que j'ai maintenant, en cet instant, est pour l'ampleur de la catastrophe qui nous tombe dessus. Tu ne comprends pas ? Il n'est pas nécessaire de suivre des études à l'université pour comprendre ce qui nous attend : l'emprisonnement à vie.

– Et qu'est-ce qui l'attend, *lui* ? Soit on *le* renvoie chez lui, là d'où il vient, ayant échoué à devenir un martyr, et cet échec le suivra toute sa vie car il ne sera plus jamais choisi. Soit *il* devient un martyr, mais dans un lieu et à un moment où son acte aura beaucoup moins d'impact, dans une rue où le nombre des victimes sera faible, où *sa* mort sera gâchée. Jamal, non seulement tu te vantes, mais tu fais preuve d'un égoïsme qui te déshonore. Tu ne penses qu'à toi, pas à *lui*. »

Le garçon entendit un rire amer et plaintif.

« Rien ne l'empêche de se libérer et... »

Le garçon entendit la réponse persiflée :

« ... et de s'agenouiller sur une place dans son pays tandis qu'un bourreau lève son épée pour le décapiter.

– ... et ne pas marcher en pensant aux vierges qui l'attendent, sans se soucier d'en tuer un ou dix, d'en blesser un ou dix. *Il* ne pense qu'aux vierges. C'est tout ce à quoi *il* pense.

– Tu es un obsédé. Tu me dégoûtes. Nous devons admirer *sa* foi, pas nous en moquer.

– Ce qui m'obsède, avec le départ de Ramzi, c'est l'idée de passer le restant de mes jours dans une prison. Et cela devrait t'obséder toi aussi », s'écria Jamal.

Il y eut un hurlement quelque part dans le cottage, comme si on les appelait, et le garçon entendit leurs pas pressés. Il entoura de ses bras ses genoux repliés. Il avait appris la raison de la crise, la cause de la catastrophe et ce que l'on pensait de lui. Pour eux tous sauf pour elle, il était aussi inutile qu'un animal envoyé à l'abattoir. Pour elle, il avait de l'importance, mais elle n'était pas venue dans sa chambre.

D'autres voix. Il quitta le lit.

Des voix derrière la fenêtre. Il écarta le rideau, mais son corps demeura dissimulé.

Les hommes âgés fouillaient le jardin. « Il a une nuit d'avance sur nous. » Ils commencèrent sous une fenêtre du mur extérieur. « J'aurais dû lui trancher la gorge. » Ils s'agenouillèrent pour examiner la terre. « Va-t-il aller trouver la police ? Rentrer dans sa famille de merde ? Je n'en sais rien. S'il est retourné chez lui et s'il se fait arrêter, résistera-t-il à un interrogatoire ? » Ils se redressèrent pour contempler la pelouse. La pluie tombait sur eux. Ni l'un ni l'autre ne portaient de veste, et ni l'un ni l'autre ne semblaient la remarquer. « Au moins ici, dans une *démocratie...* » Le garçon entendit un ricanement éraillé. « ... ce ne sera pas comme à Abou Ghraib. Ici, ils seront *corrects* et *polis*, mais résistera-t-il ? » Ils suivirent la piste sur l'herbe, comme des chiens de chasse flairant une proie, et arrivèrent au trou dans la haie qui donnait sur le champ labouré. Ibrahim ne les entendit plus.

Ce qu'il entendait, faiblement, c'était le son d'un véhicule qui approchait, le ronronnement d'un moteur.

Ajaq écoutait.

L'Ingénieur, près de la haie, disait :

« Ma décision est prise. Mon travail est terminé. Je ne resterai pas une heure de plus. »

Ajaq pensa que son ami s'était, trop longtemps, trop souvent, trouvé trop près des explosions, si bien que son ouïe était endommagée. Le bruit du véhicule enflait et il l'imaginait cahotant sur la piste défoncée et les nids-de-poule.

« Toi, mon ami, tu devrais être avec moi. Dis-moi que tu le seras. »

La voix de son camarade était insistante, et il pensa aux hommes dans les grottes ou dans le camp d'un chef tribal au pied des montagnes qui l'avaient envoyé et qui maintenant écoutaient leurs radios pour savoir si leur foi en lui était justifiée. Il guettait le moteur d'un véhicule, souffrant à petite vitesse, et il pensa à la myriade d'écheveaux qui avaient été tissés. Il entendit un appel strident qui lui était adressé et il pensa à tous ceux qui avaient pris tant de risques pour le faire venir là où il était en cet instant, et à ce qu'il leur arriverait si la mission échouait ou n'avait aucune efficacité.

« Tu ne peux pas retarder l'attaque. Tu ne peux pas rester ici. On t'a fait travailler avec des ordures. Tu ne pourras être tenu pour responsable si tu abandonnes. Chez nous, là où est ta place, où tu es le chef de vrais combattants, tu en aurais déjà terminé et tu serais déjà passé à autre chose. Tu aurais déjà trouvé une nouvelle cible. »

Il entendait la plainte du moteur du véhicule. Il jeta un regard au-dessus du sommet parfaitement taillé de la haie, à travers le champ labouré, au-delà de l'épais bosquet, loin là-bas où des nuages se massaient dans le ciel si bas. Il vit la nuée d'oiseaux en vol et il sentit l'innocence de ce lieu. Il y aurait eu la même innocence s'il avait regardé depuis un abri en ruine, de ceux qui servaient au bétail, vers un massif d'arbres portant des dattes ou vers des champs de maïs. L'innocence régnait toujours avant que les hélicoptères Apache se matérialisent au-dessus d'un horizon de branches se balançant dans le vent. Sur son terrain, en Irak, si un nouveau membre de la cellule avait fui pendant la nuit, il aurait abandonné sa position et son plan et aurait recommencé à partir de zéro la laborieuse préparation d'une attaque sur un autre site. Trop de gens dépendaient de lui à présent. Il savait qu'il allait ignorer les demandes de son ami.

« Si c'est prêt, dit Ajaq, tu dois partir. »

Il abandonna son camarade sur l'herbe mouillée. À l'intérieur du triangle, sur les rives du Tigre et de l'Euphrate, l'innocence lui était inconnue. Une fois, il avait été capturé. Une fois, l'armée de l'ennemi l'avait tenu à sa merci, sans défense, sa liberté disparue. Une fois, pendant une demi-journée moins une heure, il était resté assis dans la poussière sous la brûlure du soleil, les bras noués dans le dos par des liens en plastique, les yeux aveuglés par du ruban adhésif. Mais ses papiers avaient supporté l'examen. L'interrogatoire sur le terrain avait été rude – des coups de pied, de crosse –, mais rapide et agacé. Il avait été relâché. Avec les yeux écarquillés d'un idiot et le boitillement d'un homme atteint de polio – comme le disaient ses papiers –, il s'était éloigné en traînant la patte sous le regard indifférent des Américains. Et cette nuit-là, Muhammad Ajaq, le Scorpion, avait entamé une enquête pour savoir s'il avait été trahi ou était tombé aux mains de l'ennemi par simple malchance, mais des hommes étaient morts parce qu'il avait *peut-être* été trahi. Là-bas, l'innocence n'existait pas. Ici, sa capacité à identifier une erreur n'était plus aussi sûre.

Il entendit la portière d'un véhicule claquer devant le cottage.

Il laissa son ami, l'Ingénieur, derrière lui. Un rideau bougea derrière une fenêtre, la chambre du garçon.

Il aurait dû tuer ce chien, mais il ne l'avait pas fait.

Il contourna le cottage du côté où le rosier grimpant était le plus épais.

Il entendit la voix pimpante de la femme.

« Je voulais juste voir si tout allait bien pour vous, si vous profitiez bien de vos vacances. »

Et il entendit la fille bafouiller comme si elle ne savait plus parler :

« Très bien, nous profitons très bien. »

Derrière l'une des fenêtres de la façade, les visages des autres, pressés contre la vitre, regardant dehors comme des idiots effrayés. La main contre la cuisse, il claqua des doigts vers eux et ils battirent en retraite. La fille, Faria, était sortie pour intercepter l'intruse sur le porche. La femme était d'âge mûr, avec un double menton et des pattes-d'oie autour des yeux. Elle portait un vieux ciré et une jupe en tweed. Il la jugea forte. Il voyait ses ongles, ses lourdes bottes. Il se dit qu'elle se battrait, qu'elle ne se laisserait pas facilement tuer. Elle était debout, les pieds écartés devant un Land Rover couvert de boue garé près de leur propre voiture.

Elle ne l'avait pas encore vu.

« J'ai voulu passer par politesse, pour m'assurer que tout fonctionne comme vous l'espérez, que vous avez tout ce qu'il vous faut. »

La fille ne l'avait pas vu non plus.

« Tout va bien, très bien, pas de problème. C'est merveilleux. »

S'il le fallait, il la tuerait. La femme se condamnerait si elle entrait dans la maison, si elle voyait le garçon, si elle entrait dans la chambre avec le gilet, si ses questions étaient trop insistantes.

« Il y a un problème avec la douche – j'ai oublié de vous le signaler – et parfois elle a besoin d'un petit réglage. Comme vous êtes si nombreux, j'ai pensé qu'il valait mieux passer. Je l'ai dit à mon mari : tu sais, il faut vraiment que j'aille vérifier ça. »

Elle s'avançait, prête à contourner la fille.

Il vit la main de celle-ci se tendre, comme paniquée.

« Il n'y a aucun problème avec la douche.

– Mieux vaut s'en assurer.

– Ce n'est pas très bien rangé à l'intérieur... Je ne voudrais pas que vous voyiez...

– Ah, je suis trop matinale, c'est ça ? Ça ne prendra qu'un instant. Je sais à quel point c'est horrible quand une douche coule mal. »

Elle l'avait dépassée, sur la marche, et la porte était restée grande ouverte. La main de la fille jaillit, attrapa le ciré et la femme la dévisagea, surprise. Par ses ordres et ses préparatifs, Ajaq avait tué plusieurs centaines, plusieurs milliers, peut-être, de personnes. De ses mains, avec une arme à feu, un couteau, ou par strangulation, il en avait tué des dizaines. Homme ou femme, il n'en avait jamais perdu le sommeil. Il voyait la gorge épaisse de celle-ci, le double menton sous lequel était enfouie la trachée, là où ses pouces appuieraient si elle pénétrait dans la maison. Il ne pensait pas qu'il y eût de la malice en elle, juste de la curiosité, mais cela suffirait à la condamner à mort.

Il s'avança vivement.

« Puis-je vous aider, madame ? »

Il lui sourit.

« Oh, je ne vous avais pas vu. Je suis juste passée vérifier que tout allait bien. Vous comprenez ?

– Madame, je crois que vous embarrassez ma nièce.

– Je suis désolée, ce n'était pas mon intention. Je me disais juste… »

Il la charma.

« Et vous embarrasserez mes neveux. Madame, nous nous sommes levés tard ce matin et nous n'avons pas encore fait le ménage. Certains se trouvent toujours dans la salle de bains. Une autre fois, un autre jour, ce serait mieux pour tout le monde. Vous savez comment sont les jeunes. S'il vous plaît, madame. »

Il l'avait prise par le bras et lui faisait gentiment faire demi-tour. C'était la courtoisie dont son grand-père aurait fait preuve, un vieux talent presque oublié. En tant que chef de guerre, il utilisait rarement le charme, la richesse de son sourire et la douce persuasion des mots, mais à présent, il raclait sa mémoire pour les retrouver.

« Vous êtes sûr… qu'il n'y a rien que je puisse faire ?

– Rien, madame. Tout est parfait. Et nous vous sommes reconnaissants de nous confier votre maison pour une occasion qui nous est si spéciale. Nous n'oublierons pas de si tôt le confort et les installations que vous avez mis à notre disposition. Nous vous remercions, madame. »

Allait-elle vivre ou mourir ? Il sentait une douce odeur sur elle. Elle hésitait, comme si elle n'avait pas l'habitude qu'on la détourne de ses objectifs, et il vit la déception plisser ses traits. Mais elle accepta de repartir et, ainsi, sauva sa vie.

« C'est vrai, nous connaissons tous les jeunes, le désordre qu'ils laissent parfois derrière eux. Et si la douche fonctionne…

– Merci de vos attentions, madame.

– Bon, je vous laisse. Le mercredi, je prépare des repas pour les personnes âgées en tant que bénévole. Ravie de vous avoir rencontré.

– Le plaisir, madame, est pour moi. »

Il lui ouvrit la portière du Land Rover et la referma doucement. Elle passa la marche arrière, fit demi-tour et il la salua de la main tandis qu'elle repartait sur le chemin. Il ne tremblait pas, sa respiration était toujours aussi régulière, mais les doigts qu'il agitait à son intention auraient été ceux qui l'auraient privée de son souffle.

La fille comprenait.

Et tandis que le Land Rover labourait la piste, Ajaq déclara :

« La sale petite conne, un pas de plus et elle était morte. »

Il laissa le gilet sur la table, entouré de cadavres de mouches, et vérifia une dernière fois autour de lui. Satisfait, il sortit, son sac à la main, et verrouilla derrière lui. Il ne s'arrêta pas devant la porte du garçon, ne lui accorda aucun regard.

L'Ingénieur traversa le salon. Deux des gosses s'y trouvaient, ainsi que la fille. Il les ignora. Ils n'avaient plus la moindre importance pour lui.

Son ami se trouvait dans l'entrée. La gorge serrée, il lui dit que le bouton de déclenchement était branché, que l'engin était prêt à être activé. De sa poche, il sortit l'enveloppe contenant les deux billets de ferry, lui en donna un. Ils s'étreignirent, et il entendit le moteur de la voiture démarrer.

« Je suis un vieux fou de la pire espèce. J'ai fait ce que j'étais venu faire, avec mauvaise grâce, mais c'est fait. Tu devrais venir avec moi… »

Ses joues furent embrassées, il continua :

« … ne fais confiance à aucun d'entre eux. »

Ils se séparèrent. Il dévisagea son ami.

« Ne fais confiance à personne. Bouge. Mets tout en place et va-t'en. Il n'y a aucune honte à fuir. Reviens-moi. On leur fera plus de mal chez nous. »

Il sentit ses yeux se mouiller.

« Est-ce si important ? » conclut-il.

Son épaule fut serrée. Il alla à la voiture, sans un regard derrière lui.

On l'emmena. Il ne pensait pas au garçon qui porterait le gilet. Il avait perdu le compte des jeunes gens pour qui il avait fabriqué des gilets ou des ceintures, pour qui il avait installé des systèmes de mise à feu dans des voitures ou des camions. La confection du gilet, avec les bâtons d'explosif, les déchets et les câbles, était si basique pour un artiste tel que lui qu'il aurait pu l'accomplir en dormant. La voiture s'engagea sur la route principale, une quatre voies. Ils passèrent devant des haies basses, impitoyablement taillées. Par une trouée, il aperçut le cottage. Déjà, il pensait à chez lui, au champ de bataille qui l'attendait.

Il se renfonça dans son siège.

Il se languissait d'être avec son ami, allongés dans un fossé, cachés dans un bosquet de palmiers ou à la fenêtre au dernier étage d'une maison, avec une large piste bien droite devant lui et la rumeur lointaine d'un convoi de camions ou d'une patrouille de Humvee approchant. Avec son ami à ses côtés, il aurait à la main un téléphone portable dont le signal déclencherait un engin construit autour d'un obus d'artillerie de 120 mm avec dix kilos de propergol, du carburant pour fusée qui transperçait les blindages les plus renforcés garnissant les flancs des véhicules de transport ennemis. Il pensa à l'éclair géant, aux flammes orange et pourpres qui s'élevaient, aux colonnes de fumée noire et de débris expulsés. Il ne voyait pas la circulation autour d'eux, les maisons qui bordaient la route, les gosses qui jouaient au football, les femmes qui poussaient des landaus, les hommes avec de petits chiens à la langue pendante. Ses pensées se concentraient sur des sacs jetés au bord d'une autre route à quatre voies, et dans l'un de ces tas, sous les ordures, aux dix ou quinze kilos d'explosif enfouis, déjà rongés par les rats.

Le garçon qui le conduisait avait allumé la radio. La musique mugissait autour de lui, mais il ne se plaignit pas, il s'en moquait. Son esprit était ailleurs : une rigole peu profonde creusée en travers d'une piste utilisée par les patrouilles la nuit, des Humvee qui roulaient sans lumière grâce aux chauffeurs équipés de lunettes de vision nocturne. Les habitants des villages le long de la route avaient reçu l'ordre de ne pas s'y risquer avec leur voiture ou leur tracteur. Au fond de l'étroite tranchée reposait un tuyau en caoutchouc rempli d'eau et scellé à une extrémité. À l'autre se trouvaient les contacts qui se connectaient quand l'eau dans le tuyau, sous la pression du poids d'un Humvee, les rapprochait. Ils étaient reliés à la bombe. La rigole était comblée de terre battue.

Ils arrivèrent sur l'autoroute. Dans son pays, tous les grands axes avaient été mis en chantier afin d'en consolider les ponts pour les chars d'assaut de l'ennemi : une usine fabriquait les blocs de béton nécessaires. Déjà évidés, ils lui étaient apportés depuis cette usine et il emplissait les cavités d'explosif d'excellente qualité relié aux détonateurs. Des travailleurs loyaux à la cause cimentaient les blocs entre eux, prolongeaient le câblage jusqu'aux dispositifs de mise à feu à distance. Il entamait son voyage de retour vers le monde qu'il connaissait. Son ami serait-il à nouveau un jour à ses côtés quand le feu, le tonnerre et la fumée jailliraient ?

Cette mélancolie lui faisait mal.

On le conduisait vers le sud et la pluie déferlait sur le pare-brise, cascadait des essuie-glaces. Il imagina leurs retrouvailles, lui en nage à cause de la chaleur, un pas léger, une porte qui s'ouvrait, l'ombre qui emplissait la pièce, le grondement d'une voix, et il se dit que quand ils se reverraient – *s'ils se revoyaient* –, il pleurerait, il ne retiendrait pas ses larmes comme il l'avait fait en montant dans cette voiture. Il poussa un juron.

Son ami et lui, ils n'auraient jamais dû venir dans ce piège qui leur était tendu et dont ils ne savaient rien.

***

Le maître et son chien sillonnaient le parc de Rose Hill.

Lors de ces séances d'exercice matinales ou de fin d'après-midi, il ne lui imposait rien. Il laissait Midge courir. La discipline viendrait pendant la journée de travail : il serait obligé de lui passer une laisse, longue ou courte, de la tenir d'une main ferme. Docile, elle ne se débattait jamais. Mais, pour l'instant, elle galopait sur les pelouses sans se soucier de la pluie. Il avait une grande serviette dans le van avec laquelle il l'essuierait avant de revenir en ville.

Elle avait fait ses affaires qu'il avait nettoyées avec un sac en plastique. L'esprit du maître était loin d'ici. Quand il la vit foncer sur sa gauche, il ne chercha même pas à la rappeler. Elle et lui avaient encore dix minutes de liberté avant de tourner le dos à Rose Hill. Il se demandait combien il lui faudrait dépenser pour un VTT de bonne qualité et combien de temps sa fille, qui allait avoir douze ans, s'en servirait avant d'être trop grande.

L'esprit ailleurs, il suivit la direction prise par la chienne. Il vit le garçon sur le banc... le rose était sa couleur préférée... un jeune Oriental, la tête cachée entre les mains... qui avait jamais entendu parler d'une fille avec un vélo rose ?... il y avait une communauté orientale dans le quartier de Normanton, des maisons mitoyennes vieilles d'un siècle au moins, mais il y voyait rarement leurs gosses là-bas... s'il ne trouvait pas de rose, un vert ou un bleu feraient sans doute l'affaire... Midge courait vers le garçon... sûrement plus faciles à trouver aussi, mais n'allait-elle pas être déçue ? Elle renifla le jeune homme et le maître se concentra sur lui. Il était trempé, comme s'il avait passé la moitié de la nuit sous la pluie ; ses vêtements étaient collés à son torse puissant... bien sûr qu'à douze ans la couleur était importante... son épagneule s'était dressée sur ses pattes arrière, avait posé celles de devant sur les genoux du garçon, le museau tendu vers les mains qui tenaient la tête baissée... la couleur était même essentielle. La queue remuait avec une énergie croissante et la truffe était sur les mains.

Il oublia la bicyclette.

La chienne n'aurait pas dû grimper sur un jeune gars perdu dans ses pensées sur un banc. Maintenant, son jean devait être maculé de traces de pattes. Il tira la ficelle à son cou à laquelle était pendu le sifflet très aigu, mais elle quitta le garçon, s'assit face à lui et aboya furieusement. Extraordinaire comment une créature aussi petite, son épagneule, pouvait émettre un tel vacarme.

Pendant un moment, le maître garda le sifflet aux lèvres, mais il ne souffla pas. Les aboiements auraient réveillé tout un cimetière. La pluie redoublait et la sécher allait lui prendre davantage de temps. Elle se comportait comme à l'entraînement.

Au cours de ces exercices, pour lesquels il fallait une liasse d'autorisations aussi épaisse qu'un annuaire, des explosifs actifs étaient amenés sur site par des militaires et cachés en infimes quantités sous des pierres, dans des sacs en plastique enterrés sous les gravats d'un bâtiment en ruine, enveloppés dans du papier aluminium dans la poche d'un faux suspect. Puis la chienne, à la laisse ou bien libre de ses mouvements, devait les localiser. Elle réussissait toujours, elle flairait, cavalait, trouvait, se rasseyait sur ses pattes arrière et aboyait, comme une chienne, pour attirer son attention. Comme elle y avait été entraînée, et comme elle était en train de le faire face à ce jeune Oriental.

Mais cette fois il ne s'agissait pas d'un exercice et ils, elle et lui, allaient être en retard.

Il siffla très fort.

La chienne ne réagit pas.

Il poussa un juron, la rejoignit.

« Au pied, Midge. Viens. Au pied. »

Il criait, de toute sa voix.

À l'entraînement, quand elle trouvait les quelques grammes de TNT, de semtex – tout ce qu'on pouvait bien avoir planqué –, la récompense était un biscuit et des mots gentils. Le paquet de biscuits était resté dans le van. L'épagneule revint lentement vers lui, mais en jetant des regards vers le banc tous les deux ou trois mètres.

Il s'adressa au garçon.

« Désolé. Elle est jeune, mais en général pas si idiote. J'espère qu'elle ne vous a pas sali... »

La laisse à la main, il se pencha pour saisir le collier. Il était frappé par le manque de réaction du jeune homme : pas de hochement de tête pour montrer qu'il acceptait ses excuses, pas de protestation pour la boue qui tachait son jean, et sa tête qui restait baissée. Sa jeune chienne, aussi agile qu'un lapin, lui échappa. Elle fonça sur l'herbe vers le banc, mais sans chercher à flairer les mains. Elle s'arrêta à un mètre du garçon pour aboyer avec une énergie renouvelée.

Le maître avait donc un problème. Ces longs mois d'entraînement n'avaient-ils servi à rien ? Les aboiements lui faisaient mal aux oreilles.

Le maître était un homme fier, et sa fierté s'enracinait dans la croyance qu'il avait le meilleur chien de tout le département. À l'entraînement, Midge trouvait toujours les caches d'explosif et il ne l'avait jamais vue – à l'aéroport des East Midlands, à la gare de Derby – se caler devant un passager pour faire un tel raffut. C'était aussi un professionnel obstiné qui n'avait aucune envie de se dire que tout cet entraînement avait été gâché.

Il retenait son souffle.

Finalement, la fierté et l'obstination prirent le dessus.

Il ne lui restait que peu de doutes, mais ils étaient suffisants pour ne pas faire appel à des renforts armés. Il se chargerait de ça tout seul.

D'un bon pas, le cœur battant, il s'approcha du banc. Le garçon ne leva pas la tête, ne guetta pas son approche, ne balança pas un coup de pied au clébard. Cela ne correspondait pas aux comportements auxquels le maître avait été préparé.

À ses côtés, la queue de l'épagneule battait d'excitation.

Il dit doucement :

« Je suis officier de police. S'il vous plaît, monsieur, vous voulez bien vous lever ? C'est cela, monsieur, maintenant tournez-vous et rapprochez vos mains dans votre dos. »

On lui obéit. Le type se leva, immense et musclé, mais sans une once de combat, de révolte en lui. Le maître n'aurait su dire si c'était la pluie qui ruisselait sur son visage ou des larmes. Il referma les menottes avant de palper le corps sans rien trouver. Il respira plus facilement. Il dit au garçon pourquoi il l'avait arrêté, lui cita un passage de la législation antiterroriste, lui fit part de ses droits.

Puis il murmura :

« J'espère bien que tu t'es pas gourée, Midge. Parce que sinon, on saute tous les deux, toi et moi. »

Les yeux de la chienne étaient sur les mains menottées et elle aboyait toujours.

Il passa un appel radio, donna son nom, son matricule, sa position sur Rose Hill et demanda qu'on lui envoie la cavalerie au plus vite, la Special Branch et les techniciens de la scientifique, avant d'ajouter :

« Il est clean, il ne porte pas le moindre engin explosif improvisé. Je n'ai agi qu'à cause de ce que me dit ma chienne et elle me dit que ses mains sont contaminées. Terminé. »

Le maître savait que d'ici midi, sa bête et lui seraient soit la risée du service, soit sa gloire.

« Ce ne sera plus très long, monsieur. Bientôt, vous serez au chaud et au sec. »

Il quitta le taxi dans la cour de l'hôtel, laissant le compteur tourner, pour se précipiter dans le hall d'entrée. Après avoir en vain appelé la chambre trois fois, Dickie Naylor avait demandé au chauffeur de passer par Belgravia. Cela aurait dû être un bref trajet depuis son club – pas un de ces machins grandioses du West End, mais une hôtellerie assez minable pour militaires à la retraite – jusqu'aux Riverside Villas. Avec ce détour, il en était maintenant pour quinze livres de sa poche. Et donc au moins vingt quand on les déposerait, Hegner et lui, devant l'entrée de service au bord de la Tamise. Trop crevé pour retourner dans sa banlieue, il avait dormi à Londres. Il attendait le taxi sur le trottoir, la pluie martelant son parapluie, quand son biper avait sonné.

Rien de sûr, évidemment. Un gamin ramassé par un maître-chien qui n'était même pas en service dans un parc des East Midlands, un rapport initial évoquant de *possibles* traces d'explosif sur ses mains. Naylor avait aussitôt réagi. À trois jours de la retraite, il avait balayé les hésitations et le manque de confirmations. Il y *croyait*. Dans sa quête désespérée du Graal, pour la dernière affaire de sa carrière, il voulait que ce soit vrai. Il avait appelé Anne : « Les événements se précipitent, ma chérie, je ne peux en dire davantage. Les choses s'accélèrent, je risque de ne pas rentrer ce soir, il semble que nous soyons dans le vortex de la tempête… » Le rideau était en train de tomber sur une carrière jusqu'ici insignifiante. Il lui restait trois jours pour tout changer. Il priait le ciel pour qu'un maître et son chien – à deux cents kilomètres de la capitale – aient déniché la sainte timbale.

Il était venu à l'hôtel parce que le discours de l'Américain, la veille, donnait du sens à ce qui restait encore à prouver. Le hall et la réception ronronnaient d'un confort dont son propre club était totalement dépourvu. Lorsqu'il avait téléphoné un peu plus tôt, on lui avait répondu que l'occupant de la chambre avait demandé à ne pas être dérangé. Face au concierge, son agressivité glacée lui donna gain de cause. La connexion fut établie, on lui tendit le combiné.

« Joe ? Dickie. Ce que vous avez dit hier à propos des erreurs et de la chance, de la capacité à les exploiter… Eh bien, j'ai de bonnes raisons de croire que nous y sommes. Je suis en bas avec un taxi. Aussi vite que vous le pouvez, s'il vous plaît. »

Il allait raccrocher quand il réfléchit à la situation. Le bonhomme était aveugle, s'habiller risquait de lui prendre des heures.

« Vous faut-il un coup de main ? Voulez-vous que je monte vous aider ? »

On lui répondit, et il crut entendre un ricanement, qu'on n'avait besoin de rien.

« J'arrive. »

Naylor vérifia son biper, puis son portable : pas de message, pas de texto. Il ramassa un journal mis à la disposition des clients et s'installa dans un fauteuil. Il entama en même temps les mots croisés et cette espèce de puzzle avec des nombres... et faillit s'étrangler. Il avait à peine trouvé une demi-douzaine de mots et deux lignes de chiffres.

Il siffla entre ses dents.

« Nom de Dieu, le vieux bouc », marmonna-t-il.

Hegner sortait de l'ascenseur et n'avait nul besoin de sa canne pour éviter les obstacles devant lui. Mary Reakes le guidait. Il était vêtu avec élégance : chemise propre et repassée, cravate impeccablement nouée. Elle portait le même costume que la veille, le même chemisier. Il avait la tête d'un chat qui venait de trouver le bol de lait, elle avait la tête d'une femme qui venait de se faire drôlement bien baiser. Naylor en restait bouche bée. Il n'aurait jamais cru cela possible. Ces mains aux veines noueuses, crevées par des éclats de shrapnels, avaient parcouru le corps prude et préservé de Mary Reakes, avaient touché l'intouchable. Il n'y avait pas le moindre doute, pas le moindre... à voir comment elle le provoquait, comment elle le défiait du regard en lui amenant l'Américain. Il ne put s'empêcher de se demander si elle gardait des vêtements de rechange dans ses tiroirs au bureau. Elle le fixait. Il céda. Pendant toutes ces années où elle avait travaillé devant sa porte, il n'avait jamais eu la moindre conversation personnelle avec elle. Il ne savait que dire, n'avait rien à dire.

Aveugle à tout ça mais avec sa compréhension intuitive des atmosphères, Hegner sourit.

« J'espère ne pas avoir abusé de votre hospitalité, Dickie. Un obsédé surpayé qui vient faire ses petites affaires ici. C'est presque ça... sauf que les salaires du bureau n'ont rien à voir avec ceux du privé. »

Le sourire se mua en rire.

Ils sortirent sous la pluie. Naylor vit avec quel soin elle lui faisait descendre les marches, traverser la cour, l'aidait à grimper dans le taxi.

« Alors, de quoi s'agit-il, d'une erreur ou d'un coup de bol ? »

Naylor vit la main de l'Américain se poser sur la cuisse de Mary Reakes pendant que la voiture s'insérait dans la circulation de ce début de matinée. Il le briefa succinctement. Il se trouva d'une brusquerie peu courtoise, au point d'en paraître maussade.

Et Mary-Couche-Toi-Là Reakes n'enlevait pas cette main tordue de sa cuisse, se contentant de fixer droit devant elle la nuque du chauffeur.

« Je crois, dit l'Américain, que ça valait la peine de me sortir de mon trou. Ça colle, c'est exactement ce dont je vous ai parlé. Maintenant, je n'ai que deux observations à faire. *Primo*, vous n'autorisez personne, je dis bien *personne*, à me tenir à l'écart, car, croyez-moi, sur ces questions j'en ai bien plus oublié que vous n'en saurez jamais. Vous comprendrez très vite que vous dépendez de mon instinct. Ensuite, si vous permettez au processus judiciaire de s'intéresser à ce fils de pute, vous commettrez une erreur phénoménale, du genre pisser contre un ouragan. Vous saisissez ? »

Elle intervint, sans enlever sa main :

« Notre rôle est de défendre le royaume et cela en préservant des normes civilisées, ce qui implique de réunir des preuves à présenter devant un tribunal. Nous ne nous vautrons pas dans la fange.

– Je crois, Joe, fit Naylor, que nous avons saisi ce que vous dites. »

Il se dit que l'âge était en train de le rattraper, pas comme la caresse d'une brise sur son visage, mais avec la violence d'une tempête qui risquait de l'emporter. Il crut entendre le cri lointain des mouettes, le fracas des vagues de l'Atlantique sur des rochers et la plainte du vent dans les câbles électriques. Elle avait enfin bougé la main qu'elle avait laissée retomber sur la cuisse de Hegner. Par une grise matinée londonienne, avec la pluie qui crachait sur la route, Naylor appréciait sa dépendance nouvelle vis-à-vis de l'Américain, là où elle allait le conduire. Il avait encore trois jours de travail. Ses paroles résonnaient dans son crâne : *Cherchez là où des gens ordinaires vaquent à leurs occupations quotidiennes, là où vos compatriotes se croient en sécurité.*

Le groupe se traînait derrière lui. L'autodésigné historien de la ville, Steve Vickers, possédait une règle inébranlable : ne jamais annuler à cause de la météo. Sa voix demeurait forte et posée tandis qu'il guidait les adhérentes de la Guilde des citadines à travers High Town, entraînant dans son sillage une petite forêt de parapluies dégoulinants.

« Luton était le plus grand centre de confection de chapeaux et de bonnets du Royaume-Uni, et même de tout l'empire. Lors du recensement de 1851, quatre-vingt-huit pour cent des femmes de High Town étaient impliqués dans la fabrication de couvre-chefs portés ici en Angleterre ou bien exportés. Même des filles âgées de six ans étaient inscrites dans les registres comme "couseuses". N'importe quelle dame de Mayfair à Londres, de Princes Street à Édimbourg, ou à Dublin, Sydney, New Delhi et Toronto, quand elle se mettait sur son trente et un, se coiffait probablement d'un chapeau ou d'un bonnet fabriqués dans ces humbles rues. »

Si la journée avait été plus riante, il aurait peut-être captivé l'attention de ces autres dames de la Guilde des citadines.

« Bien sûr, les meilleurs mois étaient de décembre à mai. Les clientes désirant de nouveaux modèles pour l'été, des milliers d'ouvrières supplémentaires venaient des villages environnants gonfler les effectifs de modistes et de couseuses. Les modèles les plus recherchés étaient les chapeaux de paille. Qui n'auraient, je vous l'accorde, pas fait un malheur par une journée comme celle-ci. »

Il rit, sourit, et fut récompensé par quelques mines renfrognées. Il savait qu'un car où elles auraient chaud les attendait près de la gare pour les conduire à Woburn Abbey, la prochaine étape de leur périple. Les dames étaient trempées et seule une politesse tenace les empêchait de l'abandonner. Il avait déjà évoqué la préhistoire et la période romaine. Il enrageait que ce qu'il appelait « le coup du chapeau » soit accueilli de façon si maussade.

« La fabrication s'est maintenue pendant les années 1930 jusqu'à la fin de la Seconde Guerre mondiale. C'est alors que les habitudes ont changé. Certaines femmes ne considéraient plus comme essentiel de se couvrir la tête quand elles sortaient et... »

Une voix pimpante l'interrompit.

« Fascinant, monsieur Vickers, et nous vous en sommes très reconnaissantes. Mais, en tant que secrétaire de la Guilde et m'exprimant en notre nom à toutes, je pense réellement que cela suffit pour aujourd'hui. S'il vous plaît, auriez-vous la gentillesse de nous raccompagner à notre car avant que nous ne nous noyions ? »

Il obéit. S'il avait ignoré la supplique et continué son « coup », son public l'aurait abandonné. Mais Steve Vickers se laissait rarement abattre. Il était déjà réservé samedi matin, à nouveau un départ matinal, pour la visite du centre-ville – l'horloge qui tintait comme à Westminster, l'Émeute de la Paix –, et la radio prévoyait un temps splendide pour le week-end. Il ne montrait donc pas sa déception devant cette interruption prématurée et aussi pour ne pas réduire le volume des pourboires quand elles remonteraient dans le car.

« Oui, il est temps de reconnaître la défaite, mais vous avez été merveilleuses et cela a été mon privilège que de partager avec vous quelques pans du riche héritage de notre ville. Merci infiniment de votre intérêt. »

De vagues applaudissements franchirent les rebords des parapluies. Il se mit en route, les prévisions météorologiques pour samedi lui apportant un réconfort certain : il se voyait déjà sur St George's Square, sous l'horloge de l'hôtel de ville, face au centre commercial. Il espérait un public nombreux et généreux.

En fait, il haïssait ce mec.

David Banks était assis sur les bancs du public. Le Glock était à sa hanche, s'y enfonçant péniblement. C'était grâce à Wally qu'il avait été autorisé à porter son arme dans l'enceinte du tribunal : trop de palabres pour la faire enregistrer au poste de police à l'entrée principale et la récupérer ensuite, lors d'un ajournement, quand il suivait les jurés jusqu'à la salle des délibérations pour se poster devant la porte. Sentant le dégoût de l'inspecteur-chef pour les armes à feu, il avait juré – avec un sourire assez sec – que la sûreté était enclenchée en permanence. Il avait garanti qu'aucun coup de feu ne pouvait partir par accident. Sans la gêne occasionnée par le holster et la crosse, il aurait pu somnoler : rien ne retenait son attention tandis que le procureur ressassait avec minutie toutes les preuves que la cour avait déjà entendues et qui condamneraient les frères truands. Banks ne fermait pas les yeux, gardait la tête droite.

Les bancs du public étaient séparés par une allée centrale. Les inspecteurs chargés de l'affaire, les hommes et les femmes du Crime Directorate, se trouvaient de l'autre côté avec des agents en uniforme déployés en raison des mesures de sécurité renforcées. Assises devant Banks, deux femmes avec de l'or au cou et des mèches décolorées, sans doute des cousines des truands ou leurs maîtresses. Au-delà de la porte de la salle d'audience, d'autres agents en uniforme étaient en faction, certains munis de Heckler & Koch pendus au bout de sangles noires, mais Banks était le seul à porter une arme à feu à l'intérieur... et ce satané machin lui faisait mal.

Dans la dix-huitième cour, rien ne transpirait de l'histoire victorienne du bâtiment. Celui-ci était, songea-t-il avec amertume, « agréable au public », conçu pour mettre les gens à l'aise et, avec ses tons pastel aux murs, son mobilier en hêtre, leur faire perdre de vue la fruste violence du monde réel, celui des frères Curtis. Le juge, apparemment pas un mauvais bougre, se trouvait sur une estrade à peine surélevée à sa droite, les accusés contre le mur à sa gauche. Entre eux, les avocats, le personnel administratif et le procureur qui se frayait un chemin à travers ses notes. Le seul autre signe d'activité provenait de la sténo qui mitraillait son clavier. Face à Banks, le jury.

Le patron se trouvait au second rang, quasiment vautré dans son siège, l'un des rares qui ne prenaient pas de notes pendant les réquisitions du représentant de la reine. Il n'avait pas mis une chemise propre, contrairement aux autres, ne s'était même pas peigné alors que tous ses collègues s'étaient coiffés avec soin. Banks connaissait les prénoms des jurés, et son patron était assis près, trop près, de la dame à sa droite, Vicky : chemisier léger en étamine et ample jupe en coton imprimé qui, tous deux, dévoilaient ses courbes. Le patron la collait carrément. Les poitrines, les épaules et les têtes du premier rang lui cachaient leurs hanches et leurs genoux, mais il était persuadé qu'ils se touchaient.

La haine le rongeait. Il aurait pu se dresser, interrompre la lente énumération du procureur. Il aurait pu hurler et des tréfonds de sa gorge aurait jailli un torrent d'obscénités.

David Banks haïssait Cecil Darke, l'homme dont le journal se trouvait dans sa poche avec les cailloux et les pièces, non loin du Glock.

Il n'avait aucune photographie de Cecil Darke, son grand-oncle, rien que des images imaginées. Il se le représentait petit, mince, anonyme dans une foule, la voix haut perchée, sans le moindre signe distinctif, mais il ne *savait* pas, et cette ignorance consumait Banks. Avec son courage et sa détermination, l'homme l'écrasait : il avait détruit le fragile équilibre de sa vie. Sans y être invité, Cecil Darke s'était immiscé dans l'existence de son petit-neveu. À chaque heure du jour et de la nuit, même quand il dormait et parfois rêvait, Banks marchait désormais aux côtés du volontaire du bataillon anglais. Il était avec lui sur les champs de bataille détrempés, glacés ou carbonisés, là où l'espoir s'était perdu. Il avait appris à aimer et à admirer Cecil Darke, et sa propre vie en avait été dévastée. Du coup, il avait aussi appris à maudire. À haïr, à exécrer, à détester. Les quelques mots d'une blague à la cantine se baladaient dans son cerveau, ceux d'un supérieur, les avertissements d'un armurier : sa défense de Cecil Darke lui avait pété à la gueule. David Banks avait été rejeté par son équipe, banni. Il jouait le chien de garde auprès de ce jury à la con parce que les Delta n'avaient plus confiance en lui, le jugeaient incapable de faire face. Ils voulaient des mecs « solides », « un esprit d'équipe », et ils estimaient que son parti pris pour son grand-oncle le privait de ces qualités. Il n'avait personne à qui se confier. Il se sentait nu, vulnérable. Minable.

Pendant la pause déjeuner, il lirait une autre entrée, une nouvelle page d'espoir perdu, de malheur toujours plus accablant. Il ne pouvait s'en empêcher malgré la haine qui déferlait en lui pour ce que le journal lui avait fait.

Ses dents grinçaient. Il se mordit sauvagement la langue de dégoût. Et son foutu patron, le héros du moment, qui était toujours assis beaucoup trop près de la femme en chemisier et jupe.

Il repartit encore une fois, retournant dans les champs de barbelés et de tranchées pour entendre les obus qui éclataient. Il s'étendit sur le sol avec les avions qui tournaient au-dessus de lui, cherchant leurs cibles. Il ne pouvait pas s'en libérer.

***

De vrais jumeaux. Mais, à la différence de ces siamois qu'on montrait à la télé, ils étaient soudés de la hanche au genou.

Si elle n'aimait pas ça, elle était libre de bouger.

Peut-être qu'elle ne s'était pas tortillée pour échapper au contact parce qu'elle n'avait rien remarqué ou peut-être qu'elle se foutait pas mal d'être collée à lui. Bon Dieu, le discours du procureur était de plus en plus chiant. À quoi bon ? Coupable de tous les chefs d'accusation. Et foutez la clé à la mer, bordel.

Ce qui comptait maintenant pour Jools Wright, c'étaient les suites, et elles étaient en train de devenir sacrément compliquées. Ils avaient tous eu droit au sermon sur le devoir de protection, sauf qu'ils n'avaient pas eu de réponse à la question sur le temps que durerait ce devoir. Une semaine, un mois, un an après la fin du procès ? Il n'en savait rien. Combien de temps ce flic à la triste mine allait-il voyager avec lui, s'asseoir avec lui, sans lui adresser la parole ? Il n'en savait rien. Où allaient-ils vivre, Babs, Kathy et lui ? Il n'en savait rien. Quand pourrait-il retourner travailler une fois qu'il ne toucherait plus sa prime de juré ? Il n'en savait rien. Mais ce qui était agréable c'était la sensation moelleuse de l'os pelvien contre sa hanche, la cuisse contre la sienne. Jolie dame, Vicky, et digne de respect. Il n'en connaissait pas beaucoup capables de fabriquer leurs propres chaussures. Elle avait une odeur agréable, tout à fait bandante, comme si elle ne s'était pas complètement lavée ce matin dans la cavalcade du petit déjeuner. Et il n'en connaissait pas beaucoup qui auraient toléré sa hanche et son genou contre les leurs. Lui avait-il jamais adressé la parole ? « Excusez-moi, vous voulez bien me passer le sel ? », peut-être. « Excusez-moi, la sauce brune, s'il vous plaît. » « Excusez-moi, avez-vous le verbatim de la déclaration de la femme de la police scientifique ? » Rien de plus. C'était presque insolent de la part de Vicky, mais la moitié des boutons de son chemisier étaient défaits, et les autres menaçaient de craquer sous la pression. Une très jolie dame que Vicky. Mais les *suites* étaient inquiétantes.

Il leva les yeux. Bon Dieu, qu'il avait l'air malheureux. Son front était un champ de bataille avec des rides comme des tranchées. Il sentait les petits mouvements du corps de Vicky pendant qu'elle écrivait à toute allure sur une des feuilles de papier sorties du contenu chaotique de son sac en tapisserie. Il n'avait pas entendu un mot du réquisitoire du procureur. Que se passait-il dans la tête de ce flic pour qu'elle soit aussi abjecte ? Quelles étaient ses « suites » à lui ? M. Banks, parce qu'il ne répondait que quand on lui donnait du « monsieur », avait autorisé – de très mauvaise grâce – un coup de fil à Babs depuis le réfectoire du petit déjeuner. Il avait été très calme : « Je me suis dit, mon amour, que tu aimerais savoir où ta bravoure façon Trafalgar et tes certitudes éthiques nous ont conduits. On a eu droit à un cocktail Molotov à travers la fenêtre du salon ce matin. Ne t'inquiète pas, seuls le mobilier et l'équipement ont été abîmés, dégâts minimums, à ce qu'il paraît, et le service des dommages aux victimes nous remboursera. J'espère que vous allez bien toutes les deux. Mes salutations à tes parents... Au fait, je t'ai volé la vedette. Pour la police, je suis un brave, un héros, celui qui a accompli son devoir civique au mépris du danger, un exemple édifiant et étincelant. Je t'embrasse, faut que je file : le héros doit entrer en scène. Salut. » Aucun des autres ne savait que c'était lui qui avait craché le morceau sous la pression. Son petit secret. Jools aurait pu dire : « Je ne suis pas ce que je suis » – *Othello*, ce bon vieux Shakespeare –, mais il n'avait pas voulu ; cette comédie lui plaisait. Il regarda là-bas, sur les bancs du public. Son regard fut accueilli froidement. Quel misérable con. Selon Jools, il était évident que l'inspecteur croulait sous le poids de sa propre vie. Le procureur s'était enfin rassis, affichant un air très satisfait. Il avait dû s'autoriser une envolée vers la fin dont il n'avait pas capté un mot. Trois acclamations, des casquettes jetées en l'air et la défense était debout. Ils y arrivaient, aux *suites*.

Son imagination ? La pression de la hanche de Vicky était-elle plus forte ? C'était bon de rêver.

Sans aucun respect des limitations de vitesse, un convoi avait descendu la M1 en direction du sud.

Une moto, gyrophare allumé, avait dégagé la voie rapide devant deux puissantes voitures qui fonçaient vers la capitale.

Un suspect, voûté à l'arrière du véhicule de tête et vêtu d'une combinaison blanche, était pris en sandwich entre deux hommes de la Branch.

Un agent en uniforme retint la circulation sur Edgware Road. Les voitures bifurquèrent vers la droite pour s'engager dans le sous-sol du poste de police de Paddington Green.

Une couverture fut jetée sur la tête du prisonnier quand on le conduisit au bloc de détention.

Pour cette arrestation, un black-out vis-à-vis des médias avait été décrété.

Loin au nord, une petite épagneule se goinfrait joyeusement de biscuits. Elle était la gloire du moment.

13
Mercredi, jour 14

Il entendit Naylor donner son propre nom, puis :

« Et voici monsieur Josiah Hegner, du bureau, venu de Riyad, qui s'est spécialisé sur ces questions et dont mes supérieurs apprécieraient beaucoup l'avis en tant que consultant… »

Son monde était ténèbres, mais ses sens étaient aiguisés.

« … et Mary Reakes, du service. Où en sommes-nous ? »

Où ? Eh bien, pendant le trajet à pied depuis la voiture jusqu'au bâtiment, on avait expliqué à Hegner que Paddington Green était l'endroit de haute sécurité où tous les terroristes de haut vol arrêtés au Royaume-Uni étaient conduits pour interrogatoire. On lui avait dit que le lieu était à l'épreuve des bombes, des tempêtes et des évasions. Il paraissait assez simple de savoir où ils en étaient. Le bureau possédait des tas d'endroits comme celui-ci dans un tas de villes américaines, sans parler des quartiers de détention sur la zone militaire de l'aéroport de Bagdad, du centre d'interrogatoires de la Mabatha au sud de la capitale saoudienne. La question aurait dû être : « Qu'en avez-vous tiré ? »

Mary lui tenait le bras, et cela lui plaisait assez, même si elle ne le guidait pas aussi bien que sa Cindy.

Une voix laconique répondit comme si sa présence et celles de Naylor et de Mary étaient autant d'intrusions.

« C'est encore tôt. Il a été ramassé à l'aube, puis a été amené ici et nous l'avons laissé mijoter dans sa cellule, comme nous y sommes contraints. Nous lui avons proposé un repas, qu'il a refusé, et du temps pour une prière, qu'il a utilisé. Tout a été fait selon les règles et il n'est là que depuis deux ou trois heures. Comme je disais, c'est beaucoup trop tôt. »

L'air recyclé, régurgité, du bâtiment, lui emplissait les narines. Le même air, humide et rance, qui circulait dans tous les immeubles du même genre que Hegner avait connus. Il y avait toujours un écran de télévision relié à une caméra au plafond de la cellule du con. Il entendit la question, à voix basse, qui ne reçut que le silence pour réponse. Il agita sa canne devant lui, heurta un pied de table qu'il évita, balança à nouveau la canne, entendit une exclamation de douleur.

« Hé, doucement avec ce truc, si ça ne vous dérange pas. »

Hegner alla vers un haut-parleur, se posta juste en dessous. Il leva la main, toucha le tissu du cache avant de poser l'oreille dessus.

Une deuxième voix, irritée.

« Excusez-moi, mais vous me marchez dessus. »

Il entendit à nouveau la question, puis le silence.

« Mary, dit-il, amenez-moi une chaise. »

Il y eut un grognement d'agacement. Il s'en foutait. La chaise fut apportée et il s'y installa sans que son oreille ne quitte l'enceinte. Il entendit le craquement de la connexion, un froissement de papier, le tintement d'une bouteille sur un verre et le silence, et il sut ce qu'il allait dire sans y être encore prêt. Le souffle de Mary près de lui, la toux de Naylor.

« Vous voulez un café, Joe ? » demanda-t-elle.

Il braqua ses yeux sur l'obscurité, essayant de mieux capter les rumeurs dans le haut-parleur.

« Un café me donnera envie de pisser. Ce que je veux, c'est que vous me le décriviez. Je veux le connaître. »

Il sentait autour de lui l'aigreur que suscitait sa présence, mais cela ne le concernait pas. Des petits sons, ne provenant pas de l'enceinte, lui parlaient des trois hommes et de la femme présents dans la pièce, qui se croyaient des experts et le considéraient comme l'intrus. Il connaissait ce ressentiment pour l'avoir souvent provoqué. Parfois, il utilisait son charme rustique pour le dissiper, et, à d'autres moments comme maintenant, il s'en foutait. Si c'était son territoire qui avait été envahi, il les aurait foutus dehors, leur aurait claqué la porte au nez.

Elle dit brusquement :

« C'est un écran monochrome et l'éclairage n'est pas terrible. Il porte une combinaison en papier. Il est de type oriental, dans les vingt-cinq ans... grand, puissant, très musclé, mais les épaules sont voûtées. La langue est sortie, il se mouille les lèvres. Il a peur. »

Pas assez, pas comme il l'aurait été, se dit Hegner, au centre d'interrogatoires de la Mabatha ou à l'aéroport de Bagdad ou bien si les méchants du bureau l'avaient cuisiné sur un de leurs « *black sites* ».

La question sortit du haut-parleur, sur le ton de la conversation :

« Nous avons la confirmation, Ramzi, que vos mains portent bien des traces d'explosif. Je vous donne l'opportunité de nous fournir une explication. Comment sont-elles arrivées là ? »

Pas de réponse.

« Que regarde-t-il ?

– On dirait, Joe, qu'il fixe le plafond, pas l'officier de l'autre côté de la table. Le plafond... et il ne le quitte pas des yeux. »

La patiente reformulation :

« Écoutez, Ramzi, il peut y avoir une explication parfaitement innocente à ces traces sur vos mains. Je vous donne la chance de me dire comment elles sont arrivées là. »

Il écouta le silence.

« Il a changé, dit Mary. Il regarde le mur, maintenant, à sa gauche, tout en bas. Il transpire, mains serrées, doigts noués. Je dirais qu'il a peur mais qu'il résiste. »

Sans exaspération, menace, ni urgence :

« Bien sûr, il vaudrait mieux pour vous, Ramzi, que vous soyez tout à fait sincère avec nous. Vous apparteniez à une cellule, vous aviez des camarades, mais maintenant vous êtes seul. Aidez-nous et vous vous aiderez. Vous comprenez, n'est-ce pas, les avantages d'une coopération ? »

Le silence retentit dans son oreille.

« Je ne le jurerais pas, reprit Mary, mais j'ai l'impression qu'il est, d'une certaine manière, plus à l'aise maintenant qu'à notre arrivée. Toujours effrayé, mais c'est comme s'il croyait qu'il allait s'en sortir. Son regard est toujours sur le mur au ras du sol. Il ne risque pas le contact visuel. »

Pourquoi le risquerait-il ? Il n'en avait pas besoin. Hegner demanda si le prisonnier avait dit quoi que ce soit. « Rien », fut la réponse lapidaire. Qu'avait-il dit dans la voiture pendant le trajet jusqu'à Londres ? Il n'avait pas ouvert la bouche. Ils avaient un nom, avaient-ils maintenant une adresse ? Des officiers se trouvaient encore chez lui, avec sa mère et ses deux sœurs. Sa chambre était propre, nue, et on avait prélevé le disque dur de son ordinateur portable. Pas de posters de djihadistes islamistes, aucun livre ni pamphlet qui puisse être considéré comme pertinent. Tout ce que l'on avait appris, c'était que l'homme était absent de chez lui – en raison d'une formation en informatique dont sa mère ignorait où elle avait lieu – depuis treize jours.

Il fit le calcul. Ibrahim Hussein, portant le tee-shirt du *Cygne menacé*, avait été aperçu à l'aéroport du roi Khaled, quittant Riyad, sept jours plus tôt. Ibrahim Hussein, portant encore ce même tee-shirt, était descendu de l'Eurostar deux jours après. Hegner se recula sur sa chaise, trouva le bras de Mary.

« Ce gamin a été accueilli à la gare.

– Nous n'avons pas le visage de celui qui l'a accueilli, juste celui du garçon.

– Mais on a son signalement. »

Il entendit le déclic du fermoir de son sac. Il avait déjà son idée. Il ne cherchait qu'une confirmation. Elle fouillait dans ses papiers. Une autre question fut posée et accueillie par le silence.

« Grand, dit Mary, lourd et remplissant son anorak, un mètre quatre-vingt-dix environ, dans les cent kilos. »

Hegner se leva. Ce faisant, il flanqua un coup de genou dans le bas-ventre de l'officier à ses côtés, il ne s'excusa pas. Il balança sa canne devant lui, frappa la jambe d'un autre officier et un pied de table.

« On étouffe, là-dedans », dit-il.

Il chassa la main de Mary de son bras. De la porte, il lança :

« Merci pour votre accueil. »

Avant de murmurer, trop bas pour qu'on l'entende :

« Continuez comme ça et il chantera à Noël. »

Il sortit dans le couloir. Mary Reakes dut trottiner pour ne pas se laisser distancer. Il se souvenait exactement de chaque pas qu'il avait effectué dans le bâtiment et qu'il lui fallait refaire pour en sortir.

Hegner s'immobilisa dans la cour, sous la pluie.

« Ils ne vont nulle part et ils y vont vite. Cet interrogatoire est une blague. »

Naylor :

« C'était assez prévisible, ils ne parlent jamais. Ils sont entraînés à résister à un interrogatoire.

– Ça, un interrogatoire ? Une réunion de parents d'élèves, ouais. »

Il entendit Mary Reakes :

« Dans la recherche de preuves admissibles devant un tribunal, il n'est pas permis de suggérer qu'une coopération sera récompensée par une remise de peine. Ce serait ce que nous appelons « un encouragement ». Ce n'est pas valable légalement et cela conduirait très probablement à un acquittement.

– Mary, vous êtes un super coup, mais là c'est du travail de vieux. Retournez dans votre tour rêver de morale sans vous salir. »

Il y eut une exclamation, un hoquet puis des bruits de talons et la portière de la voiture qui s'ouvrit, claqua.

Naylor, la voix rauque :

« Allez-y, Joe, crachez.

– Vous voulez faire craquer ce mec ? Ou vous voulez entendre le bang et ramasser les morceaux sur le trottoir et sur les murs parce que vous avez eu peur de la fange ? Qui va faire le bout de chemin en plus ? Là d'où je viens, on fait ce chemin, on patauge dans la boue, et ils parlent. Vous avez des complexes, Dickie ? Vous êtes dans le camp de la dame ? Vous voulez attendre l'explosion ? Je me suis peut-être trompé sur vous, Dickie. Vous allez peut-être me lâcher. Avez-vous les hommes adéquats, qui feront ce qui est nécessaire ?

– Je ne suis pas son chef scout, mais ce que vous lui avez dit était hors de propos. Elle est dans la voiture, maintenant, en train de sangloter. S'il vous plaît, allez faire la paix. Et oui, j'ai des hommes capables. Je les ai déjà alertés.

– Alors, faites-les venir. Cette discussion est une perte de temps. Et croyez-moi, Dickie, vous n'en avez pas. »

Hegner alla à la voiture.

Naylor se tenait au centre de la cour, la pluie ruisselant sur son visage. Il composa le numéro. C'était son devoir. Et puis, il obéissait à une instruction, verbale bien sûr – sans rapport ni compte rendu, rien qui se retrouverait sur du papier. Il se couvrait de ces deux frêles manteaux : c'était ce qu'il fallait faire et il avait reçu un ordre.

On répondit à son appel.

Dickie Naylor comprenait l'effet de l'explosion d'une bombe : la détonation assourdissante, le son venant plus vite et plus fort qu'un train express sortant d'un tunnel, l'éclair orange teinté de jaune qui vous aveugle presque, l'agile colonne de fumée âcre et l'ascension plus lente des débris, la pression d'air chauffé, dégueulasse. Il comprenait aussi ce qu'inflige une bombe qui tue et mutile… hommes, femmes et enfants soufflés, ne contrôlant plus leurs vessies ni leurs sphincters, des morceaux de verre, de béton, de fer à béton leur déchirant la poitrine et le ventre, la tête et les membres, les déchiquetant. Les décombres jonchés de minuscules fragments d'humanité : les doigts d'un poing tranché, une chaussure qui contient un pied. La colonne vertébrale reste souvent intacte mais les poumons ne résistent pas à la compression, pas plus que la rate ou le foie. Des entrailles sont à l'air, des têtes abandonnées… et si la journée est froide ou la nuit fraîche, après l'explosion, la vapeur qui sort des corps ouverts des morts, comme de ceux des vivants. Ensuite, le silence. Dickie Naylor, le presque homme, pouvait justifier son appel vers une île des Hébrides intérieures.

Il parla brièvement, avec concision, dit ce qu'il se passait et ce qui devait être fait... et il entendit les mouettes, la mer, la plainte de ce maudit vent. Il raccrocha.

Il pleuvait toujours. Il resta au centre de la cour de Paddington Green et composa un autre numéro. Il ne voyait rien dans la voiture, ne savait pas si le vieux bouc réconfortait Mary, ou bien si elle aussi était en train de recevoir un sermon sur les cellules martyres et la motivation, sur l'usage légitime de la torture. Son appel, sur une ligne personnelle, fut accepté.

« Tristram, c'est Dickie... Oui, je vais bien, oui... je suis à Green. Notre garçon est assis dans une salle d'interrogatoires et il regarde le sol, le mur ou le plafond sans décrocher un mot. Tristram, il faut changer de décor, utiliser ce dont nous avons parlé... Oui, ils sont prêts, mais j'ai besoin d'un transport pour eux. À mon niveau, je ne peux autoriser un vol de la RAF. Cela doit venir de vous. Il faudrait, je suppose, un hélicoptère et un jet, un avion rapide et discret, pour le transfert jusqu'ici... Non, Tristram, je n'ai pas la moindre idée d'où l'hélicoptère doit les ramasser, mais ce ne sera sans doute pas dans une tourbière. Quand vous aurez fait le nécessaire, dites aux gars de l'armée de l'air de m'appeler, j'aurai un numéro de téléphone de liaison... Tristram, je doute qu'il me faille vous convaincre de l'urgence, mais l'heure tourne et il n'y a pas d'alternative... Je vous suis reconnaissant, Tristram, de reconnaître ce qui doit être fait. Je suis en route et nous avons une montagne à franchir, si vous voyez ce que je veux dire... Oui, "obstruction" est le terme qui convient. Je suis là d'ici une heure. »

Son fardeau était maintenant partagé et il en était soulagé.

Il rejoignit la voiture, secoua la pluie de son imperméable.

Mary Reakes était assise, droite et rigide, derrière le siège du chauffeur.

Hegner :

« … J'accepte qu'il n'existe pas de stéréotype pour les activistes, mais le facteur commun est le sens de la fraternité, de la tribu, qui règne au sein d'une cellule. Ça remplace les vrais parents, la vraie famille. Il pourrait, après des jours et des jours de gentille persuasion, trahir son père, sa mère, son frère, sa sœur, ses cousins. Il ne trahira jamais, sauf sous une pression extrême, la cellule. Dickie, vous avez une sale tête. Les choses avancent ? »

Il acquiesça en se glissant dans la voiture. Il ne parvenait pas à se sortir du crâne la voix calme au bout du fil, les cris des oiseaux, le rugissement des vagues et le chant de la tempête.

***

Ils marchaient ensemble, contre le vent, vers la ferme des McDonald.

À la porte, après avoir poliment décliné une invitation à entrer boire un thé, Xavier Boniface annonça au fermier qu'ils avaient une affaire à régler en dehors de l'île et qu'ils seraient absents trois ou quatre jours.

Donald Clydesdale, et il savait qu'il n'y aurait aucune hésitation de la part du fermier, demanda si on pouvait s'occuper de la vache, Marigold, et du jeune veau, Daisy, né sur le Cnoc Mor non loin du Cnoc nan Gabhar.

Ils seraient soignés, ainsi que leurs moutons, leurs chèvres, leurs volailles et leurs oies.

Boniface demanda au fermier s'il avait vu les aigles de mer sur la falaise qui chassaient dans le mauvais temps. Celui-ci lui répondit qu'ils y étaient forcés, car la jeune femelle dans le nid couvait, et il leur souhaita un bon voyage sans demander ce qu'ils allaient faire loin de l'île.

Ils revinrent chez eux préparer leurs bagages et l'équipement qu'ils emporteraient dans le Sud. Le jour déclinait, le mauvais temps empirait. Cela allait être un vol difficile pour le pilote de l'hélicoptère qui n'aurait que les lumières de leurs lampes torches pour se guider, mais ni Xavier Boniface ni Donald Clydesdale n'envisagèrent de ne pas répondre à l'appel venu de Londres.

Sa voix emportée par le vent, Clydesdale dit :

« Si monsieur Naylor nous a appelés, c'est que c'est une tête dure.

– Dure ou molle, c'est une tête importante, répondit Boniface. Dures ou molles, on finit toujours par les briser, mais cette fois je sens qu'il faudra faire vite. »

L'objectif de la caméra, tel un œil féroce, le fixait. Il avait une feuille de papier sur les genoux. Ibrahim Hussein, l'ex-étudiant en première année de médecine, pensait avoir enfin mémorisé le texte qui lui avait été donné. Le corps noué, il inspira, attendant que le doigt se baisse pour lui dire de commencer. On lui expliqua alors que la diode clignotait, qu'il fallait remplacer la batterie. La tension diminua, le texte s'évanouit de son esprit. Il entendit le sifflement agacé dans l'obscurité derrière le projecteur braqué sur lui.

Il savait maintenant que Ramzi, l'homme fort, s'était enfui. Que la cellule était en crise. Et que le temps était précieux. C'était sa quatrième tentative pour prononcer les mots écrits pour lui. À trois reprises, il avait bafouillé et perdu le fil. Et, avant cela, le tournage avait été retardé par une dispute entre Faria, qui avait rédigé le texte, et Jamal, qui tenait la caméra : quel langage devait être utilisé ? L'arabe, celui de la province d'Asir qui était le plus facile pour lui et pour le public d'Al-Jazeera ? Ou l'anglais dont elle s'était servie et qui visait la société des croisés ? Mais Ibrahim Hussein ne possédait pas le vocabulaire nécessaire pour traduire de l'anglais en arabe dialectal et Faria et Jamal n'avaient appris que la langue du livre, qui était insuffisante. La discorde avait été résolue par la voix coupante du chef, qui n'appréciait pas ce retard : « Ce n'est pas important. Il dira ce qu'on lui donnera. » D'autres chamailleries avaient suivi.

Devait-il, ou non, porter le gilet ?

Lors de l'enregistrement de leurs vidéos de revendication, les martyrs du Liban, de Palestine ou de l'Irak occupé portaient des robes et des fusils-mitrailleurs, des slogans à la gloire de Dieu étaient peints sur de grands foulards noués sur leurs fronts. Il n'y avait pas de robe à Oakdene Cottage, pas de kalachnikov non plus. Elle nia qu'il était de sa responsabilité de trouver une robe à sa taille. Jamal critiqua le manque d'arme, ne serait-ce qu'une imitation. Le chef était intervenu : « Encore une fois, ça n'a aucune importance. Il ne veut pas porter le gilet, il ne le porte pas. Il veut, il le porte. Demandez-lui. » Ce qu'ils avaient fait. Ibrahim avait dit qu'il voulait porter le gilet, et, prenant grand soin de ne pas déloger les fils entre les bâtons, les piles et l'interrupteur, la fille lui avait fait glisser les bras dans les ouvertures avant de le positionner sur ses épaules.

Le poids du gilet était sur lui.

La fille se glissa à ses côtés, prit la feuille de papier, et il vit un instant son sourire, comme pour l'encourager. Il essaya désespérément de se souvenir de ce qu'il allait dire et pourquoi.

Le doigt s'abaissa.

Ibrahim eut un hoquet.

La lumière lui brûlait le visage, l'objectif brillait.

Il récita ce qu'il avait appris :

« Je veux vous dire que je suis venu en Grande-Bretagne en suivant la voie de Dieu pour combattre les ennemis de la foi musulmane. Je suis le martyr vivant. À la gloire de Dieu, qu'Il soit exalté. En cette époque où l'oppression des croisés et des infidèles détruit notre peuple partout dans le monde, je vois dans le martyre le signe que nous – les croyants de la seule vraie foi – ne pourrons jamais être vaincus. Je... »

La voix dans l'obscurité fut gutturale, froide :

« On dirait un perroquet. Un perroquet apprend des mots qu'il ne comprend pas. Il ne fait que les caqueter. Fais-le en y croyant, ou laisse tomber. »

Il se tassa sur lui-même. Le gilet si lourd le gênait pour respirer, la puanteur de la merde dans les sacs s'était incrustée dans ses narines. La fille revint, se glissa dans son champ de vision. Ses mains trouvèrent son cou et ses doigts massèrent la rigidité de ses muscles, là où pesait le gilet.

Elle dit :

« Nous t'aimons et nous t'admirons. Rien ni personne ne peut t'arrêter. C'est un privilège pour nous de marcher dans ton ombre. Le soleil brille sur toi et la main de Dieu est sur toi pour te guider. Dans ce pays, dans des rues modestes, dans des maisons et dans tous les lieux saints, partout où des musulmans vivent et se rassemblent, ton nom sera prononcé et la gloire de Dieu sera exaltée. Tu nous offres un exemple de dévouement que nous nous efforcerons de suivre. Crois et parle. »

Il croyait. Ses mains lui dénouaient les épaules. Là où il y avait eu un morne combat pour se souvenir, il y avait maintenant de la passion. Elle se glissa en arrière, en dehors du champ de la caméra. Il parla : « Je donne volontiers ma vie parce que les autorités britanniques attaquent les musulmans là où ils sont faibles et ne peuvent se défendre. Je venge les torts causés par les Anglais et beaucoup d'autres me suivront. Je pars, si Dieu le veut, au paradis. Priez pour moi. »

La voix dans l'obscurité grogna :

« C'est satisfaisant. Gardez-le. »

Ses épaules s'affaissèrent. La lumière emplit la pièce, les rideaux furent tirés.

La fille l'aida à enlever le gilet. Il y avait de la tendresse dans ses doigts. *Nous t'aimons et nous t'admirons.* C'était comme si elle seule avait du temps pour lui. Puis une vérité nouvelle saisit Ibrahim Hussein. Maintenant, il n'y avait plus de retraite possible. Il devait marcher. Son testament était enregistré. Il avait dit : « Je pars, si Dieu le veut, au paradis. » Ses propres mots le condamnaient.

***

Il emporta son plateau, slaloma entre les tables, visant l'une des plus éloignées de la leur. La plainte du dénommé Peter lui parvint : « Ça convient peut-être à de jeunes et solides soldats qui ont besoin de forces, mais pas à nous. Des saucisses, et des frites. Une côte de porc avec plus de gras que de viande, et des frites. Du poisson dégoulinant de sauce, et des frites. Ils ont entendu parler du cholestérol ? Dans quel état vont être nos cœurs après ça. Franchement, c'est une honte. »

La nourriture n'avait aucune importance pour lui. Au travail ou dans son meublé, il avalait des trucs rapides et pratiques. Il voulait bien admettre que sa bonne constitution compensait les saloperies qu'il engloutissait à la hâte.

Sur son plateau, une assiette chargée de saucisses, de bacon, de haricots, de pain grillé et de frites, ainsi qu'une boîte de soda. Il s'installa loin d'eux. Il tira la bague d'aluminium, but et commença à manger.

Il avait à peine entamé le monticule dans son assiette qu'il entendit les pas traînants, les sandales, derrière lui.

« Ça vous dérange ? C'est permis ? »

Il avala ce qu'il avait dans la bouche.

« Si ça vous chante. »

L'invitation n'était pas franchement enthousiaste, mais elle suffit au patron. Sur l'assiette de Wright, une côte de porc émergeait d'une mare de sauce où flottaient des petits pois. Pas de frites.

« On va pas en faire un fromage, hein ? De la bouffe…

– Il n'y a que ça », répliqua sèchement Banks.

Il avait envie d'être tranquille, finir son assiette seul à cette table puis s'adonner à son addiction : ouvrir le carnet et prendre son fix s'il trouvait une veine où planter l'aiguille.

Il garda les yeux sur son assiette, écoutant le patron manger.

Dans la salle d'audience, Banks avait été sincère dans sa *haine*. Mais après tous les lieux maudits où il avait été, l'homme se trouvait maintenant dans sa poche, et dans sa tête. Il aurait dû y avoir une photographie : une sortie avec des collègues de travail, avant son voyage, sur la côte. Un groupe de jeunes gens en costumes et chemises aux cols empesés, cravates nouées sous le bouton. Sans photo, il pouvait haïr, mais pas l'ignorer. Il pensa à la nourriture de Cecil Darke, à la viande, au gras, aux frites qu'on ne leur servait pas sur un plateau en première ligne sur Mosquito Hill.

« Eh bien, monsieur Banks, comment a été votre journée ?

– Normale, une journée de boulot.

– Pour ma part, elle a été bonne.

– Tant mieux pour vous, monsieur Wright. »

Il avait à peine articulé, espérant que son manque d'intérêt serait remarqué et récompensé par un silence. Il n'eut pas cette chance.

« Vous voyez Vicky ? Elle est assise derrière vous. »

Il ne se retourna pas.

« Je suis prêt à parier que n'importe qui ici, et sans que ça demande une patience insensée, a sa chance. Elle vous fourre ses rondeurs sous le nez. Elle est plutôt jolie, vous trouvez pas ? »

Il mentit :

« Je n'ai pas remarqué. »

Il y eut un sourire en face de lui.

« Vous ne vous intéressez pas aux femmes, monsieur Banks ? Vous n'avez pas de temps à leur consacrer ? Croyez-moi, ce serait un monde bien vide sans les femmes. Surtout des femmes comme Vicky. Vous êtes marié, monsieur Banks ? C'est pour cela que vous ne vous intéressez pas aux femmes ?

– En fait, je suis divorcé. »

Il n'y était pas forcé – il aurait pu baisser la tête et continuer à nettoyer son assiette –, mais Banks brisa toutes les règles du métier : il parla de Mandy au patron, il lui raconta l'adultère, la dispute sur le partage de l'argent, l'effondrement de toute relation raisonnable après le divorce. Cela ne regardait en rien son patron, mais il lui balança tout, en gros et en détail, comme pour se débarrasser d'un furoncle. Il n'aurait pas pu le justifier, mais il dégueula ses confidences sur Mandy.

« Désolé pour vous, monsieur Banks. Mais regardez le bon côté des choses. Vous êtes libre, maintenant, vous pouvez vous mettre en chasse.

– Ce n'est pas si simple. »

Banks se sentait minable. Des choses se tortillaient dans ses entrailles.

Il leva les yeux vers Wright et encaissa son sourire.

« Je suppose, dit Wright, que, vous et moi, nous ne sommes pas du genre à donner des frissons. Est-ce que ceux que vous fréquentez d'habitude sont, eux aussi, des épaves de la vie ?

– Les gens que je fréquente d'habitude n'apprécieraient pas d'être décrits comme des "épaves de la vie" », répondit Banks comme si le sourire l'avait échauffé, avait desserré l'emprise de sa froideur habituelle. « La norme pour moi, en tant qu'officier de protection, c'est de m'occuper de diplomates, de politiciens, de membres de la famille royale. Vous voyez, monsieur Wright, nous sommes une ressource limitée, et quand nous en avons fini avec les gros pontes, nous ne sommes plus assez nombreux pour les gens – ce mot me met mal à l'aise – "ordinaires". Vous ne regardez pas la télé ? Nous sautons des voitures, nous ouvrons des portes, nous repoussons ceux qui sentent mauvais pour éviter qu'ils ne s'approchent. Nous sommes le décor nécessaire. Ces messieurs, ils évaluent leur importance au nombre d'officiers de protection qu'on leur assigne. Il y a une hiérarchie bien précise. Prenez Churchill pendant la guerre, qui se promenait dans l'East End après un vilain raid aérien, et regardez combien d'hommes se trouvaient autour de lui avec des mitraillettes Sten. Pas un seul. Combien de types en imper avec un Smith & Wesson dans un holster à l'épaule ? Deux, trois maximum. Maintenant, le moindre secrétaire d'État qui se pointe en Irlande du Nord, où est censé régner le cessez-le-feu, a droit à un bus entier. Nous ouvrons et refermons les portes, nous réservons les restaurants, nous faisons les courses. Ils sont l'élite et nous faisons partie intégrante de la panoplie. Bizarre qu'ils aient besoin de nous pour flatter leur vanité et nous d'eux pour montrer que nous sommes importants. C'est une sacrée veine pour vous, les membres du jury, et vous le témoin protégé, de nous avoir ne serait-ce que quelques heures... »

Il fut interrompu :

« On nous a pourtant parlé d'un devoir de protection et l'homme qui m'a approché a, lui, évoqué des "bras longs" et des "souvenirs plus longs encore". On ne va donc pas veiller sur nous ? »

Banks ricana, sardonique. Il s'amusait enfin. Il ne se souvenait plus de la dernière fois où il avait parlé avec autant de liberté en dehors de l'enclos de l'équipe Delta.

« Ne vous faites pas d'illusion, monsieur Wright. Ce n'est qu'une question de budget. Dès que les sommes allouées auront été dépensées, on vous laissera tomber. On vous installera une alarme chez vous, on vous donnera quelques numéros de téléphone et on vous larguera en pleine mer sans rame. Bien sûr, pour un homme politique, les coffres ne se vident jamais. »

Le sourire s'élargit.

« C'est la ligne du parti, monsieur Banks ?

– Réfléchissez-y. Nous comptons sur des gens comme vous pour faire avancer la justice, mais n'espérez aucun remerciement pour vos efforts.

– Mais vous – vous aussi, monsieur Banks –, vous êtes un homme de caractère.

– Moi ? Jamais entendu personne dire ça.

– C'est évident, vous devez l'être.

– J'en doute.

– Vous avez tort... ne serait-ce qu'à cause de ce que vous portez à la ceinture, de cette tache de graisse sur votre chemise. Il faut une sacrée confiance en vous, non ? Il est chargé ? »

Banks hésita. Il sentait qu'ils s'égaraient. Comme tout à l'heure pendant l'audience, le holster qui s'enfonçait dans sa hanche, dans sa cuisse, lui faisait mal. Il aurait pu revenir en arrière, il aurait dû. Il haussa les épaules.

« À quoi bon avoir ça si, au moment d'arriver en "condition noire", on doit lever la main. "Pourrions-nous, s'il vous plaît, faire une pause le temps que j'aille à la voiture remplir mon chargeur ?" Oui, il est prêt et j'ai sur moi des chargeurs de remplacement. Chaque matin, j'en sors toutes les balles pour les remettre. Sinon, si vous les laissez pendant quelques jours, une semaine, ça pourrait s'enrayer. La "condition noire" est une menace imminente et réelle et je n'ai qu'à dégager le cran de sûreté. C'est tout.

– Dans quelles circonstances le feriez-vous ? Tirer ? »

Les yeux de plus en plus brillants, de plus en plus roublards, Wright avait repoussé son assiette et s'était penché en avant, comme si cette conversation était leur secret à tous les deux.

« Si ma vie est en danger.

– Génial… *Votre* vie. Génial, je me sens rassuré.

– Je ne sais pas si je vous l'ai dit. J'aurais dû. Nous ne sommes pas des attrape-balles. Nous ne nous jetons pas devant nos patrons pour nous offrir en sacrifice héroïque et finir en paraplégiques de merde avec une balle de 38 collée à la colonne vertébrale. Nous évaluons la menace et nos ressources de façon réaliste et nous avons pour bible la théorie que le méchant ne pourra jamais assez s'approcher. Rien de plus. »

On était peut-être en train de se foutre de lui.

« Donc, rien à voir avec John Wayne qui perd son sang dans la poussière de Dodge City, la jolie dame qui lui soutient amoureusement la tête, les violons en fond et les petits fermiers sauvés des grands ranchers… C'est bien ça ? »

Il grimaça. Il y avait des aspects de la profession dont il n'avait jamais parlé avec un patron. Il aurait dû fermer sa gueule, il aurait dû se lever et partir.

« Je n'ai jamais tiré pour de bon. Pas plus qu'aucun de ceux avec qui je travaille. Vous avez une microseconde pour vous décider, c'est à ça qu'on nous entraîne, mais ce n'est que de l'entraînement. Si vous tirez, votre vie est détruite, que vous ayez ou non fait le mauvais choix. J'ai connu un officier qui a abattu un gangster, un truand qui avait une arme à feu à la main et qui s'en était servi. Deux tirs et le mec tombe, mort. Il a fallu deux ans pour que l'enquête officielle disculpe l'officier et qu'il puisse à nouveau porter une arme. Deux années de vie de merde alors qu'il avait eu parfaitement raison de faire ce qu'il avait fait. Et s'il n'avait pas eu raison, il aurait dû répondre d'une accusation de meurtre. Il y a une procédure après un incident de tir, une investigation, pendant laquelle l'officier ne reçoit aucune sympathie, pas le moindre soutien de la part de ses supérieurs. Chaque instant de la confrontation qui a mené au tir est scruté par la police des polices, des vautours au-dessus d'une charogne. Ça répond à votre question ?

– Dites-moi à quoi m'attendre, ricana Wright. Dites-moi de rester au lit demain matin.

– Tout ira bien pour vous, fit Banks, ironique. Ça n'arrive *jamais*. Nous faisons comme si, mais ça n'arrive pas.

– Le pourriez-vous ? Pas pour mettre hors de combat, hein, mais pour tuer ? Monsieur Banks, pourriez-vous tirer ?

– Je vous répondrai quand ça arrivera. Vous n'en avez pas assez comme ça ?

– Vous êtes pressé ? On vous attend ? Allons. Ça ne peut pas être que de l'entraînement, ça doit être dans la tête. En tout cas, c'est pas dans la mienne. Regarder un homme et dépasser les apparences, voir ce mec qui, même s'il est une menace, pourrait avoir une gueule sympa et se transformer d'un coup en juge et bourreau. Non, pas moi. Je n'ai ni l'assurance ni le cran.

– Beaucoup vous considèrent comme un héros, monsieur Wright.

– Vous n'avez sans doute pas étudié *Othello* à l'école. Cette phrase très bizarre : "Je ne suis pas ce que je suis", quoi que ça puisse bien vouloir dire. Ma question était, méritez-vous votre salaire, pourriez-*vous* tirer pour tuer ?

– Je ne sais pas.

– Ce n'est pas une très bonne réponse.

– Essayez celle-ci, alors. Il y en a qui disent que je ne pourrais pas, balança Banks. C'est ce qui a été dit. Par toute une équipe. »

Finie, la roublardise. Le regard ne brillait plus. Une ride sciait le front de Wright.

« Est-ce la vérité ? Vos propres collègues ont dit ça ? Que vous ne pourriez pas tirer pour tuer ? Mais c'est votre boulot, merde. Ça veut dire que, pour eux, vous servez à rien.

– C'est pour ça que je suis là. Pour ça qu'on m'a expédié ici. »

Il se leva. Ce qu'il aurait dû – et pu – faire un quart d'heure plus tôt.

« Mes excuses si j'ai détruit votre confiance en moi, monsieur Wright. Nous parlions de quelqu'un que je n'ai jamais rencontré, jamais croisé, d'un endroit où je n'ai jamais été. C'est pour cela que je suis catalogué comme *inutile* et qu'on peut se passer de moi pendant un état d'urgence à Londres. Je ne servirais à rien. C'est la raison pour laquelle je suis ici avec vous. Bonsoir. »

Il traversa la salle, conscient de s'être comporté comme le dernier des abrutis, et de la lourdeur dans sa poche. Il vit la poubelle près de la porte. Il aurait dû – aurait pu – y jeter le carnet.

12 novembre 1937

Nous sommes en deuxième ligne, pas sur le front. Un blizzard s'est levé, encore. Le « bunker » dans lequel je suis, chère Enid, est un vieux trou d'obus sur lequel sont posées deux portes en bois que nous avons récupérées dans une ferme. Cela a été une grande décision, la semaine dernière, de savoir si nous devions garder les portes et les utiliser comme toit ou bien si nous devions les brûler. Tout ce que nous avons pu brûler, en dehors des deux portes, a désormais été utilisé pour nous réchauffer. Le froid est atroce. Il y a deux jours, quelqu'un de la région nous a dit que c'était le pire hiver qu'il avait jamais connu, et c'était un vieil homme. La neige est épaisse sur la ligne de front et sur la nôtre. On ne nous a pas apporté de vivres depuis l'arrière ni aujourd'hui ni hier. Le froid est si rude et nous n'avons plus de bois pour nous réchauffer... Avec un froid pareil, nous ne pouvons pas combattre, et l'ennemi non plus. Leurs canons sont silencieux, leurs avions ne peuvent pas voler. Les nouveaux ennemis sont le froid, la neige et la glace.

Ce n'est pas seulement la nature qui est froide, mais aussi le cœur de Dieu.

Il y a dix jours, mon ami, mon meilleur ami, Ralph, a été emporté sur une civière : une terrible maladie l'avait affaibli. Il ne tenait plus debout. Même le commissaire a reconnu qu'il n'était plus en état de monter la garde.

Aujourd'hui, un brancardier m'a appris que Ralph est mort.

Il m'a dit cela comme une banalité. Ralph est mort dans un hôpital de campagne. La cause du décès était la pleurésie. Il doit être enterré, maintenant, mais le brancardier ignorait où, ni s'il y avait eu un service funéraire.

Je sens un vide. Ralph m'a abandonné, Dieu m'a déserté.

Je ne crois pas que j'aurai jamais un autre ami.

Je suis seul. Il est impossible de partir. Si je le pouvais, je le ferais. On nous a pris tous nos papiers et sans eux un volontaire étranger ne peut pas passer les barrages du SIM, le Servicio de Investigación Militar, chère Enid. Je serais arrêté et fusillé. Je préfère mourir proprement ici, avec toute la dignité qu'il me reste, et pas comme une volaille troussée sur un poteau et aveuglée... Et puis, je ne peux pas partir alors que le combat n'est pas terminé, que mes amis gisent derrière moi dans des tombes anonymes. Je reste auprès de Daniel et de Ralph.

La bougie qui me permet d'écrire est presque terminée.

Autour de moi, en moi, il n'y a que ténèbres, froid et désespoir.

Il ne me reste que ma fierté – et le souvenir de ma folie. Mais je m'accroche à cette fierté qui est tout ce que j'ai, avec les paroles du psaume :

Près des fleuves de Babylone, nous nous sommes assis pour pleurer

En souvenir de Sion...

Comment chanterions-nous les cantiques du Seigneur

En terre étrangère ?

« Bien sûr, c'est différent quand vous opérez là-bas, loin d'ici, en territoire étranger. Finies, les règles de Queensberry. Pas d'écran qui vous surveille, pas de gauchiste qui vous bassine avec les droits de l'homme. Vous faites votre boulot. Vous traquez la cible, par tous les moyens, propres ou pas, et tout ce qui compte c'est de la capturer et de la remettre aux militaires, ou au moins de ramener sa tête ou une main. Faut montrer quelque chose pour toucher la prime. Est-ce que je vous ai déjà dit à combien se montait la prime pour un taliban dans la province de Ghazni ? »

Il était perché sur son tabouret au bout du comptoir, ses béquilles coincées entre ses jambes. Le public de George Marriot transhumait entre le bar et le jeu de fléchettes. L'équipe de golf était revenue, après une victoire sur un parcours détrempé, et l'équipe de fléchettes était en lice. Une foule pareille lui convenait à merveille.

« Non ? Eh bien, pour un Ali Baba – autrement dit un voleur opérant sur les routes, s'en prenant aux convois d'aide –, un millier de dollars à peine. Ça vaut pas le coup. J'avais une équipe de plus d'une douzaine de gars qu'il fallait garder sur la brèche après Tora Bora. Je vous ai parlé de Tora Bora ? Je sais plus. Bon, une autre fois... Mes gars, de sacrés bons pisteurs, les meilleurs combattants qu'on puisse trouver, je dois faire en sorte qu'ils restent heureux. Le seul moyen, c'est de grimper dans les hauteurs de la province de Ghazni, peut-être même jusque dans les montagnes, pour chasser du taliban. Des salopards coriaces, mais que je respecte. Ils m'auraient tranché la tête s'ils en avaient eu l'occasion. Oui, je les respectais pour la qualité de leur opposition. Pour un gros taliban, un mec de l'ancien régime qui avait été proche du mollah Omar, c'était une prime de l'ordre – vivant ou juste pour sa tête, ses oreilles et ses doigts pour relever les empreintes – de vingt-cinq mille, minimum. Les Yanks, faut le reconnaître, n'étaient pas radins et payaient rubis sur l'ongle. Ils étaient pas faciles à choper, ces gros talibans. Fallait des jours de pistage, des semaines de traque dans les grottes, et quand ils étaient coincés ils se battaient comme des rats dans un sac. Je vous ai jamais raconté comment je me suis fait exploser la jambe avec une grenade, une HE-42 russe, avec cent dix-huit grammes d'explosif brisant ? »

Combien de fois l'histoire avait-elle été répétée ? Le propriétaire jurait qu'un jour – Seigneur, ce serait vraiment moche – il demanderait à GG de baisser son pantalon pour faire admirer les traces de ses blessures. Un jour… Non, non, ce serait trop cruel : il n'y avait pas la moindre cicatrice à montrer. Polis et tolérants, ils écoutaient puis emportaient leurs pintes loin du comptoir, laissant l'histoire à leurs remplaçants, pour aller parler du golf et des fléchettes, du travail et de la famille.

« Moi-même, je n'ai jamais demandé à un homme sous mes ordres de faire un truc ou d'aller quelque part que je ne ferais pas et où je n'irais pas. Je suis entré le premier dans cette grotte. Je savais qu'elle était utilisée parce qu'il y avait plein de traces sur le sol à l'entrée. J'y suis allé avec ma torche, le rayon l'a cueilli en plein dans les yeux, comme un chat, merde, et mon doigt était pas prêt, encore sur le pontet. La grenade a rebondi vers moi. Je suis resté quelques secondes de trop, je lui ai balancé tout le chargeur, trente balles, avant de me jeter à terre, mais pas assez vite et pas assez loin. Mes gars, ils m'ont sorti de là, mais pas avant de lui avoir pris la tête, les oreilles et les doigts. L'homme que j'avais tué était important, un vrai commandant de terrain taliban. C'était un mec comme moi, un vrai combattant, pas un de ceux qui envoient un gamin un peu con – un kamikaze – se taper le boulot à leur place, qui se planquent derrière un gosse. Il nous avait entendus venir, mes gars et moi, bloquer l'entrée de la grotte, et il n'a pas imaginé se rendre. Il savait qu'il allait mourir, mais il a fait de son mieux pour m'emmener avec lui. Faut respecter les hommes comme ça. Les Yanks le respectaient, ils m'ont filé trente-deux mille cinq cents dollars pour sa tête et le reste. Mais, après l'hôpital, j'étais fini, trop bousillé pour retourner dans les montagnes. »

On lui demanda, un comptable ricanant qui attendait son verre, s'il portait la même chemise pourrie là-bas en Afghanistan, les manches et le col tout râpés, la couleur passée. Il entendit le rire se répandre autour de lui. On lui dit que la chemise, qui était peut-être propre ce soir, semblait assez vieille pour avoir servi dans la province de Ghazni. Savait-il qu'il y avait des soldes, avec des réductions insensées, ce week-end en ville ? Un autre déclara qu'il aurait dû laisser la chemise là-haut sur la montagne. Le rire se transformait en tempête. Est-ce que sa sœur avait recousu les trous de shrapnels et lavé les taches de sang ? Il ferait mieux de s'offrir une nouvelle liquette plutôt que de laisser ces trente-deux mille cinq cents dollars dormir dans une boîte à biscuits sous son lit.

George Marriot sentit, et c'était nouveau pour lui, que les gentilles moqueries étaient devenues moches, qu'on le ridiculisait. Sa main quitta son verre. Ses doigts touchèrent son col, sentirent le coton fatigué, décousu. Il vit les fils qui pendaient à ses poignets. Son verre encore à moitié plein sur le comptoir, il se planta sur ses béquilles, baissa la tête et traversa la foule. Il entendit une protestation : c'était qu'une blague.

Il ouvrit la porte d'un coup de coude.

« Gaffe en rentrant, GG, à la semaine prochaine, lança le patron à son dos, et, plus bas : j'aurais pas dû me foutre de lui, il a plus toute sa tête. »

La porte claqua.

Les deux hommes couraient péniblement vers l'écoutille ouverte sur le flanc de l'hélicoptère, têtes baissées sous les pales du rotor qui lacéraient l'air. Chacun portait un banal petit sac à dos rempli de vêtements, mais entre eux ils partageaient le poids d'un gros Bergen contenant leur matériel professionnel.

La main de l'officier de bord se tendit pour aider Xavier Boniface et Donald Clydesdale à monter.

D'anciennes sensations les parcouraient et les vieilles habitudes revinrent naturellement. Ils dédaignèrent la main offerte. Ils se laissèrent tomber dans les sièges-baquets, ajustèrent les harnais sur leurs corps, fermèrent les boucles.

« Tout va bien, Xavier ?

– Impeccable, Donald.

– Je suis content de revoir monsieur Naylor.

– Un gentleman. Ce sera un plaisir de le retrouver. »

L'hélicoptère s'éleva, se tourna face au vent. Le régime moteur monta, étouffant leurs voix, et tous deux fermèrent les yeux, insensibles au vol chaotique qui les emportait.

C'étaient des vétérans des campagnes de la fin de l'Empire britannique. Jeunes recrues d'un commando de marine, ils avaient été assignés – quarante ans plus tôt – à la protection d'un officier de la Special Investigation Branch de la RAF dans le protectorat d'Aden. Mitraillettes Sterling armées, ils l'avaient pris en charge depuis son cantonnement à Khormaksar, face à la ville de Sheikh Othman, pour lui faire franchir le carrefour où se dressait la tour Mansoura avec ses blocs de béton et ses sacs de sable avant de le coincer entre eux deux dans un transport blindé Saracen pour se rendre au fort où étaient détenus les insurgés. Au début, les deux ou trois premières semaines, ils n'avaient fait que traîner dans la cour pendant qu'il s'éternisait dans les salles d'interrogatoires avec des membres capturés du Front de libération nationale. Tous les soirs, il en émergeait dans un état de frustration croissante : les prisonniers ne répondaient à aucune de ses questions.

Maintenant, à l'intérieur de l'hélicoptère ballotté par le vent et laissant l'île derrière eux, aucun des deux n'aurait su dire qui avait suggéré : « Avec votre respect, monsieur, pourquoi prenez-vous autant de gants ? Il y a des vies en jeu, non ? Vous ne croyez pas, monsieur, qu'il serait temps d'enlever les gants ? » Peut-être l'avaient-ils fait ensemble. Le lendemain matin, ils avaient participé à l'interrogatoire. Au début, ils n'avaient utilisé que leurs poings et leurs bottes, mais ils avaient appris sur le tas, et des seaux d'eau, de la lumière et du bruit avaient été employés. Des renseignements avaient été extraits de gorges suffocantes, de bouches édentées. Seules les informations révélées par la douleur étaient notées par l'officier : l'emplacement d'une planque, le site d'une future embuscade, l'endroit où était caché un mortier de 81 mm ou un tube roquette, là où des armes étaient enterrées. Lors de l'évacuation, ils avaient quitté Khormaksar sur le même vol, l'un des derniers. Après l'atterrissage, il avait fait attendre sa femme une demi-heure à la porte des arrivées, pour leur offrir deux – ou trois – doubles à chacun au bar de l'aéroport. Il avait promis de rester en contact au cas où leurs talents seraient nécessaires. L'officier, bien sûr, était M. Naylor. Cela avait été le commencement.

Quand le nez de l'hélicoptère plongea, quand il perdit de l'altitude, ils se réveillèrent tous les deux.

Un jet aux couleurs de la RAF, réservoirs pleins et prêt à décoller, les attendait à l'aéroport de Glasgow.

L'époque était dangereuse et, dans des moments pareils, ils le savaient, il fallait enlever les gants. Ni Xavier Boniface ni Donald Clydesdale n'auraient affirmé que cet appel de M. Naylor serait le dernier.

Il était allongé auprès d'elle, l'odeur du foin coupé depuis un moment déjà dans les narines. Le cottage ne se trouvait qu'à cinq cents mètres de là, mais à quinze minutes de marche avec le chargement qu'ils avaient transporté à travers champs.

Le garçon dormait, le souffle lourd, sur un lit de fourrage qu'ils avaient aménagé pour lui de l'autre côté d'un petit mur de balles de foin.

Ils n'étaient plus que trois. Une fois la maison nettoyée, les couchages empaquetés, il avait renvoyé les minables : le chauffeur à sa compagnie de taxis dans l'ouest de Londres, le guetteur au fast-food de sa famille au nord de la capitale. Celui chargé des reconnaissances devait encore être sur la route de la boutique de vêtements de son père dans les Midlands. Tous croyaient que la cible était Birmingham. Comme celui qui avait pris la fuite. Muhammad Ajaq, le Scorpion d'une guerre lointaine où la puissance de sa piqûre était une légende, avait pris la précaution de les tromper avec un mensonge, car sa survie en dépendait. La grange où il était étendu auprès de la fille, sur de la paille humide qui sentait le moisi, se trouvait à l'écart de la route menant au village. Dans une heure, avant que l'aube arrive, il ferait un feu derrière le bâtiment pour brûler les sacs de couchage.

Il la manipulait... son esprit à travers son corps. Sa main était sous le manteau qu'elle portait, sous le pull et le tee-shirt. Ses doigts jouaient sur la peau de son ventre. Ses ongles dessinaient de délicats motifs autour du nombril si doux, si lisse. Il ne remontait pas vers les seins, ne descendait pas vers l'aine. Elle n'avait pas chassé sa main.

Il n'était pas excité par ce contact : cette manœuvre était une tactique de guerre. Il effectuait de petits mouvements sensuels, attentif à sa respiration de plus en plus haletante. L'expérience de sa mère, quand il en avait eu connaissance, avait laissé en lui des cicatrices plus profondes que les lignes qui zébraient le front et la joue de la fille. Il ne se fiait pas aux émotions, les considérait comme des faiblesses. Coucher avec elle l'aurait dégoûté. Effrayé, peut-être. Il perçut le froissement et sut que ses jambes s'étaient écartées pour lui, mais ses doigts, ses ongles restèrent sur le ventre. Malgré l'odeur de paille, il sentait son humidité. Il l'excitait pour obtenir ce qu'il jugeait nécessaire.

Elle était vierge. Sinon, elle aurait poussé sa main vers le bas, l'aurait enfouie dans ses poils. Elle ne le faisait pas.

Il entendait la respiration du garçon, régulière mais lourde de catarrheux, derrière le mur de foin. C'était beaucoup lui demander, à ce simplet qui était amoureux de Dieu, d'endurer l'attente. Il avait alors réfléchi au moyen de faire durer sa résolution encore quelques heures, encore quelques jours.

L'ongle de son index pénétra dans la cavité du nombril et il entendit la petite exclamation étouffée. Il retira sa main, lui tourna le dos et l'abandonna.

Il y eut un silence, long, puis elle lâcha un soupir faible et rageur.

Il l'avait mise en colère, il le savait. C'était son but.

Elle était son choix dans la cellule, la seule parmi eux à qui il accordait de la valeur.

Sa colère éclata. Elle la cracha en chuchotant :

« Est-ce l'arrogance qui te motive ou la couardise ? Dis-moi ! Es-tu, à tes propres yeux, trop *important* pour mourir, ou bien trop *effrayé* ? Dis-moi ! Ce ne sont jamais les chefs qui se sacrifient. Les chefs choisissent les cibles, ils fabriquent les gilets, ils recrutent... et ils racontent aux jeunes les récompenses qui les attendent, les louanges qui seront déversées sur eux après leur voyage au paradis, mais au dernier moment ils restent toujours à l'écart. As-tu trop de valeur ? Ou bien as-tu trop peur ? Depuis que tu es ici, tu n'as fait que veiller sur ta propre sécurité, t'assurer un moyen de fuir, d'être tranquille. Je n'ai jamais vu chez toi, *jamais*, le moindre moment de compassion pour *lui*, rien. J'ai lu qu'en Palestine les enfants des chefs ne portent jamais les gilets parce qu'on préfère les envoyer recevoir une éducation à l'étranger. Je te le dis, je pense que *lui seul* possède le vrai courage, et toi tu le traites comme une chose inutile qu'on peut jeter. Je te méprise. »

La colère se calmait. Elle ne pouvait le savoir – dans l'obscurité et face à son dos –, mais il souriait, amplement satisfait.

14
Jeudi, jour 15

La lumière du plafond était restée allumée derrière son grillage depuis qu'ils l'avaient ramené de son dernier interrogatoire, mais ce fut l'ouverture de la porte qui réveilla Ramzi.

Il sursauta sur le matelas. Pendant un moment, il ne sut pas où il était, puis la clarté arriva. Le policier en uniforme sur le seuil le dévisageait avec dégoût : il jeta un tas d'habits et des baskets sur le lit. Ramzi cligna des paupières, se frotta les yeux. Il comprit que sa maison avait été fouillée et que ces vêtements en provenaient. Pendant quelques secondes, il pensa à sa mère et à ses sœurs, à la violation de leur foyer par des hommes avec des appareils photo et des sachets en plastique qui avaient passé au crible le territoire de sa famille. La confusion le saisit. Pourquoi... Pourquoi lui avait-on ramené ses vêtements et ses chaussures ? Il chercha une réponse sur le visage du policier, mais il n'en trouva aucune, rien que des yeux sombres et durs qui le fixaient. Il se dressa, sentit la raideur dans ses muscles.

Sous ce regard, Ramzi se débarrassa de sa combinaison. Lentement, il revêtit la tenue qu'on lui avait apportée, sans comprendre. Quand il fut habillé, un doigt lui fit signe de le suivre. Il quitta la cellule et le costume de papier.

Il ne savait rien de la dispute amère qui avait éclaté aux petites heures de la matinée entre un commissaire de l'unité antiterroriste et un directeur adjoint du Security Service dans un couloir de la tour de New Scotland Yard. Il ignorait que le directeur adjoint avait gagné.

Dans le corridor à l'extérieur de la cellule, d'autres policiers muets l'encadrèrent. Les échos de semelles ferrées retentirent, mais on ne lui emprisonna pas les bras comme ils l'avaient fait à chaque fois qu'il avait été extrait de sa cellule pour les interrogatoires. Il n'avait rien dit. Rien. Il avait suivi toutes les instructions données lors de son recrutement bien des mois auparavant. Ce silence lui avait apporté de la fierté. En vérité, si les heures perdues pouvaient être reprises, si les actes pouvaient être défaits, il n'aurait jamais quitté le cottage, il serait resté dans son lit. Mais retourner en arrière était impossible, et tout ce que Ramzi avait à offrir à sa famille – à Syed, à Khalid, à Jamal et à Faria, au chef et au faiseur de bombes –, c'était son silence et son regard dans ces pièces où il n'avait fait que fixer le plafond, les murs et le sol. La fierté venait de naître en lui, petite encore, mais elle grandissait. Il marcha dans le couloir, franchit une porte de barreaux, grimpa des marches, et sa fierté grimpait avec lui. Une autre porte, couverte d'acier, fut ouverte quand des chiffres furent pressés sur un petit clavier dans un renfoncement par le chef de l'escorte. Il fut conduit sur sa gauche, et l'incertitude le saisit. Ils s'étaient servis de deux salles différentes pour l'interroger – pour écouter son silence –, mais elles se trouvaient de l'autre côté, sur la droite, derrière d'autres portes. On l'emmena à un comptoir où attendaient deux sachets en plastique. Il hésita.

Il ne savait pas que les deux équipes d'inspecteurs qui lui avaient posé ces questions avaient été congédiées, qu'en ce moment même ces inspecteurs dormaient dans leurs lits. Il ne savait pas que le directeur adjoint avait produit une feuille de papier à en-tête d'un laboratoire de police scientifique dépendant du Home Office. Il ne savait pas que le commissaire avait proféré une obscénité à haute voix en lisant : « Je confirme que l'examen initial des prélèvements faits sur les mains du suspect R/01/18.04.07 était défaillant. De nouvelles analyses plus complètes ont montré de façon concluante qu'aucune, je répète, aucune, trace de matériaux explosifs interdits n'était présente dans les échantillons qui nous ont été remis. Rien n'indique que le suspect a manipulé ou a été au contact direct de telles substances. Mon département présente ses excuses pour les conclusions erronées qui vous ont été fournies précédemment. En espérant que vous n'en ayez subi aucun inconvénient, veuillez agréer… » Deux initiales griffonnées à la main surmontaient le nom dactylographié d'un professeur de recherche et d'études. Il ne savait rien.

Autour de lui, il sentait un mur d'hostilité. Rien n'était dit, mais elle irradiait. Les sachets en plastique furent poussés vers lui. Il récupéra sa montre dans l'un, son portefeuille dans l'autre. Il se redressa de toute sa hauteur, rejeta les épaules en arrière, convaincu d'avoir détruit tous leurs efforts. Le dégoût et la honte qui avaient inondé son esprit se dissipaient. Un formulaire recensant sa montre et son portefeuille lui fut tendu, ainsi qu'un stylo à bille. D'un gribouillage méconnaissable, il signa le reçu.

Il ne savait pas que toute une chaîne de policiers, ceux en uniforme qui se trouvaient avec lui dans la zone d'accueil des prisonniers, et ceux en civil qui l'avaient interrogé et qui dormaient maintenant, avait été tenue dans l'ignorance de ce qui lui était réservé.

La fierté se muait en mépris. Son silence les avait vaincus.

« C'est toujours pareil, dit-il. Vous nous persécutez. Il suffit d'être oriental, musulman, pour que vous nous persécutiez. Des gens innocents, comme moi, sont maltraités, emprisonnés sans raison… Je suis libre, maintenant ? »

Il avait cru qu'il récolterait quinze ans ou plus. Il y avait tant de choses que Ramzi ne comprenait pas. Dans un moment d'idiotie, il avait tenu les bâtons qui se trouvaient dans les poches du gilet et le chien avait flairé les traces que la pluie n'avait pas lavées. Soudain, il blêmit. Ses épaules s'affaissèrent. Pourquoi le relâchaient-ils, pourquoi le libéraient-ils ?

Mais une voix, derrière lui, balaya la confusion. Un petit ricanement :

« C'est ça, mon pote, *libre* d'aller pisser dehors. »

Il fit volte-face, ne trouva pas celui qui avait dit ça.

Il regarda sa montre.

« Qu'est-ce que je suis censé faire à cinq heures du matin ? »

Une autre voix, à nouveau derrière lui :

« Va pas te plaindre, putain. T'as même pas à marcher. Une voiture t'attend, elle te conduira où tu veux. Salut, mon pote, et bonne nuit. »

Il sentait leur haleine fétide, la bouffe de fast-food qu'ils avaient avalée pendant la nuit. Une petite allée humaine s'ouvrit, et il s'y engagea vers la porte béante face à lui. Il ne regarda pas en arrière.

Quand le froid fut sur son visage, que la pluie cascada devant lui, une main se glissa au-dessus de son épaule pour lui montrer la rue à sa gauche. Il vit les feux arrière d'une voiture garée contre le trottoir.

Il imagina les regards vitreux dans son dos.

Il descendit rapidement les marches, passa devant un policier trempé qui montait la garde avec une arme sur la poitrine, accéléra en arrivant sur le trottoir. Il baissait la tête pour éviter d'avoir la pluie dans les yeux, ne fixant que les feux rouges de la voiture devant lui. Il courait et ne ralentit pas pour voir la marque ou les plaques. Comme il fonçait vers elle, la porte arrière côté trottoir fut ouverte. La pluie dégoulinait sur le pare-brise arrière, cachant l'intérieur. Il se jeta dans l'habitacle, s'effondra sur le siège, et un bras passa devant lui pour fermer la portière. Au même moment, le chauffeur démarra en faisant patiner les pneus sur la chaussée luisante. Il essuya la pluie sur son visage, poussa un soupir de soulagement qui s'arrêta à ses lèvres, bloqué par la douleur. Puis… les ténèbres.

Cela avait été si vite, fait avec tant d'expertise. La douleur était due à son bras qu'on tordait dans son dos, qu'on immobilisait. Les ténèbres à ce qui recouvrait sa tête, une odeur de vieux sac d'emballage. Il balança des coups de pied, mais ne réussit qu'à frapper le bas du siège devant lui. La souffrance s'accrut quand il reçut un coup au visage, les ténèbres aussi quand il ferma les yeux en réaction. Les larmes se glissèrent entre ses paupières closes et il n'eut plus envie de se battre. Il se soumit.

Devant, une voix demanda avec calme :

« Tout va bien, là-derrière, Donald ? »

À ses côtés, une autre voix répondit doucement :

« Tout va bien ici, Xavier. Je pense que le gentleman va se montrer raisonnable, maintenant. »

Puis, alors que la voiture fonçait dans la nuit, il sentit une force contre laquelle il ne pouvait lutter le pousser sans la moindre brutalité sur le sol, le coincer entre les sièges. Des bottes se posèrent sur sa colonne vertébrale et sur sa nuque.

« Il ne s'arrête donc jamais de pleuvoir, dans ce pays ? Décrivez-moi l'endroit, Dickie. Je sens le vide, mais donnez-moi une image. »

Ils s'abritaient sous le parapluie que tenait Naylor. Celui-ci favorisait Hegner, mais ne pouvait protéger les jambes de l'Américain. Ils n'auraient pas dû, vraiment, laisser la voiture dans le seul hangar Nissen encore debout. Ils se tenaient sur un vieux tarmac à côté de la porte ouverte d'un bâtiment de plain-pied dont les cadres en ferraille avaient depuis longtemps perdu leurs carreaux. Dans la lueur de l'aube, un drapeau rouge pendait au sommet d'un mât. La route d'approche, une piste de roulage pour les avions, était obsolète depuis soixante ans.

« Il n'y a plus qu'une seule piste d'atterrissage, dit Naylor. Les autres ont été démolies par le propriétaire pour en faire des gravats. Et un seul Nissen, ces hangars de la Seconde Guerre en forme de demi-cylindre qui devaient servir d'ateliers de réparation et qui ont été démontés et vendus. Donc il ne reste plus que ce tarmac, le Nissen, et un bâtiment solitaire qui était autrefois l'armurerie, trop solide pour être facilement démoli. Cette partie de l'Angleterre grouillait de bases pour bombardiers, et la plupart sont dans le même état. Désolées, oubliées. Aussi loin que porte le regard, le terrain est plat, couvert de champs labourés – j'ai bien l'impression que ce sont des plants de petits pois pour supermarchés. Il y a un drapeau rouge dont on se sert environ deux fois par an quand les policiers du coin s'exercent au tir. On le hisse pour signifier à la population locale de rester à l'écart. J'ai demandé à ce qu'on le fasse cette nuit. Ils sont très bien, les gens du coin, pas curieux du tout. Tous les deux ou trois mois, nous utilisons ces installations pour l'armée de l'air, des exercices de surveillance en terrain découvert, et, croyez-moi, il est très difficile de s'approcher à moins de deux kilomètres sans être repéré. C'est très paisible, maintenant. Il y a soixante ans, vous auriez vu des tas d'escadrilles de super bombardiers, vingt-deux Lancaster chacune, certains revenant à la maison criblés d'impacts de DCA, d'autres atterrissant sur le ventre avec leurs équipages décimés. C'est très calme, aujourd'hui. Un vrai coin à fantômes.

– Je saisis le tableau. Un bon choix de votre part, Dickie », fit Hegner.

En voyant un lent sourire sardonique étirer ses lèvres, Naylor se dit que l'Américain n'avait pas la moindre pincée de charité dans son âme.

« On dirait, reprit Hegner, que c'est l'endroit idéal pour un nouveau fantôme. Si vous voyez ce que je veux dire ? »

Naylor voyait. Aux Riverside Villas, il y en avait beaucoup, surtout parmi les nouveaux et les jeunes, qui raillaient comment l'agence expédiait certains détenus, appelés des fantômes, dans des bases militaires reculées chez des alliés conciliants, Polonais, Roumains ou Albanais, ou même en Ouzbékistan et en Afrique du Nord. Aucune information n'était fournie à leur sujet. Ils disparaissaient sans laisser de trace bureaucratique. Ils étaient exposés à la brutalité, aux pires souffrances, tandis qu'un Américain de l'agence restait assis dans une autre pièce, attendant qu'on lui apporte les enregistrements des interrogatoires. L'humidité pénétrait les chaussures de Naylor. Lui aussi avait eu affaire à des *fantômes* pendant ses séjours à Aden, en Irlande du Nord et pendant les pires moments de la guerre des Balkans. Des expériences qui s'avéraient utiles, car il avait maintenant moins de deux jours pour exploiter le dernier fantôme qui croiserait jamais son chemin. Mais c'était la guerre, non ? C'était autant la guerre que quand des bombardiers lourdement chargés roulaient sur ces pistes pour s'envoler vers des cibles où des civils se terraient dans des abris souterrains alors que des incendies faisaient rage, non ?

« Dickie, vous êtes bien silencieux.

– Je pensais aux fantômes.

– J'ai bien l'impression que le nôtre arrive. »

Naylor n'avait rien entendu. Il fouilla la bruine et les nuages bas au-dessus de la piste qui s'étirait vers le nord et ne vit rien, ne perçut pas le moindre changement. Une bonne minute après l'alerte de l'Américain, il devina enfin là-bas dans l'ombre grise les phares d'une voiture et il dut attendre encore trente secondes avant d'entendre son moteur.

« Je crois que j'aimerais assister à ça, Dickie.

– Je m'y attendais, répliqua sèchement Naylor.

– Pour m'assurer qu'on pose les bonnes questions.

– Ils savent ce qu'on attend d'eux. Je n'y serai pas, fit-il avant d'ajouter en espérant avoir l'air ironique : je ne voudrais pas gêner.

– D'expérience, Dickie, je sais que dans ces circonstances, il est plus facile de donner les ordres et de ne pas se salir. Plus facile pour la conscience. »

Il crut qu'une fléchette lui avait transpercé la peau. La voiture s'était arrêtée. Il reconnut les deux hommes. Ils ouvrirent la portière arrière pour sortir le fantôme. Tous deux étaient plus lourds de corps et plus minces de visage que la dernière fois. Le fantôme essaya de résister, mais ses pieds furent balayés et ils le traînèrent comme pour accroître la peur et l'humiliation du misérable, son impuissance. Le plus grand, les cheveux plus gris que lors de leur mission en Bosnie-Herzégovine, portait un impressionnant sac à dos sur une épaule. Le petit était encore plus chauve, son crâne brillait davantage que quand le fantôme était un seigneur de guerre serbe qui devait savoir où trouver un travailleur humanitaire kidnappé dont la vie était en grand péril. Ils le virent. Le petit, Clydesdale, se tapa la poitrine, comme pour indiquer que l'enveloppe livrée à la base de Northolt y était bien cachée. Ils le remarquèrent. Le grand, Boniface, lui montra son poing libre avec le pouce levé. Ils étaient aussi décontractés que la paire de jardiniers, le père et le fils, qui passaient tous les mois chez lui et bavardaient tranquillement avec Anne.

Tenant le parapluie, il guida l'Américain vers la porte du bâtiment. Dans l'entrée, il vit le rayon d'une lampe torche qui se baladait et entendit leur plaisir surpris.

« Ah, c'est bien, Donald, une nouvelle prise électrique. De mieux en mieux ! Il y a aussi un robinet.

– Excellent, Xavier. L'eau et l'électricité, c'est l'idéal. »

La silhouette couverte d'un sac se tapit contre un mur. Pendant un instant, Naylor fut un voyeur et ne put le quitter des yeux. Lors des exercices de nuit de l'armée de l'air, un générateur alimentait la prise – un branchement fait aux frais du service –, et l'eau n'avait jamais été coupée depuis la guerre. De temps à autre, ils s'en servaient pour le thé.

Pour affirmer son autorité, Naylor dit brusquement :

« Ravi de vous avoir à bord tous les deux. Le temps presse, nous n'en avons pas beaucoup. Mon collègue restera avec vous, il a toute ma confiance. Pour ma part, j'ai quelques coups de fil à passer. »

Son mensonge dans les oreilles, il les laissa avec l'Américain et le fantôme. Il repartit sous la pluie, tremblant, incapable de se contrôler. L'âge le rattrapait. Et la honte. Il se croyait damné.

Elle était seule. Tâtonnant, Faria n'était guidée que par les tranches de lumière qui se glissaient à travers les planches clouées sur les fenêtres. Partout autour d'elle, l'odeur de crasse, vieille et desséchée, mais *vieille* surtout. Les loubards qui avaient vandalisé la maison n'étaient plus venus ici depuis des mois, aucun vagabond n'y avait dormi depuis des semaines. Ça irait pour eux.

Elle vérifia la cuisine démantibulée, les deux pièces, à l'arrière et à l'avant, et le couloir, mais pas les escaliers. Elle entendait la débandade des souris qui fuyaient devant elle, son visage se prenait dans les toiles d'araignées. Elle était seule parce qu'on lui faisait confiance. Après leur fuite du cottage, après avoir entendu le programme qui était désormais le leur, elle avait dit qu'elle connaissait une maison à l'ouest de la ville, derrière Overstone Road, propriété du cousin d'un ami de son père, quasiment en ruine, et qui ne serait pas mise en vente avant que les prix de l'immobilier ne remontent. Faria vivait dans le ghetto de sa communauté ethnique. En son sein, elle était isolée. Le ghetto l'avait façonnée. Derrière cette clôture autocréée, germait la répulsion pour la société qui l'encerclait. Errant à travers la grise pénombre du rez-de-chaussée, elle se souvenait de chaque insulte qui lui avait été offerte et croyait avoir la force de gagner sa confiance. Il lui avait touché le ventre, avait glissé un doigt dans son nombril. Elle ferait ce qu'on exigeait d'elle. La force lui avait été donnée.

Ses bras tendus la protégeaient des obstacles : le canapé renversé, les chaises brisées, la moquette déchirée. Elle revint dans la cuisine, enjamba la cuisinière par terre. Se mettant à genoux, elle repoussa la planche du bas qui avait été clouée à l'extérieur de la porte et qu'elle avait délogée à l'aide d'une brique. Elle s'allongea sur le ventre, dans la crasse desséchée, pour ramper à travers l'ouverture et émerger à la lumière. L'air propre la fit suffoquer. Elle s'accroupit sous la pluie pour replacer la planche.

Elle traversa le petit jardin de ronces et de mauvaises herbes, ignorant les déchets qui le jonchaient et franchit la clôture brisée pour sortir sur le terrain vague. Faria effectua le trajet en sens inverse jusqu'à l'endroit où elle les avait laissés, pour qu'ils sachent qu'elle avait trouvé une planque, que la confiance en elle était justifiée.

« L'accusation, membres du jury, n'a fait qu'accumuler insinuations, demi-vérités et – croyez-moi, je n'ai aucun plaisir à l'affirmer ici, mais il faut que cela soit dit – calomnies contre l'honneur de mes clients. Je vous demande, en toute honnêteté et au nom de la justice, de rejeter cette accumulation. »

Banks écoutait depuis les rangs du public. Cet avocat le dégoûtait.

« L'accusation a fait grand cas de l'identification présumée de mes clients par ce miraculeux témoin oculaire. Je vous conseille vivement de réfléchir au poids que vous pouvez accorder à la parole d'une jeune femme, d'une *très* jeune femme, qui a fréquenté de très près pendant des mois des officiers de police qui, bien sûr, cherchaient par tous les moyens à obtenir une condamnation. Je ne suis pas en train de dire qu'elle a menti, mais qu'elle a été influencée par ces officiers. Je suis prêt à croire en son innocence. Permettez-moi de vous soumettre l'idée que cette jeune femme simple, sans éducation, a cherché à plaire. Pouvez-vous dire, en toute sincérité, que sa déposition n'a pas été "arrangée" et répétée sous la supervision de policiers rancuniers ? J'en doute. »

Il n'avait pas, bien sûr, assisté au témoignage de cette femme, mais Wally lui en avait parlé. L'inspecteur se trouvait à ses côtés, le corps penché en arrière, le visage impassible. Tandis que l'avocat pérorait, David Banks se disait que la veille – en tant qu'adulte responsable à qui des responsabilités et une arme mortelle étaient confiées – il s'était conduit comme un parfait *imbécile*. Et cela n'avait que trop duré.

« Il vous est demandé, membres du jury, de condamner deux hommes d'affaires dont l'unique intérêt dans la vie – en dehors de veiller sur leur mère malade – est de faire du commerce, de vendre et d'acheter. Je ne peux pas vous assurer que leurs relations avec les services fiscaux de ce pays sont totalement transparentes, ni affirmer que leurs déclarations de TVA sont pleinement satisfaisantes. Mais vous ne devez pas, et je tiens à le souligner, juger mes clients sur leur rapport à l'impôt. L'affaire qui est soumise à votre attention concerne l'attaque sauvage et assez désespérée d'une bijouterie, et il est clair que les efforts de l'accusation pour y associer mes clients ont échoué. »

L'avocat s'exprimait avec une sincérité onctueuse. On ne pouvait jamais savoir avec les jurés, avait dit Wally, ils étaient imprévisibles. Ils pouvaient très bien avaler ces salades, sauf son patron, bien sûr. Le patron, pour ce que ça valait, avait joué au héros. Ce qui lui arriverait, d'ici quelques semaines, quelques mois, n'était pas le problème de Banks. Son problème, c'était que ça avait trop duré. Il ne tenait plus en place sur son siège.

« Je dirai ce qu'il m'est possible de dire à propos d'un sujet extrêmement délicat... et notre juge vous l'expliquera lui-même avant que vous vous retiriez pour délibérer. Vous subissez actuellement des restrictions dans vos déplacements et vos libertés, et je le regrette. Il vous faut cependant comprendre qu'aucun lien – je répète, *aucun lien* – n'existe entre mes clients et ces restrictions. Il est essentiel pour moi et pour ceux que je représente que vous ne teniez pas compte des circonstances dans lesquelles vous participez à ce procès. »

Il pensait à eux à Londres, dans la capitale en état d'urgence, aux Delta, aux Golf et aux Kilo, accomplissant ce qu'il aurait dû être en train d'accomplir. Assis dans la dix-huitième cour, il se rendait compte qu'il se foutait totalement de savoir si Ozzie et Ollie Curtis étaient condamnés, s'ils avaient le bras assez long pour atteindre Julian Wright depuis leurs cellules. Il avait été minable et ça n'avait que trop duré. Il était prêt à ramper s'il le fallait. Il imaginait les étagères derrière le comptoir de Daff – vides, les munitions distribuées – et entendait l'accent gallois de l'armurier : *Si t'es dans la merde, t'essaies de t'en sortir, en rampant s'il faut. Tiens bon, Banksy, ne laisse pas ces enfoirés te détruire. Suffit d'y croire, ce sera pas tout le temps comme ça.* Il crut entendre les blagues macabres autour de lui, la rude camaraderie. La perte de son équipe le bouffait, il était en train d'en crever. Il se leva, inclina la tête en direction du juge.

Et quitta la dix-huitième cour.

Il sortit du bâtiment, s'avança vers le centre de l'immense pelouse, avec là-bas au loin le lac et les oies. La pluie sur son visage.

Il récupéra son portable, composa le numéro.

Il ne l'appela pas Enfoiré de Planqué, mais déclara :

« J'espérais, monsieur, que vous auriez un moment à m'accorder. C'est Banksy, monsieur. »

La réponse fut sèche.

« Un moment, c'est tout.

– Ce que je voulais dire, monsieur, c'est que… eh bien… c'est… »

Sa voix s'arrêta. Les mots lui manquaient.

« Si vous ne savez pas ce que vous voulez, Banksy, j'ai mieux à faire que vous écouter respirer.

– C'est juste que j'ai réfléchi… à ce que je devrais… »

À nouveau, il ne trouva rien.

« Bon Dieu, Banksy, on dirait une gamine qui demande à sa mère si elle peut prendre la pilule. Vous savez pas qu'on est assez *occupés*, ici ? J'ai un autre appel, faut-il que je le prenne ?

– Je pensais à ce que je devrais être en train de faire et à où je devrais être.

– Réfléchissez un peu mieux à vos ordres. *Ce que vous devez faire*, c'est veiller sur des jurés. *Où*, c'est à la cour royale de Snaresbrook. Autre chose ? »

Il entendit qu'on répondait au deuxième appel, qu'on demandait au correspondant s'il pouvait bien attendre une minute, pas plus. Banks n'hésita plus.

« Je comprends maintenant, monsieur, que mon attitude envers mes collègues était déplacée. Je suis prêt, absolument, à présenter mes plus plates excuses à tout le reste de l'équipe Delta pour mon comportement.

– N'est-ce pas *mignon* ? Très touchant. »

Banks eut du mal à avaler sa salive.

« Je veux revenir. J'ai besoin, monsieur, d'être avec vous.

– Je me demande si je vous entends bien.

– Je veux laisser tomber ce boulot de merde et rejoindre les Delta. Je m'excuserai, monsieur, de mon mieux. J'admets que ma conduite envers mes collègues était inacceptable. Puis-je, monsieur, compter sur votre soutien ? S'il vous plaît, monsieur. »

La pluie se mêlait à la sueur sur son front, l'humidité serrait son col autour de sa gorge, sa veste lui collait au corps.

« Ce que je vous demande, monsieur, c'est une chance de revenir chez les Delta. Ma place est là.

– Vous êtes comique, aujourd'hui, Banksy.

– Je sais que les Delta effectuent un sacré travail et je pense que je devrais être avec eux. Monsieur, j'ai compris la leçon et je n'utiliserai plus de mots déplacés. Je ne sais pas ce que je peux dire ou faire de plus... »

Une main était sur un téléphone, mais il entendit la requête étouffée auprès de l'autre correspondant d'attendre un peu plus, puis la vanne : « Juste une couille administrative à régler, mais c'est presque terminé... Donnez-moi trente secondes. » Banks savait ce qu'il était à présent, une couille administrative, et la valeur qu'on lui accordait. Il écouta.

« Vous voulez revenir, que tout soit oublié... C'est pas une partie de plaisir pour moi, Banksy, en ce moment. Tous mes effectifs, hommes ou femmes, capables de porter une arme à feu sont dans la rue et certains ont eu des scores tellement minables à l'entraînement que je ne voudrais pas m'approcher d'eux à moins d'un kilomètre. Ils sont tous en horaire double, seize heures de boulot par jour, pendant que vous vous baladez à la campagne dans votre car avec votre jury. Dieu sait combien d'entre eux avalent des médocs pour juste rester éveillés. Pourquoi ? Parce que cette ville est menacée, pour de bon. Ils sont à la recherche d'un kamikaze – pas éventuel, pas probable, mais bien présent ici au moment où je vous parle – et s'ils le voient, et je prie Dieu pour que ça arrive, ils le descendront. Ils sont la première ligne de défense de Londres. Oh, attendez une minute, ce bon vieux Banksy – un enfoiré de première, mais ne parlons pas de ça – veut rejoindre l'équipe. Mais c'est pas si facile, Banksy, plus maintenant. Vous voyez, ici on se demande si à force de vous fourrer le doigt dans le cul vous auriez pas chopé des hémorroïdes à l'index, vous savez, celui qui appuie sur la détente, si vous avez ce qu'il faut pour faire ce boulot. C'est le sentiment, ici, et geindre à propos d'excuses n'y changera rien. Désolé, mais j'ai un seul conseil à vous donner : retournez à votre baby-sitting auprès de votre jury et laissez le vrai taf à ceux qui en ont les couilles. Pour le dire de la façon la plus plaisante possible, Banksy : allez vous faire foutre. »

Il raccrocha. Sa veste, lourde et trempée, avec le carnet dans la poche, lui cogna la hanche.

Sur les marches du bâtiment, il traversa les fumeurs qui s'écartèrent pour le laisser passer et montra sa carte à la sécurité. Dans son sillage, le sol du couloir se couvrait de traces luisantes de boue et d'eau. Il reprit sa place dans la dix-huitième cour. Il regarda les frères, là-bas, l'avocat qui décompressait, son patron.

Wally se pencha.

« Ça va ?

– Mieux que jamais, dit Banksy.

– Sûr ? »

Il lâcha un soupir et murmura :

« J'ai fait quelque chose que je n'aurais pas dû faire et ça m'a appris quelques vérités. Inutile de vous inquiéter, le problème est réglé. C'est du passé. Je vais bien. »

Il venait de trahir deux hommes, l'un qui habitait son esprit et l'autre qui se trouvait là-bas dans le box du jury. Il croisa son regard et eut droit à un clin d'œil de la part du patron.

« T'as vu ? »

La voix cassée d'Ozzie Curtis s'adressait à son frère.

« Quoi ?

– Putain, t'es trop con… t'as rien vu ?

– Que dalle. »

La bouche d'Ozzie était contre l'oreille de son frère.

« L'autre enculé échange des clins d'œil avec ce condé dans le public.

– Lequel ?

– Celui qui vient de revenir trempé comme un rat.

– Comment tu sais que c'est un condé, Ozzie ?

– Parce qu'il a un flingue à la ceinture… t'as pas vu ?

– Non.

– Regarde un peu cet enculé. Tu vois ça ? Comme il est peinard, insolent. Il s'imagine qu'il est tranquille avec son flic… On va tomber, Ollie, et…

– T'es vraiment sûr qu'on va tomber ?

– … et je te promets qu'on va emmener quelques cadavres avec nous, gronda Ozzie Curtis dont le visage se tordait un peu plus à chaque mot qui sortait de sa bouche. Des tas de cadavres. Celui de Nat De La Merde Wilson, celui de l'Intimidateur et celui de l'enculé. Lui, ce sera le premier, je le jure.

– Oui, Ozzie, si tu le dis.

– Je le dis. »

Le regard d'Ozzie Curtis passa au-dessus des épaules de Nat De La Merde Wilson, derrière sa robe d'avocat, pour se poser sur l'enculé. C'était ce regard froid et menaçant qui, à lui seul, pouvait vider un bar entier dans Bermondsey, mais l'enculé refusait de le croiser. Au lieu de ça, il contemplait le rat trempé dans le public. Il jura alors – peu importait ce que lui piquait le recouvrement des avoirs – qu'il utiliserait jusqu'à son dernier penny pour avoir sa peau, lui plus que tous les autres. Son dernier penny. Ce qui aiguisait vraiment sa colère : l'enculé semblait si peinard, si content de faire de l'œil à son condé.

Un sourire assez morne lui répondit. Il écouta l'avocat en se demandant combien de temps il allait continuer à pérorer comme ça. Il se gratta la barbe et essaya de penser à Hannah. Raté. Il essaya encore.

Jools n'avait pas le contact de Vicky à la hanche et au genou pour s'occuper l'esprit. Il était arrivé en retard au tribunal, le dernier de la file à prendre sa place au milieu de l'escorte déployée autour d'eux. Vicky s'était retrouvée flanquée de Corenza et de Fanny. Il ne savait pas si c'était voulu ou par accident. Ne lui restait que le choix de s'installer entre Rob et Peter ou entre Baz et Dwayne, quel pied. Il s'était résigné à Baz et Dwayne.

La pression de la chair de Vicky lui manquait, mais un rire silencieux roucoula dans sa gorge. Babs et sa fille, c'était pas un souci. Le week-end et Hannah, ça allait être comme un Lego, décida Jools : un jeu d'enfant. Il fallait juste assembler les briques une par une. À la base de la pile, l'officier de protection, M. Banks. La première pierre. Son week-end avec Hannah serait construit grâce au levier qu'il possédait sur lui, aux confidences reçues. Une sacrée confession. Après ça, il ne voyait pas comment un week-end amoureux avec Hannah lui serait refusé. Jools se sentait bien.

L'avocat fut oblitéré de son esprit – ainsi que la raison pour laquelle l'officier affecté à sa protection était sorti sous la pluie pendant une demi-heure et était revenu avec un air foutrement lugubre – et il se retrouva entre les cuisses de Hannah qui le serraient. Ouais, il y était.

Le cottage était vide, abandonné. Si propre. Les lits étaient dépouillés de leurs draps et de leurs couvertures qui avaient été fourrés dans des sacs poubelles noirs. La moindre surface avait été frottée et l'odeur d'eau de Javel, toxique et douce, imprégnait chaque pièce. Moquettes et tapis avaient été aspirés trois fois, cheveux et poils avaient été extraits des bondes et avaient rejoint draps et couvertures dans les sacs. De l'eau brûlante avait coulé des robinets de la cuisine et de la salle de bains pour inonder les canalisations allant à la fosse septique. Toutes traces d'un rassemblement « familial » avaient disparu d'Oakdene Cottage. Pas seulement leurs empreintes digitales, mais aussi les poils et fluides corporels qui gardaient des traces d'acide désoxyribonucléique, des échantillons d'ADN qui les auraient identifiés. Cela avait été fait avec soin et rigueur. Les fenêtres avaient été laissées ouvertes, non pas pour permettre à la pluie d'éclabousser les pièces, mais pour laisser s'échapper l'air contaminé de molécules d'explosif. Le silence régnait dans le cottage et sa toute nouvelle propreté.

À deux champs de là, une fenêtre à l'étage s'ouvrit.

Tous les matins, quand il ne pleuvait pas, la femme du fermier y secouait ses draps, comme le faisait sa mère.

La fenêtre à meneaux s'ouvrait maintenant parce que les vitres insérées dans de petits cadres en losange distordaient la vision.

La femme du fermier avait devant les yeux les jumelles qui servaient surtout à suivre les vols d'oiseaux au-dessus de leurs terres.

Elle s'exclama d'une voix forte :

« Je dois me faire des idées, c'est sûr, mais il y a quelque chose de pas normal à Oakdene. La voiture n'est pas là, les lumières sont éteintes, mais toutes les fenêtres sont ouvertes. Je suis idiote, ou quoi ?

– Ils ont dû sortir pour la journée, répondit son mari en bas. Tu t'inquiètes trop, ma chérie.

– Peut-être... sauf qu'ils sont trop nombreux pour une seule voiture. »

Elle fronça les sourcils, releva les jumelles.

« Il y a un feu qui brûle derrière la grange des Wilson...

– Pas possible, ils sont partis. En croisière, non ? Je sais plus où, Madère ? Tenerife ?

– Viens voir toi-même. »

Elle entendit son grognement, puis la lourdeur de ses pas dans l'escalier. Il lui prit les jumelles.

« Ils n'ont pas du foin dans cette grange ?

– J'irai y jeter un œil, dit-il. Et je passerai à Oakdene aussi… après manger. »

Les hurlements étaient terminés depuis longtemps.

Le prisonnier gémissait, mais sans émettre le moindre bruit.

« Je n'aime pas quand ils sont aussi silencieux.

– Ça veut dire qu'on ne les atteint pas. »

Ils avaient percé le béton pour y fixer un crochet. Celui-ci, gros et lourd, leur avait été donné par McDonald au cours de leur deuxième année à Ardchiavaig, parce qu'il était désormais interdit d'abattre son propre bétail et donc superflu de suspendre les carcasses. C'était Xavier Boniface qui avait songé que le crochet pourrait – un jour – s'avérer utile, comme cela avait été le cas quand ils étaient en poste dans le comté d'Armagh et en Bosnie-Herzégovine. Donald Clydesdale l'avait fourré dans le Bergen avec le seau, les matraques, les câbles et tout le reste de l'équipement qu'ils emportaient pour leur travail. Leur prisonnier était attaché aux poignets, le lien glissé dans le crochet, suspendu assez haut pour que seuls ses orteils touchent le sol, mais pas ses talons ni la plante de ses pieds. Ils avaient commencé – comme toujours – par lui permettre de voir leurs outils en lui expliquant de façon détaillée comment ils allaient s'en servir. Boniface avait ensuite posé la première question inscrite sur sa feuille de papier. Leur gentleman avait rejeté la tête en arrière, le sac-cagoule avait glissé, sa bouche était apparue et il avait craché au visage de Clydesdale. Pas un bon début, avait dit Boniface. Pas très raisonnable, avait ajouté Clydesdale. Ils avaient commencé avec les matraques en bas du dos, dans les reins, jusqu'à ce qu'il hurle. Puis ils lui avaient enlevé ses baskets pour fouetter la plante de ses pieds à coups de ceinture. Il était bon qu'il hurle, car l'expérience leur avait enseigné qu'un homme qui hurlait était proche du point de rupture. Au bout d'un moment, il était devenu silencieux, ce qui n'était pas très bon. Ils l'avaient passé à tabac. Il avait toussé du sang – ils l'avaient vu dans la bave qui coulait sous le sac. Ils avaient ensuite reposé leur première question, à laquelle ils n'avaient toujours pas obtenu de réponse.

« Et si on se faisait une petite pause avant le seau ?

– Bonne idée, Donald, j'ai la bouche horriblement sèche. Monsieur Hegner, une tasse de thé ? »

Ils avaient tout ramené dans le Bergen : le fauteuil pliable dans lequel était assis l'Américain, un camping-gaz, quatre mugs en plastique, des assiettes et, bien sûr, le seau en toile qui servait le plus souvent à distribuer le grain à leurs volailles.

Hegner hocha la tête, oui, il apprécierait une tasse de thé. L'Américain avait un enregistreur miniature sur le genou, semblable à celui qu'un cadre d'une compagnie utiliserait pour dicter ses notes. Son pouce avait plané au-dessus du bouton quand le prisonnier avait hurlé, prêt à saisir sa réponse, mais il l'avait quitté maintenant, comme s'il sentait qu'ils étaient encore loin de l'avoir brisé. Tous deux avaient chaud des efforts consacrés au passage à tabac, trahissant leur âge peut-être, transpirant bien davantage que dans la taule surchauffée d'Aden. Le petit réchaud de camping fut allumé, de l'eau fut versée depuis une bouteille en plastique dans une vieille casserole cabossée en fer-blanc qui fut ensuite posée sur les flammes.

Clydesdale s'accroupit derrière le réchaud pour attendre l'ébullition tout en préparant les sachets de thé, les mugs et le petit carton de lait. Boniface, qui se trouvait derrière l'homme, le frappa encore un peu dans les reins, mais ne fut pas récompensé par un cri.

« Ça ne sera plus très long, monsieur Hegner.

– Parlez-vous de réponses aux questions, mon ami, ou de cette tasse de thé ?

– Vous êtes très drôle, monsieur Hegner. Le sens de l'humour est toujours appréciable dans ce travail. »

Ils n'apportèrent pas de tasse à M. Naylor dehors, se disant qu'il avait probablement son propre thermos dans la voiture.

« Vous avez un moment, Banksy ?

– J'étais sur le point de les raccompagner au car, ça ne peut pas attendre ?

– Je ne crois pas. Un moment suffira. »

Banks se retourna. Rien dans la voix de l'inspecteur ne l'avait alerté. Son supérieur l'entraîna hors de la salle des délibérations et le coinça dos au mur. Son sourire avait disparu.

« Écoutez-moi bien. Je suis surpris qu'un officier avec votre expérience ne soit pas conscient que certains codes d'honneur, comme l'*omertà*, le silence, ne sont pas uniquement réservés à la gent criminelle. Vous avez été balancé, Banksy, cafardé. J'ai reçu cet après-midi un appel de votre ancien chef qui tenait à remuer un peu plus le couteau dans la plaie. Dire que vous me décevez serait mon euphémisme de l'année. Vous vous imaginez que ce que nous faisons ici est minable, indigne de vous. Vous voulez peut-être retourner à Londres protéger un gros ponte. Vous espérez sans doute être au plus tôt débarrassé de nous. Eh bien, Banksy, imaginez, pensez, espérez ce que vous voulez. Votre boss m'a fait comprendre que, là d'où vous venez, on pense que vous n'avez pas ce qu'il faut, le dévouement nécessaire, le cran. Alors fourrez-vous dans le crâne qu'on ne veut pas de vous là-bas. Cela vous a peut-être échappé, mais les gens *ordinaires* craignent bien davantage, et ils ont raison, les truands et les malfrats qui n'hésitent pas à faire usage de leurs armes que la vague éventualité de se retrouver trop près d'un gamin exalté avec un sac sur le dos. Certaines de ces personnes banales ont, parfois, le cran de se dresser et de faire la différence. Comme mon témoin, monsieur Julian Wright. Surtout comme monsieur Julian Wright. Alors descendez de votre nuage à la con, et venez vous user les godasses à côté de ces personnes. Oubliez que vous êtes si important. Compris ? »

Le souffle coupé, comme s'il venait de recevoir un coup au plexus solaire, Banks hocha la tête. Humilié, il escorta le groupe au bus.

15

Jeudi, jour 15

Il avait entendu les cris, les hurlements.

Ils résonnaient à l'intérieur du Nissen, dans la voiture. À chaque fois, Naylor tressaillait. Maintenant, le silence était assourdissant.

Une promeneuse, une femme avec deux labradors jaunes, s'était approchée à moins d'un kilomètre du hangar et du bâtiment en briques. Il l'avait guettée à travers le pare-brise embué. Elle s'était arrêtée près du mât supportant le drapeau rouge. Elle venait probablement tous les jours ici, enveloppée dans son anorak et chaussée de ses bottes en caoutchouc. Il s'était dit que le drapeau l'avait empêchée de poursuivre sa route habituelle et qu'elle allait chercher les véhicules garés indiquant l'imminence d'exercices de tir. Aucun des Transit qui amenaient les tireurs d'élite de la police au vieil aéroport n'était là, mais le drapeau était déployé et elle avait obéi à l'ordre que sa seule vue imposait.

Les cris et les hurlements s'étaient tus. Ils étaient remplacés par les grondements de son estomac, la faim. L'obscurité arrivait. Il grimaça, repensant à ce que Xavier Boniface lui avait dit des années auparavant, avant que les premiers rhumatismes ne s'installent dans sa hanche, alors que cachés derrière une haie du comté d'Armagh en compagnie de Donald Clydesdale, ils attendaient qu'un garçon de ferme sorte d'une grange pour le kidnapper et l'interroger... Il se souvenait : « Monsieur Naylor, les chiens sont toujours un vrai cauchemar quand vous êtes en planque. Beaucoup trop curieux. Le meilleur moyen avec eux, c'est un spray au poivre dans le museau. »

Les cris et les hurlements l'avaient atteint. Maintenant, le silence l'ébranlait.

Il réfléchissait. Qu'est-ce que la femme avait dû penser ? Comment aurait-elle réagi si elle avait dépassé le drapeau, si elle s'était approchée du bâtiment et s'il l'avait interceptée ? « Bien sûr, vous comprenez, madame, que ces cris, ces hurlements, proviennent d'un prisonnier soumis à la *torture*. Au nom de l'intérêt général, afin de savoir où une bombe va exploser, nous avons balancé tout ce jargon sur les droits de l'homme et nous sommes en train d'infliger une *douleur* extrême. Si vous le souhaitez, madame, rien ne vous empêche d'entrer jeter un œil à ce misérable, car – vous voyez, madame – tout ceci est fait en votre nom... En votre nom, madame. » Aurait-elle blêmi ? Aurait-elle tourné de l'œil ? Aurait-elle haussé les épaules, comme si tout ça ne la concernait pas ? Aurait-elle éprouvé de la compassion pour ce compatriote qu'on faisait souffrir, qu'on torturait ? Ou pas ? C'était en son nom. Et il continuait à réfléchir, la faim lui pinçant le ventre : c'était assez facile de torturer, d'infliger de la douleur à l'étranger, mais beaucoup moins de le faire sur un gamin aux muscles obèses fréquentant un établissement d'enseignement secondaire des East Midlands, « éduqué ici ». Avant, il y avait toujours eu un avion qui les attendait pour laisser les dégâts derrière eux. La nouveauté, cette fois : c'était ici.

Il quitta la voiture pour aller voir ce qui était fait au nom de la femme qui promenait ses labradors. Il traversa la pluie sans la sentir, entra dans le bâtiment.

« C'est vous, Dickie ?

– C'est moi, Joe. »

Confortablement installé dans un fauteuil pliable, Hegner pique-niquait. Mangeant eux aussi, Boniface et Clydesdale étaient accroupis tout en veillant à ne pas poser leur postérieur sur le sol jonché de flaques d'eau. Le prisonnier était prostré, toujours encapuchonné et ligoté, l'essentiel de son poids contre le mur du fond. Au-dessus de lui, un énorme crochet à viande assez effrayant. À ses pieds, un seau en toile. Son corps était trempé et ses tremblements convulsifs. Naylor savait à quoi servait le seau, l'avait souvent vu utilisé et connaissait son efficacité prouvée. La tête d'un homme y était enfoncée, l'eau était déglutie et passait par les narines, on le maintenait ainsi pendant peut-être dix secondes, puis on le sortait de là, toussant, crachant et suffoquant, et on lui posait une question à laquelle aucune réponse n'était donnée, la tête retournait dans le seau, quinze secondes, pas de réponse, on rajustait le niveau d'eau, on y renfonçait la tête, vingt secondes cette fois à peu près, la toux, les crachats, la suffocation empiraient, il était de plus en plus difficile à l'eau de ressortir des poumons, on continuait, trente puis trente-cinq secondes. C'était de la torture. Et elle était formellement interdite dans les salles d'interrogatoires de la police à Paddington Green.

Boniface leva les yeux vers lui.

« On prend une petite pause, monsieur Naylor, pour manger un morceau. C'est que des PTP, mais vous êtes le bienvenu si ça vous tente.

– Des Plats Tout Préparés, monsieur Naylor, précisa Clydesdale. Je peux vous faire un bœuf curry. »

Il voyait les petites boîtes en fer dans leurs mains, les ustensiles en plastique. En Irlande ou en Bosnie-Herzégovine, il y avait toujours eu des baraquements de garnison où retourner. Il n'avait jamais goûté la moindre conserve de Plat Tout Préparé et cette vue diminuait sa faim.

« Non merci, mais c'est gentil de me le proposer. »

On n'avait rien donné au prisonnier.

Les lunettes noires de Hegner étaient sur lui.

« On y arrive, Dickie, lentement mais sûrement. Avant de nous arrêter pour manger, nous avions déjà obtenu un lieu et une date approximative. La cible, d'après lui, est Birmingham, et ça devrait se passer samedi matin. C'est ce qu'il a entendu, sans qu'on ne le lui ait dit directement. Il ne sait pas où à Birmingham ni à quelle heure. Il n'a pas, lui-même, effectué la reconnaissance à Birmingham. »

La voix de Naylor, sévère :

« Vous le croyez ?

– Je pense, oui. Il n'y a aucune raison pour le moment de ne pas le croire. »

Cela devait être dit. Naylor n'aurait jamais admis être un expert dans l'art sacrément tordu de la torture, mais des journaux évoquant la question avaient atterri sur son bureau. Des psychiatres – Dieu seul sait d'où on les avait déterrés – écrivaient que des hommes et des femmes soumis aux pires souffrances racontaient *n'importe quoi*, absolument n'importe quoi, pour faire arrêter la douleur. Il voyait les tremblements incoercibles du prisonnier, il sentait que ses sphincters avaient lâché. Il fallait demander.

« Après ce qu'il a subi... après toutes ces... ces informations sont-elles fiables ? Les conséquences seront lourdes si elles ne le sont pas. »

Un petit chœur de plaintes s'éleva.

« Ça ne vous ressemble pas de douter de nous, monsieur Naylor.

– Non, pas après toutes ces années. »

Hegner dit :

« Je suis sûr que vous n'êtes pas là, Dickie, pour assouvir une quelconque curiosité et que vous aurez à cœur de transmettre ce que nous vous disons. Je vous couvre et ces messieurs sont excellents. Ils n'ont pas besoin qu'on les supervise. Il vaudrait mieux, Dickie, que vous restiez dehors pour ne pas encombrer l'espace. »

Il était troublé. Le détachement, le flegme avec lesquels ils envisageaient leur travail le désarçonnaient, mais ses yeux étaient sur le corps couronné d'un sac en papier et les sursauts qui le parcouraient.

« Vous ne m'avez donné qu'un début. Il me faut bien plus : la taille de la bombe, la tenue probable du kamikaze, les cibles qui ont été évoquées, la planque, le nombre de membres de la cellule et leurs identités, le recrutement, le...

– Sortez, Dickie. Je sais très exactement ce qu'il vous faut. »

Les boîtes de conserve avaient été jetées dans un sac en plastique, les bouches essuyées avec des mouchoirs et les doigts sucés et nettoyés. Hegner se renfonça dans son fauteuil, les deux hommes, sans méchanceté aucune, hissèrent le prisonnier pour coincer ses poignets dans le crochet. Et il hurla. Naylor s'enfuit dans le crépuscule, les fantômes grouillant autour de lui.

Depuis sa voiture, il passa l'appel aux Riverside Villas pour raconter ce qu'il avait appris.

L'éruption se produisit dans le bus. Comme toute chose volcanique, elle avait mijoté et grondé pendant un moment, dans ce cas pendant une heure. Elle brisa la membrane qui la retenait à une quinzaine de kilomètres de la base. Elle éclata et le catalyseur était Peter. Il formula ce qu'ils savaient tous.

« Je vois très bien, et vous aussi, ce que le vieil Herbert nous réserve. Lui, ça le dérange pas, alors pourquoi se soucierait-il de nous. Les avocats ont passé la journée à rabâcher alors qu'ils auraient pu, on est tous d'accord là-dessus, finir avant midi. Si ces messieurs avaient daigné se presser un peu, Herbert aurait fait le rappel du procès cet après-midi, mais il nous réserve ça pour demain. Donc, au lieu d'en finir à midi et de *rentrer chez nous*, on va se retrouver coincés tout le week-end dans ce camp perdu au milieu de nulle part. »

Peter était en train d'acquérir la stature d'un porte-parole. Il avait quitté son siège et s'était avancé dans l'allée, carrément au niveau de Rob. Et celui-ci, Jools s'en rendait compte, était assez malin pour sentir la force du vent qui gonflait les voiles de Peter et rester silencieux. Probablement parce qu'il partageait son avis.

« Les officiels, les avocats et les autres, ils auront tous fini leur semaine. Le juge va s'offrir deux jours sympas à la maison. Les frères seront derrière les barreaux et ils n'iront nulle part. Il ne reste que nous. Et ce merveilleux week-end qui nous attend, un truc inoubliable. On va se retrouver enfermés dans ces baraquements de vendredi soir à lundi matin. Pourquoi ? Parce que les avocats n'avaient pas envie de se dépêcher, parce qu'ils n'ont pas pensé à nous une seule seconde. Dites-moi si vous êtes heureux de passer trois nuits et deux jours sur une base militaire à moitié déserte ? »

Jools estimait que Peter manœuvrait son public avec habileté, il ne lui trouvait aucun défaut. Corenza s'agitait déjà, tout agacée à l'idée de son week-end perdu. Derrière Peter le Râleur et sa flûte invisible suivait un troupeau de mécontents. Jools, installé au fond du car, garda le silence, mais il jeta un œil à l'inspecteur, vit qu'il ne semblait pas avoir perçu les premières étincelles de la révolution qui était en train de naître sous ses yeux fermés. Vicky se plaignit, les joues toutes rouges, ce qui la rendait encore plus jolie, et les seins bondissants qui menaçaient de faire sauter les boutons, à propos d'un cours de poterie raté. Jools se marrait : il savait où il serait et ce qu'il ferait ce week-end, et il faudrait plus qu'un tank blindé et une sentinelle en faction pour l'en empêcher.

« C'est typique. Ça montre bien qu'ils n'ont aucun respect pour nous. Sans nous, pas de procès. Mais tout ce qui les intéresse, c'est d'enfiler leurs robes de scène pour déclamer leurs tirades. Nous, on est juste les figurants de leur comédie à grand spectacle. Ils peuvent s'offrir un bon petit week-end, mais nous, on compte pas. J'estime que Rob, en tant que porte-parole, devrait leur faire savoir ce que nous en pensons. N'est-ce pas, Rob ? »

Le porte-parole se tortilla, visiblement gêné. Sans doute, pensa Jools, parce que Rob redoutait le jour où le procès finirait, où le minable petit statut qu'il s'était vu accorder lui serait enlevé. Il ignorait ce que Rob faisait dans la vie, mais il le voyait bien fonctionnaire, aux impôts par exemple, ou au contrôle qualité dans une boîte quelconque. Maintenant, Rob était coincé, acculé. Il hocha la tête avec gravité et vigueur.

« Bravo, mon pote. Faites votre boulot. Allez leur dire qu'on n'est pas prêts à tolérer un traitement pareil. On en a plus qu'assez et c'est ce que vous allez leur dire. Mieux même, dites-le-*lui*. À moins que vous préfériez que j'y aille ? »

Le moment était décisif, Jools en était conscient. L'autorité et la dignité du premier d'entre eux étaient en jeu. S'il reculait, il perdait toute autorité. S'il avançait, il préservait sa dignité. Jools jeta un nouveau coup d'œil vers *lui*. L'inspecteur était très loin, perdu dans ses pensées, les yeux fermés, mais pas endormi. Il avait sans doute entendu toute la complainte. Le porte-parole quitta son siège, remonta l'allée, dépassa Jools.

Il s'immobilisa, maladroit dans le car qui roulait, hésita puis lâcha d'un coup :

« C'est monsieur Banks, n'est-ce pas ? Monsieur Banks, vous devez être conscient qu'il règne un profond agacement parmi mes collègues du fait de devoir rester enfermés tout le week-end dans...

– Parlez-en à mon chef demain.

– ... ce camp. Le sentiment général est que l'on pourrait accorder davantage d'attention à notre bien-être et...

– Je ne suis même pas autorisé à écraser une mouche sans instructions. Voyez ça demain avec mon chef.

– ... qu'il est très déplaisant d'être entassés ainsi. En tant que porte-parole du jury, je proteste de la façon la plus vigoureuse. Sachez que je représente le point de vue général de mes collègues qui estiment...

– Le règlement interdit de rester debout dans le car quand il se déplace. Veuillez, s'il vous plaît, retourner à votre siège. »

Bravo. Jools crut, presque, entendre un petit soupir de déception. Mais les règlements constituaient l'oxygène d'un fonctionnaire ou d'un contrôleur de qualité. Le porte-parole haussa les épaules à l'intention de son public et retourna s'asseoir. Jools risqua un autre coup d'œil derrière lui. Les yeux de l'officier étaient fermés – les avait-il ouverts pendant leur échange ? –, sa tête était rejetée en arrière et une ride creusait son front, comme si pesaient sur lui des affaires bien plus importantes que le confort d'un jury.

Il sentait le mécontentement dans l'allée, admettait qu'il en avait été la source mais s'en foutait. Il était en train de construire sa lettre. Sous quelque forme que ce soit, il l'écrirait ce week-end dans la chambre du bâtiment où il était logé avec les jurés.

Seul, ballotté par les cahots du car et cerné par les journaux sur les vitres, il se disait qu'il se contenterait de deux lignes, rédigées à la main, et de ce qu'il lui restait de fierté pour la remettre à l'assistante de l'Enfoiré de Planqué. La lettre dirait : « Après mûre réflexion, et gardant à l'esprit certaines conversations récentes, je démissionne du Metropolitan Police Service, avec effet immédiat. Sincères salutations… », et il la laisserait sur le bureau de l'assistante avec sa carte et son autorisation de port d'armes et s'en irait.

Il envisageait le court et le long terme.

D'abord, il viderait le meublé dans Ealing, de quoi remplir sa valise et quelques sacs poubelles. Il emporterait tout ça dans la petite maison à la lisière du Somerset et du Wiltshire et larguerait tout ce dont il n'avait pas besoin au fond du garage de sa mère. Ensuite, il s'envolerait pour l'Australie, la Nouvelle-Zélande ou le Canada, il ne savait pas encore. Quelque part où il y avait des montagnes, des vallées et de l'isolement. Il n'avait aucun mal à imaginer le court terme, l'angoisse de sa mère devant le changement de direction de sa vie, et il pouvait évoquer une image du long terme, la libération de tous ses fardeaux. Le car s'arrêta brusquement.

Ils étaient à la barrière près de la guérite.

Banks descendit l'allée, se posta sur les marches. Le chauffeur ouvrit la porte. Il parla à la sentinelle, vit les motards qui les avaient escortés faire demi-tour et la barrière se lever. Il écrirait la lettre pour laisser l'échec derrière lui. Il n'aurait plus jamais besoin d'adopter la posture isocèle pour se servir d'une arme. Tant mieux.

« Je ne puis, même auprès de vous, divulguer la source du matériel. »

Le directeur adjoint répugnait à penser aux circonstances qui avaient permis son obtention. Il était descendu de son étage tout en haut de l'immeuble pour venir voir ceux qu'il aimait appeler les « gueules noires », une référence à une époque qu'aucun d'eux n'avait connue. La mine était un open-space où une équipe traquait le moindre filon avant de transmettre diverses missions à la surveillance, aux agents de liaison avec la police, aux guetteurs d'Internet et à ceux qui remontaient les pistes financières. Son public, une vingtaine de personnes peut-être, était jeune. Pour la plupart, ils avaient la moitié de son âge.

« Grâce à une opération encore en cours à l'instant où je vous parle, nous savons que le citoyen saoudien Ibrahim Hussein – vous avez eu connaissance des détails biographiques – se fera exploser *quelque part* dans Birmingham, à *un certain moment* samedi. Je regrette que l'information soit aussi parcellaire, mais c'est ainsi. C'est tout ce que j'ai, tout ce que je peux vous donner pour le moment. Comme nous l'avons déjà fait ces derniers mois, croisons les doigts dans l'espoir d'un résultat satisfaisant. Merci. »

Il regarda autour de lui, espérant présenter une image appropriée de solennité et d'autorité. Un gamin assez brillant, une recrue récente dans la communauté orientale de Bradford, travaillant dans la section qui passait au crible les déplacements aériens de jeunes musulmans entre le Royaume-Uni et le Pakistan, demanda si on pouvait s'attendre à des informations complémentaires, avant d'ajouter, non sans audace :

« Parce que ceci est plutôt maigre, Tristram, et nous laisse peu de chances d'une interception. »

Il répondit d'un ton bourru qu'il en *espérait* davantage mais ne pouvait le *garantir*. Il s'était assis sur le coin de la grande table de réunion, en bras de chemise, la cravate dénouée. Les visages face à lui étaient sévères, durs. Il sentait les griefs qui approchaient. Il sauta à terre, pressé de partir avant qu'ils trouvent un micro. Ses chaussures heurtèrent le sol. Il les gratifia d'un sourire et fila.

« Ce tuyau a-t-il une provenance, Tristram ? »

Il s'arrêta, se retourna. Elle avait dû arriver en retard et se poster derrière lui.

« Je suis désolé, Mary, mais je préférerais ne pas...

– C'est une question très simple, Tristram. Cette information a-t-elle une origine ? »

C'était demandé avec innocence. Le directeur adjoint n'aurait pas atteint les étages supérieurs de ce bâtiment sans une aptitude réelle à reconnaître le danger. Il aurait dit que Mary Reakes – et c'était la raison pour laquelle elle prendrait place dans le box de Dickie Naylor à la première heure lundi matin – avait l'innocence d'un serpent, d'un mamba noir, et qu'elle avait fait le plein de venin.

« C'est un sujet délicat sur lequel je ne tiens pas à m'étendre... Si vous voulez bien m'excuser.

– Je ne pense pas que cela suffise, Tristram. »

Le silence autour d'eux – d'autant plus silencieux dans le ronronnement des disques durs – était devenu compact.

« C'est ce que nous avons. C'est là où nous en sommes.

– Ne serait-ce pas plutôt là où sont Dickie et Joe, l'Américain ?

– Vous me poussez vers des zones, Mary, que je ne suis pas prêt à visiter. »

Il effectua deux, trois pas vers la porte, avant de constater qu'elle était devant lui, lui bloquant le passage.

« Puis-je résumer la situation, Tristram ? Un homme ayant des traces d'explosif sur les mains est arrêté par la police. Dans un deuxième temps, les analyses scientifiques sont déclarées nulles, la police reçoit l'ordre de le relâcher et le prisonnier disparaît dans la nuit. Dickie n'est pas au travail aujourd'hui et l'Américain s'est envolé. J'ai appelé chez Naylor – non, il n'y est pas, il n'est pas malade. J'ai appelé l'hôtel de l'Américain. Il en est parti à quatre heures ce matin. J'en déduis que tous les deux ont un rapport avec cette information qui vient de surgir si soudainement. Confirmez-vous cette conclusion ou bien la niez-vous ? »

Elle se tenait bien droite, les épaules en arrière, les jambes légèrement écartées. En cet instant, il la trouvait assez jolie. Elle parlait avec douceur, mais non sans mépris. Toutes les têtes étaient tournées vers elle, comme si elle était leur oracle, leur prêtresse. En plus de trente ans dans le service, le directeur adjoint n'avait jamais été confronté à rien qui ressemble à une mutinerie. Ils étaient l'avenir : tout serait entre leurs mains quand il serait parti, quand Dickie Naylor aurait passé la porte. Il n'avait aucune réponse pour elle.

« Je ne confirme ni ne nie. Aucune conclusion ne doit être tirée.

– Vous voyez, Tristram, pour mes collègues et pour moi, cela ressemble beaucoup à une insulte. Nous sommes tous des officiers du Security Service. Il est notre vie. Il gobe chaque seconde de notre existence éveillée. Je vous offre une définition d'une insulte : on n'a pas confiance en nous, mes collègues et moi, on nous tient dans l'ignorance. Mon problème, c'est que je comprends pourquoi nous insulter vous satisfait. »

Il était proche d'elle, leurs deux corps séparés par quelques centimètres. Il le remarqua : sa poitrine ne se soulevait pas. Elle était en contrôle et parlait sans aucune arrogance.

« S'il vous plaît, écartez-vous, Mary. Laissez-nous tous, je vous prie, retourner à nos vies très occupées.

– Ce que le service est en train de faire est une honte. C'est une honte, c'est malhonnête et c'est illégal.

– Si, *si* cela était vrai, je suis sûr que vous serez heureuse, dans ce cas, de vous abriter derrière votre ignorance.

– Un prisonnier est soumis à la torture, vrai ou faux ? »

Il aurait pu lever le bras, avec sa manche relevée, la saisir par l'épaule et l'écarter de son chemin. S'il l'avait touchée, il aurait perdu son boulot et il aurait eu dix minutes pour débarrasser son bureau. Il appartiendrait au passé.

« Je vous ai demandé, Mary, de me laisser passer.

– Un membre du service a organisé ou encouragé des violences physiques sur un prisonnier. Vrai ou faux ?

– Je n'ai rien de plus à vous dire. S'il vous plaît, écartez-vous de mon chemin.

– Nous nous sommes vautrés dans la fange, avons foulé aux pieds tous nos principes. Vrai ou faux ? »

Le talon aiguille qu'elle avait inséré en lui, la pointe qu'elle avait tournée, s'était enfoncé profondément, et il faisait mal. Le public était rivé à ses mots. Elle tenait la scène et l'avait tenue depuis trop longtemps. Il s'énerva.

« Mary, vous êtes parfaite dans votre imitation d'une petite conne juvénile. Non, fermez-la et écoutez-moi. J'étais à St Paul, à ce service funéraire. J'étais debout loin dans le fond parce que les meilleurs sièges étaient réservés, et c'était normal et juste, à ceux pour qui ce service était le plus important. Il y avait des parents éplorés, des veuves, des enfants qu'on avait privés de leurs mères et de leurs pères et qui étaient là avec leurs grands-parents brisés. Il y avait les vivants, les amputés dans des fauteuils roulants, les visages défigurés pour l'éternité par le feu et la ferraille, et les autres détruits psychologiquement par ce qu'ils avaient enduré ou par ce qu'ils avaient vu. On avait allumé des chandelles, de toutes petites chandelles qui brûlaient pour les morts et pour les vivants. J'ai fait le serment, devant cet autel, que sous ma garde cela ne se reproduirait jamais, que je ferais tout pour l'empêcher. Si vous souhaitez continuer à vous plaindre, je vous suggère d'aller d'abord rendre visite aux parents, aux enfants et aux mutilés, puis de revenir me faire votre sermon. C'est à Birmingham, c'est samedi... Vous n'avez pas besoin d'en savoir davantage. Mettez-vous au travail. »

Elle s'écarta, lui laissa la place de passer. À la porte, Tristram se retourna et regarda la salle, vit les rangées de têtes penchées vers les écrans, toutes sauf celle de Mary Reakes. Le directeur adjoint sut alors qu'il venait de se faire une ennemie aussi mortelle qu'un serpent venimeux. Qu'étaient-ils censés faire, *merde* ? Garder leurs beaux principes et perdre ? Se vautrer dans la fange et gagner ? Il claqua toutes les portes derrière lui jusqu'au dernier étage. Seigneur, sa tête allait rouler si Dickie Naylor et ses forces si spéciales ne tombaient pas sur un filon.

Le portable sonna. Naylor se trouvait sur le seuil du petit bâtiment trapu en briques, incapable de se décider à entrer, de s'approcher.

Les hurlements étaient moins fréquents mais plus perçants. Le mobile vibrait dans sa poche et il s'en empara. Sentant venir un autre cri, il ferma les yeux comme pour s'en défendre. Le téléphone était dans sa main. Entre chaque hurlement, de nouvelles informations étaient gagnées, mais le prix qu'elles exigeaient lui faisait mal. Ce qui n'était apparemment pas le cas de l'Américain, toujours assis dans son fauteuil avec son magnétophone sur le ventre. Il semblait posséder une ouïe assez aiguisée pour saisir les mots déformés qui s'échappaient des lèvres éclatées. Naylor, lui, avait besoin qu'on les lui traduise. Le téléphone était devant son visage. Le prisonnier était toujours suspendu et les deux hommes dansaient, des boxeurs en miroir, autour de lui. Ils travaillaient sur ses parties génitales dénudées et il vit le misérable se tordre le plus loin possible d'eux, sans le moindre espoir de leur échapper.

Il pressa le bouton.

« Oui ?

– C'est moi.

– Je ne peux pas parler, Anne, ce n'est pas commode.

– Ce n'était pas commode de rester réveillée la moitié de la nuit à se demander si tu allais rentrer. Tu aurais dû faire en sorte que ce soit commode.

– Qu'est-ce que tu veux ? Dépêche-toi.

– As-tu oublié que tu t'adresses à ta femme ? Où diable es-tu, Dickie ? D'accord, je vais faire vite. À quelle heure rentres-tu ce soir ?

– Je ne rentre pas.

– À quelle heure seras-tu à la maison demain matin ?

– Je n'en sais rien.

– Peut-être as-tu oublié ce qu'il se passe demain. Mary – elle s'est montrée particulièrement désagréable – a appelé pour dire qu'une voiture viendrait nous chercher à cinq heures, nous emmènerait là-bas puis nous ramènerait à la maison. As-tu écrit ton discours ? Papa, quand il est parti, a eu beaucoup de succès parce qu'il l'avait rédigé à l'avance, qu'il avait fait court et qu'il n'avait évoqué que les bons moments, rien de larmoyant. Je veux que tu me promettes de ne pas boire, pas comme ce Barney Witherspoon qui était complètement ivre et s'est montré franchement grotesque. Tu m'écoutes ? Dickie, est-ce que tu... »

Le hurlement lui déchira les oreilles.

« Mon Dieu, Dickie, c'était quoi, ça ?

– Rien. »

Le hurlement revint, une souffrance atroce.

« Que se passe-t-il ? Où es-tu, Dickie ?

– Il ne se passe rien. Je suis nulle part. Je ne peux pas parler. Désolé, chérie.

– Ne me parle pas comme... »

Il interrompit l'appel. Il tendit l'oreille pour capter les grognements. Il n'y comprenait rien, mais Hegner, qui avait branché son engin, griffonnait sur un bloc. En quarante-quatre années de vie conjugale, heureuses, malheureuses ou tolérables, il n'avait jamais coupé la parole à sa femme.

Il entendit les voix.

« Un gentleman obstiné, Donald, n'est-ce pas ?

– Très obstiné, Xavier, un gentleman convenablement dévoué à sa cause. Mais il y vient, lentement et sûrement. »

Hegner :

« Voilà ce que nous avons, Dickie : pas de progrès pour la cible, mais le gosse marchera, donc ce ne sera pas une voiture piégée. Pour le moment, nous connaissons trois membres de la cellule. Pas de bio, de détails sur les métiers, rien sur le recrutement. Khalid est chauffeur de taxi. Syed est serveur dans un fast-food. Il y a une fille, Faria. Voilà où nous en sommes. Je pense que vous devriez téléphoner. »

Naylor ne comprit pas qu'on le congédiait.

Il déglutit.

« Restez là-dessus, la cellule et la cible. Il doit bien savoir quelque chose sur la cible : le centre commercial, la gare de New Street, l'aéroport, la gare routière. Bon sang, il y a un million d'âmes dans cette ville. Il faut que j'aie un lieu et un horaire. C'est une priorité absolue. Il le faut. »

Il se précipita dehors, dans la nuit, dans la pluie.

Il traversa le ruban de béton où on armait les bombardiers Lancaster et où erraient les fantômes. Il pénétra dans le grand hangar Nissen où il pensait qu'on réparait les avions touchés par la DCA et où d'autres fantômes encore rôdaient. Il saisit la poignée de la portière.

Naylor s'enferma à l'intérieur de la voiture, pensant se mettre à l'abri de la douleur, des hurlements. Il appela le directeur adjoint, lui fit part du peu qui avait été extrait au cours des dernières heures, quelques prénoms et des métiers assez vagues. Il conclut : « Mais sachez, Tristram, que j'ai insisté avec vigueur pour que la priorité – j'ai parlé de "priorité absolue" – soit donnée au lieu et à l'horaire. C'est tout. Désolé de ne pas en avoir davantage. »

Il ignorait qu'au même moment, Joe Hegner disait :

« J'aimerais boire un coup. Du café, noir et sans saccharine. Je pense, les gars, qu'il est temps de changer de tactique. J'en ai absolument rien à foutre des petits soldats, j'en ai trop souvent rencontré dans ma vie et ils n'ont aucun intérêt pour moi. Je sais qu'il y avait un homme avec eux, je n'ai pas de nom, pas de photographie, mais c'est lui qui fait tourner leur manège, qui remonte le ressort. Le facilitateur. Je veux qu'il nous parle de lui. Je ne l'ai jamais autant approché qu'aujourd'hui. Perdre cette occasion me foutrait les boules. Après le café et ce que vous, les gars, vous prendrez, il sera temps de mettre le jus. »

Elle alluma la bougie. Avant que le soir et l'obscurité ne tombent, elle avait, seule, débarrassé et nettoyé pour eux une partie de la pièce du fond de la maison jumelée. Le garçon ne l'avait pas aidée, il s'était accroupi contre un mur, les yeux vides, et l'avait observée sans rien faire. Elle avait replié dans un coin la moquette crasseuse, soulevant d'épais nuages de poussière. Elle avait, très péniblement, poussé le canapé vers le centre de la pièce. À l'aide d'un balai sans manche et d'une pelle trouvés dans la cuisine, elle avait balayé et créé d'autres nuages. L'homme était contre l'autre mur, face au garçon, et elle avait dû tirer les rebords de la moquette sous lui, passer le balai autour de ses pieds. De lui, non plus, elle n'avait reçu aucune assistance. Elle avait dégagé un espace propre et net dans la maison du cousin de l'ami de son père qui n'y était pas venu depuis un an – depuis que les portes et les fenêtres avaient été condamnées avec des planches et du contreplaqué cloués pour empêcher qu'on y pénètre – et qui n'y remettrait sans doute pas les pieds avant encore un an. D'ici là, une poussière nouvelle aurait masqué les traces de leur présence. Elle avait travaillé avec soin, comme chez elle quand elle faisait le ménage pour son père, ses frères, et sa mère qui était une invalide confinée au lit. Enfin, du sac fermé par un nœud, elle avait sorti le gilet en veillant à ne pas le plier. Elle l'avait posé près de la porte au sommet de la moquette repliée. Puis, pendant des heures, sans parler, sans bouger, sans nourriture à manger ni eau à boire, dans l'obscurité qui s'épaississait autour d'eux, ils étaient restés assis dans leur silence et dans leurs pensées. Elle n'avait pas été remerciée pour ce qu'elle avait fait.

Elle alla chercher la bougie dans le placard sous l'évier de la cuisine, frotta l'allumette qui s'enflamma, l'approcha de la mèche.

La flamme se dressa, brillante.

Faria vit le visage du garçon qui cligna des paupières comme si la lumière le troublait. Vit sa confusion, ses yeux mornes, sans vie. Se souvint de ce même visage quand il avait rampé – poussé en avant par l'homme – à travers la planche descellée au pied de la porte de derrière. Elle y avait lu, à ce moment-là, du désespoir. Elle avait essayé de ne pas le regarder quand elle travaillait dans la pièce, mais maintenant elle le voyait, ce même malheur qui se refermait sur lui. Et elle voyait le visage de l'homme. Froid, indifférent. Elle essaya de sourire, de transmettre la frêle chaleur de la flamme de la bougie.

L'homme demanda à voix basse :

« Pourquoi l'as-tu allumée ?

– J'ai eu tort ?

– Le noir te fait peur ? »

Était-il en train de se moquer d'elle ?

Elle prit sur elle.

« Non, je n'ai pas peur du noir. Peut-être autrefois quand j'étais petite, mais... »

Il la coupa, et sa voix était distante, comme s'il parlait de lui-même et non d'elle.

« L'obscurité est une amie. Chaque jour, je prie pour elle. L'ennemi a des lunettes de vision nocturne, des infrarouges qui détectent la chaleur des corps, mais dans l'obscurité, je suis libre de mes mouvements. »

Il détourna les yeux, comme si cet échange n'avait aucun sens et qu'il était en train de gâcher son souffle.

Elle s'était agenouillée auprès de la bougie. Elle se redressa pour s'asseoir sur le canapé. Les coussins qui puaient l'humidité et la vieillesse s'affaissèrent sous elle. Son sourire repoussait la cicatrice en arrière sur son visage. La peau recousue la grattait. Que dire ? Il avait besoin de gentillesse, de soutien. Qu'est-ce qui ne serait pas creux ? Elle n'en savait rien.

« Tu vas bien, Ibrahim ? »

Elle espérait lui offrir de la gentillesse, mais le vide de cette question emplit la pièce.

Il leva des yeux écarquillés. Il la fixa.

« C'est ici que nous resterons jusqu'à... ? »

Elle jeta un coup d'œil vers l'homme, le vit hausser les épaules. Elle dit avec douceur :

« C'est ici.

– Où vais-je me laver ?

– Je suis désolée, où... ?

– Il faut, s'exclama-t-il, que je me lave, que je rase mon corps et que je le parfume une fois qu'il sera propre et rasé. Où vais-je le faire ? »

Elle regarda l'homme. Elle crut le voir lever les yeux au ciel. Cela avait-il une importance ? Elle se souvint encore une fois de ce qu'elle avait lu : les martyrs au Liban et en Palestine se lavaient, se rasaient et s'aspergeaient d'odeurs délicates avant de marcher, de conduire une voiture jusqu'à un barrage ou un centre commercial. Elle le vit dans les gestes de l'homme et dans le bref recul de sa tête : en Irak, les kamikazes étaient produits à la chaîne. Parfois ils étaient préparés – habillés d'une ceinture ou d'un gilet ou menottés au volant d'un véhicule – dans un bosquet de palmiers au bord de champs irrigués où ils n'avaient pas la possibilité de se laver, de se raser et de s'oindre. Ils partaient souillés vers Dieu et le paradis. Ils mouraient en sentant la sueur et l'homme s'en moquait. Elle se pencha pour poser la main sur celle du garçon.

« Je t'aiderai à te laver. Quand je sortirai acheter à manger, je te ramènerai un rasoir et des parfums. Je te le promets. »

De l'autre côté de la pièce, le visage sous les ombres, elle vit l'homme acquiescer – à peine – comme s'il approuvait sa réponse. Elle se dit qu'elle avait bien joué son rôle. Si l'homme n'avait pas été là, elle aurait pris le garçon dans ses bras, l'aurait serré contre ses seins pour essayer de lui transmettre sa chaleur, lui donner du réconfort. Mais il était là et il observait. Elle laissa pourtant sa main sur la sienne. Il était si loin de chez lui, si éloigné de tout ce qu'il connaissait, depuis si longtemps séparé de l'engagement promis à ses recruteurs. Dans le sac de l'homme, près de son genou, se trouvait la vidéo qui condamnait Ibrahim. Ce garçon allait mourir sur un sol étranger. Faria frissonna. Elle serra la main plus fort.

23 juillet 1938

Dans trois heures, nous avançons.

Nous sommes au bord de l'Èbre. Depuis le crépuscule, on nous apporte des barges et des canots pour nous faire traverser. Nous ignorons si l'ennemi nous attend ou si nous le prendrons par surprise.

Notre bataillon s'est vu assigner comme objectif la prise de la colline 421 que nous avons appelée le Bouton. Je l'ai regardée de l'autre côté du fleuve cet après-midi, quand le soleil qui se couchait derrière elle m'éblouissait, mais j'ai pu voir que le surnom était bien choisi. Ce n'est rien : ce n'est qu'une cible. Comment croire, si nous la prenons, que le cours de la guerre en sera changé ? Mais je n'ai rien dit, je n'ai pas formulé mes doutes, car je n'ai plus d'amis en qui avoir confiance. Les dire aurait été une trahison. Derrière nous, il y a des mitrailleuses. Elles ne feront pas feu sur l'ennemi mais sur nous si nous cédons et battons en retraite, si nous nous retournons pour fuir.

Face à nous, l'armée d'Afrique, les Maures. Les commissaires nous ont dit que nous ne pouvons pas nous rendre, même si nous n'avons plus de munitions et si nous sommes encerclés. D'après eux, les Maures ont ordre de tuer tous les prisonniers membres des Brigades internationales. Ils nous trancheront les parties génitales avant de nous ouvrir la gorge. Voilà les encouragements que nous recevons de la part des commissaires : nous ne pouvons ni nous retirer ni nous rendre. Nous devons combattre jusqu'à la mort ou bien être victorieux.

Donc il faut prendre la colline 421, ou c'est terminé.

Je me demande, chère Enid, si c'est là la dernière entrée de mon journal.

Toute la journée, depuis qu'on nous a fait avancer jusqu'à notre position de départ, un grand calme a régné parmi les nôtres. Sommes-nous condamnés ? Sommes-nous maudits ? Je le crois.

C'est une nuit claire. Quand nous avancerons pour traverser l'Èbre, on nous a promis que la brume sur l'eau nous aidera. Ce matin, cette brume était bien là, mais elle a été brève. Le soleil l'a dissipée deux heures après l'aube. Quand elle aura disparu, les Maures nous pilonneront avec leur artillerie et leurs mortiers, les avions allemands et italiens nous traqueront et ils n'auront aucun mal à nous trouver sur le Bouton... au cas où nous l'aurions atteint.

J'essaie de me dire que je n'ai pas peur. Je n'avais pas peur quand Ralph et Daniel étaient avec moi. Maintenant, sans eux, je n'ai plus d'amis pour me donner de la force. Je n'ai pas peur de la mort, je n'ai pas non plus peur d'une blessure, aussi horrible soit-elle. J'ai peur de la peur. J'ai vu des hommes à Brunete, sur Mosquito Hill et sur Suicide Hill au-dessus de la vallée de la Jarama, qui ont été saisis par la peur. Certains se sont allongés sur le sol pour pleurer et d'autres ont jeté leurs armes et se sont enfuis. Nous avons vu les conséquences de cette fuite. C'est un poteau, une cigarette, et un foulard sur les yeux, c'est l'ordre de viser et de tirer à une escouade de camarades. C'est la plus ignominieuse et la plus honteuse des morts.

Il n'y a plus de lumière. Aucun d'entre nous, je crois, n'a plus le cœur à cette guerre.

La finir contre un poteau, avec un foulard sur mes yeux, serait la pire des choses.

Je pense à M. Rammage et à ses employés devant leurs registres, aux membres de mon groupe de poésie qui se retrouvent ce soir et à toi, ma chère Enid. Je pense à ma vie quand il n'y avait aucun risque, quand il n'y avait pas de colline 421... Serais-je mieux avec eux et avec toi qu'ici ? Je ne puis dire cela.

Nous sommes tous destinés à relever des défis. Le mien, après l'aube, s'appelle le Bouton.

Il referma le carnet. C'était sa règle, malgré toute l'envie qu'il en avait, de ne jamais rien sauter.

Il restait peu de pages, mais David Banks s'imposait la discipline de ne jamais aller directement à la dernière.

Bouleversé par ce qu'il venait de lire, il s'allongea à moitié nu sur le lit, fixant la lampe au plafond.

L'obsession était ancrée en lui... Les piques du triple crochet glissé sous une cuillère en cuivre que son père avait attachée au bout de la ligne quand ils allaient ensemble chercher un brochet dans le grand étang sous le barrage. Toujours la même excitation de le voir préparer le matériel et toujours cette déception, immense et lourde, cette honte, quand un poisson était pêché et que les crochets étaient trop enfoncés pour le libérer. Alors, son père le tuait d'un coup de marteau sur la tête. Le lustre disparaissait des écailles et la carcasse était abandonnée aux rats ou pour le festin d'un héron...

Il réfléchissait à la guerre des émotions que son grand-oncle avait déclenchée en lui : sa haine pour Cecil Darke et son admiration. Son dégoût et sa fascination. Sa loyauté envers l'homme et comment il l'avait trahi. L'examen de soi et... la destruction de soi. Ce week-end, incarcéré avec les jurés dans le camp, il lirait ces dernières pages – par compulsion – et il maudirait encore et encore son grand-oncle pour ce qui lui était infligé. Puis il rédigerait sa lettre de démission.

Il réfléchissait à cet homme qui n'était pas un conscrit, mais un volontaire, si loin de chez lui. Qui avait affronté l'ennemi et qui, pourtant, avait si peur de la peur.

Banks se retourna brusquement sur le ventre, la tête enfouie dans l'oreiller. Il cherchait à bloquer les images de Cecil Darke, qui n'avait aucun visage pour lui. Mais il continua à voir, à ne voir que cela : un fleuve, et, derrière, une petite colline sur laquelle tombaient des obus de mortier, au-dessus de laquelle des avions tournaient, dans laquelle des balles s'enfonçaient. Un champ de mort. Il sut qu'il ne dormirait pas.

Demain était un autre jour. Un autre jour dans sa vie inutile. Il ne retrouverait jamais le respect.

16

Vendredi, jour 16

Une heure plus tôt, M. Justice Herbert avait refermé son carnet de papier ministre d'un geste décisif, l'avait repoussé sur son bureau, s'était penché vers eux en perchant son poids sur les coudes pour déclarer avec une sincérité étudiée :

« Il est temps maintenant pour nous, mesdames et messieurs, d'ajourner pour le week-end. Vous allez être reconduits vers le lieu où vous avez, très patiemment, séjourné ces dernières nuits. On m'a assuré que des distractions et des sorties ont été prévues pour vous. Il existe, je n'en doute pas, de nombreux endroits où vous préféreriez être, mais je veux que soit enregistré dans les archives de ce procès que votre maturité et votre dévouement ont été remarqués. Je suis persuadé que vous comprendrez la nécessité des privations auxquelles vous êtes soumis. Nous reprendrons à dix heures lundi matin et ensuite vous délibérerez pour rendre votre verdict. Je vous souhaite à tous un week-end plaisant et paisible. Merci.

– Levez-vous ! s'était écrié l'huissier, plus fort que nécessaire. »

Une fois debout, Banks avait vu le juge filer vers la porte qui lui était réservée, l'impuissance et la colère qui déformaient les visages des frères. Il avait remarqué les expressions moroses, vaincues, des jurés – à l'exception de son patron –, et avait abandonné la dix-huitième cour pour superviser le chargement du car.

Wally était venu lui dire :

« Je vous envie assez, Banksy. Moi, j'ai un anniversaire sur les bras. Vous voulez qu'on échange ? Dix-huit gosses, douze ans en moyenne, jaloux de leurs Lego. Je m'attends au pire. Vous êtes un sacré veinard, ne l'oubliez pas, coincé avec ces flemmards pour, comme a dit le monsieur : "un week-end plaisant et paisible". »

Il était resté dans la cour, la pluie fine ruisselant sur ses épaules, pour regarder les frères grimper dans le van de Belmarsh bourré de gardiens de prison et de policiers armés. Une fois que leur convoi avait franchi le portail, il avait battu le rassemblement et mis le jury en branle.

Installé au fond du bus, seul, il avait fermé les yeux et commencé à penser à la liberté.

« Ça vous dérange ? »

Un officier de protection ne s'agaçait pas – n'aurait pas dû faire la tête. Il enleva son imper du siège voisin et demanda sèchement, sans excès de politesse :

« En quoi puis-je vous aider, monsieur Wright ?

– J'ai un petit problème. »

Banks vit le sourire et le haussement d'épaules. Sa réponse fut brusque :

« Quand nous le pouvons, nous essayons de les régler. Quel est-il ? »

Le juré était à ses côtés. Il le dévisagea. Les yeux de Wright ne croisèrent pas les siens. Sa langue errait sur ses lèvres.

« Mon problème, c'est ce week-end.

– Tout le monde a un problème avec ce week-end.

– Je ne peux pas rester là-bas enfermé. Pas ce week-end. »

Formel, distant :

« Les instructions du juge sont pourtant claires. Vous restez tous ensemble sous bonne garde.

– J'ai peur que cela ne soit pas possible, voilà mon problème. »

Wright avait croisé les bras sur la poitrine. Une posture de défense.

« Je suis désolé, mais je n'y peux rien.

– Vous voyez, monsieur Banks, fit la voix caressante, c'est mes parents. Ils sont vieux et ils ne vont pas très bien. J'ai pour habitude de leur rendre visite tous les week-ends. C'est vraiment quelque chose de très important pour moi.

– Si vous faites ce que vous avez à faire dans la salle des délibérations, tout sera terminé lundi. D'après ce que j'ai entendu au tribunal, ça ne devrait pas vous prendre très longtemps. Non pas que je sois en train de vous suggérer quoi que ce soit vis-à-vis du procès. Ensuite, vous pourrez aller voir vos parents.

– Vous ne m'écoutez pas, monsieur Banks. Je vais voir mes parents chaque semaine parce qu'ils sont vieux et malades. »

Il avait suivi une formation sur les techniques d'interrogatoire quand il était au CID, la police judiciaire, avant de passer aux armes à feu. Il y avait eu une séance d'une matinée entière sur la reconnaissance des dérobades, des mensonges et des demi-vérités. C'était intéressant et il n'avait rien oublié. Regarder vers la droite, et non vers la gauche, était un signe de mensonge. Plus convaincante encore que les yeux : la bouche, une langue qui glisse sur les lèvres. Croiser les bras sur son torse était un signal sûr de dérobade. Rien que des petites choses, des bribes de langage corporel, des broutilles qui disaient à Banks que son patron était en train de se moquer de lui. Puis Wright se tordit sur lui-même et lui présenta son épaule, ce qui était une confirmation : l'intervenant l'avait appelée « la posture du menteur ». Ce cours remontait à onze ans et tout ce qui y avait été dit était encore clair comme du cristal.

« Je compatis à votre situation, monsieur Wright, mais je ne peux rien y changer. »

Il pensait avoir clos le débat. Il se renfonça dans son siège et se tourna vers la fenêtre, le journal qui la recouvrait.

« Donc, ce sera à vous d'assumer les conséquences.

– Quelles *conséquences*, monsieur Wright ?

– C'est assez simple : l'échec du procès.

– Que… De quel échec parlez-vous ?

– C'est arithmétique. Nous sommes dix. Dix jurés qui forment le quorum minimum. À neuf, le procès est annulé. Voilà la conséquence.

– Le juge, au cas où vous ne l'auriez pas compris, dispose de pouvoirs significatifs pour faire pression sur quiconque – passez-moi l'expression – foutrait la merde dans son procès.

– Maux de ventre, pour commencer. Migraine. Plié en deux de douleur, incapable de m'asseoir. J'imagine déjà une douzaine d'autres raisons et il doit y en avoir des millions. Vais-je rendre visite à mes parents, oui ou non ? »

Les sirènes d'alarme mugissaient. Des conséquences, oui, il y en aurait. Il voyait déjà l'enquête. Il entendait déjà la requête en nullité de la défense, le ricanement des accusés. Qu'est-ce que David Banks en avait à foutre ?

« Honnêtement, dit Wright, il va falloir que vous m'enfermiez dans une chambre et que vous montiez la garde devant la porte, parce que j'irai. J'irai voir mes parents et si, monsieur Banks, vous m'en empêchez, je me ferai porter pâle. Qu'en dites-vous ?

– Ils sont où, vos parents ? »

Il le lui dit. Ils vivaient à Luton, Bedfordshire.

Soudain, Banks se détacha de l'éthique imposée par son appartenance aux forces de l'ordre. Quand sa lettre, deux lignes en tout et pour tout, serait écrite et remise, il perdrait sa carte et son autorisation de port d'armes. Il était ridicule, pendant les dernières heures de son service, de jouer au serviteur zélé de ce qu'il était sur le point de rejeter. Sa carrière agonisait, quasiment achevée, et il se foutait bien que son patron lui mente.

Un ultime vestige de cette éthique demeurait pourtant, et il ajouta, le ton neutre :

« Ça ne devrait pas présenter de difficulté, monsieur Wright. Bien sûr, il faudra que je vous accompagne. Je serai ravi de rencontrer vos parents. N'en parlez pas aux autres. »

Le juré retourna à son siège.

En fin d'après-midi, alors que le crépuscule tombait, Muhammad Ajaq rampa à travers l'ouverture dans la porte de derrière, traînant son sac avec lui. Pendant un instant, il resta agenouillé sur le béton humide de la marche, à côté du récupérateur d'eau, regardant derrière lui. Elle était là, l'angoisse creusant son front. Il tendit le bras dans le trou, prit la main offerte et la serra fort avant de replacer la planche déclouée. Quand il se releva, il y flanqua un coup de pied pour mieux la fixer à la porte. Il les quitta, s'éloignant dans la pénombre pour rejoindre la route.

Il lui avait dit à l'oreille, un chuchotement, pour que le garçon n'entende pas :

« Fais en sorte qu'il soit fort. Toi seule peux y arriver. Il va faiblir, il aura besoin de toi. Fais ce qui est nécessaire. Ils ont tous peur à la fin. Tu seras avec lui ce soir et il s'appuiera sur toi, donne-lui du cran. Au matin, tu marcheras avec lui pour lui donner du courage. Les autres étaient des idiots, des incapables, tu es celle qui peut l'aider. Marche avec lui aussi loin que ce sera raisonnable, jusqu'à ce qu'il ait ce sourire sur le visage – nous l'appelons *bassamat al-Farah*, le sourire de la joie –, jusqu'à ce qu'il aperçoive la cible. Il sourira parce qu'il sera heureux d'aller au paradis. Dis-lui, et ce sera la dernière chose que tu lui diras, de ne pas regarder les visages de ceux qui seront autour de lui, il ne doit pas. Il ne doit pas regarder les visages des hommes, des femmes et des enfants, car c'est une source d'échec. Ensuite, tu partiras. Rentre chez toi, auprès de ta famille. Je pense qu'il marchera bien. C'est mon jugement. Oublie-moi, oublie que nous nous sommes rencontrés, oublie mon visage et ma voix, oublie tout de moi et retourne en sommeil. »

Il marchait vite, d'un pas confiant.

La casquette était baissée sur sa tête et l'écharpe enroulée autour de la partie inférieure de son visage. Il ne regardait pas vers le haut, ne cherchait pas les caméras fixées sur les lampadaires. Il partait, en ce début de soirée, par le chemin qu'ils emprunteraient demain matin.

Des flots de circulation emplissaient la chaussée et il devait se frayer un passage à travers les piétons sur le trottoir. Il passait devant les larges vitrines illuminées de magasins qui vendaient des biens de consommation flambant neufs. Il traversait la richesse de l'ennemi, et il se sentait vide, seul. Cela l'énervait. On ne le regardait pas, personne ne le remarquait, ni les chauffeurs des voitures, des camions ou des bus, ni les essaims d'hommes, de femmes et d'enfants qui se pressaient autour de lui. Il n'avait aucune importance dans leurs vies, ils n'avaient pas peur de lui. Il flottait parmi eux. Il entendit un rire tapageur et une dispute et on l'ignora, comme s'il n'existait pas. Il voulait partir, s'en aller. Muhammad Ajaq suivait la route qu'elle lui avait indiquée, la longue pente qui menait dans la ville, dans son ventre mou.

Il s'immobilisa, hésitant. Il avait atteint la place. Autour de lui, la journée s'achevait, les volets descendaient, les employés de bureau se déversaient dans les rues, le bousculant. Il était anonyme. Devant lui, les vitrines éblouissantes de lumière au sommet des marches, les affiches annonçant les soldes qui commençaient le lendemain matin. Il observa la cible. Une poussette lui cogna la jambe. Une femme orientale – en *jilbab* – ne s'excusa pas et le dépassa avec son enfant. Quand il s'écarta sur le côté, un homme, oriental lui aussi, la barbe teinte au henné, lui heurta l'épaule, et encore une fois il n'y eut pas d'excuses. Il traversa la place, vit la pancarte indiquant la gare routière. Quand il avançait vers une cible dans l'Irak occupé – une mosquée ou un marché fréquentés par les chiites qu'il détestait, un convoi de croisés qu'il méprisait –, il était comblé par son engagement. Quand il voyait la déflagration de la bombe, il était consumé de fierté. Ici, il ne ressentait rien.

Il laissa la pancarte, les marches et les affiches des soldes derrière lui. Il l'avait dit si souvent : il n'aurait jamais dû venir. Il en avait eu si souvent envie : rentrer là où était sa place.

Muhammad Ajaq se posta dans la file d'attente – là où elle le lui avait dit – et se fabriqua dans sa tête une image des hommes âgés, dans des grottes ou dans le camp d'un chef tribal : ils étaient rassemblés autour d'une radio alimentée par batterie et attendaient. Son nom, il le croyait, était sur leurs lèvres.

Le car arriva. Il grimpa à bord et trouva un siège.

Muhammad Ajaq laissait derrière lui la cible d'un martyr. Il s'assit auprès d'un jeune homme qui mâchait du chewing-gum. Le bus démarra.

Naylor se tenait sur le seuil. Il n'avait rien dit, mais sa présence avait été remarquée.

On lui offrit un cake, tassé et rempli de fruits, dans un sachet en papier aluminium, puis un mug de thé. Pour reprendre le contrôle, il aurait dû refuser les deux.

Il mangea et but. Ses doigts tremblaient. Du thé tombait de son mug sur les miettes à ses pieds. Il avait passé la main et il le savait.

Il l'avait perdue quand il avait introduit l'Américain dans l'équation. Celui-ci était tranquillement assis dans le fauteuil qui lui avait été donné. Le carnet, le crayon et le magnétophone posés sur son ventre, il mangeait et buvait de bon cœur, comme si ces circonstances n'avaient rien de spécial.

La bouche encore pleine, Naylor marmonna sa question. Anodine, insipide.

« Bon, comment ça va, les gars ? Où en sommes-nous ? »

Ils ne répondirent pas. Les deux hommes se regardèrent, puis – comme synchronisés – firent un geste vers Hegner, leur porte-parole. L'Américain prit son temps, s'éclaircit la voix et dit doucement :

« Ça va bien. Nous y arrivons.

– Où, précisément, arrivons-nous ? »

Amusé :

« Nous parlions d'un billet. »

Le prisonnier gisait dans l'ombre contre le mur du fond. Il n'avait pas de forme, aurait pu aussi bien être un tas de sacs à moitié pleins, abandonnés. Il ne bougeait pas, n'émettait aucun bruit sinon quelques gémissements sifflants. Naylor fixa cette pénombre et réussit enfin à séparer le sac en papier des épaules, à distinguer les pieds qui ne portaient plus ni baskets ni chaussettes. Tout près par terre, un amas de câbles munis de pinces à dessin. Il les suivit jusqu'à la prise dans le sol à laquelle ils étaient reliés.

Cela devait faire quatre heures depuis que Naylor avait pour la dernière fois quitté le refuge de sa voiture dans le hangar Nissen en réponse à un hurlement plus faible en provenance du bâtiment en briques. À sa dernière venue, comme un intrus, il avait vu le prisonnier suspendu au plafond, les liens de ses poignets coincés dans le crochet, les câbles clippés à ses orteils, et il avait posé la même question : « Où en sommes-nous ? » Les réponses avaient été des haussements d'épaules et il était reparti. Pas maintenant. Il cherchait à ressusciter son autorité.

« Je n'ai pas permis l'utilisation d'électricité et... »

L'accent traînant :

« On voulait pas vous embarrasser, Dickie. Que vous vous abaissiez à notre niveau.

– ... j'aurais dû être informé des progrès réalisés.

– Je vous l'ai dit, on a un billet. Ce monsieur est assez obstiné.

– Un billet ? De banque ? De train ? Quel billet ?

– La patience est une vertu, Dickie, vous devriez essayer. Pour le moment, il a plus peur de la damnation, de la colère de Dieu, que de nous. Il s'imagine que la damnation sera plus douloureuse que ce que nous lui infligerons. Nous devons le persuader du contraire et c'est à cela que nous travaillons.

– Quel billet ? »

Il y avait eu quelque chose de clinique, par le passé, dans le travail de Boniface et de Clydesdale. De clinique et de rapide. Un Arabe d'Aden, de Sheikh Othman, passé à tabac, avait été prompt à leur révéler l'emplacement d'une planque. Un Irlandais de Newtonhamilton ou de Forkhill, sans ongles et pissant le sang, avait très vite craché où une mitrailleuse calibre 50 était enterrée, et avait pu alors être relâché, sachant qu'il ne révélerait jamais la douleur infligée par crainte que sa trahison ne soit connue. Le visage d'un Serbe de Bosnie avait servi de sac de frappe – de même que ses testicules et ses reins – et il avait avoué où était détenu un travailleur humanitaire, dans une cave, une prison de fortune. Alors pourquoi ce connard se montrait-il aussi obstiné ? Il repensa à l'impudence dont le prisonnier avait fait preuve dans la salle d'interrogatoires de Paddington Green. Il n'avait pas cru que cette confiance se muerait en vrai courage – et merde, il n'avait pas d'autre mot pour ça, du *courage* – face à la souffrance infligée par les pinces à dessin.

« Dickie, quand j'aurai quelque chose pour vous, je vous le dirai.

– Voilà une réponse difficilement acceptable. Je dois savoir où nous en sommes.

– Pour le moment, vous nous gênez. Si vous ne voulez pas être ici, vous devriez aller voir ailleurs. »

Naylor ricana.

« Et comment. »

Il aurait dû se trouver dans la grande chambre à coucher, avec les rideaux tirés bloquant la vue en cette fin d'après-midi sur les cerisiers qui fleurissaient. C'était ça, *ailleurs*. Il aurait dû porter une chemise neuve, sa meilleure cravate sur laquelle étaient brodés avec discrétion le sigle et le slogan du service, son costume tout juste revenu du teinturier. Il aurait dû être en train de donner un dernier coup de brosse à ses chaussures, devant et autour du talon. Voilà comment ça aurait dû se passer. C'était son dernier jour, et les dernières heures traînaient en longueur. Les tiroirs de son bureau n'avaient pas été vidés, son coffre non plus. Son box n'avait pas été débarrassé pour Mary-Couche-Toi-Là Reakes lundi matin. Dickie Naylor n'était pas *ailleurs*. Il était à la porte d'un petit bâtiment de merde posé au milieu de champs de petits pois, et le calice qui était sa quête, grâce auquel on se souviendrait de sa carrière, devenait un bol de lie.

« Je serai dans la voiture, dit-il.

– Impeccable, Dickie. Allez vous reposer. Écoutez un peu de musique.

– Ce qui m'inquiète... »

Il fit un signe vers la silhouette par terre en grimaçant.

« ... Est-il trop faible pour nous dire ce que nous avons besoin de savoir ? Vous voyez ce que je veux dire.

– Tout est sous contrôle, Dickie. Je vais vous dire deux choses : il va bien, il se bat, mais il va perdre. Ensuite, on n'est pas dans les standards, là. On n'a pas le temps de rester tranquillement assis sur notre derrière à jouer au plus malin quitte à faire traîner jusqu'à la semaine prochaine ou jusqu'au mois prochain. On laisse ça aux Échos dans la cage à Bagram, près de Kaboul, ou à Guantanamo. Là-bas, l'Écho peut bosser six heures d'affilée avant d'aller se taper un steak frites au mess, en se disant que le type craquera la semaine prochaine ou le mois prochain. La patience est un luxe, Dickie. Ma vie, la vôtre et celle des garçons, n'est pas un luxe. Je n'ai pas la semaine prochaine, je n'ai pas le mois prochain, je n'ai que l'heure qui vient. Je dois apprendre d'ici une heure où un billet va être présenté. Je n'ai que ce mot "billet" dont je sais seulement qu'il se rapporte à un voyage, mais il m'en faut davantage sinon le temps et l'occasion auront été perdus. Donc, faites ce que vous avez à faire. Retournez vous asseoir dans la voiture. »

L'autorité, une fois cédée, ne pouvait être regagnée.

Naylor racla des pieds par terre, serra les poings, fit craquer ses jointures.

Il vit des mugs vides sur le béton et la crasse, des mains essuyées sur des pantalons. Le prisonnier qu'on relevait, inerte. Boniface et Clydesdale peinant, grognant, tandis qu'ils hissaient le poids jusqu'au crochet avant de le laisser s'affaisser pour rassembler les câbles munis de pinces métalliques. Naylor tourna les talons et s'en fut dans les dernières lueurs de son dernier jour.

Il ne vit pas le visage de Hegner se plisser de concentration comme s'il devait résoudre la complexité d'une équation mathématique. Il n'entendit pas sa voix calme :

« Les gars, je crois qu'il faut monter le voltage. Ce garçon a besoin de jus. »

Il l'attendait dans ce qui autrefois avait été le chœur de la cathédrale.

« Ravi de te voir, Mary.

– Tu as l'air en forme, Simon. Vraiment. »

Elle aurait pu coucher avec lui, aller dans sa chambre ou l'accueillir dans la sienne dans le couloir de la résidence, et ne l'avait pas fait. C'était un étudiant en théologie aux ambitions discrètes. Ils avaient été des âmes sœurs pendant trois ans, mais jamais plus que des amis.

« Cela faisait si longtemps.

– Trop d'eau a coulé sous les ponts. »

Elle aurait pu l'épouser, vêtue de blanc, dans l'église près de chez ses parents ou dans une mairie, et ne l'avait pas fait. Elle était allée à Londres, après son diplôme, pour escalader à toute allure les échelons du Security Service, pressée d'obtenir de l'avancement. Il était entré dans les ordres.

« Je pense souvent à toi, Mary.

– Merci pour ta dernière carte. Il a fallu une éternité pour qu'elle arrive, mais j'ai fini par la recevoir. Elle m'a fait plaisir. »

Elle était arrivée grâce au service postal de l'armée américaine dans la Zone verte de la capitale irakienne. Elle montrait une banale vue du fleuve : « Chère Mary, je ne puis dire en vérité que j'aimerais que tu sois ici, mais c'est une époque intéressante... et tragique. Je t'embrasse, Simon. » La carte se trouvait à présent dans l'intimité de sa chambre à coucher, coincée sous le cadre du miroir de sa coiffeuse. Toutes ses autres cartes – de ses trois visites par an à Bagdad – y étaient aussi et formaient un second cadre autour du miroir, présentant toutes la même vue du Tigre. Il était le seul homme à qui Mary Reakes, troublée et désorientée, pensait pouvoir parler. Elle avait quitté Thames House en milieu d'après-midi, après avoir dit à son assistant qu'elle pouvait être jointe sur son portable, avait pris le train pour Coventry et un taxi pour la cathédrale. Elle l'avait trouvé en train de l'attendre parmi les ruines de ce qui était autrefois le chœur. Elle était une étoile montante du Security Service, il était un jeune prêtre inconnu du Centre international pour la réconciliation. Elle avait peu de croyances, il vivait dans la foi. Elle passait ses journées dans un bâtiment protégé dans une ville supposée sûre, il se rendait à Bagdad dans une église assiégée pour se consacrer à des associations d'aide à l'enfance. Elle cherchait à détruire l'ennemi, il voulait amener des adversaires à dialoguer. Mary l'admirait et Simon la croyait hors d'atteinte.

« Nous ne pouvons pas parler à l'intérieur d'un bâtiment... désolée, dit-elle.

– Alors sortons. Je crois que la pluie diminue. Les prévisions sont bonnes pour demain. C'est la croix de clous que tu as besoin de toucher ?

– Je toucherais n'importe quoi qui puisse m'aider. »

Mary Reakes parla à son ami d'un soupçon. Ils se trouvaient, proches l'un de l'autre, à l'intérieur des vieux murs de la cathédrale St Michael qui avaient été conservés en témoignage de l'atrocité de la guerre. La nuit du 14 novembre 1940, un déluge de bombes incendiaires avait déferlé sur la ville et un édifice vieux de plusieurs siècles avait été éventré. Elle lui parla d'un complot identifié, d'un kamikaze en liberté dans les rues, d'un facilitateur venu d'Irak, d'un homme arrêté et conduit vers le sud. Une nouvelle cathédrale, un peu plus loin sur la gauche, avait été construite et dédiée au pardon et à la réconciliation, mais elle ne voyait que les murs en ruine et leurs contours chétifs dans le crépuscule. Elle lui parla de la libération du prisonnier, d'une confrontation avec un directeur adjoint, de la disparition de son supérieur dans les dernières heures critiques du compte à rebours, et d'un Américain aveugle. Dans les jours qui avaient suivi le raid aérien et la destruction, un pasteur fouillant les débris avait trouvé trois grands clous provenant des solives du plafond ; il les avait attachés ensemble avec du fil de fer pour former une croix. Elle lui fit part de sa conviction que le prisonnier était en ce moment même maltraité, torturé. Que devait-elle faire ?

« C'est un problème moral essentiel, Mary.

– Je ne sais pas quoi faire.

– Le choix, c'est d'être une lanceuse d'alerte ou alors de tendre l'autre joue.

– Je ne suis pas à l'aise dans la fange.

– L'enjeu a-t-il une importance ? »

Elle lui parla de ce matin à Thames House, au début d'un jour de juillet, avec la chaleur du soleil sur les rues, où les nouvelles étaient arrivées par giclées : quatre bombes visant les systèmes de transport de la capitale. Ils se mirent à marcher sur les dalles lustrées. Elle lui dit que dans chaque open-space, alors qu'ils étaient rivés à leurs dossiers et à leurs écrans, la télévision montrait les images des morts et des blessés. Que certains avaient pleuré en voyant ça.

Il portait une soutane d'un brun presque doré qui se soulevait comme une robe dès qu'il bougeait. La pluie scintillait sur les épaules du costume de Mary et dans ses cheveux. Ses talons claquaient autour d'eux. Elle lui parla du sentiment d'échec abrutissant qui avait étranglé la vie dans son espace de travail.

« La devise du service est "défenseur du royaume". Notre unique boulot, pour les trois mille d'entre nous – ainsi que pour tous les services de police –, est de protéger le pays de toute nouvelle atrocité. Est-ce que cela justifie la torture, Simon ? »

Il sourit.

« Tu n'as pas besoin de moi pour connaître la réponse.

– J'ai besoin que quelqu'un me la confirme. J'ai besoin de savoir que je ne suis pas seule.

– Mais c'est ce qui arrivera, Mary. Tu seras seule. On t'évitera, on t'ostracisera. Ta carrière, si importante pour toi, subira un coup d'arrêt. Critiques et insultes seront ta récompense. Ou alors, tu peux choisir de débarrasser ton esprit de tout ce que tu sais.

– Quand tu étais à Bagdad…

– Le sens moral ne se travaille pas dans un groupe d'entraide, et je ne dis pas ça pour me moquer de toi. C'est une affaire individuelle. La torture est-elle jamais justifiée ? Tous les jours à Bagdad, des atrocités indescriptibles sont commises. Beaucoup affirment que face à cela il faut utiliser des mesures extrêmes, répugnantes. Si j'allais à l'aéroport où on filtre les prisonniers, ou dans les geôles d'Abou Ghraib, pour demander du respect envers ceux qui ont fabriqué les bombes et planifié les attentats, si je parlais de religion et de dignité humaine, on me raccompagnerait au portail, probablement à coups de pied aux fesses. Je considère le problème selon une perspective différente. Je regarde le témoin. Si le témoin garde le silence, alors il, ou *elle*, s'avilit. Cet homme, cette *femme*, devra vivre avec sa décision. Tu es mon amie, Mary, et je doute que tu puisses détourner les yeux, effacer ce que tu as appris et garder ta fierté. Mais préserver cette fierté te coûtera cher, très cher, et tu le sais. »

Elle glissa son bras sous le sien. Leurs pas avaient ralenti, l'obscurité grandissait autour d'eux. Des lumières ternes éclairaient les murs brisés.

Il lui parla d'un homme impliqué dans un complot pour assassiner Hitler, le pasteur Bonhoeffer, qui avait été pendu dans le camp de concentration de Flossenbürg un mois à peine avant le cessez-le-feu final de la Seconde Guerre mondiale. Il lui répéta ce que l'homme avait écrit, dans sa cellule de condamné, en s'excusant pour la paraphrase : « Quand ils ont pris les syndicalistes, je n'ai pas protesté, car je n'étais pas syndicaliste. Quand ils ont pris les communistes, je n'ai pas protesté, car je n'étais pas communiste. Quand ils ont pris les Juifs, je n'ai pas protesté, car je n'étais pas juif. Quand ils m'ont pris, personne n'a protesté, car il ne restait plus personne. » Il saisit la main sur son bras et y déposa un baiser. Elle leva la tête, se redressa et l'embrassa sur la joue.

Elle ne voyait que des ombres.

« Il faut que j'y retourne. »

Elle se détourna, se dirigea d'un pas vif vers la sortie sous l'arche, quitta cet endroit où des clous avaient été transformés en croix.

Il lança derrière elle :

« J'aimerais te dire que je serai toujours ici, Mary. C'est faux. Je retourne à Bagdad dans une semaine et j'y resterai trois mois. Je t'en conjure, paie le prix, ne détourne pas les yeux. Garde ta fierté. »

« Écoute, je ne veux pas me disputer, mais j'ai droit à une réponse. As-tu, oui ou non, appelé la police ? »

C'était la quatrième fois qu'elle posait la question et trois fois le fermier avait refusé de répondre à sa femme. Hier soir, il avait haussé les épaules et plaidé la fatigue. Au petit déjeuner, il avait changé de sujet pour évoquer le dernier questionnaire du ministère sur le rendement des récoltes. Au déjeuner, après lui avoir dit qu'elle était constamment sur son dos, il avait abandonné son assiette et était retourné sur son tracteur. Il prit une bouchée de son dîner, mâcha, avala et répondit :

« Non.

– Nous étions d'accord pour que tu l'appelles.

– J'ai changé d'avis. C'est permis.

– Il y a eu un feu derrière la grange des Wilson. On a retrouvé dans les cendres des morceaux de draps brûlés qui ressemblent beaucoup à ceux d'Oakdene, et des restes de serviettes. On est allés ensemble au cottage. Il était vide et les clients avaient disparu. La maison était plus propre – je n'ai pas honte de le dire – qu'après n'importe quel ménage que j'ai jamais pu y faire. Toutes les pièces, la salle de bains, les toilettes, les chambres à coucher, le salon et la cuisine empestaient la javel. Ne faudrait-il pas en informer la police ?

– Ils ont payé pour un mois.

– En liquide, ne l'oublie pas, et par avance.

– Ce n'étaient que des draps et des serviettes. »

Elle grimaça.

« Ça peut se remplacer.

– Alors qu'on n'a rien déclaré, qu'on n'a pas déposé cet argent à la banque », dit-il.

Elle détourna les yeux vers la fenêtre et, là-bas, l'ombre du toit d'Oakdene Cottage.

« Il y aura des questions.

– La première que poseront les flics : "Comment ont-ils payé ? Ils vous ont remis un chèque avant de voler vos draps et de vandaliser vos serviettes ? Ou du liquide ?" Peut-être bien qu'ils voudront saisir les billets pour les examiner, je ne sais pas. On aura du mal à répondre.

– Alors mieux vaut laisser tomber ?

– Mieux vaut que les impôts ne se mêlent pas de ça. C'est pas comme si c'étaient des draps neufs. Si tu veux mon avis, si j'appelle la police, on va se retrouver dans un sacré sac de nœuds. »

Elle dit :

« J'ai préparé un bon crumble aux prunes, ton préféré.

– C'est génial, ma chérie. Je peux donc en déduire que cette histoire est réglée ?

– Réglée. »

Elle débarrassa la table. Elle n'avait plus beaucoup de temps. Ce soir, il y avait la réunion du conseil de la paroisse. Il dirigeait la séance et elle en était la greffière. À l'évier, elle se retourna :

« Ils étaient très gentils, ceux que j'ai rencontrés. Surtout la fille... si bien éduquée. Et l'homme, le plus vieux mais très joli garçon, un vrai séducteur. »

Elle l'entendit, puis, soulevant le rideau, elle vit la voiture.

La fureur consumait Anne Naylor. Elle avait encore une fois essayé d'appeler. Sa voix, aussi mécanique que l'horloge parlante : il ne pouvait prendre son appel et l'encourageait à laisser un message après le bip.

« Je tiens à te dire, Dickie, que ton comportement aujourd'hui – pas un coup de fil, pas un mot – est absolument impardonnable. Où es-tu ? Encore en train de courir par monts et par vaux comme un vrai scout ? Tu comptes attendre que la dernière tente soit repliée, que le dernier feu de camp soit éteint ? Si tu t'imagines que tes collègues vont t'admirer parce que tu travailles jusqu'à la dernière minute de la dernière journée, tu te trompes. Je remercie Dieu que papa ne soit pas là pour assister à ça, te voir te comporter d'une façon aussi minable. Je te promets que ce soir – et, crois-moi, ce ne sera pas à l'abri des oreilles indiscrètes – tu vas m'entendre. Au nom du ciel, que crois-tu accomplir par cette pitoyable démonstration de dévouement puéril ? Dès lundi, ils t'auront oublié. Quant à moi, je ne suis pas du genre à oublier. Bon sang, réponds à ce maudit téléphone. »

Elle avait écrasé le récepteur sur le combiné.

Son manteau était en soie. Feu sa mère l'avait porté pour la soirée d'adieu de son père, à l'époque où le service était basé à Leconfield House. Un peu daté, mais élégant. Devant le miroir, elle se toucha les cheveux, palpa délicatement sa coiffure. Elle se souvenait. Sa mère avait dit, peu avant qu'ils pénètrent dans le salon officiel du gouverneur à la résidence d'Aden : « Tu n'y es pas forcée, ma chérie. Une grossesse en dehors du mariage n'est pas la fin du monde. Papa et moi, nous te soutiendrons. Ce n'est pas comme si c'était un merveilleux parti. Je suis sûre que tu peux trouver mieux. D'accord, d'accord… Alors, promets-moi que tu ne viendras pas pleurnicher. Et promets-moi que tu ne regretteras pas. » Seigneur, ce soir, elle regrettait d'avoir épousé Dickie Naylor. Elle ferma la porte derrière elle, à double tour, et descendit l'allée.

Le chauffeur lui tenait la portière arrière ouverte. Il parut perplexe.

« Vous êtes seule, madame Naylor ? Sans votre mari ?

– Je suis seule. Je le retrouve là-bas, mais nous rentrerons ensemble à la maison.

– Il travaille encore, dit le chauffeur. C'est drôle. En général, ceux que j'emmène à leur soirée d'adieu sont plutôt pressés de partir.

– Croyez-moi, il va adorer sa retraite dans sa serre, à faire pousser des tomates. »

Le chauffeur referma gentiment la porte derrière elle. Seigneur, elle allait lui arracher les oreilles.

***

« Il lui en faut plus.

– Vous êtes sûr, monsieur Hegner ?

– Certain.

– On n'a encore jamais été aussi haut, monsieur Hegner. »

Celui-ci, assis dans son fauteuil, posa la question d'une voix claire et dégagée, comme une maîtresse d'école s'adressant à ses élèves là-bas du côté de Big Porcupine Creek, Montana.

« Mon ami, l'Ingénieur voyagera-t-il avec lui ? »

L'homme était suspendu au crochet et Joe Hegner pensait à la carcasse d'un animal que son grand-père avait abattu et saigné. Il ne le voyait pas, mais il l'imaginait : le pantalon en tire-bouchon aux chevilles, les sous-vêtements souillés, les pinces des câbles enfoncées dans les plis de son bas-ventre, près des testicules mais pas sur eux, les pieds nus écartés. Il s'attendait à ce que le prisonnier, au moment où la question lui fut posée, se raidisse et se torde, essaie de résister, mais son corps tourna lentement vers la droite, puis vers la gauche. Hegner s'en rendit compte au grincement du crochet. Il tendit l'oreille pour capter une réponse. Il n'y en eut pas.

« Allez-y, les gars. »

Une exclamation, un grognement, puis le silence.

« Allez-y, montez le jus. »

Il entendit le hurlement, perçant entre les murs, sous le plafond, et le gémissement du crochet sollicité.

« Tout homme a un point de rupture, finit par atteindre les limites de sa tolérance. Je crois qu'on en est proches. On a déjà du bon, mais on peut avoir du meilleur. Je l'aurais pas cru si têtu. Il est têtu, obstiné, mais moi aussi. Pour moi, tout se résume à ce moment d'obscurité. Je suis dans le mess, entouré de braves types. Je fais la queue pour manger. Je vois cet homme – jeune, arabe, dans un gros treillis de l'armée, la main dans la poche – debout près d'une table même pas à vingt mètres de moi. Je le vois sourire. Et je comprends alors qu'il appartient au Twentyman, j'en ai la certitude. Le cri est dans ma gorge au moment où la lumière explose dans mes yeux. Si brillante, si vive. Je vois des hommes tomber. Et le souffle d'air surchauffé me met par terre. Je reste là. Il y a des hommes au-dessus de moi. J'ai mal et donc je sais que je suis vivant. Il y a des cris. J'ouvre les yeux. D'abord, je me dis que j'y vois rien à cause de ceux qui sont sur moi, je les repousse, mais mes yeux sont grands ouverts. À cet instant, je comprends la raison de cette obscurité. Je cligne des paupières, je me frotte, je me gratte le visage, là où sont mes yeux, et il n'y a que l'obscurité. C'est le Twentyman qui m'a fait ça. À ce moment-là, dans l'obscurité et couvert du sang de beaucoup d'autres, de l'humidité de leurs entrailles, les entendant gémir et hurler, je jure que je l'aurai, que sans ça ma vie sera un échec. Ce que vous avez fait, les gars, c'est me rapprocher de lui, et, pour cela, je vous en suis sincèrement reconnaissant. Recommencez, montez la sauce.

– Ça ne servira à rien, monsieur Hegner.

– Il n'y a plus de pouls, monsieur Hegner.

– Savez-vous, monsieur Hegner, que c'est la première fois que Xavier et moi perdons un prisonnier ?

– Tu as raison, Donald, à ce sujet. Il est parti, monsieur Hegner. »

Derrière lui, au fond des ténèbres, des pieds sur du verre brisé. Il entendit le sifflement étouffé, l'air expulsé entre des dents serrées, puis :

« Seigneur, c'est un désastre. »

Hegner se retourna aussitôt.

« Faux, Dickie, faux. Nous avons un billet, avec un départ et une destination, un horaire. Ce n'est pas un désastre. »

La voix rauque devint un cri.

« Ma mission, au cas où vous l'auriez oublié, concernait une bombe, une rue, des victimes jonchant des trottoirs. Où en sommes-nous ?

– Suivez le mouvement, Dickie, et ils vous aimeront, fit Hegner en éclatant de rire. Tous vos collègues, qui pensent que vous êtes un homme du passé, vous tresseront des guirlandes. Appréciez la balade, Dickie. Vous ne voyez que la bombe. Laissez-moi vous montrer le reste du tableau. »

Elle se tenait derrière lui. Le seau, brillant, en fer galvanisé, était à ses pieds, rempli de l'eau trouble qu'elle avait prise dans le récupérateur. Elle nettoyait son corps avec du savon.

Sans elle, Faria le croyait, il n'aurait pas pu se laver, il n'aurait même pas pu se déshabiller. Il était nu, debout, et il tremblait. Elle n'avait encore jamais vu la peau nue des fesses d'un homme, ni la platitude d'un ventre d'homme. La bougie solitaire les éclairait. Elle avait commencé à la nuque, puis la maigre barbe sur ses joues et sa mâchoire, ses mains étaient descendues, glissant en travers des épaules, au fond des aisselles, au bas du dos, sur la largeur modeste des hanches, elle avait fouillé la faille entre ses fesses et avait tendu le bras pour atteindre l'aine avant de descendre encore le long des jambes. Les frissons qui le convulsaient n'étaient pas dus au froid. Elle sentait les poils sur ses jambes, plus fins et plus doux que ceux au bas du ventre. Il ne tentait pas d'échapper à ses mains. Elle connaissait tout de son corps, en avait lavé tous les endroits secrets, avait senti les battements de son cœur.

La chandelle frémit, elle laissa les bulles sur sa peau et se pencha pour prendre le rasoir jetable en plastique. Elle lui leva un bras, fit courir la lame sur les poils avant d'en faire autant sous l'autre, elle rinça le rasoir dans le seau, se servit de ses doigts pour évaluer la barbe sur son visage. Il la laissa faire. Elle racla sa poitrine et dut le couper car du sang tacha ses ongles. Elle nettoya la petite blessure avec l'eau croupie et l'épongea. Elle pensa au sang qu'il verserait quand le gilet le mettrait en pièces. Au toucher, elle rasa les poils emmêlés sur son bas-ventre, en le tenant de façon à éviter de le couper une nouvelle fois. Il se raidit dans sa main attentive. Elle rendit sa peau lisse. Elle s'agenouilla pour faire courir la lame sur ses jambes, ses cuisses, ses mollets.

C'était ce qu'il fallait faire. Comme en Palestine, comme en Tchétchénie et comme en Irak. Un homme ou une femme allant au paradis devaient être nettoyés, purifiés, puisqu'il ou elle allaient s'asseoir à la table de Dieu.

Elle ne parlait pas. Ce qu'elle avait à dire pouvait attendre le matin, le moment où ils marcheraient.

Et elle ne pouvait le lui demander. Il y avait eu la vidéo, maintenant le lavage et le rasage. Ces préparatifs renforçaient-ils la contrainte ? Était-il lié à la mort ?

Elle le sécha avec un vieux tee-shirt, essuya le savon et l'eau. Ses mains couvraient la douceur de sa peau. Elle l'aspergea de parfum, une marque célèbre pour filles dont on faisait la publicité à la télévision.

Elle avait resserré le nœud coulant autour de sa gorge. Elle l'aida à se rhabiller, il frissonnait toujours, il tremblait, et elle espérait, comme on le lui avait dit, pouvoir lui donner de la force.

Les heures de la dernière nuit s'ouvraient devant elle, et devant lui.

***

Maudite circulation. Vendredi soir, l'heure de pointe, pare-chocs contre pare-chocs, au ralenti.

La voiture provenait d'un petit parc laissé à la base à disposition des policiers. David Banks conduisait, mais ne parlait pas. Son patron allait s'y mettre bien assez vite. Il ne cessait de s'agiter sur son siège à ses côtés, se tortillant comme s'il avait du mal à trouver le courage de cracher ce qu'il avait dans le ventre. Banks n'avait aucune envie de l'aider.

Il avait branché la radio. Un bulletin d'informations, puis les prévisions météo. Bonnes pour le lendemain matin, pas pour ce soir. Les essuie-glaces drainaient la pluie sur le pare-brise, rejetaient l'écume de part et d'autre. Il avait appelé l'inspecteur, il avait dit à Wally qu'il allait quitter le camp pendant quelques heures, que Tango Un – Julian Wright – avait une urgence familiale avec ses parents et avait ajouté qu'il l'escortait, qu'il restait suffisamment de gars en uniforme pour border les autres. Il savait que l'urgence familiale était un mensonge et il s'en foutait.

Il quitta la quatre voies. Au rond-point, Luton était indiquée sur la gauche. Les lumières de la ville, un halo ambré niché sous les nuages, se trouvaient devant eux. Il n'y était jamais allé, mais il savait qu'elle avait la réputation d'être aussi pourrie que la voiture qu'il conduisait. Qu'elle possédait un aéroport, une usine de fabrication de voitures et une gare de chemin de fer où les quatre bombes humaines du Seven-Seven avaient pris le train pour Londres.

« Continuez tout droit. Gardez la voie ferrée sur votre droite. Vous verrez le centre commercial sur votre gauche. Il y aura une pancarte indiquant l'hôtel de ville. C'est un peu plus loin sur la droite, pas très loin. Inkerman Road. »

Banks ne répondit pas, se contentant d'acquiescer comme un employé qui prenait ses instructions.

Le patron se décida enfin.

« Monsieur Banks, je dois vous faire part d'un petit souci sans conséquence. »

Celui-ci garda les yeux sur la route devant lui.

« Cela ne servirait à rien de ne rien dire, de ne pas vous en faire part... »

Banks vit les lumières de la gare à sa droite.

« Je le regrette, mais je ne vous ai pas dit la vérité. C'était idiot de ma part, mais sans ça on ne serait pas ici. »

La masse du centre commercial était à sa gauche. Banks suivit la rue principale, aperçut la pancarte signalant l'hôtel de ville.

« On va pas chez mes parents. Ils se portent très bien, mieux que moi, même. Mais c'est mon truc, vous comprenez. Chaque week-end où c'est possible, je viens ici et papa maman me servent d'excuse. Ma femme croit que je suis chez eux, ma gosse aussi. L'histoire larmoyante était un écran de fumée, un mensonge, je le reconnais. Le souci ? Une femme, bien sûr... »

Il ne répondit pas. Une plaque sur sa droite : Inkerman Road.

« Voilà, je vous ai menti pour m'offrir un week-end de baise. Et c'est pas la première fois. N'allez pas imaginer ça comme une juste récompense pour mon courage. Je ne suis pas un héros. Personnellement, j'aurais pris le fric qu'on m'a donné. Je l'aurais fait si ma femme ne l'avait pas trouvé dans la garde-robe. On est fauchés, à sec. On croule sous les dettes, les dernières relances, et ce fric aurait relâché la pression. Sauf que ma femme l'a trouvé. Elle a dit que si je ne dénonçais pas cette approche, elle s'en chargerait, ce qui m'aurait mis dans la merde jusqu'au cou. C'est elle qui a tout fait foirer, je ne suis pas un héros doté d'un sens civique exemplaire, faut que vous le sachiez. Je suis un salaud, un tricheur, un connard, pas un héros. Mais, et là je suis très sérieux, si vous me dénoncez, je ne serai pas au tribunal lundi matin. Alors, qu'est-ce qu'on fait ? »

Inkerman Road montait à l'assaut d'une colline. Il vit la pancarte d'un pub, l'immeuble trapu d'appartements juste avant, l'enfilade de maisons au-delà. Il aurait pu parler au patron d'une formation qui permettait de détecter les mensonges dans le langage corporel. Il ne le fit pas. Il aurait pu dire au patron que son officier de protection était lessivé, *bon à rien*, qu'il remettrait sa lettre de démission dès lundi, mais il n'avait pas envie de gâcher sa salive. Il rétrograda, glissa son pied vers la pédale de frein.

« Monsieur Wright, je n'en ai vraiment rien à foutre. Dites-moi juste, s'il vous plaît, où je dois m'arrêter. »

17
Vendredi, jour 16

Banks lisait le journal, apprenait le terrain. D'énormes manchettes lui hurlaient à la gueule. « *SAUVAGES ! Après une horrible agression par des loubards, il doit se faire refaire le visage* ». « *Droguée puis violée, attention aux boissons* ». « *Bataille rangée entre voyous* ». Rien de très remarquable, rien qui n'était pas ordinaire. « *Une femme volée en plein jour à un arrêt de bus* ». « *Un jeune sème la terreur dans un magasin et dans le cabinet d'un médecin* ». C'était pareil partout. Le lampadaire au-dessus de lui éclairait l'habitacle de la voiture.

Il avait eu de la chance, vraiment, de le voir dans le rétroviseur avant qu'il le dépasse. Un gosse en vélo avec un grand sac sur l'épaule portant le logo du *Journal/Gazette* de la ville. Par la vitre baissée, il lui avait demandé le canard local. Le gamin avait fouillé au fond de son sac et en avait extirpé celui de l'avant-veille. En échange, il avait reçu une pièce d'une livre, alors qu'il ne coûtait que trente-quatre pence. Le gosse était reparti heureux.

Il aurait pu aller au pub, un peu plus haut dans la rue, où un groupe de musique était en train de jouer. Au lieu de cela, il tournait des pages, passait les faits divers, trouvait un autre sujet. Le *Journal/Gazette* en faisait des tonnes sur la race : « *Les nouveaux migrants détestent les enquêtes* » ; « *Le chef de la police accusé de racisme* » ; « *Les musulmans de la ville à la Marche pour la modération* » ; « *Le vivre ensemble contre les groupes radicaux* ». Il dévora les articles.

Lui accordant un dernier regard et un sourire qui semblait dire qu'il appréciait cette comédie, le patron avait sonné à la porte et une femme – séduisante, la trentaine, brune, la coupe au carré, ressemblant de façon frappante à l'épouse – avait ouvert. Wright avait dû lui expliquer brièvement la présence de la voiture dans la rue avec un homme à l'intérieur, car elle se tourna vers lui depuis le haut de la marche et haussa les épaules. La porte s'était refermée sur eux. Cela faisait partie de sa vie – une partie qui s'achèverait dans soixante-douze heures – d'être laissé dans des voitures devant des portes. Donc, Luton avait un problème de délinquance auquel se mêlait un problème ethnique : Luton était foutrement ordinaire. Il lut des récits d'agressions dans les rues, des discussions sur la tenue appropriée des musulmanes à l'école, un débat à propos d'une campagne contre la nudité dans la publicité et sur des salles de shoot qui avaient ouvert en ville et étaient submergées. Il se demandait pourquoi les bonnes gens qui n'étaient ni des voleurs, ni des activistes, ni des drogués, se donnaient la peine de débourser trente-quatre pence pour se retrouver face à cette litanie de malheurs et de haine. Il tourna les pages à la recherche d'autre chose.

Une autre «*Mort par overdose*». Banks l'évita. Mieux, bien mieux : «*Les Classes pour la citoyenneté*» étaient pleines. «*De futurs citoyens font la queue pour prêter le serment d'allégeance*». L'équipe de football se fixait de nouveaux défis, «*Les Hatters en marche*». L'essentiel de ce qu'il savait sur deux douzaines de villes et une douzaine de métropoles, il l'avait appris en restant assis dans une voiture à lire les journaux locaux. Après s'être infligé les premières pages toujours sinistres, il en arrivait maintenant au reste, et c'était comme si le soleil se mettait à briller au sommet d'une colline. «*Ouverture d'une nouvelle crèche*», trois putains d'acclamations. Une «*rallonge budgétaire pour le nettoyage de la grand-place*», hip hip hip hourra. «*Vous êtes tous les bienvenus pour la visite historique de la ville, samedi*», voilà qui valait bien de jeter sa casquette en l'air. Venaient ensuite les petites annonces – agences de rencontres, téléviseurs en promotion, chambres à louer. Il les écuma. Finalement arriva la pub sur une double page :

«*Rabais, Prix sacrifiés, Soldes monstres, Venez tôt, Ouverture des portes à neuf heures, Aubaine au centre commercial*». Cela n'affectait pas David Banks, mais le faisait néanmoins sourire alors qu'il était assis dans sa voiture et que l'obscurité tombait. Il avait enfin trouvé un peu de gaieté. Il se représenta la foule se rassemblant demain par une belle matinée, les prévisions météo étant optimistes. Un peu de légèreté face à la marche funèbre imposée par les délinquants, les zélotes et les camés.

Le problème avec le fait de détenir une carte de flic, c'était qu'elle vous mettait en dehors du cadre de la vie normale, et le Glock, calibre 9 mm, dans son holster plat à la hanche, vous écartait encore un peu plus de ce cadre. Quand la lettre serait remise, avec la carte et l'autorisation de port d'armes, quand la plupart de ses biens se retrouveraient dans une benne à ordures ou dans une friperie solidaire, le reste au fond du garage de sa mère, quand il serait à l'aéroport en train d'attendre le vol pour Auckland, Sydney ou Toronto, avec un sac à dos sur les épaules, il n'aurait besoin de rien qu'un centre commercial pouvait lui offrir à des *prix sacrifiés*. Il imaginait déjà les vallées et les torrents tumultueux, ces vastes étendues de désert, ces grandes mers intérieures, et il balança le journal derrière lui. Là, quelque part, il trouverait la paix. Peut-être.

Il glissa la main dans sa poche, contre le holster. Ses doigts se refermèrent sur le carnet.

Il le sortit, sensible au cuir usé, durci de la couverture. Il ne lui restait que trois pages à lire.

David Banks, la lumière du lampadaire inondant la voiture, vit que l'écriture était moins soignée, un gribouillage minuscule – comme si l'effort avait été difficile –, et qu'une tache séchée maculait le papier.

Le journal avait été une excuse, une diversion, un palliatif aussi temporaire qu'une aspirine. Il était attiré par la page comme un moucheron par une flamme.

Il lut.

27 juillet 1938

J'ai été touché par un tireur d'élite.

Je ne me suis rendu compte de rien.

J'ai senti un poids me frapper. Un coup de marteau. J'ai été soulevé de terre puis jeté au sol.

Il n'y a pas eu de douleur, pas au début, juste de l'engourdissement.

Notre officier nous avait prévenus à propos de ce tireur d'élite il y a trois jours. Il avait abattu quelqu'un de Wolverhampton. Ce garçon n'était pas un ami – je n'en ai plus – mais c'était un bon gars, un ancien machiniste dans une usine qui avait rejoint les Brigades internationales et qui était toujours de bonne humeur. Il retournait aux latrines depuis la tranchée du front quand il a été touché à l'arrière de la tête. Mais le sniper n'avait plus tiré depuis trois jours. Je l'avais oublié. J'avais été renvoyé à l'arrière pour aller chercher à manger et à cet endroit le remblai est plus bas, j'aurais dû me mettre à genoux, mais c'était difficile avec toute la nourriture que je ramenais au peloton. Je ne me suis pas baissé.

J'ai été touché à la poitrine.

Chère Enid, des hommes – certains à qui je n'avais jamais parlé, tous à qui je n'ai donné aucun amour – ont risqué leur vie pour me ramener à la deuxième puis à la troisième tranchée, et me mettre enfin en sécurité.

On m'a conduit dans un hôpital de campagne. Au début, j'ai été porté par deux camarades, l'un me tenant les bras et l'autre les jambes. C'est à ce moment-là que la douleur est arrivée.

Plus loin, on m'a mis dans une charrette tirée par un âne. Si j'avais été un officier ou un commissaire, j'aurais eu droit à un camion. J'ai fait tout le trajet, plusieurs kilomètres, dans cette charrette.

Ici, c'est un véritable charnier, l'enfer de Hadès. Je crois que c'est dans un endroit semblable que Ralph est mort.

J'attends d'être examiné. Les médecins, un Autrichien et un Polonais, ont une procédure qu'ils appellent le triage. Ralph m'en avait parlé à propos des blessés qui étaient rapatriés sur Suicide Hill. Quand les médecins viendront me voir, ils feront une évaluation de mon état. Le triage sert à ça : ils décideront si je vais survivre, si je peux survivre, ou s'il n'y a aucune chance. La priorité va à ceux qui survivront ; s'ils en ont le temps et l'opportunité, ils s'occupent de ceux qui peuvent être soignés ; ceux qui n'ont aucune chance, ils leur font sur le front un point à la teinture noire. Il y a beaucoup de blessés ici et ils ne devraient pas arriver à moi avant longtemps. Une infirmière – je crois qu'elle était française – a changé mon pansement.

C'est difficile d'écrire. Je suis plus faible, j'ai du mal à respirer. L'effort de déplacer le crayon sur la page est presque insupportable.

Je pense au sniper. Il ne m'a pas choisi. C'était une opportunité, ma poitrine visible pendant deux ou trois secondes là où le remblai était plus bas. C'est moi qui l'ai choisi, qui me suis offert. Mais pendant ces deux ou trois secondes, il a dû voir mon visage dans sa lunette. S'est-il réjoui en me voyant tomber ? Ou bien tirer n'avait-il aucune importance pour lui ? Je ne sais pas.

Je ne peux pas le haïr.

C'est un soldat, comme moi. Je ne suis pas sûr d'avoir jamais blessé un ennemi avec mon fusil, mais j'ai essayé.

Je pense à lui. C'est peut-être un brave homme, qui a peut-être une famille, qui n'a peut-être aucune haine pour moi… et qui a, peut-être, déjà oublié l'image de mon visage.

Notre officier a dit – quand le garçon de Wolverhampton a été touché – que le sniper était sans doute allemand. Je me dis qu'il est aussi loin de chez lui que moi.

Et maintenant, chère Enid, je ne peux plus écrire.

Il ne restait plus qu'une page. Il ferma le carnet, le remit dans sa poche.

Groggy et silencieux, pétrifié, David Banks ne s'était pas rendu compte que la porte de l'immeuble s'était ouverte. Il ne vit pas la brève éclaboussure de lumière sur la marche et le trottoir.

Un coup à la fenêtre. Il sursauta. Sa main, d'instinct, chercha la crosse de son pistolet. Il dégaina à moitié.

« Du calme, espèce d'idiot, ne me tirez pas dessus. »

Il se détendit.

« Vous avez pas vraiment besoin de ce truc-là ici. Vous étiez où… au pays des cauchemars ? »

Il haussa les épaules.

« C'est la faute à madame. Elle dit que c'est ridicule que vous restiez assis là à vous geler les couilles. Elle veut que vous veniez manger avec nous.

– Merci à elle et à vous, monsieur Wright, mais tout va bien.

– Elle ne voudra pas en entendre parler. Je suis chargé de vous dire qu'elle a assez cuisiné pour nous tous.

– J'ai une prime pour la nourriture, et je m'en sers.

– Bon Dieu, monsieur Banks, vous aimez rendre les choses difficiles. Elle a aussi dit que je ne retournerai pas dans son lit tant que vous êtes coincé dehors dans cette foutue bagnole. Alors, bougez-vous.

– Je suppose que cela met un terme à la discussion. Mais souvenez-vous de ce que j'ai dit. Je ne suis pas votre ami.

– Pourtant, vous avez bien fait semblant, ce soir. Je vous suis reconnaissant. »

Il vérifia ses poches, puis le holster. Pensa aux bandes de loubards du *Journal/Gazette*. Sortit et alla ouvrir la malle, en retira le grand sac avec tout l'équipement – les chargeurs, les grenades assourdissantes, le gilet pare-balles et la trousse de premiers secours. Pas question d'offrir un bonus à ces jeunes délinquants s'ils s'offraient une petite balade dans un véhicule volé. Il traversa le trottoir, grimpa les marches et entra. Il entendit la musique douce, sentit la chaleur.

Du coin de la bouche :

« Qu'est-ce qu'elle sait ? »

Un chuchotement lui répondit :

« Qu'une menace plane sur le jury. Qu'on a tous droit à un officier de protection, pas juste moi en particulier.

– Êtes-vous toujours aussi économe avec la vérité ?

– Je veux bien la donner quand il n'y a pas le choix, et seulement là. C'est l'histoire de ma vie et ça a plutôt bien marché jusque-là. »

Quand il l'avait vue tout à l'heure, elle était soigneusement maquillée. Sa coiffure était aussi impeccable que son chemisier.

Dans le salon, depuis l'alcôve de la kitchenette, elle lui sourit avec chaleur en lui tendant la main.

« Ravie de vous rencontrer. Je m'appelle Hannah. »

Les cosmétiques à ses yeux, le rouge à lèvres, s'étaient étalés. Les cheveux moins nets. Le chemisier blanc était froissé et quelques boutons étaient défaits.

« Banks. Inspecteur Banks. »

Wright, ironique :

« Ma chérie, tu peux aussi l'appeler monsieur Banks. Il vaut mieux rester formels et ce n'est pas un *ami*, sache-le.

– J'ai fait des lasagnes, beaucoup. Un verre ?

– Non, merci.

– Il est en service. Monsieur Banks travaille. »

Elle éclata de rire. Des trilles.

« Je doute que le crime organisé s'intéresse à ce trou à rats. Est-ce que vous allez enlever votre veste ? »

Il la lui donna. Elle la suspendit à un crochet. Elle fixait sa taille, le holster et la crosse du Glock.

« Mais ça, vous ne l'enlevez pas ?

– Non. »

Elle fronça les sourcils et l'espièglerie scintilla.

« Je suppose qu'on vous l'a souvent demandé : avez-vous déjà tiré ? Pour de bon ?

– Très souvent. Et non, pas pour de bon. »

Une place lui fut donnée. Ils mangèrent. Les lasagnes étaient excellentes et Banks le lui dit, un peu timide. Il y avait du vin blanc sur la table, de Toscane. Wright buvait, elle encore plus. Banks sirotait un verre d'eau du robinet. Ils parlèrent de la météo et de la politique dans l'entreprise de Hannah, encore un peu de la météo, des problèmes de chauffage dans l'immeuble. Il n'avait rien à faire ici. Peut-être aurait-il dû rester au froid dans la voiture. On lui apporta du café noir.

Elle se pencha en avant. En raison des boutons défaits, il vit la forme, le poids de ses seins.

« D'après Jools, il paraît que vos collègues dans votre ancienne unité vous trouvaient inutile et qu'ils vous ont viré. »

Banks se demanda s'ils avaient parlé de ça avant, pendant ou après l'amour.

Wright agita une main.

« Un peu en dessous de la ceinture, mon amour. Seigneur, je disais juste… »

Banks le coupa :

« C'est moi qui n'aurais pas dû en parler. Mais c'est à peu près ça.

– Pourquoi ? »

Wright visa son verre.

« Tu n'as pas le droit de lui demander ça… Bon Dieu…

– Pourquoi ? »

Quand en reparlerait-il ? Jamais. Quand reverrait-il cette femme ? Jamais. Il essaya de mettre de l'ordre dans les mots qui se bousculaient dans sa tête. Il dit doucement :

« Je ne crois pas que ce soit interdit par la loi sur les secrets. L'équipe avec qui j'étais protège l'élite, les principaux personnages de l'État. Les agents ne sont pas importants par eux-mêmes, mais en tant que symboles. Notre boulot c'est de rester assis, ce qui nous évite d'avoir à décider si on a bien agi ou pas. Il ne se passe jamais rien. Alors, on parle. On parle de la menace dans la rue, on en parle tous les jours depuis le Seven-Seven. On parle des bombes humaines, on en parle tous les jours depuis le 22 juillet et le meurtre dans le métro[1]. On parle de ce qu'on ferait si on était confrontés à la réalité, à un kamikaze, face à face... ou à un kamikaze *présumé*.

Si vous allez abattre un homme, lui ôter la vie – faire quelque chose que vous n'avez encore jamais fait –, vous devez *croire* que votre cause est la bonne et qu'il est le mal. Alors, on parle d'ordures endoctrinées et de fanatiques, on leur met des cornes, des écailles et une queue fourchue. On attend dans des voitures, des cantines, des halls d'hôtel et des cuisines de restaurant et on se dit entre nous qu'on a raison et qu'ils ont tort, qu'on est braves et que ce sont des lâches... et on se persuade que les doutes sont une faiblesse. Être faible c'est être *inutile*. Si vous hésitez pendant cette demi-seconde, si vous perdez de vue les ordures, les fanatiques et les lâches, la balle ne part pas et la rue se remplit de victimes. Douter est inacceptable. J'ai douté. J'ai été hérétique, j'ai dit qu'il était tout à fait possible qu'un kamikaze soit brave, qu'il obéisse à des principes. Si le monde ne s'était pas écroulé sur moi, j'aurais ajouté : "Mais il se trompe." Je ne l'ai pas dit et j'ai perdu la confiance et le respect de mon équipe. Je n'ai pas fait grand-chose pour les regagner. Alors voilà, je me suis fait virer et lundi je pars pour de bon. Sans regret.

– Vous partez pour ne pas avoir à faire ce choix ?

– Oui, vous pouvez dire ça : je pars là où je n'aurai pas à faire ce choix, jamais. »

Le silence s'abattit autour de lui et il se dit qu'il avait foutu leur soirée en l'air, mais elle lui resservit du café.

De nombreuses pensées se cognaient dans la tête de Dickie Naylor alors qu'il supervisait le creusement de la tombe, ce dont il

1. Le 22 juillet 2005, quinze jours après ceux du 7 juillet, une nouvelle série d'attentats vise le métro et les bus londoniens. Seuls les détonateurs explosent. Il n'y a aucune victime. Le lendemain, des policiers abattent « par erreur » un électricien brésilien, Jean Charles de Menezes, dans le métro, le suspectant à tort d'être un des terroristes de la veille.

aurait pu se passer. Agitant une lampe torche, il avait indiqué un emplacement à une douzaine de mètres derrière le Nissen, mais après l'avoir examiné, ses hommes l'avaient rejeté, faisant poliment remarquer que des dalles en béton entouraient le bâtiment et qu'ils ne pourraient pas creuser très profondément. Ils s'étaient éloignés dans la direction opposée, et l'endroit finalement choisi avait été celui où des semaines de pluie avaient ramolli la terre à l'angle de la dernière piste survivante et de l'ancienne zone de parking des avions. Ils lui avaient dit, à nouveau avec politesse, qu'ils n'avaient pas besoin de la torche. Ils étaient deux silhouettes indistinctes dans l'ombre. Ils grognaient parfois sous l'effort, parlaient à voix basse entre eux, comme s'il n'était pas là.

Il aurait pu vomir, plié en deux, tousser la bile dans son ventre. Un homme était mort parce qu'on lui avait infligé un excès de douleur. Ses hommes, il le croyait, rentreraient sur leur île sans même y songer.

Les fantômes les entendaient-ils, tous les deux dans la fosse – avec seules leurs épaules visibles maintenant dans la lueur du croissant de lune –, les entendaient-ils et les observaient-ils ? Les fantômes étaient ceux de jeunes gens. Il y avait une pierre à côté de la vieille entrée du camp, là où la femme s'était promenée avec ses chiens sans savoir ce qui était fait en son nom. Même s'ils l'avaient franchie à toute allure, il avait aperçu la liste de noms à moitié effacés qui y était gravée sans penser à ceux qui les avaient portés. Peut-être une bombe, une boîte grotesque de deux mille cinq cents kilos, avait-elle explosé au moment d'être chargée dans les soutes d'un Lancaster. Peut-être un avion, cruellement endommagé par des tirs de DCA, avait-il pris feu. Peut-être un pilote, un navigateur ou un mitrailleur, brisé par le stress des rotations incessantes, avait-il pris un pistolet Webley dans l'armurerie, avait marché jusqu'aux arbres et s'était mis le canon dans la bouche.

Il pensait aux fantômes qui observaient alors qu'un sale boulot était accompli sous le manteau de l'obscurité. Auraient-ils approuvé ? Il y avait bien longtemps de cela, un ancien commandant d'escadrille transféré dans le service pendant les années de paix avait raconté à Naylor que les équipages étaient toujours briefés sur l'importance militaire des cibles, qu'on ne leur parlait jamais des civils réfugiés dans des caves tandis que les bombes tombaient, que les incendies éclataient. Se souciaient-ils des civils, que l'on appelait désormais des « dommages collatéraux » ? Disaient-ils : « J'ai juste obéi aux ordres », comme il l'avait fait ? Les fantômes auraient-ils proclamé que les incendies étaient justifiés dans l'intérêt de la victoire finale, comme il l'avait fait ?

« Ça te va comme ça, Xavier ?

– C'est parfait.

– On a fait du bon boulot.

– Le meilleur possible. »

Ils sortirent de la fosse, s'aidant l'un l'autre. Il se dit que pour eux c'était comme s'ils avaient creusé pour réparer une canalisation bouchée, et il déglutit de nouveau pour repousser la bile. Ils le quittèrent. Naylor frissonna. Ils s'éloignèrent, l'abandonnant. Il pensa à l'Américain. Quand il l'avait vu pour la dernière fois, celui qui avait usurpé l'autorité de Dickie Naylor était assis dans son fauteuil, impassible comme un sphinx, avec à ses pieds le cadavre enveloppé dans de vieux sacs agricoles en plastique à moitié déchirés. Son téléphone sonna.

Il vit l'écran allumé, le numéro qui l'appelait, et remit le portable dans sa poche sans répondre.

Ils apportèrent le corps, peinant sous son poids, et le balancèrent dans la fosse. Un animal aurait été enterré avec plus de dignité. Ils jetèrent des sections de béton dans le trou avant de le combler avec de la terre, de reposer le gazon qu'ils aplatirent à grands coups de pelle. Ceci fait, ils emportèrent le contreplaqué pourrissant sur lequel se trouvait l'excès de terre qu'ils allèrent éparpiller dans les champs de petits pois.

« C'est du joli travail, Donald.

– Excellent, Xavier.

– Je pense qu'on arrivera à temps.

– Sans problème. À cette heure, les routes sont dégagées. »

Les deux voitures, avec seules leurs veilleuses allumées, filèrent à toute allure sur la piste. Il vit le mémorial là où se trouvait autrefois le portail, mais il ne ralentit pas. Naylor n'avait plus rien à faire avec les fantômes et les endroits où ils erraient. Sur la route principale, il alluma ses phares et vit dans le rétro ceux qui les suivaient.

« Ça va, Joe ?

– Un peu que ça va. Et d'ici quelques heures, ça ira encore mieux, croyez-moi. »

Sur le tableau de bord, l'horloge était allumée. Il savait où il aurait dû être et où il ne serait pas.

En tant que directeur adjoint, Tristram était l'hôte de la soirée. C'était un mariage sans marié, une représentation sans le prince du Danemark.

Il la trouvait magnifique. Elle était la promise et Ophélie réunies. Plus important, Anne Naylor appartenait à la vieille école. C'était une actrice consommée. Il se fraya un chemin vers elle. Si son humeur était mauvaise, si elle ravalait sa colère, elle le faisait avec soin. Des canapés circulaient sur des assiettes, accompagnés de petits sandwichs en triangle. C'était une belle robe qu'elle portait, visiblement neuve, achetée pour l'occasion, et si elle était folle de rage, elle le dissimulait parfaitement. Exactement ce à quoi il se serait attendu de la part de la fille d'une légende de la guerre froide. La femme avait du pedigree. Ceux qui étaient là allaient se contenter de deux verres de vin chacun, peut-être un petit troisième pour le toast après son discours, mais la boisson ne coulerait pas à flots ce soir. Dès que la correction le permettrait, il raccompagnerait Anne Naylor, avec l'enveloppe de bons d'achat dans son sac à main, à l'entrée sur l'*Embankment*, l'aiderait à grimper dans la voiture et la saluerait de la main. Ce soir, ils avaient encore du travail.

La participation était assez bonne, compte tenu de la pression qu'imposait ce travail. Un groupe plus vieux représentant les contemporains de Dickie Naylor; et les plus jeunes du département, parmi lesquels Mary Reakes. Dans les dix minutes à peine suivant le départ d'Anne Naylor, la voiture ayant tout juste franchi Lambeth Bridge, la salle serait vide. Aurait-il accompli ces derniers kilomètres, se serait-il échiné pendant ces dernières heures, jusqu'au dernier tintement de cette satanée horloge? L'aurait-il fait, merde? Bien sûr que non. Mais il l'avait mis dans son discours. Dickie Naylor était « un extraordinaire exemple de dévouement, d'engagement et de sens du devoir, de sacrées bonnes mains à qui confier la sécurité du royaume ». Son discours ne disait pas que, selon Tristram, Dickie était un crétin influençable.

Il se trouvait à hauteur d'épaule de la femme. La main sur son coude, il l'entraîna à l'écart, dans un coin tranquille.

« Anne, vous êtes superbe, ce soir.

– Je vais l'assassiner.

– Et vous prenez cela si bien.

– Il va regretter d'être né.

– En cet instant, ce cher Dickie nous offre une contribution inestimable.

– De la merde. Je vais le pendre au bout d'une corde.

– Il y a beaucoup d'agitation, Anne. C'est une période dangereuse, vous connaissez le topo. En ce moment, il est un rouage essentiel. Je ne puis vous dire où mène cet engrenage, mais il sera de retour à la maison demain matin.

– Et il trouvera les serrures changées.

– Ensuite, vous pourrez sortir ensemble acheter cette serre.

– Et l'y enfermer pour le restant de ses jours.

– Je savais que vous comprendriez, Anne. Bravo. »

Il s'esquiva. Tristram était désormais en contact horaire avec Dickie Naylor et sa drôle de bande : les « renforts » venus des Hébrides intérieures et l'agent de Riyad. Il n'existerait, bien sûr, aucun rapport écrit de ces conversations. Dickie lui faisait l'effet d'un torchon pendu à un fil de lessive à la merci des éléments. Lui-même n'aurait jamais autant offert en sacrifice. Sûrement pas alors qu'il approchait de la fin d'une illustre carrière, d'une carrière qui n'avait rien de médiocre. Autour de lui, on remplissait des verres, mais sans extravagance. Il regarda la table d'où venait le vin, vérifia que l'enveloppe s'y trouvait, chercha une cuillère avec laquelle il tapoterait son verre pour attirer l'attention… et Mary Reakes lui tomba dessus.

Aussi raide et froide que de la neige gelée :

« À un niveau personnel, je tiens à vous dire que je ne suis pas heureuse de notre façon de gérer la situation. Je vais donc faire valoir mes droits et demander un rendez-vous en tête à tête avec le directeur général.

– Mary, ce n'est ni le moment ni le lieu de discuter de votre bonheur.

– Je tenais simplement à vous faire part de mes intentions avant de vous enfoncer encore un peu plus dans cette fosse d'aisances.

– Il est toujours préférable de jouer ensemble la même partition. En raison de la situation, justement, le DG sera là demain matin. Je suis sûr qu'il trouvera le temps de vous recevoir, votre conscience et vous. Merci de m'avoir mis dans la confidence. Si vous voulez bien m'excuser, j'ai un discours à faire. »

Il prit une cuillère sur la table et fit tinter son verre.

Elle étala les vêtements sur le sac en plastique où se trouvait déjà le gilet.

Ses yeux étaient sur elle, mornes, sans refléter la flamme de la chandelle.

Dernier sur la pile : le tee-shirt avec le cygne éructant, afin qu'il voie sa colère et son attitude de défi.

Elle sentait sa faiblesse et savait ce qu'elle avait à faire.

Elle se pencha, mit sa main en coupe derrière la flamme et souffla fort, une fois. La flamme vacilla et s'éteignit. Elle tâtonna sur le sol, rampa sur un bout de moquette dont l'odeur lui donna des haut-le-cœur. Ses doigts le trouvèrent. Il tressaillit, s'écarta. Elle devait le faire, sinon la faiblesse serait la plus forte.

C'était là où Faria n'avait encore jamais été et lui non plus, pensait-elle.

Elle posa les doigts sur son visage, puis saisit sa nuque et glissa un genou sur ses jambes. Il ne lutta pas contre elle. Elle l'embrassa, bouche contre bouche, lèvres humides contre les siennes. Elle poussa les dents avec sa langue, les força à s'écarter. Elle le lécha à l'intérieur où restait le goût de la nourriture qu'elle avait ramenée avec le seau. Elle se tordit un peu plus contre lui.

Si cela n'était pas fait, au matin, il risquait de se retourner, de se figer ou de fuir. Elle devait lui donner la force.

Ses mains quittèrent son cou, glissèrent le long de son corps, si menu, si frêle, sur les os qui formaient une cage, arrivèrent à sa taille. Elle défit la ceinture, le bouton de son pantalon et baissa sa braguette. Ses mains remontèrent. Elle lui retira son pull et sa chemise. Elle dut lui lever chaque bras, car il ne l'aidait pas. Ce fut très lent, mais le tissu disparut et elle put toucher sa peau, sentir son cœur battre. Elle se servit de ses ongles pour dessiner des motifs, les mêmes que l'homme avait tracés sur sa peau à elle, sur son torse désormais imberbe et dans son nombril, comme l'homme l'avait fait. Elle avait dit alors : *ce ne sont jamais les chefs qui se sacrifient.* Elle l'avait dit avec colère. *C'est lui qui possède le vrai courage.* Son souffle s'était accéléré, sous les ongles de l'homme.

Elle arrêta les motifs, lui prit les mains pour les guider sous ses vêtements vers ses seins, avant de se dénuder et de conduire ses doigts vers la boucle de son soutien-gorge dans son dos. Il ne savait pas comment faire. Il y avait des filles, des Blanches, dans les rues près de Dallow Road, même pas âgées de quinze ans, qui savaient comment se déshabiller en quelques secondes frénétiques ; des garçons, qui n'avaient pas quinze ans, qui auraient pu défaire agrafes et pressions en un rien de temps. Elle avait vingt-quatre ans et lui sans doute plus de vingt. Ni l'un ni l'autre ne savaient comment faire. Alors, ils apprirent.

Ils apprenaient. Pour elle, le but de cet apprentissage était de lui permettre de mieux marcher demain. Ne pas s'arrêter, ne pas hésiter, ne pas rejeter ce qui lui était demandé.

Ils tâtonnaient, aussi inexperts l'un que l'autre.

Des vêtements furent enlevés, jetés de côté, elle souleva les hanches pour qu'il fasse glisser son jean, puis sa culotte, elle le prit dans sa main, le caressa, le sentit grandir, durcir, puis lui baissa son pantalon, il était si hésitant, mais si gentil, elle le guida, l'amena au bord des lèvres avant de se laisser tomber sur lui, il poussa un petit cri, maintenant il avait levé les mains sur ses petits seins, elles trouvèrent les tétons qu'elles pincèrent doucement, il était au fond d'elle et bougeait lentement sous elle, elle sentait la confiance en lui, en elle, elle se dit qu'il bougeait ainsi pour prolonger ce moment de gloire, le faire durer, elle se cambra pour resserrer ses muscles autour de lui. Cela ne pouvait pas durer à jamais, pas au-delà du matin. Il prononçait des mots – de petits cris gutturaux – dans une langue qu'elle ne comprenait pas. Elle respira plus fort, abandonna la timidité qui lui avait été inculquée pendant toute sa jeunesse, ne retint plus ses spasmes et hurla. Il se hissa vers elle, la souleva, et alors elle sentit la force, elle sut qu'elle la lui avait donnée. À la fin, il y eut un cri, Faria n'aurait pu dire si c'était le sien. Puis un long soupir, le leur.

Elle le serra contre elle. Sentit ses mains se nouer derrière elle.

La sueur du garçon glissait sur elle. La sienne sur lui.

Maintenant, le doute dansait dans l'esprit de Faria. Était-ce simplement un moyen mécanique de lui donner des forces ? Était-ce la même chose, l'équivalent d'un discours qui motivait, comme celui de son recruteur ? Elle ne savait pas. Elle entendit son souffle s'adoucir et se calmer. Elle le sentit, en elle, rétrécir. Au matin, comme on le lui avait dit, elle marcherait avec lui, elle le conduirait vers le lieu de sa mort qu'elle ne verrait pas.

Elle aurait quitté son côté quand il effectuerait les derniers pas, elle serait déjà en route pour Dallow Road et sa maison. Bien avant d'atteindre sa ruelle, elle entendrait l'explosion, le silence, puis les hurlements des sirènes. Elle ouvrirait la porte d'entrée, saluerait son père, sans rien lui dire. Elle commencerait à préparer le repas de ses parents, comme si elle ne s'était pas absentée pendant seize jours. Elle ne leur dirait rien et ils ne demanderaient rien. Elle monterait à l'étage pour s'asseoir avec sa mère et lui raconter de fausses anecdotes à propos de sa formation en informatique. Elle demanderait, scrupuleusement, s'il y avait des nouvelles de ses frères qui faisaient leurs études religieuses à Islamabad. Depuis la cuisine, elle entendrait la télévision brailler à propos de l'atrocité qui venait d'être commise et elle retournerait à son sommeil de dormante. Elle ne savait pas si on la réveillerait à nouveau. Demain, le jour, la semaine et le mois d'après, elle retrouverait le dur labeur de s'occuper de ses parents et peut-être que dans quelque temps, à l'aube, alors qu'elle serait seule dans son lit, elle entendrait la porte qu'on défoncerait en bas, sa chambre se remplirait de policiers cagoulés, braquant leurs armes sur elle, ou peut-être qu'on la laisserait dormir.

Elle était sur lui. Il respirait calmement, régulièrement.

Elle ne pouvait empêcher la venue du matin. Serait-elle damnée par Dieu ou louée pour lui avoir donné la force ? Elle frissonna, mais sentit sa chaleur.

Le garçon dormait dans ses bras. Elle se demanda si l'homme pensait à elle, là où ses mains avaient été, s'il se souvenait d'elle.

Il était sur un banc avec les étoiles et la clarté de la lune pour compagnes. Comme les trois soirs précédents, il y était venu après minuit. Un autre s'y était assis une heure plus tôt, était resté moins de deux minutes avant de repartir. Il y avait eu du soulagement sur le visage de l'autre pour le succès du rendez-vous et il avait tout de suite demandé si tout s'était bien déroulé. Il avait haussé les épaules, dit que le matin apporterait la réponse. L'autre avait paru perplexe devant son manque d'enthousiasme. Il lui avait donné la cassette vidéo, l'avait vu la mettre dans sa poche, s'était entendu promettre qu'elle serait diffusée très vite. L'autre l'avait embrassé sur la joue et l'avait quitté. Muhammad Ajaq n'avait montré aucun enthousiasme, car il n'en ressentait aucun. Son travail était ailleurs et son esprit avait chassé ceux qui avaient été ici avec lui, les bons à rien.

En face de lui, la mer. Il entendait la rumeur des vagues contre les piliers d'un quai, et, au-delà, il y avait le port d'où partirait le ferry. Ajaq rêvait parce qu'il se sentait libre, déjà hors d'atteinte.

À ses côtés, Naylor ne parlait pas.

Ils filaient sur de grandes routes, des autoroutes désertes, et Hegner était bien installé. La fin était si proche, assez en tout cas pour qu'il appelle Riyad, réveille Cindy, entende sa voix d'abord endormie puis alerte, lui dise de réserver son vol de retour pour le soir suivant. Elle lui avait demandé si tout allait bien. « Très bien », avait-il dit sans se soucier que Naylor l'entende. Ils roulaient vers le sud. Une expression était gravée dans son esprit depuis l'enfance. Son grand-père s'en servait dans la forge où les objets en ferronnerie de la communauté étaient réparés, où des soufflets attisaient le feu pour les fers à cheval. Il était un gosse alors, toujours du côté de Big Porcupine Creek, il n'avait pas encore été au lycée à Forsyth, et son grand-père qui venait de ramollir un fer dans le charbon de bois rougeoyant avait utilisé l'expression pour désigner un certain type de chevaux, ceux qui n'étaient pas faits pour être montés mais pour tirer un chariot ou une herse, qui n'étaient ni mignons ni aimés, qui étaient des « bêtes utiles ». Une « bête utile » servait à une fonction et elle était soumise. La voiture l'emmenait à toute allure vers le Twentyman.

Il avait eu la chance – et quand il retrouverait Cindy, il le lui dirait – de rencontrer une « bête utile ».

Bien plus que d'avoir couché avec la fille du département de Naylor, bonne mais pas géniale, il avait eu la chance absolue de tomber sur une « bête utile » et d'avoir pu lui passer un harnais.

Allongé sur le dos, le fermier ronflait. Sa femme s'était détournée de lui. L'horloge dans le hall en bas, une belle pièce transmise par son grand-père à lui, sonna le quart d'heure après minuit.

Elle le laissait dormir parce que la dispute de la soirée avait été réglée. Les draps, les couvertures et les serviettes volés seraient remplacés. Tout de suite après le petit déjeuner, il ferait ce qu'il détestait le plus et qu'elle l'avait obligé à faire. Ils prendraient le Land Rover pour aller au centre commercial en ville acheter tout le nécessaire à prix soldés. Peut-être même qu'elle lui flanquerait des coups de bâton pour l'obliger à essayer un nouveau pantalon.

Bizarre, ce qui était arrivé. Elle n'y trouvait aucune explication.

Le maître-chien finit tard son service.

L'horloge sur le mur annonçait minuit et demi. Sa chienne était le seul animal qui bénéficiait d'un accès autorisé à la cantine. Assise près de sa chaise, elle le guettait, implorait des miettes.

Un sergent posa son plateau sur la table et s'assit en grimaçant.

« On dirait que ta Midge n'est pas celle qu'on croit.

– Comment ça ?

– T'as pas entendu ?

– J'ai rien entendu.

– Ton con… on l'a libéré.

– Impossible.

– Et pourtant. Les échantillons prélevés sur ses mains sont allés au labo. La première fois, ils sont revenus positifs…

– Bien sûr qu'ils l'étaient… la petite était carrément folle.

– Deuxième série de tests, et là, ils sont négatifs.

– C'est pas possible.

– C'est le bureau de la Branch qui le dit. Le con n'avait aucune trace d'explosif sur ses mains ou ses vêtements et donc on l'a libéré. Ta chienne s'est gourée.

– Qu'est-ce que tu racontes ? Ça me ferait mal. Midge s'est entraînée pendant un an, bon Dieu. Sa réaction ne laissait place à rien, et surtout pas au doute. Je les crois pas. Elle est exceptionnelle. Sans déconner. Et si un petit malin vient me raconter que je connais pas mon boulot, que ma chienne s'est plantée, alors moi je réponds qu'il se passe de drôles de trucs quelque part.

– T'as peut-être raison, mais pas sûr qu'on sache jamais ce qu'il y a de si bizarre. »

Il était allongé sur le canapé.

On lui avait donné une couverture, mais Banks n'arrivait pas à dormir.

Les bruits derrière une fine paroi retentissaient autour de lui.

On lui avait menti, mais il n'avait émis aucun jugement. Pas plus qu'il ne jugeait maintenant les cris derrière le mur, les couinements du matelas. En une seule journée, il avait eu droit à un mensonge, une confession et un adultère – ce que les Delta appelaient « jouer à l'extérieur », ce que sa femme lui avait fait –, mais il se sentait trop minable pour condamner. Un homme avait pris une balle en pleine poitrine, un homme attendait le verdict du triage et consacrait ses maigres forces au sniper qui l'avait abattu : *Je ne peux pas le haïr... C'est peut-être un brave homme... Je me dis qu'il est aussi loin de chez lui que moi.* Il ne lui restait plus qu'une seule page du journal intime à lire et David Banks ne critiquait pas son patron, il n'osait pas.

Ils jouirent une deuxième fois, plus bruyamment que la première.

Allaient-ils maintenant, s'il vous plaît, dormir ?

Le week-end était arrivé, lundi approchait et il partirait, oublié, regretté par personne. Ce qui restait avec lui, ce qui le faisait se tourner et se retourner maladroitement sur le canapé, c'était la charité pour un ennemi. *Je me dis qu'il est aussi loin de chez lui que moi.* La charité de Cecil Darke montrait une humilité et un courage véritables, c'était celle d'un homme brave qui avait des principes.

Il savait qu'il ne dormirait pas, qu'il serait épuisé, bon à rien quand le jour se lèverait. Et c'était aussi bien, car personne ne comptait sur lui.

18
Samedi, jour 17

La cible était verrouillée. La partie supérieure du corps et la tête emplissaient la lunette de visée. Le doigt quitta le pontet pour la détente. La pression commença, doucement, légèrement. L'homme n'avait pas de visage. Au bas du cadre de la lunette se trouvait une grosse boîte en carton. Il s'était peut-être arrêté un moment pour reprendre son souffle, oubliant que le remblai était plus bas à cet endroit, qu'il était exposé. Le sniper se prépara au recul sur son épaule, à sa puissance douloureuse. L'homme qu'il allait abattre n'avait pas de visage.

Son portable sonna.

Le sniper avait été avec lui toute la nuit. À chaque fois qu'il glissait vers le sommeil, qu'il échappait au tireur d'élite, les tintements de l'horloge de la ville l'avaient ramené vers lui. Sur le canapé, avec la couverture toute chiffonnée qui le couvrait à peine, il avait vécu avec le sniper pendant les heures noires.

Banks chercha son téléphone à tâtons, le trouva sous son pantalon et la ceinture qui tenait le holster. Il répondit.

« Bon, j'vous ai trouvé. Wally, à l'appareil. Banksy, où diable êtes-vous ? »

Il dit le nom de la ville.

« Banksy, que se passe-t-il ? J'arrivais pas à dormir, j'avais le cul qui grattait. J'ai appelé le camp, juste pour vérifier, faire mon boulot, j'avais pas l'intention de vous réveiller. Le gars de service de nuit me dit que tout est calme, et il ajoute que vous n'êtes pas là-bas, pas plus que Tango Un. Au nom du ciel, qu'est-ce que vous foutez hors de la base sans mon autorisation ? Je vous ai donné le feu vert pour quelques heures, pas pour une nuit entière. Que se passe-t-il ? Est-ce déraisonnable de vous le demander ? Je ne crois pas. »

Il mentit, et cela ne lui parut pas si important. L'état du père et de la mère malades avait empiré. Il avait eu pitié. Il était devenu assez nécessaire de rester pour la nuit.

Ils avaient recommencé, dans la chambre à coucher. Banks les entendait à travers le mince mur et la porte plus mince encore – des grognements, des gémissements, un matelas qui souffrait. Il plaça sa main en coupe autour du microphone du portable pour que son inspecteur-chef n'entende que le calme d'une maison de malades alités. Il dit qu'il n'avait pas téléphoné parce qu'il n'avait pas voulu distraire son supérieur de la préparation d'une fête d'anniversaire pour tous ces gosses.

« Si ce n'est pas de l'impertinence, Banksy, je ne sais pas ce que c'est. Vous avez un sacré toupet. Si j'ignore où sont mes hommes, ça rejaillit sur moi. Je passe pour un idiot, un idiot inefficace, et je n'aime pas ça. »

Il dit qu'il prenait la responsabilité de sa décision, que ce matin ses parents semblaient un peu mieux et qu'il espérait que l'anniversaire des gosses se passerait bien.

« Vous avez un problème d'attitude, Banksy. C'est ce qu'on m'a dit et ce que j'ai découvert par moi-même. Voilà un fait : vous nous avez été assigné, car on ne voulait pas de vous sur du sérieux. Une alerte majeure est en cours. À ce qu'il paraît, tous les flingues disponibles sont dans les rues, mais pas vous. On ne veut pas de vous parce que vous avez un problème. N'allez pas vous imaginer que cela n'a pas été rapporté. Je vous ai soutenu et en récompense vous me chiez dessus. Je m'en veux d'avoir interrompu votre sommeil. Retournez donc dormir et quand vous vous sentirez *d'attaque*, ayez l'obligeance de ramener votre Tango là où il devrait être. Et ne bougez plus d'un centimètre sans ma permission. Vous êtes là, Banksy ? »

Les gémissements du matelas étaient devenus des couinements, des hurlements. Il mentit à nouveau, dit qu'un médecin devait passer aux premières heures de la journée, qu'il rassurerait sans doute M. Wright, que celui-ci voudrait bien quitter ses parents. Ensuite, lui-même ramènerait le Tango au camp. Une nouvelle fois, il souhaita à l'inspecteur-chef un bon anniversaire avec les petits.

« Banksy, vous êtes un con, un bon à rien et… »

Il coupa l'appel, laissa tomber l'appareil sur son pantalon, sur le holster. Et ils terminèrent. Un dernier râle, un dernier cri, et ce fut enfin fini. Il était sur le dos et ses pensées retournèrent là où elles avaient été.

Avec le sniper.

Toute la nuit, il avait refait les calculs qu'avait dû faire le tireur d'élite. Quatre ans plus tôt, ils avaient fait une séance avec des parachutistes dans les Brecon Beacons. Un sergent instructeur leur avait expliqué les compétences d'un sniper. Cela ne concernait pas Banks, mais il avait écouté. C'était plutôt pour les gars du SO19, les forces d'intervention armées, qui s'installaient sur des toits pour protéger des sommets internationaux ou bien étaient appelés sur des situations de siège. Avant d'écouter, il croyait qu'un sniper se contentait d'avoir une sacrée lunette sur son canon qui faisait tout le boulot, mais il avait entendu parler de calculs de « déviation à cause du vent », de « zérotage », on lui avait montré les petits cartons plastifiés qui récapitulaient les équations. Le sergent avait évoqué la nécessité d'observer le mouvement d'un drapeau ou l'inclinaison des arbres, la visée qui pouvait se faire sur la gouttière d'un toit alors que la cible traînait près de la porte du rez-de-chaussée, le soleil et la neige qui étaient des adversaires. Il avait appris : l'expérience et les capacités d'un sniper dépassaient celles d'une calculatrice de poche quand une cible se situait à un millier de mètres. Cette nuit, il s'était lui-même installé derrière la lunette télescopique et avait vu les dernières feuilles d'automne voler entre les trous d'obus qui crevaient la colline 421 sur l'autre rive de l'Èbre, les bouts de papier emportés par le vent d'été. Le sniper s'était servi de ses connaissances et de son expérience, comme le sergent instructeur l'avait expliqué, pour expédier une balle dans la poitrine de Cecil Darke. Contrairement au tireur, il ne connaissait pas le visage de son grand-oncle. Le sergent instructeur, au milieu d'hommes silencieux écoutant un expert, avait dit que le sniper était un soldat détesté parmi les siens. Les shrapnels d'un obus d'artillerie, les éclats d'un mortier ou les balles d'une mitrailleuse transportaient une mort aléatoire. Le sniper regardait les traits de sa cible, voyait les yeux agrandis, la poitrine où un cœur battait, la poche où était gardée la photographie d'une personne aimée, il jugeait et tirait. Le pourrait-il ? Pourrait-il, à travers une lunette, regarder le visage d'un étranger, se le rendre familier, prendre le temps de le connaître et le tuer ?

Jouer à Dieu. Le pourrait-il ?

Il quitta le canapé.

L'appartement était calme. Derrière le mince mur et la porte plus mince encore, ils étaient vidés.

Banks trouva, enfin, un moyen de chasser l'image du doigt sur la détente.

Il enleva le chargeur du Glock, récupéra ceux qui étaient rangés dans le sac fourre-tout, commença, soigneusement et méthodiquement, à les vider, posa les balles sur sa chemise, à côté de son pantalon, en fit quatre petits tas. C'était une thérapie qui n'avait pour but que de lui éclaircir l'esprit. Il rechargea, pressant chaque balle contre le ressort. C'était la routine de sa vie de travailleur, ce qu'il faisait chaque matin avant de prendre son service. Sans réfléchir, les doigts se déplaçant mécaniquement, Banks remplit les quatre chargeurs, en rangea trois dans le sac et en inséra un dans son pistolet. Il fit monter la balle dans la chambre, vérifia la sûreté et glissa le Glock dans le holster.

Cela valait la peine. Pas tant pour empêcher son arme de s'enrayer, mais pour se nettoyer l'esprit. À travers les rideaux, pas complètement fermés, l'aube venait. Plus tard, il lirait la dernière page du carnet, mais il avait réussi, il avait perdu de vue le doigt du sniper qui blêmissait à mesure qu'il pressait la détente.

Il faisait plus clair dans la chambre, et Banks dormait.

Se réveillant ce même matin et se préparant pour la journée à venir…

Dans l'autre chambre à coucher chez sa mère, un logement social dans le quartier de Leagrave, Lee Donkin frissonnait en s'habillant. Pas à cause du froid. Il ne s'était rien injecté dans les veines, ni hier, ni avant-hier, ni même depuis presque une semaine, merde. Il ne se rendit pas dans la salle de bains, ne se lava pas, ne se servit pas d'une brosse à dents. Il enfila son sweat-shirt de la veille sur son tee-shirt de la veille, son pantalon de la veille sur son caleçon de la veille, ses chaussettes de la veille. Par terre, il récupéra son anorak à capuche avant de glisser les pieds dans ses tennis. Ne pouvant contrôler les tremblements, il cria une obscénité, mais ne fut pas entendu. Il ne savait pas où était sa mère, ni dans quel pub elle avait été ramassée par un client. Si elle avait été là, elle lui aurait répondu d'une insulte depuis sa chambre pour l'avoir réveillée. Elle n'était pas souvent là. Dans la cuisine, il prit du pain dans le panier, ignora les taches de moisissure verdâtres sur les croûtes et l'engloutit, ce qui n'eut guère d'effet sur ses frissons. Il entendit le couple du dessus qui s'engueulait déjà, le bébé de la voisine qui chialait. Il cogna le plafond avec les pieds d'une chaise. Il passa dans la salle de bains, s'enroula la main dans la manche de son anorak. Il grimpa sur le siège des toilettes pour s'étirer vers la vieille chasse d'eau fixée en hauteur sur le mur, tâta à l'intérieur où était fixé avec du ruban adhésif un couteau qu'il retira et qui alla dans sa poche. Plus tard, avant de partir, il chercherait ses gants en cuir dans les débris qui jonchaient sa chambre : vêtements, emballages de fast-food, seringues. Ses mains ne touchaient jamais la poignée de son couteau chéri. Il était trop malin pour y laisser ses empreintes ou son

ADN, au cas où il se ferait serrer. « Ah, mais je viens de le trouver, j'viens tout juste de le ramasser dans la rue et j'allais vous le remettre. » Elle était en campagne en ce moment, la police, elle appelait ça « sécurité renforcée », mais il s'était pas fait choper. Trop malin. Il avait besoin d'un fix, et donc il allait s'en faire une ce matin – sur la route du centre commercial et des soldes avec un porte-monnaie bien rempli. Il en avait salement besoin.

Avril Harris rampa hors de son lit, tituba jusqu'à la salle de bains. Toute la nuit, la colère avait monté, celle de s'être fait avoir, d'avoir acheté une voiture déjà cassée. Hier soir, elle était sortie manger un curry avec trois autres filles des urgences, et c'était elle qui n'avait pas bu une seule bière pour les raccompagner. À chaque fois qu'elle avait ralenti à l'approche d'un feu, les pétarades avaient retenti. Un boucan effroyable. Qui n'avait pas effrayé les autres mais les avait fait rire comme des hystériques. Elles avaient ri de sa voiture, qui aurait dû être sa fierté et sa joie. Dans la salle de bains, sous la douche, la colère se dilua. Elle pensait à la journée qui l'attendait. Elle allait reprendre cette saloperie de bagnole. Elle irait en ville, dans le parking à étages vers les neuf heures et dans le centre commercial quelques minutes plus tard, histoire d'éviter la cohue devant les portes. Et elle serait au boulot à onze heures. Sous l'eau puissante de sa douche, elle aurait pu se faire une joie de cette journée, s'il n'y avait pas eu la voiture.

Son réveil, un vieux modèle avec une cloche à marteau, retentit. Steve Vickers avait dormi d'un bon sommeil sans rêves. Dans la salle de bains, il fit couler l'eau bouillante. Il était content, aussi proche du bonheur que quand il se trouvait face à un public attentif. Sans son bain quotidien, il aurait été, c'était son opinion, un homme insatisfait, amoindri. Vivant seul, personne n'attendait derrière la porte, personne ne la cognait en lui disant de se presser. Allongé dans la mousse, il parlait à haute voix, répétant son exposé de ce matin. Il était convaincu d'accomplir quelque chose d'essentiel en donnant vie à l'histoire, ne pouvait imaginer quoi que ce soit de plus important. Il traîna, fit couler encore un peu plus d'eau chaude. Il avait encore le temps avant de retrouver son public sur la place.

La sœur de George Marriot le secoua. Elle le dévisagea et il reconnut l'affection qui les unissait. Il présumait qu'au pub – il ne pouvait en être autrement – sa vie avec sa vieille fille de sœur était une source d'amusement moqueur. Elle était déjà habillée. Ils avaient rigolé en le voyant sortir du pub pour rentrer chez lui sur ses béquilles, ils avaient ricané parce qu'ils les prenaient pour deux âmes solitaires et perdues, des épaves rejetées par la vie. Ils comprenaient rien à rien. Tous les jours, elle se levait à cinq heures, venait le réveiller à six. Il parvenait à se rendre dans la salle de bains sans le support de ses béquilles. Ses mains avaient laissé une traînée sur le papier peint du couloir. En d'autres temps, ç'aurait été lui qui se serait levé à cinq heures, mais cette époque était révolue. Il prit sa douche, froide, comme toujours. Comme dans les camps à Kandahar et à Jalalabad, quand l'aube grignotait les montagnes et que les guerriers se préparaient pour la journée. Ses jambes étaient toujours hérissées de plis bleuâtres, là où les chirurgiens avaient creusé à la recherche des shrapnels. La fraîcheur de la douche le revigorait, réveillait ses souvenirs de temps meilleurs, leur donnait de l'ampleur. Sauf qu'il y avait un nuage, toujours ce putain de nuage, dans le ciel pur. Les remarques mesquines à propos de sa chemise, exactes, mais qui n'auraient pas dû être dites, lui avaient fait mal, étaient des blessures. Quand il aurait avalé son petit déjeuner – un pilaf d'œufs, de poisson et de riz qu'elle lui cuisinait chaque jour de la semaine –, il irait au village, prendrait le bus pour la ville, achèterait trois chemises en solde et, avec un peu de chance, aurait encore assez de monnaie sur un billet de vingt pour lui ramener des fleurs. L'eau coulait sur lui comme quand elle tombait d'un bidon surélevé et qu'il traquait des hommes en échange d'une récompense, quand sa vie avait un but. Les souvenirs nourris depuis si longtemps lui apportaient du réconfort.

***

« Il aura dormi à la dure, dit Hegner.

– Joe, je suis à des années-lumière de l'autorité que j'ai pu un jour posséder. Je n'en fais plus partie. Ça fait des heures que ma carte d'accès aux Riverside Villas a été désactivée. Si nous ratons ce coup-là, je suis perdu. »

Dickie Naylor l'était de toute façon, et il le savait.

Il entendit le ricanement, la dérision.

« J'ai l'impression que vous êtes de ceux qui voient toujours le verre à moitié vide. Ressaisissez-vous, Dickie, et dites-moi où nous sommes. »

Ses gars, les vieux Boniface et Clydesdale, se trouvaient dans leur voiture, la lueur de leurs cigarettes éclairant leurs visages si paisibles et si calmes, comme si ce qu'il s'était passé était de l'histoire ancienne, oubliée. Pas pour Naylor. Il entendait encore les hurlements, les avait entendus pendant qu'ils roulaient vers le sud et l'ouest. Ils étaient aussi perçants que ceux des mouettes qui s'étaient envolées sur l'eau quand les premières lueurs de l'aube avaient taché l'horizon.

« Nous sommes face à la mer.

– Oui, je la sens sur moi.

– À deux cents mètres sur notre droite se trouve l'entrée du terminal du ferry. Ou plutôt les deux entrées. Une pour les piétons et l'autre pour les véhicules. La plus proche de nous est celle pour les passagers à pied. Au-delà du terminal, commence la zone d'activité avec les entrepôts, les bureaux des compagnies, mais là-bas tout est fermé par des clôtures. Ensuite, ce sont des falaises. Nous nous trouvons sur l'esplanade, une sorte de passerelle entre la route et la plage. La route est bien éclairée, mais pas l'esplanade. Les lampadaires ne sont pas dirigés vers ici. Il y a des bancs et...

– Pas une brochure touristique, Dickie, ne vous éloignez pas du sujet. »

Il demanda, acide :

« À quelle heure est votre vol ?

– Assez tard pour que nous en ayons fini avec ça... Et ne vous inquiétez pas, Dickie, vous serez un héros. Emmenez-moi vers la gauche. »

Des langues de brume léchaient la plage jusqu'au bord de l'esplanade. Il les décrivit. Il voyait un quai, soutenu par des piliers contre lesquels se brisaient les vagues dans une sorte de brouillard.

« Je vous énerve, Dickie ? C'est pas mon intention. Je donnerais ma couille droite, mon bras droit, n'importe quoi en échange de deux bons yeux. Vous êtes un ami pour moi. À quelle distance se trouve le quai et qu'y a-t-il au-delà ? »

Naylor s'adoucit. Il s'en aperçut soudain : la main de l'Américain se trouvait, légère, sur son bras. Difficile d'imaginer ça, l'obscurité perpétuelle. Il frissonna. Il observa l'esplanade, plissa les yeux, épuisé par la route. Il n'avait pas dormi dans un lit depuis si longtemps, et demain c'était son soixante-cinquième anniversaire, il était aussi rincé que les algues soulevées par les vagues. Il dit qu'il y avait d'autres bancs et un abri. Il dit tout ce qu'il voyait.

La main sur son bras se fit plus ferme. La voix était éraillée, comme si le froid raclait la gorge de Hegner.

« Il aura dormi à la dure, vous pouvez en être sûr, mais il est resté le plus près possible de la mer. Il a besoin de voir le bateau arriver, décharger ses passagers. C'est à ce moment-là qu'il commencera à entrevoir la sécurité. Il ne sera pas allé vers la droite, vers cette zone d'activité, à cause de toutes les caméras et des équipes de surveillance, c'est pas un endroit où il peut traîner. Il voudra avoir l'air d'un vagabond. Ce sera donc un banc ou un abri. Entrez dans son esprit. En cet instant précis, l'arrivée du ferry est la seule chose qui compte pour lui. Le bateau, c'est la liberté. Il voyagera seul. Ce genre d'homme, qui ne fait confiance à personne ou presque, se croit plus en sécurité quand il est seul. À pied. Il veut voir le bateau arriver, les passagers débarquer et il ira à pied. Dickie, suivez mon conseil et je vous promets qu'on vous déroulera le tapis rouge, sauf qu'un mur sera dressé autour de vous et que personne ne vous verra. »

Il n'arrivait plus à se battre, il suivait le mouvement. Il était le bureaucrate qui acceptait les ordres. Comme il l'avait fait toute sa vie. Il n'allait pas changer à la veille d'un anniversaire.

« Vous n'avez pas de photographie, vous n'avez même pas de signalement.

– Sa démarche suffira. Combien de passagers à pied de sexe masculin ? Une douzaine, une vingtaine ? Combien d'entre eux dans la fenêtre démographique ? Cinq, dix ? Mais seul lui, le Twentyman, marchera d'une façon qui le trahira.

– En traînant les pieds ? Nerveux, hésitant ?

– Vous êtes loin du compte, Dickie, très loin. C'est un chef. Un homme qui est venu jusqu'ici et qui a fait ce qu'il avait à faire. C'est un commandant de guerre en train de retourner en territoire connu. Il ne se voit pas en fugitif mais comme celui qui vous a baisés. Il marchera en chef, en commandant. Allons vers ce quai. Asseyons-nous là-bas et attendons. Chaque homme qui passe, vous me le décrivez. Sa démarche. Je saurai. »

Les mouettes vinrent au-dessus de Naylor, le vent lui rafraîchit le visage. Il fouilla l'horizon sur la mer à la recherche du ferry et ne vit que le rose du ciel sur le gris de l'eau. La voiture démarra, fit demi-tour sur la route derrière l'esplanade pour se diriger vers les bancs déserts et l'abri. Elle s'arrêta au niveau du quai. Naylor dut trottiner derrière eux. Les chocs des vagues contre les piliers lui emplirent les oreilles.

Les lumières, quand Ajaq les vit pour la première fois, étaient floues dans la brume.

L'aube prit de l'audace. L'humidité de la nuit s'était posée sur lui, son visage et ses mains étaient mouillés. Il était trop tôt encore pour qu'il bouge, pour qu'il quitte le banc. Il aurait préféré de la pluie, des nuages bas sur la côte, car la grisaille endort les sens. Il voulait que les gens soient amorphes quand il atteindrait la file d'attente, quand son passeport serait examiné par des hommes bâillant et frissonnant. Un chariot de nettoyage arriva derrière lui, ses brosses chassant les saletés du caniveau au bord de l'esplanade. Les premières voitures de la matinée étaient sur la route. Une femme la traversa avec un chien en laisse, qu'elle conduisit vers les galets et le sable. Il observa l'animal qui s'accroupit près des vagues.

Maintenant, il voyait clairement le ferry. Ses ponts étaient illuminés, ses lumières de navigation clignotaient, ses hublots et ses fenêtres panoramiques scintillaient. Il glissait sereinement vers les bouées marquant l'accès au port.

Se retournant, comme il l'avait souvent fait pendant la nuit depuis que l'autre était venu prendre la cassette vidéo, Ajaq scruta la route bien droite dans son dos. Depuis son banc, il apercevait le panneau brillamment éclairé indiquant l'entrée du port, son halo de lumière. Si l'endroit était surveillé, s'ils étaient en train de le traquer, il verrait les vans d'où surgiraient les colonnes d'hommes armés et cagoulés. Quand les Américains prenaient d'assaut une planque, ils déployaient au moins un demi-bataillon. À chaque fois qu'il s'était retourné pour regarder, il n'avait vu que quelques voitures et des camions, des semi-remorques servant au transport des marchandises. Et ils n'avaient pas sa photo, il en était certain.

Au niveau d'une bouée surmontée d'une lumière rouge, le long navire effectua un demi-tour pour repartir en marche arrière vers un projecteur à l'extrémité d'une jetée. Ajaq glissa la main dans sa poche, comme il l'avait déjà fait à de nombreuses reprises. Le contact du billet cartonné le rassura. Il s'étira sur son banc, se détendit le dos. Le moment approchait, plus que quelques minutes.

Il éprouvait des regrets.

Il regrettait de ne pas avoir pris davantage de temps pour raffermir l'esprit du garçon saoudien, pour mieux le préparer. Dans le pays où il combattait – et la première étape de son voyage de retour commençait sur ce bateau –, une main sur l'épaule suffisait, accompagnée d'un murmure, toujours le même, « Dieu t'attend, Dieu t'aime, Dieu te donnera des vierges », et d'un bref baiser sur les joues. L'Ingénieur, en train de vérifier les branchements d'une ceinture ou d'un interrupteur sur le tableau de bord, disait à l'idiot qu'un échec serait synonyme de torture par les Américains et de bien pire encore de la part des collaborateurs, les chiites irakiens. Aurait-il dû en faire davantage ?

Il regrettait de ne pas avoir éduqué la cellule, dans le cottage. Pas en lui donnant des cours d'endoctrinement ou des leçons de foi, mais en expliquant comment résister aux interrogatoires, comment contrer la surveillance, comment fabriquer des engins explosifs, les produits chimiques à utiliser quand on ne pouvait se procurer de la dynamite militaire ou commerciale, comment choisir une cible. Mais il avait estimé que c'étaient tous des imbéciles indignes de confiance, à l'exception de la fille balafrée à la peau du ventre si douce.

Et il regrettait de ne pas être allé plus loin au nord pour y trouver un homme, mort ou vivant, de ne pas s'être présenté à la porte d'une maison de retraite pour confronter son père avec fureur et violence ou dans un cimetière pour cracher sur sa tombe. De ne pas avoir, à la porte ou devant la tombe, prononcé le nom de sa mère. Cela n'arriverait plus maintenant, et c'était là son regret le plus blessant.

La coque du bateau, immense et haute, se dressait maintenant au-dessus de la jetée. Quand il serait à bord, quand la côte ensoleillée s'éloignerait, il trouverait un endroit à l'écart sur le pont. Il n'irait pas à la cafétéria, il ne fréquenterait pas les zones publiques, il s'installerait dans un coin battu par le vent glacé que les passagers éviteraient où il serait seul avec ses pensées, et les regrets disparaîtraient. Deux heures après son départ, le garçon marcherait sur la place, il irait vers les foules attendant l'ouverture des portes. Au moment où le garçon mourrait, il serait sur le navire dont le sillage puissant n'atteindrait plus la ligne sombre du rivage désormais à peine visible.

La femme avec son chien quitta les galets et le sable, grimpa les marches qui se trouvaient près de lui. Passant devant, elle s'arrêta et sourit.

« Ça devrait être une belle journée, dit-elle. De celles qui rendent heureux de vivre. »

Et elle s'en alla.

Ajaq tua encore quelques minutes. Les dalles de l'esplanade luisaient désormais, tout comme la crête des vagues. Il ressentit les premiers effets de la chaleur du soleil sur son visage.

Des points de lumière et des lignes zébrées se glissaient à travers les trous et les fentes du contreplaqué sur les fenêtres, des planches clouées sur la porte.

Elle n'avait pas dormi. Elle l'avait tenu.

Elle ne voulait pas bouger, le réveiller.

Il avait crié pendant la nuit. Deux fois. Dans cette langue arabe qu'elle ne comprenait pas. Elle ignorait si c'était Dieu qu'il avait appelé ou sa famille, mais ce n'était pas elle. À chaque fois, pour l'apaiser, elle l'avait serré un peu plus fort dans ses bras et l'avait réchauffé avec sa nudité.

Il était calme, à présent. Sa respiration était silencieuse. Sa tête était contre elle, blottie dans ses bras. Faria ne savait pas si elle serait maudite ou bénie. On lui avait dit de lui donner de l'amour et elle l'avait fait. Il était en paix.

Elle ne voulait pas le réveiller, mais elle ne pouvait plus rester couchée. Elle se libéra.

Sans le moindre sentiment de fierté, honteuse, elle dégagea d'abord le bras qui était au-dessus de son épaule et autour de son cou, puis la main qui, derrière son dos, se trouvait dans ses cheveux. Ses yeux ne s'ouvrirent pas. Lentement, très lentement, elle s'écarta de lui, roula sur le sol, sentit les planches nues. Un clou lui égratigna une fesse. Elle s'éloigna à quatre pattes.

Il ne s'étira pas, continua à dormir. Il n'avait jamais touché sa cicatrice, ne s'y était pas arrêté. Il n'avait pas montré le moindre signe que la balafre – un accident dans le van d'un cousin sur du verglas matinal – l'effrayait ou le dégoûtait. Tous les autres hommes qu'elle avait connus du côté de Dallow Road, ou dans le cottage, la fixaient avec insistance, comme une marque repoussante, répugnante. Lui l'avait aimée. Pour cela, elle pensait lui devoir plus qu'il ne lui devait.

Des larmes lui vinrent aux yeux. Elle sanglota. Elle n'était qu'une putain et elle le trahissait. Vingt mois plus tôt, avant qu'on la mette en sommeil, l'imam qui l'avait recrutée avait dit : « On te demandera beaucoup. Seuls les plus forts et les plus dévoués sont capables d'accomplir ce qui leur est demandé. En fais-tu partie ? » Elle avait juré que oui. Sa force et son dévouement étaient de dormir, corps contre corps, lui en elle, et donner ce qui lui avait été demandé. Elle ravala sa salive et ses sanglots, se frotta le visage avec son poignet pour essuyer les pleurs. Elle avait été, pendant une nuit, aimée.

Des lumières, des points et des lignes, tapissaient son corps.

Elle s'habilla, fouilla dans son sac. Elle en sortit la robe noire, le *jilbab*, qui la couvrait du cou aux chevilles, chercha encore, trouva la grande écharpe grise, le *dupatta*, qui masquerait sa nuque et ses cheveux et qu'elle pouvait tirer sur son visage. Mais Faria ne revêtit ni le *jilbab* ni le *dupatta*, pas encore. Elle ne voulait pas les salir.

Il dormait, et les gestes qu'elle effectuait faisaient danser des ombres sur sa peau. Il tendit le bras vers elle, ne la trouva pas. Il le retira, mais sans se réveiller. Dans deux heures, sa vie serait finie – terminée, détruite. Il valait mieux qu'il dorme. Elle enfila ses chaussures. Qu'allait-elle lui dire à la fin ? Quels seraient les derniers mots qu'elle prononcerait avant de s'éloigner, de l'abandonner ? Réveillée, alors qu'il la tenait et qu'elle le tenait, elle avait répété ce qu'elle dirait. Elle prit le seau neuf et alla à la porte.

Faria poussa la planche, qui protesta. Elle crut que cela l'avait réveillé, mais non.

Elle rampa à travers le trou. Le dos de son tee-shirt se prit dans une écharde, elle se libéra.

Regardant autour d'elle, les fenêtres des maisons de chaque côté, les jardins au-delà de la clôture défoncée, elle vit que personne ne la guettait. Elle souleva le couvercle du récupérateur d'eau, descendit le seau, le remplit, remarqua les saletés qui tournoyaient. Elle replaça le couvercle, revint par le trou en tirant le seau derrière elle. Elle retourna dans l'obscurité humide de la chambre.

Il dormait, mais bientôt elle le réveillerait.

« Décrivez-moi les hommes… comment ils marchent, chaque centimètre de leurs visages.

– Oui, Joe… vous me l'avez déjà dit. »

Le soleil rasant transformait la crête des vagues en joyaux, mais Naylor était assis avec Joe Hegner au fond de l'abri, là où ses rayons ne pénétraient pas. Son dernier appel au directeur adjoint remontait à plus d'une heure. Rien de nouveau à signaler. Il n'avait pas non plus téléphoné chez lui. Rien à dire. Ils étaient installés là où l'Américain l'avait exigé. À une centaine de mètres sur leur droite, le quai venait rejoindre l'esplanade. La marée était montée, la mer léchait le haut des piliers avant de retomber en malaxant des algues. À cette intersection : un parterre carré protégé par un mur de brique dans lequel le service des parcs et jardins avait planté des massifs de fleurs. Les garçons, Boniface et Clydesdale, attendaient là-bas dans leur voiture. Plus loin, à un millier de mètres, selon l'estimation de Naylor : l'entrée du port où des semi-remorques quittaient le navire immense. Un homme venait vers eux, poussant un berceau dans lequel braillait un bébé.

« La cinquantaine. Un grand-père, peut-être. Caucasien. C'est sans doute le gosse de sa fille, et il chiale.

– Merci, Dickie. Je ne suis pas sourd. »

Une minute passa. Il n'entama aucune conversation et aucune ne semblait attendue de sa part. Hegner était assis près de lui, voûté, alerte, la canne entre ses jambes, le menton posé sur le pommeau. Un autre passant.

« Petit, dans les quarante ans, mais il est tout emmitouflé. Un sac de pêcheur sur l'épaule et...

– Merci, Dickie. »

Une minute glissa. Non, Dickie Naylor n'aurait pas dit qu'il était au bord de la panique, il aurait nié la *panique*. Mais ses entrailles se convulsaient, il changeait sans cesse de position sur le banc de l'abri et il avait mal aux yeux à force de guetter. Pas encore paniqué, mais c'était pour bientôt. Une bouillie de pensées lui emplissait la tête. Un kamikaze allait se faire exploser et il ne savait pas où. Le membre d'une cellule, un néophyte, leur avait parlé, sous la torture, d'un soi-disant billet de ferry, là où il serait utilisé et à quel moment. Un mélange d'arrogance et d'égocentrisme, la quête d'un héritage et une carrière stérile, l'avaient placé, lui, Dickie Naylor, entre les mains de l'Américain.

« Deux garçons, la vingtaine. De grands sacs à dos. L'un caucasien, l'autre afro-caribéen. Ils ont l'air de s'emmerder... des étudiants.

– Merci, Dickie. »

Si Hegner était proche d'un état de panique similaire, il ne le montrait pas. N'offrait même pas un signe d'appréhension. Il s'était mis à fredonner. Une de ces chansons à l'eau de rose, écœurantes, qui passaient à la radio le matin quand Anne lui préparait son petit déjeuner en écoutant sa station préférée. L'irritation bouillonnait en Naylor, difficilement contrôlée. Le fredonnement continuait. Il imaginait des conséquences. Des hommes et des femmes des affaires internes, des visages sévères, totalement fermés à la réalité du terrain, aux pressions, sortiraient de leurs terriers, examineraient les rapports à la recherche de détails expliquant la libération d'un prisonnier, confisqueraient des téléphones portables, localiseraient la source de certains appels, creuseraient la terre pour en extraire des gravats de béton et mettre au jour un cadavre enveloppé dans du plastique, vérifieraient le plan de vol d'un hélicoptère de la RAF et... Seigneur, quel cauchemar ! Il se vit cuisiné dans la salle d'interrogatoires d'un poste de police par des officiers de la Branch qu'il connaîtrait sans doute et qui feraient comme s'il était un étranger. Qui lui rappelleraient ses droits. Un cauchemar comme il n'en avait encore jamais connu. L'Américain avait parlé d'un tapis rouge. Naylor n'y croyait pas. Il fixa son regard au loin, aussi loin que ses yeux en étaient capables, sur l'esplanade. Pas de tapis rouge. Il ne voyait rien, personne venir. Il martelait le sol de ses talons, un roulement de tambour avec ses chaussures, et tressaillit quand le premier rayon de soleil se glissa dans l'abri pour venir frapper les lunettes noires de Hegner. Il ne put se retenir, laissa son souffle, sa frustration, siffler entre ses dents.

Le fredonnement cessa.

« Calmez-vous, Dickie. Il va venir.

– Personne ne vient.

– Pensez au verre à moitié plein. Continuez à me décrire les démarches et les visages.

– Le moment approche. L'embarquement va commencer. Et personne ne vient. »

Naylor vit le grand sourire et le trouva humiliant.

« Votre problème, Dickie, c'est que vous laissez vos inquiétudes prendre le dessus. Croyez-moi, il viendra, et il passera là, juste devant nous. »

Ils approchaient de la dernière sortie de l'autoroute. Ensuite, avec leurs sirènes et leurs lumières, ils auraient la voie dégagée jusqu'au centre-ville de Birmingham.

« Je veux dire, c'est la putain d'aiguille dans la meule de foin. Daff se gourait pas. Dieu nous a donné ce Gallois pour nous réconforter.

– Ils auraient peut-être mieux fait de boucler tout le secteur.

– On peut pas bloquer une ville entière. Si on boucle le centre, ce petit con visqueux ira ailleurs, n'importe où pourvu qu'il y ait du monde.

– Y a pas de solution. »

Certains discutaient à voix basse, d'autres lisaient des magazines mais intervenaient quand même. Personne ne fanfaronnait, personne ne blaguait.

« On a sa photo et on a cet oiseau débile sur son tee-shirt. Mais *il* portera une casquette de base-ball et quelque chose sur le tee-shirt, c'est évident, pour cacher le gilet.

– Vous vous rappelez de cette réunion l'an dernier et de cette histoire avec le sourire ? Non, j'essaie pas de faire le mariole. Les Israéliens disaient qu'ils ont tous l'air de sourire. Ils se marrent parce qu'ils vont baiser des vierges.

– On va pas descendre tous les jeunes Orientaux qui se baladent au centre-ville en souriant. C'est ridicule. »

L'équipe Delta se trouvait dans le Transit de tête. Derrière eux venaient les Golf et les Kilo.

« Faudra un tir à la tête, doublé et avec des balles creuses. Le seul endroit où y a pas de risque, c'est la tête. À la poitrine, même en plein cœur, avec *sa* main sur le bouton et c'est la fin des haricots.

– Un tir à la tête avec un Glock à dix mètres, c'est un miracle. Comment tu vas te servir du H & K dans une rue bondée et tout le reste ? *Il* te voit, et t'as pas le choix, tu dois viser et appuyer sur la détente, et ensuite, rideau.

– À dix mètres, si tu *le* descends pas, si tu *lui* exploses pas la tronche, et si *son* doigt est sur le bouton, tu pars avec *lui*, sauf que pour toi, y aura pas de gonzesses.

– Le mieux, ce pour quoi je prie, c'est de pas *le* rencontrer sur mon coin de trottoir. »

Ils patrouilleraient dans les rues, avec tous les autres flingues des West Midlands, de Mercie, de Warwick, du Grand Manchester et du South Yorkshire, avant l'ouverture des boutiques et des commerces. Le grand, celui dont l'égratignure à l'oreille était depuis longtemps guérie, essaya de briser l'humeur pessimiste dans le Transit :

« Vous vous plantez complètement, les mecs, vous avez rien compris. Ce qu'il faut, c'est choper un mégaphone géant et se mettre à gueuler. Vous devinez pas ? Je vais vous le dire : "Si vous portez un sac à dos ou une ceinture trop lourde, sortez les mains de vos poches et levez-les au-dessus de la tête, car nous savons que vous êtes brave et que vous avez des principes..." Vous en dites quoi ?

– Qu'on veut plus entendre parler de cet enfoiré.

– Ce mec, c'est du passé. »

Grâce aux sirènes et aux lumières, ils fonçaient à travers la circulation et la banlieue de la ville.

Les premiers employés purent entrer par une porte de côté.

Noël avait été mauvais et le jour de l'an pire encore. Rares étaient ceux qui n'appréciaient pas l'importance de ces soldes pour allaient redonner un peu de lustre aux magasins de marques du centre commercial.

Les lumières s'allumèrent en frémissant sur les étagères, sur les comptoirs, sur les présentoirs et les vitrines.

Les chefs de rayon vérifièrent les étiquettes avec les anciens prix barrés et les nouveaux bien visibles. Le personnel commença à ranger les stocks qu'il avait sortis hier soir après la fermeture.

Le DJ d'une radio locale avait été embauché pour déclarer l'ouverture des soldes.

Même si plus d'une heure la séparait encore de l'ouverture des portes, une petite foule était déjà massée sur les marches qui montaient depuis la place. Mais le sentiment, l'espoir, aussi bien des chefs de rayon que des employés, était qu'au moment magique, les marches seraient noires de monde et que des files d'attente s'étireraient jusqu'à l'hôtel de ville.

« J'ai un bon pressentiment, disait le directeur exécutif du centre à qui avait le temps de l'entendre pendant qu'il déambulait dans les allées. Rien ne les empêchera de venir, même pas le début de la Troisième Guerre mondiale. »

***

Il était allé dans la salle de bains, avait utilisé la douche, avait trouvé un rasoir dans le placard au-dessus du lavabo.

Il s'était habillé. Il emportait toujours avec lui une chemise propre dans un sac en plastique et une paire de chaussettes propres. Il avait dû fouiller tout au fond du sac pour les trouver. Coincée sous les boîtes de grenades, la trousse de premiers secours et le gilet pare-balles, la chemise était froissée. De toute façon, elle n'avait pas été repassée après son passage dans une des machines de la laverie proche de son meublé. Pantalon enfilé et ceinture bouclée, il avait touché le holster avec le pistolet, comme on le ferait pour s'assurer de la présence de son portefeuille ou du mouchoir dans sa poche, des cigarettes et du briquet. Après avoir noué sa cravate, Banks s'était senti à peu près correct, prêt pour la journée. Il avait tapoté les coussins du divan pour leur redonner leur forme, plié la couverture qu'on lui avait donnée en un carré impeccable.

Il y avait du mouvement derrière le mur mince, il entendait leurs voix chuchotantes au-delà de la porte encore plus mince.

Elle sortit, refermant derrière elle.

« Bonjour, monsieur Banks. Il va faire beau, on dirait. Vous avez bien dormi ?

– Merci, oui. Ça faisait longtemps que je n'avais pas dormi aussi bien. »

Faussement pudique, elle roula des yeux.

« On ne vous a pas dérangé ?

– Pas du tout. Il aurait fallu une bombe pour me réveiller. »

Elle ne portait qu'un vieux maillot de rugby, des anneaux autrefois rouges sur un fond bleu délavé. Un trophée, se dit-il, qui lui arrivait en haut des cuisses. Et des tongs aux pieds. Il ne se souvenait plus quand il avait vu Mandy avec ce même air satisfait, bien baisée. Les yeux fatigués encore pleins de malice, et ce sourire. Il n'y avait pas eu d'autre femme depuis que la sienne était partie.

« Je vais préparer du thé.

– Merci.

– Et un petit déjeuner, la totale.

– Génial.

– Vous faites quoi, aujourd'hui ?

– Je le ramène. Je le ramène après sa visite à ses parents malades... »

Il avait ajouté cela d'une voix sèche, mais sans rien montrer.

« C'est une saleté de menteur, dit-elle.

– ... puis je répondrai aux critiques pour lui avoir permis de quitter la base une nuit entière et pour l'avoir accompagné. Ensuite, un peu de détente, et cet après-midi, la sortie en bus prévue pour tout le monde. Une journée plutôt tranquille.

– En fait, ce type, c'est une vraie merde, dit-elle. »

Une constatation.

Elle alla dans la salle de bains. Il s'assit sur le canapé, récupéra un magazine sur une table basse et entama la lecture d'un article sur une star de cinéma qu'il ne connaissait pas, sur la fabrication d'un film qu'il n'avait pas vu. La chasse d'eau. Il s'ennuyait, se sentait insatisfait, démoli. Elle passa de la salle de bains à la cuisine et ne regrettait sans doute pas d'avoir traité son amant de merde. Il tourna encore quelques pages, commença à étudier le profil d'un couple qui avait rénové un château au pays de Galles et avait dépensé un demi-million en consultants et artisans. Bon à rien, inadéquat. Il entendit le sifflet de la bouilloire, les tintements de vaisselle. Découvrit une location de vacances à la Barbade avec des chalets en bord de mer qui coûtaient pour une semaine – sans le voyage – ce qu'il gagnait en sept mois de travail. Si *inutile*, une pièce de rechange obsolète. Un mug fut placé sur la table à ses côtés. Les saucisses grésillaient et sifflaient dans la cuisine. Négligent, il jeta le magazine sur la table et du thé déborda du mug. Il nettoya les taches avec son mouchoir.

« Et une très bonne matinée à vous, monsieur Banks. Vous avez bien dormi ? »

Wright était derrière lui, sur le seuil, en caleçon.

« Très bien.

– Je vous le dis, fit le patron d'une voix toujours aussi forte, sans déconner, c'est une vraie tigresse. Bon, d'abord un tour aux chiottes, puis une petite douche.

– Et ensuite ?

– Ensuite, ce sera l'heure de ma petite promenade matinale.

– Où ça ?

– En ville.

– Pourquoi ?

– Bon Dieu, mais c'est qu'il joue les pros ! Après une bonne nuit de baise, je descends toujours en ville m'acheter un paquet de clopes et le journal. C'est ma routine. Ensuite, si vous tenez à le savoir, je reviens bouffer le petit déjeuner qu'elle a préparé en lisant mon canard. Après, c'est terminé jusqu'à la semaine suivante. C'est pas si moche, vous savez.

– Dites-moi simplement quand vous serez prêt.

– Vous êtes pas forcé de m'accompagner. Tout ira bien. Cinq minutes pour y aller et cinq pour revenir, c'est pas la fin du monde. C'est juste un kiosque à journaux sur la place.

– Au cas où vous ne l'auriez pas compris, dit Banks, je suis ici pour ça. »

L'irritation montait.

« Si c'est pas de la conscience professionnelle, ça ! »

19
Samedi, jour 17

Il attendait que son patron soit habillé.

Banks faisait les cent pas dans le salon, écoutait le petit déjeuner en train de cuire.

Il avait ouvert une fenêtre pour aérer la pièce.

Il parcourait le tapis dans sa longueur ou sa largeur, variant ses trajets, du canapé à la porte du couloir, de la fenêtre à la cuisine. Le soleil entrait depuis Inkerman Road. Il avait envie d'être dehors où il y avait de la propreté et pas la vieille odeur de son corps qui traînait encore dans la pièce. Non, aucune objection à aller faire un tour pour se dégourdir les jambes. C'était une routine pour lui aussi, il arpentait les rues autour de son meublé, du côté du parc dans Ealing, pour se remettre les idées en place avant de prendre le métro pour le boulot. Une vieille habitude d'enfance, quand il emmenait le colley dans les champs pour lui faire renifler les terriers à renard et à blaireau avant d'aller chercher sa sacoche et remonter l'allée jusqu'à l'arrêt du car de ramassage scolaire. Quand ce serait terminé, lundi matin, sa lettre, sa carte et son autorisation de port d'armes sur le bureau de son supérieur, il partirait, libre de marcher jusqu'aux vallées en pleine montagne, jusqu'aux lacs immenses ou en plein désert. Il s'immobilisa, sans trop savoir pourquoi.

D'un côté, le petit déjeuner se préparait et elle lavait la vaisselle d'hier soir. De l'autre, derrière la porte, le patron sifflotait en s'habillant.

Banks était seul, sans personne pour le voir.

Et pour la dernière fois peut-être, il exécuta l'exercice.

Veste enfilée. Pièces, cailloux et carnet pesant lourdement dans la poche droite. La cible était la porte du couloir.

Pivoter sur les hanches, rejeter la poche lestée en arrière, la main droite qui sort le Glock du holster, poids bien réparti sur l'avant des pieds, jambes écartées, position isocèle, bras tendus, mains refermées sur la crosse, index sur le pontet. Derrière le guidon et le cran de mire, la porte : un voleur de banque, un assassin, un type tenant un gosse dans ses bras. Il recommença, encore et encore et...

« Bon sang, vous êtes sérieux ? »

Les joues chaudes, il claqua le Glock dans son holster.

« Désolé. Je vous ai fait peur ? Je faisais mon intéressant, c'est tout. C'est pas comme s'il y avait du danger. »

Il sentit la tension se dissiper, le sang quitter son visage.

« C'est juste une précaution. Désolé, vous n'auriez pas dû voir ça.

– S'il vous plaît, je ne suis pas idiote. Je connais le prix des choses. Je présume, et vous n'allez pas le nier, que vos services ont un coût, ce qui veut dire que le danger, la menace, sont réels.

– Nous essayons de les minimiser.

– Vous êtes en train de me dire que des gens veulent tuer Jools ?»

Banks répondit.

« De l'argent a été proposé et accepté. Des gens ont cru qu'une promesse avait été donnée en échange. La promesse a été brisée, le paiement dénoncé au juge. Monsieur Wright s'est fait des ennemis mortels qui n'ont désormais qu'un but : le traquer et lui faire beaucoup de mal avant de l'assassiner. Les deux frères impliqués recevront, s'ils sont condamnés, des peines de prison exceptionnellement longues qu'ils passeront dans des cellules en quartier de haute sécurité. Ils voudront se venger, ce sera une obsession pour eux. Monsieur Wright sera la cible de cette exigence. Ils ont de l'argent et ils ont des contacts. Ils ne le lâcheront pas. Je dois vous dire, mademoiselle, que votre relation avec lui vous met en première ligne. Nous sommes là, en nombre, jusqu'au verdict et, je l'espère, jusqu'à la sentence. Après cela, monsieur Wright, sa famille et vous deviendrez incroyablement vulnérables. Les budgets ne sont pas inépuisables. Voilà de quoi il est question.

– En fait, je le largue.

– Je vous dis ce qui est.

– C'est fini. Rien à voir avec vous.

– Ceci, mademoiselle, ne me regarde pas. »

Et Banks haussa les épaules.

« On baise bien, mais c'est tout. J'ai une mutation, la chance de commencer quelque chose de nouveau. Comme je l'ai dit, c'est un enfoiré de menteur et je serais bien conne de rester avec lui. Je lui dirai après le petit déjeuner. Vous tireriez pour le protéger, sachant qui il est ? »

Il hésita, se détourna pour être face à la fenêtre, au soleil aveuglant.

« Tant que je suis payé, je fais mon boulot. »

Ajaq bougea, laissa le banc derrière lui.

Il ne marcha pas sur l'esplanade, à découvert, mais descendit les marches qu'avaient empruntées la femme et son chien.

Sa tête était au niveau du mur de soutènement qui séparait l'allée de la plage. Les graviers et les galets séchés crissaient et glissaient sous ses pieds.

La prudence était innée, chez lui. Il maudissait le bruit sous ses semelles, mais il n'avait pas le choix, il devait marcher vite, ayant estimé le temps qu'il lui faudrait, en restant sur la plage, pour dépasser le petit abri, remonter sur l'esplanade contourner le quai puis redescendre sur les galets pour effectuer le dernier kilomètre jusqu'à l'entrée du port. Il arriverait au contrôle des billets et passeports dans les cinq dernières minutes précédant la fermeture des portes avant l'appareillage du ferry. Y aller ainsi, sur la plage derrière le mur, minimisait les chances d'être repéré.

Si des hommes l'attendaient, assis dans une voiture ou à l'arrière d'un van de l'autre côté de la route, ils ne le verraient sans doute pas. Il n'avait aucune raison de croire à la présence d'équipes de surveillance, mais il préférait, comme toujours, se méfier.

Il sentait l'odeur de la mer. Ses pieds écrasaient des coquilles. Il vérifia le cadran phosphorescent de sa montre pour voir combien de minutes il lui restait pour atteindre l'entrée du port, pas pour savoir combien il en restait avant que le garçon ne prenne sa place dans la bousculade sur les marches qu'on lui avait montrées. Son esprit était concentré, débarrassé des détritus.

Il vit le toit de l'abri et le soleil qui jouait sur les visages de deux vieux, dont l'un portait des lunettes noires. Ils étaient assis en silence. Il ne leur accorda aucune importance. Plus loin, au-delà de l'abri, se dressait la silhouette sombre du quai, les vagues se brisant sur ses piliers couverts d'algues. Là-bas, il y avait d'autres marches qu'il lui faudrait grimper.

Soudain, la peur le saisit. Il fut pris d'une envie de courir. C'était la vue du quai et des ombres profondes entre les piliers battus par la mer. Il ne voyait rien là-dessous, car la lumière rasante du soleil n'y pénétrait pas. Plus loin, tout au bout de la jetée, les vagues se brisaient avec force, projetant de l'écume. Il ne connaissait pas la mer. Au cours de son enfance au nord de la Jordanie, ses grands-parents ne l'avaient jamais emmené dans la cité balnéaire d'Aqaba, loin là-bas au sud. La mer et sa force – sa puissance qui martelait les piliers – lui étaient étrangères. Il se ressaisit.

Muhammad Ajaq méprisait la peur chez les autres.

La peur corrompait.

Il était si loin de tout ce qu'il connaissait.

Il approchait de l'abri et le quai lui cachait la silhouette du ferry. C'était sa cible, son seul but. Le voir était essentiel. Avec la peur, venait le chaos. Il avait abattu des hommes parce qu'ils montraient des signes de peur. Avait fauché leurs jambes tremblantes. Braqué une arme sur leurs nuques et les avait tués. La peur détruit un homme. Maintenant, elle l'avait capturé.

Il le savait, il ne devait pas courir. S'il courait, soumis à la peur, il arriverait aux contrôles du port avec de la sueur au front et aux mains. Il ne serait pas capable de soutenir le regard des hommes qui l'examineraient depuis leur guérite en verre. La peur le trahirait. Il n'en avait pas montré pendant sa brève captivité chez les Américains et il leur avait échappé en faisant semblant de boiter. Il avala une grande goulée d'air pour se calmer.

Pendant un instant, il resta figé sur place. Il se secoua, essaya de dissiper la tension qui nouait ses muscles et glaçait ses entrailles. Il fit un pas délibéré, libérateur, en avant.

Il ne voyait que ce qui se trouvait face à lui, l'abri où étaient assis les deux vieux et l'obscurité sous le quai. Son esprit était troublé.

Chaque pas était plus dur que le précédent, mais il ne courait pas.

« Il arrive.

– Personne n'arrive.

– Je vous le dis, il arrive.

– Vous ne m'écoutez pas ? Il n'y a personne, aboya Naylor avec impatience.

– Je l'entends.

– Je vous le dis pour la dernière fois. Je vois à quatre cents mètres à la ronde et il n'y a *personne*. C'est assez clair pour vous ? Personne. Vous avez commis une monstrueuse erreur de jugement. »

Dickie Naylor contemplait toute la longueur de l'esplanade, au-delà des lampadaires et des bancs. Il voyait voler des mouettes et des sacs en plastique. Surprenant, vraiment, avec ce soleil, mais pas un seul être humain n'était là. Il se gratta autour des yeux, plissa les paupières, regarda encore. Bien sûr, l'Américain *voulait* croire que son homme venait, toute sa réputation en dépendait. Deux réputations, en fait. Il consulta sa montre, fit le calcul.

« Je suis aussi navré que vous, Joe. Je ne peux pas faire apparaître un homme là où il n'y en a pas. Ce bateau va partir sans lui. J'ai autant à perdre que vous, plus peut-être.

– Vous ne l'entendez pas, mais moi oui. Je vais juste rester assis ici et continuer d'écouter pour nous deux. »

Comme pour se moquer d'un enfant :

« Qu'entendez-vous, Joe ? »

Il reçut un vilain coup de canne dans les côtes.

« Des pieds sur des pierres. »

Naylor se raidit, se redressa. Il guetta les cris des mouettes, le vent contre les lampadaires, la rumeur des vagues, et il entendit enfin les semelles qui glissaient sur les galets, qui écrasaient des coquillages. Il se leva. Il regarda la plage en contrebas, la tête d'un homme, et ses épaules barrées par les bretelles d'un sac.

« Là, Joe... »

Un frisson haletant.

« ... sur la plage, presque à notre niveau, se dirigeant vers nous.

– Description ? Vite.

– La trentaine, arabe mais pâle. Métis, peut-être. Un sac à dos.

– Quoi d'autre ?

– On dirait qu'il est en transe, très loin d'ici, il ne me voit pas.

– Concentrez-vous, maintenant, emmenez-moi plus près. »

Naylor prit le bras de Hegner, l'aida à se lever. Le traîna. La canne se prit dans les jambes de Hegner, mais Naylor lui évita de tomber. Il lui fit quitter l'abri, le guida sur l'esplanade jusqu'au muret qui leur arrivait aux genoux. L'homme était immédiatement sous eux.

« Vous êtes tout près, Joe. »

Cela parut une éternité à Naylor, mais ce fut très bref. Le murmure, la confidence de Hegner retentirent :

« J'ai fait un long chemin pour te retrouver. Et maintenant, je vais te baiser. Tu es le Scorpion... »

La tête se retourna et Naylor se rendit compte que Hegner avait parlé dans un arabe guttural. Le cou avait pivoté comme si on l'avait dévissé.

« Il a réagi, marmonna Naylor. Un vrai coup de massue... »

L'homme recula de deux pas, mais les galets cédèrent sous ses pieds et il trébucha. Naylor vit la confusion s'étaler sur son visage, la tête branler de gauche à droite, comme s'il cherchait à s'éclaircir les idées, à faire le tri dans toutes celles qui se bousculaient sous son crâne. Un truc si simple, tellement basique. Naylor avait d'abord senti l'hésitation devant l'arabe puis vu la tête se tordre à cause du mot « Scorpion ». Il allait fuir – oui, bien sûr – sur la plage. Sauf que non.

Ses mains sur le muret.

Le saut et la poussée, le roulement de pierres lisses derrière lui.

L'homme se hissa sur l'esplanade. Naylor vit sa puissance, son corps se préparer, se ramasser comme un ressort. Qu'est-ce qui le menaçait ? Naylor repoussa l'Américain derrière lui, entendit le cri de Hegner qui tombait. Ce qui menaçait l'homme, l'empêchait de s'enfuir, c'était Dickie Naylor qui allait, ou pas, célébrer son soixante-cinquième anniversaire le lendemain, et Joe Hegner, l'aveugle, qui gisait à terre derrière lui. Ses talons ne touchant plus le sol, l'homme était prêt.

Ces temps-ci, ils filaient peut-être des cours de survie et d'autodéfense aux recrues, mais il n'y avait pas de session de rattrapage pour les vieux guerriers.

Les poings dans le visage de Naylor et en pleine poitrine, un genou dans son bas-ventre, des coups de pied sauvages sur ses tibias et ses chevilles. Il ne s'était encore jamais battu – ni dans sa jeunesse, ni à l'âge mur, ni maintenant qu'il était vieux. Il entendait sa propre respiration siffler entre ses lèvres, il n'y voyait plus rien, la douleur était partout. Il s'effondra. À terre, il était une cible encore plus facile. Les poings cognèrent son crâne au moment où il tombait, le genou le cueillit sous le menton, les pieds visaient son ventre, maintenant. Il était incapable de se protéger. Il roula en arrière, dans la mollesse du corps de Hegner. Le verre brisé de ses lunettes lui trancha la joue, ajouta au sang qui s'échappait déjà de sa bouche. Naylor se dit qu'il allait mourir ici. Vieille école, vieux type, guerrier archaïque et devoir accompli. Il couvrait Hegner de son mieux. Il cria encore une dernière fois : il n'avait plus de souffle. Les coups continuaient. Il chercha à tâtons. Pas encore prêt à mourir, merde. La douleur réveillait la colère.

La canne dans sa main, sa peinture blanche luisante dans son poing.

Il pensa au bout dur d'une canne qui frappait tout ce qui était à sa portée, à l'aveugle à qui on l'enlevait au contrôle de sécurité à la porte principale parce que son extrémité déclenchait les détecteurs de métal. Il se souvint de ça.

La canne en main, Naylor renifla l'haleine sur lui, imagina le moment pendant lequel l'homme préparait le coup du tranchant sur la nuque. Non, merde, pas prêt à mourir. Il piqua violemment, sentit le bout s'enfoncer dans quelque chose de mou. Entendit une exclamation puis une sorte de gargouillement. Quelque chose de mou, la gorge peut-être. Il attendit, mais le coup suivant ne vint pas.

Il entendit une toux rauque, sèche, puis le martèlement de pieds qui s'éloignaient en courant.

Et il entendit :

« Vous allez bien, Dickie ?

– Pas vraiment. »

Son corps était un seau de souffrances.

Il leva les yeux vers le dos de l'homme, le quai et la voiture garée.

Il essaya de se relever, échoua, essaya encore, se retrouva sur ses pieds, chancelant comme un ivrogne, avec le goût du sang dans la bouche. L'homme détalait en se tenant la gorge, comme s'il avait été sérieusement blessé à cet endroit. Qui avait vu quoi que ce soit ? Personne. Un camion de lait passa. Deux enfants couraient vers la plage, shootant dans un ballon devant eux. Un chien bondissait dans les vagues à la poursuite d'un jouet qu'on y avait jeté. Personne ne l'avait vu se transformer en sac de frappe.

« Si vous le pouvez, aidez-moi... »

Naylor hissa Hegner sur ses pieds puis se retint à lui.

« ... et donnez-moi ma putain de canne. Le Twentyman est-il parti là où je le disais ?

– Il y va.

– Parlez-moi. J'ai trop attendu, bon Dieu, Dickie. Dites-moi ce qu'il se passe. »

Ils partirent lentement derrière l'homme, Hegner et sa canne soutenant Naylor. Le soleil léchait le sang sur ses lèvres. Il raconta ce qu'il voyait.

L'homme courait à toute allure, il arrivait à la voiture. Soudain, les portières s'ouvrirent. Boniface et Clydesdale surgirent. L'abri bloquant leur champ de vision, ils n'avaient pas dû les voir à terre, Hegner et lui. Ils n'avaient rien su jusqu'à ce que l'homme fonce vers eux sur l'esplanade avec les deux vieux titubant à sa poursuite. Il tenta d'esquiver la portière arrière. Elle le percuta. Il perdit l'équilibre, s'écroula contre le petit mur de brique qui retenait les massifs de fleurs et de plantes. Boniface et Clydesdale se jetèrent sur lui, l'un au torse, l'autre aux genoux. La mêlée formée par les trois hommes s'effondra. Il vit le combat. Bras, jambes, fesses qui s'agitaient en tous sens, se tordaient violemment comme au rugby. Naylor n'aurait su dire quel corps était dessus, mais il voyait les coups voler. Il tira Hegner derrière lui, par le bras. Loin après le quai, deux jeunes femmes avec des poussettes venaient vers eux. Elles bavardaient sans jamais lever les yeux. C'était terminé. Il vit les bras et les chevilles immobilisés. Ils étaient à genoux sur lui. Son sac à dos à l'écart.

Naylor emmena Hegner tout près. Contemplant le visage, il pensa à une créature sauvage. Les yeux brûlants, enragés, lui rendirent son regard. Au centre de la gorge, près du menton, il y avait déjà une tache jaune. La bouche était ouverte, la respiration difficile. Les liens en plastique entravaient poignets et chevilles, et le poids des deux hommes le plaquait au sol. Pourtant,

Naylor ne pouvait pas croire, pas complètement, que l'homme ne représentait plus un danger pour lui. Un souvenir se glissa dans son esprit. Un vieux poème appris à l'école, un commandant de vaisseau grièvement blessé – un héros élisabéthain – sur le pont d'un galion espagnol, impuissant, mais ses ennemis n'osant l'approcher, le redoutant encore. Il dit à Hegner ce qu'il voyait, ce qui était dans son esprit. Mais celui-ci brisa son étreinte et tendit le bras. Ce fut Boniface qui lui prit le poignet, semblant deviner ce qu'il voulait, qui guida sa main, Clydesdale tenant les cheveux, s'assurant que la tête ne puisse bouger. Les doigts de Hegner furent amenés, très doucement, au contact du front. Ils glissèrent sur la peau jusqu'aux orbites, le long du nez, sur les joues, longèrent la bouche, errèrent sur la barbe naissante. Naylor comprit. Hegner apprenait l'homme, ses doigts lui en transmettaient une photographie.

Hegner eut un sursaut en arrière et Naylor l'aida à se redresser.

Il dit, pas à Naylor :

« Je veux son sac et ses papiers. Et je veux que vous le lestiez. »

Ce qui fut fait. Boniface fouilla les poches, en sortit un billet, un passeport et un portefeuille très mince, avant de jeter le sac à dos aux pieds de Naylor. Sans lâcher les cheveux, Clydesdale flanqua de puissants coups de pied dans le mur du parterre de fleurs. Ses lourdes bottes le brisèrent, délogeant plusieurs briques.

Hegner dit, à Naylor :

« Vous n'avez pas intérêt à leur donner un contrordre. »

Naylor, du vomi dans la bouche :

« Je ne vous décrirai pas ça. Sûrement pas. »

Hegner, à Boniface et à Clydesdale :

« Lestez-le, et balancez-le là où il y a du fond. »

Il vit des briques entières ou en morceaux enfoncées dans les poches, sous la ceinture du pantalon, sachant qu'elles seraient maintenues en place par les liens aux chevilles. Il se demanda si, à la fin, l'homme allait crier, supplier, implorer. Il contempla le visage d'un ennemi, les traits que les doigts de Hegner avaient touchés. N'y trouva que mépris et défi. Et fut alors frappé, plus que par n'importe quel coup de pied ou de poing, par la puissance de cet ennemi. Pouvait-elle être vaincue ? Ils le soulevèrent. Un à chaque bras, ils le traînèrent sur le quai. Naylor se détourna.

Il observa l'approche des jeunes femmes. Tenant un mouchoir sur son visage, il espéra cacher ses lèvres éclatées, le sang et les traces de coups. Elles ne lui adressèrent pas un regard, continuant à marcher et à bavarder. Il saisit des bribes de leur conversation. Était-ce en leur nom, pour qu'elles restent en sécurité, pour que leurs bébés continuent d'être poussés ? Il guettait un bruit de plongeon, mais n'entendait que les vagues sur les eaux sombres, profondes, qui battaient les piliers.

Il dit :

« Joe, si c'est pour vous venger, cela ne vous fait pas honneur… »

Hegner :

« Remettez-le à la justice et on lui file un avocat, il ne dit rien pendant ses interrogatoires respectueux des droits humains, il devient une icône de la résistance, son nom est sur les lèvres de tous les gosses, partout. Ma méthode ? Il disparaît. On le perd de vue, plus rien. Où peut-il bien être ? Cela crée de la confusion. Des hommes s'agitent, passent des appels, envoient des mails. Il faut qu'ils sachent. Et s'ils ne le retrouvent pas ? Alors, c'est la perturbation et le chaos. Ça les atteint, ça les atteint très fort, car ils ne savent pas. Je vois des erreurs qui sont commises. Vont-ils changer les codes, les planques, la composition des cellules ? Ils sont dans l'ignorance et ils pataugent. Réfléchissez-y. Maintenant, Dickie, est-ce qu'on pourrait avoir un petit café ? »

Il vit Boniface et Clydesdale revenir du quai, des morceaux de liens en plastique dans les mains. Ils avaient dû les couper après l'avoir assommé et avant de le balancer. Le corps anonyme ne serait pas retrouvé avant au moins une semaine, deux peut-être. Il pensa aux techniciens et aux ingénieurs, les nouveaux soldats en première ligne de cette nouvelle guerre, scrutant les ondes à la recherche de messages envoyés par un ennemi désorienté et perturbé. Il pensa aussi à un garçon dans un tee-shirt blanc avec un cygne furieux.

« Vous oubliez le petit Saoudien.

– Je ne l'ai pas oublié, j'ai établi des priorités. S'il vous plaît, j'aimerais retourner là-bas récupérer mes lunettes, ou ce qu'il en reste, et je voudrais un café. Dickie, le gosse va tenter sa chance, mais ni vous ni moi ne pouvons savoir ce qui va se passer. Tout ce que je dis, c'est que le verre est à moitié plein. Regardez le bon côté des choses. »

Lee Donkin prenait pour cibles celles qui gardaient précieusement le prix du bus dans leur porte-monnaie, qui ne disposaient pas d'une voiture et devaient descendre la route principale jusqu'en ville avec tout l'argent qu'elles avaient mis de côté pour les soldes du centre commercial.

Sous le soleil, son visage était encore plus pâle.

Sa capuche était relevée, cordons noués, aucun de ses cheveux et très peu de ses traits, vindicatifs et froids, n'étaient visibles. Il portait ses gants et sa main droite était dans sa poche sur la poignée de son couteau court à double tranchant. Ne s'étant rien injecté depuis si longtemps, il avait du mal à marcher et plus encore à se concentrer. Une première fois, il avait accéléré subitement l'allure pour s'approcher d'une femme avec une poussette, mais elle avait dû entendre sa respiration sifflante. Elle s'était retournée face à lui, un parapluie replié comme un accordéon dans son poing fermé qu'elle tenait telle une arme. Il avait détalé.

Les douleurs dans son ventre et sa poitrine n'étaient pas dues à la faim ou à la soif, mais au manque.

Il vit une autre femme, devant sur le trottoir, et de nouveau allongea le pas, mais une voiture de police remontait lentement vers lui et l'occasion fut perdue.

Il regarda devant et derrière lui et ne put trouver une proie isolée, sans personne autour d'elle. Il lâcha un juron, mais il arrivait à l'un de ses coins préférés. Ici, il avait réussi trois coups ces deux derniers mois. Des toilettes en dérangement en retrait du trottoir entourées par une haie de mauvaises herbes et, derrière, le terrain de jeux de l'école. Il s'adossa à un lampadaire.

Il n'avait pas le choix, il devait attendre, et le désespoir l'envahissait.

Pourquoi aurait-il besoin de nourriture ? Il n'en avait pas besoin et elle ne lui en avait pas donné.

Elle avait entendu son ventre gargouiller pendant sa prière.

Il s'était agenouillé face à un mur à peine visible dans la pièce sombre et sale. Elle ignorait ce que son esprit y avait vu, mais il avait eu l'air satisfait après avoir terminé. Elle aussi avait remué les lèvres, prononcé le discours répété, mais en silence. Elle réfléchissait au moment où elle lui parlerait, se demandant si cela serait nécessaire. Il n'avait aucun besoin de manger et le moment était venu.

Faria lui apporta le seau, ainsi que le tee-shirt trempé qu'elle avait utilisé la veille. Elle le lava encore une fois. Sous les aisselles, autour du cou où la sueur s'était accumulée pendant la nuit, ses bras, ses jambes et son visage. Elle l'aspergea de parfum. Il baissa les yeux quand elle s'accroupit devant lui, mais elle ne put rien y lire.

Il souleva les pieds pour lui permettre d'enfiler le caleçon et le pantalon, elle les remonta, ferma la braguette, boucla la ceinture, elle lui mit ses chaussettes et ses baskets, serra les lacets, les noua maladroitement. Il était impassible. Elle ignorait s'il éprouvait de la peur, si la force qu'elle avait essayé de lui donner le soutenait. Elle se redressa, se baissa à nouveau pour prendre le tee-shirt sur le tas qu'elle avait empilé avec soin. Il tendit les bras, elle le lui passa. Faria vit le cygne, son bec ouvert, ses ailes déployées. L'oiseau, dans sa colère, était-il en train de la maudire ? Elle leva le regard vers son visage et inspira très fort.

Elle sortit le gilet de son sac en plastique, sentit son poids, chassa les mouches rampant sur les poches de merde qui y étaient fixées. Rien dans sa vie ne l'avait préparée à ça. Rien chez elle où elle s'occupait de sa mère malade, démente, rien pendant qu'elle faisait le ménage et la cuisine pour son père et ses frères avant qu'ils partent pour les écoles religieuses au Pakistan, rien à l'école où elle réussissait aisément tous les contrôles, rien là où elle avait été recrutée, dans la pièce à l'étage de la maison transformée en centre culturel où elle avait regardé les vidéos des femmes souriantes qui proclamaient leur foi, celles des bus, des convois militaires et des marchés explosés. Rien pendant ces longs mois de sommeil jusqu'à l'appel. Rien dans le cottage.

Le poids lui tordait les doigts. Il tendit à nouveau les bras et elle en glissa un dans l'ouverture, passa derrière lui avant de guider le second. Elle vit la pression du gilet se répartir sur ses épaules, l'entraîner en arrière, mais il raidit le dos, s'accommoda à la charge. L'interrupteur qu'elle avait trouvé au magasin de bricolage, qui aurait pu servir pour sa lampe de chevet, se trouvait dans la paume de sa main, protection retirée. Elle vit les fils, leur trajet jusqu'aux détonateurs, le ruban adhésif qui les fixait aux bâtons dans les emplacements ajoutés au gilet.

La main qui tenait le bouton fut insérée dans la manche de sa veste en cuir, en émergea avant de disparaître à nouveau dans la poche. Quand elle était là, dans la poche, les fils étaient cachés.

Elle voulait partir. Elle se dépêcha, s'écarta, le laissant immobile comme une statue, jeta le *jilbab* sur sa tête, se tortilla pour le laisser tomber, enroula le *dupatta* autour de son cou, sur ses cheveux, sur son visage. Elle avait besoin d'échapper à la puanteur de cet endroit, à son obscurité, à l'odeur écœurante du parfum.

Elle alla à la porte, s'accroupit. Il restait près du seau. Elle avait vu sa nudité, mais maintenant il se détournait d'elle. Il remonta la fermeture éclair. Il ne l'embrasserait pas, comme il l'avait fait cette nuit – lèvres contre lèvres, langues dans les bouches, dents si tendres sur ses tétons durs. Il se détournait d'elle pour qu'elle ne le voie pas, pour garder sa dignité. C'était terminé. Elle avait fait ce qu'on lui avait commandé, elle l'avait rendu fort.

Faria dit brusquement, sans amour :

« C'est l'heure. »

Elle déplaça la planche, passa la première par le trou. Il suivit, se faufila en veillant à ne pas secouer le gilet sous le cuir lourd et cligna des paupières sous le soleil éclatant. Elle le conduisit sur le côté de la maison. Au bout du mur, Faria regarda à droite, à gauche. Satisfaite, elle s'engagea sur le trottoir.

Ils étaient un jeune couple, sans rien d'exceptionnel ni de remarquable, dans une rue déserte, se dirigeant vers son terme. Au sommet d'une colline, ils tournèrent à droite pour entamer la descente vers le centre-ville.

Les marches étaient noires de monde. Des files d'attente s'étiraient sur la place jusqu'à l'entrée de la bibliothèque.

Ils mangeaient du chocolat, fumaient, bavardaient. Enjouée, l'impatience grandissait. Le soleil, à présent au-dessus de la tour à l'horloge de l'hôtel de ville, les réchauffait.

« Mary ? C'est bien ça ? Il y a du thé ou du café, comme vous préférez. Donc, depuis ce matin, vous assumez la direction d'un département particulièrement important pour nous, c'est bien ça ? Je vous en prie, prenez des biscuits ou un croissant. On me dit que vous nourrissez de graves inquiétudes quant à la légalité et à la moralité de certains actes du service en cette période de crise. Il s'agit là de fondamentaux, nous sommes d'accord. S'il vous plaît, asseyez-vous. Vous avez spécifiquement demandé à me voir aujourd'hui à un moment où, malheureusement, le diktat des événements me laisse peu de temps à vous consacrer, mais il faut que vous sachiez – et je tiens à le souligner – que je prends très au sérieux de telles inquiétudes de la part des meilleurs et des plus brillants membres de nos équipes. Vous le savez, n'est-ce pas ? Mary, vous avez toute mon attention. »

La lumière se déversait dans la pièce, transperçait la vitre à l'épreuve des bombes, et elle savait déjà qu'elle perdait son temps.

Au dernier étage, dans le sanctuaire du directeur général où elle ne s'était jamais retrouvée seule avec lui, il lui avait indiqué une chaise qui faisait face à la fenêtre. Tandis qu'elle s'encombrait d'une tasse et d'une soucoupe, il avait pris position en s'adossant au rebord de ladite fenêtre. Pour le regarder, pour croiser ses yeux, elle devait affronter le soleil éclatant. Elle était désavantagée et consciente que rien là n'était dû au hasard.

Elle dit qu'un prisonnier portant des traces d'explosif avait été libéré à tort des cellules de Paddington Green.

« J'ai, personnellement, suivi cette affaire de très près. Il a été porté à ma connaissance que des analyses complémentaires ont démenti les conclusions précédentes. Mais je vous en prie, continuez. »

Elle dit qu'elle avait la conviction qu'après avoir été libéré, le prisonnier avait été enlevé par son supérieur hiérarchique agissant de concert avec un Américain, un agent de liaison du Bureau fédéral d'investigation – elle se souvint alors des mains sur elle, comment elles avaient exploré non seulement son corps mais aussi son visage, et elle commença à bredouiller – afin de perpétrer des actes de torture, ce qui était illégal.

« Ce sont là de très graves allégations, Mary, mais selon vos propres mots une simple *conviction* qui n'est soutenue par aucune preuve. Je vous assure, néanmoins, que je suivrai cette piste avec la plus grande rigueur. Qu'avez-vous d'autre pour moi, Mary ? »

Elle allait parler quand son téléphone rouge, l'un des trois alignés, sonna. Il grimaça, comme pour lui dire qu'il était obligé de répondre, pour s'excuser de cette interruption. Il ne montra aucune exaltation, aucune satisfaction qu'elle ne put détecter. Il répétait les brèves phrases qu'il entendait : « un facilitateur »... « résisté à l'arrestation, parvenu à s'échapper »... « perdu en mer »... « présumé noyé »... « un trésor de documents récupéré »... et « rien sur le kamikaze ». Il écouta attentivement pendant encore un moment, puis raccrocha.

« Où en étions-nous, Mary ? »

Elle n'avait plus le cœur à ça. Elle annonça qu'elle lui avait dit tout ce qu'elle savait.

« Puis-je vous ajouter un peu de thé ? Non ? Un autre biscuit ? Non ? Je pense, pardonnez-moi, que c'était ce que vous *croyiez* savoir, sans pouvoir le jurer, mais ne doutez pas que je m'en occuperai très sérieusement dès que cette crise difficile sera surmontée. Puis-je vous rappeler, Mary, que Dickie Naylor a été un serviteur des plus loyaux et des plus dévoués de cette maison pendant trente-neuf ans, un maniaque de la rectitude pour ainsi dire, et j'avoue avoir du mal à imaginer qu'il se soit aventuré sur le terrain de l'illégalité. La présence de l'Américain, un homme d'une vaste expérience dans ce domaine, nous la souhaitions, et je voudrais vous rappeler le discours, l'an dernier, de la secrétaire d'État de son gouvernement quand elle a affirmé que seule la loi devait s'appliquer à tous les prisonniers et a catégoriquement démenti l'usage de mauvais traitements quels qu'ils soient. Je cite : "Utiliser toutes les armes *légales* pour vaincre ces terroristes." Même avec les meilleures intentions, Mary, les insinuations visant à salir la réputation d'hommes de bonne volonté ne peuvent être tolérées. »

Elle se leva, reposa sa tasse vide, avec l'impression d'être une écolière qu'on sermonnait.

Il dit :

« Bien sûr, vous serez satisfaite d'apprendre que ce matin, le facilitateur, un membre majeur de ce gang de zélotes assassins, a été intercepté alors qu'il tentait de fuir le Royaume-Uni. En cherchant à s'échapper, il est tombé à la mer et s'est sans doute noyé – bon débarras –, mais il a laissé ses papiers de voyage derrière lui. Cette information, Mary, est confidentielle, et il serait extrêmement dommageable à la guerre contre la terreur que les siens apprennent sa disparition et ce que nous avons récupéré. Mais il va sans dire, Mary, que vous avez ma confiance la plus totale. »

Elle baissait la tête. Elle le remercia de lui avoir consacré un peu de son temps. Elle était à la porte.

« Oh, une dernière pensée, Mary. Le jargon pour une telle personne est "lanceur d'alerte". Une route, à mon avis, qu'il n'est sage d'emprunter pour personne. Elle mène inévitablement à la démission, à la fin d'une carrière prometteuse et au dénigrement par ses anciens collègues. Bien sûr, de nouveaux amis apparaîtront qui aduleront le lanceur, mais c'est une vision à très court terme. Une fois son utilité passée, le lanceur est oublié, il reste seul et inemployable. J'espère que notre conversation vous aura aidée. »

Elle dit, avec ferveur :

« Absolument, et je vous en suis reconnaissante. Merci. »

Elle l'avait aidée, se disait-elle, à masquer son effroyable amertume, car elle n'était ni *syndicaliste*, ni *communiste*, ni *juive*.

Elle referma la porte derrière elle.

Ils venaient vers lui sur le trottoir, vers les toilettes en dérangement et les ombres projetées par la haie parmi lesquelles se cachait Lee Donkin.

Des tremblements secouaient ses bras et ses jambes, il se mordait la langue, la lèvre inférieure. Fort.

Il y avait beaucoup de circulation sur la route, dans les deux sens, mais elle était fluide. Pas d'autre piéton à moins de cent mètres derrière eux. Il vérifia le terrain de sport : des gamins qui tapaient dans un ballon en direction d'un but sans filet, sans aucun adulte avec eux. Lee Donkin se dit que sa patience était récompensée. Son issue de secours était dégagée.

Une lourde veste en cuir lui faisait un corps d'obèse et il semblait distrait. Les mains dans les poches, les yeux dans le vague, l'homme souriait. La femme avec lui portait cette robe noire – que Lee Donkin appelait « le sac » –, et une écharpe en travers du visage. Un – vrai – sac pendait à son épaule. Ils ne parlaient pas, ne regardaient pas autour d'eux, se contentaient de marcher.

Lee Donkin se dit qu'ils ne le verraient pas venir. Il se prépara, se raidit. Les tremblements empirèrent.

Ils arrivèrent au niveau de la haie.

Il surgit des ombres. Fut sur eux avant qu'ils se rendent compte de quoi que ce soit. Bouscula la femme d'un coup d'épaule, entendit son petit cri, vit le choc sur son visage. Elle trébucha en arrière, faillit tomber sur la chaussée sous les roues d'un camion. Il tenait la lanière du sac et tirait pour le lui arracher, mais elle s'accrochait. Un coup de pied cingla son mollet. Sa main s'enfonça dans sa poche, saisit la poignée du couteau. Il aurait dû l'avoir dès le départ. L'homme se jeta sur lui. La femme, toujours accrochée à son sac, le frappait de sa main libre. Lee Donkin était vicieux, mais ça ne suffisait pas. Il était en train de se faire avoir. Sans qu'il s'en rende compte, l'addiction l'avait diminué. Il saisit la veste en cuir, tira de toutes ses forces pour raccourcir la distance du coup de couteau. Il se prépara à frapper et son bras fut tordu, la douleur lui arracha des larmes. Il ouvrit la main, le couteau tomba. Il l'entendit heurter le sol. Il se libéra et s'enfuit.

Lee Donkin courait, titubait, glissait sur la boue du terrain de sport. À côté des gosses et de leur ballon à la con. Il ne regarda pas derrière lui, ne sut pas ce qu'il avait fait. Il courut jusqu'à ce qu'il ne puisse plus respirer, et s'effondra.

***

Elle se baissa, ramassa le couteau. Toujours accroupie, elle le rangea dans son sac, sans savoir pourquoi.

« Vous allez bien, mademoiselle ? »

Elle leva les yeux, vit le chauffeur du camion dans sa cabine. Elle hocha la tête et se releva. Ibrahim était à côté d'elle, l'air détaché de tout ça, loin, très loin, toujours souriant, une main dans la poche.

Le camion s'éloigna.

Ils repartirent, descendant la colline vers la ville.

C'était une rue fréquentée, pas différente un samedi matin de n'importe quel autre jour de la semaine, qui menait au champ de bataille d'une nouvelle guerre. Il n'y avait pas de défilés, ni de sommets escarpés comme dans les montagnes du côté de Jalalabad, pas de camp fortifié à défendre comme dans les villages perdus du Waziristan, pas de rigoles de drainage dans lesquelles des engins explosifs improvisés étaient cachés, comme sous la route de la Zone verte menant à l'aéroport international de Bagdad.

La nouvelle guerre s'était trouvé un tout nouveau terrain, où les gens se rassemblaient sur une place sans se soucier de savoir qu'ils payaient les salaires des soldats et des pilotes, qu'ils payaient les balles, les cartouches et les bombes qui étaient utilisées en leur nom, ne songeaient pas aux conséquences et se considéraient bien loin de tout ça. Les nouvelles à la radio ce matin-là, si quelqu'un les avait écoutées, annonçaient une autre opération des troupes américaines sur un terrain montagneux difficile, un raid de l'armée pakistanaise contre certains chefs d'Al-Qaïda, une bombe à Bagdad qui avait tué trois agents de sécurité sud-africains. Mais c'était loin, très loin d'ici.

Il entendait le petit déjeuner qui cuisait, l'hymne siffloté derrière la porte de la chambre. Il attendait d'aller acheter le journal et un paquet de cigarettes avec son patron.

David Banks ouvrit le carnet à la dernière page.

2 août 1938

À : Miss Enid Darke, Bermondsey, Londres.

De : Angelina Calvi, infirmière au 38e hôpital de campagne, sur le front de l'Èbre.

J'ai le regret de vous annoncer le décès de Cecil Darke, volontaire des XVe Brigades internationales.

Il est mort il y a trois heures. Il avait été atteint en pleine poitrine par une balle à haute vélocité et souffrait d'un pneumothorax, la compression du poumon droit, ainsi que d'une hémorragie interne provoquant une détresse respiratoire. La blessure originelle a été bandée sur instructions du médecin en charge et un trocart a été inséré dans le poumon afin de drainer l'excès de sang. Malheureusement, dans les conditions qui sont les nôtres, un hôpital de campagne accueillant d'innombrables blessés, une infection s'est déclarée. Les bactéries ont dû pénétrer par le conduit nasal et par les particules de son uniforme que le projectile a transportées dans la plaie. Sa température, son pouls et son rythme respiratoire ont grimpé. Pour soulager la douleur, de la morphine lui a été injectée. Il était inconscient au moment du décès.

Il a été enterré il y a une heure avec quelques camarades. La tombe ne sera pas signalée. Nous nous retirons ce soir, car les fascistes arrivent. Ils détruisent, souillent et profanent toutes les tombes qu'ils trouvent.

J'ai parlé avec lui ce matin, avant qu'il perde conscience. Il était calme et parvenait même à chuchoter. Vous devez savoir qu'à la fin, il a fait preuve de courage et de dévouement envers la cause qu'il avait rejointe. Il m'a dit qu'il souhaitait, pour son enterrement, que le psaume 137 soit récité au-dessus de sa tombe. Les prières chrétiennes ne sont pas permises, les commissaires les interdisent. Il avait ce journal à la main quand il est parti. Un de nos amputés qui vont être rapatriés l'emportera avec lui à Londres.

Je crois que c'était un homme dont vous pouvez être fière.

Sincèrement, Angelina Calvi.

« Vous êtes prêt, monsieur Banks ? Bon Dieu, on dirait que vous avez vu un fantôme. »

Enfoncé dans le canapé, le corps cachant son mouvement, il referma le carnet, le remit dans sa poche avec les pièces et les deux cailloux.

« Je suis prêt depuis à peu près une demi-heure.

– Pas la peine d'être grincheux, fit son patron en souriant. Ça va être une belle journée, on dirait. »

De la cuisine, elle déclara qu'ils feraient bien d'y aller s'ils n'aimaient pas les saucisses carbonisées. Il toucha le Glock dans le holster à sa ceinture, enfila sa veste et suivit Wright dehors.

Banks marchait un pas derrière Wright, légèrement sur sa gauche, du côté extérieur du trottoir. Il se demandait si une infirmière italienne, soixante-neuf ans moins quelques semaines auparavant, avait écrit la vérité sur la mort d'un homme. Comme son entraînement le lui avait appris, ses yeux balayaient la route devant lui, les voitures qui approchaient, les gens sur le trottoir. Il se demandait si un homme avec un trou dans la poitrine et un poumon en détresse se sentait encore courageux. Banks ne voyait rien que de très banal autour de lui. Il ne sentait aucun danger.

Il pensait à la trahison. C'était la journée. Il avait été viré par sa propre équipe. Cecil Darke s'était fait avoir par la cause qu'il avait servie. Julian Wright ignorait encore ce qui l'attendait après les saucisses carbonisées. Trahir, une sale façon de commencer sa journée.

« Vous êtes toujours aussi malheureux, monsieur Banks ? »

Il l'ignora, marchant un pas derrière lui, légèrement décalé. Il voyait les voitures, les visages, la place qui s'ouvrait devant eux. La foule, là-bas.

« D'accord, c'est quoi, l'histoire ? Qu'est-ce qu'il va m'arriver ? »

Banks dit tranquillement, sur le ton de la conversation :

« Le procès terminé, vous devenez un témoin protégé. Vous faites votre déposition, que vous n'avez toujours pas faite pour éviter toute influence sur l'affaire que vous êtes en train de juger. Si vous avez de la chance, vous ne serez pas appelé à témoigner au cours des procédures qui en découleront, car les preuves d'incendie volontaire ne manquent pas. Ensuite, on vous lâche et si vous avez une once de bon sens, vous partez le plus loin possible. Vous changez de nom, d'identité. Vous oubliez tout, absolument tout de votre passé, y compris votre femme et votre fille, car elles sont le maillon faible. La seule chose dont il faudra vous souvenir, c'est de regarder derrière vous, sans cesse. N'arrêtez jamais de scruter les ombres, l'obscurité, les visages des étrangers. N'allez jamais vous imaginer que ce que vous avez fait sera oublié. Ça vous suffit, monsieur Wright, comme raison d'être heureux ?

– J'vous comprends pas. Vous allez me manquer, c'est sympa de vous avoir… un vrai remède à l'ego. Oui, vous allez me manquer, mais je vous comprends pas.

– Vous ne devriez pas essayer. »

Il vit le tapis de têtes qui se bosselait sur les marches, les files d'attente qui serpentaient sur la place. Il entendit l'horloge sonner le quart d'heure. Il pensait à la trahison et à la mort, à un sniper, et à un psaume qui n'avait pas été récité.

20
Samedi, jour 17

La place s'ouvrait sur leur gauche. Rien n'était dit entre eux, le patron menait, Banks suivait. Chaque œil qui le dépassait, les hommes et les femmes qui se précipitaient comme si le moindre retard était un crime, était braqué sur les marches et l'immense monolithe commercial. Il y avait du rock, très fort. Il étudia chacune des vitrines, se servant de leur reflet pour surveiller ses arrières, chaque entrée de chaque magasin et chaque allée entre elles, comme il y avait été formé.

Son entraînement le protégeait. Si une personne étrangère mettait un terme à sa relation avec une autre personne étrangère, cela ne le regardait pas. Il ne devait se soucier que de lui-même, pas des autres. Se verrouiller dans un cocon d'égoïsme. Il mémorisait, parce qu'il y était entraîné, chaque fenêtre, chaque étroit passage avec ses poubelles, là où il y avait les bouteilles, la merde et les cartons des clodos.

La musique, qui s'abattait depuis les haut-parleurs du centre commercial, devint plus forte encore. Il captait des visages, mais aucun ne lui était important. Il avait froid et se rendit compte qu'il se trouvait dans l'ombre projetée par la tour de l'hôtel de ville. Il frissonna. Accéléra le pas. Il sentait une menace dans cette ombre. Arrivé au niveau du patron, il émergea à nouveau au soleil. Mais la sensation demeura, s'attarda sur la peau de son visage. Sans raison, ses mains étaient tombées vers la poche lestée de sa veste. Sans raison, ses doigts touchaient la chose dure dans le holster plat. Il n'aurait pas pu l'expliquer.

Mais on avait dit à David Banks qu'il n'était bon à rien et lui-même s'était dit qu'il n'avait pas d'avenir.

Il aboya :

« On y est bientôt ? »

Wright s'arrêta, se retourna, le dévisagea, un petit sourire aux lèvres.

« Encore vos fantômes, monsieur Banks ?

– Je veux juste savoir si on est bientôt arrivés.

– Vous êtes blanc comme un linge. Manger, voilà ce qu'il vous faut. Oui, on y est presque. »

Il n'aurait pu expliquer, à un étranger ou à lui-même, le frisson qui l'avait saisi quand il avait marché dans l'ombre projetée sur le trottoir.

Oui, ils « y étaient presque ». Il aurait dû la voir, mais il l'avait ratée. Une grosse poubelle à roulettes qui bloquait à moitié l'entrée d'une ruelle, et plus loin sur la place, le panneau d'affichage en A posé à terre devant le magasin de journaux, la vitrine annonçant le début des soldes exceptionnelles en ville, comme si c'était le sujet le plus essentiel, le plus vital du monde. Maintenant, rompant avec son entraînement, son regard quitta le patron pour venir se porter sur la foule à sa gauche, si dense et si proche, parcourue par un murmure d'excitation qui se propageait jusqu'à lui comme une mauvaise haleine.

« Patience, monsieur Banks, patience. Nous y sommes. »

Puis le rire moqueur :

« Vous avez vraiment vu un fantôme ? »

Banks gueula, ne put s'en empêcher :

« Magnez-vous, c'est tout. »

Une cloche sonna quand le patron ouvrit la porte. La boutique était bondée. Il ne se ferait pas servir avant une éternité. La porte se referma derrière Wright. Banks s'en détourna, regarda la rue par où ils étaient arrivés, et attendit.

Maintenant, elle parlait, disait ce qu'elle avait répété :

« Là-bas, devant toi, voilà la foule. Va vers elle, dans elle. Enfonce-toi dedans. Mais ne regarde personne. »

Ils avaient descendu la colline, passant devant des endroits qu'elle avait connus toute sa vie, laissant les hypermarchés derrière eux. Il y avait eu le carrefour où se dressait la mosquée – elle y avait prié avant de rejoindre l'autre, plus petite, où elle avait vu des vidéos et avait été recrutée –, puis la route bordée d'étals de fruits et de légumes où elle faisait ses courses. Les odeurs d'épices s'étaient propagées jusqu'à elle à travers les portails ouverts au bord du ghetto où vivait sa société, de la soie douce avait dansé sous les rayons du soleil depuis les rayonnages. Elle l'avait conduit sur la place. Pendant la longue marche, ils étaient restés silencieux. Ce qui était arrivé au sommet de la colline, l'agression, n'existait plus, n'avait aucun intérêt. Tout ce qu'il en restait, c'était le couteau dans son sac. La place s'étalait devant elle. Elle ne pouvait deviner ce qu'il se passait dans son esprit, mais le sourire large et ouvert sur son visage était celui d'un enfant. Il paraissait en paix, mais elle ne pouvait être certaine qu'il le serait encore quand il effectuerait les derniers pas.

« Il y a des femmes, ici, des enfants, des hommes de notre foi, et beaucoup d'autres. Ne vois pas leurs visages. Regarde-les et, que tu le veuilles ou non, tu t'identifieras à eux et tu hésiteras. Ne mets pas tes yeux dans les leurs. Promets-moi. »

Aucune réponse ne lui fut donnée. Il avait marché à ses côtés, du même pas. Quand elle s'était arrêtée, il s'était arrêté. Quand elle avait accéléré, il en avait fait autant. Elle comprenait son pouvoir sur lui, sa dépendance envers elle. Elle ralentit et lui aussi.

« Ne les regarde pas. Quand tu seras parmi eux, quand tu auras le bouton dans ta main, pense à Dieu et à ta foi. Pense à l'endroit où tu iras et avec qui tu seras. Pense à la fierté de ta famille. Entends, alors que Dieu t'accueille, les louanges de ta famille et de tous ceux qui t'aiment. »

Elle ne savait pas si cela suffisait, mais elle n'avait rien d'autre à dire.

Presque chaque jour, Faria traversait cette place. Presque chaque semaine, elle gravissait ces marches et pénétrait dans le centre commercial. Elle le montra, sans raison. Son bras, sous les plis du *jilbab*, se tendit vers lui. Sa vision était incertaine, brouillée par l'énormité de ce qu'elle était en train d'accomplir. Les yeux embués, elle ne vit pas la silhouette de l'homme dans le vieil imperméable qui tenait un porte-bloc et regardait autour de lui avec plaisir et impatience. Ce qu'elle voyait, tandis qu'elle le guidait avec son bras, c'étaient les images des vidéos qu'on lui avait montrées : les déclarations face caméra des martyrs, les mouvements de foules sur les marchés, les convois de Humvee, les armes de l'ennemi. Elle ne vit pas l'homme en imperméable se retourner, s'écarter du petit groupe qui l'entourait et s'avancer vers eux.

« Vous arrivez juste à temps. J'ai déjà commencé, mais ce n'est pas grave, pépia Steve Vickers. Vous êtes venus pour la visite historique de la ville. Eh bien, vous l'avez trouvée. J'ai terminé la période romaine, mais nous pouvons la refaire, personne ne nous le reprochera. Maintenant, si vous voulez bien me suivre... »

Ils restèrent figés sur place. Ah, les gens sont si bizarres. La jeune femme lui avait fait signe, clairement. Elle l'avait vu, l'avait interpellé avec son bras. Il avait expliqué que répéter ce qu'il avait déjà dit n'était pas un problème, leur avait demandé de le suivre, mais ils restaient plantés comme des statues. La timidité, sans doute, ou peut-être de la gêne.

Vickers, l'historien amateur, vit le sourire sur le visage du jeune garçon. Beaucoup d'entre eux – et il rejetait absolument tous les préjugés, considérait les stéréotypes comme indignes de lui – étaient tellement sur la défensive, tellement à l'écart et si peu intéressés d'apprendre l'héritage de la société dont ils faisaient désormais partie. C'était un joli sourire empli de jeunesse, de bonheur, presque. La femme était différente, avait de la froideur dans les yeux. Il crut même y voir de la colère. Il réalisa son erreur.

« S'agirait-il d'un malentendu ? Je m'appelle Stephen Vickers. Je fais visiter la ville à des groupes de personnes désireuses de mieux comprendre tout ce qu'il s'est passé ici, où nous en sommes maintenant, après tous ces siècles et ces générations qui nous ont précédés. J'ai cru que, ayant vu mon annonce dans le journal local, vous vouliez vous joindre à nous. Ai-je eu tort ?

– Oui, tort », cracha la femme.

Il vit la cicatrice livide sur son visage, l'éclat dans ses yeux, mais le jeune homme avec elle continuait à sourire, un peu comme un idiot. Il paraissait assez gentil malgré son air absent.

« Dans ce cas, je suis navré de vous avoir dérangés. Bien sûr, si vous souhaitez vous joindre à nous, même si vous n'en aviez pas l'intention, je vous en prie, ne vous gênez pas. Nous marchons en ce moment à l'endroit même où ont marché les Romains, où les Saxons, les Vikings et les Normands demeuraient et...

– Laissez-nous tranquilles », fit la femme.

Elle semblait au bord des larmes, mais sa grossièreté était extraordinaire.

« Une autre fois, peut-être », dit Vickers.

Agacé, il revint vers son groupe. Il ne supportait pas d'être rejeté. Il ne réalisait pas, ne le pouvait pas, les conséquences de son approche de la femme et du jeune homme, l'importance de ces moments perdus. Ce qui résulterait de les avoir retardés pendant à peine une minute et demie. Son visage était congestionné par la vexation quand il s'adressa de nouveau à son public.

« Pardon de vous avoir abandonnés. Comme je le disais, les Saxons venus du bord de l'Elbe ont aimé ce qu'ils ont vu ici et ont donc décidé de s'installer dans la vallée alluviale de la Lea. C'est ici, en cet endroit précis, qu'ils ont dressé leur campement pour la première fois... »

La femme parlait avec ferveur au jeune garçon. Steve Vickers les ignora, les oublia.

« Tu es prêt, c'est le moment. Cet homme était un idiot… c'est toi qui vas faire l'histoire. »

Elle ne savait pas s'il l'écoutait, la comprenait. Elle lui tenait le bras, au poignet, près de sa main cachée dans la poche de sa veste en cuir.

« Je suis avec toi, pas à tes côtés, mais proche de toi. Nous sommes ensemble. Je ne t'oublierai jamais. Nous allons commencer à marcher. Un jour, nous nous retrouverons. »

Elle maudit l'humidité dans ses yeux. Cligna des paupières pour chasser les larmes. Toucha la forme dure du gilet sous la veste. Il puait le parfum et les déjections ramassées dans les champs. La musique hurlait dans ses oreilles, une voix métallique braillait des bienvenues à la foule. Elle regarda derrière elle, vit l'horloge, quatre minutes avant l'heure. Elle ne pensa pas au temps perdu à se débarrasser de l'idiot.

« Nous allons commencer à marcher. Je serai avec toi, mais ne te retourne pas. Et ne regarde pas les visages. Mes prières sont avec toi. »

Si elle ne l'avait pas fait, il n'aurait pas bougé. Elle utilisa la force de son bras, sa main sur sa manche, pour le pousser.

Il se tenait devant le magasin de journaux. C'était interminable. Des gens y entraient, d'autres en sortaient, mais pas le patron. Il regardait ailleurs.

Il voyait le centre commercial, la foule sur les marches, les files d'attente qui s'allongeaient sur la place. Un homme qui dirigeait une visite guidée avec un groupe et criait pour dominer la clameur des haut-parleurs et de la musique. Un couple d'Orientaux qui se traînait sur le trottoir, la femme voulant avancer, le jeune homme qui rechignait et qu'elle poussait. Un type âgé avec des béquilles, approchant derrière eux. Le vieux les contourna, difficilement à cause des béquilles, avant de s'immobiliser, la bouche béante. Impatient, Banks cogna le sol avec ses pieds. Au nom du ciel, même s'il racontait sa vie, combien de temps lui fallait-il pour acheter un journal et un paquet de cigarettes ? Il vit la balafre sur le visage de la femme. Le vieil homme, appuyé sur ses béquilles, qui la fixait. Le jeune garçon – il avait un sourire idiot, un peu égaré –, qui réagissait enfin aux exhortations de la femme et se mettait à marcher, sauf que le vieux type, sur ses quatre pattes, se plaça en travers de leur chemin.

Banks avait de nouveau froid, pourtant le soleil traversait les branches des arbres et il n'était plus dans l'ombre de la tour de l'hôtel de ville.

Le chasseur de primes en Afghanistan, George Marriot – il avait les blessures qui en faisaient foi, les éclats de shrapnels toujours en lui –, comprenait ce qu'il voyait même s'il était crevé.

Il était épuisé, car il avait marché de chez lui au village, titubant sur ses béquilles jusqu'à l'arrêt de bus. Dans le car, il était resté debout, trop fier pour accepter qu'une femme lui offre son siège, puis il s'était lancé dans la longue descente de la gare routière jusqu'à la place. Il n'avait plus de forces, mais son esprit restait clair.

Quand la porte se refermait sur George Marriot, les connards suffisants qui fréquentaient le pub se moquaient de lui derrière son dos. Il avait traqué des guerriers fiers et redoutables dans les montagnes de Tora Bora. Il avait ramené, morts ou vifs, les meilleurs éléments ennemis. Mais George Marriot avait survécu. Il savait reconnaître le danger.

Sans sa rencontre avec un Allemand au camp de Jalalabad, George Marriot n'aurait peut-être pas reconnu celui auquel il était confronté aujourd'hui. L'Allemand, qui faisait partie du GSG9, leurs forces spéciales, leur troupe d'élite, lui avait parlé de l'entraînement de son unité. Se ruer dans un bâtiment, balancer les grenades incapacitantes devant eux, identifier les femmes et les tuer : « Faut jamais hésiter, George, leur balancer la moitié du chargeur. Abattre les femmes d'abord, c'est ce qu'on nous apprend. Les femmes, George, sont mortelles. » Celle-ci avait les traits décidés, les lèvres serrées, et il y avait, pensait-il, ce mépris dans ses yeux tandis qu'elle poussait le garçon. Le gamin qui avait ce sourire à la con, qui avait des raisons de sourire. George Marriot savait ce que les muftis, les mollahs et les imams promettaient aux martyrs. L'absolution des péchés, une place au paradis. Une tombe sans souffrance, et soixante-douze femmes aux yeux noirs. Ils pouvaient aussi amener soixante-dix parents au paradis. Gagner la Couronne de gloire. Un gosse avait marché à Kaboul et un autre à Herat. Tous les deux avaient marché, nerveux, en nage, mais les gens assez proches pour voir et qui avaient survécu avaient dit que ces mômes souriaient.

Celui-ci avait un torse en barrique et un gros ventre sous sa veste, mais des jambes maigres sous le pantalon. La main profondément enfoncée dans sa poche n'était pas sortie quand on l'avait poussé. George Marriot n'avait besoin de rien de plus pour résoudre l'équation.

En équilibre instable sur une béquille, il attaqua le gosse avec l'autre, mais la femme, la main dans son sac, l'en empêcha. Il sentit la douleur couler comme un torrent.

David Banks vit le vieil homme chanceler vers le couple, comme un ivrogne qui ne tient plus debout. Il avait visé le garçon, mais la femme s'était interposée dans un tourbillon de robe. Le vieux tomba contre elle, avant de s'effondrer à plat ventre. Il resta prostré.

Une mère avec une poussette et d'autres parents avec leurs enfants les dépassèrent sans leur prêter attention, car cela ne les regardait pas.

À l'entraînement, ils enfonçaient dans le crâne des officiers de protection de ne jamais intervenir quand ils étaient en service. Un accident de circulation : contourner les épaves et continuer à rouler. Une bagarre dans la rue ou un sac arraché : faire avancer le patron et laisser le boulot aux flics en uniforme. Tournant le dos au magasin de journaux, il ne bougea pas.

Il aurait pu trouver pitoyable qu'un vieil homme se fasse emmerder de si bonne heure un samedi matin, mais il avait dépassé le stade d'émettre des jugements. Il détourna les yeux de ce bout de trottoir où gisaient des béquilles et un vieux type. La dernière chose qu'il remarqua, ce fut la femme et le jeune homme qui l'enjambaient pour reprendre leur marche en avant. Il regarda derrière lui, à travers la vitrine. Plus qu'un client devant Wright dans la file d'attente.

Elle n'avait plus d'amour. Il ne lui en restait plus.

Ensemble, ils avaient enjambé le corps où le couteau était planté. Un filet de sang coulait sous la poitrine et de la bouche.

« Tu dois marcher. Je suis derrière toi, mais ne te retourne pas pour me chercher. Sache que je suis avec toi. »

De sa main libre, il tenait les siennes. Alors Faria le poussa, le bouscula. Dans cet instant où il faillit perdre l'équilibre, elle crut que son sourire avait disparu.

Elle le suivit pendant trois ou quatre mètres, pas plus, le vit slalomer entre les piétons. Elle fut satisfaite. Il ne se retournait pas.

Tout ce qu'on lui avait demandé, elle l'avait fait.

Elle fit demi-tour pour s'en aller par où elle était venue. Devant le Tasty Fried Chicken et ses volets en acier, elle fit ce qu'elle lui avait interdit : elle le chercha du regard. Il marchait lentement, comme en dormant, s'approchait d'un marchand de journaux et d'une ruelle avec une grosse poubelle. Ensuite, il lui faudrait traverser la route, la circulation, pour rejoindre la file au pied des marches. Elle n'était pas avec lui, elle n'était pas près de lui. Elle s'enfuit.

Elle courut jusqu'au coin, près de l'hôtel de ville, vit l'horloge qui indiquait deux minutes avant l'heure. Là, elle reprit son souffle et se contenta de marcher.

C'était fini.

Elle se glissa dans une rue adjacente. Elle était seule. Elle se débarrassa du *jilbab* qu'elle jeta avec son écharpe, secoua sa chevelure et ressortit par l'autre bout de la ruelle.

Faria rentrait chez elle. Elle sentait la boule dans sa gorge et le vide en elle.

« Seigneur, regarde.

– Y a trop de circulation.

– C'est la fille.

– Quelle fille ? »

La femme du fermier se retourna dans le siège du Land Rover pour regarder à travers le pare-brise arrière.

« La nôtre.

– Comment ça, la nôtre ?

– Y a des jours où tu es un peu lourd, chéri. Celle qu'on avait au cottage.

– Si je m'arrête, on va se faire rentrer dedans.

– De toute façon, elle est partie. Tu sais, elle...

– Quoi ?

– Ne me coupe pas, chéri. Elle pleurait toutes les larmes de son corps.

– Je me demande où on va bien pouvoir se garer.

– Écoute, chéri, elle sanglotait, comme si c'était la fin du monde. En tout cas, je crois bien que c'était elle. Mais non, elle était si réservée, ça ne devait pas être elle. Juste une autre *comme* elle. »

***

Il vit la boucle de fils électriques.

David Banks avait vu l'ivrogne bloquer le couple, filer un coup de béquille, avant de s'écrouler, il avait vu comment on l'ignorait sur le trottoir. Le couple était reparti, la femme avait détalé et le jeune homme avait continué dans sa direction. La foule se pressait maintenant contre les vigiles du centre déployés au sommet des marches.

Des pensées déferlèrent dans l'esprit de Banks. C'était une belle journée, et la sueur luisait sur la peau du jeune homme, la recouvrait d'un film. Il y avait eu un sourire, assez vague, là sous la transpiration, mais plus maintenant. Le sourire avait disparu, remplacé par le tremblement des lèvres, le mouvement des yeux, braqués droit devant mais qui ne restaient pas en place. Il marchait lentement. À chaque pas, une boucle de fils – une dizaine de centimètres – se balançait sous le rebord de la veste. Il voyait un visage mince, aux joues creusées, un cou sans chair. Une main était profondément enfoncée dans une poche, tandis que l'autre pendait, ballante. Les jambes, sur lesquelles apparaissait la boucle, étaient étroites, fébriles, alors que le corps était massif, comme bâti avec des protéines de bodybuilder, comme s'il y avait des couches et des couches de pulls sous la veste. Le reste – les jambes, le visage – ne collait pas avec l'ampleur du torse. Et il y avait les câbles.

Banks se souvint d'un zéphyr de rires méprisants dans la salle de réunion la veille de l'arrivée du président américain lors de sa dernière visite dans la capitale britannique. Une photographie balancée sur un écran par le patron de l'Enfoiré de Planqué : un type du Secret Service, bras écartés, brandissant un fusil-mitrailleur vers le ciel, les boutons du gilet de son costume trois-pièces prêts à éclater sous l'effort, tandis que son président s'effondre, atteint, et le cri incrédule de l'officier reproduit en sous-titre à la base de l'écran : *Seigneur, c'est en train d'arriver.* Oui, Seigneur, c'était en train d'arriver.

Les vêtements n'allaient pas, ils étaient trop remplis et encombrants sur la partie supérieure du corps, trop lourds pour cette matinée ensoleillée. Et il y avait la boucle de câbles.

Il se souvint du froid sur son cou et de la nervosité dans l'Alley où ils s'entraînaient. Il vit la fenêtre et la silhouette en carton qui y apparaissait, qui pivotait, avec une arme ou un enfant dans les bras. Il se souvint d'une enquête interminable après le meurtre d'un Brésilien dans le métro. Un type qui travaillait, qui cherchait une vie meilleure, pas un terroriste kamikaze. Il pensa à un officier qui avait dû répondre d'une accusation de meurtre alors qu'il n'y avait eu aucune raison de tuer, à un autre tireur d'élite qui avait effectué un tir justifié et qui était maintenant une coquille vide. Les souvenirs se bousculaient dans sa tête.

Une cible se trouvait derrière lui, une masse mouvante, fluctuante, une fourmilière grouillante sur les marches et sur la place, et il y avait un jeune homme avec de la sueur sur le visage, un corps qui n'était pas à l'échelle, une boucle de câbles trop épais pour un équipement audio portable.

Il le savait, ne pouvait y échapper. C'était *en train* d'arriver.

Il regarda le visage de l'étranger, le jeune homme. Le vit comme un sniper l'aurait fait. Vit le tremblement du menton, la peur dans ses yeux. Il prononça un jugement, comme le sniper l'avait fait. Émit la sentence, condamné. Sentit, pour la première fois, le parfum – celui qu'une adolescente aurait porté –, et la sentence fut confirmée, sans appel.

Banks se demanda alors si le garçon luttait pour faire preuve de bravoure, s'il essayait de convoquer les principes qui l'avaient envoyé ici alors qu'il était désormais effrayé, que son cerveau était embrumé. Son entraînement reprit le dessus, de longues heures pendant de longues années, parce que c'était *en train* d'arriver. Le jeune homme arrivait au niveau de la ruelle, se déportant pour éviter la poubelle à roulettes. La main de Banks rejeta sa veste. Le poids du carnet, des pièces et des cailloux fit son office. Dans le même mouvement, la main saisit la crosse du Glock, un doigt fit glisser la sûreté.

L'arme se leva, ses pieds s'écartèrent.

Le jeune homme s'était pétrifié, les yeux écarquillés.

Banks adopta la posture de tir, en isocèle. Assez rapide ? Impossible. Il visa la tête – le front et les tempes –, mais elle tremblait comme si elle tentait d'échapper à la réalité de cet instant. Impossible, en une fraction de seconde, de verrouiller la cible sur le viseur. Il inspira. Vit la poche, celle où se trouvait la main, remuer, et sut alors que le bouton avait été actionné et... rien. Son doigt pressait la détente, la cible projetée dans la ruelle rebondit sur la poubelle. Continua à presser.

***

Elle rétrograda, puis écrasa le frein.

Et cette satanée bagnole recommença. Elle avait dû piler pour ne pas rentrer dans le van devant elle. Comme deux coups de feu. Cette maudite voiture qu'Avril Harris venait d'acheter pétaradait encore. Les détonations lui explosèrent dans les oreilles. Elle rougit, aurait pu devenir écarlate. Un homme dans un véhicule à côté d'elle – dans la file extérieure – se pencha par sa fenêtre, grimaça, sourit et lui lança :

« Faudrait voir à réparer ça, mademoiselle. C'est le vilebrequin et la courroie de distribution. Suffit de...

– Merci. Je sais ce dont cette épave a besoin. »

Le van devant elle avait redémarré et elle le suivit, dépassa la place et la foule immense. Elle entendit la cloche de l'horloge sonner l'heure, vit les portes en haut des marches s'ouvrir et le flot qui emportait les vigiles du centre commercial.

Il rangea le Glock dans le holster avec soin pour qu'il ne risque pas de tomber. Ses bras frémissaient en raison du recul de l'arme, l'odeur de cordite était dans son nez.

Sa cible était retombée en arrière. Sa tête et sa poitrine étaient cachées par la poubelle, mais les jambes trop maigres, les pieds et la boucle de câbles étaient visibles. Banks n'éprouvait aucune émotion, ne savait pas s'il aurait dû. Il jeta un regard derrière lui, s'attendant plus ou moins à voir un attroupement se former, mais les gens continuaient à marcher sur le trottoir, un couple de retraités, une famille, des jeunes avec leurs capuches relevées, tous se dépêchaient vers les marches du centre commercial. Les voitures circulaient.

Il entra dans la ruelle. La poubelle puait. Pour mourir, l'endroit valait bien une tranchée infestée de rats. Il baissa les yeux vers le visage. Oui, deux bons tirs. Les meilleurs possibles. Les trous, assez larges pour y insérer un crayon – ou un de ces stylos à bille pas chers –, se trouvaient à trois centimètres l'un de l'autre, leur point médian au centre du front, à mi-chemin du sommet du nez et des premières boucles de cheveux. Du sang en suintait. C'était inutile, mais Banks s'accroupit pour chercher le pouls.

Il n'aurait pas dû le faire, mais il sortit prudemment la main de la poche, trouva un poing fermé autour d'un interrupteur de lampe et comprit la dernière intention de sa cible. Il déboutonna la veste. Le travail répété à l'entraînement était terminé, le double tir. Il s'en détachait. Il s'agenouilla, révéla le gilet, les coutures soignées, les bâtons alignés et les poches remplies de clous, de vis et de billes de roulement. Vit l'endroit où les fils fixés par du ruban adhésif avaient lâché, se demanda comment et par qui ils avaient été arrachés. Il comprit pourquoi l'engin n'avait pas explosé, pourquoi l'interrupteur n'était plus relié aux piles et aux détonateurs. Banks n'avait pas été formé à ça, mais cela lui parut aussi simple que quand sa mère lui demandait une petite réparation électrique. Méthodiquement, il désamorça le dispositif. Il déroula des fils, supprima des connexions et découvrit le cygne. Il se releva. Derrière lui, l'entrée de la ruelle était vide et personne ne l'observait.

Sur son portable, il composa le numéro de l'Enfoiré de Planqué, écouta la sonnerie, entendit qu'on décrochait.

Il dit doucement, mais avec sang-froid :

« Ici Yankee 4971, Delta 12, deux tirs effectués et un X-Ray à terre. Un EEI désamorcé… »

Il donna sa localisation, entendit le flot de questions bafouillées et ne répondit à aucune. Il conclut : « Terminé. » Et raccrocha.

Il était un « Yankee », nom de code pour un « gentil », sans en avoir l'impression. Le visage qu'il ne voyait plus était celui d'un « X-Ray », qui dans le jargon des Delta signifiait un « méchant », mais il s'était juré de ne plus émettre aucun jugement. Il imagina le chaos que son coup de téléphone laconique allait déclencher : un kamikaze était mort et son « engin explosif improvisé » avait été désarmé.

Il retourna dans la ruelle une dernière fois pour traîner un peu plus le corps dans l'ombre. Puis il poussa la poubelle, la déplaça de façon à ce que l'entrée soit mieux bloquée, le cadavre mieux dissimulé.

Il resta à ses côtés, les pieds tout près du gilet. Des mots à peine audibles furent prononcés, ceux d'un psaume. Il recula, se retrouva à nouveau sur le trottoir.

Le patron, derrière lui :

« Bon Dieu, j'me demandais où vous étiez. Y avait une jolie petite salope là-dedans, sympa pour commencer la journée. Et ensuite, ils ont dû aller chercher les journaux dans la remise. Après, c'est la caisse qui s'est mise à déconner. Le petit déj' va être cramé. Faut qu'on se grouille.

– Oui, barrons-nous d'ici. »

Ils partirent d'un bon pas. Ils durent quitter le trottoir, car des ambulanciers étaient en train de charger un vieil homme sur un brancard, celui que Banks avait pris pour un ivrogne. Découvrant la tache de sang frais sur la crasse du sol, il se dit, sans ralentir l'allure, que rien n'était ce qu'il paraissait être.

Les *suites*, une période consacrée à comprendre et à cacher. Un moment pour les vivants de retrouver leur vie, pour les morts d'être oubliés.

« Le chef de la police, là-haut, est un type très bien, raisonnable. Il rêve d'un titre de chevalier. Je pense qu'une récompense aussi méritée devrait être accordée, s'il se montre coopératif. »

Le directeur adjoint, confortablement installé dans le fauteuil du vaste bureau de son supérieur et sirotant un café, acquiesça.

« Vous comprenez, Tris, il n'est pas souhaitable de donner une quelconque publicité à cette affaire. Nous avons évité une catastrophe d'extrême justesse, un cataclysme qui nous aurait fait tomber le ciel sur la tête, ainsi que sur tous les autres membres du service. Heureusement, c'est derrière nous, maintenant.

Ce qui m'inquiète au plus haut point, c'est le fil du rasoir sur lequel se tiennent de nos jours les relations raciales dans ce pays. Prenez cette ville, Luton. Les préjugés ethniques bouillonnent sous la surface de façon quotidienne. C'est le genre d'histoire qui, si on la crie sur les toits, pourrait fracturer le peu d'harmonie qui subsiste, exciter les bigots et du coup conduire cette minorité musulmane – dont la plupart des jeunes membres sont des citoyens tout à fait honorables et respectueux des lois – dans les bras ouverts des fanatiques. Et il en va de même pour tout un tas d'autres communautés aux quatre coins de ce pays. Je ferai tout mon possible, et j'exige la même chose de tout le service, pour rester muet sur cette affaire, muet comme une tombe.

– Voilà qui est très sage, si je puis dire. Dickie Naylor est chez lui, à rattraper un peu de sommeil perdu, mais il raccompagnera cet Américain à l'aéroport tout à l'heure. Ils ont, en quelque sorte, devancé vos instructions.

– Je ne pense pas qu'il soit approprié que je lui parle en personne. Laissons-le régler ça et apprécier le début de sa retraite.

– L'officier qui a tiré – qui a réagi si vite que ce maudit Saoudien n'a pas eu le temps de se faire exploser – est, à ce qu'on m'a dit, un type solide qui n'est pas du genre à faire des vagues.

– Un élément de première classe, Tris, et je l'espère avec un très brillant avenir. Si ces crétins à Great Victoria Street ont le moindre bon sens, ils lui accorderont une promotion accélérée. Il nous a évité une gêne monumentale.

– Je ferai passer le mot avec discrétion. Il ne s'est rien passé.

– Excellent, et venez donc partager un verre ou deux avec moi ce soir. Une petite célébration est de rigueur. Oh, cette Mary Reakes, elle ne va pas faire l'idiote, n'est-ce pas ?

– C'est une fille sensée.

– Merci, Tris. Le souffle de cette non-explosion a bien failli nous emporter. Voilà une façon très satisfaisante de commencer une journée où rien n'est arrivé. Je compte sur vous à la fin de celle-ci. »

Un chef de cabine dit à une hôtesse :

« Il y a un monsieur aveugle en classe affaires, un Américain, troisième rang, siège hublot. Ça n'a pas l'air simple pour lui. Tu veux bien t'en occuper ?

– C'est triste d'être aussi dépendant toute sa vie. C'est mon imagination ou ses lunettes sont rafistolées avec du scotch ? Il a dû se prendre une porte. Bien sûr que je veillerai sur lui. »

Un inspecteur de la Special Branch, briefé et considéré comme fiable, avait été admis dans une maison d'une ville des East Midlands.

Il s'assit dans le salon face à une mère, à une sœur et à la photographie encadrée d'un fils, d'un frère, derrière elles. Il dit, avec une sympathie éprouvée :

« Le problème c'est que Ramzi s'est lié à des gens dangereux. Nous l'avons relâché et renvoyé chez lui et nous savons qu'il est arrivé tout près d'ici. Le reste n'est que supposition. Nous croyons qu'il a repris contact avec ces gens. Ils ont peut-être conclu que nous l'avons retourné après son arrestation, que nous l'avons libéré pour qu'il nous livre des informations à leur sujet. Ce n'est pas ce qui s'est passé, mais ils l'ont peut-être pensé. Il y a maintenant deux possibilités : ils l'ont peut-être assassiné ou alors il a fui pour leur échapper. Je vous fais cette promesse. Nous travaillerons sans relâche pour découvrir ce qu'il en est et je ne saurais trop vous conseiller de nous laisser régler cette affaire. S'il est encore vivant, vos propres efforts pour le retrouver pourraient le mettre en grand danger. Je pense que vous comprenez. Tout espoir n'est pas perdu. »

« Oswald Curtis, pour ce crime odieux et écœurant, vous êtes condamné à vingt-deux ans d'emprisonnement. Oliver Curtis, en tant que frère cadet sans doute soumis à l'influence de votre aîné, vous êtes condamné à dix-huit ans d'emprisonnement. Emmenez-les. »

Très satisfait de l'issue du procès et de la qualité de sa déclaration finale, M. Justice Wilbur Herbert apprécia de voir leurs visages congestionnés d'impuissance et de colère tandis qu'on les escortait hors de la dix-huitième cour. Il ne savait rien de la chaîne des événements qui avait démarré quand les frères avaient embauché Benny Edwards, l'Intimidateur, et qui avait inévitablement conduit à la présence d'un officier de protection devant un marchand de journaux face à une grande place.

Il félicita tout le jury pour son courage, mais ses yeux étaient sur l'homme barbu qui portait des sandales, le professeur.

Le secrétaire de l'équipe de golf fut le premier à revenir au bar, la boue de la cour de l'église sur ses chaussures. Le trésorier de l'équipe de fléchettes l'accompagnait. Il commanda deux doubles scotchs.

« C'est quelque chose que je n'oublierai jamais, dit le secrétaire. Je veux dire, tous ces Américains qui sont venus, des rangers et des bérets verts, et ce fanion de son ancienne unité sur le cercueil de GG. Ce sergent si costaud chantant le *Battle Hymn* sur sa tombe. Je le reconnais, j'ai pleuré comme un gosse. »

Ils étaient juste à côté du tabouret vide.

« Ça vous rend humble, dit le trésorier, à quel point on peut se tromper. Je le prenais pour une vieille cloche paumée dans ses fantasmes, alors que tout était vrai et qu'on se foutait de lui. On ne connaît jamais vraiment les gens, n'est-ce pas ? Bon Dieu, il va nous manquer, GG. »

Ils levèrent leurs verres pour porter un toast au tabouret vide.

Les *suites*, plus tard. Tout était caché de façon satisfaisante.

Derrière sa table, Mary Reakes travaillait avec détermination et énergie au Centre international pour la réconciliation.

Les autres dames, ses collègues dans le bâtiment à côté de la cathédrale, avaient envisagé avec légèreté d'ouvrir un pari – la récompense étant une boîte de chocolats – qui serait gagné par la première qui verrait la nouvelle sourire. Chaque jour, son visage était froid comme le marbre. Son espace de travail n'avait pas la moindre décoration à l'exception de cartes postales, anciennes et récentes, en provenance de Bagdad. Elles ne savaient pas d'où elle venait, ni pourquoi. Elle ne partageait pas.

Le professeur principal d'une école secondaire dit à son adjoint :

« Je crois que Julian est bien installé. Je ne le comprends pas. Je n'imagine pas pourquoi un homme possédant ses qualifications viendrait refaire sa vie ici, au fin fond d'Adélaïde. Ça doit être un tremblement de terre qui nous l'a amené.

– Et ne comptez pas sur lui ou sur sa copine pour donner une explication.

– Vicky est sympa. Un peu tête en l'air, peut-être, mais elle a du cœur. Elle fait de bonnes choses en cours d'artisanat. J'espère qu'ils vont rester.

– Je le pense. La plupart des nouveaux migrants qui ont connu – vous parliez d'un tremblement de terre, n'est-ce pas ? – un grand bouleversement n'ont plus nulle part où aller. Monsieur Wright et sa dame sont là pour rester. »

Faria s'occupait de sa mère malade et, si elle quittait la maison, n'allait jamais plus loin que le magasin des Khan au bout de la rue.

Khalid conduisait un minicab dans l'ouest de Londres, Syed travaillait dans le fast-food familial et Jamal avait commencé sa deuxième année d'école de commerce.

Aucun d'entre eux ne serait plus jamais dormant, ni ne voulait être réveillé.

Deux hommes âgés, le premier ingénieur à la retraite d'une entreprise d'énergie, l'autre ancien responsable du contrôle qualité, étudiaient les stands où les exposants de la société d'horticulture présentaient leurs œuvres. Ils accordaient une attention toute particulière à celles qui avaient reçu les rosettes, la récompense des juges.

L'ingénieur :

« Cet homme, le mari d'Anne, on ne l'avait encore jamais vu. Il n'a jamais rien présenté, et pour sa première tentative, il récolte l'or avec ses tomates.

– Il doit vivre avec elles depuis qu'il les a plantées. Les choyer, les dorloter. À se demander s'il ne dort pas avec elles. Il faut être sacrément obsédé pour produire des tomates d'une telle qualité. Y consacrer sa vie.

– Qu'est-ce qu'il faisait avant la retraite ?

– Anne n'en parle jamais. Sûrement un boulot mortel à Whitehall, une sinécure qu'il a troquée contre une serre. Il est très réservé. À le voir, c'est clair qu'il devait se croire drôlement important, alors qu'il passait sans doute ses journées à remplir de la paperasse. Mais il est possible que je me trompe, qu'il travaillait sur des questions de vie et de mort. Et maintenant, il s'occupe de ses tomates. »

« C'est votre Anglais ?

– C'est lui.

– Votre étranger ?

– Il l'est moins, maintenant. Il est venu chez nous au printemps et nous sommes en automne. »

L'évêque ne rendait visite au prêtre et au village qu'une fois par an. La journée tirait à sa fin et un vent frais descendait des Pyrénées. Les feuilles s'agitaient. Après la chaleur de l'été, l'hiver était souvent cruel sur cette grappe de maisons sans charme blotties autour d'une église, quelque part entre Calaceite et Maella.

« Et il passe ses journées ici ?

– Et ses soirées à écrire des lettres. Ce qui explique votre présence ici. Vous verrez par vous-même. »

Le corps de l'évêque projetait une longue ombre, le vent gonflait son manteau. Il se tourna vers l'autre extrémité d'un petit ravin tapissé d'un éboulis de roches. Là-bas, une étable en ruine s'accrochait à un terrain un peu plus plat, couvert d'une terre désolée envahie d'herbes hautes. Là-bas, l'homme assis leur tournait le dos. Si leurs voix lui parvenaient, il ne semblait guère se soucier qu'ils troublent sa tranquillité.

« L'hôpital se trouvait dans cette étable ?

– Oui.

– Et les morts ont été enterrés là où ont poussé ces herbes ?

– Oui, mais c'est difficile de savoir où exactement se trouvent les tombes. Il n'y a aucun témoin au village. Tout le monde a été évacué avant que ne commence la bataille de l'Èbre. Ils y ont été forcés ou alors ils ont fui. Le village était une coquille vide. Quand les gens sont revenus, les souvenirs étaient trop amers, personne ne voulait revivre cette période noire. Ils avaient choisi le mauvais camp, ils avaient soutenu les perdants. Il est naturel que les morts des vaincus ne soient pas honorés.

– Oui, une période très difficile. »

L'évêque voyait un homme, éclairé par le soleil mourant de cette journée, assis immobile sur le sol dur. L'inconnu semblait bien bâti, athlétique même, sans la graisse qui vient avec l'âge. Ses cheveux dansaient dans le vent. Il était bien trop jeune pour être à ce point capturé par la mort, d'un âge auquel la vie s'étend encore loin devant, où l'ambition pour l'avenir ne doit pas être ignorée. Dans les dossiers de son bureau, l'évêque avait sept lettres traduites de cet étranger, toutes signées « Respectueusement, David Banks », et toutes rédigées par une main forte et précise.

« Et il est allé sur les autres champs de bataille avant de venir s'installer dans votre village ?

– Il a été voir les vieux baraquements à Albacete, puis à Madrid. Il a marché dans la vallée de la Jarama et à Brunete. Il est descendu au bord de l'Èbre. Il a fait tout ça avant de venir louer un logement au village. Il vit très simplement, ne boit pas d'alcool, se montre poli envers nous tous. Tous les jours, il quitte le village et monte ici, jusqu'à l'étable où étaient soignés les blessés, où certains sont morts. Puis il se rend à l'endroit où il dit que les tombes ont été creusées. Il vient ici que le soleil lui brûle la tête ou que la pluie se déverse sur lui... et il vous écrit ces lettres.

– Et moi seul ai le pouvoir de le libérer ?

– Je le crois.

– Alors, qu'il en soit ainsi... »

L'évêque grimaça, puis releva sa robe et se mit en marche. Le prêtre se dépêcha à sa suite. S'aidant l'un l'autre, ils dévalèrent l'éboulis, traversèrent la terre séchée au fond du ravin. Ici et là, dans des crevasses, de vieilles boîtes en fer rouillées avaient dû contenir des rations distribuées aux combattants. Ils virent trois cartouches recouvertes de mousse. Sur les mains et les genoux, ils gravirent l'autre versant du ravin. Ils arrivèrent à l'étable où les murs de pierre portaient encore les impacts des balles. L'évêque s'y arrêta, devant une entrée qui n'avait plus de porte, regarda à l'intérieur. Ses yeux épluchèrent la pénombre. Il s'imagina qu'il regardait dans l'enfer d'un abattoir, et il murmura une prière pour ceux qui étaient morts ici près de sept décennies auparavant. Il crut entendre les gémissements des blessés et les pleurs de ceux qu'on ne pouvait plus sauver. Sur le terrain plat, le prêtre s'arrêta, mais l'évêque continua, écrasant les herbes sous ses pieds. Il arriva auprès de l'homme, le contourna, puis se baissa à son niveau, s'asseyant sur un rocher face à lui.

« Vous êtes David Banks ?

– Oui.

– C'est vous qui m'avez écrit toutes ces lettres ?

– C'est bien moi. »

Il répondait dans un espagnol hésitant.

« Et vous avez sur vous un très ancien journal ?

– Oui. »

Il voyait la jeunesse et la paix qui l'avaient déserté. Il sentait l'agitation d'une âme troublée, torturée peut-être. Les lettres avaient été directes, allant droit au but. L'évêque n'avait aucun goût ni pour les excuses, ni pour la procrastination. Il pensait que le moment était venu de libérer un esprit.

« Dans nos sociétés modernes, on ne tient guère à revivre certaines horreurs du passé. Les leçons de l'histoire, telles que je les ai apprises, sont que les vieilles blessures guérissent parfois avec le temps. Atrocités et sauvageries sont des choses éphémères qui sont vite oubliées. Mon grand-père a été tué à coups de baïonnette par les communistes, mais je leur ai pardonné ainsi qu'à leurs héritiers. Je ne peux entrer dans la tête de ceux qui ont fait cela. Comprendre la haine qu'ils nourrissaient. Je ne cherche plus désormais que la disparition des jours noirs. Vous avez demandé qu'une pierre soit dressée ici, qu'un nom y soit gravé, qu'une prière – un psaume – soit prononcée. Cette reconnaissance devrait toujours être accordée à ceux qui sont morts pour une cause dans laquelle ils croyaient, à ceux qui ont donné leur vie. Ils ont le droit de connaître la dignité dans la mort. Ce sera fait, je vous le promets.

– Merci. »

Il croyait enlever un fardeau de ces épaules, leur rendre leur force. Une liasse de billets de banque issue de la poche de David Banks lui fut donnée. On lui dit que c'était pour payer la pierre, et la requête fut faite qu'un artisan grave la silhouette d'un oiseau, un cygne, avec le nom de Cecil Darke et les dates de sa vie. Il rangea les billets dans son portefeuille. Et on lui demanda aussi si plusieurs objets pouvaient être enterrés sous la pierre : un vieux carnet, avec une couverture en cuir très abîmée, lui fut tendu, presque à contrecœur, puis deux petits cailloux, chacun sillonné de veines de quartz, et enfin quelques pièces d'une monnaie qu'il ne connaissait pas, mais qui étaient lourdes.

« Ce que vous avez demandé sera fait. Cela vous aidera-t-il ? Cela vous libérera-t-il ?

– Je passerai la nuit ici et demain matin je partirai.

– Où ?

– Je ne sais pas, ça n'a aucune importance… »

L'évêque se releva. Il marcha vite, le prêtre à ses côtés, et l'étable et le ravin furent derrière eux. Il voulait être sur la route de Barcelone avant la nuit. Il regarda, une seule fois, par-dessus son épaule et vit vaguement, la dernière fois, l'homme qui était accroupi parmi les herbes, baigné par la brillance des derniers rayons de soleil, et il crut avoir apporté la paix à un esprit troublé. Il serrait très fort le vieux carnet. Les pièces et les cailloux étaient lourds dans sa poche. Il ne comprenait pas ce qui lui avait été demandé et se disait que peu auraient compris.

L'évêque serra la main du prêtre et prit la route, conduisant rapidement pour s'éloigner d'un endroit où, il le pensait, de vieilles cicatrices étaient restées ouvertes, où des plaies négligées s'étaient infectées, tout en étant convaincu que sa promesse avait nettoyé des blessures. Pendant son voyage, des fantômes dansèrent dans son esprit. Ceux des morts dans leurs tombes perdues et celui du vivant qui avait veillé sur eux et qui, il l'espérait, était maintenant délivré, et libre.

Ouvrage réalisé par Cursives à Paris
Imprimé en France par Normandie Roto Impression s.a.s. à Lonrai
Dépôt légal : septembre 2017
N° d'édition : 562 – N° d'impression : 1702361
ISBN 978-2-35584-562-8

FSC
www.fsc.org
MIXTE
Papier issu de
sources responsables
FSC® C003309

Les papiers utilisés dans cet ouvrage
sont issus de forêts responsablement gérées.